W0388277

Peter von Matt

Verkommene Söhne, missratene Töchter

Familiendesaster in der Literatur

Carl Hanser Verlag

ISBN 978-3-446-24783-3
Alle Rechte vorbehalten
© Carl Hanser Verlag München 1995
Satz: Fotosatz Reinhard Amann, Aichstetten
Printed in Germany

Der Verfasser dankt dem Wissenschaftskolleg zu Berlin für die Gastfreundschaft im akademischen Jahr 1992/93.

Inhalt

Erstes Buch: Die Konfliktfelder

Erster Teil: Das Bild und das Gesetz

I. Der baumelnde Königssohn

Erinnerung an einen Kindervers. Wer versteht ihn? Über die Voraussetzungen des Verstehens und die Spiele der Bedeutung. Das magische Bild und die Autorität. Die Autorität und die geltende Ordnung. 21

II. Absalom zieht durch die Geschichte

Die Frage nach dem wahren Absalom. Auslesearbeit am Wort Gottes. Blick ins Zweite Buch Samuel. Die Literatur als Kupplerin zwischen dem Bild und dem Gesetz. 24

III. Der schreiende David

Wer richtet wen? Die Schreie des Vaterkönigs. Psychologie und Mythos. Absalom und Judas. Die Tragödie der Schwester Thamar. Absalom als Hamlet. Die ältesten Geschichten sind nicht die einfachsten. 27

IV. Die Bibel als Erziehungsinstrument

Geschichte und Geschehen. Die Erzählung als Gerichtsinstanz über das, was sich in ihr ereignet. Johann Peter Hebels Kunstgriff und die Restauration des Vaterfluchs. 32

V. Der moralische Pakt

Einführung eines literaturtheoretischen Prinzips. Sittlichkeit und Textgenuß. Die gegenseitige Steuerung. Das Lesen gegen den Pakt und das parodistische Lesen. Old Shatterhand als Beispiel. 36

VI. Die Familie als Ort des Gerichts

Mißraten ist kein Naturgeschehen. Mißraten setzt eine Norm voraus. Wie kommt sie in die Literatur? Die Genealogie der Moral im literarischen Werk. Der moralische Pakt im Kindervers und seine Sabotierung durch die Kinder selbst. Ein namenloser kleiner Aufklärer. 39

VII. Das Sakrosankte

Die Frage nach der Legitimation des Gesetzes. Gibt es eine letzte Norm? Drei Haltungen. Kellers Meretlein als Beispiel. Christliches Mißraten als irdisches Gelingen. Die Verflechtung des moralischen Pakts mit der Erzählstruktur. 41

VIII. Struwwelpeter

Das Bild als Ursprung. Calderóns Stück: »Die Locken Absalons«. Die Wiederkehr des Bildes im Kinderbuch. Struwwelpeter in der ikonologischen Tradition. Zur Zeichensprache der langen Haare und geschorenen Schädel. Bedeutung des flatternden Haars bei der Frau. »Die bösen Mütter«. 45

Zweiter Teil: Vor dem eisernen Vater

IX. Eine Geschichte aus dem Mittelalter

Bild ist, was mein Leib versteht. Das triumphale Haar des meuternden Sohnes. »Helmbrecht« und das Inventar aller Konfliktregeln. Der schönste Hut der deutschen Literatur. Ekphrasis und Anzüglichkeit: Seitenblick auf Kleists Krug. Der Köder im moralischen Pakt. Frauentreiben und Konstruktion der Geschlechter. 51

X. Fluch und Prophetie

Die erzählte Familie als symbolisches System. Das Gegenspiel von Vater und Sohn, die Gegenrede von Ermahnung und Verneinung. »Deine Ordnung ist der Pflug.« Fluch und Prophetie der Väter. Von der Antike zur Postmoderne. Vier Träume. Die Vaterkönige rauben den Frauen das Prophetenamt. 58

XI. Der neue Typ

Einführung eines neuen Elements im Konfliktfeld. Die Epochendifferenz und die Auflösung des einen Gesetzes. Der Sohn als Homo Novus. Sind die Verkommenen von heute die Geglückten von morgen? 67

XII. Liebe

Der Faktor Sexualität. Die autonome Liebeswahl als das brisanteste Element im Konfliktfeld. Die erotische Entschlossenheit der Frau. »Ich will an seiner Seite liegen.« Liebe und Ablösung. Freuds Familienroman, 600 Jahre vor der Theorie. Die Spannung zwischen dem geschichtstheoretischen und dem entwicklungspsychologischen Paradigma. 71

XIII. Der eiserne Vater

Auftritt einer unerbittlichen Gestalt. Kein Verzeihen! Kleine Parade der Gnadenlosen. Das Innenleben des Richters: das »krachende Herz«. Das Rätsel der Verhärtung gegen das Liebesgebot. Das altrömische Modell im Hintergrund: Brutus. 75

XIV. Die Wiederkehr des Bildes bei Kleist

Der Prinz von Homburg vor dem Richter. Die ironische Rede im Augenblick der Gefangennahme. Im Spannungsfeld zweier Gesetze. »Starre Antike« gegen »deutsches Herz«. Die Brutus-Geschichte im Original. 79

XV. Das vergessene Muster: Manlius

Zwei Quellen Kleists, eine bekannte und eine unbekannte. Jede steht für eine Norm. Die Manlius-Geschichte und ihre politische Aktualität in Preußen unter Napoleon. Wie Kleist die Römer übertrifft. Die Seelenreise des Sohnes. Die Umkehr der Geschlechterrollen. Der eiserne Sohn. 84

XVI. Das Homburg-Stück des Homburg-Kritikers

Das Konfliktmuster in Brechts »Maßnahme«. Eiserner Vater in Muttergestalt: die Mythisierung der Partei. Das Ja des mißratenen Sohnes zu seiner Hinrichtung noch im 20. Jahrhundert. Das Ja der Angeklagten in Stalins Schauprozessen. Die Geieräuglein des Großinquisitors. Sein Glücksversprechen. 91

XVII. Ein Homburg zum Dritten

Vom »Homburg« zur »Maßnahme« zu »Mauser«. Heiner Müllers Stück als Echo und Widerspiel. Psychologie gegen Brechts Psychologiefeindlichkeit. Die Wiederkehr der verdrängten Humanität in Gestalt des Wahnsinns. Doktrin und Wahn. Doktrin als Wahn. Das »anarchisch-natürliche Matriarchat«. 96

XVIII. Antigone und die »römische Linie«

Das demokratische und das terroristische Potential der römischen Linie. Der eiserne Vater – eine naturhafte Erscheinung? Das Gegenzeugnis der »Antigone«. Ein Tyrannengestus: der Befehl, bei der Exekution der Geliebten anwesend zu sein. Die rhetorische Souveränität des Sohnes. Noch kein Stammeln im Familiengericht. Differenz zum römischen Modell. 100

XIX. Tragödie oder Märtyrerstück?

Das Gesetz in der »Antigone« aus der Optik der Brutus-Geschichte. Analogie und Differenz. Ein blinder Fleck in Hegels Auge. Seine Tragödientheorie. Das Gegenmodell. Schwankende Deutung bis heute. 105

XX. Die Konfrontation

Kreon gegen Haimon: die unterschätzte Szene. Kreons Geschlechtertheorie. Die politsche Frau als Ärgernis. Kreon über Familie und Staat. Ein Maßstab wird aufgestellt für Jahrtausende, das Gelingen oder Mißraten der Kinder betreffend. Das Toben gegen die Frau. Mißraten heißt die Männlichkeit verraten. Kreon als Mann der Zukunft. 109

XXI. Ein älteres Recht

Der eiserne Vater als Aufklärer. Der säkularisierte Staat im Dauerkonflikt mit den Priestern. Kreons Kollaps. Mythologischer Kontext des Antigone-Konflikts. Antigones Stolz und Wildheit und Starrsinn. Ihre Umdeutung zum zarten Geschöpf in der Rezeptionsgeschichte. Das ältere Recht im Hintergrund. Das Matriarchale als historische Spekulation und seelische Wirklichkeit. 115

XXII. Das Gegenbild des verflüssigten Vaters

Das 18. Jahrhundert versucht die Umstülpung der römischen Figur. Die Tränenschwemme des alten Sampson. Versteckte Sehnsucht nach dem eisernen Kern. Theologische Verankerung auch hier. Die Versöhnung mit der Tochter als inzestuöser Akt bei Kleist. Überblendung wiederkehrender Bilder: Pietà, Verlorener Sohn und Liebesaugenblick. Kleists Gegenzug im »Findling«. Die drei Grundereignisse der Literatur. 117

Dritter Teil: Das Schauspiel der zerfallenden Autorität

XXIII. Der Historiker vor der römischen Ordnung

Die Faszination des Römischen für die bürgerliche Welt. Theodor Mommsens Bericht über die römische Familie. Geschichtsschreibung und Bekenntnis. Ästhetische Steuerung des wissenschaftlichen Blicks. Genese des Staates aus der Familie. Die Elemente der römischen Ordnung. Eine extreme Regel und ihre Provokation bis heute. Exposition eines neuen Konflikts: die Kinder vor den zerfallenden Eltern. 124

XXIV. Die drei Dimensionen der zerfallenden Autorität

Ein harmloses Grimm-Märchen. Sein Bezug zur Tragödie. Zerfällt die Würde mit dem Körper? Autonomiegewinn der Jungen und Machtverlust der Alten. Die Komplexität des Vorgangs. Die Autorität endet dreifach, aber nicht gleichzeitig. Stark, reich, heilig. Jung-Stillings Erzählung. Der Vater als verkommener Sohn. Varianten der Vaterverstoßung in der Überlieferung. Die Alzheimer-Krankheit in der Literatur des späten 20. Jahrhunderts. Granny-Dumping. Das Satyrspiel zur Lear-Tragödie. 131

XXV. »Wo steckt denn nun das Heilige?«

Gibt es eine Beziehung zwischen Komposition und Moral? Eine Tragödie ohne Mütter. Die denkenden Söhne und der Grundakt der Aufklärung. Franz Moor analysiert das Heilige. Der Illegitime analysiert die Legitimität. Die rationale Ordnung gegen die sakrale. Die Freisetzung der Wörter von ihrem Sinn und die Freisetzung des Subjekts. Der verkommene Sohn als Entropieprinzip der Vaterwelt. Abwehr der neuen Wahrheit durch Stigmatisierung zum Bösen. 143

XXVI. Die letzte Geburt des alten Königs

Kreon und Lear spiegelverkehrt. Der Lear des Anfangs: die Position in der Weltachse. Der Mythos von der Goldenen Kette und seine sprachphilosophische Dimension. Die Asymmetrie der Frau. Lear muß lernen, daß alles nicht stimmt. Der furchtbare Weg. Fortleben und Ende des Denkbilds von der Goldenen Kette. Zwei Deutungen, unvereinbar und gleichberechtigt. Ein feministischer Lear. Die zweite Geburt der Kinder ist die dritte der Eltern. Die inzestuöse Sexualität im Vaterfluch. 154

XXVII. Rückblick und neue Perspektiven

Anthropologische Konstanten und historische Einmaligkeit. Die regelmäßigen Ursachen der Verkommenheitsdiagnose: eigene Liebe, eigene Arbeit, eigenes Denken. Das literarische Defizit der Parabel vom verlorenen Sohn. Differenz der Konfliktfelder um den eisernen und den zerfallenden Vater. Wenn die Aufklärung vor sich selbst erschrickt. Sie holt den Traum und die Rührung zu Hilfe gegen die radikale Vernunft. Franz Moors Vision. Diderots Geschichte vom schönsten sittlichen Verhalten. Das Postulat der Menschenwürde als Residuum des Heiligen im aufgeklärten Denken. 165

Zweites Buch: Die Geschichten in der Geschichte

Vierter Teil: Mündig werden heißt mißraten:
Eine Frau aus dem 19. Jahrhundert

XXVIII. Eine altmodische Geschichte

Vom Altmodischen überhaupt. »Die Schwestern«, eine Frauengeschichte der Annette von Droste-Hülshoff. Der Gehorsam gegenüber der metrischen Ordnung als metaphysisches Signal. Kontrastbeispiele: Heine und Busch. Das Geheimnis des ersten Verses. Konzentration auf die Mikrostrukturen. Eine Frau geht kaputt am Kaputtgehn der anderen. Die Scheinwunder. Frauenraum und Männerort. Die Ursituation der Dichterin. 177

XXIX. Die verkommene Schwester

Eine Erwartung, die nicht eingelöst wird. Die Angst des Textes vor der Gegenwart der Schwester. Die Zeichen der Sexualität. Warum kein Gegencode? Ein einziger Leib? Die Zweideutigkeit des kleinen Hundes. Das Seelentier. Doppelsinn des Namens. Die Geheimnisebene der Erzählung und der Spielraum der Deutung. Metonymie oder Metapher? 186

XXX. Der Sturz in den Spiegel

Die Begegnung. Aufheulen und Verschwinden des Seelentiers. Gesicht über Gesicht. Plötzlich okkupiert ein Mann die Erzählposition. Die Hauptsache des Gedichts. Sturz und Einswerdung mit der zweiten Seele. Von Spiegeln und Doppelgängern in Aberglauben und Literatur. Der moralische Pakt als Täuschungsstrategie. Die Kiste des Gehorsams. Eine »Todesart«. 193

XXXI. Eros und Arbeit

Zuviel behauptet? Die Bestätigungen im Gesamtwerk der Droste. Standbild der an die Ordnung gefesselten Frau. »Am Turme« liest sich nun anders. Der romantische Glücksmoment als Lesertäuschung. Zwei Frauen in einer, wiederum. Die Liebe und das Handeln. »Wär ich ein Mann doch mindestens nur«. Die Hinterhältigkeit eines ungelenken Verses. Nochmals der Todessprung als Geburt. 206

XXXII. Golem und Magnificat

Rachegesang auf einen jungen Geliebten. Der Winter 1841: Schreiben und Liebe, Eros und Arbeit. Das Ende aller Illusionen. Gedicht als Gericht. Die Golem-Sage in der Tradition. Umgestaltung durch die Droste. Eine Männerkapsel vor der bewegten Frau. Das Vampirsignal und Drostes Magnificat. In der Optik des Schwestern-Gedichts. »Das öde Haus« als Darstellung der golemisierten Frau. 211

XXXIII. Antigone in der Maske der Ismene

Das Wesen, das im Spiegel erscheint. Ein drittes Verbot neben Arbeit und Liebe: Denken. Die Identität des Spiegelgesichts. Der souveräne weibliche Intellekt: verurteilt und verherrlicht. Vollkommen werden heißt verkommen. 216

Fünfter Teil: Von Müttern

XXXIV. Das Mutter-Porträt

Keine überlegenen Frauen im 19. Jahrhundert? Annette von Droste beobachtet und beschreibt ihre Mutter. Die Strategien der Herrschaft über den Mann. Machtwille und Demutskultur. Die Tochter im Dilemma. Das Selbstporträt. Das Paradox der Mutter als Riß durch die Tochter. Frauenstrategie verbietet Frauensolidarität: die Mutter schweigt. 225

XXXV. Die dumme Mutter

Mit den Vätern ist alles einfacher. Drei Mutter-Klischees in der Literatur: die Hilflose, die Dumme, die Einverstandene. Die dumme Mutter exemplarisch. Wie sie die Väter moralisch entlastet, und wie sie zur Kuppelei neigt. Die offizielle Unvereinbarkeit von Mutterrolle und Sexualität. Begehren nach dem Gebären? Ein chronischer Verdacht. Hinter der dummen Mutter die erotische. 233

XXXVI. Die erotische Mutter

Frau Briest verkuppelt und verstößt ihre Tochter. Fast eine Bordellszene. Dummheit auch hier? Fontanes Zeichenspiele. Eine Geheimklausel im moralischen Pakt. Die erotische Mutter des Hanno Buddenbrook. 238

XXXVII. Die eiserne Mutter

Wenn die Mutter der Versuchung widersteht. Das Beispiel der Frau Regula. Eine weltliche Legende. Das Söhnlein rettet die Mutter aus ihrer akuten Leidenschaft. Im eisernen Amt. Kellers Medea. Zerstückelung des Kindes – psychologisch gelesen, mythisch gelesen. Warum die Wiederkehr des Bildes scheitern muß. 247

XXXVIII. Medea grotesk

»Du taugst nichts, aber du bist ein lieber Kerl.« Ein Dilemma der offiziellen Gefühlskultur. Jedes intime Gericht meint die Ordnung des Ganzen. Elfriede Jelineks Medea. Sprachtextur und Räderwerk. Die Tat eine Tat? Der Mord als Panne, die Frau als Störfaktor. Die andere Zeitlichkeit. Die unerträglichsten Seiten eines unerträglichen Buches. 253

Sechster Teil: Der mißratene Sohn am Familienrand, endlos

XXXIX. Eine Nacht verändert die Weltliteratur

Kafka. Vom 22. zum 23. September 1912. »Das Urteil« als literaturwissenschaftliches Experiment. Falls Georg Bendemann überlebt ... Eine kriminalistische Lesesituation. Noch einmal der alte Brutus. »Ließ sich hinabfallen«: keine Metonymie? Signale eines großen Spiels. Der »Freund« als Änigma. Der zerfallende Vater und seine Auferstehung. Lügentest als Lesertäuschung. Der Vater stiehlt dem Sohn das Lebensspiel. »Komödiant« gegen »Spaßmacher«. An der Stelle der Bedeutung der Spielverdacht. 264

XL. Initiation

Die Konstanten des Konfliktfeldes im »Urteil«. Verworfene Liebe, verworfene Arbeit. Das »Freund-in-Petersburg-Spiel« als Arbeit? Seitenblick auf Michael und Arnold Kramer. Spiel und Hinrichtung: wie geht das zusammen? Die Elemente der Initiation. Die Initiation im Text und der Text als Initiation. Der Schwellencharakter des »Urteils«. Gebären als Geburt. Tod und Auferstehung im Schreiben. 275

XLI. Der kriechende Sohn und der ragende Autor

Das reziproke Verhältnis von Sprachgewinn und Sprachverlust. Verstummen im Familiengericht. Die psychologische Version bei Hauptmann. Stürzen und Stehen. Der stammelnde Sohn im Text, der dröhnende Autor außerhalb. Das in die Hand geschnittene Kreuz. Die erste und letzte Frage, K. betreffend. Nur das Klebenbleiben ermöglicht den Flug. Das Schicksal hat Spielcharakter. Der richtende Vater als Produkt des Sohnes. Der alte Mann hat keine Chance. 282

XLII. Der Schmetterling als Wurm

Plan eines Buches über mißratene Söhne. Der Austritt aus der Familie als Grundgeschehen. Das Paradox: der Moment wird zur Dauer. Die Variante Roßmann. Endlos dehnt sich die

Schwellensekunde. Ihre Verräumlichung in den Treppen des Schiffsbauchs. Der Zyklop im Gegenraum. Arbeit und Liebe in der Schwellenzeit. Die Identität von Gefängnis und Lustschloß. Der »Brief an den Vater« als Regieanweisung. Ein Pirandello-Effekt als Beweis. 289

XLIII. Das Labor für das Gold des 20. Jahrhunderts

Der mißratene Sohn am Familienrand als Laborbedingung für das Schreiben. Die Reflexe im Text. Nicht drinnen und nicht draußen, reglos in Bewegung. Treppen und Treppenexistenz. Mythisierungen einer Metapher. Die ewige Sekunde des Jägers Gracchus. Die Treppe und das Ehebett. Sterben als Metapher der Schwellenexistenz. Wie erzählt Kafka den Sündenfall? Die Kenntnis des Lebenslabors erschließt keinen Sinn. Spiritueller Vampirismus der Dichtung. 298

Siebter Teil: Der langsame Sturz und die neue Macht

XLIV. Die große Koalition

Gottes Auge auf dem Vater. Johann Christian Günther muß es erfahren. Die Abraham-Isaak-Geschichte als Provokation der Vernunft. Goethes Schock bei der Nacherzählung. Rettung in eine historische Lektüre. Das Gottesbild geschichtlich. Die Krise der großen Koalition. 308

XLV. Der gemischte König

Die erstarkenden Mütter in der Vaterordnung. Ein Signal im 20. Jahrhundert: der Vater als Drohnenkollektiv. Männerdurcheinander bei den Damen Courage und Zachanassian. Die wachsende Schwäche der eisernen Väter. Abraham als Don Quijote. Die Machtverschiebung im Spiegel der Trivialliteratur. Ernst Zahn: »Die Mutter«. Das Zusammensinken des »gemischten Königs«. Vom ominösen Konditional in einem Vaterhymnus des 18. Jahrhunderts zu W. H. Audens Abgesang auf die Abraham-Connection. 315

XLVI. Eine Szene in der Literatur des 20. Jahrhunderts

Der stürzende Vater als wiederkehrendes Ereignis. »Der Kaiser fiel sofort um«. Süße Fäulnis des Verkommens bei Joseph Roth. Die Szene bei Marieluise Fleißer. Die Funktion der Mutter und die Unschlüssigkeit der Kinder. Seitenblick auf Wedekind. Die neuen Spiele der Macht. Foucaults Macht-Theorie und das Geschehen im Vakuum um den gestürzten Vater. 327

XLVII. In der Wüste der Freiheit

Die Macht durchfrißt die Liebe: der Höhepunkt von Fleißers Stück. Gericht im Trümmerfeld der Institutionen. Keine neue Ordnung. Jelineks »Ausgesperrte« als Pendant zu Fleißers »Fegefeuer«. Die Szene wiederholt sich. Der Schuft. Warum er nicht liegenbleibt. Die Kinder in der Wüste der Freiheit. 336

XLVIII. Die fixe Idee von der moralischen Überlegenheit der Jugend

Jelinek tritt an gegen ein Axiom. Differenz der »Ausgesperrten« zu den Vaterromanen der 70er Jahre. Der Trugschluß: mit den Machthabern verschwindet die Macht. Ein alter Text über die Entstehung der Macht im Naturraum. Zwei Adams sind schon Herr und Knecht. 338

XLIX. Inszenierungen des Gegengerichts

Die mißratenen Väter und Mütter vor den Schranken der Kinder. Das phallische Requisit in der Ausstattung der Väter und im Ablauf von Gericht und Gegengericht. Die Beispiele Hasenclever, Bronnen, Werfel. Am Ende immer der Sturz. Das Requisit sagt mehr als der Dialog: Macht gegen Macht, nicht Freiheit gegen Herrschaft. Nochmals alle römischen Elemente. Der eiserne Sohn, moralgeschwellt. Der Mantel. 344

L. Fast ein Bruder

Der Rausch des Sohnes. Ein ritueller Tanz. Das »Reich der Söhne« als erotisierte Herrschaft. Marsch und Rhythmus in der politischen Krankheit des 20. Jahrhunderts. Walter Benjamins Faschismusbegriff. Wahnsinn der triumphierenden Söhne. Das Erwachen. Trauer und Mitleid. Von der Glanzlosigkeit der Demokratie und dem Fehlen der phallischen Armaturen. Die Krankheit eines politischen Diagnosenstellers. Am Ende fast ein Bruder. 352

Anhang

Anmerkungen 357

Register 388

Hamm: Warum hast du mich gezeugt?
Nagg: Ich konnte ja nicht wissen ...
Hamm: Was konntest du nicht wissen?
Nagg: Daß du es sein würdest.

Samuel Beckett, *Endspiel*

Erstes Buch

Die Konfliktfelder

Erster Teil: Das Bild und das Gesetz

I. Der baumelnde Königssohn

Erinnerung an einen Kindervers. Wer versteht ihn? Über die Voraussetzungen des Verstehens und die Spiele der Bedeutung. Das magische Bild und die Autorität. Die Autorität und die geltende Ordnung.

Am Anfang steht die Erinnerung. Ein Kindervers taucht auf aus frühen Jahren. Ob er heute noch lebt und vorgesagt, nachgesprochen wird, ist zweifelhaft. Damals, dem Kind, hat er Eindruck gemacht und großes Vergnügen. Jedenfalls blieb er im Gedächtnis haften, und der Erwachsene konnte ihn in den wissenschaftlichen Sammlungen von Schweizer Kinderversen wieder aufspüren:

Absalom, der Königssohn,
Isch am Bäumli g'hange;
Hätt' er Vatr und Muettr g'folget,
Wär's ihm nit so g'gange.[1]

Das ist das einfachste, das winzigste Stück Literatur zum Thema dieses Buches, aber Literatur immerhin – man muß nur zu beobachten wissen. Es ist ein literarisches Insekt, namenlos entstanden, weitergegeben von Namenlosen, mündliche Dichtung wie die Witze und die Sprichwörter, und doch steckt darin eine ganze Menge von poetischen Abläufen, Sinnspielen und Leserprovokationen. Hinter den hochentwickelten literarischen Gestaltungen bleibt das Textlein weit weniger zurück, als man denken würde. Allerdings will es so ernsthaft und liebevoll betrachtet sein, wie die Insektenkundigen ihre punktierten und gestreiften Winzlinge studieren – »subtile Jagden« gibt es auch in der Literatur.

Ein erstes: Wer versteht diesen Spruch überhaupt? Solche Fragen werden üblicherweise angesichts der schwierigsten Dichtung abgehandelt, vor Trakl oder Celan. Stellen darf man sie aber auch hier. Durch sie wird nämlich die trügerische Eindeutigkeit des Textes aufgebrochen und die Weiche gestellt zu den verschiedenen Sinnspielen, die in ihm angelegt sind. Wer also versteht den Spruch? Nur wer die Bibel kennt! Das scheint die einzige Antwort zu sein. Denn wenn einer nicht weiß, daß Absalom der Sohn des Königs David war, des Goliath-Töters, Psalmen-Sängers und Verführers der schönen Bathseba, was sollen ihm die Verse überhaupt sagen? Genau das steht nun aber zur Diskussion. Was vorliegt, ist ein Kindervers, und es wäre naiv anzunehmen, daß dieser erst im Anschluß an einen häuslichen

Bibelkurs eingeführt zu werden pflegte. Im Gegenteil. Die muntere Strophe hat Karriere gemacht, gerade weil sie einem Kind auf Anhieb einleuchtet. Ein Königssohn mit einem sehr interessanten Namen hängt an einem Baum, denn er hat sich den Eltern widersetzt. Das genügt. Das macht ein Denkbild aus, ein Denkmal geradezu in der Kinderseele, eine innere Ikone über die beispielhaften Folgen eines beispielhaften Fehlverhaltens. Der Königssohn, das weiß man seit Freud und genauer noch seit Jung, ist die Gestalt, in der sich das träumende, phantasierende, nicht zuletzt das erzählende Ich so gerne bewegt, wenn es auf die schweren Fragen der eigenen Existenz nur noch in Spielen zu antworten vermag. Mütter und Väter, Tanten und Großmütter – wer immer mit diesem Spruch erzieherisch auf das Kind losging, brauchte wahrlich keine Bibelstunde vorauszuschicken. Denn wenn ein unbotmäßiger Königssohn am Bäumlein baumelt, ist das magische Bild da, die Voraussetzung jeder Poesie, und dieses richtet mehr aus in dem jungen Gemüt als alle Erläuterungen und Erklärungen.

Das ist nun eine Behauptung; sie kann begründet werden. Wunderbar schauerlich nämlich rückt nun die Frage heran, wer ihn denn aufgehängt habe. Als Denkbild und Denkmal nämlich, das unabhängig von allen Erzählgespinsten des Alten Testaments dasteht, bebt und strahlt der Text förmlich von dieser Ungewißheit. Und sobald wir uns selbst ihr stellen, spielerisch – denn wir glauben ja zu wissen, wie alles sich verhält –, bricht auch für uns ein Spektrum dramatischer Möglichkeiten auf, das die harmlosen Reime mit den dröhnendsten Gestaltungen der Weltliteratur verbindet.

Wer kann überhaupt einen Königssohn so kläglich hangen machen? Bei der Antwort ist zu bedenken, was die einzelnen Varianten für das Kind, das mit dem Spruch lebt, bedeuten, was sie anrichten im moralischen Kosmos der Kinderstube. Der Vater könnte es sein – eine etwas drastische Vorstellung, aber keineswegs auszuschließen. Die christliche Familie, der die Verse zweifellos entstammen, hat, was die Kompetenzen der Väter betrifft, nie große Hemmungen gezeigt. Nicht minder kraß erschiene der Fall, daß der Sohn sich selbst aufhängt – wie Judas etwa, der Verräter. Zum dritten wäre ein offizieller Richter denkbar, dem der Henker zur Seite steht, das würde sogar das Mitleiden der Eltern ermöglichen und wäre mit dem Gefühlshaushalt der bürgerlichen Familie doch etwas besser vereinbar. Und schließlich gibt es auch noch den Lieben Gott, der – sei's durch ein Wunder, sei's durch gelenkte Werkzeuge seines Willens – die pittoreske Sanktion vollziehen könnte. Eine allgemeine, das Weltganze durchwaltende höhere Gerechtigkeit, die ebenfalls in Betracht käme, wäre eine bloße Abwandlung davon. Zwingend zu allen Möglichkeiten gehört, daß die Strafe unausweichlich ist. Dies ergibt sich nicht aus einer Aussage des Textes, sondern aus der magischen Strahlung des Denkbilds (das von fern an den homme pendu der Tarotkarten gemahnt). Wer den Eltern nicht gehorcht, *muß* zuletzt am Bäumlein hangen. Das ist die brutale Wahrheit, der das Kind nicht mehr entlaufen kann, sobald es den Königssohn interessant findet. Die Lust am kuriosen Namen, die Lust an der dramatischen Szene, die Lust am Rätselhaften und die Lust an den hurtigen Reimen – sobald sie genossen wurde, ist auch der schreckliche Angelhaken geschluckt. Mag der Vater, der Richter, der Liebe Gott oder der Königssohn selbst den Akt vollziehen – ob dieser tödlich ist, steht vom Text her nicht fest –, jeder steht im Dienst einer höheren Ordnung, an die nicht appelliert werden kann. Das ist die Lehre – ist der Angelhaken. Wenn es der Vater sein kann, wächst sich seine Gestalt zum Ungeheuer aus, das seinen Schatten wirft auf des Kindes leibhaftige Eltern. Im Falle eines Richters wird die soziale Einrichtung, wird das Gesetz mit seinen Funktionären zur unausweichlichen Instanz. Beim Lieben Gott gerät dessen eigenes Attribut ins Zwielicht. Und falls der Königssohn selbst Hand an sich legen sollte, bricht mächtig sein inneres Erleben auf: Reue, Verzweiflung, Angst – das schwarze Tier »Gewissen« wird sichtbar, das sich jedem Kind so bitter früh schon an die Fersen heftet.

So sehen die Sinnspiele aus, auf die hin dieser Text sich öffnet. Ihre Vielfalt erweist den Spruch als ein genuines Stück Literatur und als prototypisch für tausend Geschichten und Tragödien um mißratene Kinder, verkommene Söhne und Töchter. Gerade weil der Spruch den biblischen Hintergrund verschweigt und die urteilende Instanz zu nennen sich weigert, deckt er die Grundtatsache auf, daß in der Literatur jede Verfehlung an eine Autorität gekoppelt sein muß, die diesen Tatbestand feststellt und gleichzeitig das Gesetz zur Erscheinung bringt, nach dem sie ihn bemißt. Die Literatur kann nicht anders, als zusammen mit dem verkommenen Sohn, der mißratenen Tochter die je geltende Ordnung zu beschwören, das metaphysische Gerüst einer Welt, die sich stets für die einzige und ganze hält. Der verkommene Sohn, die mißratene Tochter, sie verkörpern in der Ordnung der Eltern – und das ist, wie man weiß, überwiegend die Ordnung des Vaters – ein Stück elementarer Un-Ordnung oder Gegen-Ordnung. Und während in der gelebten Wirklichkeit das eine neben dem andern fröhlich zu bestehen vermag, muß in der Literatur unausweichlich das eine vor dem anderen kapitulieren. Dieser Kindervers ist also nicht zuletzt deshalb genuine Literatur, weil dieser Königssohn am Bäumlein hangen *muß* und kein anderer Ausgang möglich ist. Die Komödien und Trauerspiele um mißratene Kinder sind stets Trauerspiele und Komödien um das in der Welt geltende Gesetz – sind weit mehr Tragödien der Ordnung als psychologische Studien zum Einfallsreichtum und zu der Unverfrorenheit, womit junge Leute über die Stränge schlagen.

II. Absalom zieht durch die Geschichte

Die Frage nach dem wahren Absalom. Auslesearbeit am Wort Gottes. Blick ins Zweite Buch Samuel. Die Literatur als Kupplerin zwischen dem Bild und dem Gesetz.

Wie verhält sich nun dieser Kinderreim zum alten Testament? Wieviel hat der Königssohn, der »am Bäumli g'hange« ist, mit dem tatsächlichen Absalom der Bibel zu tun? Da ist zunächst einmal festzuhalten, daß sich die Gestalt Absaloms nicht zuletzt wegen des spektakulären Todes schon früh aus dem weitläufigen Erzählnetz des David-Romans im Buch Samuel emanzipiert hat und fast chiffrenhaft verkürzt in das Bewußtsein der christlichen Jahrhunderte einging, ins Bewußtsein nicht zuletzt auch der bürgerlichen Familie. Der Kindervers stellt nur die äußerste Form solcher Reduktion dar und die tendenziöseste Funktionalisierung. Wobei gerade diese Funktionalisierung zu erzieherischen Zwecken auf die Gründe verweist, warum überhaupt eine einzelne Figur sich aus dem Ganzen lösen und in der Vorstellungswelt breiter Volksschichten ihr eigenes Leben führen kann.

Dies nämlich ist festzuhalten: Es ist nicht »die Bibel«, was über Jahrhunderte hin die europäische Kultur geprägt und mit Bildern von Glanz und Grauen durchsetzt hat, sondern es sind jene Teile und Elemente der Bibel, die von den lehrenden und predigenden Instanzen ausgewählt und zu einem anderen Ganzen neu arrangiert wurden. Auch wenn seit der Reformation die Bibel von allen (protestantischen) Frommen gelesen wurde – soweit sie hatten lesen lernen dürfen –, hat das doch den Prozeß der Auslese und Kanonisierung eines beschränkten Corpus beispielhafter Geschichten aus dem riesigen Ganzen nicht beeinträchtigt. Es gibt biblische Erzählungen, die noch heute in jedermanns Kopf stecken; es gibt viele, die noch vor ein paar Jahrzehnten in jedermanns Kopf steckten; und es gibt grandios entwickelte Geschichten, die nie in jedermanns Kopf steckten. Mochten sie immer gelesen werden in dem dicken Buch, sie gelangten doch nicht zu jener Gegenwärtigkeit im allgemeinen Bewußtsein, auf die man jederzeit zählen konnte und die sich dadurch bewies und verstärkte, daß sie in der Gestalt von Bildern, von Zeichnungen, von gemeißelten Figuren überall wieder auftauchte. Diese Auslesearbeit am Wort Gottes ist ein Vorgang von eminenter kultur- und sozialgeschichtlicher Bedeutung. Sie beweist, daß die abendländische Welt weit weniger ihre Normen aus der Bibel bezog als, umgekehrt, ihre Normen mit den geeigneten Texten der Bibel verdeutlichte, untermauerte und autoritativ auflud.

Man kann das vergleichen mit der kollektiven Arbeit an den griechischen Mythen, wobei sich nicht zuletzt im neunzehnten Jahrhundert hier wie dort charakteristische literarische Ausprägungen ergeben. Was die verkürzte Nacherzählung der »Biblischen Geschichten« bei einem Johann Peter Hebel oder einem Christoph von Schmid für das Alte Testament betreibt, tun Gustav Schwabs »Sagen des klassischen Altertums« für die antike Götterwelt. Schwab hat den Mythos durch Eliminieren alles Verworrenen, Dunklen und Anstößigen popularisiert – und dabei eines der bis heute erfolgreichsten Bücher deutscher Sprache geschaffen –; nichts anderes taten die Priester, Prediger und frommen Volksschriftsteller mit der Erzählmasse der Bibel.

Das alles muß sich an Absalom überprüfen lassen. Wie sieht in seinem Ursprung aus, was zuletzt als lehrhafter Kindervers dasteht: »Hätte er nur Vater und Mutter gehorcht…« Wie mißraten ist dieser zum exemplarisch Mißratenen erklärte Sohn tatsächlich? Und jene Fragen nach der Instanz, die das Urteil über ihn selbst nun vollzieht, wie beantworten sie sich im Original?

Der biblische Absalom liegt seit dem Mittelalter dem europäischen Nachdenken, Argumentieren und Eifern über die verkommenen Kinder – dem Erzählen auch, dem Gedichte- und Stückeschreiben – so urbildlich prägend zugrunde, sein schreckliches Baumeln erscheint als eine so wilde Vision, aus seiner Geschichte kehren so viele scheinbar nebensächliche Einzelheiten in der Literatur wieder und wieder, daß ein unverstellter Blick auf den Lebensbericht im 11. bis 19. Kapitel des zweiten Buches Samuel unumgänglich ist.

Da es in dieser Arbeit um die grundsätzliche Frage geht, wie sich das Bild zur Norm verhält, die Vision zur Regel, der Traum zum Gesetz und wie die Literatur von diesem Verhältnis, aus diesem Verhältnis lebt – sei's im Dienste des Traums, sei's im Dienste des Gesetzes –, muß diese Arbeit auch gesteigert interessiert sein an dem Vorgang, daß aus einer weitläufigen Erzählung eine Vision springt, die, als Hieroglyphe fortlebend in der allgemeinen Seele, ihrerseits wieder Erzählungen hervorruft und vorantreibt.

Die Geschichte vom Königssohn Absalom ist Teil jenes großartigen Erzählkomplexes im Alten Testament, die man den David-Roman[2] nennen darf. Es ist ein Bericht mit vielen Teilberichten und Verästelungen, mit blinden Stellen auch, seltsamen Lücken, dann wieder von grandioser Folgerichtigkeit. Am Anfang steht David, der Hirtenjunge, Sänger, Tänzer, der eines Tages König wird; am Ende steht dessen Sohn Salomon, der Inbegriff königlicher Herrlichkeit, Weisheit und Prachtentfaltung.

Zu den berühmten Teilgeschichten und Seitennovellen zählt neben der Goliath-Story, die jedem Kind aus einleuchtend zwielichtigen Gründen so rasch einleuchtet, insbesondere das dramatische Verhältnis zwischen dem jungen Spielmann David und dem verdüsterten König Saul, den jener heilen soll mit seiner Musik. Es gehört dazu aber auch die Affäre um die schöne Bathseba, die der König David vom Dach aus im Bade sieht und sogleich heftig begehrt und mit Gewalt sich aneignet, wobei er ihren Mann, Urias, im Krieg an die gefährlichste Stelle beordern läßt und auf diese Weise beseitigt. Und eine weitere Teilgeschichte ist nun eben die von Davids schönstem Sohn, Absalom, dem schönsten Mann überhaupt in ganz Israel. Nach Luthers Übersetzung:

> Es war aber in ganz Israel kein Mann so schön als Absalom und hatte dieses Lob vor allen. Von seiner Fußsohlen an bis auf seine Scheitel war nicht ein Fehl an ihm. Und wenn man sein Haupt beschor (das geschah gemeiniglich alle Jahr, denn es war ihm zu schwer, daß mans abscheren mußte), so wog sein Haupthaar zweihundert Sekel nach dem königlichen Gewicht.[3]

Es ist dieses Haupthaar, diese Männerherrlichkeit, was ihn zu Tode bringen wird. Denn da er den Aufstand wagt gegen den königlichen Vater, ihn vertreibt und öffentlich mit dessen zehn Nebenfrauen schläft, damit auch deutlich werde, wer jetzt das Sagen hat – ein Detail, das sich in den Nacherzählungen stets sehr rasch verflüchtigte –; da es im Gefolge einer intrikaten Spionagegeschichte – der ersten in der Weltliteratur? – zum offenen Krieg kommt, zur Schlacht im Walde Ephraim; da sich hier schließlich das Glück gegen Absalom wendet, er nun selber fliehen muß, hurtig, auf einem Maultier: – so geschieht es, daß das Tier mit seinem Reiter unter einer Eiche durchschießt, daß in deren Geäst sich das schönste Haar Israels verheddert, daß sein Besitzer in der Luft hängen bleibt und hilflos baumelt, denn das Maultier ist gradaus weitergerannt. Das ist die Szene. Da hängt er, hängt am eigenen Haar. Und so hangend wird er getötet, mit drei Spießen auf einmal durchstochen von Joab, dem Heerführer, dann zusätzlich noch erschlagen von dessen zehn Waffenträgern.

So hängt er bis heute fort, hängt und baumelt am langen Haar im Bewußtsein der erzählenden Menschheit: ein Bild, das immer wieder, immer neu Erzählung werden und über die Erzählung einen Platz finden will in der sittlichen Ordnung, einen Sinn machen im Gefüge des Gesetzes. Die Erzählung schlägt die Brücke vom Bild zum Gesetz, dergestalt, daß die Gewalt des Bildes gebändigt wird im Nachweis, warum es so habe kommen müssen und daß solches Baumeln einer höheren, der höchsten Notwendigkeit entspreche. Eine Ordnung existiert, so wird die Erzählung zu verstehen geben, aus der die herrlich-schauerliche Szene sich herleitet, es besteht ein Gesetz in der Welt, das jeden baumeln läßt, so oder anders, mit oder ohne Beihilfe eines Maultiers, der es verdient hat wie Absalom. Man muß den Kupplerdienst genau studieren, den die Literatur da zwischen Bild und Gesetz, Vision und Regel, Traum und Norm leistet. Es ist ein schielendes Unterfangen. Offiziell steht es in der Pflicht des Gesetzes, in Wahrheit aber ist es dem Bild verpflichtet, will es dieses wieder herausholen aus dem Orkus, hereinholen in die Gegenwart. Das weiß sogar jener

Kindervers. Die zweite Hälfte: »Hätt' er seinen Eltern gehorcht, wär's ihm nicht so ergangen«, ist reines Gesetz, schlüssige Deutung des Bildes von der Norm und geltenden Regel aus. Die erste Hälfte aber ist die Wiederkehr der Vision, die Einkehr der alten Vision in die Kinderstube. Sie zu ermöglichen muß das Ganze so tun, als benütze es sie bloß um des Gesetzes willen. In Wahrheit ist das Gesetz die Krücke des drängenden Bildes; es muß aber so getan werden, als sei das Bild die Krücke des strengen Gesetzes.

Der am eigenen Haar baumelnde Königssohn hat die imaginative Gewalt des geschundenen Marsyas, des pfeildurchschossenen Sebastian, des erhöhten Crucifixus. Aber bei ihm kommt noch ein Element hinzu, welches das reine Pathos jener andern Gestalten bricht, ein ironisches Element, indem gerade das triumphalste Attribut des Helden, die zweihundert Sekel Haupthaar, sich gegen ihn selbst richtet und ihn zu Tode bringt. Man zögert, dies komisch zu nennen, und doch ist der Lustgehalt des Bildes, der es am Leben hält, ohne einen Anflug von Komik nicht zu erklären. So wird im Märchen der böse Zauberer durch seine eigene Kunst besiegt (»›Verwandle dich in eine Maus‹, sagte der Kater ...«). Gottfried August Bürgers Einfall, den Baron von Münchhausen sich am eigenen Zopf aus dem Sumpf ziehen zu lassen, ein Einfall nebenhin, mit ein, zwei Sätzen abgefertigt,[4] wurde sogleich Allgemeingut – eben weil er sich mit jenem ironischen Gestus der Märchen berührt. Die Münchhausen-Anekdote ist das Satyrspiel zur Absalom-Szene – wenn man davon absieht, daß die Schweizer Kinder in einer Parodie jenes kleinen Verses eigenhändig ein solches Satyrspiel erfunden haben. Davon aber später.

Nun ist es so, daß das Bild des baumelnden Königssohns schon in seinem Ursprung verflochten ist in eine lange Geschichte. Auch da schon, heißt das, muß die Vision in Austrag kommen mit dem Gesetz. Und die Frage, wie das zugehe, wie das Bild gelesen und gedeutet werde von seiner eigenen Erzählung, ist immer noch offen. Wer spricht das Urteil, wer vollstreckt es, unter Berufung auf welche Satzung?

III. Der schreiende David

Wer richtet wen? Die Schreie des Vaterkönigs. Psychologie und Mythos. Absalom und Judas. Die Tragödie der Schwester Thamar. Absalom als Hamlet. Die ältesten Geschichten sind nicht die einfachsten.

Der Verdacht muß auf den Vater fallen. Gibt es verkommene Söhne ohne Väter, die sich als deren moralisches Gegenteil definieren? Wie also verhält sich David bei Absaloms Tod? Merkwürdig, irritierend merkwürdig. Da hat der Junge ihn ins Elend getrieben, hat öffentlich seinen ganzen Harem beschlafen, hat das Volk aufgehetzt und Krieg angezettelt und diesen endlich verloren – und wie gebärdet sich David bei der Siegesmeldung? Der Bote, der sie bringt, strahlt ihn an: »Hie gute Botschaft, mein Herr König. Der HERR hat dir heute Recht verschafft.« Darauf ein einziger Satz des Königs: »Gehet es dem Knaben Absalom auch wohl?« Das kann der Bote nicht bestätigen, ganz und gar nicht, und David begreift, was geschehen ist. »Da ward der König traurig, und ging hin auf den Saal im Tor und weinte, und im Gehen sprach er also: ›Mein Sohn Absalom, mein Sohn, mein Sohn Absalom! Wollt Gott, ich müßte für dich sterben, o Absalom, mein Sohn, mein Sohn!‹« Und er verhüllt sein Antlitz, und lange noch hört man seine lauten Schreie: »Ah, mein Sohn Absalom, Absalom, mein Sohn, mein Sohn!«[5]

Damit differenziert sich das Problem auf einen Schlag. Die Frage nach dem Richter wird einfacher und schwieriger zugleich. Der Vater scheint außer Betracht zu fallen, Gott selbst dagegen in den Vordergrund zu rücken. Heißt es doch: »Der HERR hat dir heute Recht verschafft.« Das aber müßte nun fast eine Art Solidarität zwischen Vater und Sohn gegen den Allerhöchsten nahelegen, was von der Handlung her schlicht absurd ist. Davids Klage um Absalom, die furchtbaren Schreie, die das Volk verstummen und sich verkriechen lassen,[6] brüskieren unsere Leseerwartung. Von den literarischen Schemata her, die man im Zusammenhang mit solchen Vorgängen gespeichert hat (man denke an Philipp II. und Don Carlos), wäre mit einer Art Erschütterung zu rechnen, nicht aber mit dieser wilden Verzweiflung. Es muß im Erzählganzen Faktoren geben, die mit diesem Widerspruch zusammenhängen, und sie müssen gefunden werden gerade wegen des exemplarischen Charakters, der dem Fall Absalom im Bewußtsein der erzählenden Menschheit zukommt.

Auf der Suche nach solchen Faktoren zeigt sich erst, wie hintergründig genau die einzelnen Teilnovellen des David-Romans miteinander verknüpft sind, und: wie sehr man das Ganze als planvoll gewebte Literatur lesen darf (ohne den Frommen und den Theologen dabei in die Quere kommen zu wollen; sie werden ja wohl nichts dagegen haben, daß der allerhöchste Autor des Buchs der Bücher auch literarisch seinen Rang hat). Tatsache ist, daß der Name Absalom zum erstenmal fällt unmittelbar nach dem Bericht über den klugen kleinen Mord, mit dem David den Mann seiner neuen Frau, den Urias, beseitigt, unter Beihilfe Joabs, seines zuverlässigen Generals. Die Geschichte dieser Schandtat endet einerseits mit der lapidaren Feststellung: »Aber die Tat gefiel dem HERRN übel, die David tät«,[7] andererseits mit einer großen verbalen Strafaktion des Propheten Nathan. Die Abscheulichkeit seines Handelns wird dem König mit grandioser Rhetorik eingebläut, und während er zerknirscht in die Knie bricht, erschallt über ihm eine schreckliche Prophezeiung, eine Voraussage von jener Wucht und Fatalität, die den Geschlechterfluch in den griechischen

Mythen und Tragödien kennzeichnet: »Nun so soll von deinem Hause das Schwert nicht lassen ewiglich, darum, daß du mich verachtet hast und das Weib Urias, des Hethiters, genommen hast, daß sie dein Weib sei. So spricht der HERR: Siehe, ich will Unglück über dich erwecken aus deinem eigenen Hause und will deine Weiber nehmen vor deinen Augen und will sie deinem Nächsten geben, daß er bei deinen Weibern schlafen soll an der lichten Sonnen. Denn du hasts heimlich getan. Ich aber will dies tun vor dem ganzen Israel und an der Sonnen.«[8]

Hier nun, im Auftakt des nächsten Kapitels, taucht erstmals der Name Absalom auf. Es wird keine Verbindung geschlagen zu jenem prophetischen Fluch, und es ist auch nicht die Rede von einem besonders herzlichen Verhältnis zwischen dem Sohn und seinem Vater. Vom Ende her indessen, dem schrecklichen Baumeln des Königssohns, stellt sich unabweisbar die Frage, ob Absalom denn nicht einfach das Werkzeug Gottes sei, die Geißel in der Hand des Höchsten, dazu bestimmt, jenen klugen kleinen Mord zu sühnen. Das würde die psychologische Crux augenblicklich lösen, daß der schwerstgekränkte Vater zuletzt um seinen schlechten Sohn trauert wie um das liebste Lämmlein. In Davids Schreien: »Ah, mein Sohn Absalom, Absalom, mein Sohn, mein Sohn!« würde das Bewußtsein laut, diese Umwandlung des eigenen Kindes zum lebendigen Strafwerkzeug Gottes, welches selber schuldig wird, indem es seine Sendung erfüllt, verursacht zu haben. Dahinein fügt sich zudem widerspruchslos die Tatsache, daß David vor der Schlacht im Walde Ephraim, als er persönlich das Heer gegen Absalom organisiert, den Generälen befiehlt, den Sohn zu schonen: »Fahret mir säuberlich mit dem Knaben Absalom.«[9] Daß den Troupiers das nicht voll einleuchtet, ist nachvollziehbar. Verblüffend aber in seiner geheimen Folgerichtigkeit erscheint, daß genau jener Joab, der den Urias auf Befehl Davids umbrachte, nun den Absalom wider Davids Befehl ums Leben bringt – als müßte jene Botmäßigkeit durch diese Unbotmäßigkeit wettgemacht werden.

Schön, wie nun alles aufgeht. Schön, wie da ein scheinbar archaisches, unserer delikaten neuzeitlichen Sensibilität nicht einfühlbares Verhalten plötzlich stimmig wird und sich als psychologisch stringent erweist. Nur klafft jetzt der Widerspruch am anderen Ende. Wenn ich schon in diesen David-Geschichten die Psychologie eines Balzac-Romans suche, was sicher mißbilligt wird, und unverhofft auch finde, was sicher bestritten wird, dann müßte ich auch das psychische Diagramm eines Menschen aufdecken können, der, ohne es zu wissen, von Gott zum Instrument der Vergeltung gegen den eigenen Vater bestimmt ist, die Aufgabe erfüllt und dafür, wie der gleiche Gott es für Vatermörder eben vorsieht, seine grausige Strafe findet. Wenn sich da nicht Mythos und Psychologie in die Quere kommen! Wenn da der Literaturwissenschaftler nicht in eine peinliche Klemme gerät!

Es gibt allerdings eine Parallele zu diesem Aufriß, eine vieldiskutierte: Judas, der Verräter Christi. Er begeht das größte denkbare Verbrechen, und doch geschieht es im Rahmen des Heilsplans. Auch er wird schuldig im Vollzug einer höchsten Sendung. Dieser tragische Grundriß, vielleicht das einzige genuine Tragödienmodell, das es in der Kernzone des christlichen Glaubens gibt, hat die deutschen Dramatiker immer wieder gelockt, aber keiner war ihm gewachsen – wohl gerade wegen der Unvereinbarkeit von Mythos und Psychologie.[10] Man kann Judas schlechthin nicht mit dem Bewußtsein eines Hamlet oder Macbeth, eines Wallenstein oder Danton ausstatten. Entweder weiß er von seiner Sendung nichts, dann ist er nur ein tückischer Geizhals und also nicht tragödienfähig; oder er weiß alles, dann ist der diabolische Kuß seelisch nicht motivierbar.

Wie löst der David-Roman das Dilemma? Er läßt Absaloms Bewußtsein von der mythischen Ebene, Fluch und Erfüllung, unberührt bleiben. Dem Sohn ist nicht bewußt, daß er nach Gottes Willen gegen den Vater aufstehen *muß*, mit dessen Frauen »an der lichten Sonnen« schlafen *muß*. Er tut es aus anderen Gründen. Eingefügt nämlich zwischen die Urias-Affäre und Absaloms Putsch ist die furchtbare Geschichte von Absaloms Schwester Thamar. In diese Geschichte ist er verflochten, dergestalt, daß sein ganzes späteres Verhalten psychologisch motiviert wird – als wär's nun tatsächlich Teil eines Balzac- oder Dostojewskij-Romans. Die List des biblischen Erzählers ist mirakulös: er setzt den Mythos ein zur psychologischen Begründung von Davids Schreien, und er setzt die psychologische Novelle ein zur Begründung der mythisch geforderten Tat.

Auch die Thamar-Geschichte, die Gestalt der Thamar selbst gehört zu jenen Teilen der Bibel, die sich in der Popularisierungsarbeit stets rasch verflüchtigt haben. Was geschieht? Absalom hat eine Schwester, die ist sehr schön, so schön, dürfen wir annehmen, wie er selbst. In sie verliebt sich deren anderer Bruder, Amnon, Davids Erstgeborener. Dieser bringt es durch Tricks und Verstellung fertig, daß Thamar ihn, den angeblich Kranken, pflegen muß, ja daß der König selbst diese intime Betreuung anordnet. Dann verläuft der Bericht in atemloser Verkürzung. Amnon verlangt von Thamar die Liebe: »Komm her, meine Schwester, schlaf bei mir.«[11] Sie wehrt sich, und er tut ihr Gewalt an. Aber sobald dies geschehen ist, packt ihn ein fürchterlicher Abscheu vor ihr: »Und Amnon ward ihr über aus Gram, daß der Haß größer war, denn vorhin die Liebe war.«[12] Er jagt sie aus dem Haus wie einen Hund, und sie trägt immer noch den bunten Rock der Jungfrauen. Den zerreißt sie nun öffentlich, streut Asche auf ihren Kopf, läuft von dannen und schreit. Absalom kommt dazu, und dieser Erzählmoment ist außerordentlich: »Und ihr Bruder Absalom sprach zu ihr: ›Ist dein Bruder Amnon bei dir gewesen? Nu, meine Schwester, schweig stille. Es ist dein Bruder, und nimm die Sach nicht so zu Herzen.‹ Also blieb Thamar leidig in Absaloms, ihres Bruders, Hause.«[13] Man nimmt's als Zynismus, und es ist das Gegenteil. Denn von dem Moment an ist Absalom ein anderer. Er trägt eine Maske wie Hamlet und, vor diesem, der ältere Brutus, macht gute Miene und denkt doch nur an Rache. Er wird zum undurchschaubaren Schweiger: »Aber Absalom redet nicht mit Amnon, weder bös noch gut.«[14] Jahrelang plant er die Vergeltung, verstellt sich auch vor David, bis es ihm schließlich gelingt, den Bruder bei einem Gastmahl umzubringen. Die Folge ist ein schwerstes Zerwürfnis mit dem Vater. Dieser verfolgt ihn noch im Exil, und als er nach Jahren zurückkehren darf, bleibt ihm die königliche Gegenwart weiterhin verboten: »Aber der König sprach: Laß ihn wieder in sein Haus gehen und mein Angesicht nicht sehen.«[15] So lebt er nun für sich, hat Kinder, darunter eine Tochter (»War ein Weib, schön von Gestalt«[16]), und wie nennt er sie? Thamar.

Der Rest ist rasch erzählt. Jene stumme Ausdauer, mit der Absalom die Rache an dem Bruder plante und vollzog, führt er nun fort in der Verschwörung gegen den König. Er hat Erfolg und triumphiert und wird doch besiegt und hängt zuletzt am Baum.

Sein innerstes Geheimnis spricht Absalom, anders als Hamlet, anders als Orest und Elektra, nie aus. Er redet nur durch sein Handeln. Er nennt seine Tochter Thamar: also will er nicht vergessen. Er zielt nach dem Mord am Bruder gegen den Vater: also sieht er die Schuld auf beide verteilt.

Zugegeben, so *muß* man es nicht lesen, so *kann* man es bloß. Was hier aufgedeckt wurde, ist die Konfliktlogik einer großartigen Erzählung, ein Ereignis also der Kunst. Wer den Text anders liest, historisch-politisch, wird dessen Konfliktlogik anders betrachten. Nur zeigt sich dann, daß dies zu weit vageren Spekulationen führt. Man beachte nur die diversen Möglichkeitsformen im folgenden wissenschaftlichen Kommentar: »Wenn auch Absaloms Verschulden gegenüber seinem regierenden Vater und gegenüber dem Reich keineswegs geleugnet werden kann, ist doch die Frage der Mitschuld Davids nicht von der Hand zu weisen. Man wird ernstlich mit der Möglichkeit rechnen müssen, daß Absalom den Staatsstreich organisierte, um der Ausführung eines geheimen Planes zuvor zu kommen, der ihn um die Thronfolge gebracht hätte.«[17]

Literarisch-künstlerisch leben die Absalom-Kapitel des David-Romans vom Bild des Königssohnes am Baum, einer Vision, die, zurückstrahlend, alles Vorgängige mit Bedeutung auflädt. Während in der predigenden Popularisierung der Bibel dieses Bild mit dem Gesetz so in Ausgleich kommt, daß es die Regel zu illustrieren hat: ›Ungehorsam gegen den Vater, den König, den Allerhöchsten zieht schwere Vergeltung nach sich‹, deckt die Beobachtung solchen Ausgleichs im Originaltext ein abgründiges Gegenspiel mehrfacher Ordnungen und Ordnungsverletzungen auf. Wohl ist das Grundmuster sichtbar, wonach der mißratene Sohn ein Prinzip fundamentaler Un- oder Gegenordnung verkörpert und so das geltende Ganze – Gesetz eben im höchsten Sinn – thematisiert, aber dieser Akt der Auflehnung ereignet sich hier im Gegenzug zu einem schwersten Gesetzesverstoß des Vater-Königs selbst. Damit stehen wir vor der Tatsache, daß die ältesten, urbildlich prägenden Texte zum Gegenstand dieser Studie offenbar nicht, wie zu erwarten wäre, stets auch die lapidarsten Gestaltungen darstellen, sondern daß sie bereits von einer schillernden Verwicklung sein können, die sie ohne weiteres neben die Spitzenleistungen der erzählenden und dramatischen Literatur der Neuzeit rückt. Das gilt von der Konfrontation zwischen Absalom und David so gut wie von jener, bei Sophokles, zwischen Haimon und Kreon.

Von dem Handlungsmodell aus, das sich um die verkommenen Söhne und mißratenen Töchter in der Literatur nahezu gesetzmäßig ergibt, besteht das überragende Charakteristikum des David-Romans im Fehlen einer wichtigen Konstante: des väterlichen Fluchs über den Sohn. Dieser Fluch, das feierliche Anathema im Namen der heiligen Ordnung, wäre im Text durchaus denkbar, sowohl nach dem Brudermord wie nach dem politischen Umsturz. Daß er David nicht über die Lippen kommt, nicht über die Lippen will, ist, literarhistorisch gesehen, fast sensationell. So zwingend stellt sich dieser Gestus sonst immer und überall ein. Die Wucht des Vaterfluchs erscheint hier verschoben und verwandelt in die Gewalt jener Schreie nach dem Tod des Sohnes. Das hängt damit zusammen, daß sich eine Verfluchung im Namen der heiligen Ordnung innerhalb des Erzählganzen bereits ereignet hat. Sie ist, aus dem Munde des Propheten Nathan, über David selbst erschallt. Dadurch verliert dieser die Sicherheit, das Bewußtsein der eigenen Geborgenheit im Gesetz, was die unbedingte Voraussetzung zu dem dramatischen Akt wäre. Man denke an König Lear. Wie sicher ist er, als er Cordelia verdammt. Ganz Vater und ganz Gesetz. – Auch er wird allerdings noch schreien lernen.

IV. Die Bibel als Erziehungsinstrument

Geschichte und Geschehen. Die Erzählung als Gerichtsinstanz über das, was sich in ihr ereignet. Johann Peter Hebels Kunstgriff und die Restauration des Vaterfluchs.

Jene Lapidarität des Kerngeschehens, die die Vision vom baumelnden Königssohn verspricht, die zugehörige Erzählung aber so gar nicht beibringt, wir finden sie exemplarisch in Johann Peter Hebels »Biblischen Geschichten«. Der Autor, seit Jahren berühmt durch seine »Alemannischen Gedichte« und die Kalendererzählungen für den »Rheinländischen Hausfreund«, war besorgt um die literarische und pädagogische Qualität der

Texte zum Alten und Neuen Testament, die den badischen Schulkindern vorgelegt wurden. Er schrieb zuerst ein warnendes Gutachten, vor allem gegen den erfolgreichen Jugendbuch-Autor Christoph von Schmid gerichtet, und anschließend eben seine eigene Kinderbibel: »Biblische Geschichten. Für die Jugend bearbeitet von Dr. J. P. Hebel«. Sie erschienen 1829 im besten deutschen Verlag, bei Cotta in Stuttgart und Tübingen, hatten großen Erfolg, wurden aber auch scharf bekämpft wegen eines unverkennbar aufklärerischen Einschlags. Insbesondere an den Wundern wagte Hebel seine verstohlenen Zweifel anzubringen. Nach zwanzig Jahren wurde das Buch deshalb offiziell wieder aus den Schulen entfernt.[18] Die versteckten Reize, die plötzlich aufglänzenden, zauberhaften Erzählgebärden, die das Werk allen Hebel-Kennern teuer machen, sind in der Absalom-Erzählung, um die es hier geht, allerdings kaum nachzuweisen. Sie wird denn auch nicht des Autors Hebel wegen vorgestellt, sondern zum anschaulichen Unterricht über die literarischen und textstrukturellen Prozesse, die sich bei der Verwandlung des biblischen Originals in pädagogische Agitationsliteratur abspielen. Die Regeln solcher Umschaffung erweisen sich nämlich als von grundsätzlichem literaturtheoretischem Interesse, weit über alle Schulbuchästhetik hinaus.

In der Literaturwissenschaft pflegt man zwischen »Geschichte« (im Sinne von »Erzählung«; »story« also, nicht »history«) und »Geschehen« zu unterscheiden. »Geschichte« ist die erzählerische Vermittlung eines »Geschehens«. Der Satz: »Der Rußlandfeldzug wurde für Napoleon zur Katastrophe« stellt eine überaus kurze »Geschichte« dar, deren »Geschehen« immense Dimensionen hat. Unter diesem Aspekt ist bei Hebels Absalom-Erzählung zweierlei zu beachten. Einerseits die restlose Eliminierung der Thamar-Tragödie auf der Ebene des »Geschehens«. Damit verschwindet jede Möglichkeit, den Königssohn psychologisch zu vertiefen. Sein Hamlet-Spiel und seine Hamlet-Not gibt es nicht mehr, darf es offensichtlich nicht mehr geben. An deren Stelle tritt die simple Unbotmäßigkeit dem Vater gegenüber. Auf der Ebene der »Geschichte« aber führt Hebel auf geradezu krasse Art einen zweiten Diskurs ein, ein urteilendes Reden, das den Diskurs des sachlichen Berichts systematisch kontrapunktiert. Dies geschieht in schärfster Differenz zum Originaltext, der eine solche Begleitstimme überhaupt nicht kennt. Während die Bibel von einem Geschehen berichtet, dem in geheimnisvoller Weise Gericht und Urteil inhärent sind, macht Hebel seine Geschichte zum lautstarken Urteil über das Geschehen. Man muß die folgenden Passagen auf diesen doppelten Diskurs hin studieren, muß beobachten, wie die eine Rede auf die andere wirkt, wie der Erzählbericht förmlich in den Krallen des urteilenden Kommentars hängt. Überragend gilt dies für die Schilderung Absaloms, der, vom ersten »nichtswürdig« an, unter einem Hagel herabsetzender Attribute steht, im Gegensatz zu David, auf den es träufelt wie Öl und Balsam.

Davids Flucht vor seinem Sohne Absalom.

Unter allem Unglück das schmerzhafteste verursachte dem König sein eigener nichtswürdiger Sohn Absalom. Absalom, der Nichtswürdige, bewegte in seinem Herzen den verruchten Gedanken, seinen Vater vom Thron zu verstoßen und an seiner Statt sich zum König ausrufen zu lassen. Zu dem Ende trat er von Zeit zu Zeit des Weges an die Tore von Jerusalem früh Morgens, wann die Leute aus dem Lande in die Stadt kamen, und redete mit ihnen. Hörte er nun, daß jemand den König angehen und ihm eine Sache vortragen wolle, so sprach zu ihm der tückische Mensch: »Deine Sache ist recht und schlicht, aber du findest kein Gehör bei dem König. – O, wer sezt mich zum Richter im Lande, rief er aus, daß jedermann zu mir käme, daß ich ihm zum Recht verhülfe.« Dazu, wenn ihm einer als einem königlichen Prinzen seine Ehre anthun wollte, gestattete er es nicht, sondern küßte ihn, wie einen Bruder und Freund. Das that den einfältigen und unerfahrenen Menschen wohl, und also stahl er seinem Vater durch Verläumdung und Gleißnerey das Herz der Männer von Israel. Aber auch das wird nicht unvergolten bleiben. Es bleibt nichts unvergolten. Denn als Absalom glaubte, seiner Sache gewiß zu seyn, sagte er zu seinem Vater, er wolle in die Stadt Hebron gehen und dem Herrn einen Gottesdienst thun, der ruchlose Heuchler! In dieser Stadt schickte er Boten aus in ganz Israel: »Wenn ihr hören werdet der Posaunen Schall, so sprecht: Absalom ist König.« Als David dieses erfuhr, hielt er es für ratsam, zu fliehen mit der Kriegsmannschaft, die in Jerusalem war, daß der Aufrührer sie nicht einschlösse, und die Stadt zerstörte, Jerusalem, die volkreiche Stadt. (...)

Davids Sieg und Rückkehr nach Jerusalem.

Unterdessen hatte Absalom von dem Königsthron in Jerusalem Besitz genommen, und zog alsdann, der Verwegene, seinem Vater mit feindseliger Heeresmacht über den Jordan nach. In solche Verblendung läßt Gott die Ruchlosigkeit dahin gehen, daß sie ihre Strafe finde. David stellte sein tapferes und treues Heer gegen ihn zur Schlacht, und befahl noch den Hauptleuten: »Geht mir schonlich um mit Absalom dem Jünglinge,« der treue fromme Vater. – Er selbst blieb in der Stadt und zog nicht mit ihnen hinaus. Das feindliche Heer verlor die Schlacht, es war in einem Wald, und erlitt eine schreckliche Niederlage. Absalom floh. Aber auf der Flucht blieb er mit seinen schönen langen Haaren unter einer Eiche hangen. Das Maulthier, auf welchem er ritt, lief unter ihm weg, daß er sich nicht mehr loswickeln konnte, und so schwebte er in schrecklicher Todesangst zwischen Himmel und Erde, bis Joab, der Feldhauptmann Davids, es erfuhr und herbei eilte. (...) Er nahm drei Spieße und stieß sie dem Absalom durch das Herz, als er noch lebte an der Eiche. Also ward auch das vergolten.
W e r V a t e r v e r s t ö r t u n d M u t t e r v e r j a g t, d e r i s t e i n s c h ä n d l i c h e s u n d v e r f l u c h t e s K i n d. E h r e V a t e r u n d M u t t e r, d a ß e s d i r w o h l g e h e.
Dem guten König aber verursachte die Siegesbotschaft anfangs keine große Freude, weil sein Sohn getödtet war. Nein, er rief unaufhörlich: »O! Mein Sohn Absalom, wollte Gott, ich könnte für dich sterben ! O Absalom, mein Sohn, mein Sohn!«
So sehr liebte der König seinen Sohn, auch noch nach seiner Unthat und nach seinem Tod. Das hat Gott in die Herzen der Eltern gegeben, daß sie also ihre Kinder lieben und ihren Undank vergessen können.
Nie will ich solche Liebe betrüben.[19]

Das ist nicht ein Stück des Alten Testaments, etwas lesbarer gemacht und für die Jugend zugänglicher. Das ist ein Stück deutscher Literatur des frühen 19. Jahrhunderts, und zwar in jener Erzähltradition, die sich ihrer selbst unter dem Gattungsbegriff der »moralischen Erzählung« bewußt war und ihre Arbeit rechtfertigte durch das unzweideutige Ziel bürgerlich-familialer Normenvermittlung und Normenbefestigung. Das große, weltliterarisch konkurrenzfähige Geschichtenerzählen in deutscher Prosa beginnt um 1800 herum, insbesondere im ersten Jahrzehnt des 19. Jahrhunderts, und zwar so, daß es beim Grundmuster der »moralischen Erzählung« einsetzt, deren unzweideutiges Ziel aber unverhofft zweideutig, mehrdeutig macht. Dadurch verwandelt sich ein kleinbürgerlich-engstirniges Erziehungstreiben in verbindliche Kunst. Im Zusammenhang mit dem Thema des verkommenen Sohnes ist das zu studieren an Kleists »Findling«. Hebel selbst hat in den Kalendergeschichten dieser subtilen Verwandlung des zweckrationalen Erzählens ins Mehrdeutige, in Kunst also, herrlichen Vorschub geleistet; an der Absalom-Geschichte kann man indessen nur studieren, wovon er dabei ausging und sich absetzte.

Das Studium lohnt sich. Zum Beispiel stellt sich jetzt erneut die Frage jenes Vaterfluchs über das mißratene Kind, von dem gesagt wurde, daß er über Jahrhunderte, Jahrtausende zwingend zum Erzählen solcher Geschichten gehörte und daß sein eklatantes Fehlen im David-Absalom-Bericht den Zugang eröffnet zu dessen Unvergleichbarkeit. Wenn es nun stimmen soll, daß Hebel alles Unvergleichbare in dieser biblischen Geschichte eliminiert und sie zum Stereotyp des mißratenen Sohns mit gutem Vater umbaut – die Normen, einmal mehr, nicht aus der Bibel beziehend, sondern die Bibel zur Propagierung vorhandener Normen benutzend –, muß er da nicht auch jenen regulären Gestus des feierlichen Fluchs wieder einbringen? Er muß es und tut es. Allerdings kann er keine neue Szene erfinden. Aber der zweite Diskurs, mit dem er den Erzählbericht durchschießt, der unablässige Autorkommentar zum Geschehen, wird nun dazu benutzt, das laut werden zu lassen, was aus dem Munde des Vaterkönigs David so auffällig nicht laut werden wollte. Man kann diese Äußerungen zusammenstellen und zu einer Satzfolge arrangieren, dann hat man genau den Vaterfluch vor sich, das uralte patriarchale Anathema, ausgestoßen mit dem langen, heißen Atem dessen, der sich im Gesetz geborgen, mit ihm eines Wesens weiß: »Du Nichtswürdiger, zweifach Nichtswürdiger, Verruchter, du tückischer Mensch, deine Verleumdung und Gleisnerei wird nicht unvergolten bleiben, ruchloser Heuchler du, Verwegener in deiner Verblendung. Es bleibt nichts unvergolten. In solcher Verblendung läßt Gott die Ruchlosigkeit dahingehen, daß sie ihre Strafe findet. Denn wer Vater verstört und Mutter verjagt, das ist ein schändliches und verfluchtes Kind.« Und wie dieser Text aus dem deutschen 19. Jahrhundert also den obligaten Vaterfluch restituiert, so deutet er auch die

David-Schreie »O Absalom, mein Sohn ...« um im Sinne der offiziellen Familienlehre. Nicht geheimnisvoll und deutungswürdig sind jetzt diese Schreie, sondern sie entsprechen der Elternnatur. Eltern nämlich sind Titanen der Liebe, die ihre Kinder zu lieben nie aufhören können, wie übel diese ihnen auch immer mitspielen. Das ist nicht so, war nie so, Hebel selber glaubt es keinen Augenblick, aber ein Riß ginge durch alle Ordnung, wenn es so nicht gesagt würde.

V. Der moralische Pakt

Einführung eines literaturtheoretischen Prinzips. Sittlichkeit und Textgenuß. Die gegenseitige Steuerung. Das Lesen gegen den Pakt und das parodistische Lesen. Old Shatterhand als Beispiel.

Gerade die strukturelle Einfachheit von Hebels Text ermöglicht es nun, daran ein Prinzip allen Erzählens, ein Prinzip allen Lesens oder Hörens von Erzähltem deutlich zu machen und modellhaft zu beschreiben. Dieses Prinzip kann bezeichnet werden als der *moralische Pakt*, den der literarische Text mit dem Leser schließt, den die Leserin und der Leser im Vollzug der Lektüre mit dem literarischen Text schließen. Wer den Hebel-Text liest, tritt damit auch einem Wertesystem gegenüber. Der Vollzug der Lektüre, und das ist das literaturtheoretisch Entscheidende, führt nun aber nicht einfach dazu, daß für den Leser ein moralischer oder ethischer Normenzusammenhang sichtbar wird, von dem er halten kann, was er will. Vielmehr ist es so, daß alle Lust und alles Vergnügen, die vom Text offeriert werden, nur zu gewinnen sind, wenn der Leser zu dem Normenzusammenhang ja sagt. Der moralische Pakt ist also ein wichtigstes Ingrediens der Texterfahrung, und »Pakt« wird er genannt, weil er zu gleichen Teilen aus einer Aktivität des Textes und aus einer des Lesers besteht. Er beruht auf empirisch erforschbaren und nachweisbaren Gegebenheiten des Textes. Er wurzelt nicht im Bewußtsein oder der Seele des Autors. Dessen ethische Prinzipien können sich decken mit jenen, die im moralischen Pakt seiner Texte artikuliert werden, sie können aber auch ganz anders beschaffen sein.

Wenn ich zu lesen anfange: »Unter allem Unglück das schmerzhafteste verursachte dem König sein eigener nichtswürdiger Sohn Absalom«, entwickelt sich in mir, besser: entwickle ich in meiner fühlenden Brust und meinem denkenden Kopf einen Zusammenhang von Mitgefühl und Abneigung, Erwartung böser Taten mit gerechter Bestrafung, Spektakellust, Aggressionsimpulsen und Vorfreude auf deren Ableitung. Die Vorausdeutung, die in dem Satz geschieht, ist nicht einfach eine Ankündigung von

Handlungen, ein Versprechen dramatischer Ereignisse, sie ist ebensosehr und vielleicht mehr noch eine Ankündigung über das, was in mir, dem Leser, emotional geschehen wird, mit meinem Rechtsgefühl, meinen Zuneigungen und Antipathien. Ich werde liebes- und haßbereit, und es lockt mich die Entwicklung dieser Gefühle. Worin aber besteht nun der Pakt? Er besteht darin, daß dieser Satz die implizite Bedingung formuliert: »Wenn du, Leser, wenn du, Leserin, diesen Sohn ebenfalls nichtswürdig findest, den Vater aber des Mitleids wert, dann wird dir dafür all jenes Vergnügen zuteil, das der Text freizusetzen imstande ist.« Der moralische Gehalt eines literarischen Textes ist also keine statische Größe, die sittlichen Normen stecken in ihm nicht wie die Mandeln im Kuchen – und man stößt von Zeit zu Zeit darauf und kann sie schlucken oder ausspucken –, vielmehr ist der moralische Gehalt, sind die sittlichen Normen das, was ich selbst *im Genuß des Textes* für richtig halte. Da der Genuß eines Textes nun aber wesentlich im Spiel von Erwartungen und deren überraschender Einlösung, von Ankündigungen und deren unverhofftem Eintreten besteht, muß rasch einmal klar sein, ob das Kommende zu fürchten oder zu erhoffen ist. Spannung als lusthaltiger Zustand des Lesers wie als eine Textstruktur, die diesen Zustand ermöglicht, setzt den Entscheid voraus über die moralische Qualität der verschiedenen möglichen Auflösungen. Nur wenn sich der Leser mit dem Text darüber einigt, in einem lautlosen Pakt, daß von nun auf dies gehofft, jenes aber befürchtet werde, daß um diesen Menschen gebangt, jenem andern aber alles Mögliche an den Hals gewünscht werde, nur wenn solche Abmachung geschieht, denkend und fühlend, kann das Genußpotential des Textes im Vollzug des Lesens ausgeschöpft werden.

Natürlich kann ich mich auch weigern. Ich kann nein sagen zum moralischen Pakt, den der Text mir vorschlägt. Dann gibt es nur noch zwei Möglichkeiten. Ich werfe das Buch in die Ecke, oder ich lese auf eine ganz andere Art. Eine Lektüre, die den moralischen Pakt verweigert, wird zu einer kritisch beobachtenden, einer im Grunde wissenschaftlichen Tätigkeit. Ich beobachte dann die Listen des Textes, einen moralischen Pakt zu formulieren und mir beliebt zu machen. Auch das kann zu Vergnügen führen, zu Erkenntnislust, dem eigentümlichen Eros der Wissenschaft. Aber es ist ein Lesen gegen die eigentliche Beschaffenheit des Textes, ein asketisches Lesen auch – um *meiner* Moral willen –, das auf die breite Palette der angebotenen Vergnügen verzichtet. Wo mir prächtige Aggressionsabfuhr in Aussicht gestellt wird angesichts des bösen Endes, das der Schurke vermutlich nimmt, muß ich dann ebendieser Gestalt, die als Schurken zu qualifizieren ich mich tugendhaft weigere, gegen alle rhetorischen Strategien der Erzählung die Stange halten. Ich bleibe, in Opposition zum Text, mir selber treu – aber was hab' ich schon davon!

Es gibt das dem Textwillen entsprechende Lesen, das den moralischen

Pakt schließt und hält, und es gibt das Lesen aus einer Außenposition, kritisch, das die Dynamik des moralischen Pakts nur beobachtet. Das sind die beiden Grundmöglichkeiten, und streng genommen müßte man sagen: tertium non datur. Aber der Mensch ist ein genußerpichtes Wesen, und es fällt ihm, wie Freud sagt, nichts schwerer als der Verzicht auf eine einmal erfahrene Lust. Deshalb hat er zusätzlich eine etwas zweideutige, ans Perverse streifende Form der Lektüre entwickelt, die man das ironische Lesen nennen könnte. Dieses saugt den Honig aus einem fragwürdigen Text und glaubt sich doch dabei moralisch nichts zu vergeben. Es schließt den moralischen Pakt, aber unter Vorbehalt, mit heimlich gekreuzten Fingern, wie die Kinder beim Lügen.

So liest beispielsweise der Erwachsene eines Tages den alten Karl May wieder, stundenlang, zwei, drei Bände lang vielleicht, und mit einer Hälfte seiner Person schließt er den Pakt, findet die Unholde abscheulich, Old Shatterhand aber edel, hilfreich und gut, findet edel, hilfreich und gut, was immer Old Shatterhand dafür erklärt, und ist entsetzt über die Abgründe von Bosheit, die sich auftun, wo immer sie Old Shatterhands hellblaues Auge sich auftun sieht. Die eine Hälfte dieses Erwachsenen erfreut sich zuchtlos all dessen, was die andere Hälfte abstoßend, ja skandalös findet. Die gleiche Person also kann beim ironischen Lesen des »Winnetou« kummervoll denken: das sind frühfaschistische Muster des Verhaltens und Argumentierens, diese Phantasien von Machtvollkommenheit und unbeschränktem Recht zu töten, von Verachtung des Andersartigen und Verklärung des germanisch Blonden, Starken, Guten sind eines Tages eingegangen in die Konzepte der Nazis; *und* sie kann gleichzeitig mit tiefem Vergnügen verfolgen, wie der Blonde, Starke, Gute den fletschenden Schurken erledigt, im offenen Duell, mit zwei Wurfbeilen, die er so zu schleudern versteht, kurz nacheinander und traumschnell berechnet, daß der Schuft, dem einen blinkenden Sausen ausweichend, genau in das andere hineinläuft. Sage keiner, ihm mache dabei nur die Erfindung Spaß, die immer neuen Einfälle Old Shatterhands beim Liquidieren seiner Gegner. Ohne das moralische Urteil über den Schurken mitzutragen, den Pakt also so oder anders zu schließen, kann es auch für den Erwachsenen zu keiner behaglichen Stunde mit Karl May kommen. Der Aufbau dieses moralischen Urteils aber, die Formulierung gewissermaßen des Pakts, der dann im Lektürevollzug besiegelt wird, ist im Text empirisch nachweisbar, ist ein Ereignis dieses Textes schwarz auf weiß, auf das ich den Finger legen kann.

VI. Die Familie als Ort des Gerichts

Mißraten ist kein Naturgeschehen. Mißraten setzt eine Norm voraus. Wie kommt sie in die Literatur? Die Genealogie der Moral im literarischen Werk. Der moralische Pakt im Kindervers und seine Sabotierung durch die Kinder selbst. Ein namenloser kleiner Aufklärer.

Warum dies alles hier, im Auftakt zu einem Buch über verkommene Söhne und mißratene Töchter in der Literatur, das heißt: im unaufhörlichen Phantasieren und Erzählen der Menschheit? Weil »Verkommen« und »Mißraten« Ereignisse der Moral sind. Es gibt sie nur in Hinsicht auf ein sittliches Maß, eine gesetzte und gesellschaftlich akzeptierte Norm. Wer einen Buckel hat, hat ihn auch unabhängig davon, ob dies jemand registriert und benennt. Einem mißratenen Sohn aber muß diese Eigenschaft erst einmal zugeschrieben werden, von anderen oder von ihm selbst, ausdrücklich oder als stillschweigende Unterstellung. Die Diagnose kann demnach auch durch eine Gegendiagnose konterkariert werden. Wer hat dann recht? Im gelebten Leben jeder für sich, notfalls auch gegen die Mehrheit. In der Literatur aber gibt es keine offenen Rechnungen in moralischen Dingen, es sei denn, sie würden sorgsam auf eine solche Offenheit hin entworfen und entwickelt – womit sie dann aber auch schon kein schlechthin Unbereinigtes mehr wären, sondern eine der möglichen Gestalten literarisch-künstlerischer Bereinigung.

Verkommene Söhne und mißratene Töchter kann es nur geben, wo eine lebendige Person im Rückgriff auf ein geltendes Gesetz dieses Urteil fällt und daraus Konsequenzen zieht. Das Phänomen des mißratenen Kindes ist zwingend gekoppelt an das Ereignis des Urteils und damit an ein Gerichtsgeschehen. Die Familie wird zum Tribunal. Darin steckt einerseits ein immenses Potential von Handlungen, von tragisch-triumphalen Abläufen, andererseits aber knüpft es die Ästhetik all dieser Geschichten und Trauerspiele, Komödien und Schwänke und Moritaten bedingungslos zusammen mit einer allgemeinen Ästhetik der Moral im literarischen Werk. Diese ist, wie gezeigt wurde und wie das Konzept des moralischen Pakts es unter Beweis stellt, wesentlich dynamisch, ein Wechselgeschehen zwischen Werk und Leser. Sie besteht nicht im schlichten Zu-Tage-Treten einer gesetzten Norm, sondern ereignet sich darin, daß ein Gesetz, eine sittliche Regel dem Leser behutsam vorgerückt wird, mit lockenden Lauten angeboten zur Annahme und Zustimmung. Sie kann ihm auch mit ebenso lockenden Lauten zur Ablehnung und Verweigerung vorgerückt werden. Das geschieht etwa dort, wo der Text mit dem Leser zusammen *gegen* jene Instanzen konspiriert, die die Diagnose der Verkommenheit stellen und im familialen Tribunal das Urteil sprechen. Das Faktum des moralischen Pakts rückt also alle Moral in der Literatur, alles Gesetz in die Perspektive von dessen eigener Genealogie. Und die Genealogie der Moral im literarischen Werk, das literarische Werk als Zeugnis dafür, daß alle Moral ihre Genealogie hat – Nietzsches Begriff wird hier überlegt gesetzt –, dies bildet denn auch eines der hauptsächlichen Interessen im Hintergrund der vorliegenden Studie.

Selbst Hebel, der in seinem Absalom-Text so tut, als sei das Sittengesetz eindeutig und unverrückbar wie die Sonnenbahn, widerlegt diese Sicherheit durch die nahezu tückischen Winkelzüge, mit denen er den moralischen Pakt beim Leser durchsetzt. Im letzten Satz des zitierten Abschnitts macht er aus dem kommentierenden Diskurs heraus eine diabolische – oder müßte man um der guten Sache willen sagen: angelische? – Volte. Er springt blitzartig ins Innere des lesenden Kindes hinein, sagt »ich« in dessen Namen, zwingt es, im Vollzug des Lesens mit seiner eigenen Person, dem ihm allein gehörigen »ich«-Laut, das vorgelegte Gesetz – und also auch die Niedertracht Absaloms – zu besiegeln: »Nie will ich solche Liebe betrüben!«

Genau besehen steckt dieser Akt, den Hebel hier mit ungescheuter Offenheit vollzieht, auch schon in jenem literarischen Insekt, dem Kindervers, von dem am Anfang die Rede war. »Hätt' er Vatr und Muettr g'folget ...« / »Hätte er Vater und Mutter gehorcht ...« – den Satz muß das Kind selbst aussprechen, wenn es die Faszination erleben will, die vom Traumbild eines baumelnden Königssohns ausgeht. Nur wenn es die Lehre in den eigenen Mund nimmt, sie äußert, als wär's sein eigener Glaube, wird ihm die poetische Schau- und Klanglust gestattet. Selbst hier also, in dieser Belanglosigkeit aus einer verschollenen Kinderstube, ereignet sich in nuce der moralische Pakt.

Man mag sagen, das gehe jetzt doch zu weit und so würden aus Mücken Elefanten gemacht. Aber daß die Kinderreime, diese tanzenden, rasch vergänglichen Mücken der Poesie, ihre eigene moralische und ästhetische Dynamik haben, zeigt eine Variante dieses Spruchs, die aus verschiedenen Gegenden der Schweiz belegt ist. Irgendwo hat eines Tages ein namenloses kleines Genie, ein unverfrorener Duodez-Aufklärer oder eine reimlustige rote Zora, diesen familialen Propagandatext mit einer einzigen Wendung ins Subversive verwandelt, hat ihn auf den Kopf gestellt und voll gegen das Gesetz gerichtet, in dessen Dienst er bisher stand. Ein eigentlicher Gegenpakt wurde ihm so eingeschrieben, und daß dieser von den Kindern freudig geschlossen wurde, belegt die Verbreitung der travestierenden Variante:

Absalom, der Königssohn,
Isch am Bäumli g'hange;
Hätt' er e Perücke g'ha,
Wär's ihm nit so g'gange.[20]

Der Spruch setzt beim mythischen Moment des Ereignisses an, daß nämlich über den unbotmäßigen Sohn von höchster Instanz eine spektakuläre Strafe verhängt wird. Aber dieser begegnet nun dem mythischen Geschick wie der erste Aufklärer, Odysseus, indem er zurückgreift auf die menschliche Klugheit und sich der List bedient. Das Verhängnis ist unabwendbar; das Urteil gilt; die Haare des Mißratenen müssen sich im Geäst der Eiche verfangen. Wenn er aber eine Perücke aufsetzt, geschieht, was geschehen muß, und doch kommt der Sünder lachend davon. Er hat gewagt, sich seines eigenen Verstandes zu bedienen. Er hat den Allerhöchsten übers Ohr gehauen. So ist einst Odysseus, in das Bauchfell der Schafe geklammert, unter den tastenden Riesenfingern aus der Höhle des Zyklopen entwischt. Für jene, die den verwandelten Spruch mit Vergnügen hersagen, tritt also ein neues Gesetz in Kraft. Es besagt, daß man der heiligen Ordnung gegenüber immer noch auf die Ratio rekurrieren kann. Dieser Gestus wird wiederkehren in großen Momenten der Weltliteratur, so bei Franz Moor, wenn er – nach einer scharfsinnigen Analyse von Vaterliebe und Kinderpflicht – triumphierend ausruft: »Wo steckt denn nun das Heilige?«[21]

VII. Das Sakrosankte

Die Frage nach der Legitimation des Gesetzes. Gibt es eine letzte Norm? Drei Haltungen. Kellers Meretlein als Beispiel. Christliches Mißraten als irdisches Gelingen. Die Verflechtung des moralischen Pakts mit der Erzählstruktur.

Damit zeigt sich ein Zusammenhang, auf den diese Studie immer wieder wird zurückkommen müssen. Es ist die Frage nach der Legitimation des Gesetzes selbst – jenes Gesetzes, vor dem das mißratene Kind als ein solches benannt und beschuldigt wird. Gerade weil Mißraten und Verkommen keine juristischen Kategorien sind, auch wenn sie von Fall zu Fall mit strafrechtlich relevanten Tatbeständen gekoppelt erscheinen können, wirft der Moment, da die Familie zum Tribunal wird, die Frage auf nach dem letzten Geltenden, dem auch über der gesellschaftlich institutionalisierten Rechtsprechung noch Geltenden und Verpflichtenden. Was ist sakrosankt auf jeden Fall, ob ein Paragraph es benennt oder nicht? Das Wort »sakrosankt«, das den Begriff des Heiligen zu potenzieren versucht, verweist gerade durch diese wortbildnerische Anstrengung auf das Bemühen, hinter aller gesetzten Ordnung noch eine höhere zu finden, gegen die es keine Appellationsmöglichkeit mehr geben kann – eben weil sie »heilig« ist, »sacer« und »sanctus« gleich auf einmal. Schiller hat dies im »Tell« als den Griff zu den »unzerbrechlichen« Sternen bezeichnet.[22] Er spielt eine eminente Rolle in der Genealogie der Moral innerhalb des literarischen Werks und in der Ästhetik der Moral, die sich über dem moralischen Pakt, dessen emotionalen Schüben und Befriedigungen entfaltet. Man kann von Fall zu Fall durchaus empirisch nach der sprachlichen Ausprägung suchen. Im zitierten Hebel-Text zum Beispiel wird das sankrosankte Gesetz benannt und für unerschütterlich erklärt mit den zwei kurzen Sätzen: »Aber auch das wird nicht unvergolten bleiben. Es bleibt nichts unvergolten.« Diese Aussage kann sich nur auf eine letzte, heilige Ordnung beziehen, welche geglaubt werden muß, geglaubt »quia absurdum«. Denn daß in der Welt tatsächlich das meiste unvergolten bleibt, ist eine Erfahrung, die man früh und leicht macht.[23]

Im literarischen Spannungsfeld um die verkommenen Söhne und mißratenen Töchter sind drei klar unterschiedene Typen von dramatischen Abläufen um diese – im Text, vom Text vollzogene – Setzung einer heiligen Norm, eines letzten Sakrosankten, auszumachen. Es kann einer dagegen offen verstoßen; dann gewinnt er unweigerlich das Stigma des eklatant bösen und schlechten Menschen. Oder er kann den Glauben daran aufkündigen – »wo steckt denn nun das Heilige?« –; dann gilt für ihn die sakrosankte Norm nicht mehr, und ob er jetzt ein Böser ist oder nicht, damit haben dann die Leser in der Regel mächtig zu tun. Ein dritter Weg schließlich besteht darin, daß das Heilige durch eine andere Gestalt seiner selbst ersetzt wird. Während man die erste Variante, vereinfacht, als die fundamentalistische bezeichnen kann, die zweite, ebenso pauschal, als die aufklärerische, verbinden sich in der dritten diese beiden Haltungen zu einem eigentümlichen Ereignis von argumentierendem Glauben und rebellischer Frömmigkeit. Ein wundersames Beispiel hierfür steht in einem Hauptwerk der deutschen Literatur des 19. Jahrhunderts. Nicht zufällig, denn das deutsche Bürgertum war immer fromm, und es wurde ihm zur schweren Aufgabe, seine Frömmigkeit mit der Aufklärung, ohne die es sich selbst auch nicht denken konnte, in eins zu setzen. Gottfried Keller hat in den ersten Band des »Grünen Heinrich« als Binnenerzählung die Geschichte vom Mädchen Meret eingefügt. Da wird die schwere Verkommenheit einer Tochter auf den Tod gesühnt, und gleichzeitig erscheint diese sakrilegische Existenz als die eigentliche Heiligkeit. Man kann daran studieren, wie rasch sich im maßgeblichen Erzählen der moralische Pakt von der Simplizität jener »Biblischen Geschichten« entfernt und zu einem mehrschichtigen Vorgang wird.

Die Erzählung gibt sich als fiktives Tagebuch aus dem frühen 18. Jahrhundert. Es sind die fragmentarischen Aufzeichnungen eines »wegen seiner Frömmigkeit und Strenggläubigkeit berühmten Pfarrherrn«.[24] Ihm haben die Eltern ihr kleines Mädchen übergeben, weil es, als das verkörperte Familienunglück, »ihrem Rufe Unehre«[25] brachte. Nüchtern besehen, handelt es sich um eine unzweideutige Verstoßung des Kindes. Welches ist das Verbrechen? Das Mädchen zeigt »eine hartnäckige Abneigung gegen Gebet und Gottesdienst jeder Art«. Es zerreißt die Gebetbücher, die man ihm gibt, kriecht unter die Decke, wenn vorgebetet wird, und, in die Kirche geschleppt, fängt es »kläglich zu schreien« an.[26] Der Pfarrer hält das Kind für eine »unheilvolle infernalische Erscheinung«, eine Hexe, und nimmt es in grausame Kur. Es wird eingesperrt, gepeitscht, ausgehungert, in Lumpen gekleidet, immer um des Seelenheils und höchsten Heiligen willen, und darüber geht es langsam zugrunde. Pfarrer und Eltern aber, die Mutter insbesondere, verständigen sich laufend über die Notwendigkeit dieser Maßnahmen und entwickeln gemeinsam ein Argumentationsnetz, das dem Kind keinen Ausweg läßt. Jenes Reden aus einer sakrosankten Ordnung heraus, das bei Hebel noch eine Aura von gutmütiger Selbstverständlichkeit hatte, verschärft sich hier ins Terroristische. Die Mutter über ihre Tochter in dem altertümlichen Deutsch, das Keller für die Geschichte erfunden hat:

Was das Kind leidet, das leiden auch wir, und ist uns in seinem Leiden selbst Gelegenheit zur Buße gegeben, so wir für ihn's thun können; derohalb brechen Ew. Wohlehrwürden in Nichts ab, Euere Fürsorge und Education betreffend. Wenn das Töchterlein dereinst, wie ich zum allmächtigen und barmherzigen Gott verhoffe, hier oder dort erleuchtet und gerettet seyn wird (man beachte, wie fein und klar die Mutter mit diesem »hier oder dort« das Todesurteil über ihr Kind ausspricht. P. v. M.), so wird es unzweifelhaft sich höchlich erfreuen, ein gutes Theil seiner Buße schon mit seiner Verstocktheit abgethan zu haben, welche über ihn's zu verhängen der unerforschliche Meister beliebt hat![27]

Literarisch spannend ist nun die Frage, wie Keller das andere Heilige, das hohe Gegen-Gesetz, in einem Text zur Erscheinung bringen kann, der durchweg vom Vertreter der steinernen Orthodoxie gesprochen wird. Es wird manifest im sprachlosen Verhalten des Kindes, das eine Bedeutung gewinnt, von welcher der Schreiber selbst keine Ahnung hat. Hier zeigt sich auch die künstlerische Notwendigkeit der artifiziellen Sprache. Jenes Verhalten nämlich ist der Leserschaft um 1850 (der »Grüne Heinrich« entstand zwischen 1845 und 1855) bekannt aus dem Erfinden und Dichten der deutschen Romantik. Die Szenen lassen sich lesen wie Zeichen, die dem fiktiven Verfasser selbst völlig fremd sind. So wird berichtet, wie das Kind immer wieder in die Natur hinaus flieht, wo es mit den Tieren vertrauten Umgang hält. Vögel kommen zu ihm, giftige Schlangen auch, und tagelang kann es am Wasser sitzen bei den Forellen, die, wie in den franziskanischen Legenden, seine Nähe suchen und aufblitzend um seine Füße spielen. Ebenso liebevoll zugetan sind ihm die Bauernkinder. Sie werden, wie übrigens auch die unverbildeten Erwachsenen, von ihm angezogen, hergebannt von seiner erotisch lockenden Anmut. Dafür hat der Pfarrer nun sehr wohl ein Sensorium: er wittert sogleich die Verführungskünste des Teufels und sieht sich bestärkt, wenn Meret wieder einmal irgendwo in der grünen Natur ihre jämmerlichen Kleider abwirft:

Vorgestern ist uns die kleine Meret desertiret und haben wir große Angst empfunden, bis daß sie heute Mittag um 12 Uhr zu obrist auf dem Buchberge ausgespüret wurde, wo sie entkleidet auf ihrem Bußhabit an der Sonne saß und sich baß wärmete. Sie hatt' ihr Haar ganz aufgeflochten und ein Kränzlein von Buchenlaub darauff gesetzet, so wie ein dito Scherpen um den Leib gehenkt, auch ein Quantum schöner Erdbeeren vor sich liegen gehabt, von denen sie ganz voll und rundlich gegessen war ...[28]

Für die Leserinnen und Leser um 1850 wird Meret in diesen Szenen sofort erkennbar als verwandt mit den naturmythischen Wesen, den Undinen und Sylphen, die im romantischen Erzählen eine so bedeutende Rolle spielen und die ja auch dort schon in Konflikt geraten mit der christlichen Orthodoxie und einer puritanischen Gesellschaft. Aber während ein Eichendorff in seinen Hexen, Waldfrauen und reitenden Loreleis durchaus das gefährliche Heidnische sieht,[29] ein objektiv Widerchristliches, dem er das bannende Kreuz entgegenstreckt, verkörpert das Mädchen Meret in Kellers Roman die diesseitige Göttlichkeit der Welt. Sie ist die leibhaftige Erscheinung einer verbotenen Wahrheit, und in der Handlung wird sie zu deren rührender Märtyrerin. Ihr Mißraten, wofür ihr die Eltern auf scheinheiligem Umweg den Tod antun, ist ein mirakelhaftes Glücken und Gelingen. Um dies zu vermitteln, arbeitet Keller planvoll mit Elementen der christlichen Legende, die er in ihr Gegenteil wendet. So verknüpft er das Wunder aus den alten frommen Erzählungen mit dem Naturglauben seiner neuen Frömmigkeit. Dies geschieht bei Merets Umgang mit den Tieren, geschieht aber insbesondere am Schluß, wo das tote Kind bei der Bestattung aus dem Sarg heraus aufschreit und sich wieder aufrichtet: »Und wie im selbigen Moment die Sonne seltsam und stechend durch die Wolken gedrungen, so hat es in seinem gelblichen Brokat und mit dem glitzernden Krönlein ausgesehen wie ein Feyen- oder Kobolts-Kind. Die Frau Mama ist alsobald in eine starke Ohnmacht verfallen und der Herr v. M. weinend zur Erde gestürzet.«[30] Eine kleine irdische Auferstehung wird da vollzogen, in provokanter Analogie zu den Legenden-Wundern, eine Auferstehung, die nicht zum ewigen Leben im Jenseits führt, sondern zur friedensreichen Vereinigung mit der lebendigen Erde. Das Mädchen springt blitzschnell »über den Kirchhof davon und zum Dorf hinaus«, auf jenen Berg, wo es einst laubbekränzt seine Geborgenheit in der Natur gefeiert hat, und da stirbt sie nun zum zweiten Mal, von den Kindern umgeben, von ihnen »gestreichelt und caressiret«.[31]

Es ist also nicht zuletzt die literarische Form, wodurch die Erzählung das Gegengesetz, ihr eigenes Sacrosanctum zum Vorschein bringt und die radikale Verkommenheit einer Tochter in die Verklärung einer kleinen Prophetin verwandelt. Und gemäß dieser Doppelstruktur verläuft auch der moralische Pakt. Das Reden und Schildern des Pfarrers unterstellt eine selbstverständliche Übereinstimmung mit dem Leser, aber diese tritt sogleich in einen schreienden Kontrast mit der Übereinkunft, welche die Bilder- und Zeichenrede des gleichen Textes in die Wege leitet. Es laufen also zwei Strategien gleichzeitig ab, wobei die ungestüme Weigerung, dem Pfarrer zuzustimmen, den Leser dazu bringt, zur gegenteiligen Haltung und damit zur sittlich-metaphysischen Position des Romanganzen vorbehaltlos ja zu sagen. Die in die Anfangskapitel des weitläufigen Werks eingefügte Geschichte von einem heillos verkommenen Kind wird so zu einem literarisch-moralischen Labor, wo das heiligste Gesetz des ganzen Romans entwickelt und erprobt und im Gefühlsverkehr mit Leserinnen und Lesern besiegelt wird. In der Empörung über den starr orthodoxen Pfarrer, der wir uns nicht entziehen können und die sich mit dem Entzücken über das magische Naturwesen immer noch steigert, treten wir begeistert in eine Koalition mit dem Romanerzähler – der nichts anderes will – und erklären uns im voraus schon einverstanden mit allen Folgerungen, die sich daraus im weiteren Erzählverlauf ergeben mögen. Deine Feinde sind auch meine Feinde, und deine Freunde sind auch meine Freunde: diese Erklärung geben wir im Zorn und in der Erschütterung über Merets Schicksal ab. Das moralische Gesetz des Ganzen steht auf festen Säulen, steht, wie seit je, als hätte es sich nicht eben erst aus der Gegenwirkung von Erzählerlist und Leserlust herausgebildet.

VIII. Struwwelpeter

Das Bild als Ursprung. Calderóns Stück: »Die Locken Absalons«. Die Wiederkehr des Bildes im Kinderbuch. Struwwelpeter in der ikonologischen Tradition. Zur Zeichensprache der langen Haare und geschorenen Schädel. Bedeutung des flatternden Haars bei der Frau. »Die bösen Mütter«.

Nichts, sagt Freud, fällt dem Menschen schwerer als der Verzicht auf eine einmal erlebte Lust. Man kann das Axiom auf die erzählende Menschheit übertragen: nichts fällt ihr schwerer als der Verzicht auf eine Geschichte, in der sich Bild und Gesetz, Traum und Regel, Vision und Norm einmal ganz einfach und überwältigend verbunden haben – sei es zum Weinen oder zum Lachen. Das Bild kehrt wieder und provoziert das Gesetz und verlangt nach der Erzählung, die beide in eine bebende Balance setzt.

Auch wenn wir das Bild nie rein vor uns haben, wenn es immer schon in einem Deutungszusammenhang steht oder einen heraufruft, wir können es doch rein und unbedingt denken, sobald es uns begegnet. Ist ja auch die Traumszene immer schon eine gedeutete, in Zusammenhänge eingefangene, sobald wir ihr erinnernd gegenübertreten. Wenn William Faulkner einen seiner dunkelsten und schwierigsten Romane »Absalom, Absalom!«[32] nennt, so springt uns aus diesem Titel, ganz unabhängig von allem, was zwischen den Buchdeckeln stehen wird, die Vision des schreienden Königs David an. Sie steht da in ihrer ganzen bedrängenden Paradoxie, daß nämlich einer so allen Halt verliert über den Tod dessen, dem er doch ein ganzes Heer auf den Hals geschickt hat. Und wenn Calderón eines seiner Dramen »Los cabellos de Absalón« nennt, »Absaloms Haar«[33], so taucht allein damit schon unabweisbar das Bild des schönsten Mannes von Israel auf, dessen Schönheit im ungeheuren Fall seiner Haare besteht und der an dieser Pracht, an seines Leibes höchster Herrlichkeit tödlich zu hängen kommt. Ohne zu wissen, wie die Balance von Bild und Gesetz bei Faulkner oder Caldéron sich einrichten wird, formen wir dem bloßen Titel gegenüber bereits eine Erwartung, die sich mischt aus dem Lustversprechen des Bildes und der Notwendigkeit seiner Vernetzung in einem geregelten System des Guten und Bösen.

Absaloms Haar, die ungezähmte Fülle um den Kopf des widersetzlichen Sohnes, kehrt auch wieder in einem der eindringlichsten und – man kann es nicht anders sagen – erfolgreichsten Bilder des deutschen 19. Jahrhunderts, dem Titelbild von Dr. Heinrich Hoffmanns »Struwwelpeter«. Es ist durchaus naive Gebrauchskunst. Sie verhält sich zur großen Malerei wie ein Kindervers zur großen Literatur. Die graphische Unbeholfenheit des Bildes und des ganzen Buches hat seinen Siegeszug ebenso wenig verhindert wie die skandalöse Pädagogik, die sich in ihm von Seite zu Seite in Szene setzt. Der Verfasser, könnte man denken, sei jener Pfarrherr aus Kellers »Grünem Heinrich«, so selbstverständlich wird jedes ungezogene Verhalten am lebendigen Kinderleib geahndet. Der Skandal solcher Pädagogik wird nur von etwas noch übertroffen, vom Skandal nämlich der begeisterten Zustimmung, die das Buch bei den Kindern selbst gefunden hat – nun schon bald 150 Jahre lang. Kein Warenhaus, wo der »Struwwelpeter« nicht selbstverständlich in der Bücherecke vorrätig wäre, und fragt man danach, holt ihn die Verkäuferin lachend mit einem Griff hervor.

Auffällig ist nun, daß zu diesem Bild in jenem Buch keine entwickelte Geschichte gehört. Alle anderen Texte führen einen Ablauf vor, von der bösen Tat in Stufen zu deren spektakulärer Bestrafung, und oft geht noch eine förmliche Warnung durch die Eltern voraus: »›Konrad!‹ sprach die Frau Mama, / ›Ich geh' aus, und du bleibst da . . .‹«.[34] Bei der Gestalt aber, die dem Buch den Namen gegeben hat und die in allen neueren Ausgaben auch auf dem Umschlag erscheint, wird die Geschichte auf eine einzige Situation verdichtet. Der Junge steht auf einem hohen Sockel und stellt sich mit ausgestreckten Armen selbst aus. Darunter findet sich, der Inschrift eines Denkmals gleich, der erläuternde Spruch.[35] Wohl ist darin so etwas wie eine Geschichte rudimentär enthalten. Sie beschränkt sich aber auf die Feststellung, wonach dieser Junge sich geweigert habe, sich die Nägel schneiden und die Haare kämmen zu lassen. Viel wichtiger als diese Information ist indessen die Deutung der Szene, die der Text unausgesprochen nahelegt. Sie wirft die Frage auf nach der ikonologischen Tradition dieses Bildes.

Sieh einmal, hier steht er.
Pfui! der Struwwelpeter!
An den Händen beiden
Ließ er sich nicht schneiden
Seine Nägel fast ein Jahr;
Kämmen ließ er nicht sein Haar.
Pfui! ruft da ein Jeder:
Garstger Struwwelpeter.[36]

Wäre eine Handlung zu rekonstruieren, sie liefe darauf hinaus, daß ein Kind öffentlich an den Pranger gestellt wird. Nur bei einer Prangerstrafe muß der Verhöhnte reglos dastehen, während »ein jeder« lautstark seinen Abscheu über ihn äußern darf und äußern soll. Dennoch ist dies eine Zusatzphantasie, die das ikonologische Faszinosum bereits entschärft. Dieses nämlich nährt sich gerade vom Fehlen der Handlung, davon also, daß nicht gesagt wird, wer den Missetäter auf den Sockel gestellt hat und wie lange er da stehen muß und was mit Haar und Nägeln zuletzt passiert. Entscheidend ist also das Ereignis, daß hier ein Bild zwar mächtig in Spannung tritt zum Gesetz, eine Vision zur Norm, daß aber der erlösende Ausgleich durch eine Geschichte nicht geschieht. Dem Betrachter bieten sich deshalb, wenn er die Sache einmal ernst nimmt, ganz unterschiedliche Verstehensmuster an. Sie sind mit je einer anderen ikonologischen Überlieferung verbunden. Die Zeichnung spielt gleichzeitig an auf die Tradition der Ecce-Homo-Bilder, auf die Tradition des Wilden Mannes und schließlich auf die Absalom-Ikonographie. Nur beim baumelnden Absalom sieht man die Länge des Haars *über* dem Kopf – ein Phänomen, das die Struwwelpeter-Zeichnung künstlich erreicht, indem sie das Gesetz der Schwerkraft kurzerhand aufhebt und die zweifelhafte Pracht senkrecht in die Höhe und waagrecht in die Breite wachsen läßt. An die Ecce-Homo-Überlieferung aber klingt der Text selbst unverkennbar an im Auftakt: »Sieh einmal, hier steht er ...« Das ist ein – wohl ahnungsloses – Echo auf den Ausruf: »Seht, welch ein Mensch!«, den Johannes XIX.4 dem Landpfleger Pilatus in den Mund legt. Die Tradition des Wilden Mannes schließlich wird durch die krasse Differenz zwischen der biedermeierlichen Kindertracht und dem Ereignis solcher Haare und Nägel herangerückt. Dieser Kontrast erst vollendet das Barbarische, so wie die Wilden Frauen und Männer auf den spätmittelalterlichen Tapisserien ihre Wirkung erst im Kontext eines schönheitsbewußten Umfelds ganz entfalteten. Daß eines der weltweit erfolgreichsten Kinderbücher des 20. Jahrhunderts, Maurice Sendaks »Wo die wilden Kerle wohnen«, erneut von dieser Tradition lebt, sei hier nur angemerkt.[37]

Der pädagogische Skandal dieses Buches wird, wie gesagt, nur vom Skandal der Begeisterung übertroffen, die es bei den Kindern auslöst. Solche Begeisterung leuchtet von der ikonologischen Mehrdeutigkeit des titelgebenden Bildes her ein. Es ist nämlich nur die Sprache, die Schrift auf dem Sockel, was die Kategorie der Schande hereinbringt; darüber triumphiert die farbige Erscheinung spielend. Auf dem Buchdeckel fehlt der Spruch in der Regel sogar. Von der Ecce-Homo-Tradition her sind jene die Übeltäter, die einen Menschen so zur Schau stellen. Die Absalom-Nähe überblendet den bürgerlichen Jungen mit einem Königssohn, und die Ahnenschaft der Wilden Frauen und Männer schließlich weckt das archaische Behagen am Ungezähmten und Ungeschorenen auf. Natürlich wissen die Kinder nichts von solchen Überlieferungen. Ihnen genügt das Bild, das wortlos alles sagt. Sie erleben den kleinen Mann, der da zur Schau gestellt wird, als einen, der sich allen Zähmungs- und Zivilisierungsverfahren erfolgreich widersetzt, erleben, daß es möglich ist, dem allgegenwärtigen Zwang zu entgehen und sich die ringsum klappernden Scheren vom Leib zu halten.[38] Daß es heute in Berlin in der Nähe des Savignyplatzes eine Buchhandlung mit dem Namen »Struwwellotte« gibt, ist aufschlußreich. Der programmatische Beiklang dieser Geschäftsbezeichnung meint ja gewiß nicht, es solle mit Mädchen ebenso streng verfahren werden wie mit Jungen, sondern umgekehrt: auch sie hätten endlich ein Recht auf das Ungezähmte und Ungeschorene.

Das »Ungeschorene«, das ist der Punkt. Die visionäre Ausstrahlung dieser widersetzlichen Söhne – ob sie in der Bibel hausen, im Kinderbuch oder im kollektiven Unbewußten – ist offensichtlich verknüpft mit der Semantik des ungebändigten Haupthaars. Diese ist in Märchen und Sagen, in Volksglauben und Zauberkünsten so virulent wie in der politischen Subkultur des 20. Jahrhunderts. Dem geschorenen Kopf steht der gegenüber, an den sich kein Messer wagt. Beides besitzt sein Pathos. Die linke Studentenbewegung der 70er Jahre war ohne das fliegende, wallende Männerhaar so wenig zu denken, wie die Skinheads der 80er/90er Jahre ohne die rasierten Schädel.[39] Das eine meint die Anarchie, das andere die brutale Zucht, beides nicht sehr genau und mit romantisch-totalitärem Einschlag. Der radikale Wuchs steht zur radikalen Schur aber nicht in einem schlicht gegensätzlichen, eher in einem dialektischen Verhältnis. Nach ältestem Verständnis ist das Haar der Sitz des Lebens, der Seele und der Kraft, damit wäre der Ungestutzte auch der Stärkste. Dem entspricht, als berühmtester

Beleg, die Simson-Geschichte im Buch der Richter. Daß Simson die Kraft verliert, als ihm die Geliebte die Locken abschneidet, verweist auf den weiteren Zusammenhang von Lebenskraft und Sexualität, insbesondere männliche Potenz. Wer das abgeschnittene Haar besitzt, hat aber auch die Gewalt über den ehemaligen Eigentümer.[40] Von daher leitet sich wohl die Semantik des kahlen Schädels bei den Rechtsextremen ab: der Geschorene ist nicht mehr in Gefahr, unter eines anderen Macht zu geraten. Er ist gefeit. Insofern steht die Rasur in einer Parallele zum vollen Wuchs, ist auch sie ein Stärke-Signal, während sie in anderm Kontext das Äußerste an Schimpf und Schande bedeutet: gewaltsames Scheren gehört zu den ältesten Strafen. Der Sachsenspiegel kennt sogar die rituelle Skalpierung.[41] Am Ende des Zweiten Weltkriegs wurden in Paris die Frauen, die mit Besatzern ein Verhältnis gehabt hatten, öffentlich geschoren und vom Mob durch die Straßen geführt. Daß der Wilde Mann auch der Starke ist, versteht sich leicht. Gleichzeitig gehört das unbeschnittene Haar aber auch zu den Insignien des Königs: »Bei den Franken durfte ein König sich nie scheren lassen: von Kind auf geht er ungeschoren einher, und die Locken wallen ihm bis auf die Schultern herab.«[42] Desgleichen können sich die Freien durch langes Haar vor den Knechten und Leibeigenen auszeichnen.[43] Die faktische Leibeigenschaft der Sträflinge und Rekruten spiegelt sich heute noch im befohlenen Haarschnitt, so wie das freiwillige Opfern des Haars bei Nonnen und Mönchen den Übertritt in den unbedingten Gehorsam des Klosters markiert. Daß die Weigerung, sich die Haare schneiden zu lassen, eine fundamentale Gebärde von Trotz und Ungehorsam darstellt, ergibt sich daraus von selbst. Die Schweizer Armee hat in den 70er und 80er Jahren Hunderte von jungen Männern aus diesem Grund ins Gefängnis geschickt.[44]

Für die Literatur von Bedeutung sind die geschlechtsspezifischen Abstufungen. Eine deutliche Verwandtschaft mit dem freien Haarwuchs als einem Signal der Insubordination beim Mann hat die Gebärde des Auflösens der geflochtenen, gebundenen, bedeckten Haare bei der Frau, vor allem deren offenes Flatternlassen.[45] Schon von der kleinen Meret hat es geheißen: »Sie hatt' ihr Haar ganz aufgeflochten ...«[46] Der Vorgang besitzt eine unverkennbare erotische Leuchtkraft, weit stärker als etwa bei der Relation von männlicher Haartracht und genitaler Potenz. Mit dem Lösen des Haars verwandelt sich die Frau in das liebesbereite Wesen – so sehr unter Umständen, daß sie den Geliebten, wie Rapunzel, an ihrem langen Haar in die Turmkammer hochzieht. Das gewaltsame Auflösen entspricht der Schändung; in der Öffentlichkeit wird die Vergewaltigte daran erkennbar.[47] Dennoch geht die Gebärde des freien Fallen- und Wehenlassens über das Erotische hinaus. Sie signalisiert Autonomie und Selbstbestimmung, auch wo kein Mann herumsteht, signalisiert, daß hier eine Frau in keines Besitz und niemandem untertan ist. Das wild flatternde Haar gehört zwingend zum Bild der Mainaden, der sicher extremsten Form weiblicher Existenz und ekstatischer Gesetzlosigkeit, von der irgendwo berichtet wird.[48] Eine charakteristische Verbindung von Autonomie und Erotik ereignet sich dort, wo das lange freie Haar zur gezielten Bezauberung der Männer eingesetzt wird, so bei Lorelei und ihrer Geschwisterschaft, bei den diversen Wasserfrauen, auch in den Märchen von der Wildfrau, deren Haar die Männer haufenweise verfallen. Wenn von dieser erzählt wird, daß die wütenden Ehefrauen ihr die langen Flechten abschneiden, »auf denen ihre verführerische Kraft beruht«,[49] dann schließt sich damit die weibliche Haarsymbolik wieder eng mit der männlichen zusammen. Lebenskraft, Ungesetzlichkeit und autonome Sexualität werden hier wie dort vom mächtigen, prächtigen Haar angekündigt; im Sinne des magischen Denkens sind sie darin auch leibhaftig wohnhaft und also mit ihm zusammen zerstörbar.

In diesem Zusammenhang ist auf das heute meistdiskutierte Bild des Malers Giovanni Segantini hinzuweisen, »Böse Mütter« (1894, Wien, Neue Galerie des Kunsthistorischen Museums), wo sich das schöne lange Haar der gesetzwidrigen Frauen mit dem Astwerk der Bäume, auf die sie offenbar verdammt sind, unlösbar verstrickt. Der nervös-psychologische Symbolismus der Jahrhundertwende verbindet sich da mit der archaischen Zeichenrede der Mythen und Sagen. Es ist die weibliche Ausprägung der Absalom-Strafe, in eine zeitlich und räumlich endlose Winterlandschaft versetzt. Segantini, der es sonst vorwiegend mit Kühen, Lämmern und Sonnenuntergängen hielt, scheint hier unverhofft in die Gewalt des alten Bildes geraten zu sein. Der Bildungshintergrund, die Anregung durch eine angeblich indische Legende, vermag jedenfalls die unerhörte Intensität des Werks nicht zu erklären.[50] Auch der kleine Mann Struwwelpeter wird, der erzieherischen Intention des Buches nach, dem Zugriff der regierenden Instanzen auf seine Haartracht nicht entgehen. Auf die Dauer kommt auch er nicht ungeschoren davon, um eine interessante deutsche Redewendung einmal wörtlich zu nehmen. Kämme und Scheren sind als ominöse Signale auf dem Bild bereits eingezeichnet; in den ersten Auflagen fliegen sie förmlich, wie von Geisterhänden geführt, um das Kind herum. Diese latente Drohung ist zusammenzusehen mit der Entstehungszeit: 1845/1847. Es ist die unmittelbare Vorphase der 48er Revolution. Die Vormärzler befinden sich auf dem Höhepunkt ihrer rhetorischen Militanz. Europa wimmelt von Absaloms. Nach einem Jahr ist alles vorbei. Dr. Heinrich Hoffmann, Leicheninspektor und angesehener Anatom, mit gründlichem Schneiden also bestens vertraut, scheint den Ausgang gewittert zu haben.

Zweiter Teil: Vor dem eisernen Vater

IX. Eine Geschichte aus dem Mittelalter

Bild ist, was mein Leib versteht. Das triumphale Haar des meuternden Sohnes. »Helmbrecht« und das Inventar aller Konfliktregeln. Der schönste Hut der deutschen Literatur. Ekphrasis und Anzüglichkeit: Seitenblick auf Kleists Krug. Der Köder im moralischen Pakt. Frauentreiben und Konstruktion der Geschlechter.

Als Dr. Heinrich Hoffmann seinen kleinen wilden Mann zeichnete, hatte er keine Ahnung, daß vor seinen Augen, unter seinen Händen eine mythische Miniatur entstand, ihm aufs Papier sprang – woher? Für ihn selbst war es bloße Erziehungsarbeit, munter und unerbittlich. Die Hygieneregeln der bürgerlichen Familie galt es zu befördern; für eine Norm war die Illustration zu finden. Die Kinder aber erlebten die zweckgerichtete Illustration als autonomes Bild. Sie verstanden dieses Bild vor seinem Schöpfer, der es vielleicht überhaupt nie ganz begriffen hat. Sie hatten nichts dagegen, anhand des Bildes über den Reinlichkeitscodex unterrichtet zu werden, solange sie es betrachten und verstehen durften, wie sie es verstanden.

Das Erlebnis der mythischen Miniatur lief über ihre eigene leibliche Erfahrung. Bild ist, was mein Leib versteht. Vor allem Kommentar ereignet sich die Erkenntnis des mythischen Kerns, empathisch, über das Gefühlsganze des lebendigen Leibes. Das kann verschwinden, wenn der Kommentar das Bild zur Illustration erniedrigt. Dann kehrt es aber eines Tages anderswo wieder zurück und wird erkannt, sofort, mit dem ganzen, spürenden Leib. So erkenne ich, verstehe ich eine Säule in ihrer bildhaften Essenz, allein indem ich ihr gegenüberstehe, lange bevor der Kurs über antike Tempelarchitektur begonnen hat. So erkenne ich, verstehe ich die Geste einer Kafka-Figur, obwohl sie so noch nie einer ausgeführt hat, keine Kommunikation in ihr geschieht, keine physiognomische oder pathognomische Wahrheit sich darin ausspricht. Weil das Verstehen des mythischen Bildes über das Gefühlsganze des Leibes läuft, ist das Bild auch gefeit gegen den historischen Prozeß, ist es in der Geschichte dauerhaft über alle möglichen Epochen hin. Die Menschen ändern sich, sagt man mit guten Gründen, nicht aber ändert sich in den paar überblickbaren Jahrtausenden der Kulturgeschichte ihr Leib, die gegliederte Hand nicht mit den empfindlichen Fingerspitzen und nicht der Aufbau des sehenden Auges. Und was am Menschen wäre zuletzt nicht an diesen unveränderlichen Leib gebunden? Und ist das Wesentliche also vielleicht nicht doch gleichbleibend?

Dies alles muß hier nicht entschieden werden. Es soll nur das Interesse legitimieren, das diese Studie an der Wiederkehr der Bilder hat, an der Beharrlichkeit der Konflikte und ihrer Inszenierung in Erzählungen und Schauspielen. Was sich dergestalt als beharrlich erweist, muß Teil meiner selbst sein, des spürenden Ganzen, dem ich Ich sage. Also gewinne ich darin Auskunft über mich und alle andern zugleich.

Zwischen der Ferne des Alten Testaments mit einem schreienden König und seinem baumelnden Sohn und der unmittelbaren Gegenwart einer mythischen Miniatur in Tausenden meist schlecht gedruckter Kinderbücher findet sich ein Werk, das von ähnlich lapidarer Gestalt ist und ähnlich geprägt vom triumphalen Haar eines meuternden Sohnes. Es ist die Arbeit eines großen Erzählers, von dem nichts weiter bekannt ist als der Name und dieses eine Buch. Er heißt Wernher der Gärtner, in der Sprache seiner Zeit, des späten 13. Jahrhunderts, Wernher der Gartenaere. Was er erzählt, in knapp zweitausend schmalen, beweglichen Versen, ist die Geschichte zweier Geschwister, Bruder und Schwester, ihres Trotzes und Hochmuts, ihres Mißratens und Verkommens, ihrer offenen Verwerfung der väterlichen Werte und ihres schließlichen bösen Endes. Ein Bauernsohn will nicht Bauer werden, sondern Raubritter, und er wird Raubritter und treibt es bunt und prächtig und bezahlt dafür. Die Geschichte heißt »Helmbrecht« und hat der textkritischen Philologie viel zu tun gegeben; denn die Handschriften, in denen sie überliefert ist, sind mehr als zweihundert Jahre jünger und unterscheiden sich merklich voneinander. Nur langweilige Bücher haben eine problemlose Textgeschichte.

Und nun ist es also so, daß der junge Mann, der in der Mitte des Geschehens steht, gleich zu Anfang schon, in den allerersten Versen des Erzählberichts, vorgestellt wird, definiert wird geradezu als Träger eines gewaltig über die Schultern niedergehenden, blond gelockten und gewellten Haars. Dazu tritt als Ergänzung und Steigerung, als Krönung im wörtlichen Sinn, eine Mütze oder Haube, der spektakulärste Hut der deutschsprachigen Literatur überhaupt. Sowas von Haar und sowas von Hut, hâr unde hûbe, hat auch der Erzähler noch nie zu Gesicht bekommen, und er kann sich nicht zurückhalten, er muß gleich davon berichten. Mit eigenen Augen nämlich habe er das alles gesehen, beteuert er, was keinesfalls stimmt, aber zum Erzählen einer guten Geschichte gehört als eine unsterbliche Grundlüge der Kunst.

Und jetzt ist gleich auch zu sagen, was mit solcher Zierde zuletzt geschieht. Weil sie das eigentliche Emblem seiner ungesetzlichen Existenz ist, wird sie, als diese Existenz ihr Ende findet und um des Gesetzes willen mit Gewalt vernichtet wird, rituell und feierlich zerstört. Weggezerrt wird die grandiose Haube, ausgerissen das Haar, und beides noch weiter zerfetzt und zertrennt, als gälte es, das Prinzip des Bösen zu zermalmen. In Partikeln, nicht größer als ein Pfennig, wird alles über den Weg verstreut, Haar und Haube durcheinander – da lag eine Locke und dort ein Fetzchen:

hie lac ein loc, dort ein flec
der hûben und des hâres.
(V. 1890 f.)[51]

Dieser Schluß erst offenbart die ganze Bedeutung des erzählerischen Auftakts. Und er zeigt durch das kalkulierte Gleichgewicht, welches er ästhetisch und inhaltlich schafft, mit welcher Erzählkultur wir es zu tun haben. Auch wenn der literaturgeschichtliche Kanon und das spezifisch Mediävistische hier nebensächlich sind, muß doch gesagt werden, daß die künstlerisch sensibelsten unter den Mittelalter-Forschern diesen Text für herausragend, ja »völlig einmalig« erklärt haben. So kein Geringerer als Max Wehrli in seiner Literaturgeschichte des Mittelalters: der »Helmbrecht« Wernhers des Gärtners sei »völlig einmalig im erzählerischen Rang, in der Komposition, in der Charakteristik der Figuren und Situationen und nicht zuletzt in der geistes- und sozialgeschichtlichen Tragweite«.[52]

Was hier interessiert, ist die Gegebenheit, daß solche Einzigartigkeit sich verbindet mit einer großartigen Simplizität des Konfliktfeldes um die verkommenen Söhne und mißratenen Töchter. Dessen wiederkehrende Elemente sind hier so ergreifend wie erschreckend ausgebildet. Sie erscheinen trennscharf, in einer, man könnte sagen: naiven, man könnte aber auch sagen: antikisch-klassischen Klarheit. Ein eigentliches Inventar der Konfliktregeln um die mißratenen Kinder läßt sich an diesem Werk aufnehmen. Die gegnerischen Positionen und der agonale Verlauf rücken so unverblümt vor unsere Augen, ihr sittlicher und metaphysischer Sinn wird mit so schlichtem Ernst benannt, daß sich ein Meßpunkt ergibt, von dem her die literarische Gestaltung in allen Epochen auf Begriffe gebracht und ausgelotet werden kann. Dieser prototypische Charakter der Erzählung für den Problemzusammenhang der ganzen Studie soll denn auch in der nachfolgenden Betrachtung hauptsächlich herausgearbeitet werden.

Am Anfang stehen Haar und Haube. Ein erzählerisches Paradestück erschafft vor den staunenden Leseraugen die beispielhafte Ausstaffierung eines stolzen, verwöhnten, zum eigenen Glücksweg rücksichtslos entschlossenen jungen Mannes. Dabei greift der Bericht ins Surreale aus, kann sich nicht mehr halten und beschreibt, von seiner eigenen Beschreibung entzückt, so vieles, was auf dieser Kappe zu sehen sei, daß es auf einer wirklichen Kappe längst nicht mehr Platz fände. Es bedürfte mehrerer langer Tapisserien, wie sie etwa in Bayeux zu sehen sind, um all das aufzunehmen, was da von der Simson- und Absalom-Mähne eines Bauernburschen herab in die verdutzte Welt hinausleuchtet. Dem unverkennbaren Schreibvergnügen antwortet dabei ein Lesegenuß – und soll und muß antworten! –, der sich nur noch steigert, je mehr sich die detailsüchtige Beschreibung, von Wahrheitsschwüren unterbrochen, aus aller Wahrscheinlichkeit herausschreibt. Lachen soll der Leser, genießen soll der Leser – dann kann er unverhofft bei dem Wickel gepackt werden, auf den der Erzähler heimlich lauert.

Zuerst sind da die eingestickten Vögel. In Massen finden sich Vögel auf der Kappe, Papageien und Tauben: »siteche unde tûben« (V. 18), der ganze Mittelstreifen vom Nacken herauf bis zur Schädelhöhe wimmelt von Vögeln, als wären sie aus dem Spessart hergeflogen: »als si waeren dar geflogen / ûz dem Spehtharte.« (V. 36f.) Davon ist auch später auffällig oft die Rede, immer wieder, so etwa beim zornigen Vater: Du mit deinen Vögeln am Hut! Und im Vollzug der Katastrophe, als die Mütze mit dem Mann zusammen zerstört wird, da kommt es nochmals zu einem förmlichen Katalog der genähten und gestickten Ornithologie:

siteche und galander,
sparwaere und turteltûben,
die genâten ûf der hûben,
die wurden gestreut ûf den wec.
(V. 1886-89)

Also Papageien wieder und Turteltauben, daneben Lerchen und Sperber: das alles muß herunter, als wär's eine flatternde Voliere. Dieses Vogeltreiben am Hut hat erotische Implikationen. Die Vögel stehen nicht nur in der derben Umgangssprache für Sexualität und sexuelle Aktivitäten, auch die offiziellen wie die heimlich gehandelten graphischen Erotica arbeiten mit dieser Symbolik,[53] und im Mythos ist Aphrodite von Tauben und Sperlingen begleitet. Diese »waren wegen ihrer Lüsternheit bekannt«.[54] Den Hut selbst kennt die Traumdeutung als männlich-phallisches Signal. Der Aufwand, den Wernher der Gärtner mit den Vögeln am Hut treibt, kann nur verglichen werden mit dem entsprechenden Aufwand Schikaneders um die Vögel des mädchensüchtigen und mädchenseligen Papageno.[55] Ein Papageno ist der junge Helmbrecht zwar nicht, aber daß er die Zeichen einer unbekümmerten Sexualität auf dem Kopf trägt, ist für seine Gestalt so sprechend wie der Vogelkäfig am Rücken für die Gestalt Papagenos. Während Papageno, der ja ein Vogelmensch ist und veritable Federn hat am Leib, die rigide Ordnung mit Glück und Kinderschlauheit unterläuft, fordert Helmbrecht die Ordnung offen heraus – auch von der Seite her, gegen die jede Ordnung mit ihren schärfsten Abwehrmitteln aufzufahren pflegt, von Seiten der Sexualität.

Dies ist allerdings erst der Auftakt zur Schilderung des enormen Hutes. Neben der Vogelwelt kann man auf dessen einer Seite die ganze Belagerung von Troja sehen, die Erstürmung der Stadt und ihren Fall und die Flucht des Aeneas auf das weite Meer. Auf der anderen Seite kämpfen Karl der Große und seine Schlachtgefährten, tun gewaltige Taten gegen die Heiden und erobern die Provence und Galizien von diesen zurück. Auf der Rückseite aber, »zwischen den ôren hinden« (V. 75), ist immer noch Platz für eine weitere Heldengeschichte mit dem Streit ritterlicher Haudegen um die Stadt Ravenna. Und was zwischen den Ohren hinten möglich ist, muß auch vorn möglich sein: da hat es Raum für einen großen höfischen Ball mit tanzenden Rittern und Edelfräulein, und auch die Geigenspieler sind zu sehen: »dâ stuonden fidelaere bî.« (V. 103) Hier, denkt man, wird die Beschreibung nun wohl ein Ende haben, aber es folgt noch die ganze Entstehungsgeschichte der Kappe, wer sie genäht hat und wer dafür bezahlte.

Damit rückt der Textabschnitt literarisch-formal endgültig in die Reihe jener dichterischen Kunststücke, die die klassische Rhetorik Ekphrasis nennt und bei denen sich innerhalb eines größeren Erzähl- oder Redetextes die Schilderung einer einzigen Sache unverhofft dehnt und erweitert und zu einer immer epischeren Dichtung innerhalb der Dichtung auswächst. Erstes und überragendes Muster ist die Beschreibung des Schildes des Achill im 18. Gesang der Ilias. Da entsteht der Gegenstand mit tausend Details vor unseren Augen, über mehr als 130 Verse hin, und zwar so, daß wir gleichzeitig seine Herstellung in der Werkstatt des Hephaistos verfolgen. Die literarische Arbeit inszeniert sich selbst als die Kunstarbeit des göttlichen Schmieds. Lessing hat darüber gründlich nachgedacht. Dieses uralte Element, daß zur Beschreibung der Sache in der Ekphrasis auch noch der Bericht über deren Herstellung und Geschichte tritt, findet sich nun auch im »Helmbrecht« – genau so, wie es sich, um eine grandiose Ekphrasis der neueren Literatur zu erwähnen, auch in der famosen Rede wiederfindet, die Frau Marthe in Kleists »Zerbrochnem Krug« über ihr zerschlagenes Geschirr hält (V. 644-729). Während bei Homer die ausgedehnte Erzählung feiert, wovon sie berichtet, und der Bericht nicht lang genug sein kann, weil eben die Sache über die Maßen herrlich ist, schlägt im »Helmbrecht« wie, verstärkt noch, bei Kleist die potentielle Komik solch unerwarteter Verselbständigung durch. Die Pracht wird mit ironischen Flittern versetzt, und die Details beginnen in doppelten Bedeutungen zu spielen. Die phallische Prahlerei der Helmbrecht-Haube wird jedenfalls für jeden unübersehbar, der einmal gemerkt hat, welche verlarvten Obszönitäten der an Shakespeares Kultur der Anzüglichkeit geschulte Kleist in die Rede der Frau Marthe schmuggelt. Das Argument ist philologisch fragwürdig. Kann ich denn einen mittelalterlichen Text mit Hilfe eines neuzeitlichen erschließen? Ich kann es in dem Moment, wo es um die immanenten Regeln einer wiederkehrenden formalen Struktur geht. Die Ekphrasis ist eine Form des ästhetischen Aus-der-Rolle-Fallens und damit grundsätzlich komiknah. Wenn ich diese Gesetzlichkeit an den deutlichsten Beispielen studiert habe, darf ich sie auch an den diskreteren suchen. Ähnliche Erzählspiele treibt auch der sublime Humorist Keller, wenn er die Besitztümer seiner zweifelhaften

Heldinnen und Helden beschreibt, einer Züs Bünzlin oder eines John Kabys. Und auch bei ihm läßt sich verfolgen, wie die Expansion des der Rede gestatteten Raums zugleich mit der Komik die erotischen Doppeldeutigkeiten anzieht.

Warum die Ausführungen? Sie zielen auf eine Analyse der Wirkungsabsicht dieser Haubenbeschreibung. Das Vergnügen, das sie bereitet, ist nicht zweckfrei. Dies wird deutlich, sobald man studiert, wie der ganze Text von knappen, aber energischen Kommentaren durchzogen ist, in denen der Erzähler den Haubenbesitzer moralisch bewertet, und das heißt: aufs rabiateste disqualifiziert. Der Bauernbursche ist ein Bauernkerl, ein Bauerntölpel, ein Bauerntor: »geutor« nennt sich das im Mittelhochdeutschen und »gouch«, »narre«, »gotes tumbe«, »tumber raezer kneht« (V. 41, 83, 85, 106). Diese Urteile gehen wie ein Kehrreim durch die Beschreibung der unerhörten Kappe. Und das ist nun nichts anderes als die kalkulierte Bewerkstelligung des moralischen Pakts. Jedes neue Faszinosum an der Mütze wird zuletzt verstärkt durch die Bemerkung: und so was auf dem Schädel eines Bauernrüpels! Dieser Kontrast macht ein wesentliches Element nicht nur des Textbaus, sondern der emotionalen Antwort des Lesers auf den Text aus. Die offerierte Lust am Grotesken läßt mich den Kontrast freudig bestätigen – und damit hat mich der Text, wo er mich haben will. Mein Urteil über den jungen Helmbrecht steht im Grundsätzlichen fest; ein Wertsystem ist verankert in meiner Seele; was immer nun passiert, steht in der Perspektive des klaren Fehlverhaltens dieses jungen Mannes. Die exquisite literarische Delikatesse, mit der das Werk einsetzt, ist ein Hauptmoment in der Genealogie seiner Moral.

Das wird bestätigt und vertieft im Bericht über die Entstehung des Gegenstandes. Geschaffen nämlich wurde dieser Hut von einer entlaufenen Nonne, deren liebeslustiger Körper sie auf verkehrte Wege brachte. Ihre untere Hälfte, »daz nider teil« sagt der Text mit schöner Deutlichkeit, habe sie mißleitet, so daß die obere Hälfte sich nun in Scham und Schande fühlen müsse:

> die daz nider teil verrâten hât,
> dâ von daz ober mit schanden stât.
> (V. 115 f.)

Damit taucht erstmals das Weibliche im Text auf – in einer manifest zweifelhaften Akzentuierung. Es ist verbunden mit Lüsternheit und unbeherrschter Sexualität. Auch das muntere Vogelleben auf der Kappe muß im Zusammenhang mit dieser Stickerin gesehen werden. Das besagt, daß sich der moralische Pakt mit der Konstruktion der Geschlechter in diesem Text verbindet. Es sind nämlich lauter Frauen, die hinter der Anfertigung der Kappe stehen. Die Schwester Helmbrechts, Gotelint, und die Mutter bearbeiten und beschenken die entgleiste Klosterfrau gemeinsam und unmäßig, damit sie nur immer näht und stickt, unmäßig, für den unmäßigen Sohn und Bruder. Es ist also nicht so, daß er, der junge Mann, zur Nonne schleicht und sich die Sache beschafft, sondern die ganze Ausrüstung, und dazu gehört noch eine Menge Tuch und Pelz und Leder und Waffen, ist das Werk von Schwester und Mutter. Die stecken förmlich zusammen, in einer Art Weiberverschwörung, um den schöngelockten Jüngling auszustaffieren – unbekümmert um die horrenden Preise.

Merkwürdig ist, daß bei der Beschreibung dieses Frauentreibens die strengen Autorkommentare ausbleiben. Es wird nur noch erzählt, was geschieht. Zu erwartende Beschimpfungen wie »das dumme Weib«, »die närrische Schwester« fehlen gänzlich. Warum? Weil es schon nicht mehr nötig ist. Die Kappen-Ekphrasis hat das sittliche Gerüst aufgebaut. Jetzt kann der Leser von Fall zu Fall seine Schlüsse selber ziehen. Er kann es, und er kann nicht anders, wenn ihm etwa die Kosten der einzelnen Anschaffungen unter die Nase gerieben werden. Aber auch über die Hintergedanken der Frauen schweigt der Erzähler. Ist es Verliebtheit in den schönen Sohn und Bruder, oder steckt dahinter eine Hoffnung auf gesellschaftlichen Erfolg? Es kann beides sein oder eines von beiden, gleichviel, es ist Frauenwerk, was den jungen Mann auf die üble Bahn bringt, die ganze prahlerisch-prächtige Montur ist Frauenwerk. Nicht bösartig, nicht tückisch, nicht planvoll-intrigant, vielmehr gutmütig und aus ihrer Natur heraus fördern sie das Werk der Verführung. Das hat in aller Wortlosigkeit System. Denn anschließend tritt der Vater auf und mit ihm das Vollgewicht der Gegenposition. Das Kronstück der Ausrüstung, das Roß, kann nur er geben. Die Auseinandersetzung darum wird zur offenen Kollision der Werte und zu deren Formulierung endlich auch in einer deutlichen Sprache.

Das Frauentreiben um den schönen Sohn und Bruder, der aus der Ordnung driftet, ist also eine wesentliche Voraussetzung für die mächtige Inszenierung metaphysischer Patriarchalität im Auftritt, Reden und Handeln des Vaters. Wenn die Kappe in ihrer Bedeutung etwas vom Apfel des Paradieses hat – sie stammt von der abtrünnigen Nonne wie jener vom abtrünnigen Geist der Schlange, und aufgesetzt heißt hier, was dort dreingebissen – so ist das Frauentreiben um die Ausstaffierung dem berüchtigten Vermittlerspiel Evas verwandt. Dieser Zusammenhang zeigt, wie sich die Konstruktion der Geschlechter im Text lautlos der mythologischen Legitimation versichert. Fünf Jahrhunderte später, in den bürgerlichen Schauspielen des 18. Jahrhunderts – in Lessings »Emilia«, Lenzens »Soldaten«, Schillers »Kabale und Liebe« –, ist es noch immer fast stereotyp so, daß die Mütter in Verblendung, Beschränktheit oder unkontrollierter Liebe – oder vielleicht doch, weil sie unabhängiger denken? – der standeswidrigen Liaison Vorschub leisten und so das Unglück der Kinder befördern. Sie werden erregt von der Vorstellung, wie es wäre, wenn ihr Kind eine adlige Partie machte und ein Schwiegersohn da wäre, dem die Epauletten blinken und die Sporen klingen – und schon lassen sie etwas geschehen, was nicht geschehen sollte. Da können dann die Väter lange brüllen und schimpfen.

Zu den Grundregeln im Konflikt um die mißratenen Söhne und Töchter, die im »Helmbrecht« sichtbar werden, gehört also auch die kontrastive Bestimmung der zwei Geschlechter. Das heißt nun aber nicht, daß damit auch der sittliche Wert der Geschlechter für alle Fälle feststeht. Wenn das Muster geritzt ist, können sich innerhalb seiner die moralischen Qualitäten verschieben. Es braucht nur wenig, und der Vater als Vertreter der Ordnung wird zum kalten Gesetzesträger, die Mutter aber, im Gegenspiel, zur einzigen, die menschlich fühlt. Sie liebt noch immer, wo der Vater meint, es sei ihm jetzt von höchster Stelle verboten. Eine rührende Sekunde solch elementarer Humanität wird sich im »Helmbrecht« ereignen, bei der endgültigen Verstoßung des bereits zerrütteten Sohnes. Da schiebt die Mutter, die dem furchtbaren familialen Gerichtsakt reg- und hilflos beiwohnt, ihrem Kind ganz zuletzt noch rasch ein Stück Brot in die Hand:

im gap diu muoter doch ein brôt
in die hant als einem kinde.
(V. 1812 f.)

X. Fluch und Prophetie

Die erzählte Familie als symbolisches System. Das Gegenspiel von Vater und Sohn, die Gegenrede von Ermahnung und Verneinung. »Deine Ordnung ist der Pflug.« Fluch und Prophetie der Väter. Von der Antike zur Postmoderne. Vier Träume. Die Vaterkönige rauben den Frauen das Prophetenamt.

Die Art, wie sie nacheinander auftreten und beleuchtet werden auf der Erzählbühne, der Sohn, Mutter und Tochter, der Vater, sie zeigt, wie sehr die Familie – hier und überall in der Literatur – einerseits eine psychologisch-realistisch erfaßbare Menschengruppe ist, ein Häuflein aufgeregter Einzelner im heiklen Beziehungsnetz, und andererseits ein symbolisches System, das in jedem seiner Teile über sich hinaus verweist. Die Konstruktion der Geschlechter ist eine Dimension. Sie steht in Bezug zur andern, dem Analogieverhältnis nämlich dieser Ordnung mit allen andern geltenden Ordnungen gesellschaftspolitischer, ontologischer und theologischer Art. Diese symbolische Prägung ist nicht an die patriarchalische Familie gebunden und auch nicht an die sogenannte »Kernfamilie« oder die »erweiterte Familie«.[56] Wie immer man sich den menschlichen Intimverband denkt, die Gruppe, in der die Kinder aufwachsen und erstmals sozialisiert werden, sobald er die dramatis personae einer Erzählung oder eines Schauspiels abgibt, werden seine Mitglieder Teile eines symbolisch-repräsentativen Musters, in dem sich die Ordnung des gesellschaftlichen Ganzen abbildet, zusammen mit deren Gefährdungen, Zwängen und Erleichterungen. Das kann in menschheitsgeschichtliche Dimensionen ausgreifen wie in der »Antigone« des Sophokles, wo sich in Umrissen der Konflikt der Vaterordnung mit einer vorpatriarchalen abzeichnet. Es kann, wie im Mittelalter, die theologische Metaphysik der rundgeschlossenen, hierarchisch gestuften Welt zum Vorschein kommen. Es kann aber auch die Struktur einer konkreten geschichtlichen Phase darin aufgefangen werden. So nicht selten in der autobiographisch gefärbten Literatur der 70er und 80er Jahre unseres Jahrhunderts, wo die ganz private Familie zur Zeit des Nationalsozialismus als ahnungslose Mikrogestalt des Regimes und seiner Ideologie erscheint und die Positionen der Täter und Opfer, Vordenker und Nachbeter, Anführer und Mitläufer in den familialen Figuren und Vorgängen beispielhaft abgebildet werden. Es ist die unbestreitbare Aufgabe der Literatur, vom gesellschaftlichen Ganzen zu reden und in dessen Verlängerung vom Ganzen der Welt. Ebenso unbestreitbar aber kann dies die Literatur nur, indem sie von den intimsten menschlichen Konstellationen spricht und aus ihnen heraus erzählt: Mann und Frau im Flug und Sturz der Liebe, Eltern und Kinder im dramatischen Gefüge von Symbiose und Trennung. Selbst wenn die Literatur von den Großen der Welt berichtet, von Cäsaren und Königinnen, muß sie von ihnen berichten als von Frauen im Sturm der Liebe, Vätern im Gefecht mit dem Sohn. Die Pflicht, vom Ganzen zu reden, und die Unausweichlichkeit, dies nur über das Private tun zu können, begründen zusammen die Symbolhaftigkeit jeder Familie in der Literatur, den allgemein gesellschaftlichen Repräsentationscharakter sowohl der Mitglieder wie des akuten Konflikts. Das heißt aber auch, daß die Regeln solcher Symbolhaftigkeit studiert werden können an Texten, die weitab liegen, die, zum Beispiel, aus den Jahren um 1280 stammen wie »Helmbrecht«.

Dort tritt nun also der Vater auf, treten Vater und Sohn einander gegenüber – Helmbrecht gegen Helmbrecht, denn so heißen sie beide. Der Sohn verlangt einen Hengst, weil es ihn in die vornehme Welt, an den Hof ziehe: »mîn wille mich hinz hove treit« (V. 226), und sein Argument ist schlagend: er habe schließlich von Mutter und Schwester auch eine ganze Menge bekommen. Der Vater reagiert zuerst ironisch, versucht abzulenken, sein Unbehagen zu verstecken – »dem vater was daz ungemach« (V. 233) –, dann aber hebt rasch ein mächtiges Hin und Her an zwischen den beiden. Eine eigentliche Fuge von Vaterwarnung und Sohnesauflehnung, Ermahnung und Widerstand, Beschwörung und trotziger Verneinung entwickelt sich und wird zu einer Hauptsache innerhalb des Werkganzen. Wobei wie nebenhin beide immer wieder auf die Haare und die

Haube zu sprechen kommen. Der Junge gebraucht sie als Argument für seinen Aufbruch, der Alte zur Verdeutlichung seiner Warnungen:

Der Sohn:

sô solt mich got gehazzen,
swenne ich dir ohsen wæte
und dînen habern sæte.
daz zæme niht zewâre
mînem langen valwen hâre
und mînem reidem locke
und mînem wol stânden rocke
und mîner wæhen hûben
und den sîdînen tûben
die dar ûf nâten frouwen.
ich hilf dir nimmer bouwen.

Ja, Gott soll mich strafen,
wenn ich dir jemals wieder die Ochsen ins Joch spannen
und für dich Hafer aussäen würde.
Das gehörte sich wirklich nicht
bei meinen langen blonden Haaren
und meinen gekräuselten Locken
und meinem prächtigen Rock
und meiner kostbar-kunstvollen Kappe
und den seidenen Tauben,
die Edelfrauen darauf gestickt haben.
Nein, ich helfe dir niemals wieder ackern.

(V. 268-278)

Der Vater:

sît ich mîne zuht sol mîden
an dem ûfrîden,
sô hüete dîner hûben
und der sîdînen tûben,
daz man die indert rüere
oder mit übele iht zefüere
dîn langez valwez hâre.

Da ich nicht mehr für den sorgen soll,
der so hoch hinauswill,
so achte du nun selber auf deine Kappe
mit den Tauben aus Seide,
daß man die nicht etwa anrührt
oder dir gar
dein langes blondes Haar böse zerzaust!

(V. 427-433)[57]

Dieses Gegenspiel ernster Ermahnung und Belehrung, die der Vater gibt, und prahlerisch selbstsicherer Verneinung und Verwerfung von Seiten des Sohnes ist in seiner denkerischen Energie und im rhetorisch-künstlerischen Klang ebenso machtvoll wie später die Beschreibung des Räuberlebens und des schrecklichen Verkommens des jungen Mannes.

Genau zu beachten sind die Argumente, die der Vater der Reihe nach ins Feld führt. Zunächst schildert er das gelassene Behagen in der herkömmlichen Ordnung, und wie der Sohn mit ihm zusammen in friedlicher Gemeinschaft fortleben könne, leben, wie er selbst gelebt hat, ohne Haß und Neid: »ich hân gelebet mîne zît / âne haz und âne nît« (V. 257f.). Und wunderbar, fast wie bei Johann Peter Hebel, wenn er in den Kalendergeschichten auf gewaltige Art ganz einfach wird, faßt der Vater dieses klare Leben bis zum Tod in fünf Versen zusammen. Der liebe Sohn soll ihm die Ochsen führen (»men dû mir«), wenn er pflügt, oder soll pflügen, und er führt ihm dann die Ochsen. So wollen sie das Land bebauen, und wenn der Junge dereinst ins Grab kommt, wird es in guten Ehren sein wie bei ihm selbst:

> lieber sun, nû men dû mir
> oder habe den phluoc, sô men ich dir,
> und bûwen wir die huobe;
> sô kumst du in dîne gruobe
> mit guoten êren alsam ich.
> (V. 247-51)

Dieses arkadische Idyll, bei dem die völlige Gleichheit der Generationen einen speziellen Akzent setzt, ergänzt der Vater – nach einer schroffen Reaktion des Sohnes – auf bedeutsame Art. Er habe ihm auch schon eine Frau gefunden, meint er, es sei die Tochter des Meiers Ruprecht, und die bringe eine Menge Vieh zur Aussteuer mit. Das ist nicht nur deshalb interessant, weil es die Selbstverständlichkeit zeigt, mit der die Väter die Partnerwahl der Jungen betreiben – ein freies Suchen der eigenen Geliebten wäre also konfliktträchtig –, sondern weil darüber hinaus deutlich wird, daß einer durchaus innerhalb seines Standes vorankommen und ökonomisch Karriere machen kann. Bleib, wo du hingehörst, insistiert der Alte, am Hof wirst du nur hungern, bleib, wo dein Ort ist in der Ordnung des Ganzen: »dîn ordenunge ist der phluoc.« So der großartige Vers 291, in dem sich das sittliche Bekenntnis des ganzen Werks verdichtet. »ordenunge« meint hier noch beides: die Struktur der Welt und den Platz, den einer darin einnimmt. »dîn ordenunge ist der phluoc«, das ist das Gesetz, in Worte gefaßt von dem, der es vertritt und verkörpert. Wer vom Pflug wegläuft, an den er gehört, der stört das Ganze und muß, weil dieses Ganze sich wieder einrichtet und sei's mit Gewalt, übel enden. Glaub mir den Bericht und bleib und nimm eine Frau zu guter Ehe:

lieber sun, geloube
mir diu maere und belip
und nim ein êlîchez wip.
(V. 358-60)

Daß der Vater die von ihm gesuchte und gewünschte Frau ins Spiel bringt, ist mehr als ein zufälliges Erzähldetail. Die Betrachtung anderer Texte wird zeigen, daß hier, in der Frage der Partnerwahl, eine der brisantesten Stellen des Konfliktfeldes liegt. Das aufständische Nein der Töchter und Söhne verknüpft sich immer wieder mit dem Willen zur eigenen Liebeswahl, das grimmige Urteil der Väter wiederum mit der strafenden Wut darüber. Noch in dem grotesken Mysterium, in dem Franz Kafka die Konfliktfolge einiger literarischer Jahrtausende wie für ein letztes Mal auffängt, noch im »Urteil« von 1913, wird dies zur Sekunde der Peripetie:

»Weil sie die Röcke gehoben hat«, fing der Vater zu flöten an, »weil sie die Röcke so gehoben hat, die widerliche Gans«, und er hob, um das darzustellen, sein Hemd so hoch, daß man auf seinem Oberschenkel die Narbe aus seinen Kriegsjahren sah, »weil sie die Röcke so und so und so gehoben hat, hast du dich an sie herangemacht, und damit du an ihr ohne Störung dich befriedigen kannst, hast du unserer Mutter Andenken geschändet, den Freund verraten und deinen Vater ins Bett gesteckt, damit er sich nicht rühren kann. Aber kann er sich rühren oder nicht?« Und er stand vollkommen frei und warf die Beine. Er strahlte vor Einsicht.[58]

Die Maßlosigkeit, mit der sich Kafkas Père terrible äußert, macht offenbar, daß es in diesen Dingen immer um zweierlei geht: einerseits um den Regelbruch, den die autonome Wahl der Braut oder des Bräutigams im traditionell bürgerlichen wie feudalen Heiratsverhalten darstellt, andererseits um die Sexualität als solche, als das ordnungswidrige Element schlechthin, den ungestümsten und unberechenbarsten Faktor im Ganzen, eine Macht von großartiger Fatalität und luziferischer Natur.

In der Vaterrede des »Helmbrecht« taucht der Zusammenhang fast behutsam auf. Dennoch wird deutlich, daß ein Verbleiben im Richtigen auch das freudige Annehmen der Ehefrau aus den sorglichen Händen des Vaters bedeuten würde. Die Geschichte um Helmbrechts Schwester Gotelint wird allerdings das reißende Spannungsgefüge vollständig ans Licht bringen, wird die Erzählung in ihrer Verwandtschaft zur Frauen- und Sexualitätsverfluchung in der früheren »Antigone«, dem späteren »König Lear«, dem modernen »Urteil« offenbar machen.

Mitte, Zäsur und wesentliche Verwandlung der Vaterrede macht nun der tatsächliche Kauf eines Reitrosses aus, zu dem sich der alte Helmbrecht zähneknirschend bereit findet. Dies geschieht, obwohl der junge offen sagt, daß er damit gegen die Bauern ziehen, sie ausrauben und an den Haaren – bi dem hâre (V. 373) – durch die Hecken schleifen werde. Es dürften erbrechtliche Gründe sein, die den Vater zum Nachgeben veranlassen (so die historische Überlegung); oder es ist eine lautlose Reminiszenz an die Parabel vom Verlorenen Sohn, der ja auch sein Erbe verlangt und bekommt (so die literarische Überlegung). Danach verschärft sich beider Verhalten. Der Sohn wird vollends unbändig: nun könnte er Steine zerbeißen und Eisen fressen, so räßen, scharfen Mutes sei er:

> ich bizze wol durch einen stein;
> ich bin sô muotes raeze,
> hei waz ich îsens aeze!
> (V. 408 - 10)

Anderseits steigert sich der Vater bald ins Flehen, bald in die Nähe des Fluches; schließlich wird er prophetisch. Beides, Fluch und Prophetie, sind sakrale Gesten, archaische Elemente also, die sich aber in diesem literarischen Konfliktfeld von der Antike bis in die Moderne hinein gehalten haben. Als klassischer Messpunkt kann die Verdammung des Sohnes Polyneikes durch den blinden Ödipus in Sophokles' »Ödipus auf Kolonos« gelten: 43 Verse lang Verwünschung und Vorhersage des bösen Endes durcheinander. So wie ein Vaterfluch für das alte Ordnungsdenken seine Wirkung zwingend hat, durchaus naturgesetzlich im Sinne des geltenden Naturbegriffs, so gehört das Vorwissen des Vaters um die Folgen der ungesetzlichen Tat gleichermaßen selbstverständlich zu dessen Amt und Weisheit. Insofern ist die Prophetie nur die Kehrseite des Fluchs und umgekehrt. Im »Helmbrecht« erscheint das noch nicht so drastisch ausgeführt wie in den Fluchkaskaden des rasenden Lear – der dann allerdings auch das Ende jener Selbstverständlichkeiten erfahren muß.

Der alte Helmbrecht kippt fast rührend immer wieder von der Verwünschung in Bitten und Betteln: bleib doch beim Pflug! Dann aber fällt das schwere Trennungswort: »sô var dâ hin.« (V. 466), und schließlich das noch schwerere: »Wê daz dich dîn muoter getruoc!« (V.516) Auch dieser Ruf wiederholt sich durch die Jahrhunderte: Daß der Mißratene doch nicht geboren wäre, daß er ihn doch nicht gezeugt, sie ihn doch nicht geboren hätte. Noch im umstrittensten Skandalstück der frühen 90er Jahre des 20. Jahrhunderts, in »Roberto Zucco« von Bernard-Marie Koltès, spricht die Mutter den Satz aus: »Du bist nicht mehr mein Sohn«, die klassische Verstoßungsformel, und hebt zu einer eigentlichen Arie an, die nichts anderes meint, als was 700 Jahre früher der alte Helmbrecht verlauten ließ:

> Habe wirklich ich dich zur Welt gebracht, Robert? Bist du aus mir herausgekrochen? Wenn ich dich nicht hier entbunden hätte, wenn ich nicht gesehen hätte, wie du herausgekrochen bist, und wenn ich dir nicht nachgeschaut hätte, bis sie dich in deine Wiege gelegt haben; wenn ich nicht von der Wiege an meinen Blick auf dich gerichtet hätte, ohne ihn zu lösen, und nicht jede Veränderung deines Körpers so

genau verfolgt hätte, daß ich gar nicht sah, wie die Veränderungen vor sich gingen, und dich jetzt hier sehe, wie den, der in diesem Bett aus mir herausgekrochen ist, dann würde ich glauben, es ist nicht mein Sohn, den ich vor mir habe.[59]

Dem entspricht die lautlose Tat der Mutter in jenem Roman, der gleichzeitig mit Koltès' Stück herauskam und ebenso scharfe Reaktionen, bittere Debatten hervorrief in der Öffentlichkeit, Elfriede Jelineks »Lust«. Da zieht die Mutter am Ende die Konsequenz aus dem »wê daz ich dich getruoc«, indem sie ihr Kind tötet.[60]

Der fürchterlichen Unerlöstheit, aus der heraus in diesen zwei exemplarischen Texten der Postmoderne die uralte Äußerung getan respektive als Tat vollzogen wird, steht in Calderóns »Das Leben ein Traum« das Muster einer möglichen Erlösung gegenüber, festgemacht genau an diesem Satz und seiner Aufhebung. Als der Sohn rücksichtslos gegen den Vater antritt, ruft dieser aus: »Hätte Gott mir doch versagt, / Einst das Dasein dir zu geben!«[61] – das heißt: »Hätt' ich dich doch nicht gezeugt!« Am Schluß aber, als beide durch Krieg und Schrecken zur Einsicht gelangt sind, verwandelt der Vater den Satz, der ebensosehr ein schweigender Todeswunsch ist wie ein lauter Fluch, in sein Gegenteil: »Sohn (jetzt wirst du) zum zweiten Mal / Als mein Kind aus mir erzeugt.«[62]

Daß es im Zusammenhang mit diesem Satz, dem heillosesten, aber offenbar unsterblichen Wort, das zwischen Eltern und Kindern fällt, auch abgründig komödiantisch zugehen kann, zeigt eine Stelle aus der klassischen Moderne: Samuel Beckett: Endspiel. Da geht die Wechselrede so: »Why did you engender me?« – »I didn't know.« – »What? What didn't you know?« – »That it'd be you.«[63] – »Warum hast du mich gezeugt?« – »Ich konnte ja nicht wissen ...« – »Was? Was konntest du nicht wissen?« – »Daß du es sein würdest.«

Die Prophetie, die sich im »Helmbrecht« mit der Verwerfungsrede verbindet, erscheint in Gestalt von vier Träumen. Der Vater hat sie geträumt. Er versteht sie als Omina. Der Junge findet sie nur lächerlich. In diesen vier Träumen gelangt das Widerspiel von Lehre und Verneinung zu seiner großartigen Klimax.

Zuerst träumt er, daß der Sohn mit zwei leuchtenden Kerzen in der Hand herumgegangen sei. Das weist voraus auf dessen Blendung. Der Junge wird eines Tages ohne eigenes Augenlicht dahinziehen.

Dann träumt er, der Sohn habe ein Holzstück gehabt an Stelle eines Arms und eines an Stelle eines Beins. Tatsächlich wird man ihn verstümmeln.

Zum dritten träumt er, der Sohn sei hoch über die Wälder geflogen, aber ein Flügel wurde ihm abgeschnitten. Das verweist nochmals auf die körperliche Zerstörung, klingt mit dem Fliegen und Schweben aber bereits auch an das Ende an, das Aufgehängtwerden.

Davon spricht deutlich der vierte, der imponierendste Traum. Auf einem Baum hab' ich dich stehen sehen, erzählt der Vater, anderthalb Klafter vom Boden weg, und über dir saßen ein Rabe und eine Krähe. Dein Haar war wild verstruwwelt. Da kämmte dir der Rabe rechts den Kopf, und links scheitelte dich die Krähe. Ach, schreit nun der Vater förmlich, dieser Traum, Junge, dieser Baum und dieser Rabe und diese Krähe!

owê, sun, des troumes!
owê, sun, des boumes!
owê des raben, owê der krân!
(V. 629-31)

Wie sich hier alles verknüpft: die Vision des schändlichen Gehängtwerdens mit dem Thema des schönen langen Haars, das nun wild und wirr um den Kopf steht, und die Galgenvögel, Totenvögel kämmen es! Der Traum verhüllt die Wahrheit noch, verschlüsselt sie mit der Doppeldeutigkeit der alten Orakel: wäre nicht auch zu denken, daß die Tiere Helfer sind und das Verwirrte wieder ordnen? Das dreifache owê! des Träumers steht einem solchen Verständnis allerdings entgegen. Und dem Jungen ist um Deutung überhaupt nicht zu tun. Ihn kümmern die schwarzen Vögel wenig. Daß sie das drohende Gegenbild sind zu den Tauben und Papageien auf seiner Kappe, begreift er nicht. Dem Haupt-Satz des Vaters: »dîn ordenunge ist der phluoc«, antwortet er mit seinem Widerwort: Mag's mir ergehen wie immer, ich widersage dem Pflug!

swie halt mir mîn dinc ergê,
ich wil dem phluoge widersagen.
(V. 570f.)

Und er stachelt sein Roß und setzt über das Zauntor, und fort geht's zu den Raubrittern und Strauchdieben.

Die Träume haben ihren hohen erzählerischen Reiz, gewiß, und sie stehen auch in mancherlei Traditionen – so erinnert der vierte stark an jenen, den der gefangene Joseph dem Oberbäcker des Pharaos ausdeuten muß[64] –, wichtiger aber ist doch die Art, wie die Gestalt des Vaters damit erhöht und gewissermaßen geweiht wird. Das prophetische Element ist ein Insignum seines Amts, und nur von diesem Amt her ist die spätere Unerbittlichkeit des Mannes zu verstehen. In dieser Konstruktion des Vaters, der ein menschlich-gütiges Gegenüber *und* ein bestallter Vertreter der Ordnung ist, wird die Genealogie der Moral in der Erzählung anschauliches Ereignis. In der Literatur hat ja alle Moral stets zwei Beine und einen tönenden Mund. Es gibt da kein Gesetz, das nicht Fleisch geworden wäre in einer lebendigen Gestalt. Und so wie die literarische Figur im Text langsam aufgebaut werden muß, bis wir sie kennen und, wenn sie spricht, ihr glauben, so geschieht es auch mit dem je geltenden Gesetz.

Der prophezeiende Vater bricht, wo immer er in der Literatur erscheint, den Rahmen seiner privaten Individualität. In die Zukunft schauend und von ihr sprechend, wird er zum Repräsentanten der übergreifenden Ordnung, und wenn er dann handelt, muß er es tun in deren Dienst allein. Was man mit einem sehr pauschalen Ausdruck Patriarchat nennt, alle die Gesellschaftsformen, an deren Spitze grundsätzlich der männliche Machthaber steht, dazu gehört, daß auch die Gabe und das Amt der Prophetie an diesen Mann gekommen ist. Ursprünglich war die Wahrsagung, die Deutung der Götterzeichen und Göttersprüche, in den Händen der Frauen. Apollo, der blanke Lichtgott, hat dann die Herrschaft über Delphi an sich gerissen und die Sibyllen zu seinen Mägden gemacht. »Alle Orakel«, schreibt Ranke-Graves, »unterstanden ursprünglich der Erdgöttin. Deren Autorität war so groß, daß die patriarchalischen Eroberer gewöhnlich ihre Schreine in Besitz nahmen und einen Priester oder eine Priesterin in ihren Dienst stellten.«[65] Noch der bürgerliche Vater im 18. und 19. Jahrhundert wird in der Literatur sakralisiert durch die Prophetie, die ihm auf dem Totenbett – meist im Kreise einer erschütterten Familie – zuwächst. Das kann sich zu bloßen Ermahnungen verdünnen – »Üb' immer Treu und Redlichkeit, bis an dein kühles Grab ...«[66] –, kann aber auch unverhofft die alte Gewalt wiedergewinnen. So im IV. Akt des »Wilhelm Tell«, als der sterbende Attinghausen, von den Seinen umringt, das Ende der feudalen Welt ankündigt.[67] Der Vorgang verbindet sich hier mit einem bezeichnenden Detail. Attinghausens Neffe Uli, der ihm wie ein Sohn ist und der zeitweise aus der Art schlägt, aus Verliebtheit zu mißraten droht, kommt, obwohl bekehrt, zu spät zu dieser Todesstunde. Daß er nicht anwesend sein darf, als der Vater prophetisch stirbt, ist die erlesene Strafe des Himmels. Der klassische Kniefall des Verlorenen Sohnes geschieht vor einem Toten: »O gütger Gott! – Kommt meine Reu zu spät?« Das steigert dann aber auch die Identifikation des Bekehrten mit dem Verblichenen und sichert die patriarchale Erbfolge:

> Trauert um den Freund,
> Den Vater aller, doch verzaget nicht!
> Nicht bloß sein Erbe ist mir zugefallen,
> Es steigt sein Herz, sein Geist auf mich herab.[68]

Spuren jenes Übergangs der weiblichen Prophetie an die hohen Väter finden sich in der Kassandra-Geschichte, deren Aufbereitung durch Christa Wolf nicht zufällig eine feministische Ikone wurde. Noch Teiresias, der berühmteste Seher der griechischen Tragödie, ist doppelgeschlechtig. Er wurde Prophet, weil er sieben Jahre lang als Frau lebte, nicht verkleidet, sondern gänzlich in das andere Geschlecht verwandelt. Und wenn schließlich Michelangelo in der Sistina den jüdischen Propheten die antiken Sibyllen gegenüberstellt – stellt er sie malerisch nicht über jene? –, folgt er damit nicht nur einer mittelalterlichen Konvention, sondern verweist auf einen der heikelsten Punkte in der kulturgeschichtlichen Machtverteilung der Geschlechter.

Die Abhebung des Vaters von den Frauen zu Beginn des »Helmbrecht« wird also durch den prophetischen Charakter seiner Träume noch gesteigert. Wobei allerdings auch hier eine feine Korrektur angebracht wird. Als später Gotelint, die Schwester, sich hat verlocken lassen, als sie ebenfalls zu den Räubern gezogen ist und dort ihre wilde Hochzeit feiert, geschieht es, daß sie, die Frau, mitten in der Zecherei der wüsten Männer, plötzlich ahnend wird und das kommende Gericht voraussieht. »Mir grûset in der hiute!« (V. 1577) sagt sie, mit der großartigen Sprachsinnlichkeit des Mittelhochdeutschen, »mir graust's und schaudert's in der lebendigen Haut!« Und sie möchte heim, zurück und alles ungeschehen machen. So unscheinbar der Vorgang ist, er fällt doch ins Gewicht im Aufriß der Geschlechter, den das Werk von Abschnitt zu Abschnitt vollzieht.

XI. Der neue Typ

Einführung eines neuen Elements im Konfliktfeld. Die Epochendifferenz und die Auflösung des einen Gesetzes. Der Sohn als Homo Novus. Sind die Verkommenen von heute die Geglückten von morgen?

Ein völlig neuer Aspekt des Konfliktfelds, der geschichtlich von größter Bedeutung sein wird, taucht im »Helmbrecht« auf, als der schöne junge Räuber zum ersten Mal heimkehrt. Das Verbrecherleben selbst wird vom Erzähler kurz abgehandelt, kurz, aber hinreißend in der Rhetorik und ihren widerhallenden Anaphern. Geplündert habe er, was ihm unter die Hände kam; das Roß und das Rind, nicht eines Löffels Wert habe er übrig gelassen; Wams und Schwert nahm er, Mantel und Rock, Geiß und Bock, Mutterschaf und Widder – und mußte es dann doch mit der eigenen Haut abgelten:

er nam daz ros, er nam daz rint,
er lie dem man niht leffels wert;
er nam wambîs unde swert,
er nam mandel unde roc,
er nam die geiz, er nam den boc.
er nam die ou, er nam den wider:
daz galt er mit der hiute sider.
(V. 670-76)

Als er so prosperiert und reich wird, kehrt er zu den Eltern zurück, ein ausstaffierter Prahler, der in allen Sprachen kauderwelscht und damit Eindruck machen will, Eindruck auch tatsächlich macht. Vom Glanz geblendet, stellt man ihm ein Mahl auf wie einem Hochzeiter. Der Erzähler selbst ruft darüber aus: Was hab' ich für ein Pech! So wie der Kerl da bin ich selbst in der ganzen weiten Welt nie irgendwo aufgenommen worden! (V. 839 ff.) Der Zwischenruf ist mehr als ein Schnörkel. Es ist – versteckt, aber unzweideutig – eine Anspielung auf die Parabel vom Verlorenen Sohn, an die man ja im »Helmbrecht« immer denken muß und die doch nie explizit erwähnt wird. Hier übernimmt der Erzähler selbst für eine Sekunde die Rolle des braven Bruders aus der Bibel, dem nie ein Kalb geschlachtet wurde wie dem heimgekehrten Taugenichts.

Die Erzählung macht viel Aufwand um diesen Besuch. Er markiert die triumphale Höhe, von der später der Sturz geschieht. Im Zwiegespräch, zu dem es zwischen Vater und Sohn nach dem Essen kommt, erscheint nun jenes neue Strukturelement, das für die ganze vorliegende Studie eminent wichtig ist.

Die beiden reden über das Geschehen in der großen Welt. Wie es jetzt an den Höfen zu- und hergehe, will der Alte wissen und entwirft aus seiner eigenen Erinnerung ein prächtiges Gemälde des einstigen Rittertums. Eine utopisch schimmernde Welt, ein ästhetischer Staat geradezu im Schillerschen Sinn wird da geschildert, wo alles Ordnung ist und Schönheit. Musik und Tanz wechseln ab mit herrlichen Abenteuern, Jagden und Turnieren, und über allem stehen sternengleich die höchsten Werte, Treue und Ehre, gegen die sich keiner vergeht.

Der Sohn setzt dem allem den heutigen Zustand gegenüber. Das Gemälde, das *er* entwirft, ist wie von Breughel oder Bosch gemalt, derb, drastisch, eine weite Landschaft der sittlichen Verkommenheit. Was einst ein edler Ritter war, das säuft jetzt und hurt und stiehlt. Jeder lügt und betrügt, und alle tun das Verbotene mit Lust. Ausgelacht und verjagt aber wird, wer noch ein Restchen Ehre im Leib hat.

Was dies konkret historisch bedeutet und ob es konkret historisch überhaupt etwas bedeutet, ein nachweisliches Geschehen des 13. Jahrhunderts, braucht hier nicht erörtert zu werden. Für das Grundmodell, das am »Helmbrecht« entfaltet und erörtert werden soll, ist nur die Tatsache wichtig, daß die Differenz zwischen Vater und Sohn jetzt unverhofft als eine Differenz der Zeiten, der Epochen, des geschichtlichen Ablaufs erscheint. Vorher war der Kontrast ein rein sittlicher: dem Gesetz, das der Vater vertritt, sagt der Sohn den Gehorsam auf. Das gab sich als die zeitlose Konfrontation von Tugend und Laster. Jetzt aber gewinnt diese Opposition eine geschichtliche Dimension. Was der Sohn lebt, ist die Spielregel der neuen Zeit, sind die »niuwen siten« (V. 1039), die neuen Sitten und Gebräuche. Was der Alte vertritt, gehört zur »alten site« (V. 981). Einst und jetzt, »wîlen« und »nû« (V. 1025 ff.), früher und heute, tun sich als strukturierende Dimension des Ganzen auf und eröffnen ein neues Feld der Deutung. Es erscheint, wie umrißhaft auch immer, die Vorstellung von einem Prozeß der Geschichte, innerhalb dessen die moralischen Kontrahenten zu historischen werden. Der verkommene Sohn ist der Vertreter einer neuen Zeit. Das Problem der privaten Sittlichkeit verflüchtigt sich angesichts des Problems einer Epochenwende. Das Anathema gegen den luziferischen Sohn ist, metonymisch, der Fluch gegen die neue Zeit und also gegen den Gang der Geschichte. Was heißt da noch mißraten? Der Sohn ist, so gesehen, der neue Typ. Und so gesehen ist der Vater weder der Gute, noch der Gekränkte, noch der Inbegriff der höchsten Ordnung, sondern das Fossil, der Überlebte, der Mann einer versinkenden Epoche, der nicht wahrhaben will, daß sich das welthistorische Blatt gewendet hat. Nicht verkommen, sondern Homme en révolte ist der junge Mann in Tat und Wahrheit, Vorkämpfer und Initiant einer hereinbrechenden Welt. Das ist modellhaft gesprochen. Es wäre philologisch halsbrecherisch, dies alles dem »Helmbrecht« als dessen eigentliche Wahrheit unterzuschieben. Und doch ist es der Text selbst, der diese Perspektive grundsätzlich aufreißt. Für uns aber bedeutet das, daß die Epochenwende von nun an als eine der fundamentalen Deutungsmöglichkeiten des Konfliktgeschehens um die mißratenen und verkommenen Kinder bereitliegt und von Fall zu Fall geprüft werden muß. Geprüft muß insbesondere werden, ob das Verdikt von Seiten der Eltern nicht einfach Verblendung ist gegenüber dem geschichtlichen Prozeß, Verblendung, die sich in Moral kleidet, als Moral gibt, als festes Gesetz – und doch so faul ist wie die alte Zeit.

Fragt sich nur, wer das entscheidet? Der Erzähler? Die Figuren? Die Leserinnen und Leser? Kann ein Text plötzlich gegen sich selbst antreten, aus sich selbst heraus einen Gegensinn gebären, der aufhebt, was eben noch gesetzt und gestiftet wurde? Gibt es eine latente Subversion innerhalb der manifesten Entfaltung von Sinn im literarischen Text? Es gibt sie, und wer lesen kann, hat das immer schon gewußt.

Nun ist es bei »Helmbrecht« gewiß nicht so, daß man den jungen Verbrecher, den eindeutigen Schuft, der er zeitweilig ist, mit einer hermeneutischen Volte zum Helden und Märtyrer umschaffen könnte. Aber daß er sich auf die neue Zeit beruft, ist nicht zu bestreiten. Und in der Literaturwissenschaft hat es tatsächlich auch die Tendenz gegeben, sich gegen den Erzähler in diesem Text, gegen dessen Solidarisierung mit dem Vater, auf Seiten des Jungen zu schlagen, dergestalt mindestens, daß der historische Verfasser und im Werk vernehmliche Erzähler beschuldigt wurde, auf reaktionäre Weise gegen den legitimen Aufstiegswillen der ausgebeuteten Schichten Stellung zu nehmen und die überlebten Interessen der Feudalen zu vertreten.[69]

Es gibt also zwei Möglichkeiten. Der verkommene Sohn, die mißratene

Tochter sind das schlechte Kind der Bibel, das, nach Jesus Sirach III. 18, »verflucht ist vom HERRN«, oder sie sind der neue Typ, die historisch legitimen Vertreter einer kommenden Zeit. An wen aber hält sich der Interpret, um dies zu entscheiden? An den im Text vernehmbaren Erzähler und die Strategien des moralischen Pakts? An die Meinung der Väter, der Mütter? An die Deklarationen der Kinder? Von allen sind divergente Thesen zu erwarten. Und darüber hinaus kann einer der neue Typ sein, ohne es selbst zu wissen. Kellers magische Meret ist ein solches Wesen. Oder, konkret historisch gesprochen, der Dichter Johann Christian Günther im frühen deutschen 18. Jahrhundert war ein Mann dieser Art. Er nahm den Verkommenheitsvorwurf des Vaters in sein Innerstes auf, quälte sich, strafte sich, wollte nichts als dem Vater zu Füßen fallen nach dem Muster des Verlorenen Sohns und war doch ein Mensch neuer Prägung, großartig, so wie er großartig schrieb in neugeprägten Versen. Und es kann einer der neue Typ sein, ohne daß der Autor es weiß, es überhaupt wissen kann. Denn erst die späteren Zeiten machen deutlich, daß hier ein Dichter aus dem begriffslosen Spüren heraus die Gestalt entworfen hat, die denkt, argumentiert, handelt, wie es viel später erst zur Regel einer Epoche wird. Möglich auch, der Autor will es mit Gewalt nicht wissen, verdrängt mit bitterer Wut die Wahrheit, die er doch gestaltet. Er verurteilt und verdammt sein Geschöpf, weil ihm graut vor den Konsequenzen seiner eigenen im Werk verkörperten Erkenntnis. Man denke nur an eine der legendärsten Kanaillen der deutschen Literatur, den verkommenen Sohn par excellence, Franz Moor. Wie wird er durch den Autor über den moralischen Pakt in die tiefste Hölle verwiesen – und doch entspricht die Art, wie er denkt und folgert, einer intellektuellen Position der Zeit, der vor nichts mehr zurückschreckenden Aufklärung des französischen Materialismus. Franz Moor ist die bildhafte Gestalt, in der Schiller vor seinem eigenen Denken zusammenfährt. Mit ihm verglichen ist sein Räuberbruder Karl nur ein sentimentaler Rabauke.

Die stets vorhandene Möglichkeit, daß der Verkommene von heute der Geglückte von morgen sei, erleichtert also die Deutungsarbeit nicht. Sie macht sie nur spannender. So leicht es uns fällt, bei Schillers Don Carlos oder Kleists Penthesilea mit einem geschichtstheoretischen Muster zu operieren, so schwer wird dies wieder in andern Fällen. Gregor Samsa, das ungeheuere Ungeziefer, als der neue Typ? – Wer weiß! Davon wird noch zu reden sein.

XII. Liebe

Der Faktor Sexualität. Die autonome Liebeswahl als das brisanteste Element im Konfliktfeld. Die erotische Entschlossenheit der Frau. »Ich will an seiner Seite liegen.« Liebe und Ablösung. Freuds Familienroman, 600 Jahre vor der Theorie. Die Spannung zwischen dem geschichtstheoretischen und dem entwicklungspsychologischen Paradigma.

Das zweite, ebenso prinzipielle Element des Konfliktfelds, das sich bei der glanzvollen Heimkehr des Räubers Helmbrecht verdeutlicht – Sexualität, autonome Liebeswahl und die Dramatik der Ablösung – ist mit dem Verhalten der Schwester verbunden. Auch sie, die Tochter, verkommt und mißrät nicht anders als der Sohn. Vorspiel dazu ist einer der schlimmsten Momente des ganzen Werks. Wütend über die Ermahnungen des Alten erklärt der Junge, daß er von nun an auch die Eltern den Räubern zur Plünderung und Mißhandlung freigeben werde. Bislang habe er sie beschützt; das tue er nun nicht mehr: »Des ich nû nimmer tuon wil.« (V. 1277) Was dies bedeuten kann, wird anschaulich in seinem Bericht, wie er mit den Bauern zu verfahren pflege – einem Rapport (V. 1238 ff.), der in seiner furchtbaren Genauigkeit neben den Desastres de la guerra von Goya stehen kann und neben Jacques Callots Radierungen zu den Schrecken des Dreißigjährigen Krieges. Er zeigt den Mann im Krieg, zeigt ihn als das naturhafte Scheusal, das er tatsächlich und immer wieder und ohne Aussicht auf Heilung ist. Dem einen Bauern, sagt Helmbrecht, werde er ein Auge ausdrücken, den andern hänge er in den Kamin, diesen lege er gefesselt auf einen Ameisenhaufen und jenem reiße er mit einer Zange büschelweise die Haare aus dem Bart. Andern ziehe er die Kopfhaut ab, er breche ihnen die Knochen oder hänge sie an den Fersen auf. Mag bei diesem literarischen Guernica aus dem 13. Jahrhundert auch immer die pädagogische Absicht eine Rolle spielen, das 20. Jahrhundert hat mehrfach und noch in seinem letzten Jahrzehnt lernen müssen, daß Helmbrechts Bericht dokumentarisch genau benennt, was geschieht, wenn man Männer in den Krieg schickt und sie tun läßt, wonach ihnen das Herz steht.

Und damit verbindet sich nun die Aufforderung an die Schwester, mitzukommen und einen Räuberkollegen zu heiraten. Es ist zunächst eine recht simple Verlockungsrede, was der Bruder da hören läßt, aber sie steigert sich mit der Zeit ins unheimlich Raffinierte. Von den tausend Kostbarkeiten, die er ihr in Aussicht stellt, geht er nämlich über zu immer direkteren erotisch-sexuellen Signalen – fast als wollte er die Schwester für sein eigenes Bett gewinnen. Ein inzestuöser Hauch liegt jedenfalls über der Szene, wo er schildert, wie übel es sei, mit einem Bauern zu schlafen, Nacht für Nacht, und wie sauer einer Frau wie Gotelint solche Liebe, solch täppische Zärtlichkeit werden müßte: »des minne dir wirt sûwer.« (V. 1368) Sie sei denn doch für anderes, für einen andern geschaffen. Da blüht und brennt sie förmlich auf. Jawohl, sie sei zur Liebe mächtig begabt, und was ein Mann nur wünschen könne, habe sie zu bieten. In dieser Selbstvergewisserung der jungen Frau als einer erotisch vitalen und reichen Person gewinnt ihre Rede höchste Prägnanz. Wenn sie vorher nur als die stumme, verblendete Helferin in der Erzählung vorkam, ist sie jetzt der Souverän ihrer Sprache und ihres liebesfähigen Leibes zugleich:

des ein man haben sol
an einem starken wîbe:
daz ist an mînem lîbe;
swaz er wil daz hân ich.
(V. 1410-13)

Redend von ihrer erotischen Identität, gewinnt sie die Sicherheit und Entfaltung der Rede überhaupt, und daraus springt der freie Entscheid. Mitgehen will sie, den Räuber heiraten will sie. Während der Wahlspruch des Bruders pointiert auf die Verletzung der ständischen Ordnung gerichtet war: »ich wil dem phluoge widersagen«, ist die Losung der Frau auf die freie Wahl des Liebespartners gerichtet: »ich will an seiner Seite liegen, und ich gebe Vater, Mutter und alle Verwandten daran«:

ich gelige bî sîner sîten.
nû wizze daz ich wâge
vater, muoter und mâge.
(V. 1428-30)

Darauf geht sie ohne weitere Umstände vom Hof der Eltern fort.

Das ist nun schon wichtig, auch für die Konstruktion und den Aufriß der Geschlechter in der Erzählung. Diese junge Frau wird nicht verführt nach dem Muster des 18. Jahrhunderts, bezirzt und umflüstert, bis sie nicht mehr weiß, wo ihr der Kopf steht, und sie schwach wird, haltlos in der Aufhebung aller Entscheidungsfreiheit: »vorrei e non vorrei«, wie Zerline im Don Giovanni singt. Hier gewinnt eine Frau die volle Verfügungsgewalt über ihren Leib, ihre Sprache und ihr Leben. Daß die Konsequenzen verheerend sind, darf über diesen Moment des triumphalen Willens: »ich gelige bî sîner sîten« nicht hinwegsehen lassen.

Es ist gleichzeitig der Akt des vollen Autonomiegewinns gegenüber dem Intimverband der Familie. Ökonomisch widersetzt sie sich den zu erwartenden Heiratsstrategien des Vaters; seelisch tritt sie aus aller kindlichen Abhängigkeit. Vom übergreifenden Gesetz her, das in diesem Werk regiert, ist jener Satz: »ich gelige bî sîner sîten«, die Sekunde des fatalen Mißratens einer Tochter. Als seelisches Ereignis betrachtet, ohne Partei zu nehmen, vollzieht sich in ihm die existentielle Ablösung von den Eltern.

Ist eine solche Feststellung überhaupt zulässig? Heißt das nicht, psychologische Konzepte des 20. Jahrhunderts auf ein ganz anderes Mittelalter zurückprojizieren? Wie beim geschichtstheoretischen Muster taucht hier, beim entwicklungspsychologischen Paradigma, die Frage nach der Legitimität des Deutungsverfahrens auf. Aber gerade unter diesem Aspekt ist das Abtrünnigkeitsgespräch der mißratenen Geschwister im »Helmbrecht« verblüffend aufschlußreich. Es findet sich darin nämlich in fast klinisch genauer Ausbildung ein Phantasiespiel, das Sigmund Freud als erster benannt und in seinem elementaren Charakter für die innerseelische Verarbeitung der Ablösung von den Eltern erkannt hat. Es geht um den sogenannten »Familienroman«, die lang ausgesponnene Phantasie sehr vieler Kinder und Halbwüchsiger, daß sie nicht das Kind ihres Vaters seien, sondern Tochter oder Sohn einer großen Persönlichkeit, eines Fürsten oder Königs, eines Geldmagnaten oder strahlenden Filmstars. Freud hat in einem kleinen, aber brillanten Aufsatz[70] gezeigt, daß diese Erfindung einer wunderbaren Herkunft, die sich zu abenteuerlichen und ernsthaft geglaubten Stories auswachsen kann, entwicklungspsychologisch mehrere Zwecke zugleich verfolgt. Einerseits verarbeitet das Kind damit die Kränkung, die es erfuhr, als es seine Eltern, die ihm einst Halbgötter waren, allmählich in ihrer faktischen Durchschnittlichkeit erkannte. Andererseits kann es sich dadurch von ihnen leichter abtrennen. Es spielt sich in der Phantasie von ihnen frei und präludiert so jene »Ablösung«, die Freud als »eine der notwendigsten, aber auch schmerzlichsten Leistungen der Entwicklung«[71] bezeichnet. Einerseits waltet in der Erfindung Aggression gegen die intime Autorität, andererseits auch das Gegenteil, die liebevolle Sehnsucht nämlich nach jenen herrlichen Gestalten, die Vater und Mutter dem Kind einst waren. Freud gibt dem träumerischen Geschehen eine so universale Bedeutung, daß er nicht zögert, es als die genetische Basis aller Romane und also einer jahrtausendealten Erzählkultur zu bezeichnen. Tatsächlich ist ja die unbekannte Herkunft des Helden und die schließliche Entdeckung seiner wahren Kindschaft bis weit ins 19. Jahrhundert hinein ein nahezu unabdingbares Ingrediens des europäischen Romans. Und wenn man an die Karriere etwa des »Homo Faber« denkt, erweist es sich als Erfolgsfaktor bis heute. Es dürfte der Puritanismus der bürgerlichen Ära gewesen sein, was dem prachtvollen Motiv seine dominierende Stellung im Erzählen gekostet hat. Denn es setzt stets einen Fehltritt der Mutter voraus. Auch dies übrigens – die Mutter als sexuell Entgleiste – ist für die phantasierende Ablösungsarbeit der Kinder von hoher Bedeutung.

Und nun finden wir also in dieser mittelalterlichen Erzählung den »Familienroman« bei Bruder und Schwester aufs Schönste entfaltet. Sie schaffen sich damit gemeinsam eine neue soziale Identität. So legitimieren sie ihr Tun, und ihr Mißraten und Aus-der-Art-Schlagen gewinnt den Charakter einer Rückkehr in die angestammte rechtmäßige Welt. Kostbar ist dabei der Einblick, den man ganz nebenhin in die mittelalterlichen Vorstellungen von Zeugung, Schwangerschaft und Vererbung gewinnt. »Auf jeden Fall ist er nicht mein Vater«, sagt Helmbrecht zu Gotelint, »denn als mich die Mutter fünfzehn Wochen getragen hatte, schlich sich ein vornehmer Ritter zu ihr und schlief mit ihr und von dem hab ich's geerbt, daß ich selbst so hochgesinnt bin«:

dô kom zuo ir gekrochen
ein vil gefüeger hoveman;
von dem erbet mich daz an (...)
daz ich alle mîne tage
mînen muot sô hôhe trage.
(V. 1376ff.)

Und Gotelint antwortet begeistert, daß auch sie keineswegs dieses Vaters Kind sei. Auch in ihrem Fall habe ein schöner Ritter bei der Mutter gelegen, als sie mit ihr schwanger ging. Und das muntere Töchterlein entwickelt kurzerhand ein literarisch hochkarätiges Novellenmotiv aus dem behaupteten Ehebruch der Mutter. Diese habe spätabends im Wald verlaufene Kälber gesucht, da sei der elegante Herr aufgetaucht. Deshalb, so auch ihr Schluß, sei sie von höherer Beschaffenheit: »des stât mîn muot sô hôhe.« (V. 1392) Und dann wird sie ganz zapplig vor Lust auf den herrlichen Räuber Lemberslint.

Wenn wir die psychologische Wahrheit hinter diesen tollen Erzählpassagen ernst nehmen, das seelische Leiden auch, das darin angedeutet wird, dann erscheint der Gang zu den Räubern, den die Geschwister antreten, der Auszug in den wilden Wald zu den wilden Leuten, als der Vollzug eines symbolischen Rituals, das fatalerweise ins handfest Tatsächliche kippt. Der Weg in die Wildnis und wieder zurück könnte ein rite de passage sein, eine zeremonielle Initiation, wie es sie in den traditionellen Gesellschaften auf tausend Arten gibt – ins Wasser tauchen, durch Feuer schreiten, gefressen- und wieder freigegebenwerden, beschnitten und tätowiert, ausgerüstet und eingeweiht werden ...[72]

Noch in der schrecklichen Bestrafung, die auf dem Höhepunkt der Hochzeit hereinbricht, spiegelt sich etwas von solcher Ritualität – nur wird, was diese andeutet oder symbolisch spielt, hier kraß ausgeführt: Gotelint wird – an Stelle der feierlichen Hochzeitsnacht – hinter einer Hecke vergewaltigt; Helmbrecht wird geblendet und verliert einen Fuß und eine Hand – so soll er sich nun durchschlagen. Man könnte durchaus sagen, die Initiation scheitere hier dergestalt, daß alle ihre Zeichen wörtlich genommen werden. Als würde einer bei der Taufe ersäuft. Das geht bis in ein Detail wie das folgende: Nach Eliade werden die Initiierten bei gewissen Stämmen »wie kleine Kinder genährt und an der Hand geführt, man bringt ihnen wie Babies noch einmal alles bei«.[73] So wird der geblendete und verstümmelte Helmbrecht von einem Knaben an der Hand geleitet. Auch wenn diese Strafen mittelalterlichem Recht entsprechen und von einem Richter mit seinen vier Gehilfen vollzogen werden, ist, mit Blick auf das erzählerische Ganze, der Charakter einer furchtbaren Parodie eines Initiationsrituals nicht zu übersehen.

Nach der ausgreifendsten Dimension, in welcher der Konflikt um die mißratenen Töchter und Söhne gelesen werden kann, dem historischen Epochenwandel, der Ablösung einer Zeit von der anderen, stehen wir also vor der intimsten und privatesten Dimension: der seelischen Geburt des einzelnen in seine erwachsene Existenz, der Ablösung der Jungen von denen, die sie aufgezogen haben. Beides sind gewaltige Problemzusammenhänge, die sich in allen Geschichten und Dramen um den Konflikt aktualisieren können.

Wie anthropologisch und biologisch universal die Dramatik der zweiten Geburt ist, wie wenig sie bloß eine Krisenzone der neuzeitlich-bürgerlichen Familie darstellt, hat der Ethologe Norbert Bischof gezeigt in seinem umfassenden Werk über »Die biologischen Wurzeln des Urkonfliktes von Intimität und Autonomie«.[74]

XIII. Der eiserne Vater

Auftritt einer unerbittlichen Gestalt. Kein Verzeihen! Kleine Parade der Gnadenlosen. Das Innenleben des Richters: das »krachende Herz«. Das Rätsel der Verhärtung gegen das Liebesgebot. Das altrömische Modell im Hintergrund: Brutus.

Mit der Katastrophe ihrer Hochzeit verschwindet Gotelint aus der Erzählung. Für Helmbrecht aber kommt es jetzt zur dritten Konfrontation mit dem Vater und damit zu einem Geschehen von fast unerträglicher Erbarmungslosigkeit. Dieses setzt aber auch ein Maß und zieht den Vorhang weg von einer Traditionslinie, die aus der Antike bis in die Gegenwart führt: der wiederkehrenden Figur des eisernen Vaters. Daß die Geschichte an die Parabel vom Verlorenen Sohn im Lukas-Evangelium XV. 11-32 denken läßt, wurde bereits gesagt, ebenfalls, daß sie darauf nie ausdrücklich zu sprechen kommt, nur mit raffinierten Anspielungen arbeitet. Warum der direkte Bezug zu dem in der christlichen Welt berühmtesten Fall eines verkommenen Kindes nicht gesetzt werden darf, zeigt der Schluß. Dieser kehrt nämlich jene Parabel brutal um. Da wird nicht verziehen, da wird kein Kalb geschlachtet, da wird nicht Versöhnung gefeiert, sondern es wird gnadenlos, im Wortsinn: ohne Gnade gerichtet. Dabei kehrt doch der erniedrigte und kaputte Sohn mit Reue, Schmerz und Demut »heim in sînes vater hûs« (V. 1709). Das müßte eigentlich, würde man denken, die Voraussetzung abgeben für das große Verzeihen. Nach der Botschaft jener heiligen Parabel kann auf das »Pater peccavi!« eigentlich gar nichts anderes folgen. Hier geschieht's trotzdem. Mit antiker Härte weist der alte Bauer den blinden Krüppel ab. Dabei kehrt er die Sprachsituation der ersten Heimkehr um. Damals verblüffte der triumphierende Sohn die Eltern mit fremdländischen Floskeln, beschimpfte sie auch damit. Das war ein Signal für den Besitz einer eigenen Sprache, analog zum Redegewinn der Schwester im Abtrünnigkeitsgespräch. Die mißratenen Kinder finden sich zu allen Zeiten in einem Spannungsfeld zwischen hilfloser Stummheit und großer neuer Eloquenz – je nach der Richtung, in die sich das Zünglein auf der Waage neigt. Hier parodiert der Bauer jene neue Redeweise, kommt seinerseits mit französischen Ausdrücken, die er einst am Hof gehört habe (V. 1713 ff.), und gibt ein genaues Echo auf die bösen Sprüche des Jungen. Dieser hat ihn damals mit ausländischem Akzent angefahren: »Was quatschest du da, Bäuerlein«; nun gibt er im gleichen Tonfall zurück: »Fahr nur ab, Herr Blindelein«: »Wat snacket ir gebûrekin« (V. 764) – »gât ir nû, her blindekîn!« (V. 1717). Er spottet und droht, den tastenden Bettler vom Knecht zusammenschlagen zu lassen, und immer sagt er zu ihm »Sie«. Der Sohn aber fleht, wenigstens erkannt zu werden: »herre, ich binz iuwer kint« (V. 1743). Das weiß der Vater genau, daß da sein Kind vor ihm steht, aber unbewegt spricht er ihn mit seinem Räubernamen an, »Herr Slintezgeu« (was soviel heißt wie Friß-das-Land), und verjagt ihn mit unglaublichen Worten. Wenn du vor Hunger tot umfielst, ich gäb' dir kein Körnchen zu essen! Darauf der Sohn: So solle er ihn doch wenigstens behandeln wie einen fremden Kranken, den lasse man ja auch unterkriechen, »durch got«, aus christlicher Liebe. Denn er sei bei allen Bauern so verhaßt, daß es ihm demnächst ans Leben gehen müsse. Ohne des Vaters Hilfe komme er nicht davon. Das ist wichtig. Es bedeutet: ein Nein ist das Todesurteil. Und genau dabei bleibt's. Alle Verbrechen hält der Alte ihm vor, erinnert ihn an die prophetischen Träume, von denen nun eben auch der letzte noch zur Verwirklichung anstehe. Der Knecht solle die Tür verriegeln; das Elend kümmere ihn nicht: »kneht, sperre, stôz den rigel für! (...) ich ahte niht ûf iuwer nôt.« (V. 1792 und 1811).

Und so zieht dann der Verlorene ab – mit dem heimlich zugesteckten Brot der Mutter –, wandert jammervoll durchs Land und wird am Ende von einigen Bauern, die er früher gebrandschatzt hat, umgebracht. »nû hüete der hûben, Helmbreht!« (V. 1879) rufen sie, als sie ans Werk gehen, paß jetzt schön auf deine Haube auf. Mit kahlem Schädel hängt er schließlich am Baum. So war es ihm vorgeträumt worden.

Da ist er nun also aufgetreten, der eiserne Vater, voll ausgebildet, bedingungslos, monumental als einmalige Gestaltung wie als wiederkehrender Typus. Alles christliche Verzeihen und Vergeben, das Liebesgebot, die

Freude über den bekehrten Sünder – sie sind vor ihm wie nicht vorhanden, wie nie gewesen. Eine ragende Gestalt des leibhaftigen Gesetzes steht vor dem Hoftor, aus älteren Zeiten kommend und auf jüngere vorausweisend. Hierin ist er »Bild« durchaus, eine unabweisbare Erscheinung der allgemeinen Seele, die in jeder Epoche plötzlich wieder da sein kann, dastehend vor dem eigenen Kind und mit großer Ruhe das Todesurteil sprechend über dieses. Im 19. Jahrhundert wird er Mateo Falcone heißen bei Prosper Mérimée,[75] oder Cambremer bei Balzac.[76] Bei Grillparzer ist er ein alter Kaiser auf der Burg zu Prag, und in jenem Text, mit dem in der deutschen Erzählkunst die unbedingte Moderne beginnt, steht er im Nachthemd auf dem Bett, riesig, ein Resurrectus und grauenvoller Clown, aus dem der Satz tönt: »Und darum wisse: ich verurteile dich jetzt zum Tode des Ertrinkens!«[77] Etwas diskreter, dafür aber »kalt und still«, drückt er sich im 18. Jahrhundert aus als Philipp II. von Spanien: »Kardinal! Ich habe / Das Meinige getan. Tun Sie das Ihre!«[78] Demgegenüber wird er als König Basilius von Polen in Hofmannsthals »Turm« wieder sehr feierlich: »Man wird mitten auf dem großen Markt das Schafott errichten, höher als je eines war. Dreimal zwanzig Stufen hoch soll er steigen, bis er den Block findet, sein Haupt darauf zu legen.«[79]

Das ist eine kleine, willkürlich arrangierte Parade der gnadenlosen Väter in der Literatur, der eisernen Richter über das eigene Kind, und nicht zufällig sind sie des öftern zugleich Könige. Wenn man sie so vorbeiziehen sieht vor dem inneren Auge, erscheinen sie wie grausame Geister, Angstträume der Menschheit aus verschollener Zeit, Monumente einer kompakten Gefühllosigkeit. Gerade diese Kompaktheit ist nun aber nicht so eindeutig. Wenn man die Ausbildung und Fortpflanzung, die erneute Wiederkehr der Figur im dichterischen Erfinden der Menschheit verfolgt, zeigt sich in ihr eine charakteristische Binnenspannung. Der Geschlossenheit nach außen steht eine innere Dissonanz gegenüber, die studiert werden muß. Sie erscheint auch im »Helmbrecht«, ganz kurz nur, aber doch voll ausgebildet. Und sie findet hier zu einer wunderbar genauen sprachlichen Gestalt. Vor der letzten, endgültigen Verstoßungsrede, dem faktischen Todesurteil, stehen die vier einleitenden Verse:

Der wirt hônlachte,
swie im sîn herze krachte:
er was sîn verch und sîn kint,
swie er doch stüende vor im blint.
(V. 1775–78)

Der Bauer lachte, heißt das, hämisch lachte er auf als Antwort auf das Flehen des Sohnes, aber dabei krachte ihm das Herz, denn es war doch sein Werk und sein Kind, sein Fleisch und Blut, was da blind vor ihm stand. »swie im sîn herze krachte«: obwohl ihm das Herz riß und zu zerspringen drohte. Das ist der Schlüsselsatz. Immer wieder finden wir im eisernen Vater das krachende Herz.

Der Ausdruck »Krachen« hat sich aus der Herzmetaphorik verloren; er ist ganz auf die Begriffe des Brechens oder Zerreißens übergangen (»mit gebrochenem Herzen«, »herzzerreißend«). Faust kennt noch das Brennen: »Das will mir schier das Herz verbrennen«, sagt er im Auftrittsmonolog. Im Mittelhochdeutschen ist das krachende Herz hingegen vielfach belegt, und noch bei Logau,[80] im 17. Jahrhundert, heißt es einmal, daß »manchem im Leibe das Herze wird krachen«, vor Angst nämlich. Die Frage, ob der alte Ausdruck mit einer eindeutig akustischen Vorstellung verbunden gewesen sei, ist nicht sicher zu beantworten. Das Wort »krachen« bezeichnet auch im Mittelhochdeutschen ganz überwiegend ein heftiges, seltener ein knisterndes Geräusch. Die sinnliche Qualität des »krachenden Herzens« ist durch die Häufigkeit der Wendung sicher gedämpft worden; ganz verschwunden dürfte sie aber auch für Wernher den Gärtner nicht gewesen sein. Auch im Tod krachte damals das Herz, meist aber tat es dies unter Leid und Sorge; eine groteske Variante überträgt den Vorgang sogar auf den bedrängten Geldbeutel: »da thet gar manchem der Sekel krachen.«

Was besagt nun des alten Helmbrecht krachendes Herz? Es macht offensichtlich, daß er gegen sein unmittelbares Empfinden handelt, und das heißt doch wohl: handeln muß. Mit einem rein psychologischen Brutalitätsbegriff kommt man ihm und den eisernen Vätern in der Literatur ganz allgemein nicht bei. »swie im sîn herze krachte« meint, daß er seine vitale Vaterliebe, die damit unter Beweis gestellt wird, als nicht vorhanden darstellen muß, um einer (welcher?) Pflicht willen. Die eiserne Beschaffenheit ist also im gleichen Zuge tödlich vorhanden und gespielt. Erstaunlich ist, daß er davon nicht redet. Als hätte *er* nun seine Sprachschwierigkeiten.

Der innere Vorgang des krachenden Herzens steht hier parallel zum christlichen Gebot der Verzeihung. Gegen beide Forderungen muß sich der alte Helmbrecht verhärten. Das kann nur dadurch erklärt werden, daß er im Namen eines Amtes handelt, als bestallter Vertreter einer höheren Ordnung. Diese erscheint weit weniger dem Neuen als dem Alten Testament verpflichtet; sie wirkt gemäß der Talion: Gleiches ist mit Gleichem zu vergelten. Oder aber sie ist antik geprägt, römisch.

Damit rückt die übergreifende Traditionslinie wieder ins Gesichtsfeld. Das Verhalten des alten Helmbrecht mag von der mittelalterlichen Idee des ständischen und religiösen Ordo her verstanden werden, also metaphysisch bestimmt, oder von der literarischen Gattung der pädagogisch-warnenden Dichtung her, also formal bedingt.[81] Beides sind mediävistische Gesichtspunkte im engeren Sinn. Hier interessiert weit mehr die Wiederkehr der dauerhaften Figuration. Und da tritt der alte Helmbrecht unverkennbar neben die altrömische Gestalt, die im Zusammenhang mit dem eisernen Vater am häufigsten genannt und beschworen wird: den älteren Brutus, Brutus Tarquinius.[82]

XIV. Die Wiederkehr des Bildes bei Kleist

Der Prinz von Homburg vor dem Richter. Die ironische Rede im Augenblick der Gefangennahme. Im Spannungsfeld zweier Gesetze. »Starre Antike« gegen »deutsches Herz«. Die Brutus-Geschichte im Original.

Wie es bei solcher Wiederkehr zugeht, wie sich dabei das Unterschiedlichste verknüpft und über Jahrtausende hin- und widerspiegelt, wie manches sich verschiebt und das Entscheidende doch gleichbleibt, zeigt keine Szene schöner als die Gefangennahme des Prinzen von Homburg in Kleists letztem Schauspiel. Da wird jener Brutus als Modell beschworen, aber merkwürdigerweise nun nicht vom eisernen Vater selbst als Bestätigung seiner Autorität, sondern vom verurteilten »Sohn«[83], und zwar elementar ironisch.

Der Prinz hat eben zu seiner größten Überraschung vernommen, daß er verhaftet ist und vors Kriegsgericht gestellt werden soll – obwohl er doch den Sieg gegen die Schweden in die Wege geleitet und durch seine Kühnheit entscheidend mitverursacht hat. Dabei hat er sich allerdings gegen den ausdrücklichen Schlachtbefehl vergangen, indem er attackierte, bevor die Order des Kurfürsten dazu erging. Aus dem Triumphgefühl des Kriegshelden stürzt er nun in eine staunende Verwirrung. Er fühlt sich nicht nur schuldlos, sondern in höchstem Maße um Brandenburg und den Kurfürsten, den »Vater«, verdient. In diesem Zustand sucht er nach Bildern und Vorläufern, und da kommt ihm nur jener Brutus in den Sinn, der einst die eigenen Söhne zum Tod verurteilt hat und den die Römer deshalb als ein Muster der »virtus«, der hohen altrömischen Tugend, betrachteten. Der Vergleich erscheint ihm lächerlich, theatralisch, und er spricht das, mit böser Spitze gegen den Kurfürsten, auch aus. Dies geschieht in dem Augenblick, wo er, zum Zeichen der Gefangenschaft, den Degen abgeben muß, für einen Offizier ein Ereignis schwerer Schmach. Kleists Bühnenanweisung setzt die Worte des Prinzen genau zwischen das Abschnallen der Waffe und deren Übergabe. Das ist kein Zufall oder bloß szenisches Dekor. In der Symbolsprache des Traums und des Unbewußten sind Entwaffnung, Entmannung und Hinrichtung einander parallel gesetzt, und eines kann das andere bedeuten. Entwaffnungszenen sind auf der Bühne immer von einer unheimlichen seelischen Brisanz. Im »Tasso« markiert der Vorgang die Peripetie des Stücks – und Tasso bekommt denn auch den

Degen nie mehr zurück![84] Für das Erleben des Prinzen ist der Vorgang also weit mehr als eine zeitweilige Formalität; er stellt in seinem Wesen bereits das Urteil und dessen Vollzug dar. Das will in seiner Rede mitgehört sein:

> Der Prinz von Homburg *nachdem er sich den Degen abgeschnallt.*
> Mein Vetter Friedrich will den Brutus spielen,
> Und sieht, mit Kreid auf Leinewand verzeichnet,
> Sich schon auf dem kurulschen Stuhle sitzen:
> Die schwedschen Fahnen in dem Vordergrund,
> Und auf dem Tisch die märkschen Kriegsartikel.
> Bei Gott, in mir nicht findet er den Sohn,
> Der, unterm Beil des Henkers, ihn bewundre.
> Ein deutsches Herz, von altem Schrot und Korn,
> Bin ich gewohnt an Edelmut und Liebe,
> Und wenn er mir, in diesem Augenblick,
> Wie die Antike starr entgegenkömmt,
> Tut er mir leid, und ich muß ihn bedauren!
> *Er gibt den Degen an den Offizier und geht ab.*
> Der Kurfürst: Bringt ihn nach Fehrbellin, ins Hauptquartier,
> Und dort bestellt das Kriegsrecht, das ihn richte.[85]

Schon daß er jetzt demonstrativ »Vetter« sagt, statt »Vater« wie am Anfang und dann am Ende wieder, hat Widerstandscharakter. Er kündigt dem Kurfürsten offen die geistige Sohnschaft auf, macht ihn zu einem Vetter, wie man deren viele hat, zu einem Gleichgestellten überdies, ohne paternale Aura. Und dann folgt eine böse Beleidigung. Nicht nur, daß der Kurfürst den altrömischen Helden schauspielerisch kopieren wolle, wirft er ihm vor, sondern mehr noch: Er opfere ihn, den Prinzen, nur deshalb, um dadurch berühmt zu werden und in die Geschichte einzugehen als der zweite Brutus. Das steckt in dem merkwürdigen Vers: »Mit Kreid auf Leinewand verzeichnet«. So nämlich skizziert ein Maler, bevor er mit Ölfarben an die Arbeit geht, sein Gemälde auf den aufgespannten Stoff. In diesem Fall soll das Gemälde eine pathetische Historienschwarte für die brandenburgischen Schlösser werden. Zu sehen wäre darauf in römischer Szenerie und Kleidung – der »kurulsche Stuhl« ist die sella curulis, der Sessel des amtierenden Konsuls – der Kurfürst, wie er eben den Prinzen hinrichten läßt, das brandenburgische Gesetzbuch auf dem Tisch, und unter dem Beil bewundert ihn der Delinquent noch dafür. Großer Politkitsch also, Propaganda für die Nachwelt, der alte Trick der Feudalen, sich von bezahlten Malern als antike Heroen darstellen zu lassen. Du willst dir Ruhm erschleichen auf meine Kosten. Dieser Vorwurf rückt allerdings in ein gewisses Zwielicht dadurch, daß der gleiche Prinz nur wenig früher selbst ausgerufen hat: »Oh Cäsar Divus! / Die Leiter setz ich an, an deinen Stern!« (V. 713 f.) In der Karikatur, die er vom Kurfürsten entwirft, projiziert er also seinen eigenen Ehrgeiz, seine eigene Vision von Ruhm – ein zweiter Cäsar werden! – auf den Regenten. Diesem ersten blitzschnellen Einfall folgt eine Vertiefung ins Grundsätzliche. Er setzt die antike Tugend, den Virtus-Begriff, der deutschen gegenüber. Zwei sittliche Prinzipien treten zueinander in Opposition: hier »Edelmut und Liebe«, das »deutsche Herz von altem Schrot und Korn«, dort die »starre Antike«. Wenn man weiß, welch ungeheure, welch höchste Bedeutung das Wort »Herz« bei Kleist hat, erkennt man leicht, daß der Prinz hier mit der herzlosen Antike, die die eisernen Väter erzeugt, einen ganzen moralischen Kosmos verwirft: Nur das Herz kann Gesetz sein und nie die Schrift. Die Wendung »von altem Schrot und Korn« darf dabei keineswegs klischeehaft gelesen werden. Sie existiert seit dem 16. Jahrhundert, meint aber nicht, wie heute, etwas diffus Altväterisches, sondern die Echtheit und den Wert von Goldmünzen und Gold überhaupt. Schrot ist der Fachausdruck für das Bruttogewicht, Korn bezeichnet das Feingewicht. Damit gerät diese Stelle in einen untergründigen Kontakt mit dem berühmten Satz im »Kohlhaas«: »(...) sein Rechtsgefühl, das einer Goldwaage glich«.[86]

Und das ist nun der Moment, wo auf jenen älteren Brutus näher eingegangen werden muß. Der empörte Prinz versucht den Vorgang von ihm her zu deuten mit polemischer Ironie; der Kurfürst aber scheint nichts zu haben gegen den Vergleich. Wie verhält es sich also genau mit diesem Brutus?

Die Figur und ihr Lebensgang sind überliefert im Geschichtswerk des Titus Livius, der im Jahr 17 n. Chr. starb; gelebt haben soll Brutus um 500 v. Chr. Er ist eine Gestalt aus der ältesten Geschichte Roms. Den letzten römischen König hat er gestürzt, Tarquinius Superbus, und die Republik begründet. So wurde er denn auch deren erster Konsul. In seinen Händen lag nicht nur die öffentliche Gewalt, sondern es war ihm auch aufgegeben, die neue Ordnung, das neue, gerechte Gesetz zu schützen und zu wahren. Denn die alte Königsfamilie, die verjagten Tarquinier, hatte den Verlust der Macht noch keineswegs verwunden, und auch in Rom trauerten noch etliche den alten Zuständen nach. Junge Leute aus besseren Kreisen zum Beispiel, die Jeunesse dorée, welche früher durch Beziehungen, Freundschaften und Kumpaneien vieles erreichen und sich aus mancher Schlinge ziehen konnte. Jetzt stand plötzlich höchst unbequem das eine Gesetz über allen, stand auch noch über dem obersten Einzelnen im Staat. Vorher, in der Monarchie, war das noch anders gewesen, weniger starr, gewissermaßen menschlicher. Livius:

Es gab in der römischen Jugend einige junge Männer, und zwar aus den besten Familien, die unter der Königsherrschaft mehr Freiheit für ihre Ausschweifungen gehabt hatten, Altersgenossen und gute Freunde der jungen Tarquinier, die gewohnt waren, nach Königsart zu leben. Jetzt, wo das Recht für alle gleich war, vermissten sie diese Ungebundenheit und beklagten sich untereinander darüber, dass die Freiheit der anderen ihnen Knechtschaft gebracht habe. Ein König sei ein Mensch; von ihm könne man bekommen, was man brauche, ob Recht oder Unrecht; bei ihm könne man mit Huld und Gunsterweisen rechnen; er könne zürnen, aber auch verzeihen; er kenne den Unterschied zwischen Freund und Feind. Gesetze dagegen hätten kein offenes Ohr, seien unerbittlich, mehr zum Nutzen und Vorteil der Armen als der Mächtigen; sie kennten keine Nachsicht und keine Gnade, wenn man das Maß überschritten habe; es sei gefährlich, bei so vielen menschlichen Schwächen allein auf strenge Gesetzlichkeit gestützt leben zu wollen.[87]

Ganz offensichtlich geht es hier um grundlegende staatspolitische Prinzipien, um zwei divergente Gestalten der öffentlich-moralischen Ordnung. Zur Diskussion steht die Grundregel der Demokratie: daß niemand im Staate sei, der nicht selbst auch dem Gesetz unterstehe. Demgegenüber kann in der Adels- oder Alleinherrschaft der Oberste im Land auch über die Gesetze frei schalten, kann begünstigen und benachteiligen, wen er will und wie er es gerade fühlt im Herzen.

Und so beginnen denn die jungen Römer mit dem Ancien Régime zu konspirieren, gegen den Konsul Brutus. Dieser hat zwei Söhne, Titus und Tiberius, und die machen bei der Verschwörung mit. Die Sache fliegt auf, die Verräter kommen vor Gericht und werden verurteilt, zum Tod verurteilt werden sie, und hingerichtet müssen sie werden, auch die Brutus-Söhne, und dies, so will es das Gesetz, unter Aufsicht und Leitung des Konsuls. Das ist die berühmte Geschichte, die immer wieder beschworen und gemalt worden ist. In Kleists Jahren hat zum Beispiel Tischbein, der Goethe-Porträtist, ein großes Gemälde davon angefertigt, pathetisch und mittelmäßig, wie es ihm eben gegeben war.[88] Man muß den Livius-Bericht genau anschauen, auch in Hinsicht auf seine Erzählweise, dann entdeckt man darin jenes Moment, das die Geschichte überhaupt erst berühmt gemacht hat, jenes elementare »Bild«, das auf neue Verwirklichung, neue Inszenierung drängt.

Nach der Plünderung des königlichen Besitzes wurden die Verräter verurteilt und die Hinrichtung vollzogen. Diese erregte um so mehr Aufsehen, als sein Amt als Konsul dem Vater die Pflicht auferlegte, an seinen Söhnen die Strafe zu vollziehen, und das Schicksal gerade ihn, den man als Zuschauer hätte ausschliessen müssen, zum Vollstrecker der Hinrichtung bestimmte. Da standen die jungen Männer aus den vornehmsten Familien angebunden an den Pfahl. Doch als würde man die anderen nicht kennen, hatten alle den Blick auf die Söhne des Konsuls gerichtet, und ihre Strafe ging den Leuten nicht weniger zu Herzen als die Freveltat, durch die sie die Strafe verdient hatten. (...) Die Konsuln schritten zu ihrem Sitz, und die Liktoren wurden geschickt, die Hinrichtung zu vollziehen. Sie schlugen die Entblößten mit den Ruten und enthaupteten sie dann mit dem Beil, wobei die ganze Zeit über der Vater, seine Miene und sein Gesicht, die Blicke auf sich zog; denn bei dem Akt des staatlichen Strafvollzugs wurden die Gefühle des Vaters sichtbar.[89]

Das sieht sehr einfach aus und ist doch Kunst. Ein einziger Handgriff des Erzählers bewirkt die entscheidende Steigerung. Livius beschreibt nicht den Konsul, wie er der Exekution seiner Söhne zuschaut, sondern das Volk, wie es dem zuschauenden Vater zuschaut. Dadurch verschieben sich alle Gewichte. Das Gesicht des Konsuls ist jetzt das Ereignis: »pater vultusque et os eius«.[90] Hier ist die Bühne eines größeren Schauspiels. Amt und Liebe, Gesetz und Herz treten darauf gegeneinander an – wie sehr, können wir nur aus der Bewegung der Menge erschließen.

Eine politische Anekdote gewinnt die Dimension des Tragischen. »Es wurden die Gefühle des Vaters sichtbar«. das ist so knapp und so eindeutig wie der Satz im »Helmbrecht«: »Swie im sîn herze krachte«. Ohne diesen menschlich bewegenden Zug hätte der Bericht seine urbildhafte Funktion nicht gewinnen können. Die Brutus-Geschichte wird dadurch weniger eine Geschichte von mißratenen Kindern als eine vom Vater solcher Kinder. Das ist Tendenz, meint auch politische Werbung. Den Söhnen nämlich enthält der Bericht diese innere Vertiefung vor. Sie sind schematisch nur von ihrem Vergehen aus dargestellt. Interessant ist dies deshalb, weil der Prinz von Homburg gegen den Wortlaut des alten Geschichtsschreibers diese Vertiefung nachliefert und die Verurteilten den Richter »unterm Beil« bewundern läßt. So, meint er, gehe es in der »starren Antike« zu, nicht aber bei ihm, nicht in seinem »deutschen Herzen«.[91] Und doch wird er selbst genau diesen Akt der öffentlichen Bewunderung vollziehen, am Ende des 7. Auftritts im V. Akt. In dem Maße, in dem er zuerst die römische Virtus-Geschichte überzeichnete, übertrifft er sie zuletzt selbst. So wird der »Homburg« denn auch in dem Maße zur Tragödie des Sohnes, als die Brutus-Erzählung diejenige des Vaters ist.

In diesem Zusammenhang sei darauf hingewiesen, daß die »Helmbrecht«-Forschung über die Jahrzehnte hin genau von dieser Differenz geprägt war. Die ältere Mediävistik las das Werk ganz als Geschichte eines Vaters, die neuere versteht es als die des Sohnes. Entsprechend wurde der Titel aufgefaßt. Bis in die jüngere Zeit hinein nannte man die Erzählung allgemein »Meier Helmbrecht«, um sicherzustellen, daß der Vater die Hauptgestalt sei; heute heißt sie »Helmbrecht«, und gemeint ist der Junge. Das ist kein reiner Philologenstreit. Es spiegeln sich darin auch sittliche Vorentscheidungen der Forscher selbst: ihre einst gar herzliche Zuneigung zu dem, was das patriarchale Manifest aus dem 13. Jahrhundert verteidigt und vertritt.

XV. Das vergessene Muster: Manlius

Zwei Quellen Kleists, eine bekannte und eine unbekannte. Jede steht für eine Norm. Die Manlius-Geschichte und ihre politische Aktualität in Preußen unter Napoleon. Wie Kleist die Römer übertrifft. Die Seelenreise des Sohnes. Die Umkehr der Geschlechterrollen. Der eiserne Sohn.

Es mag ausgefallen anmuten, aus einer Handvoll Versen im »Homburg« die römische Position und den römischen Staatsbegriff zum Angelpunkt des ganzen Kleist-Stücks zu erklären. Es gibt dafür aber ein weiteres und gewichtigeres Argument. Die beleidigende Rede des Prinzen enthält eine klare Sohn- und Vaterdefinition: der Sohn ist das »deutsche Herz«, der Vater die »starre Antike«. Dadurch wird das »Mißraten« von einer Form des moralischen Verfehlens zu einer Frage der Ordnung und Gegen-Ordnung, von einem Verstoß gegen das eine Gesetz zu einer Kollision zweier opponierender Gesetze. Merkwürdig ist dabei, daß der Junge für sich die älteren Werte reklamiert: »Edelmut und Liebe« entsprechen dem ursprünglichen, noch ganz echten Gold. Der Alte hingegen, der Kurfürst, der eiserne Vater, rückt, in den Augen des Jungen, mit neuen Dingen auf, indem er auf die Antike zurückgreift. Dadurch gewinnen Ordnung und Gegenordnung – wie es im Zusammenhang mit »Helmbrecht« skizziert wurde – eine historische Akzentuierung. Wie diese zu verstehen ist, ergibt sich aus den zwei Vorgaben, mit denen Kleist gearbeitet, von denen aus er sein Schauspiel inhaltlich aufgebaut hat. Das eine ist ein Stück brandenburgische Geschichte, das andere eine weitere römische Virtus-Fabel aus dem Livius. Den brandenburgischen Stoff überblendet der Autor genauso mit dem altrömischen, wie innerhalb des Stücks die Position des deutschen Herzens mit der des antiken Gesetzes in Austrag gebracht wird. Dabei folgt er beiden Vorlagen mit verblüffender Genauigkeit. Der historische Prinz Friedrich von Hessenhomburg hat 1675 tatsächlich »aus jugendlicher Hitze und aus Begierde, sich auszuzeichnen«[92] gegen die Order verstoßen, den Sieg von Fehrbellin gefährdet und durch seinen Mut gleichzeitig gefördert. Schuldbewußt ist er hinterher vor den Kurfürsten getreten, doch dieser »winkte ihm liebreich« und sagte: »Wollte ich nach der Strenge der Kriegsgesetze mit Ihnen verfahren, so hätten Sie den Tod verdient. Aber Gott bewahre mich, daß ich die Hände mit dem Blute eines Mannes beflecke, der ein vorzügliches Werkzeug meines Sieges war.« Und darauf »umarmte er ihn« mit einer »väterlichen Ermahnung, künftig vorsichtiger zu sein«. So wörtlich Kleists Quelle, ein vaterländisches Lesebuch von 1803.[93] Das heißt, der historische Kurfürst handelte genauso, wie der Homburg im Stück es eigentlich für richtig hält, für gut altdeutsch und edelmütig. Kleist aber verwandelt ihn nun in den eisernen Vater, der das Todesurteil tatsächlich spricht und die Ausführung anordnet. Diese Umpolung gelingt ihm dadurch, daß er eine verblüffend ähnliche Geschichte aus dem VIII. Buch, Kapitel 7 des Livius wie eine zweite Folie dem Stück hinterlegt.

Die Kleist-Forschung ist auf diesen Zusammenhang bisher nicht aufmerksam geworden. Auch wenn er durch kein biographisches Dokument belegt ist, legt die Augenfälligkeit der Parallele und die Tatsache, daß der Livius-Text Elemente enthält, die im Stück vorkommen, nicht aber in den anderen Quellen, einen bewußten Bezug nahe. Der Bericht geht so: Rom ist in Gefahr, seine Unabhängigkeit zu verlieren. Die Latiner wollen ein größeres, gemeinsames Reich schaffen – »unum populum, unam rem publicam«[94] – und dabei die Konsuln jeweils von beiden Seiten her bestellen. Wie Deutschland zur Entstehungszeit des Stücks im europäischen Einheitsreich Napoleons aufzugehen droht, steht Rom hier vor dem Ende seiner Autonomie. Doch da ist nun ein Konsul, Titus Manlius, der leidenschaftlich Widerstand leistet, lodernd von Zorn, Vaterlandsliebe und Todesverachtung. Er verlangt den Krieg gegen die Latiner und erreicht ihn auch. Weil nun aber die beiden Parteien einander so nah und gut bekannt und vielfach auch befreundet sind, ist die Gefahr groß, daß sich die Kriegsdisziplin – disciplina militaris – lockern könnte. Deshalb werden die entsprechenden Anordnungen und Sanktionen verschärft, und es ergeht insbesondere der Befehl, daß keiner von sich aus angreifen dürfe: »ne quis extra ordinem pugnaret.« Nun hat Titus Manlius einen Sohn, der auch Titus Manlius heißt. Der macht mit seiner Schwadron einen Ausritt und gerät dabei in ein Wortgeplänkel mit einem feindlichen Trupp. Man wechselt allerlei pathetische Sprüche, bis der gegnerische Führer Manlius zum Zweikampf herausfordert. Dabei werde sich zeigen, welche Seite später auch in der Schlacht siegen werde. Das bewegt das kühne Herz des jungen Römers – ferocem animum –, und er vergißt, was Vater und Konsul befohlen haben – oblitus itaque imperii patrii consulumque edicti. Das Duell beginnt, und haarscharf geht der Tod zuerst an beiden vorbei. Dann stürzt der Latiner vom Roß, Manlius durchbohrt ihn freudig, wie es der Brauch ist, nimmt seine Rüstung zur Beute, und im Triumph, umringt von jubelnden Kriegern, reitet er zum Vater zurück. Glücklich legt er diesem die Trophäen zu Füßen und sagt, damit wolle er der Welt zeigen, wie sehr er ein echter Sprößling seines Stammes und Blutes sei. Der Konsul aber wendet sich auf der Stelle von ihm ab, läßt zur Sammlung blasen und erklärt feierlich:

Weil du, Titus Manlius, weder die Consulargewalt noch die Machtvollkommenheit des Vaters achtend, gegen unser Verbot außer Reih' und Glied mit dem Feinde gekämpft und, so viel an dir lag, die Kriegszucht, durch welche bis auf den heutigen Tag die Macht Roms bestanden hat, aufgelöst und mich in die Nothwendigkeit versetzt hast, daß ich entweder das gemeine Wesen oder mich und die Meinigen vergessen muß, wollen wir lieber für unser Vergehen gestraft werden, als daß das gemeine Wesen mit so großem, eigenen Schaden für unsere Vergehungen büße. Wir werden der Jugend ein trauriges, aber für die Zukunft heilsames Beispiel geben. Mich rührt ebensowohl die angeborene Liebe zu meinen Kindern, als jene Probe der Tapferkeit, die durch ein Trugbild der Ehre erzeugt worden ist; aber da entweder durch deinen Tod die Befehle der Consuln bekräftigt, oder durch deine Ungestraftheit für immer aufgehoben werden müssen, so glaube ich, daß du nicht einmal selber, wenn irgend ein Blutstropfen von mir in dir ist, dich weigern wirst, die durch deine Schuld gesunkene Kriegszucht durch deine Strafe wiederherzustellen. Geh', Lictor, binde ihn an den Pfahl.[95]

Und so geschieht's. Auf der Stelle. Zum Grauen und Entsetzen aller. Niemand kann sich mit dem Verfahren gegen den prächtigen Helden einverstanden erklären, und noch lange werden die jungen Römer dem Konsul Manlius auf der Straße ausweichen wie einem Gespenst. Allerdings, so hält Livius fest, sei auch der militärische Gehorsam in der Folge gestiegen, und bei der Entscheidungsschlacht habe sich die gnadenlose Strenge ausgezahlt: »ea severitas profuit.«

Die Brutus- und die Manlius-Geschichte decken sich in ihrer ideologischen Pointe weitgehend. Deshalb konnte Kleist im Stück die eine, die sprichwörtlich bekannte Figur, stellvertretend für die andere erwähnen: »... den Brutus spielen«. Für die politischen Absichten des Werks sind beide Erzählungen je anders von Bedeutung. Was der Prinz »Edelmut und Liebe« nennt, erscheint vor dem Hintergrund des Treibens der Brutus-Söhne als die Mentalität einer verwöhnten Oberschicht, wo eine Hand die andere wäscht und das Gesetz ganz nach Belieben des Königs zur Anwendung kommt. Wenn der Prinz auf das »Herz« pocht, meint das, ins Politische übersetzt und mit dem römischen Muster am Horizont, jene faule Junker-Kumpanei, gegen die auch ein Michael Kohlhaas ins Feld zieht. Homburg ist unfähig, politisch zu denken. Er sieht als fröhlicher Feudaler alles für ein Verwandschafts- und Familienproblem an. Lauter Vettern unter sich. Der römischen Jeunesse dorée, die gegen die Republik konspirierte, ist er im Geiste nah verwandt. Deshalb beruft er sich auch auf die alte Zeit, genau wie die frustrierten Römer unter Brutus.

Die Manlius-Geschichte wiederum rückt die unmittelbare historisch-politische Aktualität ans Licht. Am jungen Manlius ist wenig von jener Junkermentalität auszumachen. Er ist ein liebenswürdiger und auf Ruhm erpichter Hitzkopf – wie es Homburg auch ist. Der bedingungslose Grimm des Vaters, gegen den er anläuft, hängt zusammen mit der drohenden Katastrophe des römischen Staates, und man darf nun ohne weiteres sagen, daß Kleist in seinen gleichzeitigen politischen Schriften genau diesen bedingungslosen Grimm für den Kampf gegen Frankreich gefordert hat. Der Text über E. M. Arndts »Geist der Zeit«[96] beweist, daß er den endgültigen Untergang des preußischen Staates am Horizont sah, vergleichbar der Zerstörung Jerusalems und dem Ende des jüdischen Staats unter Titus.

Ohne Rücksicht und Bedenken müsse der Krieg geführt werden, selbst »wenn alles unterginge, und kein Mensch, Weiber und Kinder miteingerechnet, am Leben bliebe«.[97] Und im Ausruf »Was gilt es in diesem Kriege?« spielt er sogar auf den entstehenden »Homburg« an, indem er die Gestalt des Prinzen, so wie sie zu Beginn des Stücks erscheint, mit einer harten rhetorischen Frage der alten, der überlebten Zeit zuschlägt: »Gilt es, was es gegolten hat sonst in den Kriegen, die geführt worden sind, auf dem Gebiete der unermeßlichen Welt? Gilt es den Ruhm eines jungen und unternehmenden Fürsten, der, in dem Duft einer lieblichen Sommernacht, von Lorbeern geträumt hat?«[98]

Das heißt nun alles nicht, daß Kleist und sein Stück die objektive Scheußlichkeit der Manlius-Fabel feiern und verherrlichen möchten, daß sie den monströsen Römer zum Vorbild schlechthin stilisieren wollten. Die Wiederkehr dieses eisernen Vaters, der mit der Brutus-Figur verschmilzt, ist bedingt durch Kleists Überzeugung, daß das Vaterland in tödlicher Gefahr sei und untergehen könne genau durch jene charmante Schlamperei, jene sympathische Nonchalance gegenüber der »disciplina militaris«, die in der Manlius-Geschichte thematisiert wird. Was, gemäß Livius, Rom gerettet hat, soll jetzt auch Preußen retten.

Und nun, da diese Parallelen nachgewiesen sind, ist auch von den Differenzen zu reden, die zwischen den antiken Sagen und dem neuzeitlichen Stück bestehen, den Differenzen, mit denen Kleist zu seinen Modellen auf eklatante Distanz geht. Er nimmt von jenen Mustern, was er braucht – zum Beispiel die dramatische Wucht der Szene II.10, wo der Prinz mit seinen Trophäen strahlend vor den Fürsten tritt und auf ein kaltes, unbewegtes Gesicht trifft, und, wichtiger noch, das Moment, daß der Sohn der eigenen Hinrichtung aus Überzeugung zustimmt. Aber im Unterschied zu den Livius-Texten verwandelt sich bei Kleist das Gegenüber von Vater und Sohn aus einem starren Vis-à-vis in ein bewegtes Widerspiel. Hierin ist auch der mittelalterliche Helmbrecht den Römern noch weit näher. Um deren Haltung zu erfassen, muß man darauf achten, wie dem jungen Manlius vom Vater *und* vom Erzähler das eigene Wort vorenthalten wird. Kein Satz ist nach dem Richterspruch aus dem Munde des Sohnes überliefert. Ja, seine innere Erfahrung, die existentielle Antwort auf das Urteil, wird ihm vom Konsul richtiggehend diktiert: Wenn in dir ein Tropfen meines Blutes ist, kannst du nichts dagegen haben. Ähnlich erscheint in dieser Rede übrigens auch das Moment des »krachenden Herzens«. Es ist nicht spontane Reaktion, wird nicht sichtbar als tragisches Schauspiel in einem lebendigen Gesicht, sondern wird vom Vater selbst sachlich festgestellt: er sei bewegt.

Wo dergestalt der Römer endet, da beginnt bei Kleist erst alles. Die existentielle Antwort des Sohnes auf das Urteil des Vaters ist die schlagende Mitte des Stücks. Nun, nach dem eisernen Wort, hebt der grandiose innere

Prozeß im Prinzen an, die unvergleichliche Kurve äußerster Erfahrungen und Entscheide, die Todes- und Liebes- und Lebensekstasen. Und dieses immense Ereignis der Seele wirkt wiederum zurück auf den eisernen Vater, der so sicher zuletzt auch nicht mehr auf seinen Füßen steht. Wandlung geschieht, geschieht im Sohn und faßt den Vater an. Darüber, könnte man denken, angesichts solcher Seelenreise in den Schlund der Welt und zurück an das liebe Licht, werden die zeitpolitischen Signale und Parolen des Stücks belanglos. Das stimmt aber nicht. Diese Dinge greifen ineinander. Der »Homburg« ist ein aktuelles Parolenstück, das diese Funktion behält, auch wo es sie ins Ungeheure übersteigt. Auf *einer* Ebene bleibt das Ganze eine Erziehungs- und Besserungsgeschichte, fast wie in den gutmütigen Besserungsstücken des gleichzeitigen Wiener Volkstheaters: Raimunds Rappelkopf wird durch ein äußerstes Grauen geheilt wie der junge Homburg. Insofern ist die Diskussion, ob es da überhaupt um Prinzenerziehung gehe oder nicht, überflüssig. Daß es nicht *nur* darum geht, sollte, im Gegensatz zu den ersten hundert Jahren »Homburg«-Rezeption, allerdings auch klar sein. Alles Geheimnis, alle Unausdeutbarkeit des Werks beruht auf der Gegenwirkung zwischen der Seelenreise des Sohnes und der Haltung des eisernen Vaters. Die Ausmaße jenes Geschehens stellen dessen Beschaffenheit in Frage. Plötzlich laufen Risse durch das Monument. Am Anfang steht ein Schuldiger vor dem Gesetz, und das Urteil wird gefällt in einem Akt der demonstrativen Imitatio jener römischen Konsuln, die durch den Spruch über ihre Söhne den Staat retteten. Dann aber erweist sich dieses Urteil als der Beginn einer zweiten Geburt des Sohnes. Wie Lear in der Heide – der Vergleich darf hier vielleicht tatsächlich gewagt werden – fällt Homburg aus allen Rollen und Halterungen. Nichts hält ihn mehr aufrecht, kein Ehrbegriff, kein Standeskodex, keine höhere Sittlichkeit irgendwelcher Art. Ein wimmerndes Bündel Mensch ist er, ein Findling auf der Schwelle, nichts weiter – dies aber allerdings auf eine enorme Art. Indem er alles einbrechen läßt, was *den* Offizier ausmacht, *den* Vornehmen, *den* Liebhaber, *den* Helden, *den* Tugendhaften, reißt er zuletzt auch das scheinbar Gesichertste ein: die seelische Differenz der Geschlechter. Auch sie erweist er als künstliches Produkt, als soziales Gebilde.

Auf dem Höhepunkt der Krise kehren sich die Geschlechterrollen um. Natalie übernimmt das männliche Verhalten, jenes Denken und Handeln, das von ihrer Gesellschaft als naturhafte Männlichkeit begriffen wird. Homburg aber denkt und handelt umgekehrt, »weiblich«, wie man sagen würde, oder »weibisch« mit dem diffamierenden Wort. Wobei es auffällt, daß die Frauen ihn jetzt nicht etwa besonders gut verstehen – gemäß ihrer »Natur« –, sondern ihrerseits von Entsetzen erfaßt werden über diese Umkehr der Ordnung. Denn auch ihr Geschlechtsbewußtsein wird durch den Vorgang erfaßt und erschüttert. Natalie formuliert den Schock am deutlichsten: »Ein unerfreulich, jammernswürdger Anblick! (...) Schau her, ein Weib bin ich (...) Doch (...) so fassungslos, so ganz unheldenmütig träfe mich der Tod (...) nicht an!« (V. 1166 ff.) Die Konsequenz aber ist, daß sie nun in einer Weise tätig wird, wie sie – »ein Weib« – es sonst nie gewagt hätte. In IV.2 fälscht sie einen Befehl des Kurfürsten, und in IV.1, Vers 1131 ff., gewinnt sie für kurze Zeit die Gabe und den Gestus der Prophetie. Was den Kurfürsten bezeichnenderweise dazu bringt, sie mit vielen Diminutiven wieder zu verniedlichen und rhetorisch in die herkömmliche Weiblichkeit zurückzubannen: »mein Töchterchen, mein Nichtchen«. (V. 1191)

Die Seelenreise des Prinzen, seine zweite Geburt, die Initiation im Durchgang durch das eigene Grab, deckt also alles Gesetz, alle moralische Ordnung – bis hin zur Geschlechterdifferenz – als gesellschaftliches Gebilde auf. Nichts davon ist vorgegeben, nichts davon naturgeschaffen. Die Wiederkehr des uralten Bildes vom eisernen Vater gerät nur scheinbar zum Auftritt eines ewig gültigen Gesetzes. Vielmehr löst sie einen Vorgang aus, der alles naturhafte Gesetz in Frage stellt und die Genealogie aller Moral vor Augen führt.

Das Entsetzen des feudalen Clans vor dieser moralischen Dissolution eines Prinzen – er ist unter anderem ohne weiteres bereit, die Geliebte um seines Überlebens willen zu verschachern (V. 1022 ff.) – hat sich fortgepflanzt in der Ablehnung des Stücks durch den Berliner Hof zu Kleists Lebzeiten und durch die politische und weitgehend auch die literarische Öffentlichkeit bis ins 20. Jahrhundert hinein.[99]

Zuletzt, man weiß es, wird aus dem Prinzen wieder ein »Mann«, und was für einer! Vor dem eisernen Vater, dem es unter den Füßen bröckelt, weil ihm sowohl private Interessen[100] wie ein frivoles Spiel mit dem schutzlosen Somnambulen in I.1 nachgewiesen werden, vor diesem eisernen Vater steht am Ende blitzend der eiserne Sohn. Auferstanden aus dem Schlund der Welt, stimmt er in das Schlachtgeschrei der Offiziere ein: »In Staub mit allen Feinden Brandenburgs!« Er könnte auch rufen: »hei waz ich îsens aeze!«

Wie es zu solcher Auferstehung kommt, zum Wiedergewinn des Gesetzes und einer unbedingten Identifikation damit – als hätte er sich den Vater einverleibt –, kann auf mehreren Ebenen studiert werden, und es nimmt sich je nachdem ganz anders aus. Einerseits steht da die sublime Kleistsche Metaphysik als Deutungsmuster bereit, wie er sie im gleichzeitigen »Marionettentheater«-Aufsatz entwickelt. Was dort als das verlorene erste und das wiederzugewinnende zweite Paradies erscheint, wird im »Homburg« zur unmittelbaren Anschauung als der »Garten« der ersten und wiederum der letzten Szene. So wie der Prinz am Anfang aus jenem herauserwacht, erwacht er am Schluß in diesen wieder hinein. Kottwitz' Antwort auf die Frage: »Ist es ein Traum?« darf nicht als gutmütiger Scherz gelesen werden. Sie ist sachlich im höchsten Sinn: »Ein Traum, was sonst?« (V. 1856)

Daß dies möglich wurde, lenkt andererseits nochmals auf den entfernten Horizont der römischen Virtus-Fabel zurück. Der alte Manlius hat seinem Sohn ohne Einspruchsmöglichkeiten unterstellt, daß er mit dem Urteil einverstanden sei; der neue Manlius gibt dem Sohn die volle Freiheit der Entscheidung, und diese Freiheit reißt ihn aus dem Schlund, setzt ihn sich selbst gegenüber als sein eigener Souverän und macht ihn, angesichts des bedrohten Vaterlandes, zum neuen Helden. Es ist wiederum Kottwitz – die in der Forschung am meisten unterschätzte Gestalt des Stücks, der einzige genuin Weise –, der in einem ominösen Satz die letzten Konsequenzen solcher Umschaffung andeutet: Jetzt hast du ihn soweit, sagt er sinngemäß zum Kurfürsten (V. 1825 ff.), daß er, ohne entsprechenden Befehl, ruhig zuschauen würde, wie du zugrundegehst.

An diesem Zusammenhang hat sich die neue Kritik am Stück immer wieder entzündet. Der alten war der Held zu androgyn; der neuen erschien er am Ende als zurechtdressierte preußische Kriegsgurgel. Das hat keiner schärfer formuliert als Bertolt Brecht in seinem Sonett »Über Kleists Stück ›Der Prinz von Homburg‹«.[101] Da ist der Prinz das Opfer einer Gehirnwäsche, demoralisiert und zur kriegstüchtigen Marionette umgebaut, ein rasselnder Golem für die imperialen Schlachtfelder. Die schiere Todesfurcht hat ihn gebrochen und versklavt – ähnlich wie sie ihn nach den alten Interpretationen zu einem tüchtigen Preußen erzogen hat. Der Vers: »Du hast gesiegt, doch war's dir nicht befohlen«, macht den Prinzen zu einer leibhaftigen Parodie auf den kategorischen Imperativ und den kantischpreußischen Pflichtbegriff:

> O Garten, künstlich in dem märkischen Sand!
> O Geistersehn in preußischblauer Nacht!
> O Held, von Todesfurcht ins Knien gebracht!
> Ausbund von Kriegerstolz und Knechtsverstand!
>
> Rückgrat, zerbrochen mit dem Lorbeerstock!
> Du hast gesiegt, doch war's dir nicht befohlen.
> Ach, da umhalst nicht Nike dich. Dich holen
> Des Fürsten Büttel feixend in den Block.
>
> So sehen wir ihn denn, der da gemeutert
> Durch Todesfurcht gereinigt und geläutert
> Mit Todesschweiß kalt unterm Siegeslaub.
>
> Sein Degen ist noch neben ihm: in Stücken.
> Tot ist er nicht, doch liegt er auf dem Rücken:
> Mit allen Feinden Brandenburgs im Staub.[102]

Brechts Deutung wirkte sich direkt auf die berühmteste Homburg-Inszenierung der Nachkriegszeit aus, jene von Peter Stein in der Schaubühne am Halleschen Ufer 1972. Da lag im Finale der Prinz reglos am Boden, während die Generäle triumphierend eine Doppelgänger-Puppe auf die Schultern hoben und in die neuen Schlachten trugen.

XVI. Das Homburg-Stück des Homburg-Kritikers

Das Konfliktmuster in Brechts »Maßnahme«. Eiserner Vater in Muttergestalt: die Mythisierung der Partei. Das Ja des mißratenen Sohnes zu seiner Hinrichtung noch im 20. Jahrhundert. Das Ja der Angeklagten in Stalins Schausprozessen. Die Geieräuglein des Großinquisitors. Sein Glücksversprechen.

Brecht, für den der preußische Staat ohne historische Legitimation fortlebt und gegen alle wütet, die von der Geschichte legitimiert sind, die liberalen Bürger zunächst und dann die ausgebeuteten Arbeiter, ihm müßte, würde man denken, der eiserne Vater ein Mythologem scheußlichster Provenienz sein. Und ein Ja des Sohnes zum eigenen Todesurteil müßte ihm, würde man denken, als Ereignis höchster ideologischer Perversion erscheinen: »Rückgrat, zerbrochen mit dem Lorbeerstock!« Dennoch hat dieser Brecht seinen eigenen Homburg geschrieben, ohne expliziten Bezug auf das Stück, aber in unverkennbarer Anlehnung, wie Kleist, an die grimmigen Sagen aus dem alten Rom.

Allerdings: der eiserne Vater steht bei Brecht nicht mehr auf zwei Beinen, sondern auf vielen. Er ist ein Kollektiv, das erhabenste, das es gibt, die Nachfolgeinstanz der Könige im Gang der Weltgeschichte und von dieser Weltgeschichte installiert, wie jene einst gesalbt waren von Gottes Gnaden: die Partei. Daß sie weiblich ist im Deutschen, hat es dem mutterversessenen Brecht wohl etwas leichter gemacht, ihr die Funktion des eisernen Vaters zuzuschreiben – wenn darin nicht sogar die tiefste, lüsterne Verlockung lag. Die Rede ist von Brechts Lehrstück »Die Maßnahme«, der umstrittensten Arbeit des Autors überhaupt, umstritten vom ersten Tag an und bis heute. Für die einen ein Manifest der Unmenschlichkeit, ist das Stück für die andern Brechts künstlerisch konsequenteste Leistung, und Herbert Lüthy war schon 1952 der Meinung, es sei beides zugleich: »Man kann der Maßnahme eine unmenschliche, eiskalte Größe nicht absprechen; sie ist formal das Beste und Geschlossenste, was Brecht geschrieben hat.«[103] Skandal und Faszination stammen aus dem gleichen Punkt, dem punctum saliens des Stücks, und dieser Punkt ist identisch mit der Pointe der alten Manlius-Fabel. Wie dort der Sohn Roms, sagt hier der Sohn der

Partei Ja zu seiner Hinrichtung – um des höheren, des höchsten Ganzen willen. Er hat versagt, ist aus der Art geschlagen, mißraten als Vorkämpfer der Weltrevolution: »Ich sehe, ich habe immer falsch gehandelt (...). Ich, der ich so sehr nützen wollte, habe nur geschadet.«[104] Im Unterschied zu den römischen Geschichten, zum »Homburg« und auch zum »Helmbrecht«, wird hier allerdings nicht gestraft. Kein Gesetzbuch kommt zur Anwendung und keine »märkschen Kriegsartikel«. Es ist einfach so, daß die revolutionäre Arbeit behindert wird, wenn dieser Genosse weiterlebt, und deshalb muß er sterben. Der Unterschied fällt indessen kaum ins Gewicht. Denn auch in den anderen Fällen besteht ja der dramatische Entscheid darin, daß einer, der Gnade walten, am Leben lassen könnte, dies nicht tut. Auch hier könnte das kleine Kollektiv der Revolutionäre, das für das Umfassende der Partei steht, den Genossen laufen lassen. Nur müßten sie dann ihre Arbeit abbrechen. Also tun sie es nicht. Also helfen sie ihm, der sich selbst verurteilt hat, sterben.

Sie sind aus Moskau nach China gekommen, um die kommunistische Partei zu unterstützen. Und womit? O deutscher Brecht: mit Papier! Mit Büchern, mit Propagandaschriften und abendlichen Vorträgen... Die »Lehren der Klassiker« müssen in China verbreitet werden. Auch für den Schiller-Kritiker und -Konkurrenten gilt: ex papyris lux – alles Heil kommt aus dem Papier. »Habt ihr Lokomotiven mitgebracht?« werden die Agitatoren gefragt. »Nein.« – »Habt ihr Traktoren bei euch?« – »Nein«. – »Habt ihr Saatgut mitgebracht?« – »Nein.« – »Bringt ihr wenigstens Munition und Maschinengewehre?« – »Nein (wir bringen) den chinesischen Arbeitern die Lehren der Klassiker und der Propagandisten: das ABC des Kommunismus.«[105] Zu diesem Zweck dürfen sie nirgends eingreifen, nirgends praktisch tätig werden, dürfen keinem helfen, und wenn er am Krepieren ist. Sie müssen sich selbst als Individuen auslöschen und reine gesichtslose Funktion werden im Revolutionsprozeß: »Dann seid ihr nicht ihr selber, du nicht mehr Karl Schmitt aus Berlin, du nicht mehr Anna Kjersk aus Kasan und du nicht mehr Peter Sawitsch aus Moskau, sondern allesamt ohne Namen und Mutter, leere Blätter, auf welche die Revolution ihre Anweisung schreibt.«[106] Daß sie »ohne Mutter« sind, hat Signalcharakter: es verweist auf den Eintritt in eine neue Sohnschaft: Kinder nur noch der Partei. Und daß sie »leere Blätter« sind, ist eine ungewollte Bestätigung von Seiten des Autors, daß er mit dem Stück den alten deutschen Mythos vom Papier als dem welthistorischen Erlösungsfaktor fortschreibt. Diese Auslöschung ihrer Individualität, ihre Umwandlung zu namenlosen, ununterscheidbaren Elementen des Klassenkampfs, zu rasselnden Golems der Weltrevolution, wird veranschaulicht dadurch, daß die Agitatoren Masken anziehen und diese fortan tragen. Der Vorgang erinnert an die Rituale der Mönche: gleichgeschoren und mit neuem Namen treten diese ins Kloster ein. Dort sind sie nur noch »Brüder«, wie hier die Genossen nur noch »Genossen«.

Und sie stehen unter der unbedingten Gehorsamsregel wie sonst allein noch die Soldaten – die brandenburgischen Offiziere zum Beispiel.

Wer die Maske wieder vom Gesicht reißt, vergeht sich also gegen den Befehl der Partei und die Weltrevolution. Er verrät die zweite Mutter um der ersten willen, verrät das erlösende Papier um der unmittelbaren Tat willen. Dies tut nun der junge Genosse, der in China zu der Gruppe gestoßen ist. Er hilft aus Mitleid einem Geschundenen und aus Solidarität einem Mißhandelten; er beleidigt aus Empörung einen Waffenhändler und, überwältigt vom Elend der Ausgebeuteten, macht er zu früh Revolution. Im alten Rom war es der Konsul, der den Beginn des Kampfes festsetzte, in Brandenburg der Kurfürst, hier ist es die Partei. Und wie der junge Manlius, wie der junge Homburg schlägt hier der junge Genosse zu früh los: »(...) der Mensch, der lebendige, brüllt, und sein Elend zerreißt alle Dämme der Lehre. Darum mache ich jetzt die Aktion, jetzt und sofort (...)«.[107] Und: »Er zerreißt die Schriften«. Und: »Er zerreißt die Maske.«[108] Er zerstört die Sakramentalien der Weltrevolution – warum? Weil er »das Gefühl vom Verstand getrennt hatte«.[109] Oder mit den Worten Homburgs: Weil er »die Order« nicht vom Chef, sondern vom »Herzen (...) empfangen« hat.[110] Die Folge ist, daß der Aufstand scheitert und er erkannt wird. Mit ihm zusammen aber würde die ganze Agitationsgruppe entdeckt – sofern er nicht verschwindet. Aus dem Leben muß er und mehr noch: aus aller Sichtbarkeit. Eine fürchterliche Homöopathie läßt Brecht da walten: Der Verstoß gegen die rituelle »Auslöschung« des individuellen Gesichts (»Die Auslöschung« ist der Titel der Masken-Szene) muß durch eine zweite Auslöschung wettgemacht werden: »also müssen wir ihn erschießen und in die Kalkgrube werfen / denn der Kalk verbrennt ihn.«[111] Auch sein totes Gesicht ist noch eine Gefahr. Und so fragen also die Agitatoren ihren Genossen, ob er einverstanden sei, und er sagt Ja: »im Interesse des Kommunismus / einverstanden mit dem Vormarsch der proletarischen Massen / aller Länder / ja sagend zur Revolutionierung der Welt«.[112] Die Wörter »ja« und »einverstanden« sind in dem Satz so gesetzt, daß die Zustimmung zum Todesurteil eins wird mit der Zustimmung zum politischen Dogma. Genauso hält es auch Homburg: »Ich will das heilige Gesetz des Kriegs, / Das ich verletzt', (...) / Durch einen freien Tod verherrlichen!«[113]

Nun muß man allerdings sagen, ein reines Parolenstück ist die »Maßnahme« so wenig wie der »Homburg«. Der Dialektiker Brecht hat das Stück nicht als inszenierte Predigt für gläubige Zuschauer geschrieben, sondern – seiner Theorie vom »Lehrstück« gemäß – als Erfahrungsexperiment für jene, die es spielen. Indem sie es szenisch verwirklichen, mit der Musik von Hanns Eisler, sollen sie am eigenen Leib erproben, ob hier Recht oder Unrecht geschieht, das Richtige oder Falsche getan wird. Wobei die Möglichkeit gegeben sein soll, daß die denkenden Schauspieler zuletzt sagen: Die Lösung, die wir gespielt haben, war falsch. Es muß eine andere gefunden werden. Wir suchen sie, nennen sie, spielen auch sie. Das hält noch Brechts Notiz aus dem Todesjahr fest: »Der Stückeschreiber hat Aufführungen der ›Maßnahme‹ vor Publikum immer wieder abgelehnt, da nur der Darsteller des Jungen Genossen daraus lernen kann, und auch er nur, wenn er auch einen der Agitatoren dargestellt und im Kontrollchor mitgesungen hat.«[114]

Allerdings: im Unterschied zum etwa gleichzeitigen Lehrstück »Der Jasager und Der Neinsager« (1929/30) hat Brecht für die »Maßnahme« keinen Gegentext mit einer Gegenlösung geschrieben. Und die bloße Theorie des Lehrstücks, die bloße Möglichkeit einer dialektischen Absetzbewegung im Innern der Spieler, ist kein Äquivalent für die mit soviel Scharfsinn und kalkulierter Emotionalität zugerichtete Fabel. Da ist denn doch alles so genau berechnet und gebaut, daß ein anderer Ausgang in keiner Sekunde möglich erscheint. Insofern besitzt das Stück, sobald man von den proklamierten Autorintentionen absieht, durchaus Parolen- und Propagandacharakter. In seiner Mitte steht ja auch der Choral vom »Lob der Partei«, das feierliche Credo, bei dem jeder, der mitsingt, Verzicht tut auf seine individuelle Autonomie. »Der Einzelne hat zwei Augen / die Partei hat tausend Augen / (...) Der Einzelne kann vernichtet werden / aber die Partei kann nicht vernichtet werden (...)«[115] Das erste Verspaar stimmt. Die Stasi-Akten haben noch anfangs der 90er Jahre die »tausend Augen« unter Beweis gestellt. Das zweite Verspaar ist blanke Theologie: Die christliche Lehre von der Kirche wird übertragen auf den organisierten Kommunismus. Das hat schon nach der Uraufführung in kirchlichen Kreisen zu einer Art schaudernder Bewunderung geführt: »Ein Werk aber, das uns zur fruchtbarsten Selbstbesinnung bringt, können wir nicht als satanisch bezeichnen, mag es auch noch so antichristlich sein. (... Wir haben in Brecht) den konkreten Gegner gefunden, (...) der mit der christlichen Kirche wieder in ihrer eigenen Sprache zu streiten begonnen hat.«[116]

Was die Geschichte und Gestalt des eisernen Vaters betrifft, ist dessen Wiederkehr in der mythischen Form der Partei, welche sich in der kleinen agitatorischen Gruppe reproduziert, von der naiven Erscheinung des alten Bauern Helmbrecht weniger weit entfernt, als es auf Anhieb scheint. Auch hinter Helmbrecht baut sich eine hierarchische Stufung auf, wo eines das je Nächsthöhere repräsentiert. Vom Vater über den König zum Vatergott steigt dort die Weltachse der heiligen Ordnung, wie bei Brecht vom kleinen Kollektiv über die Orts- und Landesparteien zur allwissenden Weltorganisation, deren Herz im Kreml schlägt. Und sobald man dies einfach und deutlich feststellt, wird auch klar, wie rasch die Ironie der Weltgeschichte auf das radikalste Werk des Dichters Bertolt Brecht zurückschlagen musste. Fünf Jahre schon nach der Uraufführung vom 13. Dezember 1930 begannen die Moskauer Schauprozesse: gräßliche, ins Immense gesteigerte Parodien auf das Gericht über den Jungen Genossen. In den öffentlichen

Schuldbekenntnissen der Angeklagten, die zu Selbstbezichtigung und Strafwilligkeit präpariert worden waren – »einverstanden mit...«, »ja sagend zu...« –, hat Brechts Weihespiel von der begeisterten Selbstauslöschung des Einzelnen seine schlimmstmögliche Quittung gefunden. Und dies ging zusammen mit der bedingungslosen persönlichen Diktatur Stalins, der aus dem spiritualisierten Kollektiv der »Partei« wieder den einzelnen eisernen Vater gemacht hat, eine blutige Hohngestalt auf alle Träume von heiliger Repräsentanz.

Die »Maßnahme« ist Brechts »Homburg«. Die Kleistsche Radikalität hat den süddeutschen Genußmenschen infiziert und ein Stück schreiben lassen, hinter dem man einen asketischen Fanatiker vermuten könnte, einen ausgedörrten Großinquisitor mit Mumienschädel und Geieräuglein. Der Vergleich ist nicht aus der Luft gegriffen. Tatsächlich entwirft Dostojewskijs Großinquisitor im 5. Kapitel des 5. Buchs der »Brüder Karamasow« die Vision eines totalitären Staats, einer planetarischen Theokratie, die nicht nur auf der Selbstaufgabe und Selbstauslöschung des autonomen Individuums beruht, sondern solche Hingabe an die unbedingte Autorität der Einheitskirche als Lockmittel verwendet. Denn nie, so der Großinquisitor, sind die Menschen glücklicher, als wenn man sie von ihrer Freiheit erlöst.

Bei uns (...) werden alle glücklich sein und weder rebellieren noch einander ausrotten. (...) Oh, wir werden sie davon überzeugen, daß sie erst dann frei sein werden, wenn sie zu unsern Gunsten auf ihre Freiheit verzichtet und sich uns unterworfen haben. (...) Wir werden ihnen beweisen, daß sie schwach und nur armselige Kinder sind, daß aber Kinderglück süßer ist als jedes andere. Sie werden schüchtern werden und zu uns emporblicken und sich in ihrer Angst an uns schmiegen wie die Küken an die Glucke.[117]

Darf man Brecht solches Denken unterstellen? Man darf es *einer* der vielen Gestalten, die den Namen B.B. trugen: dem Verfasser der »Maßnahme«. Denn genau dieser kindliche Anlehnungs- und Hingabegestus erscheint auf dem Höhepunkt des Stücks, im Moment der Einwilligung und des Todes. »Helft mir«, sagt der Junge Genosse, und die Agitatoren darauf: »Lehne deinen Kopf an unsern Arm / schließ die Augen!« Dann bringen sie ihn um. Die homoerotisch eingefärbte Zärtlichkeit der Szene rückt den Tod in die Nähe eines Liebesaktes, was nicht nur an Kleists amour fou mit dem Suizid denken läßt, sondern eben auch an jene schluchzend-lüsterne Selbstaufgabe der Menschen im Reich des Großinquisitors.

XVII. Ein Homburg zum Dritten

Vom »Homburg« zur »Maßnahme« zu »Mauser«. Heiner Müllers Stück als Echo und Widerspiel. Psychologie gegen Brechts Psychologiefeindlichkeit. Die Wiederkehr der verdrängten Humanität in Gestalt des Wahnsinns. Doktrin und Wahn. Doktrin als Wahn. Das »anarchisch-natürliche Matriarchat«.

Brechts »Maßnahme« gehört zu den politischen autos sacramentales der Zwischenkriegszeit. Darin ist sie das linksradikale Gegenstück zu Hofmannsthals rechtskonservativem »Turm«. Beides sind Opferdramen mit rituellem Einschlag. Die Konsequenz und archaische Lapidarität der »Maßnahme« wirkte noch 40 Jahre später als Provokation von solcher Heftigkeit, daß der interessanteste Brecht-Schüler, Heiner Müller, sie nur mit einem Echo-Stück zu bannen vermochte. Sein »Mauser«, 1970 geschrieben, antwortet unverhohlen auf Brechts Lehrstück und reißt durch dieses hindurch auch den Blick auf den Prinzen Homburg nochmals auf. Als müßte er, was Brecht an kleistischer Emotionalität abgewiesen hat, in die sozialistische Parabel zurückholen, gibt Müller dem Verurteilten die kreatürliche Lebensgier wieder. Dem Schrei des Prinzen: »Seit ich mein Grab sah, will ich nichts, als leben« (V. 1003), der bei Brecht kein Äquivalent hat, entspricht bei Müller die tobende Weigerung des Genossen:

> Ich will nicht sterben. Ich werfe mich auf den Boden.
> Ich halte mich an der Erde fest mit allen Händen
> Ich beiße mich mit den Zähnen fest in der Erde
> Die ich nicht verlassen will. Ich schreie.[118]

Der Rahmen ist bei »Mauser« dem Brecht-Stück sehr ähnlich, ist ihm offensichtlich nachgebildet. Ein Chor verkörpert »die Revolution« und zugleich deren Leitung und Willenszentrum: die Partei. Er vertritt das Gesetz, *ist* das Gesetz, so unbedingt wie nur je ein Kurfürst oder Vater Helmbrecht. Und er verurteilt, wer aus der revolutionären Art schlägt, wer sich gegen »die Revolution« vergeht, zum Tode. »Die Revolution« kann nur durch ein gewissenhaftes Töten ihrer Feinde ans Ziel gelangen, so der Chor, und wenn ein Sohn der Revolution sich gegen sie vergeht, wird er zum Feind und muß auf der Stelle auch getötet werden. Die Schlächterei – einmal mehr drängt sich das Bild der spanischen Inquisition auf – wird gerechtfertigt dadurch, daß alles an der Front des Bürgerkriegs in Witebsk spielt. Und nun potenziert der Dialektiker Müller den Dialektiker Brecht. Er läßt nicht irgendeinen Genossen sich vergehen und so die Notwendigkeit der Vernichtung auf sich ziehen, sondern der sich vergeht, ist der Henker selbst. Zum mißratenen Sohn der Revolution wird gerade der, der für sie zu töten bestellt ist. Er hält nämlich das Töten nicht mehr aus. So wie der Junge Genosse bei Brecht seine Gesichtslosigkeit aufkündigte und die Maske herunterriß, so kündigt hier der Henker die Gesichtslosigkeit seiner Opfer auf.

Er zieht diesen die imaginäre Maske weg, die sie zu unpersönlichen »Feinden der Revolution« macht. Als solche sind sie reine Funktion im historischen Prozeß und können von ihm, der auf seine Art reine Funktion ist, mechanisch liquidiert werden. Er aber sieht in ihnen plötzlich Menschen. Er sieht die zerarbeiteten Hände, sieht darin ein langes, schweres Leben, ein einzelnes und einziges, und sieht, daß diese Leute ja gar nicht wissen, was »die Revolution« ist. Als Sohn der Revolution aber, Arbeiter in deren Pflicht – »eine Arbeit wie jede andere«[119] soll sein Geschäft sein – darf er das prinzipiell nicht sehen. Die Revolution »mit der Stimme der Partei« verordnet ihm den einzig richtigen Blick, befiehlt ihm die Beschaffenheit seiner Erfahrung: »Und sie hatten keine Hände und kein Gesicht / Sondern das Auge, mit dem ich sie ansah / Und der Mund, mit dem ich redete zu ihnen / War der Revolver und mein Wort die Kugel.«[120] So müßte es sein, so will es »das heilige Gesetz des Kriegs«, mit Homburg zu reden. Und so kann er es nicht länger. Aus seiner vitalsten Mitte heraus bricht ihm das Nein zu dieser Arbeit. Es erfaßt ihn, packt und würgt ihn eine kreatürliche Humanität. Die Psychologiefeindlichkeit des Brechtschen Lehrstücks wird bei Müller gesprengt von einem psychologischen Wissen, das sich nicht abweisen läßt. So wie in der Figur des Henkers das Unbewußte ausbricht, ihn überschwemmt und gespenstisch agieren läßt, infiltriert die offiziell verbotene Seelenlehre die doktrinäre Theaterform. Im Handlungsverlauf gelingt es der Partei zunächst, den Zweifler noch einmal zu zähmen. Der Chor knöpft ihn sich vor und bearbeitet ihn, lauthals predigend, mächtig eintrommelnd auf ihn, um die gefährlichen Gefühle zu betäuben: »Nicht Menschen zu töten ist dein Auftrag / Sondern Feinde.«[121] Und so würgt er seine Zweifel hinunter, verdrängt sie (mit dem Begriff jener verbotenen Wissenschaft) und führt seine »Arbeit« fort. Die predigende Vernunft hat die elementare Humanität gelähmt und in eine dunkle Tiefe versenkt. Von da aber kehrt sie wieder in der Gestalt des Wahns. Das Versenkte kann nicht vernichtet werden; es verwandelt sich in Verrücktheit. Das Paradox, das dem Mann eingetrommelt wurde, daß er Menschen töten müsse um der Menschen willen oder – mit dem penetranten Refrain des Stücks – »das Gras ausreißen, damit es grün bleibt«, dieses Paradox, das im Munde des Chors scharfsinnige Sophistik ist, ein Kunststück des Verstandes, eine Delikatesse der Dialektik, es reißt dem Henkermenschen durch die ganze Existenz. Zur Maschine beordert, wird er eine. Der Wahnsinn packt und schüttelt ihn, und er tötet wahllos, was immer sich bewegt. Zuletzt tanzt er noch auf den Getöteten »mit stampfendem Tanzschritt«.[122] Dabei sieht er sich unentwegt zu, gespalten in der Konsequenz jenes Befehls, »nicht Menschen zu töten, sondern Feinde«. Was ihm an andern zu tun verordnet wird, den »Feind« vom »Menschen« zu trennen, als ob das möglich wäre, erlebt er, als ob das möglich wäre, »und ich sah / Ihn der ich war, töten ein Etwas aus Fleisch und Blut (...)«.[123]

So wird er zum »Feind der Revolution wie andere Feinde«[124] und muß hingerichtet werden (wie übrigens auch er schon seinen eigenen Vorgänger zu Beginn hinrichten mußte). Und dafür verlangt »die Revolution«, wie nur je ein altrömischer Manlius, seine freie Zustimmung: »Die Revolution braucht / Dein Ja zu deinem Tod.«[125] Er aber, nun wieder bei Verstand, fragt zurück: »Ich bin ein Mensch. Der Mensch ist keine Maschine. Mit meinem letzten Atem jetzt und hier / Frage ich die Revolution nach dem Menschen.«[126] Darauf predigt die Partei von neuem los, in einer Rhetorik, die zu raffiniert und vollkommen ist, als daß sie parodistisch gelesen werden könnte.

Das Stück steht tatsächlich auf beiden Seiten. Und es bringt es denn auch fertig, diesen Mann zwar nicht explizit »ja« sagen, aber schließlich doch selbst das Kommando zum Feuern bei seiner eigenen Hinrichtung geben zu lassen. Da werden sie wieder sichtbar, die Geieräuglein des Großinquisitors. Da taucht sie wieder auf, die Zustimmung des Sohnes. Und »Tod den Feinden der Revolution« steht in Majuskeln, Müllerschen Majuskeln, am Schluß des Ganzen – mit der Anweisung, das sei entweder vom Genossen oder vom Chor zu sprechen! Damit wird ein ausschlaggebender Entscheid der Regie zugeschoben. Wenn der verurteilte Genosse Henker die Parole ausruft, ist das Stück doktrinäre Propaganda. Wenn nur der Chor es tut, ist das Stück ein öffentlicher Akt des Zweifels. Das hat die offizielle DDR sofort verstanden. »Mauser« durfte, solang es sie gab, dort nicht aufgeführt werden.

Die Wiederkehr des Wahns in der Kultur eines totalitären Rationalismus, der es durch kunstvollen Mauerbau verstand, auch Freud und Kafka und Dostojewskij von sich und seinen Kindern fernzuhalten, ist der sensationelle Kern von Müllers Echostück auf Brechts »Maßnahme«. Der Wahn steht dramatisch auf gegen die Doktrin. Dem Argument ist der Chor mit tausend Sophismen gewachsen, dem Wahn nicht. Dieser ist die Gegensprache, die der mißratene Sohn der Revolution findet, im Unterschied zu Brechts jungem Genossen, der nur das Pathos des Mitleids kennt. Der manifeste Wahn des Sohnes entlarvt den latenten Wahn des eisernen Vaters, der Partei und ihrer Lehre von der »Revolution«. Über das Ereignis des Wahns wird erkennbar, wie seinerseits verrückt das Gesetz ist. Es macht Begriffe zum Fetisch, durchaus pathologisch, und handelt nach ihnen, tötet für sie, als wären sie eine Wirklichkeit. Das läßt sich studieren am Wort »die Revolution« in Müllers Text. Während es bei Brecht stets zurückgebunden wird in den größeren Argumentationszusammenhang der marxistischen Lehre, entläuft es bei Müller der Rationalität in die Hypostasierung zur gottähnlichen Wesenheit. Als solche denkt und handelt

»die Revolution« aus sich selbst heraus und steht jenseits aller Fragen. Sie *ist* und also kann man ihr nur dienen. Ist man doch, und hier beginnt die schleudernde Mystik, gleichzeitig Teil von ihr, wie die Christen Glieder sind am Corpus Christi Mysticum (»Deine Hand (ist) eine Hand der Revolution«[127]). In der Sakralisierung des Worts »die Revolution« versichert sich der eiserne Vater seiner Heiligkeit, sowie sich das Kollektiv der Partei darin und darüber zum höchsten Subjekt individualisiert. Wegen des Wahncharakters dieser immensen Konstruktion darf kein Wahn sein und schon gar nicht eine wissenschaftliche Theorie davon. Und weil der Wahn doch einkehrt in das Stück, und mit diesem in den offiziellen Denkzusammenhang, mußte es verboten werden.

Die Haltung des Autors selbst bleibt gegenüber dem, was er tatsächlich schafft, eine zweideutige. Die Rhetorik des Chors in »Mauser« darf als ein letzter Höhepunkt in der Literaturgeschichte des bekennenden Marxismus gelten. In dieser Rhetorik wird der Wahn, der sie denunziert, so gebändigt, wie das Stück selbst durch die Zensur der DDR.

Sieben Jahre später hat sich Müller von allen Lehrstücken verabschiedet: »Die christliche Endzeit der ›Maßnahme‹ ist abgelaufen«.[128] Der Satz ist von Gewicht. Beim Wort genommen, besagt er, daß die Zeit der Lehrstücke von der »Maßnahme« bis »Mauser« vom messianischen Glauben an eine bevorstehende Weltenwende bestimmt war. Das sei abgelaufen und der Messias ausgeblieben.

In einem Text für den Brecht-Kongreß von 1979 an der University of Maryland, USA, analysiert Müller seinen Vorgänger genauer: Brecht habe nur überlebt »auf der Drehscheibe vom Anarchisten zum Funktionär«,[129] und es folgt eine Passage, in der der Wahn des Mauser-Stücks vielleicht seinen wahren Namen findet:

> Aus der revolutionären Ungeduld (...) kommt der Trend zur Substitution des Proletariats auf, die in den Paternalismus mündet, die Krankheit der kommunistischen Parteien. Es beginnt, in der Abwehr des anarchisch-natürlichen Matriarchats, der Umbau des rebellischen Sohns in die Vaterfigur, der Brechts Erfolg ausmacht und seine Wirkung behindert.[130]

Das meint zweierlei: einerseits die Verwandlung von B. B. selbst aus einem rebellischen Sohn in eine Führer- und Vatergestalt, andererseits den Vorgang solcher »Paternalisierung« als zentrales Geschehen im Sozialismus – die Partei wird ein kompaktes Subjekt, und folgerichtig der Parteiführer ein höchster Vater, ein eiserner bald einmal. Die Gegenposition wäre das »anarchisch-natürliche Matriarchat«. Bei dem hat Brecht einst angefangen, und auf dieses verweist insgeheim der Wahn im »Mauser«. Denn als das Andere der doktrinären Vernunft, das Andere der paternalen Ordnung, die hier gilt, steht er auch für alles übrige Ausgesperrte.[131] Nichts aber ist in dem Stück so ausgesperrt, so gar nicht vorhanden wie die Frau. Sie erscheint nur einmal, äußerst indirekt, im Satz: »Und in der Nacht war ich kein Mann.«[132] Das meint die Impotenz als das erste Symptom des kommenden Wahns. Gegen den Verrat am »anarchisch-natürlichen Matriarchat«, den Müller Brecht vorwirft, steht auch der Wahn in »Mauser« auf. Er ist ein Reflex des beseelten Leibes gegen die Ausgrenzung alles Weiblichen, eine Ausgrenzung, welche die totale Verwandlung in eine Maschine erst möglich machte. Das bleibt im Stück noch ungesagt, ist nur vorhanden als wortlose Geste. Sprache gibt es hier einzig im Bannkreis des eisernen Gesetzes. Die neue Dramaturgie, zu der Müller im Jahr der Verabschiedung des Lehrstücks vorstößt, ermöglicht dann endlich die mächtige Verlautung dessen, was dem Gesetz des Vaters entgegensteht. In der »Hamletmaschine« von 1977 wird das verratene und verstoßene »anarchisch-natürliche Matriarchat« sichtbar in brennenden Zeichen, im Bild und in den Sätzen der Ophelia. Was sie vertritt, ist nicht nur Inhalt eines neuen Schreibens und eines anderen Theaters, sondern zugleich dessen Voraussetzung.

XVIII. Antigone und die »römische Linie«

Das demokratische und das terroristische Potential der römischen Linie. Der eiserne Vater – eine naturhafte Erscheinung? Das Gegenzeugnis der »Antigone«. Ein Tyrannengestus: der Befehl, bei der Exekution der Geliebten anwesend zu sein. Die rhetorische Souveränität des Sohnes. Noch kein Stammeln im Familiengericht. Differenz zum römischen Modell.

Man darf wohl von einer »römischen Linie« sprechen. Sie entspringt jenen Geschichten, die den Vater exemplarisch mit dem Staatsmann verbinden, der im fehlbaren Bürger auch den Sohn verurteilen muß. In diesen Geschichten steckt ein demokratisches Potential ebenso wie ein terroristisches. Wo sie die Gleichheit der Bürgerinnen und Bürger vor dem gerechten Gesetz propagieren, sind sie Schaustücke echter Demokratie, gerichtet gegen die Willkür und Vetternwirtschaft einer arroganten Oberschicht. Wo sie das Gesetz an sich verherrlichen, dessen Triumph über die unmittelbare Menschlichkeit, über Liebe und Mitgefühl auch dann noch, wenn Gnade möglich wäre, sind sie Schaustücke des Terrors. Nicht des Terrors der Despoten, für die es ja kein Gesetz gibt außer ihrem eigenen fluktuierenden Willen, sondern jenes Terrors, der die ästhetischste Form der Politik ausmacht. Um der Makellosigkeit der Ordnung willen darf keine Gnade sein. Das Urteil fällt, um zu zeigen, daß Politik vollkommen sein kann wie ein Kunstwerk. Das hat die römische Linie für die Dichter so attraktiv gemacht. Sie träumen nämlich, geblendet von der Vorstellung der perfectio, die ihnen in der Seele sitzt und das Gehirn reizt, immer wieder von einem Staat, der vollkommen wäre wie ein Kunstwerk.[133]

Dieses gleichzeitig demokratische und terroristische Potential der römischen Linie schlägt durch in den andauernden Interpretationsstreit um jene Stücke und Erzählungen, welche als Kern eine Fabel aus dieser Tradition bergen. Es kann der »Homburg« sein, die »Maßnahme« oder »Mauser«. Auch Kafkas »Urteil« gehört hierher, in schwer faßbarer Weise zwar, aber immerhin vollzieht der Sohn auch da freiwillig, was der tanzende Vaterriese im Nachthemd verfügt. Diese Zustimmung, das Brechtsche »Einverständnis«, ist die eigentliche Erkennungsmarke der römischen Linie, sie und der unterdrückte Schmerz des Vaters, das »krachende Herz«. Das kann soweit gehen, daß der spätere Dichter, eine römische Geschichte aufgreifend und neu fassend, die Zustimmung sogar gegen den Wortlaut der Quelle in die eigene Arbeit einbringt. So in einem der berühmtesten Texte dieser Art, Lessings »Emilia Galotti«. Während in der Modell-Fabel im 3. Buch des Livius der römische Vater Verginius seine Tochter Verginia, um sie vor dem Zugriff des triebhaften Tyrannen zu schützen, ersticht, ohne sie zu Wort kommen zu lassen, nur mit dem Ausruf: »Anders kann ich dir die Freiheit nicht mehr sichern, meine Tochter!«,[134] macht Lessing daraus den immer neu skandalisierenden Dialog, in dem die Tochter den Vater förmlich und dringlich um die Tat bittet, ihn erpreßt und schließlich »in einem bittern Tone« klagt, es gebe diese altrömischen Väter nicht mehr: »Ehedem wohl gab es einen Vater, der seine Tochter von der Schande zu retten, ihr den ersten den besten Stahl in das Herzen senkte – ihr zum zweiten das Leben gab. Aber alle solche Taten sind von ehedem! Solcher Väter gibt es keinen mehr!« Darauf der Vater: »Doch, meine Tochter, doch!« Und er tötet sie, und ihre letzten Worte sind: »Lassen Sie mich sie küssen, diese väterliche Hand.«[135] Das ist die äußerste mögliche Gestalt von »Einverständnis«. Man kann daran studieren, wie sehr das, was im deutschen 18. Jahrhundert »Tugend« heißt, ein begeisternder, ein strahlender Begriff der Epoche, vom römischen Virtus-Konzept mitgeprägt ist – und damit stets auch für politische Konnotationen offen.

Die lapidare Einfachheit der römischen Geschichten könnte den eisernen Vater als eine naturhafte Erscheinung begreifen lassen. Je weiter man zurückgeht in der Geschichte, so könnte man schließen, umso unzweideutiger und kompakter nimmt sich offenbar die Figur aus. Sie ist der Anfang, und alle Zweifel und Erschütterungen kommen später. Dieses Ursprunghafte, das in der Aufnahme und Verarbeitung der Gestalt im 18. und 19. Jahrhundert große Bedeutung hat, indem es die bürgerliche Patriarchalität legitimiert, ist jedoch weniger eine gesicherte Gegebenheit als ein Element jenes Vorgangs, in dem ein wiederkehrendes Bild mit dem Gesetz einer Epoche seinen Ausgleich sucht. Man *will* den eisernen Vater naturhaft, und dieser Wille ist Teil der zeitgenössischen Ordnung. Daß die

Dinge umso einfacher werden, je weiter man in der Geschichte der literarischen Gestaltung zurückgeht, hat sich schon im Zusammenhang mit dem schreienden König David als Trug erwiesen.

Noch deutlicher zeigt es sich in einer Tragödie aus dem 5. Jahrhundert vor Christus. Auch da sind die Grunddimensionen des Konflikts alle ausgebildet. Es kommt zur beispielhaften Konfrontation zwischen dem mißratenen Sohn und dem Vater, der ihm die Diagnose der Verkommenheit stellt, mit einer höchst genauen, historisch bedeutenden Definition dieser Kategorie übrigens. Die Familie wird zum Tribunal, und zugleich ist dieses ein Gericht des Staatschefs über einen Bürger, spricht ein Bürger in scharfen Sätzen zum Staatschef, der sein Vater ist. Das alles wäre auch denkbar auf der römischen Linie. Dazu tritt nun aber die unerhörte Gegebenheit, daß die Position des eisernen Herrschers und Vaters selbst als eine gewordene, wenn nicht sogar usurpierte erscheint. Hinter der Ordnung, die der Vater-König als das leibhaftige Gesetz vertritt, zeichnet sich eine ältere ab, von der her das Prinzip des Vaterkönigtums an sich in Frage gestellt wird. Wenn also der eiserne Vater in der römischen Linie als ursprünglich naturhafte Gegebenheit auftritt, zeigt er sich hier als eines Tages geschaffene, eines Tages mit hartem Willen eroberte Rolle. Und so ist dann auch das Umfeld der Tribunalszene und der Hintergrund der splitternden Kollision, die sich in ihr ereignet, unvergleichlich vielschichtiger als bei den Marmorköpfen aus dem alten Rom.

Vor Kreon, dem neuen Herrn und König der Stadt Theben, steht Haimon, sein Sohn. Und die Szene wird zum Gericht, gewinnt alle Züge und Nuancen eines Gerichts, obwohl die Tat, um die es geht, gar nicht der Sohn begangen hat, sondern dessen Geliebte, dessen Braut: Antigone. Über sie hat Kreon das Urteil schon gefällt. Sie muß sterben. Die Figur der Antigone selbst gehört nicht in den Gegenstandsbereich dieser Untersuchung. Sie steht zu Kreon in keiner Weise in einem Tochterverhältnis. Daran ändert auch die Tatsache nichts, daß sie die Braut des Sohnes ist. Antigone ist die politische Gegnerin Kreons. So sieht sie der König ganz entschieden. Zweimal nacheinander wird ihm behutsam nahegelegt, sie anders, nämlich in privaten, familialen Zusammenhängen zu betrachten und das Urteil entsprechend zu mildern. Ismene: »Die Braut ermorden willst du deinem eigenen Sohn?«[136], und der Chorführer: »Beraubst du wirklich seiner Braut den eigenen Sohn?«[137] Beide Male weist er das Ansinnen schroff zurück, sogar mit einem obszönen Ausfall: Es gebe noch andere Äcker, auf denen der Junge pflügen könne. Obwohl er ihr auch selber verwandtschaftlich nahesteht – er ist der Bruder ihrer Mutter Iokaste –, ließe es sich niemals rechtfertigen, daraus ein Kind-Vater-Verhältnis zu konstruieren. Was in Homburgs Beziehung zum Kurfürsten unabweisbar war, ist es hier ebenso unabweisbar nicht. Antigone ist die Tochter des Ödipus, des tragischen Königs. Als diese weiß und fühlt sie sich, als diese handelt sie. Wenn schon Tochter, dann ein Kind von höchster Treue. In das hier untersuchte Konfliktfeld tritt sie daher nur sekundär ein, als der Anlaß zum tödlichen Zusammenstoß zwischen Vater und Sohn.

Im Unterschied zu den geläufigen Untersuchungen des Sophokles-Stücks soll hier eine Szene betrachtet werden, die sonst immer als Nebenereignis gehandelt wird. Sie hat zwar im Werkganzen ihre Funktion, wird darin aber fraglos überstrahlt von den zwei Auftritten Antigones mit und gegen Kreon. Diese sind in das Gedächtnis der Menschheit eingebrannt, sind darin »Bild »geworden, das immer neu auf Gestaltung drängt. Die Haimon-Kreon-Szene reicht an dieses Äußerste, was der Kunst überhaupt möglich ist, nicht heran. Für die Geschichte der mißratenen Kinder in der Literatur aber und für das Problem, wie es zur fatalen Diagnose dieser Beschaffenheit kommt, im Rückgriff auf welche Normen sie ausgesprochen wird, ist der Auftritt so unersetzlich wie der baumelnde Absalom und das bewegte Gesicht des Konsuls Brutus.

Daß die Szene Gerichtscharakter hat und den Begriff des Tribunals rechtfertigt, beweist ihr Schluß. Vorher hat Kreon die veurteilte Antigone ins Haus führen und dort eingesperrt halten lassen, noch unentschieden über den Zeitpunkt der Urteilsvollstreckung. Jetzt ruft er, rasend, als letztes Argument gegen den Sohn, das schon keines mehr ist, sondern Antwort als Tat:

> Holt das Gezüchte! – Auf der Stelle sterbe sie
> Ganz nah vor ihm, vor Augen ihm, dem Bräutigam![138]

Was heißt das? Man muß hier sorgfältig unterscheiden. Der Vater benützt das Urteil über Antigone, um den Sohn zu verurteilen. Dieser soll bei der Exekution der Geliebten zuschauen. Das hat seinerseits Exekutionscharakter. Es ist mehr als nur ein häßlicher Zug. Der Sohn wird zum Mitgerichteten. Er muß mitvollziehen, was der geliebten Frau geschieht. Das ist zusammenzusehen mit der Bemerkung Haimons, die wenig früher gefallen ist: Wenn Antigone stirbt, dann »nimmt sie einen mit«.[139] Die doppeldeutige Wendung kann als Drohung gegen den Vater wie als Ankündigung eines Suizids verstanden werden. So oder anders riskiert Kreon also mit seiner erlesenen Grausamkeit eine letale Konsequenz, riskiert sie oder will sie sogar provozieren. Er nimmt in Kauf, daß der einen Hinrichtung ein zweiter Tod folgt.

Dieser Akt scheint drakonischen Alleinherrschern instinkthaft nahezuliegen. Der berühmteste Parallelfall, nicht in der Literatur, sondern in der leibhaftigen Geschichte, ist die Maßnahme Friedrich Wilhelms I. von Preußen gegen seinen Sohn, den späteren Friedrich den Großen. Dieser hatte sich, 18jährig, der unablässigen Kujonierung und Mißhandlung durch den königlichen Vater entziehen wollen. Sein engster Freund Katte, den er liebte wie vielleicht sonst nie einen Menschen in seinem ganzen Leben, wußte um die Pläne, hatte mitgedacht und mitgeplant. Als die Sache aufflog, wurde Katte des Hochverrats angeklagt. Das Kriegsgericht verurteilte ihn zu lebenslanger Festungshaft, der König befahl die Exekution. Dabei mußte der junge Friedrich auf ausdrücklichste Anordnung vom Fenster aus dem Geschehen im Hof zusehen. Der Vorgang machte europaweit Aufsehen und prägte sich auch der künstlerischen Phantasie der Epoche ein – so wie er selbst vielleicht zustandegekommen war über literarische Erinnerungen, gespenstische Bilder von Szenen der römischen Linie im Königskopf. Heiner Müller hat den Vorgang in einer winzigen Szene dramatisiert, wobei der König, als die Schüsse gefallen sind, sagt: »Das war Katte.« Darauf der Sohn: »Sire, das war ich.«[140] Müller macht damit öffentlich, was sich im Befehl sowohl des Preußenkönigs als auch des thebanischen Kreon versteckt: die symbolische Hinrichtung des Sohnes selbst. Die literarisch mächtigste Reaktion darauf ist die Szene in Schillers »Don Carlos«, wo der geliebte Freund des Königssohns, Marquis Posa, auf höchste Anordnung im Beisein von Carlos meuchlings erschossen wird. Schillers Bühnendrastik holt dabei die letzten Effekte heraus. Carlos hat eben noch vom Vater zu schwärmen begonnen. »Glaube mir«, sagt er zu Posa, »er ist / nicht ohne Menschlichkeit, mein Vater. Ja! / Gewiß, es wird ihn rühren, seine Augen werden / Von warmen Tränen übergehn, und dir / Und mir wird er verzeihen –«, und hier, genau hier, in das tönende Wort »verzeihen« hinein, fällt der Schuß, der den Freund hinstreckt. Carlos bricht neben ihm zusammen, und aus dem dunklen Hintergrund kommt langsam der König mit allen Großen des Reichs, tritt vor den reglosen Sohn, und es heißt: »Der König betrachtet ihn mit nachdenkender Stille.«[141]

Es spricht für die hohe Freiheit, in der sich Haimon in der »Antigone« bewegt, bewegen darf nach dem Willen des Dichters und der Überzeugung der Zeit, daß er die Anordnung des Vaters mit einer Handbewegung zunichte macht: »Nein, mir vor Augen niemals – denke das nur nicht! – / Wird diese sterben mir so nah (...).«[142] Und er geht weg, indem er zum Schluß den Strafakt des Königs noch gegen diesen selbst dreht. Du wirst mich nie mehr »mit Augen wiedersehn«.[143] Dem Zwang zum Sehen antwortet er mit einem Entzug des Sehens. »Auge« steht hier auch sprachlich spiegelgleich gegen »Auge«. So knapp die Stelle ist, es verkörpert sich in ihr doch eine historisch bedeutsame Konstruktionsregel des ganzen Auftritts: das genaue Gleichgewicht der Kontrahenten, die formale Balance zwischen Vater und Sohn in einem nahezu mathematischen Sinn. Da ist nichts von der entsetzlichen Einseitigkeit der römischen Geschichten, wo der Rhetorik der Väter so oft das Schweigen der Kinder gegenübersteht. Bis in die Verszahl ist das bei Sophokles ausgewogen. Der langen Rede Kreons antwortet die ebensolange Rede Haimons – genau gesprochen: 42 Verse zählt die eine, 41 die andere[144] –, und darauf folgt die große Wechselrede in der Form der Stichomythie, Vers für Vers, wo sich das Gleichgewicht von Sekunde zu Sekunde bestätigt. In dem schallenden Hin und Her, in der Sprachsicherheit dieser Gegner gleicht das Gefecht dem Mahn- und Trotzgespräch der beiden Helmbrechts, wobei allerdings, im Unterschied zur mittelalterlichen Erziehungsdichtung, hier kein listig-lustig eingefädelter moralischer Pakt von Anfang an zweifelsfrei festlegt, wer Recht hat. Den griechischen Vater versetzt nicht seine Rolle und Beschaffenheit als solche schon in die Position der Wahrheit, wie es der Fall ist beim römischen, beim mittelalterlichen Vater, auch noch beim allwissenden Subjekt der Partei. Vielmehr ist die Frage, wer hier zuletzt Recht habe, in der Folge zum Gegenstand eines jahrhundertelangen Nachdenkens geworden, das immer noch fortläuft und fortläuft und nicht enden will und kann. Dieses Nachdenken verknüpft sich mit der Frage nach der Bestimmung des Tragischen, und für jede Bestimmung des Tragischen ist die »Antigone« eines der Beispiele schlechthin. Je weniger allerdings der paradigmatische Charakter des Werks für das Nachdenken über das Tragische bestritten wird, umso weiter sieht man sich gleichzeitig von einem Konsens dieser Tragödie selbst gegenüber entfernt. Dies betrifft insbesondere die Gestalt Kreons, betrifft die Frage, ob und wieweit er im Recht sei und ob sein erster Entscheid, aus dem alles übrige folgt, legitim und notwendig war.

Der Diskussionszusammenhang muß hier näher beleuchtet werden, bevor die Kollision des Königs mit seinem angeblich verworfenen Sohn betrachtet werden kann.

XIX. Tragödie oder Märtyrerstück?

Das Gesetz in der »Antigone« aus der Optik der Brutus-Geschichte. Analogie und Differenz. Ein blinder Fleck in Hegels Auge. Seine Tragödientheorie. Das Gegenmodell. Schwankende Deutung bis heute.

Antigones Brüder Eteokles und Polyneikes haben einander in der Schlacht getötet, der eine als Verteidiger, der andere als Angreifer Thebens. Beide waren, als Ödipus-Söhne, einst gemeinsam Thebens Herrscher. Sie zerstritten sich. Polyneikes setzte sich ab und kehrte mit einem Heer zurück, zu Rache und Brandschatzung entschlossen. Die Stadt siegt, der neue Herr heißt Kreon, und um die Ordnung zu sichern, des »Staates Schiff, vom Sturme schwer umhergeworfen«,[145] in ruhiger Fahrt zu halten, überantwortet er den Leichnam des Polyneikes einer sozialen Schande und religiösen Schändung: er darf nicht begraben werden, soll vor den Stadtmauern liegen bleiben, ungesegnet und unbestattet, den »Vögeln und Hunden«[146]

zum Fraß. Das ist die exemplarische erste Order des neuen Herrschers. Sie verkörpert »Ordnung und Gesetz«[147] der Polis, indem sie jenen Mann über den Tod hinaus bestraft, der die Stadt verbrennen und ihre sichtbaren Heiligtümer, die Tempel, zusammen mit ihren unsichtbaren, Ordnung und Gesetz eben, vernichten wollte. Antigone aber, Bürgerin dieses Staats und zugleich Schwester des Toten, vollzieht die verbotene Totenweihe und wird gefangen und wird verurteilt. Von ihrem Geliebten verlangt der Richter, daß er einverstanden sei.

In diesem Zusammenhang ist es aufschlußreich, jene Brutus-Geschichte einzublenden und die Frage nach Kreons Recht durch sie hindurch zu betrachten. Das mag historisch fragwürdig sein; Livius hat seinen Bericht schließlich 450 Jahre nach der »Antigone« geschrieben. Dennoch klärt sich so einiges auf in der immer fortlaufenden Diskussion. Das sittliche Fundament der Brutus-Geschichte besteht darin, daß ein Regent den Staat nach einer schweren Krise neu eingerichtet hat, so daß keinem und niemandem eine Möglichkeit gegeben ist, das Gesetz für sich selbst außer Kraft zu setzen. »Legem rem surdam et inexorabilem esse«, klagten denn auch die Anhänger der früheren Ordnung: eine taube und unerbittliche Sache sei das neue Gesetz.[148] Vorher habe man doch mit dem König reden können unter Vettern und guten Bekannten. In der »Antigone« nun nimmt Kreon, modellhaft gesehen, genau die Position des Brutus ein. Er vertritt einen unbedingten, gleichsam modernen, säkularisierten Gesetzesbegriff, der sich ausdrücklich vom Prinzip her definiert, daß der Staat, das Vaterland, über allem, was man häuslich-menschlich liebt, zu stehen hat. In Hölderlins Übersetzung: »Und wenn für größer, als sein Vaterland / Das liebste jemand hält, der gilt mir ganz nichts.«[149] Daran hält Kreon fest, der Blutsverwandten Antigone und dem Sohn Haimon gegenüber, wie Brutus eben gegenüber den eigenen Söhnen. Gnade, heißt das, wäre Eigensucht, wäre Kumpanei innerhalb des Clans. Der zitierte Satz fällt denn auch, bevor Kreon etwas von Antigones Tat weiß, ganz am Anfang, als er sein Regierungsprogramm verkündigt. Und er beruft sich dabei auf Zeus, den Gott der Höhe, der Gipfel, des Lichts: »vernehm es Zeus!«[150] Antigone hingegen wird sich auf das »Recht der Toten, das im Hades thront,«[151] berufen, immer wieder auf »die Untern«,[152] »die Toten«,[153] die »in der Erde Schoß«,[154] das »Schattenreich«[155] und die »da drunten«.[156]

Damit, in Antigones Rechtfertigung, setzt sich das Stück nun radikal von der Brutus-Geschichte ab. Antigones Gründe sind etwas ganz anderes als der Anspruch der römischen Jeunesse dorée auf Vetterngunst, etwas anderes auch als der Anspruch Homburgs auf »Edelmut und Liebe«. Hier stehen Götter gegen Götter – sagen mindestens die einen, sagte beispielsweise Georg Wilhelm Friedrich Hegel, der das glänzendste Deutungsmodell zur »Antigone« errichtet hat, ein intellektuelles Bauwerk von seinerseits griechischem Glanz und griechischen Proportionen.

Die Deutung Hegels muß hier erwähnt werden, weil sich von ihr aus alle Diskussion um die »Antigone« in klare Felder scheidet. Gleichzeitig aber deckt das Interesse unserer Untersuchung, das die Kreon-Haimon-Kollision hervor- und heraushebt, den blinden Fleck in Hegels Auge auf.

Hegel denkt systematisch, und sein System hat die Struktur einer klassischen Polarität. »Antigone ehrt die Bande des Bluts, die unterirdischen Götter, Kreon allein den Zeus, die waltende Macht des öffentlichen Lebens und Gemeinwohls.«[157] Also Götter gegen Götter, Göttergesetz gegen Göttergesetz. »Der Hauptgegensatz (...) ist der des *Staats* (...) und der *Familie.*«[158] Dort das »sittliche Leben in seiner geistigen Allgemeinheit«, hier die »natürliche Sittlichkeit«.[159] Das ist nun, nach der Götterebene, die gleiche Polarität im rein menschlichen Bereich. Hier ist Kreons Haltung identisch mit der politischen Tugend des römischen Konsuls. Aus diesem doppelten Gegenüber erwächst für Hegel das Ereignis des Tragischen schlechthin: »Das ursprünglich Tragische besteht nun darin, daß (...) beide Seiten des Gegensatzes für sich genommen *Berechtigung* haben, während sie andererseits den wahren (...) Gehalt ihres Zwecks (...) nur als (...) *Verletzung* der anderen, gleich berechtigten Macht durchzubringen imstande sind und deshalb in ihrer Sittlichkeit und durch dieselbe (...) in *Schuld* geraten.«[160] Und dann geht Hegel, von der »Antigone« in einer Weise hingerissen, die einen heute noch unmittelbar berührt, einen Schritt weiter und wirft jede dieser Positionen auch in die Mitte ihres Gegenübers. Das vollendete Tragische besteht demnach nicht nur im Zusammenstoß zweier Menschen, die beide, je für sich, recht haben und gesetzestreu sind, sondern jeder steht seinerseits auch noch voll unter dem Gesetz des andern. Dadurch spielt sich der äußere Streit auch im Innern jedes Kontrahenten ab, ficht jeder im Kampf gegen den andern auch mit sich selbst:

Die vollständigste Art dieser Entwicklung ist dann möglich, wenn die streitenden Individuen, ihrem konkreten Dasein nach, an sich selbst jedes als Totalität auftreten, so daß sie an sich selber in der Gewalt dessen stehen, wogegen sie ankämpfen, und daher das verletzen, was sie ihrer eigenen Existenz gemäß ehren sollten. So lebt z. B. Antigone in der Staatsgewalt Kreons; sie selbst ist Königstochter und Braut des Hämon, so daß sie dem Gebot des Fürsten Gehorsam zollen sollte. Doch auch Kreon, der seinerseits Vater und Gatte ist, müßte die Heiligkeit des Bluts respektieren und nicht das befehlen, was dieser Pietät zuwiderläuft. So ist beiden an ihnen selbst das immanent, wogegen sie sich wechselweise erheben, und sie werden an dem selber ergriffen und gebrochen, was zum Kreise ihres eigenen Daseins gehört. Antigone erleidet den Tod, ehe sie sich des bräutlichen Reigens erfreut, aber auch Kreon wird an seinem Sohne und seiner Gattin gestraft, die sich den Tod geben, der eine um Antigones, die andere um Hämons Tod. Von allem Herrlichen der alten und modernen Welt – ich kenne so ziemlich alles, und man soll es und kann es kennen – erscheint mir nach dieser Seite die ›Antigone‹ als das vortrefflichste, befriedigendste Kunstwerk.[161]

Ist diese leuchtende Vollkommenheit, dieses schwebende Gleichgewicht der theoretischen Gestalt, nun die innerste Beschaffenheit des Werks, oder ist es die Beschaffenheit des Blicks, der darauf fällt? Im Grunde gibt es nur zwei Möglichkeiten, dem Werk deutend und erlebend zu begegnen: Man statuiert das Gleichgewicht zweier unvereinbarer Gesetze und damit ein Tragisches in der grundsätzlichen Perspektive Hegels, oder man gibt Antigone gegen Kreon recht, und dann wird aus der Tragödie ein Märtyrerstück. Dann ist Antigone das Opfer der Macht, die Liebende, die Frau im politischen Widerstand, die bedingungslos Sittliche, welche zerstört wird von der herrschenden Gewalt. Das bleibt auch dann noch der Fall, wenn, wie es neuerdings oft geschieht, Kreon ein bißchen Recht hat, aber nicht gleichviel, Antigone ein bißchen schuldig ist, aber nicht ebensosehr. Wolfgang Schadewaldt: »Ich bin der Meinung, daß Kreon zu Anfang nicht durchaus im Unrecht ist (...)«[162] Walter Jens: »Auch Antigone (...) hatte sich, wenn auch in sehr viel geringerem Maße als Kreon, (...) schuldig gemacht.«[163] Während beim radikal tragischen Aufriß der moralische Pakt zwischen Werk und Leser, Schauspiel und Zuschauern versagt, immerzu entworfen und wieder zerrissen wird und statt seiner ein schwindliges Schwanken die erlebende Seele erfaßt – muß sie doch lieben, was ein Geliebtes zerstört –, spielt im Muster des Märtyrerstücks der moralische Pakt alle seine Listen aus. Sympathie und Abneigung werden aufgebaut, gesteuert und wuchtig gebündelt, und bald wird es dem Miterleben unmöglich, die liebenswerte Gestalt nicht auch als die sittlich höhere, ja die Verkörperung des Guten und Richtigen schlechthin zu sehen. Womit, im gleichen Zuge, deren Gegenpart zur Verkörperung des objektiv Falschen, alles verkehrten Denkens und Handelns wird. Der Begriff »Märtyrerstück« ist hier in einem typologischen Sinne gebraucht.[164] Er meint mehr ein Erfahrungsmuster des Dramas als die jeweilige historisch und philologisch geprüfte Beschaffenheit des Werks. Daß die »Antigone« in der Rezeptionsgeschichte überwiegend nach dem Typus des Märtyerstücks begriffen und erlebt wurde, ist kaum zu bestreiten. Daß sie so begriffen werden muß, ergibt sich daraus aber nicht. Die Deutungsfolie des Märtyrerstücks ist nur die klarste Gegengestalt zu Hegels Konzept vom unbedingten Gleichgewicht der konträren Gesetze.

XX. Die Konfrontation

Kreon gegen Haimon: die unterschätzte Szene. Kreons Geschlechtertheorie. Die politische Frau als Ärgernis. Kreon über Familie und Staat. Ein Maßstab wird aufgestellt für Jahrtausende, das Gelingen oder Mißraten der Kinder betreffend. Das Toben gegen die Frau. Mißraten heißt die Männlichkeit verraten. Kreon als Mann der Zukunft.

Vor diesem Hintergrund kann nun die große Konfrontration zwischen Kreon und Haimon genauer betrachtet werden. Zur Diskussion stehen dabei nicht die Hauptpunkte der fortlaufenden Antigone-Kontroverse.[165] Vielmehr soll aus der zentralen Neugier dieser Studie heraus untersucht werden, wie es in dem bitteren Disput zur Diagnose des Mißratens und Verkommens kommt und, vor allem, von welchen Normen her sie begründet wird. Daraus wird dann allerdings ein eigentümliches Licht auch wieder auf das ganze Werk fallen.

Wenn man den Text der Szene minuziös studiert, und zwar nicht nur auf die Qualität der Argumente hin, die der Vaterkönig vorbringt, sondern auch auf deren Häufigkeit und Massierung, dann fällt eine Merkwürdigkeit ins Auge. Im Unterschied zu Hegels These von der tragischen Harmonie, wonach gleichmäßig auf der einen Seite mit dem Licht und Höhengott Zeus, auf der anderen mit den dunklen Göttern der Tiefe operiert werde, auf der einen Seite mit dem öffentlichen Gesetz des Staates und auf der anderen mit der Familienliebe, zeigt sich hier, daß Kreon den Zeus nur nebenhin ins Feld führt, daß er den Staat nicht wirklich religiös fundiert. Er stellt ihn vielmehr als den Raum der klaren, rationalen Ordnung hin, die bestimmt wird von der Subordination der Bürger unter den verantwortlichen Herrscher. An die Stelle der von Hegel behaupteten theologischen Legitimation des Staates tritt bei Kreon in dieser Szene so überraschend wie überwältigend ein anderes Argument: die Geschlechtertheorie. Was er dem Sohn gegenüber am wildesten bekämpft und wovon Hegel kein Wort sagt, ist die Frau, die Frau als entscheidungsfähiges Wesen, die Frau als politisches Wesen, die Frau als bestimmendes und lenkendes Wesen. Die Berufung auf Zeus erscheint nur als ein Element in der passionierten Beschwörung des männlichen Prinzips innerhalb der sozialen Ordnung. Wenn Kreon, wie Hegel betont, den Staat vertritt, die Polis, die Gleichheit der Bürger vor dem Gesetz, und das tut er tatsächlich, dann geht dies, was Hegel nun allerdings verschweigt, demonstrativ und klar reflektiert zusammen mit einer programmatischen Herrschaft des Mannes. Aus allen Argumenten und Ausbrüchen des Königs in dieser Szene wird deutlich, daß er in Antigone die Frau sieht, die das Herrschaftsmonopol des Mannes in Frage stellt. In ihr bedroht die Frau als Gattung, nicht als einzelne, die Frau als Geschlecht, nicht als Charakter die politische Ordnung. Hinter dem religiösen Gegensatz von Zeus und Hades, hinter dem gesellschaftlichen von Polis und Familie erscheint als dritter, von mächtigen Emotionen bewegt, der Gegensatz zwischen dem Machtmonopol des Mannes und dem Handlungsanspruch der Frau. Kreon kämpft nicht einfach für Zeus, er kämpft für sein eigenes Geschlecht, das Zeus, der phallische Gott, der Beischläfer und Bespringer in jeder Männer- und Männchengestalt, auf höchste Art verkörpert. Nach dem Zeugnis dieser Szene und jener Momente insbesondere, wo ihm die Wut die Zunge völlig löst, erlebt Kreon in Antigone jene unbedingt selbständige Frau im Männerstaat, als die im »Homburg« für kurze Zeit Natalie erscheint – schockartig dazu gedrängt durch den Verfall aller männlichen Panzerung beim Prinzen. Wenn zu jedem literarischen Text die ihm innewohnende Konstruktion der Geschlechter gehört – als ein prozeßhaftes Geschehen, wie das Werden der Moral im Werk –, dies aber in der Regel über verhaltene Signale und Andeutungen läuft, so tritt sie hier für einmal mächtig in Erscheinung, nicht als Nebenklang, sondern als Hauptsache.

Wie Haimon auftritt, weiß er um das Todesurteil über seine Braut. Kreon, etwas nervös deswegen, stellt gleich die Frage: Bist du nun wütend, oder liebst du mich weiterhin? Damit will er die Zustimmung des Sohnes einfädeln. Er legt ihm eine Schlinge. Aus einem Ja, er liebe doch den Vater, würde er sogleich auf das Einverständnis auch mit dem Urteil schließen. Haimon antwortet geschickt, mit gleicher Raffinesse. Dein bin ich, Vater, sagt er, deine Weisheit lenkt mich, und auch die Ehe steht mir nicht höher, »wenn du mich zum Guten führst«.[166] Das gefällt dem Fürsten. Die Bedingung Haimons, das »wenn« oder »falls«, beachtet er nicht. Und so legt er denn los mit einer großen Theorie über Väter und Söhne, Väter und Familien, Familien und Staat. Was da erschallt, wird in den Römern weiterschallen und im Helmbrecht des 13. Jahrhunderts und noch und noch im bürgerlichen Zeitalter. Aufgerichtet wird hier das Maß, nach dem sich Gelingen oder Mißraten der Kinder von nun an bemißt: der Wille des kompakten Vaters. So ist's recht, sagt er, so muß es aussehen in deiner Brust: »Des Vaters Wort dein Führer, sein Gefolgsmann du!«[167] Deshalb wollen ja die Väter Nachkommen haben, Nachkommen zuhauf, die des Vaters Freunde ehren, seinen Feinden aber – man beachte die Spitze! – eifrig nachstellen und übel mitspielen. Wer jedoch unnütze, untaugliche, unbrauchbare, nichtsnutzige – so das eine Wort in vier verschiedenen Übersetzungen[168] – Kinder zeugt, erntet Spott und Mühsal. Man sieht, die Kategorie des mißratenen Sohnes wird gradaus definiert als die Verweigerung einer unbedingten Unterwerfung unter den Willen des Vaters. Im szenischen Moment, wo es keine Theorie gibt, die nicht Handlung wäre, verbindet sich dies mit einer unterschwelligen Drohung: Paß du auf, daß du nicht dazugehörst! Und schon folgt die plötzliche Verschärfung: Solche Unterwerfung entspricht der Vernunft; gefährdet aber wird sie durch die Frau!

> So wirf du niemals, nur aus Wollust, um ein Weib
> Alle Vernunft beiseite, Sohn! Du weißt ja doch,
> Ein frostiges Umarmen wird das bald genug,
> In Bett und Haus solch übles Eheweib.[169]

Man muß erneut die rhetorische List bewundern, mit der Kreon vorgeht. Er spricht allgemein von den wohlgeratenen Söhnen, spricht, erregt zwar, aber immer noch allgemein von deren Gefährdung durch die Sexualität und die berechnenden Frauen, entwirft ein Bild von der Mißlichkeit der Ehen, die nicht vom Vater in die Wege geleitet wurden – dann jedoch vollzieht er blitzartig, mit einem sophistischen Trick, den Quersprung zum Einzelfall Antigone. Ein schlechtes Weib ist wie ein schlechter Freund: ein übles Geschwür (das ist noch allgemein gesprochen), deshalb »spei sie aus wie einen bösen Feind / Und laß dies Mädchen sich den Mann im Hades holen«[170] (das meint direkt und einzig Antigone).

Ein winziger Vorgang von mächtiger Bedeutung: man darf ihn nicht nur in seiner psychologischen und redetechnischen Feinheit betrachten, man muß ihn vielmehr erkennen als die öffentliche Deklaration des Königs, daß die Frau Antigone exemplarisch für die Gefährlichkeit aller Frauen in der Männerwelt stehe. Deshalb gilt alles, was er ihr als Person vorwirft, auch ihrem Geschlecht. Diese Antigone, sagt er, habe als einzige von allen Bürgern der Stadt gewagt, gegen das Gesetz aufzutreten. Wenn er sie nicht töte, mache er sich selbst zum Lügner, und seine große Regierungserklärung würde zur Farce. Und da er weiß, daß das Argument der Verwandtschaft, der Familie und der gegenseitigen Hilfe der Blutsverwandten in der Luft hängt, daß es vom Sohn bald einmal vorgebracht werden dürfte, rollt er – präventiv – den Zusammenhang von Familie und Staat generell auf. Dabei gerät er in eine verblüffende Nähe zu den Grundsätzen der bürgerlichen Demokratie des 19. Jahrhunderts und zu Maximen, wie sie etwa im amerikanischen Präsidenten-Wahlkampf auch noch des 20. Jahrhunderts eine Rolle zu spielen pflegen. Familie und Staat sind kommunizierende Gebilde, nicht Gegenwelten, sondern naturhaft aufeinander bezogen. Unordnung hier führt zu Unordnung dort und umgekehrt:

> Nur wer im eignen Haushalt herrscht als tüchtger Mann,
> Wird auch im Staate sich bewähren als gerecht.[171]

Das ist fast wörtlich die geflügelte Parole Gotthelfs aus einer politischen Predigt des Jahres 1842: »Im Hause muß beginnen, was leuchten soll im Vaterland.«[172] Was Gotthelf aus einer lange installierten Ordnung heraus formuliert, wird von Kreon gesagt im Moment, da diese Ordnung sich erst bildet: gegen das Denken in Kategorien einzig der Blutsverwandtschaft, gegen das Denken in Kategorien matriarchaler Prägung. Kreons Toben gegen die Frau als Prinzip ist nicht erklärbar ohne seine Überzeugung, daß es hier und jetzt um die endgültige Zuteilung aller entscheidenden Kompetenzen auf allen Stufen der Gesellschaft an den Mann gehe. Da formiert sich grimmig der eiserne Vater, der fortleben wird in einer unabsehbaren Tradition. Mag Kreon selbst am Ende furchtbar gestraft werden, gebrochen und zerrüttet dastehen – das Prinzip, das er hier seinem Sohn gegenüber aufstellt, gereizt als Vater, gereizt als König, gereizt als Mann, ist die Regel der Zukunft. So wie hier Kreon, werden sich die Brutus- und Helmbrecht- und Kurfürst-Gestalten, die Könige Basilius bei Calderón, Philipp II. bei Schiller und Rudolph II. bei Grillparzer in die strenge Analogie von Familie und Allgemeinheit stellen, das Gesetz verkörpernd mit Fleisch und Blut und einer tönenden Stimme, welches hier wie dort gilt und über allem Bluttrieb, über allem Tribalismus, über allen Regungen intimer Zärtlichkeit steht – mag immer das Herz dabei krachen. Es gibt nur ein Gesetz, meint Kreon, und nur einen Gehorsam. Wer von der Stadt zum Regenten berufen wird, dem ist zu gehorchen, in allen Dingen und auf allen Ebenen: »Wen das Volk bestellt hat (Woerner: »Wen auch die Stadt aufstelle«), dem soll man gehorchen / Im Kleinen wie Gerechten wie im Gegenteil.«[173] Selbst wenn er sich irrt, heißt das, muß gelten, was der Träger des Amtes verfügt. Die Ordnung im Ganzen steht über der Ungerechtigkeit im Einzelnen. Und zur Bekräftigung entwirft Kreon ein Schreckbild der Gesetzlosigkeit, wobei er – wenn das nicht System hat! – erneut blitzartig kurzschließt mit seiner Geschlechtertheorie und die Frau gleichsetzt mit dem Prinzip der Anarchie. Das steht, strukturell gesehen und bei umgekehrter Wertung, genau parallel zu jener Aussage Heiner Müllers über Bertolt Brecht angesichts des Ruins des kommunistischen Machtsystems: Brecht persönlich und das System als Ganzes seien gescheitert wegen ihrer »Abwehr des anarchisch-natürlichen Matriarchats«.[174] Was anderes als eben solche »Abwehr des anarchisch-natürlichen Matriarchats« steckt im Finale von Kreons Droh- und Warnrede?

Kreon

> Der Übel größtes aber ist Zuchtlosigkeit.
> Städte vernichtet sie, Wohnstätten wandelt sie
> In Ödland. Löst der Bundesvölker Reihen auf
> In wilde Flucht. (...)
> Der Ordnung Sache wollen wir verfechten, Sohn,
> Und nicht dem Weibe unterliegen, nimmermehr!
> Lieber doch einem Manne weichen, muß es sein,
> Als schwach sich nennen lassen, schwächer als ein Weib![175]

Das heißt ganz unverblümt: Selbst der Tod im Kampf mit einem Mann sei noch besser als das Leben unter der Lenkung einer Frau. Hölderlin hat diese Verse so übersetzt:

> Denn mehr gilt's, muß es seyn, mit einem Mann zu fallen,
> Daß nimmer wir genannt sein hinter Weibern![176]

Und Schadewaldt:

> Besser –
> Wenn es denn sein muß – einem Mann zu fallen,
> Anstatt daß man uns Weibern unterlegen nennt.[177]

Was soll Haimon antworten? Jede Äußerung zugunsten Antigones hat der Vaterkönig im voraus als Hörigkeit definiert, schlimmer als der Tod in der Feldschlacht. Folgerichtig versucht der Sohn, auf ganz andere Ebenen der Argumentation zu gelangen. Aber der Alte sieht darin nur immer neue Beweise für die geheime Steuerung des Jungen durch die Frau.

Das Volk von Theben, meint Haimon, sei in großer Trauer um Antigone. Man sei überzeugt, daß sie die Strafe nicht verdiene. Es werde geklagt und gemurrt. Ein Einsehen solle der Vater haben und auch auf andere hören, nicht nur die eigene Meinung gelten lassen. Er solle nachgeben, weil einer allein nie die ganze Weisheit besitze. Das ist sehr vorsichtig gesprochen, respektvoll und wirklich nicht so, wie man sich die Redeweise eines mißratenen Sohnes vorstellt. Der Vater sieht es aber anders und fährt gleich mit dem ältesten Gemeinplatz aller Familienzwiste auf: »Männer von meinem Alter sollen die Vernunft von einem lernen, blutjung so wie du?«[178] Und schon kommt er wieder zur Sache, zu *seiner* Sache: Aus Haimon rede der Wahnsinn jener Frau. Jedes Argument, das der Sohn vorbringt, wird als weibliche Erfindung hingestellt. Auch alle politischen Überlegungen Haimons wischt er mit diesem Trick vom Tisch. Der Sohn bezweifelt nämlich, daß ein Herrscher nur nach seiner Überzeugung regieren dürfe. Er müsse auch auf das Volk hören: »Das ist kein Staat, der Einem nur gehört.«[179] Kreon aber denkt strikt absolutistisch. Wie der Vater über dem Sohn, steht der Fürst über dem Volk, steht der Mann über der Frau: »Hat mir das Volk zu sagen, wie ich herrschen muß?«[180] Und durchaus folgerichtig schließt er von einer Ebene der Insubordination auf die andere. Ein Sohn, der so zum Vater spricht, muß ein Mann sein, der die Frau mitreden läßt: »Der Knabe – scheint es – steht im Bunde mit dem Weib!«[181] Dies aber ermöglicht nun eine glänzende Parade des Sohnes: In dem Fall, meint er, wärst du das Weib, denn um dich ist es mir zu tun: »Wenn du das Weib bist. Dir gilt meine Sorge.«[182] Das trifft den empfindlichsten Punkt Kreons. Der Vaterkönig wird als Weib bezeichnet! Wie sehr ihn das verletzt, zeigt die Beschimpfung, zu der er nun anhebt: »Du Allerfrechster« (Woerner), »du ganz Schlechter« (Schadewaldt) schreit er ihn an und trifft endlich die volle Diagnose der Verkommenheit: »Scheusälige Mannsart, die so unters Weib sich stellt«,[183] »schamlos Wesen« übersetzen Hölderlin und Schadewaldt; »verdorbner Sinn« heißt es bei Staiger; »verruchte Gesinnung« bei Zink. Dieses endgültige Urteil: scheusälig, schamlos, verdorben, verrucht ..., findet also seine ausdrückliche Begründung in der angeblichen Konspiration des Sohnes mit der Frau. Mißraten heißt die Männlichkeit verraten. Und dabei ist es weit weniger die Triebhaftigkeit, die vermutete sexuelle Verfallenheit, was als entscheidendes Gewicht in die Schale fällt, als die Anerkennung der intellektuellen und politischen Kompetenz der Frau. »Sklave eines Weibes«[184] schilt der Vaterkönig den Sohn und Bürger zuletzt und befiehlt die sofortige Hinrichtung Antigones: »Herbeigeschafft das Scheusal«.[185] Und mit dieser Beschimpfung verbindet er gleich auch noch die Diffamierung der »untern Götter«, auf die sich Haimon und Antigone zu berufen wagten: »Ich schließ in einen Felsenschacht sie lebend ein (...). Dort mag sie, zu dem Gott der Toten betend, (...) erkennen, daß es überflüssige Mühe ist, zu ehren, was in dem Hades ist.«[186]

Das ist furchtbare Blasphemie. Sie wird ihm das Genick brechen. Das Heilige, das er hier verhöhnt, wird wenig später in Gestalt des Sehers Teiresias gegen ihn antreten und seine schrittweise Vernichtung in die Wege leiten. Dennoch hat dieser Kreon Größe. Denn erst jetzt, in der Diffamierung des Heiligen, ist er ganz konsequent. Wohl ist es die tobende Passion, die ihn zum Äußersten treibt, aber er erreicht so einen Ort, auf den er von Anfang an ausgerichtet war. Erst jetzt vertritt er den unbedingt weltlichen Staat, das homogene, aus dem Logos entwickelte Gesetz, vertritt er die männliche, zweckrationale Ordnung, vertritt er das kirchen- und priesterfeindliche Programm aller politischen Aufklärung. Darin ist Kreon durchaus ein »neuer Typ«. Wofür er einsteht und fürchterlich büßt, hat Zukunft. Nichts ist bezeichnender als seine Antwort auf die Vorhaltungen des Priesters, der ihn beschuldigt, durch die Schändung des Toten die Götter erzürnt zu haben. Er begegnet ihm mit dem klassischen Ausfall des Aufklärers gegen die Kirche und ihre politischen Ansprüche: Ihr gebt euch heilig und seid doch nur auf Gewinn aus. Wie das 18. Jahrhundert gegen die Jesuiten, erhebt Kreon, dieser Joseph II. aus dem fünften vorchristlichen Jahrhundert, gegen die »Seherzunft«, die »Gilde« der Priester, den Vorwurf der Verschwörung, der profitgierigen Konspiration: »(...) von dieser Gilde werd / Ich längst, wie Ware, schon verfrachtet und verkauft.«[187] – »Ist doch die ganze Seherzunft dem Gelde hold!«[188]

Das wird eines Tages sein Echo finden im »Faust«: »Die Kirche hat einen guten Magen. Hat ganze Länder aufgefressen. / Und doch noch nie sich übergessen.«[189]

XXI. Ein älteres Recht

Der eiserne Vater als Aufklärer. Der säkularisierte Staat im Dauerkonflikt mit den Priestern. Kreons Kollaps. Mythologischer Kontext des Antigone-Konflikts. Antigones Stolz und Wildheit und Starrsinn. Ihre Umdeutung zum zarten Geschöpf in der Rezeptionsgeschichte. Das ältere Recht im Hintergrund. Das Matriarchale als historische Spekulation und seelische Wirklichkeit.

Man kann Kreon auf einen Charakterfehler reduzieren, den zornigen Starrsinn, dann ist er ein Fall für die Psychologie und für die Geschichte der typischen Figuren im Drama. Kreon hat aber nicht nur einen Charakter – der auf seine Art sehr wohl den polternden Alten der Commedia dell'arte vorwegnehmen mag –, er hat auch seine Prinzipien. *Ein* Herr soll im Staat sein, und *ein* Gesetz soll ohne Ausnahme gelten, und männlich muß gedacht, geplant und regiert werden. Die Frauen, die Priester, die Tiefe, das Dunkle, die Toten, die untern Götter, die Blutsverwandtschaft auch und das Stammesdenken – dies alles greift in Kreons Augen ineinander und bildet einen einzigen anarchischen Komplex mit matriarchalem, dem Mann und dem Logos feindlichem Einschlag. Er aber will den Staat aus den Zusammenhängen des Mythos und der Rituale in die Tageshelle der Aufklärung führen. Er verbietet das Ritual der Totenweihe, weil er es nur gesellschaftlich sieht: eine öffentliche Ehrung für einen Verbrecher. Und er will den Herrscher von den Priestern emanzipieren, von ihrer Macht im Hintergrund, ihrem unberechenbaren Eingreifen in die politische Arbeit. Dies ist ein markantes Element im zivilisatorischen Prozeß überhaupt. Man kann es ebenso gut in der deutschen Aufklärung studieren. Die Verdammung des Patriarchen in Lessings »Nathan« steht genau in diesem Zusammenhang, weit mehr steht sie in diesem Zusammenhang als im biographischen Kontext des Goeze-Streits. Und nichts anderes meint jene furchtbare Bitterkeit, mit der im zweiten Programmstück der deutschen Aufklärung, in Schillers »Don Carlos«, der König zuletzt dem Priester und Großinquisitor den verkommenen Sohn übergibt: »Kardinal! Ich habe / Das Meinige getan. Tun Sie das Ihre.«[190] Hier bleibt, wenige Jahre nur nach dem »Nathan«, der Priester schon wieder Sieger. Der Schritt in das Tageslicht der Aufklärung scheitert, und besiegelt wird das Scheitern durch den moralischen Kollaps des Herrschers vor dem Priester. Nicht anders geschieht es in der »Antigone«. Die Rede des Sehers fährt dem König zuletzt doch in die Seele, er wird unsicher, er zweifelt, und plötzlich packt ihn die Angst. Alles rückgängig machen will er nun, aber es ist zu spät. Antigone hat sich erhängt, Haimon greift ihn mit dem blanken Schwert an, verfehlt ihn und tötet sich selbst. Die Mutter folgt ihm nach und verflucht mit den letzten Worten noch den Gatten. Grauenhaft allein, grauenhaft zerstört, grauenhaft verzweifelt steht Kreon zuletzt da, stammelnd – in Hölderlins unerhörter Übersetzung:

> Ich Armer weiß nicht, wen ich ansehn soll,
> Und nicht, wohin ich gehe.
> Denn alles Schiefe hat
> Hier in den Händen und hier mir auf das Haupt
> Ein wüst Schiksaal gehäufet.[191]

Im »Don Carlos« vertritt der Sohn das Neue, die Zukunft, gegenüber den alten Mächten der politischen Finsternis, denen der Vater treu bleibt, denen der Vater den Mißratenen aufopfert. Der Sohn scheitert, aber über den moralischen Pakt, der bei Schiller mit Macht sich auswirkt, wird er verherrlicht. In der »Antigone« tritt der Vater gegen die alten Mächte an, gegen das Dunkle, das Tiefe, das Heilige, als ein wütender Aufklärer, der den Sohn für mißraten erklärt, weil er den älteren Gewalten treu bleibt – der »Königin der Nacht«, um mit den Bildern der deutschen Aufklärung zu reden.[192]

Natürlich steckt in Sophokles' »Antigone« keine geschichtsphilosophische Reflexion im neuzeitlichen Sinn. Das Stück denkt nicht in den Kategorien eines Epochenwechsels. Sophokles hat nicht Hegel studiert und mit ihm die ganze Welt unter *einen* Prozeß der gestuften Entwicklung gestellt. Dennoch zeichnen sich in dem Werk die Umrisse großer zivilisationsgeschichtlicher Abläufe ab.

Das wird unterstützt durch den mythologischen Kontext. Robert von Ranke-Graves vermutet, daß Antigones Vater, Ödipus, aus Athen vertrieben wurde, weil er die matrilineare Erbfolge, in der die Macht stets von den Müttern über die Töchter weitergegeben wird, durch eine patrilineare ersetzen wollte.[193] Das ist ein Zug nicht der Sophokleischen Tragödie, sondern des weitläufigen Komplexes der Ödipus-Mythen. Er vermag aber auf einen Schlag die Grandeur in der Gestalt der Antigone zu erklären, ihren Stolz, ihre Sicherheit im Auftreten gegenüber Kreon, den Starrsinn auch, der dem des Königs keineswegs nachsteht.[194] Die Wildheit, die in ihr steckt, bricht ja schon in ihrem ersten Gespräch mit der Schwester durch, wie denn die Kontrastierung zu Ismene überhaupt den Zweck hat, die Unbeugsamkeit Antigones vor Augen zu rücken. Als Tochter des Ödipus und der Iokaste würde sie nach dem älteren Brauch, den Ranke-Graves erwähnt, die Macht von der Mutter her selbst gewinnen, oder diese ginge doch über sie an ihren Mann. In solcher Perspektive vertritt sie der unbedingten Patriarchalität und Patrilinearität Kreons gegenüber ein älteres Recht. Sobald man dies in Rechnung stellt, erklärt sich unverhofft die maßlose Gereiztheit des Königs gegenüber jeder Andeutung von weiblicher Selbstbestimmung und Handlungsfähigkeit.

Auch Bachofen hat in seinem berühmt-berüchtigten Werk über das

Mutterrecht den ganzen Ödipus-Mythos in den Kontext der Ablösung einer frauenrechtlichen durch eine vaterrechtliche Kultur gestellt. Ödipus stellt für ihn eine Art Messias des jungen Patriarchats dar, der leidend und sterbend das Neue in die Welt bringt.[195] Iokaste sei die letzte Mutter aus dem Mütterreich, Antigone demnach die erste Frau im neuen Vaterrecht.[196] Nun stellt zwar Walter Burkert fest: »Der Fortschritt vorgeschichtlicher Forschung hat (...) immer weniger Raum für die matriarchale Gesellschaft in irgendeiner vorgriechischen Kultur des Mittelmeerraums oder des Nahen Ostens gelassen.«[197] Aber dieser Satz fällt in einem Buch, das selbst wiederholt von mächtigen und unheimlichen ganz nur weiblichen Ritualen und Bräuchen der Antike berichtet. Der anarchisch-matriarchale Komplex, auf den der König, Mann und Vater Kreon so gnadenlos und selbstzerstörerisch reagiert, bleibt, unabhängig von der Frage nach einem historisch nachweisbaren Matriarchat Bachofenscher Prägung, eine immense Wirklichkeit der Antigone-Tragödie, als Objektivierung einer immensen Wirklichkeit der menschlichen Seele.

XXII. Das Gegenbild des verflüssigten Vaters

Das 18. Jahrhundert versucht die Umstülpung der römischen Figur. Die Tränenschwemme des alten Sampson. Versteckte Sehnsucht nach dem eisernen Kern. Theologische Verankerung auch hier. Die Versöhnung mit der Tochter als inzestuöser Akt bei Kleist. Überblendung wiederkehrender Bilder: Pietà, Verlorener Sohn und Liebesaugenblick. Kleists Gegenzug im »Findling«. Die drei Grundereignisse der Literatur.

Das Mißraten der Söhne, das Verkommen der Töchter – woran mißt es sich? Es setzt einen Maßstab voraus, auf den sich einer beruft, auf den sich der beruft, der das Urteil spricht. Und es setzt voraus das Ansetzen dieses Maßstabes an sich selbst und am andern, bedingt also auch eine Selbst- und eine Fremddefinition. Ich bin so, und nicht von dieser Art bist du! Der Gedanke ist verführerisch, das ganze Konfliktfeld auf diese Differenz der Selbstdefinitionen zu reduzieren und die dramatischen Abläufe als deren Auswirkungen zu betrachten: ein zwischenmenschliches Gefecht, wo stets *ein* Selbstgefühl, *ein* energisches Wissen um das eigene Ich auf das andere trifft. Das könnte bald einmal in ein Regelsystem verwandelt werden, fast wie beim Duell. Die geläufigen Vorstellungen vom sogenannten »Generationenkonflikt« laufen in diese Richtung: der Junge ist so und der Alte eben anders, und das kann auf die Dauer nicht gut gehen. In Wahrheit ist die Dynamik dieser Geschichten viel verwickelter. Mag das familiale Tribunal noch so oft diese Differenz der Selbst- und Fremddefinition enthalten, es heißt doch nicht, daß sie von den Kontrahenten stets in spiegelgleicher Weise entworfen und vertreten wird. Im »Helmbrecht« ist es so, weit weniger aber zwischen Kreon und Haimon. Dort sagt der Vater unzweideutig: »Dein Ort, wie meiner, ist hinter dem Pflug!«, und ebenso unzweideutig antwortet der Sohn: »Mit meinem Haar und meiner Kappe gehöre ich nicht hinter den Pflug. Mein Ort ist auf dem Ritterroß!« In der Kollision zwischen Kreon und Haimon aber tritt an die Stelle der aufrührerischen Selbstdefinition des Sohnes eine fanatische Projektion des Vaters, die dem Sohn jene Selbstdefinition – die Frau regiert, und ich führe ihren Willen aus – weit mehr unterstellt, als daß sie dessen tatsächliche Überzeugung wäre. Und so ist denn auch der Verlauf der Konflikte keineswegs an die gewissermaßen mechanisch-ursächlichen Wirkungen des Zusammenstoßes unterschiedlicher Selbstbegriffe gebunden. Einmal wird die Differenz durchgehalten und verschärft sich, ein anderes Mal kommt es zum Einbruch gerade des Ich-Bildes, zur grundstürzenden Umkehr der Definition seiner selbst. Das geschieht im »Pater peccavi!« des Verlorenen Sohnes, wo er sich klagend, die Stirn am Boden, allen Bestimmungen des Vaters wieder unterwirft. Ebensowohl aber gibt es den Ausgleich im »Fili peccavi!« des eisernen Vaters, der seinen starren Willen und bösen Spruch als Wahn begreift. So schreit Kreon zuletzt nach seinem toten Sohn, wie König David geschriehen hat – in Hölderlins Übersetzung: »Weh! Weh! Weh! / Gestorben bist du, geschieden / Durch meine, nicht deine Torheit.«[198]

Entscheidend und literarisch wie menschlich spannend sind hier stets die Nuancen, nicht nur die groben Umrisse von Zu-Kreuze-Kriechen oder Hartbleiben. Wenn man das Homburg-Finale auf den Pater-peccavi-Gestus reduziert, wird es banal. Und man verdeckt dabei den verschwiegenen Riß in der Selbstsicherheit des Kurfürsten – eine wesentliche Wirklichkeit des Stücks und die Ansatzstelle seiner demokratischen Botschaft. Gerade das deutsche 18. Jahrhundert erlebt und kultiviert innig die Gegenbewegungen von Verwerfen und Aufeinander-Zustürzen, von trotzigem Aufstand gegen das Urteil und flehender Hingabe, von pathetischem Stabbrechen über das mißratene Kind und unendlichem Versöhnungsschluchzen. In den Stücken von Lenz spielt sich das so leidenschaftlich ab, wie er es in seinem schmerzensreichen Leben selbst gelebt hat. Und Lessing versucht in »Miss Sara Sampson« fast experimentell, den eisernen Vater umzustülpen, ihn wie einen Handschuh zu wenden, so daß, was als Intarsie im großen Panzer steckte, das krachende Herz, nun als das Ganze erscheint und darin, verloren fast, der eiserne Splitter. Das nimmt für uns, denen die pietistische Kultur der Rührung fremd geworden ist, groteske Züge an. Der alte Sampson ist von Tränen naß, eingeweicht, verflüssigt förmlich von der Augenschwemme, wann immer er auftritt. Schon in der ersten Szene strömt es von ihm ohne Maß, und es strömt fort durch alle fünf Akte hindurch, und wie soll es zu strömen aufhören am Ende, bei all den Todesfällen? Es ist spannend zu verfolgen, wie konsequent im einzelnen die Umstülpung betrieben wird. Der Umriß der römischen Linie bleibt nämlich über den Kontrast genau sichtbar. Wenn Verginius und in seiner Nachfolge der alte Galotti die eigene Tochter tötet, damit sie nicht dem Laster verfällt, lieber tot also als lasterhaft, so spricht der alte Sampson das präzise Gegenaxiom aus: »Doch ich fühle es, Waitwell, ich fühle es; wenn diese Vergehungen auch (...) vorsätzliche Laster wären: ach! ich würde ihr doch vergeben. Ich würde doch lieber von einer lasterhaften Tochter, als von keiner, geliebt sein wollen.«[199] Daß ihm diese Vergebungsekstasen aber mit der Zeit selber unheimlich werden, zeigt der Auftrag, den er dem Diener gibt: »Du wirst ihre ganze Seele in ihrem Gesicht lesen. Laß dir ja keinen Zug entgehen, der etwa (...) eine Verschmähung ihres Vaters anzeigen könnte. Denn wenn du diese unglückliche Entdeckung machen solltest, und wenn sie mich nicht mehr liebt: so hoffe ich, daß ich mich endlich werde überwinden können, sie ihrem Schicksale zu überlassen.«[200] Das ist, fast komisch, die Sehnsucht des weichen Vaters nach seinem eisernen Kern. Er nimmt auch das noch zurück, verweist gerade dadurch aber nochmals auf das altrömische Spurenelement in seinem wogenden Gefühlsganzen: »Ein heimlicher Unwille mußte in einer der verborgensten Falten des betrogenen Herzens zurückgeblieben sein, daß ich vorher deiner fortdauernden Liebe gewiß sein wollte, ehe ich dir die meinige wiederschenkte.«[201]

Man könnte nun denken, daß dieser unablässig verzeihende Vater sich ganz vom Menschlichen, von der Menschlichkeit selbst her definierte, während der eiserne sich stets von der Analogie zum König und zum regierenden Gott her bestimmt. In Wahrheit leitet sich aber auch diese explodierende Güte konsequent theologisch ab. In der Figuration des weichen Vaters hält Lessing dem strafenden Gott der Orthodoxie einen andern, neuen, sei's urchristlich-sanften, sei's aufklärerisch-toleranten Gott entgegen. Auch Lessing also bringt den Umriß des Vaters mit dem Umriß Gottes zur Deckung und legitimiert sein Verhalten im familialen Gerichtsakt, das feierliche Verzeihen, durch das Verhalten Gottes. Daß der Dichter die ausformulierte Theorie dazu nicht dem Vater selbst, sondern einem Diener in den Mund legt, ist von einer eigentümlichen sozialen Grazie – so wie bei Fontane die rettende Weisheit auffällig oft bei den Mägden geholt wird. Dies ist die Lehre von der geistlichen Lust des Verzeihens, wie sie der Diener Waitwell vorträgt:

(...) ist denn nicht das Vergeben für ein gutes Herz ein Vergnügen? Ich bin in meinem Leben so glücklich nicht gewesen, daß ich dieses Vergnügen oft empfunden hätte. Aber der wenigen Male, die ich es empfunden habe, erinnere ich mich noch immer gern. Ich fühlte so etwas Sanftes, so etwas Beruhigendes, so etwas Himmlisches dabei, daß ich mich nicht entbrechen konnte, an die große unüberschwengliche Seligkeit Gottes zu denken, dessen ganze Erhaltungen der elenden Menschen ein immerwährendes Vergeben ist. Ich wünschte mir, alle Augenblicke verzeihen zu können, und schämte mich, daß ich nur solche Kleinigkeiten zu verzeihen hatte. Recht schmerzhafte Beleidigungen, recht tödliche Kränkungen zu vergeben, sagt' ich zu mir selbst, muß eine Wollust sein, in der die ganze Seele zerfließt. – Und nun, Miss, wollen Sie denn so eine große Wollust Ihrem Vater nicht gönnen?[202]

Lessing arbeitet natürlich mit einem Trick. Gerade weil er den verflüssigten Vater – »die ganze Seele zerfließt…« – an den höchsten Gott zurückbindet, könnte er den Gnadenakt einem offen widersetzlichen, einem freudig mißratenen Kind gegenüber nicht inszenieren. Er präsentiert deshalb die Tochter, die sich vom Geliebten liebesverzückt entführen ließ, und zwar offenbar unbekümmert um Fluch oder Segen wessen auch immer entführen ließ, er präsentiert sie vom Stückbeginn weg im Zustand des »pater peccavi!«, in Reue getaucht und sich ihrer Vergehen im Übermaß bewußt. Unter dieser Voraussetzung läßt sich die Wollust des Vergebens leicht ausleben. Die Inszenierung des weinend verzeihenden Vaters bedeutet also keineswegs eine grundsätzliche Liquidation des eisernen. Im Gegenteil, dieser müßte gerade wegen des metaphysischen Rahmens zwingend wieder beschworen werden, sobald die verkommene Tochter im Laster trotzig verharren und dem Vater bedeuten sollte, er könne ihr mitsamt seiner »Tugend« gestohlen bleiben.

Das unglaublich Ungeheuerste an Vergebungs-Wollust ereignet sich bei Kleist, in der »Marquise von O…«. Hier geht der Akt bis an die Grenze der erotischen Vereinigung. Er wird zu einem inzestuösen Körperfest, das nur *eine* Liebe kennt, die alleinzige, untrennbare Himmel- und Erdengewalt, die, wo sie gänzlich durchbricht, von keinen schulmäßigen Unterschieden zwischen höherer und niederer, geistlicher und weltlicher, seelischer und fleischlicher Form mehr weiß. Der Mann, der die Tochter zuvor mit der Pistole in der Hand auf immer verstoßen hat, der sie mit den äußersten möglichen Formulierungen der Verworfen- und Verkommenheit bezichtigte – »Zehnmal die Schamlosigkeit einer Hündin, mit zehnfacher List des Fuchses gepaart, reichen noch an die ihrige nicht!«[203] –, diesen Mann hört man zunächst, wörtlich, »von weitem heranschluchzen«.[204] Dann tritt er ein, »das Tuch vor das Gesicht haltend«. Er bleibt ohne Sprache einfach stehen: »Der Kommandant stand in der Stube und weinte.« Und wie weint er? »Der Kommandant beugte sich ganz krumm, und heulte, daß die Wände erschallten.« Die Tochter kann auch nicht mehr an sich halten: »Sie weinte selbst heftig.« Wenigstens setzen solle sich der Vater, meint sie, »doch er antwortete nicht; er war nicht von der Stelle zu bringen, er setzte sich auch nicht, und stand bloß, das Gesicht tief zur Erde gebeugt, und weinte«. Die Mutter, die an der Verstoßung kräftig teilgenommen hat und, wie später die Frau Briest ihrer Effi gegenüber, den Verdammungsbrief eigenhändig zu Papier brachte, zieht sich jetzt diskret zurück und läßt das weinende Paar allein. Nach einiger Zeit schleicht sie sich wieder heran, horcht an der Tür, späht durchs Schlüsselloch, öffnet endlich, »und sah nun – und das Herz quoll ihr vor Freuden empor: die Tochter still, mit zurückgebeugtem Nacken, die Augen fest geschlossen, in des Vaters Armen liegen; indessen dieser, auf dem Lehnstuhl sitzend, lange, heiße und lechzende Küsse, das Auge voll glänzender Tränen, auf ihren Mund drückte: gerade wie ein Verliebter! Die Tochter sprach nicht, er sprach nicht; mit über sie gebeugtem Antlitz saß er, wie über das Mädchen seiner ersten Liebe, und legte ihr den Mund zurecht, und küßte sie.« Die Mutter kommt sich »wie eine Selige vor« und wagt fast nicht, »die Lust der himmelfrohen Versöhnung« zu stören. Schließlich führt sie doch die beiden, »die wie Brautleute gingen«, zum Essen, wo der Vater »zwar sehr heiter war, aber noch von Zeit zu Zeit schluchzte, wenig aß und sprach, auf den Teller niedersah, und mit der Hand seiner Tochter spielte«.

Wie da die Bilder wiederkehren! Und wie sie sich überlagern und umdrehen und neuer Sinn zuschießt! Die in tausend Bibeln abgeschilderte Umarmung bei der Heimkehr des Verlorenen Sohns durchdringt sich mit der mystischen Gestalt der Pietà, der weinenden Gottesmutter mit ihrem toten Sohn im Schoß. Und beides zusammen ist wie umfangen von der sinnlichen Ekstase der grossen erotischen Kultbilder: Paolo und Francesca mit dem lauernden Herzog hinterm Vorhang, Tristan und Isolde im Liebestod, Romeo und Julia, während die Nachtigall schlägt ... Was Kleist hier feiert im verflüssigten Vater, der mit der Tochter seltsame Hochzeit hält, ist nicht der aufgeklärte Christengott Lessings, und doch ist der Vorgang nicht zu verstehen ohne die christliche Mythologie und die romantische Radikalisierung des christlichen Liebesbegriffs. Tochter und Vater stürzen gemeinsam in den Zustand der Unschuld zurück, in jenes paradiesische Einst, in dem es keine Täuschung, aber auch kein rechnendes Bewußtsein und keine Sprache gab. Und auch kein soziales Reglement der Liebe: den darfst du und die darfst du nicht. So wie das erste Menschenpaar im erotischen Akt des Sündenfalls zum Bewußtsein seiner selbst und damit in die Welt der universalen Täuschung, des Doppelsinns aller Worte, der tödlichen Blendung durch die neuen Augen kam, heiratet dieses Paar in die sprachlose Traumzeit zurück. Auch hier aber geschieht, wie bei Lessing, keine grundsätzliche Beseitigung des eisernen Vaters. Das metaphysische Spektakel der Verflüssigung verweist vielmehr dialektisch hinüber zu der fortlebenden Gegenfigur. Sie erscheint, wenige Jahre später, ebenso maßlos verwirklicht – bis hin sogar zum erneuten Anklang an eine pervertierte Pietà – in Kleists »Findling«. Da macht der Vater gleich auch noch den Henker. Er ging, heißt es am Schluß der Erzählung, »das Dekret in der Tasche, in das Haus, und stark, wie die Wut ihn machte, warf er den von Natur schwächeren

Nicolo nieder und drückte ihm das Gehirn an der Wand ein. Die Leute (...) fanden ihn noch, da er den Nicolo zwischen den Knien hielt, und ihm das Dekret in den Mund stopfte.«[205] Die Sprache, das Wort, das geschriebene Zeichen, dessen erste Verlautung einst zusammenfiel mit dem Eintritt in den Unheilszusammenhang der tödlichen Täuschung, soll zurückgenommen, soll leibhaftig zurückgefressen werden. Wie die Mutter auf tausend Bildern idyllischer Unschuld das Kind mit ihrer Brust, füttert Kleists eiserner Vater den gerichteten Sohn mit dem Insignum aller Schlechtigkeit, dem geschriebenen Vertrag. Das ist ein schauerlich hilfloser Gestus, der als solcher dann auch das berühmte Finale begründet: die Weigerung des Alten, vor dem Tod das Abendmahl zu empfangen. »Ich will nicht selig sein. Ich will in den untersten Grund der Hölle hinabfahren. Ich will den Nicolo, der nicht im Himmel sein wird, wiederfinden, und meine Rache, die ich hier nur unvollständig befriedigen konnte, wieder aufnehmen!«[206] Man sollte das nicht einfach als einen Fall von pathologischer Rachsucht lesen. Es steckt mehr darin: die alte Gebärde des Gerichts im Angesicht des Weltganzen und um dessentwillen. Das Rituelle sowohl jener Versöhnungshochzeit wie dieser dämonischen Fütterung geht weit über alle bürgerliche Patriarchalität zurück in mythische Zeremonien der Weltheilung.

Für die Logik und Systematik des Konfliktfelds, das hier untersucht wird, hat der Blick auf die schroff gegensätzlichen Möglichkeiten des Ausgangs gezeigt, daß die bildhafte Trias, die man als das Zielgeschehen aller Literatur bezeichnen darf, auch hier greifbar wird. Hochzeit, Mord und Wahnsinn sind auch den Erzählungen um die mißratenen Kinder und das familiale Gericht als jenes Handlungsgefälle eingeschrieben, jene Grundrichtungen des dramatischen Verlaufs, zwischen denen allein die Wahl offensteht und die als Möglichkeiten, lockend und tödlich und gespenstisch, den Horizont bilden, sobald auch nur der erste Satz gesprochen ist.[207] Nicht zuletzt deshalb wäre es voreilig, die inzestuösen Implikationen in den Versöhnungsritualen des 18. und frühen 19. Jahrhunderts kurzerhand dem Besitzwunsch und sexuellen Absolutismus des patriarchalen Vaters zuzuschreiben. Hier drängt die fundamentale Bilderrede der Literatur, der geschichtenerzählenden Menschheit heran, die Rede, die sich einst aus dem mythischen Beten und Berichten in ein freieres Spiel, Kunst eben, emanzipiert hat und die seit je, wenn sie denn einmal von der großen Versöhnung berichten durfte, dies anders nicht konnte als in Szenen des endgültigen Umfangens und An-die-Brust-Nehmens. »Unter stummer Wiederholung allerseitiger Umarmungen fällt der Vorhang«, heißt es in Lessings »Nathan«[208], und das ist nicht minder erotisch eingefärbt und meint zugleich wahrhaftige Weltversöhnung, wie wenn am Ende von Lenzens »Soldaten« der Vater die Tochter als Straßendirne wiederfindet, und die beiden sich, im Moment der gegenseitigen Entdeckung, tumultuarisch umklammern:

Wesener: (...) Wohnt Ihr Vater nicht etwan in Lille –
(Beim letzten Wort fällt sie ihm um den Hals.)
Wesener *(schreit laut)*: Ach meine Tochter.
Mariane: Mein Vater!
(Beide wälzen sich halb tot auf der Erde. Eine Menge Leute versammlen sich um sie und tragen sie fort.)[209]

Versöhnung ist möglich, die blutige Tat ist möglich, und möglich ist die Einsamkeit des Wahns, die Selbstbeseitigung aus aller Gemeinschaft. So verlassen, kaputt steht Kreon zuletzt da, aber auch Franz Moor, bevor er sich mit seiner Hutschnur erdrosselt. Blutig endet der junge Helmbrecht, und der Vater ist Mitvollstrecker wie Brutus oder Manlius. Mit der endgültigen Umarmung, dem Umschlungenbleiben für immer, schließt das familiale Tribunal in der Geschichte der Marquise von O... und in allen Geschichten von den plötzlich verflüssigten Vätern. Ob man die drei Wege, die im einzelnen Werk immer neu zur Wahl stehen, nun »Hochzeit«, »Mord« und »Wahnsinn« nennt – zu sinnliche Begriffe vielleicht für die herrschenden Vorstellungen von wissenschaftlicher Reinheit –, oder ob man sie auf ein Sozialisationsmodell von Integration, Aggression und Marginalisation bezieht, auf ein Kommunikationsmodell von Bestätigung, Verwerfung und Entwertung, es spielt für die Arbeit an der begegnenden Wirklichkeit der Literatur auf die Dauer keine Rolle. Wichtig ist, daß für die Erfahrung eines Werks, welches in einem dieser Zielfelder endet, die andern beiden als mitbedachte, mitgefühlte Möglichkeiten – gelegentlich schon fast erreicht und doch wieder verloren oder haarscharf vermieden – immerzu gegenwärtig sind, bis zum letzten Satz, bis zur abschließenden Bühnenanweisung.

In den Familiengeschichten verbinden sich diese literarisch-erzählerischen Grundstrukturen in jedem Fall auch mit moralisch-sittlichen. Sie verbinden sich mit dem unterschiedlichen symbolischen Sinn der in das familiale Tribunal verwickelten Menschen. Wo der Sohn, die Tochter der neue Typ im epochalen Sinn ist, läuft »Hochzeit« auf etwas ganz anderes hinaus, als wenn das Mißraten ein Initiationsritual darstellt, an dessen Ende die Freiheit steht – zum Beispiel eben auch die Freiheit zur Versöhnung. Was sich hier als Gewinn darstellt, wäre dort eine tragische Kapitulation. Wo die familial-intimen Beziehungen in einer dezidierten Analogie stehen zu öffentlich-politischen und diese wieder zu transzendent-metaphysischen, heißt »Mord« etwas ganz anderes, als wenn sie im Privaten und Psychologischen verbleiben und keine Möglichkeit zur metonymischen Lektüre bieten. Entsprechend anders verläuft die Genealogie der Moral im jeweiligen Werk, entsprechend anders wirkt der moralische Pakt als dessen geregelter Verkehr mit dem Leser.

Dritter Teil: Das Schauspiel der zerfallenden Autorität

XXIII. Der Historiker vor der römischen Ordnung

Die Faszination des Römischen für die bürgerliche Welt. Theodor Mommsens Bericht über die römische Familie. Geschichtsschreibung und Bekenntnis. Ästhetische Steuerung des wissenschaftlichen Blicks. Genese des Staates aus der Familie. Die Elemente der römischen Ordnung. Eine extreme Regel und ihre Provokation bis heute. Exposition eines neuen Konflikts: die Kinder vor den zerfallenden Eltern.

So wie der grenzenlos verzeihende Vater in den Gestaltungen des deutschen 18. und frühen 19. Jahrhunderts gerade durch seine Radikalität auf sein eisernes Gegenteil verweist und an dieses gebunden bleibt, zeigt sich in den zwei Ausprägungen die Faszination *und* das Grauen der Epoche vor der römischen Linie. Auch im politischen Bereich verkörpert sie beides, ist sie beider Präfiguration: des Terrors und der bürgerlichen Freiheit. Daß die Guillotine auf der Place de la Grève fabrikmäßig arbeitet um der Liberté, Egalité und Fraternité willen, ist ebenso ein Widerspruch und keiner wie die Tatsache, daß der Christengott stets gleichzeitig als richtender Rex tremendae majestatis verkündet wird und als der sanfte alte Mann, der den heimgekehrten Nichtsnutz von der Straße aufhebt und zur Feier in allen Küchen sieden und braten läßt. Es gibt keinen republikanischen Traum im 18. Jahrhundert, der nicht römisch eingekleidet wäre, und keine römischen Visionen, durch die nicht der eiserne Vater rasselte. Auch die bürgerliche Welt des 19. Jahrhunderts kann sich der Magie des Römischen, seiner Ordnung und Unzweideutigkeit nicht entziehen. Wenn sie ihre Dichter und Komponisten ehrt, verwandelt sie sie in Porträtköpfe nach dem Muster der Imperatorenbüsten und stellt sie als neuzeitliche Penaten in den Salon.

Solche Magie auch im aufgeklärten Kopf, oder gerade in diesem, wird selten schöner sichtbar als in Theodor Mommsens Darstellung der römischen Familie, ihrer Rechtsstruktur und staatspolitischen Bedeutung. Der Text findet sich im V. Kapitel des Ersten Buches der »Römischen Geschichte«. Er ist ebensosehr ein Stück deutsche Literatur des 19. Jahrhunderts, wie er ein Modell von Patriarchalität vorführt, das historisch präzis verstrebt und lokalisiert ist. Durch die Art des Berichtens, durch den seinerseits römischen Gestus der Prosa und durch winzige Signale der Deutung wird dieses Modell hingestellt als etwas, das im Grunde zeitlose Gültigkeit habe. Für die vorliegende Studie ergibt sich ein in Neuzeit wie Antike zugleich verankerter Meßpunkt, auf den sie sich in unterschiedlichstem Kontext wird beziehen können.

Im Gegensatz zur griechischen »Antigone« mit ihrer nervösen, fast hysterischen Spannung zwischen den Geschlechtern, mit der lauernden Bedrohung des männlichen Gottes, Königs, Vaters durch ungestalt nächtige, dem Weiblichen verschworene Mächte, begegnet uns hier eine große, gelassen um die Vater-Achse gebaute Ordnung, die kein gefährliches Anderes mehr kennt. Und in Mommsens Darstellung rückt sie unübersehbar in den Rang des naturhaft Richtigen:

> Vater und Mutter, Söhne und Töchter, Hof und Wohnung, Knechte und Geräth – das sind die natürlichen Elemente, aus denen überall, wo nicht durch die Polygamie die Mutter als solche verschwindet, das Hauswesen besteht. Darin aber gehen die Völker höherer Culturfähigkeit aus einander, daß diese natürlichen Gegensätze flacher oder tiefer, mehr sittlich oder mehr rechtlich aufgefaßt und durchgearbeitet werden. Keines kommt dem römischen gleich an schlichter, aber unerbittlicher Durchführung der von der Natur selbst vorgezeichneten Rechtsverhältnisse.[210]

Aufschlußreich ist hier nicht nur der Ort, an dem in der Aufzählung der »natürlichen Elemente« des Hauswesens die Knechte erscheinen – neben dem »Geräth« nämlich und also deutlich der Dingwelt zugeschlagen –, aufschlußreich ist vor allem die Kategorie der »von der Natur selbst vorgezeichneten Rechtsverhältnisse«. Das unterstellt eine naturrechtlich immer schon gegebene Idealorganisation der Familie, welcher sich die Epochen und Kulturen in unterschiedlichem Maß annähern und deren reine, gewissermaßen idealtypische Gestalt aus dem römischen Hauswesen abzulesen ist. Dabei spiegelt sich bereits im sprachlichen Gestus des Auftakts die Ordnungsvision: zwei Vierergruppen werden vertikal arrangiert, und jede ist in sich schon hierarchisch geschichtet:

Vater	und	Mutter
Söhne	und	Töchter
Hof	und	Wohnung
Knechte	und	Gerät

Genauer noch: auch jedes einzelne Paar bildet eine Stufung, nicht ein Gebilde der Gleichheit. Daß solch kristallene Gliederung dem Willen der Natur entspreche, wird hier der bürgerlichen Familie des deutschen 19. Jahrhunderts deutlich genug ins Ohr geflüstert – und ebensosehr, versteht sich, was die Störung solcher Ordnung bedeutet. Wie leicht muß eine solche abzulesen sein an der geringsten Verschiebung der Gleichgewichte! Wie naturhaft, besagt dies, wie zweifelsfrei ist das Mißraten eines Elements sogleich an der Veränderung der Balance zu erkennen. Wie Hegels Tragödienmodell geprägt ist von der hingerissenen Bewunderung für eine Ausgewogenheit, die gleichzeitig die Gestalt von Hegels Denken und Schreiben selbst ist, so steht hinter Mommsens Respekt vor dem römischen Familienmodell die römische Strenge und Klarheit seines eigenen Denkens und Schreibens. Und wie Hegel um der Vollkommenheit des Aufrisses willen kein Auge hatte für die Geschlechterwut, den Geschlechtertrotz in der Tragödie, sieht Mommsen, begeistert von der Geometrie seiner Vierergruppen, das Extreme und Unmenschliche nicht, das sein eigener Bericht doch deutlich genug vermittelt.

Diese künstlerische Prägung des wissenschaftlichen Blicks, der überall luzide Entsprechungen erkennt und sie in die luzide Prosa holt, zeigt sich besonders schön in dem Abschnitt über die Parallele zwischen Familie und Staat – ein kämpferisches Argument noch im Munde des Thebenkönigs Kreon, hier eine beruhigte Wahrheit:

> Wie die Elemente des Staates die auf der Familie ruhenden Geschlechter sind, so ist auch die Form der Staatsgemeinschaft im Einzelnen wie im Ganzen der Familie nachgebildet. Dem Hause giebt die Natur selbst den Vater, mit dem dasselbe entsteht und vergeht. In der Volksgemeinde aber, die unvergänglich bestehen soll, findet sich kein natürlicher Herr, wenigstens in der römischen nicht, die aus freien und gleichen Bauern bestand und keines Adels von Gottes Gnaden sich zu rühmen vermochte. Darum wird einer aus ihrer Mitte ihr Leiter (rex) und Gebieter (dictator), Meister des Volkes (magister populi) und Herr im Hause der römischen Gemeinde, wie denn auch in späterer Zeit in oder neben seiner Wohnung der ewig flammende Heerd und die wohlversperrte Vorrathskammer der Gemeinde, die römische Vesta und die römischen Penaten zu finden sind – sie alle die sichtbare Einheit des obersten Hauses darstellend, das ganz Rom einschloß.[211]

Bedeutend an dem Abschnitt, über dem der Titel »König« steht, ist die Tatsache, daß er nicht nur in klassischer Weise die Analogie zwischen Familie und Staat postuliert, nicht nur die Familie als symbolisches System hinsichtlich des Staates und diesen als symbolisches System hinsichtlich der Familie bestimmt, sondern darüber hinaus feststellt, daß das eine aus dem anderen ursächlich hervorgegangen sei. Die Genese des Staates sei nach dem Modell und Muster der Familie geschehen. Und wieder fällt an entscheidendem Ort das Stichwort »Natur«: »Dem Hause gibt die Natur selbst den Vater«. Das heißt, daß sich aus der naturrechtlichen Fundierung der Familie, die sich um die Vater-Achse dreht, auch eine entsprechende Theorie, ein entsprechendes Modell des richtigen Staates und seiner Führung ableiten läßt. Das kann, bei geringster Verschiebung der Position, bürgerlich-demokratisch oder aber paternalistisch-demokratiefeindlich gelesen werden. Für Mommsen selbst, den kombattanten Liberalen und 48er, den Gegner des faulen Feudalismus, der Kolonial- und Machtpolitik und des schwelenden Antisemitismus, war die demokratische Perspektive wohl die ausschlaggebende. Er postulierte mit dem Text eine Fundierung des Staates von unten, nicht von oben, nicht von irgendwelchen – explizit genannten – »Gottes Gnaden«, und das war ebensosehr die engagierte Nachricht eines deutschen Autors an seine Gegenwart wie das sachliche Forschungsergebnis eines deutschen Gelehrten zuhanden der historisch interessierten Kreise.

Was nun aber Ordnung und Gesetz der Familie betrifft, handelt Mommsen sie ab unter dem Titel: »Der Hausvater und die Seinen.« Den Auftakt macht ein riesiger Satz, der im langsamen Kreis seiner syntaktischen Geste die Geschlossenheit der sozialen Gestalt abbildet, von der er spricht:

Die Familie, das heißt der durch den Tod seines Vaters in eigene Gewalt gelangte freie Mann mit der feierlich ihm von den Priestern zu Gemeinschaft des Wassers und des Feuers durch das heilige Salzmehl (durch Confarreatio) angetrauten Ehefrau, mit ihren Söhnen und Sohnessöhnen und deren rechten Frauen und ihren unverheiratheten Töchtern und Sohnestöchtern nebst allem einem von diesen zukommenden Hab und Gut ist eine Einheit, von der dagegen die Kinder der Töchter ausgeschlossen sind, da sie entweder, wenn sie ehelich sind, der Familie des Mannes angehören, oder, wenn außer der Ehe erzeugt, in gar keiner Familie stehen.[212]

Zwei Dinge sind hier wichtig: der Tod des Vaters als der einzig mögliche Ursprung einer neuen Familie – das eigentlich Extreme des römischen Modells – und die fast lautlose, gewissermaßen schleichende Entwertung der Tochterkinder, die gegebenenfalls im sozialen Nichts landen. Von literaturhistorischem Gewicht ist die anschließende Bemerkung über den Untergang des Hauses:

Eigenes Haus und Kindersegen erscheinen dem römischen Bürger als das Ziel und der Kern des Lebens. Der Tod ist kein Uebel, denn er ist nothwendig; aber das Aussterben des Hauses oder gar des Geschlechts ist ein Unheil selbst für die Gemeinde, welche darum in frühester Zeit dem Kinderlosen einen Rechtsweg eröffnete, durch Annahme fremder Kinder anstatt eigner diesem Verhängniß auszuweichen.[213]

Dieser Vorgang, das Aussterben eines Geschlechts, besitzt im heutigen Bewußtsein keine Bedeutung mehr. Er war aber bis weit ins 19. Jahrhundert hinein, war in allen Epochen der hohen Tragödie ein Elementarereignis des Tragischen. Nicht zufällig intensiviert sich das Motiv noch einmal in den Jahrzehnten nach der französischen Revolution, von der deutschen Schicksalstragödie bis zu E.A. Poes »Untergang des Hauses Usher«. Im Ende des einen Hauses spiegelt sich in dieser Zeit der Untergang des feudalen Systems als eines Ganzen. Tragisch kann der Vorgang nur im Rahmen eines dynastischen Denkens sein, wie es dem Feudalismus wesentlich war. Daß auch die bürgerliche Welt davon nicht unberührt bleiben muß, zeigt sich in den USA, wo die Johns und Bills traditionsbewußter Familien auch heute noch mit römischen Zahlen numeriert werden wie einst die Könige.

In ähnlicher Weise bedeutungsvoll für das literarische Erfinden und Tradieren ist die rechtliche Regelung des Aussetzens von Kindern. Wir kennen das Geschehnis aus Märchen, Sagen und Legenden, aus dem Mythos und der Bibel: der winzige Moses im schwimmenden Körbchen ... Die Aussetzung ist ein Faszinosum der naiven Literatur aller Sparten geblieben – wohl wegen seiner Nähe zum Phantasiekomplex des »Familienromans«.[214] In der heutigen Lebenspraxis ist das Aussetzen Neugeborener der Verzweiflungsakt einsamer und hilfloser Frauen, eine kriminalisierte Tat, hinter der sich die schwarze Not meist nur ahnen läßt. Wie genau dies einst geordnet und öffentlich anerkannt war, kann bei Mommsen gelernt werden. Das Fortleben in der Literatur hängt vielleicht doch auch mit dieser einstigen historischen Realität zusammen. Frappierend sind die näheren Bestimmungen darüber, welche Kinder man dergestalt dem Schicksal überlassen durfte:

Wie man über die Aussetzung dachte, zeigt die religiöse Untersagung derselben hinsichtlich aller Söhne – mit Ausnahme der Mißgeburten – und wenigstens der ersten Tochter. Aber wie tadelnswert und gemeinschädlich auch die Aussetzung erscheinen mochte, das Recht dazu konnte dem Vater nicht genommen werden; denn vor allen Dingen war er in seinem Hause durchaus und unbeschränkt Herr und sollte es bleiben. Der Hausvater hält die Seinigen nicht bloß in strengster Zucht, sondern er hat auch das Recht und die Pflicht, über sie die richterliche Gewalt auszuüben und sie nach Ermessen an Leib und Leben zu strafen.[215]

Hier überlagert sich nun ganz offiziell das familiale Gericht mit der öffentlichen Justiz, erscheint es als deren Teil und Außenstation. Wenn die bürgerlichen Dichter des 19. Jahrhunderts immer wieder fasziniert und entsetzt zugleich auf den radikal richtenden Vater starren – in Merimées »Mateo Falcone«, in Balzacs »Un drame au bord de la mer«, aber auch noch in Storms »Carsten Curator« –, hängt dies wohl nicht nur mit der literarischen Wirkung eines plötzlichen Einbruchs archaischer Sitten zusammen. Die Arbeiten Balzacs wie Merimées deuten zwar in diese Richtung, indem der eine seine Geschichte in einer düsteren Bretagne, der andere in einem glühenden Korsika lokalisiert. Dennoch darf man darin, gerade in Hinsicht auf die Deutungsakzente des Mommsen-Textes, auch die verschlüsselte Diskussion der Frage nach einem naturrechtlichen Fundament solcher Praxis sehen.

Was nun die Kompetenzen des Vaters generell und den Entscheidungsspielraum der Frau betrifft, stellt Mommsen sie mit verblüffender Eindeutigkeit unter das Stichwort der »höheren Cultur«:

Von vorn herein trug die römische Familie die Bedingungen höherer Cultur in sich in der sittlich geordneten Stellung der Familienglieder zu einander. Familienhaupt kann nur der Mann sein; die Frau ist zwar im Erwerb von Gut und Geld nicht hinter dem Mann zurückgesetzt, sondern es nimmt die Tochter gleichen Erbtheil mit dem Bruder, die Mutter gleichen Erbtheil mit den Kindern, aber immer und nothwendig gehört die Frau dem Hause, nicht der Gemeinde an, und ist auch im Hause nothwendig hausunterthänig, die Tochter dem Vater, das Weib dem Manne, die vaterlose unverheiratete Frau ihren nächsten männlichen Verwandten. (...) Aber innerhalb des Hauses ist die Frau nicht Dienerin, sondern Herrin. Befreit von den nach römischen Vorstellungen dem Gesinde zukommenden Arbeiten des Getreidemahlens und des Kochens, widmet die römische Hausmutter sich wesentlich nur der Beaufsichtigung der Mägde und daneben der Spindel, die für die Frau ist, was für den Mann der Pflug. (...) Aber rechtlich wird die Familie unbedingt geleitet und gelenkt durch den einen allmächtigen Willen des Hausvaters (pater familias). Ihm gegenüber ist alles rechtlos, was innerhalb des Hauses steht, der Stier und der Sklave, aber nicht minder Weib und Kind. Wie die Jungfrau durch die freie Wahl des Mannes zu seiner Ehefrau wird, so steht auch das Kind, das sie ihm geboren, aufzuziehen oder nicht in seinem freien Willen. (...) Ja der Vater kann wie den Sklaven so auch den Sohn einem Dritten zum Eigenthum übertragen; ist der Käufer ein Fremder, so wird der Sohn sein Knecht, ist er ein Römer, so wird der Sohn, da er als Römer nicht Knecht eines Römers werden kann, seinem Käufer wenigstens an Knechtes Statt. Die väterliche und eheherrliche Gewalt unterlag in der That schlechterdings gar keinen Rechtsbeschränkungen.[215A]

An dieser exorbitanten Verfügungsgewalt des Vaters auch über den Sohn ist abzulesen, daß hier nicht einfach, im Sinne eines trivialen Patriarchat-Begriffs, alles Männliche das Weibliche unterdrückt. Vielmehr scheint die imperatorische Vatergewalt die Differenz der Geschlechter und ihrer Kompetenzen selbst streckenweise zu nivellieren. Sie nähern sich einander an in einer gemeinsamen Rechtlosigkeit.

Gerade hier ist die Doppelperspektive auf den Text nun wieder aufschlußreich. Die Information über die historischen Verhältnisse ergibt eine Bezugsgröße, an der sich alle Phänomene und Varianten patriarchaler Praxis messen und differenzieren lassen. Als ein Stück Literatur des deutschen 19. Jahrhunderts hinwiederum betrachtet, verblüfft der Abschnitt erneut durch die unzweideutige Bewertung. Nicht schaudernd vor solcher Barbarei berichtet der große Gelehrte aus der Epoche der entfalteten familialen Gefühlskultur über die Verstoßungs- und Verkaufsgebräuche, das willkürliche Leben- oder Sterbenlassen der Kinder, sondern er sieht darin, wörtlich, eine »sittlich geordnete Stellung der Familienglieder zu einander«, Zeichen und Bedingung »höherer Cultur«. Das sind jene Momente, wo die herausragenden Berichte darüber, was in alten Zeiten war, ihrerseits zur historischen Erscheinung werden, die der Deutung bedarf und hereingeholt sein will in Berichte darüber, was zu *ihren* Zeiten war. So wenig Mommsens Faszination vor dem imperatorisch-kompakten Machtsystem der römischen Familie direkte Rückschlüsse zuläßt auf den Umgang seiner wilhelminischen Zeitgenossen mit ihren Kindern, so unabweisbar ist doch der Gedanke, daß der Umgang der zeitgenössischen Kolonialherren mit den farbigen Menschen seine Prägung, die ästhetische Rechtfertigung einer vielfältig gefühllosen Praxis, auch über solche antiquarische Reminiszenzen gefunden hat.

An die schrankenlose Gewalt des Hausvaters auch über die Söhne fügt sich nun, nicht zwingend, vielmehr trotzdem noch überraschend, die vielleicht exzeptionellste Regel der römischen Ordnung. Sie ist für uns wichtiger als alles Bisherige; denn sie öffnet ein Konfliktkontinuum, das parallel und gleichgewichtig neben jenem um den eisernen Vater steht und sich mit der sozialen wie literarischen Aktualität am Ende des 20. Jahrhunderts berührt. Was geschieht, wenn dieser altrömische Hausvater alt wird, wenn er zittrig wird, wenn es ihm zu rappeln beginnt und er schließlich nicht mehr weiß, wer er ist und was er tut?

Es ist die hausherrliche Macht aber nicht bloß unumschränkt und keinem auf der Erde verantwortlich, sondern auch, so lange der Hausherr lebt, unabänderlich und unzerstörlich. Nach den griechischen wie nach den deutschen Rechten ist der erwachsene thatsächlich selbstständige Sohn auch rechtlich von dem Vater frei; die Macht des römischen Hausvaters vermag bei dessen Lebzeiten nicht das Alter, nicht der Wahnsinn desselben, ja nicht einmal sein eigener freier Wille aufzuheben.[215B]

Damit erübrigt sich das vierte Gebot! Was schon das Alte Testament den Menschen in die Seele hämmerte und was weiterhin eingehämmert wurde von abertausend Kanzeln herunter ohne Unterlaß, daß nämlich der ehrfürchtige Respekt vor den Erzeugern niemals enden dürfe, niemals und unter keinen Umständen, das wird hier durch eine tollkühne Einrichtung des Rechts im voraus garantiert. Der Leser muß sich selbst ausmalen, was das in der Praxis bedeuten mochte, wenn »die Macht des römischen Hausvaters« auch durch den »Wahnsinn desselben« nicht aufgehoben werden konnte. Mommsen ist kein Plauderer; er scheut das Anekdotische. Eben dies aber provoziert die lesende Phantasie.

Was also geschieht dann? Was ereignet sich, wenn der moderne Leser, die Leserin dem Satz nachhängt und sich vorzustellen versucht, was er alles bedeuten könnte, was sein Inhalt zur Folge gehabt haben dürfte im häuslich intimen Leben des alten Rom? Man wird darüber gewiß nicht zum heimlichen Autor historischer Familienromane. Aber unweigerlich sieht man sich in ein Konfliktfeld förmlich hineingestoßen, das heute so virulent ist wie je in alten Zeiten. Mit den Leitbegriffen dieses Buches gesprochen: Mißratene Söhne und Töchter ganz spezifischer Art entwickeln sich angesichts der vergreisten und vertatterten Eltern. Ein neuer dramatischer Zusammenhang eröffnet sich damit, eine weitläufige, so literarische wie seelische, so kultur- wie rechtsgeschichtliche Wirklichkeit. Die frühkindliche Erfahrung der Eltern als eines allmächtigen Götterpaars, in dem alle Wärme der Welt wohnt, von dem alle Kälte der Welt droht, einer Frau und eines Mannes, die körperstark sind wie King-Kong auf dem Wolkenkratzer, reich wie Pharao und schön wie Cleopatra und Caesar, die alles wissen, was war und sein wird, und vielleicht schon gelebt haben bei der Erschaffung der Welt: dieses tief in der Seele gespeicherte erste Erleben der Eltern tritt Jahrzehnte später, angesichts der vergreisten Menschenhäufchen, in sein äußerstes Gegenteil. Das kann zum qualvollsten Triumph des Lebens werden oder zu einem gespensterhaften Déjà-vu: die eigene, längst vergessene und verschollene Schutzlosigkeit steht nun wieder da in Gestalt des mehlweiß eingeschrumpften Götterpaars, das einst, ragend und leuchtend, alle Not in Geborgenheit verwandeln konnte. Es gibt ein Werk, ein einziges, das alles ausspricht, alles vor Augen stellt, was mit dieser Situation nur immer verbunden sein kann – vor Augen stellt, bis die Augen nichts mehr sehen über den stoßenden Tränen. Aber »The Tragedy of King Lear« ist nicht aus dem Leeren heraus entstanden, auch nicht, wie man sich das so denkt, unmittelbar aus der Seele eines elisabethanischen Mannes, dem der Vater vor kurzem gestorben war und der das nun, wie man sagt, »verarbeitete«. Auch hinter dem »Lear« stehen ältere Bilder. Sie kehren in ihm wieder, und über ihn werden sie später, im 19. und 20. Jahrhundert, erneut zu glühenden Inspirationskernen.

XXIV. Die drei Dimensionen der zerfallenden Autorität

Ein harmloses Grimm-Märchen. Sein Bezug zur Tragödie. Zerfällt die Würde mit dem Körper? Autonomiegewinn der Jungen und Machtverlust der Alten. Die Komplexität des Vorgangs. Die Autorität endet dreifach, aber nicht gleichzeitig. Stark, reich, heilig. Jung-Stillings Erzählung. Der Vater als verkommener Sohn. Varianten der Vaterverstoßung in der Überlieferung. Die Alzheimer-Krankheit in der Literatur des späten 20. Jahrhunderts. Granny-Dumping. Das Satyrspiel zur Lear-Tragödie.

Zu reden ist vom zerfallenden Vater und von der neuen und andern Gestalt des Verkommens der Kinder ihm gegenüber. Auch das Gericht, der szenische Umriß eines Tribunals, zeichnet sich hier in anderer Weise ab als bei den Urteilsverläufen, von denen bisher die Rede war. Um Schuld und Schuldspruch nämlich geht es auch hier, um bittere Fragen der Moral und ihrer Genese, ihrer List und Strahlkraft im literarischen Text. Für die Sozialgeschichte der Geriatrie ist dabei wenig zu holen, einiges mehr aber für die Pathologie der Autorität und die Frage nach Wirklichkeit und Illusionscharakter der Macht.

Die einfachste literarische Gestalt, in der umgesetzt wird, wovon jetzt zu reden ist, und zugleich der innerste Nukleus der Lear-Tragödie liegt vor im Märchen aus der Sammlung der Brüder Grimm: »Der alte Großvater und sein Enkel«. Ein Geschichtlein ist das, harmlos daherkommend wie wenige und nicht einmal ein richtiges Märchen, und doch fährt es erwiesenermaßen den Kindern heftig in Herz und Glieder – wie vielleicht nur noch die Greuel-Stories aus dem »Struwwelpeter«. Es handelt sich um den Bericht vom Enkelkind, das zuschauen muß, wie der zittrige Großvater von Sohn und Schwiegertochter, den Eltern also des Kleinen, vom Tisch gewiesen wird und, weil er den Teller zerschlägt, aus einem Holzschüsselchen essen muß. In der Folge beginnt das Kind selbst mit allerlei Brettchen zu werkeln, und auf die Frage des Vaters, wozu das dienen solle, antwortet es: das sei für ihn, wenn *er* einmal alt sein werde. Worauf Vater und Mutter in sich gehen und den Alten wieder an den Tisch holen. Es ist nicht nur die naturhafte Allianz zwischen Enkeln und Großeltern, was die simple Geschichte den Kindern sogleich im Gemüt haften läßt, sondern mehr noch die Tatsache, daß sich hier auf winzigem Raum die ganze Spannung entlädt zwischen einer Würde, die aus dem Status der Elternschaft stammt, und einer körperlichen Hinfälligkeit, die solcher Würde in der Erscheinung nicht mehr gerecht wird. Unverblümt stellt der Text die Frage zur Diskussion, ob die Würde denn nicht mit dem Körper zerfalle. Daß die Antwort leidenschaftlich ausfällt, bestätigt die Brisanz der Fragestellung.

Die Erzählforschung hat nachgewiesen, daß diese Geschichte uralt ist und sich über viele Länder und Kontinente hinweg belegen läßt,[216] in anschaulichen Varianten bei gleichbleibendem Kern und unveränderter Pointe. Sie ist ein chronisches Ereignis der Breitenliteratur, aus der sich von Zeit zu Zeit vulkanartig eine immense Gestalt der Spitzenliteratur hochwirft. Der Stoff ist mit einer der schmerzhaftesten Krisen der menschlichen Selbstwerdung verknüpft, und zwar nicht nur im Kontext sozialer Regeln, sondern auch im Bereich des Biologisch-Physiologischen: dem existentiellen Abschied von den Eltern. Der dramatische Autonomiegewinn des Subjekts gegenüber den Elterninstanzen – oder was immer in der jeweiligen gesellschaftlichen Ordnung deren Funktionen ausübt – macht dabei nur die eine Hälfte des Gesamtgeschehens aus. Wenn man von Ablösung spricht, vom Prozeß auch der ritualisierten Initiation in die Gemeinschaft hier der erwachsenen Frauen, dort der erwachsenen Männer, bezeichnet dies überwiegend die Negation des bisherigen Zustands: Man ist nicht länger, was man war. Dazu tritt aber, als die andere Hälfte des Geschehens, eine handgreifliche Übernahme von Macht, von Besitz, von sozialer Entscheidungsbefugnis: man ist nun einer, der hat und darf. Ablösung ist zugleich Machtgewinn, und Macht ist nicht unbeschränkt vorhanden. Sie setzt den Schwächeren voraus, oder aber den, der sie vorher besaß und von dem sie übernommen, dem sie abgenommen wurde. Beide Hälften des Geschehens gehören grundsätzlich in den Bereich anthropologischer Universalien. Sie sind gebunden an die Geschichte des Leibes, der eines Tages so stark wird wie der Leib der Eltern und zeugungsfähig und gebärfähig wird und den Partner begehrt. Und sie verknüpfen das Subjekt neu und fundamental mit der sozialen Ordnung, in der es fortan lebt, sei diese nun irgendwo in der Fremde eine andere als die bisherige oder berge sie hier am Ort das Subjekt nun als ein anderes.

Das moderne Entwicklungsdenken tendiert dazu, dies alles als ein Geschehen innerhalb des dynamisch sich wandelnden Einzelnen zu sehen, als den Weg einer Monade, der zur Trennung von den Eltern führt und zur eigenständigen Lebensführung. Demgegenüber operiert die Literatur auf breiteren Feldern. Insbesondere wirft sie ein Licht auf die komplementären Vorgänge in den Elterninstanzen. Der Prozeß der Emanzipation der Jungen von der bisherigen Autorität ist vernetzt mit einem Prozeß innerhalb dieser Autorität selbst. Es wird nicht fröhlicher Abschied genommen von etwas, das sich gleichbleibt, sondern mit diesem Abschied verfällt die bislang regierende und schützende Autorität auf eine schwierige, konfliktschwangere Weise. Von dem Jungen gilt: der schwach war, wird stark; der arm war, wird reich; der botmäßig war, gewinnt Würde. Dem entspricht bei den Alten, daß, wer stark war, langsam schwach wird. Aber wird auch, wer reich war, arm? Und wer Würde hatte, wieder botmäßig? Man muß das Ganze in Frageform vorstellen, um eine Ahnung zu geben von dem dramatischen Potential, das hier vorliegt. Die Literatur diskutiert den Komplex in den Geschichten um den zerfallenden Vater – so wie sie ihn in den Geschichten um den eisernen Vater unbekümmert und tendenziös unterschlägt. Und da sie eine unweigerlich moralische Veranstaltung ist, inszeniert sie den zerfallenden Vater stets im pointierten Gegenüber zu den Kindern, die sich jetzt als gut bewähren oder als schlecht und mißraten entdecken.

Entscheidend ist also, daß dem gesamten Vorgang des Autonomiegewinns in Initiation und Ablösung ein zeitlich keineswegs synchroner Vorgang des Autoritätszerfalls parallel läuft, dergestalt, daß die bisher kompakte, als zusammengesetzte gar nicht erkennbare Autorität erkennbar wird als dreigeteilt. Da ist die Gewalt der physiologischen Konstitution, die Gewalt der sozialen Macht und die Gewalt der metaphysischen Würde. Schlicht gesagt: es gibt den starken Vater, den reichen Vater und den heiligen Vater. Die drei sind nicht eins, sondern können in unterschiedlicher Reihung schwinden oder durch bestimmte Maßnahmen gewahrt werden oder – in Geschichten und Märchen wenigstens – sogar zurückkehren. Der Starke kann von Kräften kommen, aber reich bleiben. Er kann bei voller Leibeskraft Geld und Macht abtreten. Stärke wie Reichtum können dahingehen, und es bleibt die Würde. Oder es wird solche Würde bestritten, weil ein Schwacher trotzig auf seinem Reichtum besteht oder weil, wo Macht und Kraft dahin sind, nichts mehr sichtbar bleibt, das nach Würde aussieht.

Die Erfahrung solchen Auseinandertretens der drei Dimensionen von

Autorität ist nicht nur verbunden mit allem, was man Ablösung nennt, sie ist auch ein Vorgang, der fortdauern kann bis ins eigene Altwerden der Jungen hinein. Und ebenso lange führt er zu Konflikten und Verletzungen. Der gestaffelte Zerfall des starken, des reichen, des heiligen Vaters ist eine fundamentale sittliche Herausforderung der Kinder, aber er ist auch eine gestaffelte Folge existentieller Umstürze im Zerfallenden selbst.

Wenn »King Lear« die gewaltigste Umsetzung dieser Menschennot und Menschenaufgabe in der Weltliteratur ist, so findet sich ihre Mikrogestalt in erstaunlicher Prägnanz in dem erwähnten Grimm-Geschichtlein, besser aber noch dort, wo die Brüder Grimm es kurzerhand abgeschrieben haben. Sie fanden den Text in einem der großen autobiographischen Unternehmen des deutschen 18. Jahrhunderts, der Lebensgeschichte Jung-Stillings. Es ist dies ein vielbändiger Bericht, dessen erster Band, die »Jugend«, großartig ist, dessen zweiter, die »Jünglings-Jahre«, noch immer imponiert, dessen weitere Bände aber zunehmend weitschweifig und auch schlicht langweilig werden. Dominierende Gestalt in der Jugendgeschichte ist der Großvater, eine hinreißende Figur, die in hinreißenden Szenen erscheint. Man weiß heute, daß der junge Goethe bei der Redaktion dieses ersten Bandes die Finger im Spiel hatte. Mag sein, daß er durch einiges Streichen und Raffen die archaische Lapidarität des Erzählens, die bei dem wackeren Verfasser mehr angelegt als entwickelt war, erst in den vollen Glanz holte. Das ist nicht von Belang. Welcher Autor hätte in den stürmischen siebziger Jahren des 18. Jahrhunderts nicht vom andern gezehrt und ihn wieder gefüttert!

Der zweite Band bringt gleich nach dem Anfang den fraglichen Text. Henrich, die Hauptfigur, die von sich in der dritten Person erzählt, hat den Kopf voller Geschichten und will auch immerzu weitere hören. Dazu pflegt er sich mit andern Kindern zusammenzusetzen:

Des Mittags nach dem Essen sammlete Stilling einen Haufen Kinder um sich her, ging mit ihnen hinaus aufs Feld, oder an einen Bach, und dann erzählte er ihnen allerhand schöne empfindsame Historien, und wenn er sich ausgeleert hatte, so mußten andere erzählen. Einsmals waren ihrer auch etliche zusammen auf einer Wiesen, es fand sich ein Knabe herzu, dieser fieng an: Hört, Kinder! ich will euch was erzählen: »Neben uns wohnt der alte Frühling, ihr wißt, wie er daher geht, und so an seinem Stock zittert; er hat keine Zähne mehr, auch hört und sieht er nicht viel. Wenn er denn so da am Tisch saß und zitterte, so verschüttete er immer vieles, auch floß ihm zuweilen etwas wieder aus dem Mund. Das ekelte dann seinem Sohn und seiner Schnur, und deswegen mußte der alte Großvater endlich hinter dem Ofen im Eck essen, sie gaben ihm etwas in einem irdenen Schüsselchen, und noch dazu nicht einmal satt, ich hab ihn wohl sehen essen, er sah so betrübt nach dem Tisch, und die Augen waren ihm dann naß. Nun hat er ehgestern sein irdenes Schüsselchen zerbrochen. Die junge Frau keiffte sehr mit ihm, er sagte aber nichts, sondern seufzte nur. Da kauften sie ihm ein hölzernes Schüsselchen für ein paar Heller, da mußt er gestern Mittag zum erstenmal aus essen; wie sie so da sitzen, so schleppt

der kleine Knabe von viertehalb Jahr auf der Erden kleine Bretchen zusammen. Der junge Frühling fragt: was machst du da, Peter? Ho! sagt das Kind, ich mach ein Tröglein, daraus sollen Vater und Mutter essen, wenn ich groß bin. Der junge Frühling und seine Frau sahen sich eine Weile an, fiengen endlich an zu weinen, und hohlten alsofort den alten Großvater an den Tisch, und ließen ihn mit essen.«
Die Kinder sprangen in die Höhe, klatschten in die Hände, lachten und riefen: das ist recht artig; sagte das der kleine Peter? ja, versetzte der Knabe, ich hab dabey gestanden, wie's geschah. Henrich Stilling aber lachte nicht, er stund und sah vor sich nieder; die Geschichte drung ihm durch Mark und Bein, bis ins Innerste seiner Seelen; endlich fing er an: das sollte meinem Großvater wiederfahren seyn! ich glaube, er wäre von seinem hölzernen Schüsselchen aufgestanden, in die Ecke der Stuben gegangen, und dann hätte er sich hingestellt und gerufen: Herr, stärke mich in dieser Stunde, daß ich mich einst räche an diesen Philistern! dann hätte er sich gegen den Eckpfosten gesträubt, und das Haus eingeworfen. Sachte! sachte! Stilling! redete ihm der größten Knaben einer ein, das wäre doch von deinem Großvater ein wenig zu arg gewesen. Du hast recht! sagte Henrich; aber denk! es ist doch recht satanisch; wie oft hat wohl der alte Frühling seinen Jungen auf dem Schoos gehabt, und ihm die beste Brocken in Mund gesteckt? es wär doch kein Wunder, wenn einmal ein feuriger Drache um Mitternacht, wenn das Viertel des Monds eben untergegangen ist, sich durch den Schornstein eines solchen Hauses hinunter schlengerte, und alles Essen vergiftete. Wie er eben auf den Drachen kam, ist kein Wunder, denn er hatte selbsten vor kurzen Tagen des Abends, als er nach Hause ging, einen großen durch die Luft fliegen sehen, und er glaubte vor die Zeit noch fest, daß es einer von den obersten Teufeln selbst gewesen.[217]

Daß Jung-Stillings Freund die Großvater-Szene erlebt und mit Augen gesehen hat, stimmt natürlich nicht. Die Geschichte ist einige hundert Jahre älter und kursierte nicht nur als Volkserzählung und in Balladenform, sondern vor allem auch als Predigtmärlein.[218] Und so, von der Kanzel herunter, dürfte sie auch zum Verfasser der Lebensgeschichte gelangt sein. Dennoch haben die Brüder Grimm sie als eine unmittelbare Verlautung des erzählenden Volkes angesehen, haben sie in ihre Sammlung aufgenommen und so ein weiteres Mal um die Welt geschickt.

Man muß Jung-Stilling mehrfach dankbar sein für den Erzähltrick mit der angeblichen Authentizität. Großartig vor allem ist das Rahmengeschehen, in dem die Geschichte erscheint und das bei den Grimms natürlich wieder wegfiel. Hier erst enthüllt sich der psychologisch brisante Kern. Mächtig tritt da in Erscheinung die Konspiration des Enkels mit dem Großvater, gegen den Vater. Genauer noch: die Konspiration des Sohnes gegen den Vater mit dessen Vater und also gegen dessen Sohn. Die mittlere Generation gerät in den Clinch der früheren und der späteren zugleich. Dies alles wird greifbar in der Reaktion des Erzählers auf die vernommene Geschichte, und es wird seinerseits wieder zu einem erzählerischen Ereignis. »Die Geschichte drung ihm durch Mark und Bein, bis ins Innerste seiner Seelen«, heißt es, und nun muß man beobachten, wie sich im tiefen Mitgefühl mit dem erniedrigten Greis, im wilden Mitleid des Kindes mit der um ihre Würde gebrachten Autorität, gradaus die Aggression regt gegen jene Autorität, die kompakt an der Macht ist. Der Sohn, pubertierend, den eigenen Autonomiegewinn als existentielles Ziel schwimmend vor Augen, kann angesichts dieser Geschichte beides durchleben: den Aufstand *und* die Liebe, den Verrat *und* die Treue. Die Ambivalenz zum Vater, die ihm durch Herz und Nieren geht, ihn hilflos schüttelt, jetzt, da er in einen Männerleib hinüberwächst, er kann sie auseinanderlegen und nebeneinander frei durchempfinden. Aufflammend in Treue und Liebe tritt er an die Seite des Großvaters und aufständisch attackiert er den Vater und dessen Haus. Diese Auflehnung versteckt er hinter der Vision vom riesenhaften Großvater, der aus der Schwäche seines alten Körpers gewaltig wieder auffährt zu herkulischen Kräften und herkulischer Tat. Der Bericht zitiert die Simson-Geschichte aus dem Alten Testament, Buch der Richter XVI, wo dem geschwächten und geblendeten Riesen im Tod nochmals die alte Stärke gegeben wird und er den Palast einreißt über sich und allen seinen Feinden. Was sich in dieser plötzlichen Phantasie des jungen Henrich abspielt, ist ein Gericht des Sohnes über den Vater als mißratenen Sohn. In der Strafvision steckt die Diagnose jenes spezifischen Verkommens, das in der Mißachtung der metaphysischen Würde besteht, in der Erniedrigung des heiligen Vaters angesichts seiner Schwäche und Armut.

Dabei weckt Jung-Stilling ein kleines Mythologem auf, das seit alters durch die Literatur geistert und da und dort wieder aufflackert. Es ist nur zu verstehen aufgrund jenes Modells von der dreiteiligen Autorität, die phasenverschoben zerfällt. Die ursprüngliche Erfahrung der unbedingten Kompaktheit aller Autorität, zum Beispiel eben im eisernen Vater, bleibt in der Seele gespeichert und kann sich mit der Erfahrung des gestuften Zerfalls wieder vermischen. Das führt dann zu Vorstellungen und Geschichten vom phantastischen Wiedergewinn der alten physischen Gewalt. Genau wie Jung-Stilling sich den Großvater denkt, dem aus der unzerstörten Würde auch die brachialen Kräfte wieder zuschießen, entwickelt Iwan Turgenjew hundert Jahre später das Finale seiner Novelle »Ein König Lear der Steppe«. Hier steigt der alte Charlow auf das Dach des Hauses, aus dem ihn die niederträchtigen Kinder vertrieben haben, und beginnt mit Bärenkräften, ohne jedes Werkzeug, das Gebäude einzureißen:

> Auf dem Dachboden bewegte sich mit plumper Schnelligkeit in einem Wirbel von Schmutz und Staubwolken eine schwarzgraue Masse und brachte den noch ragenden Schornstein ins Wanken – der andere war schon eingestürzt – oder riß die Dachlatten ab, schleuderte sie herab und packte sogar die Dachsparren (...) Kopf und Schultern wirkten bärenhaft, ebenso die Art, wie er die Beine breit setzte, ohne sie in den Gelenken zu biegen. Ein scharfer Wind blies ihn von allen Seiten an, zerzauste sein Haar, wirbelte es empor, und der Anblick des zerlöcherten, zerfetzten Hemdes, durch das sein nackter Körper rot schimmerte, war schrecklich. Grauenhaft war auch sein wildes, heiseres Brummen.[219]

Zuletzt stürzt er, die vordersten Sparren niederreißend, mit diesen in den Hof, und der nachbrechende Firstbalken zerschmettert ihm den Rücken. Wie sich da wieder die Bilder durchdringen: der zerlumpte Lear im Sturm und der auferstandene Simson im Haus der Philister! Und wie die Bilder das Gesetz beschwören! Das sensationelle Geschehen hat, wie bei Jung-Stilling schon, magische Einschläge. Wenn die letzte Autorität, das Heilige, angetastet wird, kann dies das schreckliche Strafwunder einer Restitution der alten kompakten Gewalt auslösen. Der zerfallene Vater wird wieder so körperstark, wie das kleine Kind ihn einst erlebt hat, wenn er es spielend in die Luft warf und es jauchzend in sein tiefes Lachen zurückfiel. In Kafkas Mysterium »Das Urteil«, um das man als Interpret immer herumstreift und nicht hin und nicht weg kann, wird genau dieses Mythologem, mit reißend komischen Anklängen an die christliche Auferstehung, die Peripetie bilden.

Wir haben also bei Jung-Stilling das Geschichtlein vom Schüsselchen, und wir haben dazu den kommentierenden Rahmen. Dieser Rahmen mit seinen explodierenden Bildern – vom Drachen im Kamin wäre ja auch noch zu reden! –, erklärt psychologisch die große Wirkung, die die kleine Erzählung bei den Kindern stets hat. Deutlich nämlich wird, daß in dem Text beides zugleich steckt: die Lust der Entthronung und der fromme Verzicht darauf; die Identifikation mit Luzifer, der den Aufstand gegen den Allerhöchsten wagt, und die Identifikation mit Michael, der als Getreuer den Aufstand niederschlägt und den zum Drachen (!) gewordenen Aufrührer bändigt. Psychologisch gesprochen: indem der Sohn den Vater als einen mißratenen Sohn deklariert und verurteilt, kann er ungestraft etwas ausleben von dem, was er an diesem Vater pathetisch verwirft. Zu so zwielichtigen Zwecken gebraucht die menschliche Seele die Literatur, und wo diese dazu nichts hergibt, ist sie langweilig.

Die früheste greifbare Gestalt der Geschichte von Enkel und Großvater in deutscher Sprache datiert genau in jene Jahre zurück, in denen »Helmbrecht« entstand, das späte 13. Jahrhundert. Sie wird, wie »Helmbrecht«, zur sogenannten höfischen Verserzählung gerechnet, deren Texte in unterschiedlichen Varianten zirkulierten und sich nur selten auf einen historisch bekannten Autor zurückführen lassen. An Stelle des hölzernen Schüsselchens, aus dem der Greis bei Jung-Stilling und den Brüdern Grimm zu essen gezwungen wird, erscheint hier als corpus delicti ein Tuch, eine große Decke.[220] Ausgangspunkt des Geschehens ist, wie später im »König Lear«, die Übergabe des Besitzes an den Sohn. Diese dramatische Exposition fehlt bei Jung-Stilling – vielleicht weil in der bäuerlichen Gesellschaft die Übergabe des Hofes durch feste Bräuche geregelt war und also nicht erwähnt zu werden brauchte. Bei Brentano und Arnim, die in »Des Knaben Wunderhorn« eine Balladenfassung der Tuchvariante vorlegten, ist dieser Auftakt wieder vorhanden:

Im Land zu Frankereiche
Ein alter König saß,
Der all sein Land und Reiche
An seinen Sohn da gab.

Das war aus Altersschwäche,
Daß er sich des verwandt,
Der Sohn thät ihm versprechen:
»Ich nähre dich zur Hand«.[221]

Jener mittelalterliche Text spielt im reichen Bürgertum. Als der Sohn heiratet, wird der Vater schrittweise aus der Familienmitte verstoßen und schließlich unter die Treppe verwiesen, wo man die Schweine hält. Damit blitzt für einen Moment die Umkehrung der Parabel vom Verlorenen Sohn auf. Dieser landet am Ende seiner Lumpenkarriere bei den Schweinen, genau wie hier der Verlorene Vater. Die Assoziation könnte gesucht wirken, wenn sie nicht durch eine Stelle im »König Lear« wörtlich wieder belegt würde. In ihrer Klagerede über das, was die bösen Schwestern dem Vater angetan haben, sagt Cordelia:

... and wast thou fain, poor father,
To hovel thee with swine and rogues forlorn,
In short and musty straw?[222]

Und du, armer Vater, heißt das, mußtest bei Schweinen und verlumpten Leuten liegen, auf faulem, kurzem Stroh! Die seltsame, an die Traumregeln gemahnende Verschiebung der Schweineszene aus der Parabel vom verzeihenden Vater in die vom kaltherzigen Sohn hat ihre Funktion im Aufbau der moralischen Pointe des Textes und im Spiel des moralischen Pakts. Der Güte dort tritt die Schlechtigkeit hier gegenüber, dem Äußersten an selbstverschuldetem Verkommen das Äußerste an schuldloser Entwürdigung.

Dort, unter der Treppe also, friert nun der alte Mann im Winter sehr, und er bittet um eine Decke. Der Sohn schneidet ein Tuch mittendurch und gibt ihm die eine Hälfte. Da kommt der kleine Enkel und möchte die andere Hälfte haben: er wolle sie aufbewahren für die Zeit, wo sein Vater alt und hinfällig geworden sei. Jetzt erkennt der Mann sein Unrecht und nimmt den Alten wieder auf. In Brentanos Ballade zerreißt der Enkel selbst das Tuch, nicht aus Geiz, sondern um sowohl dem Großvater zu helfen als auch die entsprechende Behandlung des eigenen Vaters vorzubereiten. Überraschenderweise fehlt dort die Bekehrung des bösen Sohns. Der Text endet kommentarlos mit dem harten Spruch des Kindes:

Das Halbtheil ich behalte
Für dich, wenn du da ruhst,
Wo deinen Vater alte
Du jetzt versperren thust.

Dabei wäre doch eigentlich zu erwarten, daß sich die pietistisch-fromme Wandlung zum Guten, die in Jung-Stillings Text so unabweisbar erscheint, auch für die Romantiker aufdrängte. War sie doch schon für den mittelalterlichen Dichter die überzeugendste und weitläufig beschriebene Lösung. Aber auch Johann Peter Hebel, der in seinem Kalender fast gleichzeitig mit den Märchen der Brüder Grimm und den Liedern des »Wunderhorn« eine eigene Gestaltung, wiederum die Tuch-Variante vorlegte, beläßt den Schluß eiskalt und böse. Dabei erweitert er das Geschehen noch um ein bedeutendes Element, die Abschiebung ins Armenheim:

Aber ein Anderer gieng mit seinem Vater, welcher durch Alter und Kränklichkeit freilich wunderlich geworden war, so übel um, daß dieser wünschte in ein Armen-Spital gebracht zu werden, das im nemlichen Orte war. Dort hoffte er wenigstens bey dürftiger Pflege von den Vorwürfen frei zu werden, die ihm daheim die letzten Tage seines Lebens verbitterten. Das war dem undankbaren Sohn ein willkommenes Wort. Ehe die Sonne hinter den Bergen hinabgieng, war dem armen alten Greis sein Wunsch erfüllt. Aber er fand im Spital auch nicht alles, wie er wünschte. Wenigstens ließ er seinen Sohn nach einiger Zeit bitten, ihm die letzte Wohlthat zu erweisen, und ihm ein paar Leintücher zu schicken, damit er nicht alle Nacht auf blosem Stroh schlafen müßte. Der Sohn sucht die 2 schlechtesten, die er hatte, heraus, und befahl seinem zehnjährigen Kind, sie dem alten Murrkopf ins Spital zu bringen. Aber mit Verwunderung bemerkte er, daß der kleine Knabe vor der Thür eines dieser Tücher in einem Winkel verbarg, und folglich dem Großvater nur eines davon brachte. »Warum hast du das gethan?« fragte er den Jungen bey seiner Zurückkunft. – »Zur Aushülfe für die Zukunft«, erwiederte dieser kalt und böserzig, »wenn ich euch, o Vater! auch einmal in das Spital schicken werde.«[223]

Dazu muß man wissen, daß das Armenspital, der »Spittel«, in der Regel ein sehr trauriger Ort war, wo nur das letzte Elend landete. Auch bei Hebel, der für Bauern schreibt, fehlt das Motiv der Erbteilung. Warum aber unterschlägt gerade er, der humane Aufklärer, der an die Erziehbarkeit der Menschen glaubt, die Bekehrung des Sohnes? Es geht ihm um ein Gesetz, welches er den Leuten eintreiben will: daß einem nämlich von den Kindern unweigerlich widerfahre, was man den eigenen Eltern angetan hat, im Guten und im Bösen. Er spricht davon in der Einleitung zu seiner Erzählung:

Man findet gar oft, wenn man ein wenig aufmerksam ist, daß Menschen im Alter von ihren Kindern wieder eben so behandelt werden, wie sie einst ihre alten und kraftlosen Eltern behandelt haben. Es geht auch begreiflich zu. Die Kinder lernens von den Eltern; sie sehens und hörens nicht anders und folgen dem Beyspiel. So wird es auf die natürlichsten und sichersten Wege wahr, was gesagt wird und geschrieben ist, daß der Eltern Segen und Fluch auf den Kindern ruhe und sie nicht verfehle.

Dahinter steht weithertönend Jesus Sirach III. 18:

Pflege deinen Vater im Alter, und betrübe ihn ja nicht, so lange er lebet. Und halt ihm zu gute, ob er kindisch würde, und veracht ihn ja nicht, darum daß du geschickter bist. Denn der Wohltat dem Vater erzeigt, wird nimmermehr vergessen werden. Und wird dir Guts geschehen, ob du auch wohl ein Sünder bist. Und dein wird gedacht werden in der Not, und deine Sünden werden vergehen, wie das Eis von der Sonne. Wer seinen Vater verläßt, der wird geschändet, und wer seine Mutter betrübet, der ist verflucht vom HERRN.[224]

Wenn sich der Sohn am Ende bekehrt, dann berichtet die Geschichte von einer privaten Verfehlung. Wenn aber am Schluß die kalten Augen des Zehnjährigen stehen, gerichtet auf den hartherzigen Vater, wird die Geschichte zur Veranschaulichung eines Weltgesetzes. Eines Weltgesetzes, das es in Wahrheit nicht gibt, dessen uralte Formulierung man aber nicht ohne Ergriffenheit lesen kann: »Und halt ihm zu gute, ob er kindisch würde...«

In der Literatur der 90er Jahre des 20. Jahrhunderts ist die Konfrontation der erwachsenen Kinder mit dem Vater oder der Mutter im Zustand des dramatischen Zerfalls wieder zu einem herausragenden Thema geworden. Es scheint fast, als ob die Alzheimer Demenz jene symbolische Schlüsselstelle übernommen hätte, die im Erzählen der 70er und 80er Jahre der Krebs einnahm. Die Funktion nämlich eines morbus sacer der Epoche. Jede Zeit hat ihre heilige Krankheit, auf die sie mit aufgerissenen Augen starrt. Als der bedingungslose technische Fortschrittsglaube die ersten Risse bekam, tauchte überall in der Literatur der Krebs auf als jenes schicksalhafte Leiden, vor dem auch die raffinierteste High-Tech-Medizin versagt. Die Krankheit stand zeichenhaft für die Grenzen der Machbarkeit, schrieb sich wie ein Menetekel an die glänzenden Wände der Laboratorien. Wenn bei Philip Roth, bei Irene Dische, bei Martin Walser, bei Jane Smiley[225] – die Beispiele ließen sich vermehren – der radikale Zerfall der Eltern vor den Augen der Kinder – the »child-changed father«, wie es im »Lear«[226] heißt – fast gleichzeitig zum Gegenstand des anspruchsvollen Schreibens wird, ist zu fragen, inwiefern *dieses* Leiden nun in die innerste Problemzone *dieser* Epoche verweist. Es darf vermutet werden, daß die Antwort im Zusammenhang mit der Grundfrage steht, die von den drei Dimensionen der zerfallenden Autorität aufgeworfen wird: Bleibt die Würde bestehen, wenn alle Macht und alle Kraft, alles Verfügen selbst über den eigenen Geist und Leib dahin sind? Und wenn sie bestehen bleibt – was ist sie?

Nicht zufällig provoziert gerade Hebels Text diese Überlegungen zur Literatur des späten 20. Jahrhunderts. Er steht nämlich in einer kuriosen Weise mit ältesten und aktuellsten Ausprägungen des Problemzusammenhangs in Berührung. Mit ältesten folgendermaßen: Das Erzählmuster um Großvater und Enkel, das bisher in der Schüssel- und der Tuchvariante vorgestellt wurde, findet sich noch in einer weiteren Form. Sie mutet schauerlich altertümlich an, grotesk auch in einer Weise, die jede Nachgestaltung im 18. oder 19. Jahrhundert undenkbar macht. Man nennt sie die Karren-Variante, und sie ist nicht nur aus osteuropäischen und jiddischen, sondern auch aus koreanischen und chinesischen Überlieferungen bekannt.[227] In ihr wird der zittrige Großvater definitiv aus dem Haus geschafft. Der Vater setzt ihn auf einen Schlitten oder Karren, fährt ihn in die Wildnis und lädt ihn irgendwo ab oder kippt ihn in eine Schlucht. Als er heimkehrt, bemächtigt sich der kleine Enkel eilig des Geräts und versteckt es – die Begründung ist bekannt. So wenig man daraus auf eine tatsächliche Praxis zur Korrektur der Alterspyramide schließen darf, so sehr entspricht das Geschehen doch einem rauheren, von Empfindsamkeit und Stubenpädagogik abliegenden, also eben wohl älteren Erzählen. Was jedoch die Praxis betrifft, so ist es den 90er Jahren des 20. Jahrhunderts vorbehalten geblieben, das in die Tat umzusetzen, wovon die ältesten Geschichten nur fabulierten. 1992 ging durch die Presse folgende Meldung: »Immer häufiger kommt es in den USA zum sogenannten ›Granny-dumping‹: Großmütter – und manchmal auch Großväter – werden von ihren Familienangehörigen unter dem Vorwand einer plötzlich eingetretenen Krankheit auf die Notfallstation eines Spitals gebracht und dann nicht mehr abgeholt (...) Die von den Angehörigen hinterlegten Namen, Adressen und Telefonnummern stellen sich als falsch heraus.«[228] Ganz auszuschließen ist allerdings nicht, daß es sich bei diesem Bericht um eine jener weltweit in den kleinen Pressemeldungen zirkulierenden modernen Sagen handelt, die man erst neuerdings als solche überhaupt erkannt und zu erforschen begonnen hat.

Wenn die Nachgestaltung der Karrenvariante im 19. und 20. Jahrhundert undenkbar ist, ist sie doch der Ästhetik des Grotesken in der Moderne wieder zugänglich. Jedenfalls ertönt in Becketts »Endspiel« der Ruf nach der Müllabfuhr in der unzweideutigsten Weise. Die alten Eltern Hamms hausen bekanntlich in Mülltonnen. Gegen die Mitte des Stücks ruft der Sohn plötzlich aus: »My kingdom for a nightman!«, und fährt fort: »Clear away this muck! Chuck it in the sea!«. Wobei Beckett mit der Formel: »My kingdom for ...« Shakespeares Richard III. zitiert, einen von seiner Mutter furchtbar verfluchten Sohn.[229]

Die gleiche hochmittelalterliche Erzählkultur, welche die höfische Dichtung vom Großvater unter der Stiege entstehen ließ, hat nun auch eine großartig komödiantische Geschichte um einen alten Mann und seine schnöden Kinder hervorgebracht. Nichts taugt ja so sehr zum Gelächter wie das, was uns auch bis in die Eingeweide erschüttern kann. Die Weiche braucht jeweils nur an einer einzigen Stelle des Erzählgangs umgestellt zu werden. Diese Geschichte führt nun auch näher als alles Bisherige an den Lear-Stoff heran. Sie verhält sich zu dessen tragischer Kurve wie, um mit den Gegenständen dieses Buches zu reden, die Perückenvariante des Kinderverses vom baumelnden Absalom zu ihrer ursprünglichen Form. Der Verfasser ist mit seinem Namen bekannt: Rüdiger der Hunchover. Mehr weiß man von ihm allerdings nicht. Und selbst erfunden hat er auch nicht alles.[230] Die Erzählung geht so: Da ist ein reicher Kaufmann, und er hat fünf Kinder, zwei Töchter und drei Söhne. Im vorgerückten Alter und nach dem Tod seiner Frau verteilt er das Vermögen an die jungen Leute und lebt nun reihum bei ihnen. Genau wie König Lear. Die erste Runde verläuft in allseitiger Freundlichkeit. Aber schon beim zweiten Mal wird sichtbar, daß der Alte lästig fällt, und es kommt zu den ersten Kränkungen. Mit dem Ende des »reichen Vaters« scheint der »heilige« zusehends in die Klemme zu geraten. Eine Tragödie bahnt sich an, das große Trauerspiel der Vaterverstoßung und des Gegenzugs von Verfluchung und Verwerfung der schandbaren Brut durch den Erzeuger – die ganze Folge also der Lear-Schrecken. Doch nun hat dieser abgedankte Kaufmann einen Freund, der ihm einen guten Rat gibt. Der Alte läßt sich daraufhin eine große Kiste zimmern, ein mächtiges Ding mit fünf kunstreich gearbeiteten Schlössern dran. Zu diesen gehören fünf kunstreich gearbeitete Schlüssel, und einen davon trägt er nun immer unterm Hemd versteckt bei sich, läßt ihn nur gelegentlich vor den Augen der Kinder kurz aufblitzen, zufällig und wie gegen seinen Willen. Den Jungen sticht der silberhelle Gegenstand gleich ins Auge: »Als er waere silberîn: / Alsô lieht was sîn schîn.«[231] Sie merken was, und die Vaterliebe regt sich machtvoll wieder in ihrer Brust. Plötzlich ist ihnen nichts mehr zu viel für den alten Mann. Gepflegt und gehegt wird er, aufs herzlichste empfangen, wenn er kommt, und mit Wehmut verabschiedet, wenn er geht. So verbringt er doch noch ein angenehmes Alter, und die Jahre, »da du wirst sagen: sie gefallen mir nicht«,[232] gestalten sich ihm höchst behaglich. Schließlich segnet er das Zeitliche, und die Kinder fahren sofort gemeinsam auf die Kiste los. Was ist darin? Ein großer Knüppel ist darin, ein hölzerner Schlegel, schwer und gefährlich, dabei ein Brief: Mit diesem Schlegel solle man jeden erschlagen, der so dumm sei, bei Lebzeiten schon seinen Besitz an die Kinder zu verteilen: »Den sol man (...) / Slahen an die hirnbollen / Mit disem slegel envollen, / Daz im daz hirn mit alle / Ûf die zungen valle.«[233]

Das ist von großer Komik und illusionsloser Bitterkeit. Jene plötzliche Wiederherstellung der Autorität, die in Jung-Stillings Traumbild und in Turgenjews Novelle auf eine halbwegs magische Weise geschieht, als ob sich die verletzte Natur selbst zurechtrücken wollte, sie wird hier gewonnen durch eine schwankhafte List. »Der Schlegel« heißt die Erzählung. Man kann sie als das Satyrspiel betrachten zum gewaltigsten Ereignis der Kunst, das sich im Themenbereich dieser Studie findet: »King Lear«.

XXV. »Wo steckt denn nun das Heilige?«

Gibt es eine Beziehung zwischen Komposition und Moral? Eine Tragödie ohne Mütter. Die denkenden Söhne und der Grundakt der Aufklärung. Franz Moor analysiert das Heilige. Der Illegitime analysiert die Legitimität. Die rationale Ordnung gegen die sakrale. Die Freisetzung der Wörter von ihrem Sinn und die Freisetzung des Subjekts. Der verkommene Sohn als Entropieprinzip der Vaterwelt. Abwehr der neuen Wahrheit durch Stigmatisierung zum Bösen.

Gibt es eine Beziehung zwischen Komposition und Moral? Die Regeln von Aufbau und Verfugung einer Handlung mit ihren vielen Tätern und Opfern, Helfern und Intriganten, haben sie etwas zu tun mit den Regeln von Gut und Böse, vom richtigen und vom schlechten Handeln? Handlung ist Handeln, und alles Handeln steht in Bezug zu sittlichen Normen oder Absprachen. In der Literatur aber existieren die sittlichen Normen nie außerhalb des Textes. Sie werden im Text aufgebaut, oder es gibt sie nicht – mag alle Welt noch so innig der Meinung sein, die moralische Qualität eines Werks sei die seines Autors. Aufgebaut wird das moralische Gesetz im Werk dadurch, daß einer aufmarschiert, der es verkörpert, ganz oder halb oder schief oder gradaus, daß eine dasteht, die es lebt. Wenn dem so ist, wenn das moralische Firmament nicht vorausgeschaffen über die dramatis personae sich spannt, sondern mit und aus ihnen erst erwächst in der Literatur, dann ist notwendigerweise alle Figurenführung, alles Einfädeln und Verflechten und Auflösen der Konstellationen Kompositionsarbeit auch im Bereich der Moral. Es gibt in Roman und Drama eine Kunst der sittlichen Fuge, wie es eine Kunst der brachialen Fuge gibt im Bereich der schieren Action, des Belauerns und Fallenstellens, des Handgreiflichwerdens und Ermordens und Umarmens.

Dies muß man wissen, wenn man die dramaturgische Gesamtanlage des Stücks »König Lear« ins Auge faßt. Jeder große Dramatiker seit Shakespeare hat hier Komposition studiert, und wer über der Spontaneitätsästhetik des 20. Jahrhunderts – »Kunst ist, was aus mir herausbricht!« – die Kategorie der Komposition in der Literatur überhaupt vergessen hat, kann sie hier sich wieder zur Erfahrung bringen. Zwei Handlungsstränge laufen in dem Werk parallel und greifen schrittweise ineinander, bis sie ein einziges Gefüge bilden. In beiden aber sitzt von Anfang an jener Stachel, der den kleinen Jung-Stilling zu seinen entsetzten Visionen trieb: Was bleibt, wenn die kompakte Autorität des starken, reichen, heiligen Vaters langsam aus den Fugen geht, und bleibt überhaupt etwas, und was wäre dieses? Der Klarheit, mit der die zwei Handlungsstränge getrennt voneinander angelegt sind, entspricht die Eindeutigkeit, mit der die moralische Identität der Schlüsselfiguren im Auftakt bestimmt wird. Und wie subtil sich die beiden

Hälften auch vernetzen werden, wie sehr jene moralische Identität mit der Zeit ins Flimmern und Fluktuieren gerät, etwas von der unheimlich überklaren Eindeutigkeit wirkt noch in der äußersten Verknäuelung fort und macht, daß alles Zug um Zug an sein furchtbares Ende kommt. Die beiden Handlungen fahren quer ineinander, aber statt sich gegenseitig zu blockieren, verzahnen sie sich wie die eingeschliffenen Räder einer Turmuhr, die von einem einzigen riesigen Gewicht in Gang gehalten wird. Dieses zieht langsam nieder, bis es den tiefsten Punkt erreicht, wo plötzlich alles steht und totenstill ist.

Nichts hemmt den allgemeinen Gang ins Verderben. Ob dies damit zu tun hat, daß in dem Stück die Mütter fehlen? Söhne und Töchter und Väter liefern sich kreuz und quer eine Schlacht der giftigen Seelen und der blanken Messer, auf einem Feld, wo es keine Mütter gibt, wo gehandelt und gesprochen wird, als hätte es sie nie gegeben.

Da ist Lear, der Vater und König, mit seinen drei Töchtern, und da ist, mit seinen zwei Söhnen, der Graf von Gloucester. Eine gute und zwei böse Töchter hat der König, einen bösen und einen guten Sohn hat der Graf. Dies ist die Spielanlage. Was setzt sie in Bewegung, dergestalt, daß nichts mehr zur Ruhe kommt im Ganzen, bis alles nur noch totenstill ist? Auf der einen Achse die Erbteilung Lears, ein souveräner Akt aus der kompakten Autorität heraus, und damit verbunden die Verstoßung der guten Tochter. Auf der andern Achse die Intrige des Gloucester-Sohns Edmund gegen seinen Bruder Edgar und damit verbunden die Verstoßung des guten Sohns. Die beiden Alten inszenieren zunächst, schematisch gesprochen, das Tribunal des eisernen Vaters, aber sie urteilen in Verblendung, wahnhaft, im Rausch einer Autorität, deren prekäre Beschaffenheit sie nicht begreifen. In der so losgetretenen Handlungsmasse erfaßt sie schrittweise der Prozeß des exemplarischen Zerfalls, und ihre Kinder treten folgerichtig in die Situation ein, von der die alten Geschichten vom hölzernen Schüsselchen, der zerschnittenen Decke, dem versteckten Karren, dem hölzernen Schlegel berichten. Das Stück als Ganzes wird im gleichen Maße ein Gericht über die Kinder vis-à-vis des zerfallenen Vaters, wie es in seinem Anfang ein Schauspiel war von den eisern richtenden Vätern selbst.

Die ganze Wucht und Raserei des Trauerspiels läuft zusammen in der einen Frage, die es stellt, wie nie ein Stück Literatur sie vorher und nachher gestellt hat: Was ist das, was noch bleibt, wenn der starke und reiche Vater hinschwindet und jämmerlich zerbröckelt? Bleibt überhaupt noch etwas, und wenn es bleibt, wo faß ich's? Und wenn es nicht bleibt, war's dann je vorhanden? Und was wäre, wenn es tatsächlich nie vorhanden war? Stark und reich und heilig – das hieße dann: zwei Komponenten Herrschaft und eine Komponente Illusion.

Wer denkt so? Wann kommt einer je dazu, auf diese Art zu fragen und zu überlegen und die Dinge sich zurechtzurücken? Wer es tut, steht im

Spielfeld jener alten Geschichten vom Schüsselchen oder vom Schlegel, literarisch gesprochen, philosophisch oder zivilisationsgeschichtlich gesprochen aber steht er in der brisantesten Zone der Aufklärung.

Es ist kein Zufall, daß die Priester stets alle ihre Donner und Sinai-Blitze aufgeboten haben, um das Heilige dort zu retten, wo alle menschliche und soziale Macht von ihm geschwunden ist. Die uralte Furcht, die zu den Versprechungen und Drohungen des Vierten Gebots geführt hat – daß nämlich die Kinder eines Tages aufhören könnten, Vater und Mutter zu ehren –, ist begründet genug. Aber sie ist im letzten nicht darin begründet, daß die Menschen eben zu Undankbarkeit neigen und zu Herzlosigkeit, sondern sie leitet sich von einem viel grundsätzlicheren Zusammenhang her, der einzig in der Literatur folgerichtig zur Darstellung gelangt. Die Kindesliebe als solche ist von Fall zu Fall einfach da oder nicht. Hinter ihr aber erhebt sich gefährlich ungesichert das metaphysische Gesetz, das sie zu einer absoluten Pflicht macht. Ist sie das, oder wird es nur behauptet? Die Frage nach dieser Legitimität dürfte im Grunde gar nicht gestellt werden. Wo sie nämlich »zur Diskussion steht«, ist es um ihr Wesentliches schon geschehen. Denn eine mythische Norm wird lächerlich im rationalen Diskurs, so wie, umgekehrt, der rationale Diskurs lächerlich wird vor der mythischen Norm – immer je nachdem, was als erstes gesetzt wird. Sobald also, heißt dies, die Heiligkeit des Vaters grundsätzlich diskutiert wird in der Literatur, rückt etwas ins Blickfeld, was man in einem fundamentalen Sinn Aufklärung nennen darf, Aufklärung in ihrer Größe und ihrem Schrecken: das unerbittliche In-Frage-Stellen eines jeden Gesetzes, welches sich weigert, unter die Regeln der Vernunft zu treten. Insofern führt der Prozeß der dreifach zerfallenden Autorität unweigerlich zu einem aufklärerischen Eklat – wie immer dieser zuletzt auch wieder aufgefangen wird. Mit den schwimmenden Begriffen von Pietät und Kindesliebe allein ist der philosophischen Crux nicht beizukommen. Das wußten die alten Römer, die keine Philosophen waren, aber bedeutende Praktiker. Sie feierten die Pietas, aber trauten ihr so wenig, daß sie das Gesetz schufen, wonach der Hausvater noch im Zustand von Demenz und Paralyse die Herrschaft behielt. Da erübrigte sich die Frage nach dem Heiligen.

In der Literatur sind es die am radikalsten verkommenen, die moralisch am bedingungslosesten verurteilten Söhne und Töchter, welche die Karten am kühnsten auf den Tisch legen. Das große Exempel auf dem deutschen Theater ist Franz Moor, der Bruder des Räubers. Dieser Franz Moor wiederum ist die direkte Wiederkehr des Gloucester-Sohnes Edmund. Als Schiller seinen ungestalten Erstling zimmerte, hat er die Gloucester-Handlung des »Lear« in einer Weise geplündert, daß man bei jedem weniger Begabten von Diebstahl sprechen würde. Deshalb fällt von Franz Moor aus ein ebenso scharfes Licht zurück auf die innerste Radikalität des Lear-Stücks, wie dieses erst das Schiller-Werk in seinen überepochalen Kontext stellt. Um es grad herauszusagen: der heilige Vater ist eine Provokation für die Vernunft, genau so wie der heilige König. Das weiß Franz Moor, darüber spricht Franz Moor, und man versuche nur einmal, den aufklärerischen Scharfsinn zu widerlegen, mit dem er das Vierte Gebot hinterfragt:

Aber weiter – es ist dein Vater! Er hat dir das Leben gegeben, du bist sein Fleisch, sein Blut – also sei er dir heilig. Wiederum eine schlaue Konsequenz! Ich möchte doch fragen, *warum* hat er mich gemacht? doch wohl nicht gar aus Liebe zu mir, der erst ein *Ich* werden sollte? Hat er mich gekannt, ehe er mich machte? Oder hat er mich gedacht, wie er mich machte? Oder hat er *mich* gewünscht, da er mich machte? (...) Kann ich eine Liebe erkennen, die sich nicht auf Achtung gegen mein *Selbst* gründet? Konnte Achtung gegen mein Selbst vorhanden sein, das erst dardurch entstehen sollte, davon es die Voraussetzung sein muß? Wo stickt dann nun das Heilige? Etwa im Aktus selber, durch den ich entstund? – (...) – Sehet also, das ist die ganze Hexerei, die ihr in einen heiligen Nebel verschleiert, unsre Furchtsamkeit zu mißbrauchen. Soll auch ich mich dadurch gängeln lassen wie einen Knaben?[234]

Was geschieht hier? Ein Mann wagt es, sich seines eigenen Verstandes zu bedienen, gegenüber einer Gegebenheit, die als sakrosankt gilt. Er sieht sich konfrontiert mit einem allgemeinen Consensus, die Heiligkeit des Vaters betreffend, und überprüft die geläufigen Begründungen eine nach der andern. Er fordert nicht nur einen Glauben vor den Richterstuhl der Vernunft, sondern auch die diversen Ableitungen, die aus dieser Glaubenssetzung gemacht werden. Er wagt zu denken, was einem der schwersten Denkverbote unterliegt. Sein Gedankengang ist durchaus analog zu jenem andern, der damals die Weltgeschichte veränderte: Was ist der König anderes als ein Mensch wie ich? Wieso soll ich gehorchen, ohne gefragt zu werden? Der König ist von einer Menschenfrau geboren wie ich, wo liegt also der Unterschied? Wir sind gleich, es gibt keine Ungleichheit von Natur aus. Diese Überlegung, die zu Programm und Praxis der politischen Egalité in Amerika und Frankreich führte und später weit darüber hinaus, ist genau so verworfen oder aber am Platz wie der Gedankengang Franz Moors.

Es ist großartig, wie in diesem Monolog das Wort »heilig« als solches überprüft wird und sich vor den scharfen Augen schrittweise zersetzt, bis es schließlich zusammenfällt mit Betrug und Täuschung. »... also sei er dir heilig«, heißt es zuerst. Das zitiert im Klang den feierlichen Gestus der Gebote aus einem sakralen Raum heraus. »Wo stickt dann nun das Heilige?«, steht in der Mitte der Überlegung. Das ist der Grundakt des Fragens, jener rationalen Neugier, die nichts anerkennt, was sich weigert, überprüft zu werden, und die vor keiner Überprüfung zurückschreckt. So forderte Lichtenberg, daß man an allem mindestens ein Mal zweifle, »und wäre es auch der Satz: zweimal 2 ist 4«.[235] Dem sakralen Gestus des Gebots folgt also der wissenschaftliche Gestus des Fragens. Und als das Wort zum dritten Mal fällt, erteilt es selbst die Antwort in der Definition des Heiligen als Augentäuschung, Nebel, Verschleierung zu Zwecken der Unterdrückung und des Unmündighaltens: »... das ist die ganze Hexerei, die ihr in einen heiligen Nebel verschleiert, unsere Furchtsamkeit zu mißbrauchen. Soll auch ich mich dadurch gängeln lassen, wie einen Knaben?« Der Satz versammelt nahezu das ganze Metaphernarsenal der kombattanten Aufklärung. Das Heilige ist ein »Nebel«. Dahinter steht nichts. Ein »Schleier« ist es, der nichts verschleiert, aber die Menschen in frommen Schauern hält und lenkbar macht. So bleiben sie Kinder, »Knaben« eben, die man an Bändern führt, wenn sie gehen lernen, am Gängelbande »gängelt«. Die Frömmigkeit der Menschen ist ihre Angst vor dem Denken, und mit dieser »Furchtsamkeit« rechnet und operiert die Macht.

Man muß die Stelle jener anderen gegenüberstellen, wo Jung-Stilling auf das Schüssel-Märchen reagiert. Das Entsetzen vor der Verletzung des Heiligen im Großvater führte bei ihm nicht zu Argumenten, sondern zu mythischen Visionen. Tatsächlich kann das Heilige nur mit Bildern und Zeichen begründet werden, die außerhalb des rationalen Diskurses stehen. Das macht es völlig hilflos *und* völlig unanfechtbar. Es ist nicht das Resultat einer Schlußfolgerung, sondern vor jeder Schlußfolgerung schon da. Es ist das Unerschütterlichste der Welt und kann weggeblasen werden wie ein Nebel. Deshalb wird, wer darauf baut und rechnet, eines Tages in alle Winde verweht. Wer es aber nur als Schleier nimmt, kann sich daran den Schädel einrennen.

Der Grundgestus der Aufklärung und ihres Denkens ist nicht an die Epoche gebunden, die so heißt. Sobald einer irgendeinem König von Gottes Gnaden, irgendeinem heiligen Vater, einem heiligen Buch, einer heiligen Nation gegenübertritt und fragt: »Bitte, wo steckt denn nun das Heilige?«, wird die Welt – und wär's nur für eine Sekunde – aus ihren mythischen Angeln gehoben. Die Frage als solche ist der destruktive Akt, weil sie durch sich selbst schon eine andere Wahrheit setzt: Wahrheit als Resultat und nicht als Epiphanie.

Solches geschieht wiederholt im Prozeß der Geschichte, wann immer sich die Theokratien der Demokratie nähern und diese wieder jenen – denn daß der Prozeß linear verliefe, hat sich als Märchen erwiesen. Es geschieht solches aber auch im Prozeß der individuellen Selbstwerdung des Einzelnen. Irgendwann ist jeder und jede ein Franz Moor, und wär's auch unbewußt oder in den Phantasiegeweben des Familienromans. Niemand kann erwachsen werden, ohne vor den verwitternden Götterbildern seiner Frühzeit die Moor'sche Frage zu stellen: »Wo stickt dann nun das Heilige?«

Wie wenig der Vorgang an die Epoche gebunden ist, welche »Aufklärung« heißt, zeigt Edmund, der Bastard, im »König Lear«, das Muster und Modell Franz Moors – und wie dieser verurteilt zum Schurken schlechthin, wie dieser durch den moralischen Pakt im Stück um alle

Chancen und Sympathien gebracht. Die brisantesten Dinge nämlich dürfen in der Literatur nur von den großen Bösewichtern ausgesprochen werden. Mit diesem Trick rettet der Autor den eigenen Hals. Eine Idee, die an die Fundamente greift, wird zum bloßen Symptom moralischer Verkommenheit. Man kann das studieren an Edmund und Franz, aber auch, repräsentativ für das ganze 19. Jahrhundert, an Balzacs Vautrin und, gebrochener allerdings, an Dostojewskijs Iwan Karamasow.

Der aufklärerische Akt geschieht im symbolischen System der Familie stets parallel zum symbolischen System des Staates und zum symbolischen System des Kosmos, der als Ordnung begriffenen Natur. Selten zeigt sich dies so genau wie beim illegitimen Sohn des Grafen Gloucester. Hier wird erstmals in der Geschichte der Literatur der verkommene Sohn identisch mit dem radikalen Aufklärer. Damit ist diese Möglichkeit ein für allemal gesetzt und zwingt uns, wo immer wir auf mißratene Kinder stoßen, sie in Rechnung zu stellen.

Was Edmund die Augen öffnet wie dem ersten Menschenpaar der Biß in den Apfel, ist seine eigene illegitime Geburt, die schwere persönliche Kränkung, daß er als Unehelicher, als »Bastard«, weniger sein soll – oder weniger ist? – als sein Bruder. Ihm schneidet's in das Leben, daß »die Geburt« den Menschen machen soll – die bloßen Umstände also, Ort und Zeit, wo einer aus dem Mutterschoß glitscht und den ersten Krächzer tut.

So argumentiert zwei Jahrhunderte später Beaumarchais' Figaro, wenn er monologisiert: »Was haben Sie gemacht, Herr Graf, um zu Ihren Gütern zu gelangen? Sie haben sich die Mühe gegeben, geboren zu werden, weiter nichts.«[236]

Edmunds Reflexionen und Handlungen sind ein kompromißloser Kampf gegen die »Geburt« in diesem Sinn, als ein Gesetztes und Installiertes, das ich zu akzeptieren habe, wider alle Vernunft – ein Heiliges eben.

Der ganze Edmund, was er ist und was er bedeutet – bedeutet über alles hinaus, was Shakespeare selber ahnen konnte –, kommt in der kurzen Szene I. 2 zum Vorschein. Er hat darin drei knappe Monologe, am Anfang, in der Mitte, am Schluß. Dazu verliest er einen Brief, den angeblich sein Bruder geschrieben hat, der aber von ihm selbst stammt und worin er, um den Bruder schlechtzumachen, seine eigenen parriciden Phantasien ausformuliert.

»Let me, if not by birth, have lands by wit«,[237] sagt er am Schluß der Szene, und das ist ein Satz, der genauso die Axt an die Wurzeln legt wie die Moor'sche Frage: »Wo stickt dann nun das Heilige?« Wenn ich schon nicht durch »Geburt« zu Gütern komme, will ich sie mir durch meinen klugen Kopf verschaffen. »Wit« ist »Witz« im ursprünglichen Sinn von intellektueller Brillanz und Gedankenschärfe. In der Konfrontation der Begriffe »Birth« und »Wit« innerhalb dieses einzigen Verses ereignet sich die Konfrontation des Selbstdenkers mit den befohlenen Glaubenssätzen. Und so epigrammatisch verdichtet, wie die Szene in diesem Vers endet, beginnt sie auch. Edmunds Auftrittsmonolog greift an das ganze metaphysische Gerüst der Vaterwelt, ruft durch dieses hindurch die Natur an als das, was hinter allen sozialen Einrichtungen steht. Als »natürlicher Sohn«, »Bastard«, »Illegitimer« ist er außerhalb des ideologischen Gefüges geboren. Dadurch wird er ausgesperrt von dessen Macht und Reichtum, durchschaut es aber gleichzeitig als ein Konstrukt aus Fiktionen, das, um seines Bestandes willen, sich metaphysisch verbrämt und mit jenem »heiligen Nebel verschleiert«, von dem Franz Moor spricht. »Thou Nature art my Goddess, to thy Law / My services are bound«[238] – dies ist sein Satz zum Auftakt. Und daß er bei der »Göttin Natur«, deren Gesetz er sich allein verpflichtet weiß, nicht an Blümlein und Vögel und Sonnenuntergänge denkt, zeigt der anschließende Satz, wo er die ersten Folgerungen zieht: Warum also sollte ich in der Plage, unter dieser Pest von Konventionen und Gebräuchen leben? »Wherefore should I / Stand in the plague of costum (...)?«[239] Als Illegitimer bin ich das Opfer – und jetzt kommt's – der Erfindung von Legitimität, der Einrichtung von Legitimität, ihrer sozialen Herstellung, die irgendeiner einmal vorgenommen hat. Das sagt er nicht wörtlich so, aber es ist der Fluchtpunkt seiner ganzen Argumentation. Schrittweise nämlich arbeitet er sich nun vor zu einer Kritik des Wortes »legitimate«. Er beginnt mit einem Hymnus auf seine Zeugung außerhalb der Ehe und macht dabei in toller Selbstromantisierung, lanciert einen rousseauistischen Ausbruch 150 Jahre vor Rousseau. Uns, die außerhalb der braven Ehe gezeugt wurden, will man als niedrig brandmarken, als illegal und gemein und unecht?

> Uns, die im heißen Diebstahl der Natur
> Mehr Stoff empfahn und kräftgern Feuergeist,
> Als in verdumpftem, trägem, schalem Bett
> Verwandt wird auf ein ganzes Heer von Tröpfen,
> Halb zwischen Schlaf gezeugt und Wachen?[240]

So die alte Schlegel/Tieck-Übersetzung, die hier zu ihrer besten Form aufläuft. Edmunds Diffamierung der Ehe meint nicht einfach den klappernden Alltag und den Routine-Beischlaf, sondern gilt der Institution als Teil der großen Ordnung. In der einen will er alle Institutionen treffen. Was an diese heilige Einrichtung langt, langt auch an alle andern. Und so beginnt er denn mit dem Wort »legitimate« zu arbeiten (»recht-mäßig«), dem Schlüsselbegriff für seine ganze Existenz. Denn »legitimate« definiert den Bruder und setzt ihn selbst von diesem ab, spricht diesem das Erbe zu und enthält es ihm selbst vor. »Legitimate Edgar, I must have your land«, sagt er, und kaum ist das Wort draußen, läßt es ihn nicht mehr los – läßt er es nicht mehr los: »As to th' legitimate: fine word: legitimate. / Well my legitimate, if this letter speed, / (...) Edmund the base / Shall to th' legitimate: I grow, I prosper: / Now Gods, stand up for bastards.«[241]

Das unheimlichste Moment liegt nicht dort, wo er droht, daß er, der Bastard, es mit dem Rechtmäßigen aufnehmen werde – »Edmund the base shall to th' legitimate« –, steckt auch nicht im grandiosen Pathos der Schlußzeile, sondern besteht im plötzlichen Sprung in die Sprachreflexion: »fine word: legitimate«. Das ist der nominalistische Schnitt, den Nietzsche in seinem Aufsatz »Über Wahrheit und Lüge im außermoralischen Sinn« einst auf die Spitze treiben wird. Ein Wort ist's, weiter nichts. Das Wort macht nicht die Sache. Die Identität von Sprach- und Weltwirklichkeit wird gekappt, der Logos im metaphysischen Sinn, der die Welt baut und Wort ist, baut, indem er Wort ist, weil er Wort ist und weil ohne Wort nichts ist, er wird hier liquidiert. Dieser subversive Triumph Edmunds erscheint bei Hamlet als Grauen vor dem Abgrund zwischen der Sprache und dem, was wahr und wirklich ist. »Words, words, words ...«[242]: so jammert und höhnt zugleich der schwarze Prinz. Aber er steht eben auf der andern Seite, ist Thronfolger und »legitimate« durch und durch – nur seine Mutter treibt's außerhalb der Ordnung. Und dieses Treiben hat ihm die Augen geöffnet für jenen Abgrund, den er lieber nicht sehen möchte, aber muß – so wie Edmund ihn jubelnd sehen will, aber nicht sehen dürfte.

»Fine word: legitimate« – er könnte auch sagen: »fine word: father«, oder: »fine word: king«, oder – dies die letzte Konsequenz: »fine word: God«. Auf welche Sache immer ein Wort zielt, sie ist mit ihm nicht schon gegeben. Sie kann auch nicht sein oder ganz anders sein. Abgeklärt wird ein Sachverhalt erst durch die Arbeit der Vernunft, ihr Beobachten, Fragen, Zweifeln und Schließen.

Daran fügt sich nun folgerichtig der intellektuelle Standort, den der Bastard im mittleren Monolog von I. 2 bezieht. Hier findet die Kritik an der Sprache und an der prästabilierten Heiligkeit von Vater und Ehe und gesellschaftlich-politischer Ordnung ihre Ergänzung in der Kritik am magischen Weltbild, an der vorwissenschaftlichen Erfahrung des Kosmos.

Dem alten Gloucester hat der Bastard Edmund eingeredet, sein legitimer Sohn, Edgar, trachte ihm nach dem Leben. Er habe sich in einem Brief gegen die Würde und gegen die Rechte des Alters ausgesprochen: diese Ehrfurcht vor dem Alter verbittere einem nur die Welt und zwar in den besten Jahren; sie sei ein pures Herkommen; man werde in stupider Weise unterdrückt durch die vergreiste Tyrannei; sie regiere ohne reale Macht, bloß weil man sie noch dulde – »aged tyranny, who sways not as it has power, but as it is suffer'd«.[243] So denkt der Bastard selbst, deshalb kann er es so leicht dem Bruder in die Schuhe schieben. Er formuliert hier, was sein unverfrorener Kopf aus dem Ereignis der dreigeteilten Autorität folgern muß. Schluß mit dem Respekt, wo die physische und soziale Macht dahin ist!

Der Vater fällt auf die Intrige voll herein. Laut und haltlos verflucht er auf der Stelle den guten Sohn. Nur »Schuft« bringt er heraus, und immer »Schuft« und nochmals »Schuft«. »O villain, villain (...) Abhorred villain, unnatural, detested, brutish villain; worse than brutish (...) Abominable villain ...«[244] Da erschallt er wieder einmal, der alte Vaterfluch, und insofern, als der Bastard ja selber denkt, was er dem Bruder unterschiebt, gilt diese Verdammung ihm. Aber für ihn ist auch ein Fluch nichts als Wörtergepolter – »words, words, words ...«.

Nicht so für den Alten. Der sieht die Welt voller Zusammenhänge. Alles greift ineinander. Gestirne, Kometen und Sonnenfinsternisse steuern das Schicksal, machen die Menschen gut und schlecht, lassen Glück und Unheil los unter den Lebenden. Seine Rede hat Größe. Es bebt in ihr etwas vom alten Klang des prophezeienden Vaters. Er verknüpft den Horror vor dem Bösen mit der Vision kosmischer Bindungen und alles durchwaltender Kräfte: in den Seelen wirkt, was die Gestirne treibt. Und hinreißend ist nun, wie Shakespeare diese Worte, diese Erfahrung, dieses Denken bruchlos konfrontiert mit dem radikal Gegenläufigen. Der Vater spricht und tritt ab. Darauf hält der Sohn die Gegenrede, monologisch. Wie einst zwischen Kreon und Haimon sind beide Ausführungen auf die Zeile genau gleich lang. Gewicht und Gegengewicht halten die Schalen in der Schwebe. Hier prallen auf einer Druckseite Jahrhunderte aufeinander. Zwei Weltalter gewinnen in den zwei Reden sprachliche Physiognomie und konfrontieren sich gegenseitig mit ihrer je ganz anderen Wahrheit. Diese kann ihr Gegenteil nur als dämonische Perversion oder als dummes Zeug begreifen. In der szenischen Engführung des verblendeten Vaters und seines verkommenen Sohnes stößt das heilige Mittelalter mit der freigelassenen Neuzeit zusammen, trifft der im Kosmos geborgene Mensch auf jenen, der den Kosmos experimentell erforscht. Dem schaudernden Glauben dort und seiner hohl heulenden Weissagung antwortet hier das helle Gelächter und der blanke Witz. So spricht der Vater:

Jene letzten Verfinsterungen an Sonne und Mond weissagen uns nichts Gutes. Mag die Wissenschaft der Natur (»the wisdom of Nature«) sie so oder anders auslegen, die Natur findet sich gegeißelt von den Wirkungen, die daraus folgen: Liebe erkaltet, Freundschaft fällt ab, Brüder entzweien sich; in den Städten Rebellion, im Land draußen Zwietracht, in den Palästen Verrat; das Band zwischen Sohn und Vater zerrissen (...) da ist Sohn gegen Vater (...) da ist Vater gegen Kind. Wir haben das Beste unserer Zeit gesehn. (»We have seen the best of our time.«) Ränke, Herzlosigkeit, Verrat und alle zerstörenden Wirrnisse folgen uns ruhelos bis ans Grab. (...)[245]

Darauf der Sohn – und anders kann es wohl nicht gespielt werden, als daß er zunächst lacht:

Das ist die ausbündige Narrheit dieser Welt, daß, wenn uns das Glück krank wird – oft durch selbstverschuldetes Überessen – wir die Schuld an allem unserem Unheil auf Sonne, Mond und Sterne schieben, als wären wir Schufte aus höherer Notwendigkeit (»as if we were villains on necessity«); Narren durch Einwirkung des Himmels; Schurken, Diebe und Verräter durch die Machtgewalt der Sphären; Säufer, Lügner und Ehebrecher aus zwanghaftem Gehorsam unter dem Planeteneinfluß; als wären wir alles, worin wir schlecht sind, durch göttliche Lenkung. Eine herrliche Ausflucht für den Hurenbock, seine Beschaffenheit einem Stern anzulasten! (...) Ich wäre geworden, der ich bin, und hätte der allerjungfräulichste Stern am Himmel auf meine Bastardisierung niedergeblinkt.«[246]

Das ist das Gelächter, ist die freie Denkluft und Denklust des Aufklärers gegenüber der sakral geordneten und sakral regierten Welt. Und wie das Pathos des Vaters seine Größe hat in der prophetischen Gebärde aus alter Weisheit heraus, hat das Pathos des Sohnes Größe in der bedingungslosen Übernahme der vollen Verantwortung für das eigene Handeln. Der sich als Ausgestoßener erlebt in seiner Eigenschaft als Bastard, erkennt aus dieser Position heraus nicht nur seine persönliche Freiheit, sondern die Freiheit des moralischen Subjekts an sich. Freiheit nach jeder Richtung. Durchaus furchtbar ist, daß der zu solcher Einsicht Gelangte daraus das Recht zu jeder Niedertracht ableitet, schließlich auch zum Vatermord, den er mit dem trockenen Satz kommentiert: »The younger rises, when the old doth fall.«[247] Er kennt das heilige Denken bis in die feinsten Verknüpfungen, und wie er mit seiner ganzen Existenz außerhalb der prächtigen Ordnung gestellt wurde, so muß er diese auch als Ganzes verlachen und verwerfen. Er spielt mit ihren Elementen wie mit Masken. Wenn er dem Vater vorspiegelt, er habe den angeblich niederträchtigen Bruder bekehren wollen, prägt er parodistische Sätze, die in einem andern Mund die ernste, schwere Wahrheit wären:

> But that I told him the revenging Gods,
> 'Gainst parricides did all the thunder bend,
> Spoke with how manifold, and strong a bond
> The child was bound to th' father ...[248]

Er habe ihm, heißt das, gesagt, daß die rächenden Götter auf Vatermord alle ihre Donner gerichtet hätten und wie vielfach doch und stark das Kind mit dem Vater verbunden sei ...

Seit der Bastard den Abgrund erkannt hat zwischen dem Wort und der Wirklichkeit, kann er mit allen Wörtern spielen. Er spricht die Sprache des Glaubens und der Ordnung perfekt als ein metaphysischer Hochstapler im strengen Sinn. Der verkommene Sohn destruiert die Welt des Vaters, indem er deren Verlautung künstlich reproduziert und zum Instrument seiner Interessen macht. Ein Wort – »legitimate« – hat ihn stigmatisiert; nun zahlt er mit Worten zurück.

Es ist von heute aus sehr schwer, dieser Figur gegenüber einen festen Standpunkt zu gewinnen. In der Kühnheit seines Denkens ist der Bastard der neuzeitliche Mensch, der alles Gestrige hinter sich gelassen hat. Er ist das Entropie-Prinzip in der Welt des Vaters und verkörpert Wahrheit, sofern diese Welt historisch zum Untergang verurteilt ist. Er entläuft der eigenen Epoche, läuft ihr voraus ins 18. Jahrhundert der La Mettrie und de Sade, stößt vor zu den moralischen Reflexionen von Diderots Neveu de Rameau[249] und, später, Balzacs Vautrin. Doch was immer einem das an Respekt abringen mag, es schmilzt dahin vor der Abscheulichkeit seines späteren Handelns. Ihn als Bösen schlechthin anschaulich zu machen, scheut das Stück keinen Aufwand. Als müßte das Grauen vor der Wahrheit mit Gewalt gebannt werden, hat der Bastard auszuführen, was in dem schreckensreichen Werk die Schrecken ins Unerträgliche steigert. Er befiehlt, Cordelia umzubringen, die bedingungslos gute Frau, die Erlöserfigur in einer bis in den Kern korrupten Welt. Von ihr wird gesagt, sie sei »a daughter, who redeems Nature from the general curse«[250] – eine Tochter, die die Schöpfung erlöst von dem umfassenden Fluch. Gemeint ist damit zunächst die Schlechtigkeit der anderen Töchter, aber der heilsgeschichtliche Einschlag des Satzes ist unüberhörbar. Daß der Bastard dieser Frau ans Leben greift, macht im vitalen Nachvollzug des Werks jede Sympathie für ihn unmöglich. Zivilisationsgeschichtlich gesehen ist der Bastard unzweifelhaft der neue Typ, und doch ist er einer der verkommensten Söhne aller weltliterarischen Erfindung. Ein schöner Teufel ist er, klug und nicht zu täuschen wie alle Gefährten Luzifers, und so, als durchaus Böser, führt er im Stück die andern Bösen ins Verderben. Die schandbaren Töchter Lears verfallen ihm sexuell, er kann sie an Fäden leiten, wie er will. Zuletzt tötet die eine Frau aus Eifersucht die andere und bringt sich selber um, im gleichen Moment, als auch der Bastard durch die Hand des Bruders fällt.

Damit könnte man sich beinahe wieder beruhigen. Der Bösewicht dient zuletzt dazu, seinesgleichen zu bestrafen. Er ist selber Werkzeug in der Hand waltender Gerechtigkeit. Seine Niedertracht macht Sinn im übergreifenden sittlichen Gefüge. Dem widerspricht schroff das entsetzliche Bild, das erst nach dem Ende des Bastards, nach der scheinbar wirkenden Weltgerechtigkeit also, auf der Bühne erscheint. Der von den Kindern verstoßene, auf den Tod geschändete König wankt heran, zwischen Wahn und Bewußtsein schleifend, die tote Cordelia in den Armen – der wahnsinnige Vater als männliche Pietà, den weiblichen Erlöser, die ganz schuldlose Frau, starr und quer vor sich.

Da wirft sich einem nochmals die Wirklichkeit des Bösen mit Gewalt entgegen, so sehr, daß jede Idee von Ausgleich, alles Reden auch von Katharsis und heilsamer Erschütterung, lächerlich wird. Und gleichzeitig muß man sich damit abfinden, daß in diesem Bösen die kommende Wahrheit wohnt.

XXVI. Die letzte Geburt des alten Königs

Kreon und Lear spiegelverkehrt. Der Lear des Anfangs: die Position in der Weltachse. Der Mythos von der Goldenen Kette und seine sprachphilosophische Dimension. Die Asymmetrie der Frau. Lear muß lernen, daß alles nicht stimmt. Der furchtbare Weg. Fortleben und Ende des Denkbilds von der Goldenen Kette. Zwei Deutungen, unvereinbar und gleichberechtigt. Ein feministischer Lear. Die zweite Geburt der Kinder ist die dritte der Eltern. Die inzestuöse Sexualität im Vaterfluch.

Der Bastard, der verkommene Sohn als Aufklärer und aller Unmündigkeit entlaufener Kopf: das ist der eine Zusammenhang, der die Lear-Tragödie im gesamten Gegenstandsbereich dieser Untersuchung monumental macht. Der andere Zusammenhang ist der Zerfallsprozeß des Vaterkönigs, und zwar nicht nur als Ereignis vor den Augen seiner guten oder schlimmen Kinder wie in den Schüsselchen- und Karren- und Schlegel-Geschichten, sondern als Geschehnis, das er selbst geschehen sieht, dem er selbst zuschauen muß, das ihm selbst zu erkennen und zu begreifen aufgebunden wird – bis er daran stirbt. Das Stück stellt also nicht den vielen eisernen Vätern beispielhaft einen zerfallenden gegenüber, sondern läßt diesen aus dem Panzer jener Gestalt selbst hervorgehen in einer langsamen, fürchterlichen Geburt. Wenn sich im Kreon der »Antigone« der eiserne Vater erstmals aus älteren, übergreifenden Bedingtheiten heraus absolut setzte, begegnet der absolut Gesetzte hier wieder dem Phantastischen seiner angeblichen Wirklichkeit, begegnet der Maske, die er für sein Gesicht, dem Kostüm, das er für seinen lebendigen Leib hält.

Um in allen Lichtern und Schatten zu sehen, was hier vor sich geht, muß man eine Vorstellung haben vom inneren Wesen des Königs am Anfang des Werks. Es geht hier nicht einfach um Charakterpsychologie – wie sehr der alte Mann auch immer dem Umriß eines cholerischen Starrkopfs entspricht. Entscheidend ist vielmehr, daß er sich als Vaterkönig aus jener Weltordnung definiert und herleitet, die im Gelächter des Bastards ihre breiten Risse bekommt. Lear weiß nichts anderes. Er ist nicht nur irgendwo drin, wo der Bastard draußen ist, sondern sitzt feierlich in der Mitte. Er *ist* die Mitte dieser Ordnung. Durch ihn läuft die vertikale Achse der Welt, jene mythische Goldene Kette, an der alles, was ist, hängt, und deren ersten Ring der Vatergott sehr hoch oben ruhig in der Hand hält, während tief unten, in der subterranen Finsternis, der Vaterteufel schaukelnd auf dem letzten Ring sitzt. Dazwischen ist alles wunderbar geschichtet und gestuft, jedes für sich an seinem Platz und mit jedem andern verbunden durch diese eine Kette. Vom obersten Vatergott leiten sich dessen Entsprechungen und Repräsentanten auf allen Stockwerken der Schöp-

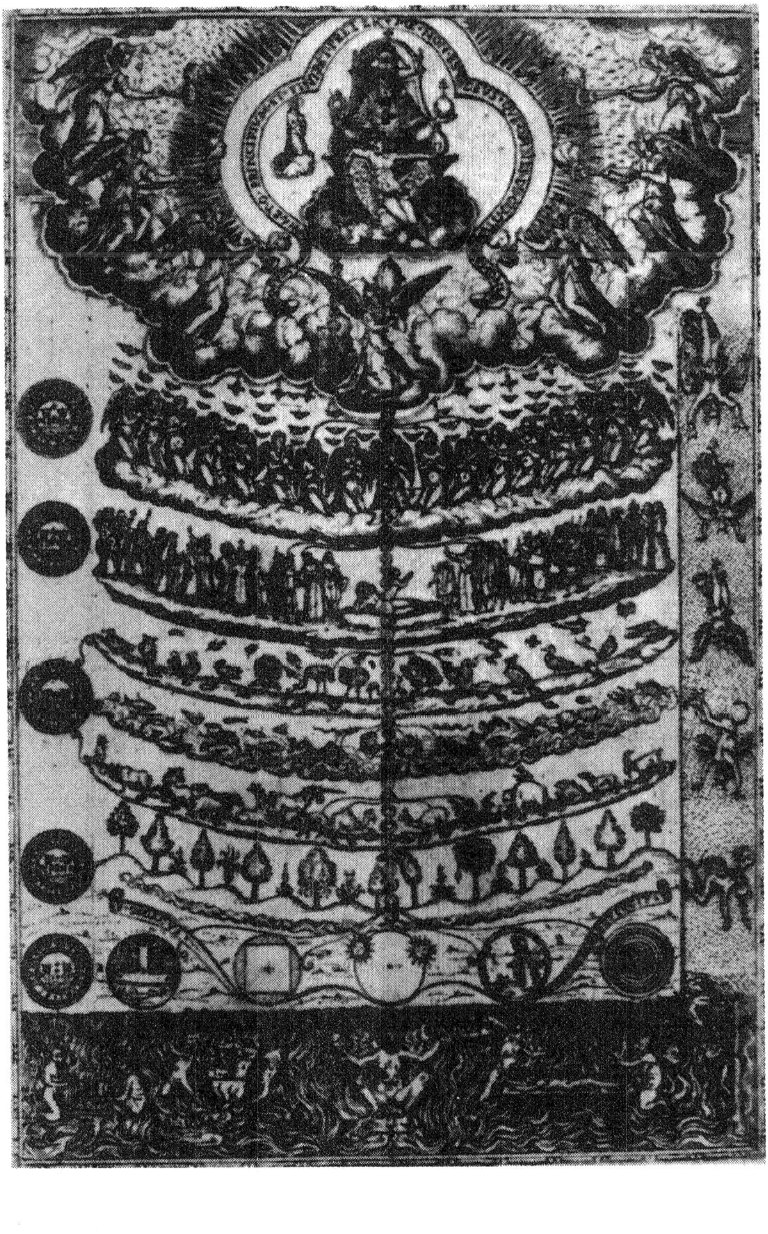

Die Goldene Kette aus des Didacus Valades ›Rhetorica christiana‹, Turin 1579

fung ab: sei's die Sonne am Firmament oder der König im Staat, der Adler unter den Vögeln, der Löwe unter den Säugetieren, der Vater in der Familie, die Rose unter den Blumen. Nichts ist für sich; durch jedes läuft die Kette und verknüpft es mit Seinesgleichen der höheren und tieferen Art. Und diesem Arrangement aller Dinge entspricht spiegelgleich das Arrangement aller Wörter. Der Kosmos der Geschöpfe und der Kosmos der Sprache gehen ohne Rest ineinander auf, denn durch diese ist im göttlichen Schöpfungswort jener ja entstanden.

Das Bild von der Goldenen Weltkette findet sich, noch nicht im Sinne des mittelalterlich-barocken Gesamtsystems, bei Homer, und es reproduziert sich in der philosophisch-poetischen Weltspekulation bis in die Neuzeit hinein. Noch Stifter operiert damit in der Einleitung zu »Abdias« – aus jener großartigen österreichischen Imprägniertheit gegenüber allen Konzepten des deutschen Idealismus heraus, welche die Deutschen den österreichischen Autoren nie verziehen haben.

Es gibt Bilder aus der Renaissance, wo man diese Kette, die Catena aurea, the Golden Chain, the Chain of Being, genau betrachten kann. So etwa in der »Rhetorica christiana« des Didacus Valades, Turin 1579.[251]

Da läuft der leuchtende Goldstrang lotrecht vom Himmel in die unterste Hölle, und zwischen Gott und Teufel finden sich alle Lebewesen und auch noch die Völkerschaften der Engel. Selbst der dreieinige Gott ist vertikal aufgebaut: zwischen dem Kopf des Vaters und dem des hingesunkenen Sohnes schwebt die Taube des Geistes. Die einzige Asymmetrie, und das ist ein herrlich-kühnes Phänomen auf diesem Bild, ergibt sich aus der Frau. Sie ist die Dissonanz im maskulinen Einklang. Im leeren Raum neben der Dreifaltigkeit schwebt Maria, die Frau, die das Erlöserkind geboren hat. Und so mächtig ist ihr Gravitationsfeld, daß die Kette bis hinunter zum Getümmel der obersten, weihrauchschleudernden Engel aus der Mitte heraus gegen sie hin verrückt wird: im Himmel bildet die Catena aurea die Symmetrieachse *zwischen* den Geschlechtern.

Darunter aber fügt sich alles zur Vision des statischen Kosmos, so programmatisch eindeutig wie die Beschreibung der römischen Familienordnung bei Theodor Mommsen. Wenn man sich in das Bild versenkt, bis man körperlich spürt, wie das Ganze hängt und im Gleichgewicht schwebt, weiß man plötzlich, was es besagt, wenn diese Welt irgendwo aus der Ordnung gerät. Wenn eine Missetat an *einer* Stelle das Gewicht verrückt – wie muß da ein Schüttern und Rütteln durch das Ganze gehen, wie muß nicht alles, Natur und Tiere und Engel und Menschen und vielleicht sogar die Teufel, zusammenwirken, bis das Verschobene wieder zurechtgerückt ist. Solches meint Hamlet, wenn er sagt: »the time is out of joint«, die Welt sei aus Fugen und Gelenken geraten. Und begreiflich wird, daß er verzweifelt über der Einsicht, er allein müsse sie wieder einrenken: »O cursed spite, that ever I was born to set it right.«[252] Das Bild betrachtend begreift man, daß einem unerwarteten Kometengang oder einer Sonnenfinsternis sogleich auch auf den andern Stockwerken der Schöpfung etwas antwortet und daß einem schweren Verbrechen in der Menschenwelt Stürme und Wetterschläge folgen können. Das schreckliche Ende des jungen Helmbrecht, der seine »ordenunge«, den Platz hinter dem Pflug, verließ und so die Welteinrichtung verrückte, wird hier optisch-physikalisch einsichtig. Zugleich mit der Richterhärte seines Vaters, der sich als in der Pflicht dieses Ganzen stehend begriff.

Und so kann man auch optisch-physikalisch an dem Bild studieren, wie Lear, der Mann und König und Vater, aus dieser Ordnung, aus der Gewalt dieser Kette, die durch ihn hindurchläuft nach Maßgabe seines Amtes, das Bewußtsein seiner selbst gewinnt. Studieren kann man hier, wie das Ich beschaffen sein muß, das sich in solchem Weltplan ortet und deshalb weiß, was es ist, wozu es ist, wie es zu den andern und diese zu ihm sind. Wenn einem König und Vater, der auf der Ebene der Familie und des Staates den thronenden Gott reproduziert, ein Übel angetan wird: muß da nicht das Weltall aufächzen, müssen nicht die Kettenglieder entsetzlich knirschen in allen Zonen der Schöpfung, bis sich das Ganze wieder krachend einfugt und die Übeltäter dabei zermalmt?

So denkt der König Lear. Etwas anderes weiß er gar nicht. Sein innerstes Selbst beruht auf diesem seinem feierlichen Sitz in der Weltachse. Alle Regeln der Welt, der Natur, der Gesellschaft leiten sich für ihn von dieser Ordnung ab. Was ihr gemäß ist, ist »lex« im metaphysischen Sinn, ist »legitimate«. Das Wort ist für den König identisch mit der Sache. Nur für den Bastard ist es bloß »fine word«. »Fine picture« würde dieser auch von dem Bild mit der Catena aurea sagen, das nur wenige Jahre vor dem »Lear« entstanden ist.

Und nun muß dieser alte, nie in seinem Leben erschütterte und zu erschütternde Mann lernen, daß alles nicht stimmt. Er muß lernen, daß es lauter Worte sind, »fine words«, woran er glaubte als an die Wirklichkeit schlechthin. Die ganze Vater- und Königspracht ist ein Phantasma, ist Schall und Rauch – »sound and fury«, wie Macbeth sagt. Lears tiefstes Wissen um sich selbst ist eine fahrende Spiegelung, seine Macht und Würde sind Produkte des Schneiders. Sein Sehen war Blindheit bei gesunden Augen; sein Kleid war Nacktheit bei Samt und Seide. Seine Vernunft war Wahn. Sein Wesen war Nichts. Er dachte sich in der Mitte der Welt und war doch im Leeren, in der Wüste. Deshalb muß er jetzt, im langsamen Gang dieses Stücks, in all dieses leibhaftig hinein: in die Blindheit, die Nacktheit, den Wahnsinn, das Nichts – er und sein Alter Ego, der Graf von Gloucester. Die physische Blendung Gloucesters gilt ja der gleichen Grundfigur wie die physische Entblößung Lears in der heulenden Wüste. Was die Mystiker als Weg der Seele kennen, die schwierige Reise zum ganz Andern, dem sie, faute de mieux, »Gott« sagen, eine Reise durch Wüste und Dürre und Narrheit und Entblößung, das muß der alte, wilde Vatermann, der prahlerische Besitzer und Besetzer der Weltachse, handgreiflich erleben. Schreiend und fluchend und jammernd erleidet er die dritte Geburt, die Geburt des eisernen Vaters aus dem falschen Panzer heraus in seine letzte Kindheit hinein. Erst im realen Wahnsinn dämmert ihm die Wahrheit auf, gelangt er an den Rand der Vernunft. Erst in der tatsächlichen Nacktheit wird er eins mit seinem Leib und seinem Kleid. Erst in der Wüste findet er die Behausung. Im Nirgendwo gelangt er an seinen Ort. In der Blindheit gehen ihm die Augen auf. Aus dem erreichten Nichts bricht die Wirklichkeit.

Dies alles wird im Stück szenisch anschaulich, geschieht greifbar vor aller Augen, und zuschauend wird man selbst aus aller Vertrautheit geschüttelt wie der in seinem Wahn kreiselnde König. Von Scheinwerfern bestrahlt und randscharf im Licht, wird der ragende Patriarch zum weichen, wimmernden Kind. Der weithintönende Rhetor, der meinte, jedes seiner großen Worte sei identisch mit einer großen Sache und sein Vaterfluch vernichte auf der Stelle die Verfluchten und korrigiere die ganze Welt, er findet am Ende, in seinen letzten hellen Momenten, aus Wahn und Finsternis heraus zu dem ganz einfachen Satz: »I am a very foolish fond old man.«[253] – »Ich bin ein recht dummer, närrischer alter Mann.« Und jetzt, in diesen Minuten, als er einsieht, daß er wirklich nichts weiter ist als ein beschränkter alter Mann, erreicht er die Größe dessen, der ganz wahr ist und ganz das, was er ist – ohne Betrug und ohne Schein und ohne Täuschung. Nun könnte er tatsächlich selber sagen: »fine word: legitimate« – ganz ruhig, ganz sachlich.

Man ist durch das literarische Training langer lesender Jahre geneigt, den Weg Lears als eine Besserungsgeschichte zu betrachten, als den Wandel eines Menschen vom »Schein zum Sein«, wie die Floskel jeweils lautet. Das 19. Jahrhundert liebte solche Besserungsgeschichten, im Anschluß an die »moralische Erzählung« der Aufklärung. Raimund stellte sie auf die Bühne: Flottwell, Rappelkopf; Keller faßte sie in Prosa: Pankraz, Strapinski. Wenn wir aber Lear von diesem bürgerlich-pädagogischen Literaturmuster aus lesen, verpassen wir alles Wesentliche. Denn jene innerste Beschaffenheit – wenn man will: Identität –, aus der der König herausgebrochen wird in einer blutigen Operation, ist kein bloßer Charakterfehler, der durch einen tüchtigen Schock beseitigt werden kann wie bei den Rappelkopf und Pankraz. Seine Beschaffenheit und Identität ist die eines Jahrtausends, ist Weltordnung – im Mittelalter, im hohen Barock und noch im Absolutismus. Und wenn man die feministisch geschulten Frauen fragt, erfährt man gründlich, wieviel davon noch in der Gegenwart fortlebt.

Edmunds Niedertracht und Lears Martyrium greifen je anders voraus in das freie, strenge Denken der Aufklärung. Aber gerade diese Aufklärung beruft sich in einem ihrer programmatischsten Texte, Popes »An Essay on

Man«, noch einmal auf die Weltvision der Catena aurea (»Vast chain of Being«) als einer verbindlichen Welterklärung, bis hin zum Gedanken, daß die Störung an einer einzigen Stelle das ganze angreift: »one step broken, the great scale's destroy'd.«

See, thro' this air, this ocean, and this earth,
All matter quick, and bursting into birth.
Above, how high, progressive life may go!
Around, how wide! how deep extend below!
Vast chain of Being, which from God began,
Nature æthereal, human, angel, man,
Beast, bird, fish, insect! what no eye can see,
No glass can reach! from Infinite to thee,
From thee to Nothing! – On superior pow'rs
Were we to press, inferior might on ours:
Or in the full creation leave a void,
Where, one step broken, the great scale's destroy'd:
From Nature's chain whatever link you strike,
Tenth or ten thousandth, breaks the chain alike.[254]

In einer deutschen Übersetzung aus dem frühen 19. Jahrhundert heißt dies, in Distichen diesmal:

Siehe, es wimmelt die Luft und das Meer und dic Erdc voll Lcbcn,
Das sich, voll zeugenden Stoffs, noch unaufhörlich vermehrt.
Welche der Höhen erreicht dies Leben wol droben in Lüften?
Neben uns her wol wie weit, unten, wie tief mag es gehn?
Endlose Kette der Wesen, die du dort mit der Gottheit beginnest,
Himmlische, ird'sche Natur, Engel und Menschen umschlingst,
Thiere und Vögel und Fisch' und Gewürme, verborgen dem Auge,
Selbst wenn bewaffnet es ist; von der Unendlichkeit an,
Weiter hinab, bis zu dir, und von da, bis hinunter zum Unding! –
Drängen wir höher hinauf, strebte, was unten ist, nach:
Oder ein öder Bezirk entständ' in der Fülle der Schöpfung;
Denn, wenn die Sprosse zerbricht, ist auch die Leiter zerstört.
Wenn du ein Glied der Natur verlezest, zerreißet die Kette,
Ob es das zehnte allein oder zehntausendste war![255]

Auch für Pope ist »Ordnung« das höchste Wort, das heiligste. Er schreibt es immer in Majuskeln wie die alten Bibeln den Namen Gottes: »ORDER is Heav'n's first law«;[256] »The gen'ral ORDER, since the whole began / Is kept in Nature, and is kept in Man.«[257] Und sein Vertrauen auf diese Ordnung ist so gewaltig, von so jubelnder, weltfreudiger Sicherheit, daß er wasserfest abgeschottet ist im Denken und Fühlen gegen Lears letztes Wissen. Aller Zufall ist verborgene Lenkung, alle Dissonanzen sind unbegriffne Harmonie, alles Böse ist der unverstandene Teil eines größeren

Guten, und so ist zuletzt alles, was ist, richtig und gut: »All Chance, Direction, which thou canst not see; / All Discord, Harmony, not understood; / All partial Evil, universal Good: / (...) One truth is clear, ›whatever is, is Right‹.«[258]

Das ist die letzte Ausprägung des Ordo-Gedankens, die noch auf den Konsens der Zeitgenossen zählen konnte. Die innere Konsequenz der Aufklärung selbst wird die Idee der universalen Täuschung bringen, die Erfahrung solcher Ordnung als Vorspiegelung – als notwendige kollektive Fiktion bei Kant, als tragische Weltlüge bei Kleist, bei Schopenhauer, bei Nietzsche, bei Heidegger ... wann sollte es je aufhören können?

Wenn hier behauptet wird, daß Lear den Riß schon sieht und neben ihm, auf andere Weise, auch sein verkommener Sohn, und daß es gerade die verkommenen Kinder sind, die die Väter in die Wahrheit treiben, dann muß gleichzeitig vor dieser Deutungsvorgabe auch wieder gewarnt werden. Der Überblick über die Lear-Tragödie als Ganzes, über Handlung und Intrigen und was die Guten und die Bösen treiben und was ihnen zuletzt geschieht, dieser Überblick zeigt, daß am Ende eigentlich doch alles wieder nach dem Muster der höheren, das Weltall durchwaltenden Gerechtigkeit abläuft. Die Schrecken des Finales *können* angesehen werden als das blutige Sich-Einrenken der ausgerenkten Welt. Die Tat der Töchter gegen die Natur, so *darf* man sagen, führt dazu, daß die Natur mit Sturm und Blitzen zurückschlägt. Wenn die Gier der zwei Frauen, das »nider teil«, wie es im »Helmbrecht« hieß, ihre krude Geilheit nach Macht und nach sexueller Lust mit dem attraktiven Schurken, sie zu Verbrecherinnen macht, zu Vater-, Gatten-, Schwestermörderinnen, gehen sie schließlich an eben dieser Gier auch zugrunde. Die Leidenschaft, *könnte* man sagen, die sich in ihnen erhebt gegen alles, was heilig und in der Ordnung ist, bricht ihnen auch das Genick und stellt die Ordnung wieder her. Und auch das Schicksal des Bastards, *könnte* man sagen, bestätigt diese Selbstkorrektur des Kosmos. Der Bruder, den er durch Lug und Trug vertrieben hat, besiegt ihn zuletzt im rechtmäßigen Zweikampf und formuliert, als er sich zu erkennen gibt, wörtlich die Regel der Selbstkorrektur: »The Gods are just, and of our pleasant vices / Make instruments to plague us.«[259] Die Götter sind gerecht, heißt das, sie machen aus unsern Lastern auch unsere Folterinstrumente. Und sterbend, am Boden eingekrümmt, stimmt ihm der Bastard zu: »Th' hast spoken right, 'tis true / The wheel is come full circle, I am here.«[260] Recht hast du gesprochen, es ist wahr; das Rad hat seinen Kreis vollendet, und da lieg' ich wieder, unten, wo ich hingehöre.

Dieses Rad ist das der Fortuna, eine der großen Deutungs-Chiffren der Renaissance und des Barock. In seiner äußeren Form bildet sich die Geschlossenheit der »Ordnung« ab, in seiner Bewegung wird die Selbstkorrektur aller Anmaßung und Hybris sichtbar. Wen Fortuna hochbringt, den führt sie auch wieder in die Tiefe, treulos, wie sie ist, die Hure: »Fortune, that arrant whore ...« singt Lears Narr, als er sich mit dem verrückten König in der Heide herumtreibt.[261] So *könnte* man doch wohl, besagt dies insgesamt, dem Werk als letzten Sinn zuschreiben: Wer den Vater angreift, nimmt ein grausiges Ende. Wer dessen Fluch auf sich zieht, krepiert daran.

Das alles ist nicht zu widerlegen. Und doch überspielt diese perfekte Deutung eines: daß der Weg des alten Mannes in die Erkenntnis des Nichts als der einzigen Wirklichkeit irreversibel ist. Der zerfallende König erlebt in Wüste, Wahnsinn, Blindheit und Nacktheit nicht einfach, wie es ist, wenn ein Staats- und Familienregent einmal ein wenig von seinem Podest herunter muß. Er erlebt vielmehr, daß Podest und Rolle, die er für eine Weltfunktion hielt, Narren- und Theaterzeug sind. Und daran ändert sich nichts, wenn zuletzt an den mißratenen Kindern Gerechtigkeit geschieht.

Das steht also nebeneinander, mag es den Interpreten noch so unbequem sein: der naturhafte Automatismus der Selbstkorrektur des Weltgebäudes, das als Ganzes nur gut sein kann (Pope: »Whatever is, is Right!«), und die neue Erkenntnis, daß dies alles nur kolossale Illusionen sind.

Man darf demnach die Tragödie mit guten Argumenten im Sinne des geschlossenen Kosmos der Goldenen Kette lesen, und mit guten Argumenten darf man sie lesen als Krise und Kollaps dieser Vorstellung. So wie das ptolemäische Weltbild eine objektive Mitte hat und ein objektives Oben und Unten, so ist, wo die Goldende Kette hängt und also in der einen Lear-Deutung, der Vater-Mann und König die objektive Mitte der Menschenwelt, und wer nicht er ist, ist räumlich und sittlich und geistig *unter* ihm, wer aber gegen ihn antritt, tritt gegen die Ordnung der Welt an. Im kopernikanischen Weltbild hingegen gibt es zwar noch einen objektiven Raum (mit ihm macht erst die moderne Physik ein Ende), aber Oben und Unten sind bloße Relationen, die gesetzte, eingepflockte Mitte gibt es nicht, weder für die Erde noch für die Sonne, nur Relationen in einem grauenhaft unermeßlichen Raum. Da bewegt sich irgendwo, am Rand einer Galaxis, ein kleines Sonnensystem mit ein paar Planeten, und auf einem dieser Planeten sind Menschen, und die reden sich ein, der Boden, wo sie stehen, sei der Sockel des Universums, hingemauert von allerhöchster Hand. So, vom einen Welttraum zum andern, muß man den Weg des Königs Lear sehen, den Weg in die Wüste, den Wahn, die Nacktheit, das Nichts. »Nothing« ist das rekurrente Leit- und Schlüsselwort des Werks. Am Ziel erfährt er, daß er nur sich selbst hat, aber nicht sich selbst als Krone und Säulensteher der Schöpfung, sondern als klägliches, frierendes, schutzloses Wesen: »a poor, bare, forked animal«[262] – ein armes, nacktes, in zwei lächerliche Beine gegabeltes Tier. Und das Ganze, worauf wir uns bewegen, ist, wie er nun sieht und sagen kann, eine Bühne für Verrückte. Das ist mehr als die beliebte Barockmetapher von der Welt als Theater, wo jeder nach göttlicher Regie seine Rolle spielt. Lear erkennt die Bühne als »stage of fools«: wer auftritt, spinnt, und spinnend spielt er sich zutode.

Deshalb, sagt er, scharfsinnig in seinem ausrastenden Geist, weinen wir bei der Geburt und ist unser erstes Einatmen ein jammervolles Winseln: »the first time that we smell the air we wawl, and cry.«[263] Und: »when we are born, we cry that we are come / To this great stage of fools.«[264]

Und so, wie er selbst jetzt wahnsinnig ist und in diesem Wahn erstmals weise – »reason in madness«[265] –, so sieht er nun auch die fürchterliche Relativität aller Verhältnisse, jedes angeblich festen Oben und Unten. Wozu er hier vorstößt, geht über die Aufklärungsoptik hinaus, geht durch sie hindurch bis zum Dostojewskij-Blick. Sünde und Verbrechen bestimmen sich allein nach dem Geld, das einer hat oder eben nicht hat. Der Unterschied zwischen Richter und Sträfling ist eine Augentäuschung. Alles ist umkehrbar und nichts von Natur aus befestigt.

Sicher: dies alles rechtfertigt nicht die Niedertracht der bösen Töchter, bösen Schwestern. Die finden ihre Strafe, und das moralische Empfinden der Zuschauer weiß es zu danken. Aber genau besehen ist das, wogegen sie verstoßen, die heilige Vaterautorität nämlich, der Vaterbart als Insignum des Weltgesetzes – »Art not asham'd to look upon this beard?«,[266] sagt Lear zu Goneril –, tatsächlich ein Nichts, ein Phantasma. Die Töchter haben recht und sind Verbrecherinnen zugleich. Die Austauschbarkeit von Richter und Verbrecher, von geißelndem Henker und gegeißelter Dirne,[267] muß zuletzt auch vom guten Vater und seinen verkommenen Kindern gelten. Alles kreist und alles Oben ist ein Unten, und es entspringt daraus nicht eine neue Ordnung wie vor den Augen der Kopernikus und Kepler, sondern die Erfahrung der äußersten Verlorenheit, des Verlustes auch seiner selbst: »Does any here know me? This is not Lear: / Does Lear walk thus? Speak thus? Where are his eyes? / (...) Who is it that can tell me who I am?«[268] – »Kennt mich hier jemand? Dies ist nicht Lear. Schreitet Lear so? Redet er so? Wo sind seine Augen? Wer kann mir sagen, wer ich bin?« Dieser Donnersatz markiert den genauen Gegenort zum Bewußtsein des Vater-und-König-Mannes, der in der Weltachse saß und zuschaute, wie jeder andere sich nur mit dem Blick auf ihn bestimmen konnte, wie alle nur deshalb wußten, wer sie waren, weil er, der Weltpflock, in der Mitte steckte.

So gesehen ist das Unternehmen der Amerikanerin Jane Smiley, die 1992 die Lear-Tragödie in einem Roman neu und gegen den Strich erzählt,[269] gar keine fundamentale Umkehrung der Shakespearschen Wertung. Aus einem scharfen und reflektierten feministischen Bewußtsein heraus bildet sie die alte Geschichte nach. Sie siedelt sie in den ländlichen USA der Gegenwart an, erzählt demonstrativ aus der Optik der »bösen« Töchter und läßt den moralischen Pakt andersherum laufen. Nun sympathisiert der Leser spontan mit Regan und Goneril respektive Rose und Ginny, wie sie bei Smiley heißen. Was jetzt sich abspielt, ist eine Frauentragödie. Die zwei Schwestern gehen zugrunde zuerst an der Tyrannis des Vaters, der sie mißhandelt und vergewaltigt hat, als er noch in kompakter Autorität regierte, und dann, unausweichlicher noch, an der gesellschaftlichen Ächtung, die ihnen zustößt, weil sie, angeblich, den alten Mann erniedrigen und verstoßen und in seiner Vaterwürde verletzen. So wie sich bei Shakespeare der König langsam seiner selbst und der wahren Beschaffenheit der Welt bewußt wird, schreiten hier die zwei Frauen im sozialen und körperlichen Zugrundegehen den Weg ab zur Einsicht nicht in ihre prahlerische Verblendung, sondern in ihre umfassende Fremdbestimmung von Kind auf, ihr seelisches und leibliches Gehandhabtwerden im Herrschaftskreis der Vaterordnung. Die konventionelle Lear-Lektüre wird dies als Shakespeare-Kritik betrachten, als Versuch, den Elisabethaner ideologisch umzupolen. Vom lautlos rasenden Mittelpunkt der alten Tragödie aus gesehen aber, der den Deuter zu jenen zwei unvereinbaren Deutungen, der ptolemäischen und der kopernikanischen, *zwingt* und ihn damit allein läßt, ist der Roman Jane Smileys mindestens so sehr ein Blick in die Tatsächlichkeit des Werks wie eine Verdrehung der Optik.[270]

Die Lear-Tragödie bestätigt also viele frühere Feststellungen, kompliziert und differenziert sie aber auch. Bekräftigt wird, daß das Konfliktfeld um die mißratenen Kinder in der Literatur hinter der privaten, innerfamiliären Dissonanz unweigerlich die übergreifende Ordnung aufziehen läßt und als gültig oder ungültig diskutiert. Diese Ordnung wird auf ihre letzte und höchste Legitimation hin geprüft, oder sie bringt diese mit Blitz und Donner zur Anschauung. Die riesige Perspektive, die sich hinter dem Menschengrüppchen einer gereizten Familie auftut, verwandelt die Mitglieder von selbst in symbolische Figuren. Jede steht für weit mehr als ihre einmalig-zufällige Person, jede steht für ein Element des normativen Firmaments, unter dem sie sich bewegt.

Fast sensationell bestätigt sich im »Lear« auch der historische Aspekt des Konfliktfelds, daß nämlich mit dem Sohn, der Tochter, die vom Vater aus als mißraten erscheinen, nicht einfach ein moralisch verdorbenes Subjekt auftritt, sondern unter Umständen eine neue Gestalt im geschichtlichen Prozeß. Sofern der verkommene Sohn dergestalt auch der neue Typ ist, der Typ der Zukunft, kann er nicht länger begriffen werden als einer, der das Gute und Richtige beschädigt. Er ist nun vielmehr einer, der die Welt bewegt und ihrem Laufe vorspurt.

Diesem weitestgespannten Problemzusammenhang korrespondiert auch im Lear der intimste: die dramatischen Schübe des Erwachsenwerdens der Kinder, ihres Autonomiegewinns und der Verwirrungen im Wissen um sich selbst, die sich bei ihnen wie bei den Eltern darüber ergeben. Die zweite Geburt der Kinder vernetzt sich mit der dritten der Eltern. Wo jene in die Autonomie der eigenen Liebe, der eigenen Arbeit hineinwachsen, beginnen bei diesen die Risse zu laufen durch die kompakte Autorität. Der starke, reiche und heilige Vater geht aus den glatten Fugen, und ein Teil stellt den andern in Frage.

In diesem Zusammenhang wird erst ganz verständlich, warum die Sexualität in diesem Werk eine so unheimlich bedrängende Rolle spielt. Vom Handlungsgrundriß aus, könnte man denken, ginge es auch ohne sie – wie bei den Geschichten vom Schüsselchen, vom Karren und vom Schlegel. Daß Lear in seinen entsetzlichen Fluchreden – so wie hier hat noch nie ein Mensch seine Kinder, ein Mann seine Töchter verflucht – immer gleich auf die Sexualität kommt, die praktizierte Körperliebe, »the act of darkness«,[271] wie es einmal heißt, ist innerlich stimmig insofern, als die Sexualität die eigentliche Gewalt hinter dem Autonomiewillen, die Schubkraft der zweiten Geburt ist. Sie wird zum Stachel des Abfalls von allem Heiligen – wobei man den Gedanken einmal wagen darf, ob die ins Nächtige und Tierhafte verzerrte Ansicht des Eros hier nicht auch dem entfesselten Blick eines Vaters entspringen könnte, der seine Tochter nicht hergeben will, sie behalten will als *seinen* nicht nur Vater- sondern auch Mannesbesitz. Es ist ja generell auffällig, wie rasch die Eltern im familialen Tribunal die Tochter zur Hure erklären, wenn sie auf die freie Wahl ihres Liebespartners pocht. So wird auch in Lears Mund die Verfluchung Gonerils zum Fluch auf ihren Leib, den Frauenkörper, der Kinder erzeugen und gebären könnte – könnte, aber nach dem wütenden Willen des Vaters nicht soll. »Natur, hör an, hör, Göttin, hör mich an«, stößt er hervor, »wenn du je gedacht hast, das Geschöpf da fruchtbar zu machen, dann laß ab davon. Mach ihr den Schoß steril. Vertrockne und verdorre ihr die Organe der Fortpflanzung, und aus dem ehrlosen Leib soll nie ein Kind kommen, das ihr Ansehen verschafft. Wenn sie aber doch einmal gebiert, dann, Natur, mach diesen Säugling mit überlegter Bosheit zu einer dauernden Plage und Folter. Runzeln soll er ihr in die junge Stirn graben, und die Tränen sollen ihr tiefe Furchen ziehen die Backen hinunter, und auf das Hätscheln und Pflegen soll das Kind mit Hohn und Gelächter antworten ...«[272]

Hier schiebt sich alles durcheinander: der Richter, der Prophet und der inzestuös gereizte Vater. Das Geheimnis der fehlenden Mütter in der Riesentragödie hängt vielleicht mit dem letzten Punkt zusammen. Die Mütter hätten dem bedingungslosen Besitzanspruch eine Grenze gezogen und – wie die Mutter Haimons – die Linie markiert, jenseits deren auch der Vaterkönig nichts zu bestellen hat. So aber kann er tun, als hätte er die Töchter ganz und gar allein geschaffen, gezeugt und geboren in einem, und hätte also jedes Recht auf sie. Die Mutterlosigkeit ermöglicht erst die äußerste Radikalisierung der Vaterautorität – und damit das Extrem ihres Zerfalls und zuletzt auch das Extrem der in diesem Zerfall gewonnen Erkenntnis.[273]

Das Pathos der fluchenden Verdammung aber kommt aus dem Bewußtsein, das heilige Gesetz hinter sich zu wissen, mehr noch: das Gesetz zu sein, leibhaftig, und geweiht durch die Goldene Kette vom Kopf bis zu den Füßen und bis hinein in die Spitzen des sakralen Bartes. Wenn gesagt wurde, daß in der Literatur die Normen und Werte nie außerhalb des Werks vorgegeben sind, daß sie nicht irgendwo im Dichter hausen, den es ja meistens längst nicht mehr gibt, sondern vielmehr im Aufbau des Werks sich selber erst aufbauen, dann haben wir in dieser Fluch- und Richterszene ein eminentes Ereignis solcher Genealogie der Moral im Kunstgefüge. Und zugleich ist, was sich so hinstellt als die leibhaftige Erscheinung der Ordnung, auch schon deren Einbruch und rieselnder Zerfall. Gerade weil in der Literatur alles Gesetz, alle Moral immer zwei Beine hat und einen tönenden Mund, kann auch der Kollaps der Normen vor aller Augen sichtbar werden. Im zerfallenden König birst die moralische Himmelskugel irreparabel – und doch treffen alle Vaterflüche zuletzt ein, als wäre der Weltbau noch intakt. »Art not asham'd to look upon this beard?«[274] In diesem Satz des Königs zu seiner bösen Tochter Goneril verkörpert sich die doppelte Wahrheit des Ganzen. Er ist großartig, und er ist ganz und gar lächerlich: großartig in der Art, wie er die Idee der höchsten Repräsentation ausspricht, die auch noch den Leib des Inthronisierten magisch durchwaltet, und lächerlich, weil nun einmal für den kühlen Menschenverstand an einem Bart nichts, aber auch gar nichts ist, was über die Trivialitäten von Hygiene und Männermode hinausgeht.

XXVII. Rückblick und neue Perspektiven

Anthropologische Konstanten und historische Einmaligkeit. Die regelmäßigen Ursachen der Verkommenheitsdiagnose: eigene Liebe, eigene Arbeit, eigenes Denken. Das literarische Defizit der Parabel vom verlorenen Sohn. Differenz der Konfliktfelder um den eisernen und den zerfallenden Vater. Wenn die Aufklärung vor sich selbst erschrickt. Sie holt den Traum und die Rührung zu Hilfe gegen die radikale Vernunft. Franz Moors Vision. Diderots Geschichte vom schönsten sittlichen Verhalten. Das Postulat der Menschenwürde als Residuum des Heiligen im aufgeklärten Denken.

Von wiederkehrenden Bildern war hier die Rede, immerzu. Aber diese Bilder – der baumelnde Absalom, der eiserne Vater mit dem krachenden Herzen, der zerfallende Vater vor seinen Kindern ... – bringen immer auch schon ein Konfliktfeld mit sich, das die zeitliche Struktur einer dramatischen Handlung besitzt und das räumliche Gebiet einer Familie, des »Hauses« im sozialen Sinn des Wortes, absteckt. Dieser Raum überlagert sich mit der Öffentlichkeit eines Hofes oder Regierungssitzes dort, wo der Vater zugleich der Regent ist, die Kinder zugleich die politischen Untertanen. Die Wiederkehr der Bilder ist die Wiederkehr organisierter Konfliktfelder und einer gegebenen Zahl möglicher Konfliktverläufe. Dies schafft die Voraussetzung dafür, daß das immer Gleiche zugleich das sensationell Neue werden kann. Dieses Paradox jeder Ästhetik, die sich der anthropologischen Konstanten ebensosehr wie des historisch Einmaligen versichert, der Grundabläufe menschlicher Erfahrungen ebensosehr wie der strikten Individualität der Epochen, aktualisiert sich in allen Erscheinungen der Literatur, welche hier zur Beobachtung stehen. So lassen sich die Konfliktfelder um den eisernen wie um den zerfallenden Vater bis zu einem gewissen Grade systematisieren, aber die so gewonnenen Muster besitzen dem konkreten Text gegenüber nicht mehr als eine heuristische Funktion. Die reine Feststellung der Wiederkehr des Bildes und der ihm zugehörigen Kollisionen macht noch kein Resultat. Wohl aber führt die Kenntnis der möglichen Handlungsverläufe und des symbolischen Spektrums, das die Protagonisten so oder anders bilden, zu jenen Fragestellungen, die den Text in seiner historischen Bedeutung erschließen lassen.

Der Grundriß des Konfliktfelds um den eisernen Vater zeigt als unausweichliche Komponenten die Spannung zwischen Intimität und Öffentlichkeit, zwischen naturwüchsiger Liebe und dem Bewußtsein, das Gesetz zu vertreten. Hinter steinernem Gesicht regt sich das krachende Herz. Literarisch mächtig und ein Werk im Innersten bewegend ist der eiserne Vater nur dort, wo es zum Gericht um den verkommenen Sohn, die mißratene Tochter kommt, und in dessen Vollzug zum Urteil, zum Fluch, zur Verstoßung. Denn die Literatur ist nun einmal eine Veranstaltung, in der es um Tod und Leben geht, sonst taugt sie nichts, sonst fehlt ihr der Nährwert, sonst ist sie gar nicht vonnöten. Sobald es aber zum Gericht kommt, stellt sich die entscheidende Frage nach der Urteilsbegründung. Wie lautet die Diagnose der Verkommenheit? Wonach bemißt sich das Mißraten? Dabei zeichnen sich zwei Kategorien vordringlich ab: die eigenmächtige Wahl des Liebespartners und die eigenmächtige Wahl der Lebensarbeit. Die Paarung wider den Elternwunsch, die Tat wider den Elternwillen, sie sind so oder anders, offener oder verschlüsselter, das ausschlaggebende Argument im Vollzug des Gerichts. Es gibt noch ein Drittes neben diesen zwei Kategorien, aber das bildet sich weit mehr um den zerfallenden Vater heraus als um den eisernen: das eigenmächtige Denken.

Was die symbolische Semantik der Kinder im Familientribunal betrifft, sind zwei Grundmöglichkeiten zu unterscheiden. Entweder verkörpern sie das diabolische Prinzip gegenüber einer großartig geltenden Ordnung, unterhöhlen die stehende, ragende Einrichtung der Welt, oder sie verkörpern vorläuferhaft eine neue Zeit, die der Epoche des Vaters den Garaus machen wird. Hier kann sich dann auch die dem Werk innewohnende Selbstdeutung, faßbar über die Tricks und Verfahren des moralischen Pakts, hart schneiden mit der Deutung aus der historischen Distanz des Lesers. Für diesen ist zum Beispiel die Goldene Kette, die ein großer Gedanke gegen die Geschichtlichkeit aller Dinge ist, ihrerseits ein geschichtliches Ding.

Zu der historisch-gesellschaftlichen Optik auf die Kinder vor dem Familientribunal tritt die anthropologische insofern, als der Vorgang fast unausweichlich verknüpft ist mit der Initiation der Jungen in die Welt der Erwachsenen. Die eigene Liebe, die eigene Arbeit, das eigene Denken sind ein existentielles Ziel, das die befohlene Liebe, die befohlene Arbeit, das befohlene Denken per definitionem ausschließt. Wie sich also im eisernen Vater die Intimität des zärtlichen Ernährers mit der Öffentlichkeit des Amtsträgers verbindet, so verbindet sich in den Kindern vor seinem Gericht die Intimität ihrer Menschwerdung, ihres Fertig- und Ganzwerdens, mit der Öffentlichkeit ihres Positionsbezugs gegenüber der großen Ordnung.

Dies alles zusammen kann seine Verwandlung und neue Bestätigung auch finden, wo der eiserne Vater sich dramatisch in sein Gegenteil wendet und das Fest der Versöhnung eingeläutet wird. Da verflüssigt sich der Starre zum schluchzenden Tränenwesen, da stürzen die Kontrahenten wimmernd vor Seligkeit einander in die Arme. Dieser Akt ist prototypisch vorgebildet in der Heimkehr des Verlorenen Sohnes[275] und – weiter zurück – in den Stellen, wo der Gott des Alten Testaments nach Schwefelregen und Sintfluten Frieden schließt mit seinem Volk und einen lieblichen Regenbogen über die zerschmetterte Erde spannt. Auch solche Versöhnung aber ist in der Literatur nie eine eindeutige Gegebenheit. Sie fordert in jedem Fall die Analyse der Bedingungen ihrer Möglichkeit. Was führt dazu, wäre etwa zu fragen, daß am Ende von Calderóns »Das Leben ein Traum« solche Versöhnung aus der unmittelbar erwarteten parriciden Katastrophe heraus aufgeht wie eine Sonne, während in Hofmannsthals Neugestaltung des Stücks, »Der Turm«, die Versöhnung von Fassung zu Fassung unmöglicher wird, die inszenierten Todesrituale des einen Kontrahenten gegen den andern wachsen – bis hin zur ungeheuerlichen Hinrichtungszeremonie, die der Vater im 3. und 4. Akt der letzten Fassung veranstaltet?[276] Auch er beruft sich übrigens auf den alten Brutus und stellt sich damit offen in die römische Linie.[277]

Der verflüssigte Vater und die seligen Gesten der Versöhnung – seliger und ergreifender begegnen sie nie als wiederum im »König Lear«, als der Greis mit der Tochter Cordelia, die er einst verdammt und verstoßen hat, ins Gefängnis geht:

> (...) come let's away to prison,
> We two alone will sing like birds i' th' cage:
> When thou dost ask me blessing, I'll kneel down
> And ask of thee forgiveness: so we'll live
> And pray, and sing, and tell old tales, and laugh
> At gilded butterflies (...)[278]

»Komm fort und weg ins Gefängnis«, heißt das, »wir zwei allein, wir wollen dort singen wie Vögel im Käfig, und wenn du um meinen Segen bittest, knie ich nieder und bitte dich um dein Verzeihen. So wollen wir leben und beten und singen und alte Geschichten erzählen und lachen über goldene Schmetterlinge ...« Wobei hier ganz kurz auch noch die Umkehr der Schlüsselszene um den Verlorenen Sohn aufscheint: das Hinknien des Vaters und sein »Fili peccavi!« anstelle des »Pater peccavi!« Genauer gesagt: wir haben in der gleichen Szene beide Urbilder zugleich. Denn Cordelias Bitte um den Segen ist von der biblischen Heimkehr-Szene auch wieder nicht allzu weit entfernt.

Im übrigen ist die Parabel vom Verlorenen Sohn als literarisches Muster und wiederkehrendes Bild insofern heikel – drastischer gesagt: dramatisch unzureichend – als sie den Vater aus allem Richteramt entläßt und als einen darstellt, der ohnehin und unter allen Umständen verzeiht. Das mag seinen theologischen Sinn haben, literarisch deckt es das Konfliktfeld nur teilweise ab. In der Regel geschieht deshalb die literarische Beschwörung der Parabel und ihrer Hauptszene im Kontext eines breiter entwickelten Zusammenhangs.[279] Selbst der alte Sampson, der in seiner Verzeihungssucht mit dem Vorgänger aus der Bibel randgenau zusammenzufallen scheint, wird über das weit strengere Bild, das seine Tochter von ihm hat, davon um einige entscheidende Nuancen weggerückt – näher wieder hin zum eisernen Vater.

Dem allen gegenüber bildet das Konfliktfeld um den zerfallenden Vater eine eigenständige, in sich selbst organisierte literarische Welt. Daß es sich gelegentlich, wie eben im »Lear«, mit jenem anderen Feld zusammenfügt, darf nicht auf eine zwingende Vernetzung der beiden schließen lassen. Zu den Spielen um den eisernen Vater gehört früher oder später der verflüssigte, nicht aber unbedingt der zerfallende Vater. Systemcharakter hat die Handlung um diesen insofern, als sie unausweichlich die drei unterschiedlichen Dimensionen der Autorität aufdeckt und aus deren ungleichzeitigem Niedergang das dramatische Potential gewinnt. Geld und Körperkraft und Würde, die ökonomische, die physiologische und die sakrale Gewalt, ergeben die wechselnden Brennpunkte des Geschehens. Dabei gerät die moralische Qualität der Kinder umso eklatanter in den Prüfstand, je mehr die kompakte Autorität in die nur noch imaginäre einer metaphysischen Würde, des Heiligen eben, übergeht. Der zerfallende Vater setzt das Problem einer Autorität ohne Machtmittel und Sanktionen. Wie wenig diese durch den Erlaß des vierten Gebotes und die Forderungen der römischen Pietas gesichert wird, zeigt das unablässige Erzählen der Menschen von Kindern, die ihre zerbröckelnden Eltern schlecht behandeln, sobald sie deren Geld in Händen haben. Dieses Erzählen erscheint in der Regel als pädagogische Aktion großen Stils. Es setzt sich mit den Lesern von Anfang an ins Einvernehmen darüber, was in der Situation als gut und was als schändlich zu gelten habe. Dennoch ist diese Spielanlage der Ort, wo immer wieder jene fundamentalen Denkbewegungen entwickelt werden, die wir pauschal unter dem Begriff der Aufklärung zusammenfassen. Die Vernunft sieht sich mit dem Heiligen konfrontiert. Dieses ist für sie, wo sie konsequent ist, nichts weiter als ein Denkbefehl. Ein solcher aber widerspricht ihrem höchsten Axiom: nichts anzuerkennen, was den Verzicht auf den Gebrauch des eigenen Verstandes verlangt. Deshalb sind in der Regel die größten Schufte im Konfliktfeld um den verfallenden Vater auch die interessantesten Köpfe. Ihre Leistung ist, daß sie sich ihres Verstandes zu bedienen wagen nicht nur gegenüber dem befohlenen Gott und dem befohlenen König, sondern eben auch gegenüber der Verlängerung dieser Herrschaftsachse in die Familie hinein. Dabei gerät die Aufklärung an eine Grenze, für die sie kein theoretisches Besteck mehr besitzt. Es gibt keinen hinreichenden Grund für die Heiligkeit des Vaters, wo die Heiligkeit des Königs mit »Witz« und Scharfsinn liquidiert werden konnte. Und so wird es denn zu einer eigentlichen Leistung der Aufklärung, Grenzen dieser Art anzuerkennen, die radikalen Denkoperationen hier einzustellen und ein subtiles Sacrificium intellectus zu erbringen. Das 18. Jahrhundert treibt wohl gerade deshalb einen so enormen Aufwand mit Vätern und Vaterliebe, mit Elternliebe und kindlicher Pietät. Es muß durch Emotionen die fehlenden Argumente wettmachen. Auf deren Ebene nämlich, streng reflektierend, müßte eigentlich der Monolog des Franz Moor widerlegt werden. Das aber hat noch keiner unternommen. Auch Schillers Stück selbst begegnet den Argumenten des Bösewichts nicht mit Gründen, sondern mit Visionen. Aus Franz Moors Seele erhebt sich, gegen seinen Willen, gegen seinen Verstand, gegen das Regiment seiner wachen Vernunft, der Traum vom Weltgericht. Darin geschieht eine donnernde Restauration der sakralen Ordnung. Deren Höhepunkt ist die mythische Verbildlichung des Vergehens gegen den Vater als des schwersten möglichen Verbrechens. So hebt die Szene an:

Siehe mir dauchte, ich hätte ein königlich Mahl gehalten, und mein Herz wär guter Dinge, und ich läge berauscht im Rasen des Schloßgartens, und plötzlich – es war zur Stunde des Mittags – plötzlich (...) traf ein ungeheurer Donner mein schlummerndes Ohr, ich taumelte bebend auf, und siehe, da war mirs, als säh ich aufflammen den ganzen Horizont in feuriger Lohe, und Berge und Städte und Wälder, wie Wachs im Ofen zerschmolzen, und eine heulende Windsbraut fegte von hinnen Meer, Himmel und Erde – da erscholls wie aus ehernen Posaunen: Erde, gib deine Toten, gib deine Toten, Meer! und das nackte Gefild begonn zu kreißen, und aufzuwerfen Schädel und Rippen und Kinnbacken und Beine, die sich zusammmenzogen in menschliche Leiber, und daherströmten unübersehlich, ein lebendiger Sturm: Damals sah ich aufwärts, und siehe, ich stand am Fuß des donnernden Sina, und über mir Gewimmel und unter mir, und oben auf der Höhe des Bergs auf drei rauchenden Stühlen drei Männer, vor deren Blick flohe die Kreatur (...) Da trat hervor Einer, anzusehen wie die Sternennacht, der hatte in seiner Hand einen eisernen Siegelring, den hielt er zwischen Aufgang und Niedergang und sprach: Ewig, heilig, gerecht, unverfälschbar! Es ist nur eine Wahrheit, es ist nur eine Tugend! Wehe, wehe, wehe dem zweifelnden Wurm![280]

Der »zweifelnde Wurm«, was ist er anderes als der Selbstdenker? Der es wagt, sich seines Verstandes zu bedienen? Man gäbe etwas um einen Kommentar Lichtenbergs zu dieser Stelle! Schließlich tritt der dritte der drei Männer mit einer »ehernen Waage« hervor, und darin werden die Verbrechen Moors gewogen:

Schnell begonn die Waage zu klingen, zu donnern der Fels, und die Stunden zogen vorüber, eine nach der andern an der links hangenden Schale, und eine nach der andern warf eine Todsünde hinein – (...) die Schale wuchs zu einem Gebirge, aber die andere, voll vom Blut der Versöhnung hielt sie noch immer hoch in den Lüften – zuletzt kam ein alter Mann, schwer gebeuget von Gram, angebissen den Arm von wütendem Hunger, aller Augen wandten sich scheu vor dem Mann, ich kannte den Mann, er schnitt eine Locke von seinem silbernen Haupthaar, warf sie hinein in die Schale der Sünden, und siehe, sie sank, sank plötzlich zum Abgrund, und die Schale der Versöhnung flatterte hoch auf! – Da hört ich eine Stimme schallen aus dem Rauche des Felsen: Gnade, Gnade jedem Sünder der Erde und des Abgrunds! du allein bist verworfen![281]

Die Locke vom weißen Haupthaar des Vaters – da ist er wieder, der sakralisierte Leib, den der König Lear meinte, als er der bösen Tochter zurief: »Schämst du dich nicht, auf diesen Bart zu blicken?« Entscheidend aber ist, daß in diesem gegenaufklärerischen Manifest, das gewaltig aus der Seelentiefe des Aufklärers hochfährt, dieses eine Vergehen über alle andern gestellt wird. Begründet wird das nicht. Es geschieht einfach so im mythischen Bericht, wo alles sich rechtfertigt dadurch, daß es eben geschieht.

Eine unter dem Aspekt aufklärerischer Selbstbegrenzung analoge Stelle, die ebenfalls mit der Würde des zerfallenden Vaters, der zerfallenden Eltern operiert, findet sich in Diderots Dialog »Le neveu de Rameau«. Da unterläuft zunächst das rationale Argument im Munde von Rameaus Neffen auf bald groteske, bald diabolische Art alle sittlichen Normen und deckt mit brillantem Zynismus die Moral als reinen Interessenzusammenhang auf, nicht widerlegbar. Sein Gesprächspartner, das »Ich« des Textes, hält ihm darauf das spontane menschliche Gefühl für das Gute entgegen und insbesondere das allgemeine Glücksempfinden angesichts einer guten Tat und eines guten Menschen. Und da er nun ein Beispiel für solch schönstes sittliches Verhalten braucht, erzählt Diderot die folgende Geschichte (in Goethes Übersetzung):

Einer meiner Bekannten hatte sich nach Cartagena geflüchtet. Es war ein nachgeborner Sohn aus einem Lande, wo das Herkommen alles Vermögen dem ältesten zuspricht. Dort vernimmt er, daß sein Erstgeborner, ein verzogner Sohn, seinen zu nachgiebigen Eltern alle Besitzungen entzogen, sie aus ihrem Schlosse verjagt habe, daß die guten Alten in einer kleinen Provinzstadt ein kümmerliches Leben führen. Was tut nun dieser Nachgeborne, der in seiner Jugend hart von den Eltern gehalten, sein Glück in der Ferne gesucht hatte? Er schickt ihnen Hülfe, er eilt seine Geschäfte zu ordnen, er kommt reich zurück, er führt Vater und Mutter in ihre Wohnung, er verheiratet seine Schwestern. Ach, mein lieber Rameau, diesen Teil seines Lebens betrachtete der Mann als den glücklichsten. Mit Tränen im Auge sprach er mir davon, und mir, indem ich es Euch erzähle, bewegt sich das Herz vor Freude und das Vergnügen versetzt mir die Stimme.[282]

Daß Diderot zur Schilderung der besten denkbaren Tat diese klassische Story um den gestuften Autoritätszerfall und die Rettung der Eltern erzählt, zeigt, wie heikel die Sache für den konsequenten Aufklärer war. Was bei Schiller die barocke Vision, muß bei Diderot das heftige Gefühl liefern: die Neutralisierung rationaler Argumente. Dennoch legt der gleiche Diderot als Autor seinem Gesprächspartner umgehend die kalte Antwort in den Mund: »Cependant, je vois une infinité d'honnêtes gens qui ne sont pas heureux; et une infinité de gens qui sont heureux sans être honnêtes.«[283] Womit die Überzeugung, daß sich letzte Normen aus dem spontanen Glücksempfinden begründen lassen, wieder recht fragwürdig erscheint.

Die großen Aufklärer Schiller und Diderot mußten beide das Medium der Debatte ändern, um die fraglose Heiligkeit des Vaters zu retten. Der eine griff dabei zur Vision, der andere zum Sentiment. Wie in einem Experiment erscheint hier der Augenblick, in dem die Aufklärung erkennt, was ihre letzten Konsequenzen sind, wenn sie der rechnenden Ratio alle Zügel schießen läßt. Mit dieser Selbstbegrenzung hängt auch eine der größten Leistungen der Epoche zusammen: Idee und Begriff der »Menschenwürde« als einer letzten, nicht mehr hinterfragbaren Kategorie. Natürlich bleibt sie hinterfragbar, läßt sie sich nicht beweisen, wird sie von jedem Nationalismus, jedem Rassismus, jeder Theokratie außer Kraft gesetzt. Sie ist aber die lauterste Form des Heiligen im aufgeklärten Denken. Genau auf dessen Grenzen wurzelt sie, dort, wo Denken und Glauben in einem kostbaren Akt so zusammenfallen, daß keines sich selbst zu verleugnen braucht. Die feierliche Stellung des Begriffs in den ersten Paragraphen vieler Verfassungen der Nachkriegszeit belegt nicht nur seine Bedeutung im staatspolitischen Denken, sondern auch die Tatsache, daß er durch emotionalen Aufwand gestützt und im letzten legitimiert werden muß.[284]

So leicht auch in den Geschichten um die zerfallenden Eltern die mißratenen Kinder in die Position radikaler Aufklärer gelangen, unabdingbar ist dies für die Aktualisierung des Konfliktfelds in der Literatur keineswegs. Das läßt sich detailliert studieren in der langen Folge der Lear-Nachschaffungen vom 19. Jahrhundert bis in die letzten Jahre des zwanzigsten. Balzac hat in seinem Roman »Le père Goriot« die Lear-Tragödie in die exemplarische Literaturform des 19. Jahrhunderts übersetzt, aber bei ihm sind die bösen Kinder, zwei Töchter, nun durchaus keine rücksichtslos aufgeklärten Köpfe. Sie sind vielmehr Exponenten und Opfer ihrer Epoche und ihres Biotops: der Metropole Paris, wo nach der Juli-Revolution der bürgerliche Kapitalismus explodiert. Mag der Roman selbst in den zwanziger Jahren spielen, geprägt ist er von der sozialen Wirklichkeit seiner Entstehungszeit um 1834. Paris ist ein Schlachtfeld, wo jeder mit jedem um Geld, Genuß und Karriere kämpft, und diesen neuen Werten wird der alte Goriot geopfert. Auch er ist eine sozialgeschichtliche Chiffre: er machte sein vieles Geld als Mehlhändler in den Jahren der Revolution, war ein erster Kriegsgewinnler des Aufstands gegen das Ancien Régime. Seine Kindesliebe, die vom Verhalten der Kinder selbst so kraß absticht, hat ebenfalls etwas Zwielichtiges: sie ist fanatisch und verblendet bis zum Verrückten. Trotzdem gerät sein Tod in dem elenden Loch, wo er, von den Töchtern ausgeplündert, nur noch vegetiert, zu einem Geschehen im Lichtschein alter Heiligenlegenden. Er wird zum Gegenbild der neuen Epoche, die alle Tugenden durch das Geld, alle Leidenschaften durch den Willen zur Karriere und zum großartigen Leben ersetzt hat: »La fortune est la vertu!«[285] Das heißt, daß die Spielanlage um den verfallenden Vater hier den symbolischen Sinn der mißratenen Kinder zwar auch aus dem historischen Kontext gewinnt, ganz außerhalb aber des Problemkreises aufklärerischer Grundakte. Ähnlich geschieht es in Emile Zolas »La terre«, einem Roman, der erneut die Lear- und Goriot-Konflikte aufgreift, sie ins Abscheulichste, ins schlechthin Unerträgliche und körperlich Widerwärtige steigert. Die Scheußlichkeit der Kinder und ihres Handelns – sie töten den Vater zuletzt auf eine Art, die sich nicht nachberichten läßt – steht hier zeichenhaft für den Zwang, den die Erde, »la terre« eben, auf die Bauern ausübt, eine biologische Determination des menschlichen Bauerntiers, der gegenüber alle Moral bloßer Schein und leeres Gerede ist. Solche Einsicht setzt zwar einen Aufklärer voraus, und dieser ist Zola selber aufs bestimmteste, nicht aber sind es seine stumpfen, trieb- und milieugesteuerten Figuren.

So fluktuiert, bei der Wiederkehr des großen Bildes vom zerfallenden Vater, die Semantik des Konfliktfelds und aller Protagonisten von Epoche zu Epoche, von Autor zu Autor. Was in Zolas Bauernroman als animalisches Verhalten der Brut gegenüber den Eltern erscheint, wird im erwähnten Bauernroman der Amerikanerin Jane Smiley, »A Thousand Acres«, genau umgekehrt zum klar reflektierten Tun zweier junger Frauen, die sich selbst in einem langen, schmerzlichen Erkenntnisprozeß als Opfer ihres Vaters und einer unabsehbaren historischen Patriarchalität entdecken mußten. Erstmals nun, aber viel zu spät und bereits zerstört an Leib und Seele, vergewissern sie sich der Autonomie ihres Denkens und Fühlens. Sie bezahlen den Mut mit sozialer Ächtung. Ihr Austritt aus langer Unmündigkeit erscheint allen andern als die Verkommenheit von Lear-Töchtern: Mündig werden heißt für sie mißraten.

Dieses Paradox taucht in der Literatur über den Lebensgang von Frauen häufiger auf, als man erwarten würde. Es ist allerdings nicht immer leicht auszumachen. Die sozialen Sanktionen, die auf dieser Wahrheit stehen, sind zu schwer. Und es gibt Autorinnen, die davon nur reden dürfen, wenn sie die Wahrheit auch noch vor sich selbst verstecken. Zu ihnen gehört Annette von Droste-Hülshoff. Nach dem breiten und wohl auch etwas zügellosen Schweifen durch die Weltliteratur soll nun der Blick im Gegenzug energisch, aber vielleicht ebenso eigensinnig eingeengt werden auf einen einzigen, winzigen, glühenden Punkt.

Zweites Buch:
Die Geschichten in der Geschichte

Vierter Teil: Mündig werden heißt mißraten: Eine Frau aus dem 19. Jahrhundert

XXVIII. Eine altmodische Geschichte

Vom Altmodischen überhaupt. »Die Schwestern«, eine Frauengeschichte der Annette von Droste-Hülshoff. Der Gehorsam gegenüber der metrischen Ordnung als metaphysisches Signal. Kontrastbeispiele: Heine und Busch. Das Geheimnis des ersten Verses. Konzentration auf die Mikrostrukturen. Eine Frau geht kaputt am Kaputtgehn der andern. Die Scheinwunder. Frauenraum und Männerort. Die Ursituation der Dichterin.

Hier ist zu reden von altmodischer Literatur. Ein einzelnes Werk steht zur Diskussion, das eines der unheimlichsten sein dürfte in der ganzen deutschen Dichtung und das doch durch seine äußere Erscheinung, durch den Tonfall und das poetische Gehabe auf eigentümliche Weise abschreckt.

Was das »Moderne« ist, hat man in der Literaturwissenschaft vielfach untersucht, und in diesem Zusammenhang auch, was den ästhetischen Reiz eines neuartigen Textes ausmacht, seine Attraktivität vor aller Reflexion. Mit der Theorie des Altmodischen steht es dagegen eher schlecht. Sie beschränkt sich auf einige unscharfe Begriffe wie »Klischee« und »Stereotyp«, vielleicht auch »Automatisierung« (im Gefolge der russischen Formalisten), aber das reicht, nimmt man das Phänomen einmal wirklich ernst, nirgendwo hin.

Es gibt in der Literatur Sätze und Verse, die springen mich an und unterwerfen mich, bevor ich nur einen Gedanken daran verschwenden konnte, was sie wohl bedeuten mögen. Und es gibt Sätze und Verse, die tun mit mir ebenso blitzschnell das Gegenteil. Ich habe Alltagswörter dafür: »verstaubt«, »abgegriffen«, »vorgestrig« ... Sie meinen, die Sache zu charakterisieren, bezeichnen aber weit mehr den spezifischen ästhetischen Abwehrreflex gegenüber dem »Altmodischen«. Dieser führt in der Regel unmittelbar zu einem lautlosen Entschluß: Das will ich nicht lesen! – und also zum Weiterblättern oder zum Weglegen des ganzen Buchs.

Wissenschaftlich irritierend und spannend an dem Vorgang ist, daß dieser Reaktionszusammenhang von der *Form* ausgelöst wird, von der sinnlich-körperhaften Wirklichkeit des Textes, auf die ich gleichfalls sinnlich-körperhaft reagiere, erotisch durchaus, aber negativ, mit einem Schub von Unlust.

Was vorliegt, ist eine sehr lange Ballade, eine Ballade in vier Teilen mit je sieben und einmal sechs Strophen zu acht Versen, ein Erzählwerk also, das für die heutige Auffassung von Versmäßigem und Gereimtem eine ausgedehnte Angelegenheit darstellt.

Allerdings: im 19. Jahrhundert, aus dessen 40er Jahren das Gedicht stammt, war das anders. Da galt das Erzählen in Versen und Strophen mehr als das Erzählen in Prosa, und es existiert eine große Produktion gereimter Epik, die, von ganz wenigen Ausnahmen abgesehen – Heines »Wintermärchen« etwa –, für die heutigen Leser wie hinter einer Mauer verschlossen liegt. Dies betrifft die Ballade wie auch die umfangreiche Verserzählung, obwohl die Ballade, durch ihre praktischen Vorzüge im Schulunterricht, wenigstens in ein paar Spitzenexemplaren überlebt. Manche der ausdauerndsten Bestseller des 19. Jahrhunderts aber, geliebt und rezitiert von Generationen, waren Verserzählungen. »Der Trompeter von Säckingen« zum Beispiel, von Joseph Viktor von Scheffel, eine Dichtung, die es bis zum Tod des Autors auf hundert Auflagen brachte. Und es mag einen heute beim Gedanken schaudern, dennoch ist es so: auch »Die Judenbuche«, das unergründliche Prosawerk, war zunächst in Versen geplant.

Von der Verfasserin der »Judenbuche« stammt nun auch der Text, der hier zur Diskussion steht, ein Gebilde, das die Durchschnittslänge der üblichen Balladen über-, die der Verserzählungen unterschreitet und schon dadurch etwas unbehaglich im Unklaren steht.

Wer heute die ersten drei Strophen unvorbereitet liest, wird daran wenig Abgründiges finden. Als literarische Klamotte kommt ihm das weit eher vor, auf die man am ehesten noch parodistisch antworten könnte. »Die Schwestern« ist das Ganze überschrieben – eine Frauengeschichte also, verfaßt von einer Frau –, und dies sind die ersten drei Strophen:

Sacht pochet der Käfer im morschen Schrein,
Der Mond steht über den Fichten.
»Jesus Maria, wo mag sie seyn!
Hin will meine Angst mich richten.
Helene, Helene, was ließ ich dich gehn
Allein zur Stadt mit den Hunden,
Du armes Kind, das sterbend mir
Auf die Seele die Mutter gebunden!«

Und wieder rennt Gertrude den Weg
Hinauf bis über die Steige,
Hier ist ein Tobel – sie lauscht am Steg,
Ein Strauch – sie rüttelt am Zweige.
Da drunten summet es Elf im Thurm,
Gertrude kniet an der Halde:
»Du armes Blut, du verlassener Wurm!
Wo magst du irren im Walde!«

Und zitternd löst sie den Rosenkranz
Von ihres Gürtels Gehänge,
Ihr Auge starret in trübem Glanz,
Ob es die Dämmerung sprenge.
»Ave Maria – ein Licht, ein Licht!
Sie kömmt, 's ist ihre Laterne!
- Ach Gott, es ist nur ein Hirtenfeur,
Jetzt wirft es flatternde Sterne.[286]

Was bei der Begegnung eines lesenden Kopfs aus dem späten 20. Jahrhundert mit diesem Text geschieht, geschehen muß, läßt sich an dessen Sprachgestalt festmachen. Das manifest Altmodische beginnt bei der Beschaffenheit schon des einzelnen Verses. Sie ist auffällig sperrig in dem Sinne, daß sie sich starrsinnig gegen alles sträubt, was weich und flüssig über die Versenden weggehen möchte und durch Enjambements und große Bögen den harten Zusammenfall von Satzstruktur und Vers verhindern könnte. Fast jede Zeile schließt auch grammatisch für sich und betont so den Vers als Vers, die Form als Form. »Gebundene Sprache«, nannte man das einst. Dies trifft hier zu bis in den Nebensinn des »Bindens« und »Gebundenseins« hinein. Die Dichtung unterzieht sich dem Formgesetz als einer Ordnung, die in Analogie steht auch zu andern Ordnungen. Diese Verse sind gehorsam und zeigen es. Darauf reagieren wir heute. Wir spüren an dem Text auf der Stelle etwas von seiner Treue zur formalen Legitimität, und wir spüren es umsomehr, als wir Texte im Ohr haben, die genau diese Haltung ironisch überdrehen oder zu einem raffinierten Spiel machen. Der Gehorsam gegenüber dem, was literarisches Gesetz ist und gültige Regel, wird hier zum sprachsinnlichen Ereignis. Vor seinem Hintergrund begreifen wir erst, was bei Heine und bei Wilhelm Busch geschieht. Bunt treiben es die beiden in dieser Sache, jeder auf seine Art, frivol bis zum Zwielichtigen. Ein paar zufällig herausgegriffene Strophen aus dem »Wintermärchen« führen vor Augen, wie Heines Umgang mit der gesetzten Ordnung von Vers und Reim von Drostes Haltung absticht.

Dicht hinter Hagen ward es Nacht,
Und ich fühlte in den Gedärmen
Ein seltsames Frösteln. Ich konnte mich erst
Zu Unna, im Wirtshaus, erwärmen.

Ein hübsches Mädchen fand ich dort,
Die schenkte mir freundlich den Punsch ein,
Wie gelbe Seide das Lockenhaar
Die Augen sanft wie Mondschein.

Den lispelnd westfälischen Akzent
Vernahm ich mit Wollust wieder.

Viel süße Erinnerung dampfte der Punsch,
Ich dachte der lieben Brüder,

Der lieben Westfalen, womit ich so oft
In Göttingen getrunken,
Bis wir gerührt einander ans Herz
Und unter die Tische gesunken![287]

Der hier reimt und dichtet, steht nicht im Dienst der literarischen Form als einer Gestalt von Legitimität. Vielmehr denkt er und bewegt sich im offenen Sprachgestus der Prosa und demonstriert, daß er diesen auch beliebig zur Strophe arrangieren kann. Es nimmt sich aus, als ob ein Bürger in der Straßentracht des Vormärz die Perücke aufsetzte und sagte: Bitte, wenn ihr Wert auf den Zopf legt – voilà! Die ersten zweieinhalb Zeilen sind ein so selbstverständlich-unbekümmerter Prosasatz, daß seine gleichzeitige Beschaffenheit als Vers- und Reimding einen Kippeffekt ergibt wie bei Vexierbildern und Trickzeichnungen – je nachdem, ob ich metrisch oder frei lese. Gelegentlich nähert sich der Text der plastischen Gestalt eines geformten Verses: »Wie gelbe Seide das Lockenhaar / Die Augen sanft wie Mondschein«. Aber gleichzeitig desavouiert ein zirkusartiger Reimtrick: »Punsch ein« – »Mondschein« die vorgebliche Formtreue.

Anders operiert Wilhelm Busch. Er übertreibt den Gehorsam, überzieht den Gestus der Treue gegenüber dem gesetzten Kunst-Maß um genau so viel, daß es komisch wird. Die Regel erscheint als Mechanik, und sobald sich das Lebendige in seiner Erscheinung dem Maschinellen nähert, wird es bekanntlich komisch. Bergson hat das einst gezeigt und belegt.[288] Es ist die Übererfüllung des Gesetzes, was bei Busch dessen Legitimität tückisch aushöhlt.

Der kurze Abschnitt aus der »Frommen Helene« kann dies verdeutlichen. Man spürt, wie die Reime aufeinander warten, und hört sie einschnappen, hört, wie der Takt des Versmaßes genau zusammenfällt mit der Satzbetonung. Das ergibt ein regelmäßig pochendes Auf und Ab und einen ebenso regelmäßig klappenden Fall der Reime – die Bedingungen also eigentlich für ästhetische Langeweile. Nur läßt die parodistische Übertreibung diese in ihr Gegenteil, perfekte Kurzweil, umschlagen. Und wie mit der Ordnung der Form hält Busch es auch mit der Ordnung der Moral. Er erfüllt alle Regeln des moralischen Erzählens, der bürgerlichen Erziehungs- und Warn-Geschichten, so sehr, daß dieser Diskurs zusammen mit seinem ganzen Normenbestand als mechanisches Gefüge erscheint. Insofern ist Busch ein Pendant zu Nietzsche, der in den gleichen Jahren den theoretischen Nachweis der Artifizialität und Machinalität aller Moral in der Gesellschaft zu liefern unternimmt. Für die Literaturwissenschaft aber ist dieser Bezug von poetischer Form – bis in den einzelnen Reim und Versfuß hinein – und ideellem Konzept von eminenter Bedeutung. Selbst

Drittes Capitel.
Vetter Franz.

Helenchen wächst und wird gescheidt

Und trägt bereits ein langes Kleid. —
„Na, Lene! hast du's schon vernommen
Der Vetter Franz ist angekommen."
So sprach die Tante früh um achte,
Indem sie grade Kaffee machte.
„Und, hörst du, sei fein hübsch manierlich
Und zeige dich nicht ungebührlich,
Und sitz' bei Tische nicht so krumm
Und gaffe nicht soviel herum.
Und ganz besonders muß ich bitten:
Das Grüne, was so ausgeschnitten —
Du ziehst mir nicht das Grüne an,
Weil ich's nun mal nicht leiden kann."

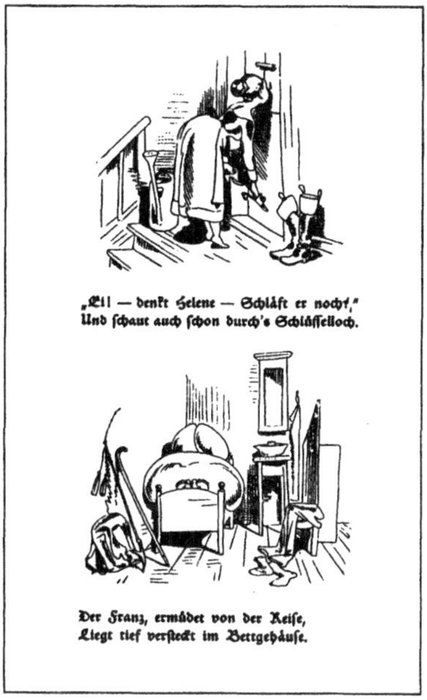
„Ei! — denkt Helene — Schläft er noch?"
Und schaut auch schon durch's Schlüsselloch.

Der Franz, ermüdet von der Reise,
Liegt tief versteckt im Bettgehäuse.

die Differenz zwischen Busch und Heine kann von hier aus präzis gezogen werden. Während bei Busch ein ideologischer Apparat sich selbst ad absurdum führt und der Autor nur gelegentlich dahinter sichtbar wird als Drahtzieher und Provokateur, tritt bei Heine dieses dichtende Subjekt selbst in die Mitte und macht sein persönliches Verhältnis zum ideologischen Apparat zu einem öffentlichen Ereignis, dichterisch und denkerisch.

Und wie steht das nun bei Annette von Droste-Hülshoff? In dieser Schwestern-Dichtung? Sie erfüllt das Gesetz der Form, geht darin bis an die Grenze der Übererfüllung, aber nie kippt ihre Rede ins Komische. Auch unfreiwillig komisch wird sie nicht, was ein besonders bedenkenswertes Phänomen in diesem Gesamtzusammenhang sein dürfte. Selbst ein Vers wie der vierte in der ersten Strophe, der der gesetzten Regel mit einem peinvoll forcierten Nachdruck gehorcht – »Hin will meine Angst mich richten« –, hat nichts von ungewollter Selbstparodie. Die Zeile demonstriert: da war das Wort »Fichten«, und jetzt muß dazu der Reim gefunden, muß der Reim gesetzt werden, und sei es auch um den Preis des schönen Gleitens der Verse. Ein Gesetz ist, und das will Gehorsam. Wenn man sich in die Strophe versenkt, auch sprachsinnlich, spürt man, daß gerade dieser scheinbar unglückliche Vers im Auftakt des Werks demonstrieren muß: hier gilt, was Gesetz ist, und nichts darf die Erfüllung dieser Pflicht hindern. Höher als mein Ich und meine Lust und Freude steht der Dienst an der Ordnung. In dem Maße, in dem sich das Subjekt bei Heine die Form zum Spiel- und Maskenelement macht, das irgendwann abgeschüttelt wird: »Laßt den Plunder liegen!«, stellt sich bei der Droste das Subjekt unter das Gebot der Form und anerkennt sie als ein höheres Allgemeines. Es wäre der Dichterin ein leichtes gewesen, diesen unbequemen Vers schlank und glatt zu machen. »Wie will die Angst mich richten!«, hätte sie zum Beispiel schreiben können. Aber so wäre auch das Signal der schweren Gehorsamsarbeit in der Form ausgeblieben. Sogar der Inhalt dieses Verses rückt damit in ein neues Licht. Daß er von Hinrichtung redet, macht einen schweren Doppelsinn. Bis zum Tod, heißt das, geht hier alle Pflicht und Treue. Und das ist denn auch die Thematik des ganzen Gedichts, sowohl auf der Ebene der vordergründigen Handlung, um deren scheinbarer Trivialität willen man die Ballade bis heute nicht beachtet hat, als auch auf der Ebene der fürchterlichen inneren Handlung, die sich bei der Arbeit am Text nur sehr langsam erschließt, einem aber zuletzt die kalten Schauer über den Rücken jagt.

Diese Dichtung fordert alle Lesekunst und –erfahrung, gerade weil sie so konventionell daherkommt. Was so tönt, muß auch leicht verständlich sein, denkt man aus eingeschulten Reflexen heraus. Schwer verständlich ist ja nach einer verbreiteten Meinung per definitionem das »Moderne«; das »Altmodische« begreift jeder auf Anhieb. Der Eindruck, als werde hier immer alles gesagt, täuscht aber vom ersten Wort an. Bei Busch ist das so. Auch wenn er manches nur andeutet – in der zitierten Passage etwa die Lüsternheit Helenes –, deutet er es mit aller wünschbaren Deutlichkeit an. Da bleiben keine Lücken. Bei der Droste indessen verkürzt und verdichtet sich so viel, daß man beim unbekümmerten Lesen über die Hälfte wegliest. Wesentlichste Dinge erfahren wir erst über Rückschlüsse und nach hartnäckigem Zurück- und Wiederlesen. So käme zum Beispiel kein Mensch auf den Gedanken, daß der erste Vers die Situation, die er zu eröffnen und stimmungsmäßig zu intonieren scheint, tatsächlich sprengt, daß er aus einer riesigen Distanz gesprochen ist. Der Schrein, in dem der Holzkäfer pocht, ist in Wahrheit der in der Wildnis verscharrte Sarg eben jener Frau, die in der dritten Zeile zu sprechen beginnt! Wer also hört diesen Käfer? Und wann? Der Hinweis soll nur eine erste Ahnung geben von den Erzählkünsten des Textes, seinen Verwebungen und Verschränkungen, soll die Herablassung verhindern, mit der wir auf derartige Literatur zu reagieren pflegen.

Inhaltlich geht aus den ersten drei Strophen folgendes hervor: Da sind zwei Schwestern; die ältere heißt Gertrude, die jüngere Helene. Ihre Mutter ist gestorben. Der Vater, der gar nicht erwähnt wird, muß schon viel länger tot sein. Das Familiensystem, das sich hier entwickelt, ist also eine reine Frauenwelt. Von der sterbenden Mutter hat die ältere Schwester das Elternamt übernommen, Autorität und Verantwortung für die jüngere Schwester. Das ist eine Exposition, die seltsam quer steht zu den Konventionen im Konfliktfeld um die verkommenen Kinder. Unabsehbar beliebt ist das Erzählmodell von den Eltern oder dem Vater mit einem guten und einem schlechten Sohn. Kaum hat Eva in den Apfel gebissen, ist die erste Geschichte dieser Art, Kain und Abel, schon da. Seltener schon sind die Geschichten um zwei entsprechend verschiedene Töchter. Aus dem Märchen von Goldmarie und Pechmarie ist die Konstellation aber doch vertraut. Was die Droste jedoch hier inszeniert, scheint singulär. Sie setzt zunächst die Mutter allein mit ihren zwei Töchtern. Dann nimmt sie diese Mutter aus dem Spiel, dergestalt, daß das eine Kind ihr gehorsam bleiben muß, indem es dem andern gegenüber zur Mutter wird. Das ergibt für diese Frau eine doppelte Pflicht: Der Mutter gegenüber muß sie sich als Kind bewähren und der Schwester gegenüber als Mutter. »Auf die Seele gebunden« wurde ihr das Geschwister von der Sterbenden. Das Totenbett aber ist traditionellerweise eine letzte Klimax heiliger Autorität.

Auffällig und recht seltsam erscheint trotz allem die seelische Verfassung, in der diese Mutterschwester zuerst auftritt. Sie befindet sich in einem Zustand extremer Angst, der mit der Situation nicht recht zusammenpassen will. Helene ist nach der Stadt gegangen und bleibt etwas länger aus als erwartet. Die Panik, die Gertrude deshalb erfaßt, treibt sie selbst wild und irr im Wald umher. Was sie von der andern vermutet, führt sie leibhaftig aus; sie irrt durch eine gebirgige, zerklüftete Landschaft, wo alles immer in die Tiefe zu gehen scheint. Schließlich beginnt sie zu beten, zu Maria, der weiblichen Gottheit – und jetzt wird das Geschehen wie das Erzählen, für eine sehr genaue Lektüre, merkwürdig. Ein Wunder nämlich scheint sich zu ereignen. Kaum hat sie die himmlische Frau angerufen, taucht ein Licht auf: »Ave Maria – ein Licht, ein Licht!« Der Gedankenstrich markiert den Moment des Mirakels. Aber dieses erweist sich als Illusion: ein Hirtenfeuer. Der Himmel läßt die Frau allein, die Gottesmutter läßt sie so allein, wie die leibhaftige Mutter sie mit dem schweren Auftrag allein gelassen hat. Während sie selbst Wort hält in ihrer hingebenden Frömmigkeit, treibt der Himmel mit ihr ein böses Vexierspiel. Diese Deutung wäre gezwungen, wenn sich der Vorgang nicht auf der Stelle nochmals wiederholte. Erneut nämlich folgt auf ein Gebet das scheinbare Wunder. Erneut wird die Mirakelsekunde im Text durch den Gedankenstrich markiert und folgt auf die aufzuckende Hoffnung die Enttäuschung. Diesmal allerdings ist das Ersatzereignis hintergründiger. Es taucht, als wär's beschworen worden, tatsächlich ein Wesen auf:

> »Vater unser, der du im Himmel bist
> Geheiliget werde dein Name« –
> Es rauscht am Hange, »heiliger Christ!«
> Es bricht und knistert im Brahme,
> Und drüber streckt sich ein schlanker Hals,
> Zwei glänzende Augen starren.

»Ach Gott, es ist eine Hinde nur,
Jetzt setzt sie über die Farren.«[290]

Den Vater im Himmel hat sie angerufen, und sogleich bricht etwas durch das Gestrüpp und den Ginster (»im Brahme«) heran. Es ist ein Hirschweibchen, ausdrücklich ein weibliches Tier. Das hat seine Bedeutung in dieser Frauendichtung. Wichtiger aber ist die Feinstruktur des Erzählmoments. Da ja die Schwester erwartet und fast magisch herangebetet wird, verbinden sich der schlanke Hals und die zwei glänzenden Augen zunächst mit der Vorstellung von dieser Frau. Die Information »eine Hinde nur« kommt erst später. Das schöne Waldtier überblendet sich mit der Schwester; in seiner Gestalt vergegenwärtigt sich diese zum ersten Mal. Das muß in Erinnerung behalten werden.

Dazu tritt nun aber noch etwas: diese Augen rücken auffällig, durch ein identisches Wort verknüpft, neben zwei andere. »Ihr Auge starret im trüben Glanz«, hat es von Gertrude geheißen; von der Hinde – oder sieht sie da noch die Schwester? – wird gesagt: »Zwei glänzende Augen starren.« Dies ist ein winziger Spiegeleffekt auf der Wortebene, der aber doch die Beziehung der zwei Frauen erstmals als mysteriös hinstellt. Der scharfen Differenz von »trüb« und »glänzend« unterlagert ist die Identität von »starren«.

Man muß an diesem Text so minuziös arbeiten – oder man muß ihn in der Obskurität belassen, in der er die 150 Jahre seit seiner Entstehung nun schon gelegen hat. Wenn Restauratoren monatelang an alten, verrauchten Gemälden operieren, bis daran Dinge sichtbar werden, von denen niemand eine Ahnung hatte, darf sich da nicht auch die Literaturwissenschaft einmal an einem Stück eingedunkelter Poesie die Mühe der Klärung Zentimeter für Zentimeter machen?

In diesem Frauengedicht geht eine Frau an der andern kaputt, genauer noch: sie geht kaputt am Kaputtgehen der andern. Die in die Mutterrolle befohlene Schwester verkommt am Verkommen der in die Kinderrolle befohlenen Schwester. Neben dem Gegensatz von Eltern- und Kindschaft steht die Gleichheit der Geschwisterschaft. Das tatsächliche Verhältnis der beiden Frauen ist das innerste Geheimnis dieser Dichtung.

Wie die vierte Strophe einen Vorgang der dritten so wiederholte, daß dieser in seiner Bedeutung – dem Scheinwunder, einer Tücke des Himmels – überhaupt erst erkennbar wurde, so wiederholt nun die fünfte Strophe mit gleicher Wirkung ein Geschehen der vierten. Dort tauchte ein Wesen auf, als »es« bezeichnet und also für einen Moment mit der Schwester zu verwechseln. Hier geschieht das erneut, und erneut beseitigen erst die letzten zwei Zeilen die flüchtig wischende Täuschung.

Gertrude klimmt die Halde hinauf,
Sie steht an des Raines Mitte.

Da – täuscht ihr Ohr? – ein flüchtiger Lauf,
Behend galoppirende Tritte –
Und um sie springt es in wüstem Kreis,
Und funkelt mit freud'gem Gestöhne.
»Fidel, Fidel!« so flüstert sie leis,
Dann ruft sie schluchzend: »Helene!«[291]

Es ist wieder ein Tier, was herandrängt, ein Hund diesmal, ihr Hund – wessen genau, Helenes oder Gertrudes? Die Frage ist weniger absurd, als sie sich hier noch ausnehmen muß. In der Feinstruktur des Erzählablaufs zeigt sich erneut eine merkwürdige Doppelaussage. Bevor wir erfahren, was für ein Wesen hier erscheint, wird es paradox charakterisiert: es »funkelt«, aber »in wüstem Kreis«. Dem entspricht, etwas abgeschwächt, daß das »Gestöhne« »freudig« ist. Für die äußere Handlung verkörpert der Hund die Botschaft, daß die Schwester nicht zurückkommt aus der Stadt. Nach der impliziten Nachricht aber, die in der Strophe mit ihrem perspektivischen Kunstgriff steckt, ist der »wüste Kreis« auch im sozialen Sinn des Begriffs zu lesen. So lebt die Schwester jetzt in der Stadt: »in wüsten Kreisen funkelnd«. Man muß dabei beachten, wie die Erzählung das nächstliegende Verhalten übergeht und durch ein anderes ersetzt, welches erst verständlich wird aus der symbolischen Lektüre der Hundeszene. Zu erwarten wäre bei Gertrude die praktische Überlegung: Wenn der Hund allein zurückkommt, muß etwas passiert sein; das Tier kann mich zum Unglücksort führen. Gertrude aber liest den Vorgang anders. Sie versteht ihn ohne Zögern als definitive Trennung von der Schwester, und ihr Suchen wird nun sinnlos, verrückt und gespenstisch. Das verdeutlicht der unheimliche Erzählakt in der Mitte der siebten Strophe (die mit der achten zusammen den Teil I abschließt):

»Helene!« schallt es am Felsenhang,
»Helen'!« von des Waldes Kante,
Es war ein einsamer trauriger Klang,
Den heimwärts die Echo sandte.
Wo drunten im Tobel das Mühlrad wacht,
Die staubigen Knecht' an der Wanne
Die haben gehorcht die ganze Nacht
Auf das irre Gespenst im Tanne.

Sie hörten sein Rufen von Stund' zu Stund',
Sahn seiner Laterne Geflimmer,
Und schlugen ein Kreuz auf Brust und Mund,
Zog über den Tobel der Schimmer.
Und als die Müllerin Reisig las,
Frühmorgens an Waldes Saume,
Da fand sie die arme Gertrud im Gras,
Die ängstlich zuckte im Traume.[292]

In der fünften Zeile bricht die Perspektive radikal um, auch räumlich in einem dramatischen Sinn. Bisher hat sich alles hoch oben abgespielt, an Hängen und abstürzenden Rändern; jetzt springt die Optik in den Blick von unten, aus der Tiefe der Schlucht oder, mit dem süddeutschen Wort, des »Tobels«. Dieser Gegenraum ist ein Männerort. Oben ist selbst das Echo noch weiblich; »*die* Echo« beschwört die Reminiszenz an die Nymphe des Mythos, die aus Liebeskummer zu Narziß dahinsiechte, »bis nur ihre Stimme zurückblieb«.[293] Die zwei Verse vom traurigen Echo lassen den Frauenraum verstärkt als in sich geschlossen erscheinen, ohne Kommunikation zum Männerort in der Tiefe. Und es wird wiederum eine Frau sein, die die »arme Gertrud« am Morgen im Gras findet, zuckend, am Rand des Waldes und am Rand der Verrücktheit.

Verrücktheit – stimmt das? Der Aufwand, den der Text mit dem Perspektivensprung macht, ergibt tatsächlich nur einen Sinn, wenn das Verhalten Gertrudes sich nach der Rückkehr des Hundes entscheidend verändert hat. Ihr Rufen und Rennen ist ziellos geworden, ziellos und zugleich wilder, bis zur Erschöpfung. Für die Männer, die die Nacht durch in der Mühle arbeiten, treibt sich da oben ein Gespenst herum. Das Gedicht spricht, mit einer sehr merkwürdigen Wortverbindung, von einem »irren Gespenst«. Die Situation, in der Gertrude am Morgen gefunden wird, ist, man erschrickt fast, die Ursituation der Dichterin Annette Droste: im Grase, in sich selbst versenkt, umwirbelt und umweht von den eigenen Träumen.

XXIX. Die verkommene Schwester

Eine Erwartung, die nicht eingelöst wird. Die Angst des Textes vor der Gegenwart der Schwester. Die Zeichen der Sexualität. Warum kein Gegencode? Ein einziger Leib? Die Zweideutigkeit des kleinen Hundes. Das Seelentier. Doppelsinn des Namens. Die Geheimnisebene der Erzählung und der Spielraumder Deutung. Metonymie oder Metapher?

Was die simple Handlung betrifft, geht also aus dem ersten Teil hervor, daß da in einer eigentümlichen Weise mit dem Erzählmuster vom guten und bösen, braven und mißratenen Kind operiert wird, wobei die beiden Töchter zwei erwachsene Frauen sind und die Elterninstanz nur als verinnerlichtes Gesetz in der einen Schwester fortlebt. Von der Grundkonstellation des guten und des bösen Kindes nährt sich weltweit die Breiten- wie die Spitzenliteratur. Und gerade deshalb, weil wir davon so viel schon gehört und gelesen haben, entsteht nun dem Teil II der Erzählung gegenüber eine sehr genaue Erwartung. Literatur besteht ja nicht nur im fortlaufenden Mitteilen bestimmter Sachverhalte, sondern im fortlaufenden Erwecken von Erwartungen, auf die dann die Sachverhalte in mehr oder minder überraschender Weise antworten. Die Erwartungen aber entstehen über die literarischen Vorkenntnisse der Leserinnen und Leser, über ihren Vorrat an Plots, Topoi und Erzählstereotypen, dessen Grundstock einst mit den ersten Märchen und Geschichten, mit »Frau Holle« und »Hänsel und Gretel« zum Beispiel, gelegt wurde. Seither wissen wir: Wenn man in den wirklichen Wald geht, findet man nicht mehr als etwa einen Pilz oder eine Vogelfeder; wenn man aber in einen literarischen Wald geht, wohnt da eine Hexe oder es patrouilliert ein Wolf. Und sobald eines dieser Wesen sichtbar wird, weiß man auch schon, was jetzt wieder alles zu erwarten ist.

So auch hier. Man ist der braven Schwester begegnet – vom Stereotyp aus gesprochen –, hat erfahren, daß es ihr Pendant in Gestalt einer Verlorenen Tochter gibt, und damit ist unabweisbar klar: der nächste Teil wird diese vorführen. Wie beim Verlorenen Sohn die Tableaus von Vaterhaus, Verschwenderleben und Niedergang einander zu folgen pflegen, man denke nur an Hogarth, muß auch hier auf den Kummer der guten Frau zu Hause ein Gemälde vom »Funkeln« der liederlichen Frau in ihrem »wüsten Kreise« folgen. Ein Gelage zum Beispiel dürfte jetzt kommen, wie die deutsche Ballade es so auffällig liebt, vom »Belsatzar« bis zum »Glück von Edenhall«. Denn da Helenes Leben offensichtlich das Gegenleben, das Andere Leben zu dem Gertrudes ist, bietet es auch ganz andere poetische Chancen als deren arme Waldexistenz. Was da nicht an Farben von der Palette zu holen sein muß! Der erste Teil hat nur sehr indirekt über die Schwester berichtet. Jetzt muß der Klartext folgen. So die Erwartung.

Und damit beginnt die Überraschung. Wieder bricht dieser äußerlich so konventionelle Text die Konventionen. Zwar schwenkt er, wie man es sich denken mochte, vom Wald- und Bergland über in die Stadt, von der Einsamkeit ins Getümmel, setzt also jene Opposition, mit der später die Heimatliteratur und bis heute der triviale Kioskroman arbeitet. Aber der Fokus des Erzählens bleibt ganz bei Gertrude. Nichts vom Prunkgemälde mit der Verlorenen Tochter als großer Buhlerin. Sie erscheint nicht – und erscheint doch, erscheint in winzigen, aber dadurch fast schreienden Zeichen, erscheint mehr noch als seelisches Ereignis, als Entsetzens-Echo in der guten Schwester. Den Auftakt macht eine Jahrmarktschilderung, in die hinein Gertrude tritt. Offenbar ist sie wegen dieses Marktes aus dem Hinterland in die Stadt gekommen, also nicht auf einer planvollen Suche nach Helene. Die erste Strophe ist routiniertes poetisches Handwerk, biedermeierliches Pflichtgereime, und ihr letzter Vers: »O Babels würdige Klänge!« markiert in seiner philiströsen Mißlichkeit jene qualitative Grenze, die bei der Droste gelegentlich schon auch gestreift wird.

II

Wie rollt in den Gassen das Marktgebraus!
Welch ein Getümmel, Geblitze!
Hanswurst schaut über die Bude hinaus,
Und winkt mit der klingelnden Mütze;
Karossen rasseln, der Trinker jucht,
Und Mädchen schrein im Gedränge,
Drehorgeln pfeifen, der Kärrner flucht,
O Babels würdige Klänge!

Da tritt ein Weib aus der Ladenthür,
Eine schlichte Frau von den Flühen,
Die stieß an den klingelnden Harlekin schier,
Und hat nicht gelacht noch geschrien.
Ihr mattes Auge sucht auf dem Grund,
Als habe sie Etwas verloren,
Und hinter ihr trabt ein zottiger Hund,
Verdutzt, mit hängenden Ohren.[294]

Die erzählerische Verdichtung setzt in der zweiten Strophe wieder ein, wenn die merkwürdige Anästhesiertheit der Frau gegenüber dem ganzen Treiben festgehalten wird. Gertrude verkörpert hier keine moralische Haltung, wie man auf Anhieb vielleicht denken könnte, in dem Sinne etwa, daß die »schlichte Frau« eben gefeit wäre gegen die städtische Zügellosigkeit. Vielmehr befindet sie sich in einem komplexen seelischen Zustand. Das sinnlose Suchen, das sich am Ende des ersten Teils in den Paroxysmus steigerte, ist zu einem stummen Habitus geworden, der die Frau von allen andern abscheidet. Sie verhält sich jetzt immer und überall so, »als habe sie etwas verloren«.

Darauf folgt die dramatische Steigerung, die letzte Begegnung mit der Schwester zu deren Lebzeiten. Falls man dies überhaupt eine Begegnung nennen kann. Die Droste stößt hier zu Erzählmomenten vor, die mit plötzlichen, an die Filme Eisensteins gemahnenden Großaufnahmen operieren und alles Wesentliche nur über Dingsymbole mitteilen, es verbergen und offenbaren zugleich. Zur lebendigen Person verdichtet sich dabei die Schwester nicht. Ebensosehr wie eine handelnde Figur bleibt sie eine Art Gespenst in der Seele Gertrudes.

»Zurück, Verwegne! siehst du denn nicht
Den Wagen, die schnaubenden Braunen?«
Schon dampfen die Nüstern ihr am Gesicht,
Da fährt sie zurück mit Staunen,

Und ist noch über die Rinne grad
Mit raschem Sprunge gewichen,
Als an die Schürze das klirrende Rad
In wirbelndem Schwunge gestrichen.

Noch ein Moment, – sie taumelt, erbleicht,
Und dann ein plötzlich Erglühen,
O schau, wie durch das Gewühl sie keucht,
Mit Armen und Händen und Knieen!
Sie rudert, sie windet sich – Stoß auf Stoß,
Scheltworte und Flüche wie Schlossen –
Das Fürtuch reißt, dann flattert es los,
Und ist in die Rinne geflossen.

Nun steht sie vor einem stattlichen Haus,
Ohne Schuh, besudelt mit Kothe;
Dort hält die Karosse, dort schnauben aus
Die Braunen und rauchen wie Schlote.
Der Schlag ist offen, und eben sieht
Sie im Portale verschwinden
Eines Kleides Falte, die purpurn glüht,
Und den Schleyer, segelnd in Winden.[295]

Eine konzentrierte Versenkung in den Text läßt auch heute noch erleben, wie energisch hier erzählt wird hinter dem altmodischen Firnis: die Pferdenüstern, riesengroß neben dem Gesicht der gedankenverlorenen Frau; wie sie in Gefahr gerät durch die herantobende Karosse, und wie das Rad ihre Schürze faßt, die wenig später in der Gosse landet. Vor allem aber: wie das Entscheidende ausgespart wird. Offensichtlich erblickt sie etwas im Moment der höchsten Gefahr, was sie völlig verändert. Die Apathie schlägt um in wilde Aktivität; sie wird zur Kämpferin, körperlich, der ganzen Menge gegenüber, gerät aus der passiven in eine Art militanter Einsamkeit. Daß sie die Schwester gesehen hat in der arroganten Kutsche, ist vom Kontext aus nicht zu bezweifeln. Sie will ihr nach, kommt zum »stattlichen Haus« – die hat es zu was gebracht! –, und wieder entzieht sich die Person dem Blick, ist sie nur in Dingen und Zeichen erkennbar: »Eines Kleides Falte, die purpurn glüht, / Und den Schleyer, segelnd in Winden.«

Die Angst des Textes vor der vollen körperlichen Gegenwart der verkommenen Schwester gehört zu seinem mysteriösen Kern. Das Verschweigen aber wird unterlaufen durch die Sprache der Dinge. Da sind die mächtigen, schnaubenden, dampfenden Rosse; da ist die Schürze im Rinnstein; da ist die purpurne Falte im Türspalt; da ist der flatternde Schleier. Ein erotisch-sexuelles Signal folgt dem andern. Sie tauchen da auf, wo die Schwester so überdeutlich *nicht* erscheint. Man vermutet zunächst, daß der Text die Wahrheit über die Frau, die offensichtlich als

Luxusprostituierte lebt, aus Dezenz oder Puritanismus nicht anders auszusprechen wagt. So wie im ersten Teil der »wüste Kreis«, das »Funkeln« und das »freudige Stöhnen« ein sinnliches Gegenleben beschwor, tut es hier die genitale Chiffre von der purpurnen Falte im Portal. Und die Schürze ist ein altbekanntes, im Volksmund vielfach abgewandeltes erotisches Zeichen. Sie steht sowohl für das, was unter ihr ist, wie für die Frau als Triebziel der Männer überhaupt. Sie wird vom »Schürzenjäger« gejagt. Und wenn eine Frau gegen solche Jagd wenig einzuwenden hat, gilt sie als »leichtes Tuch«. Im Text fahren die phallischen Tiere Gertrude an die Schürze, an das »Fürtuch«, wie es mit einem alemannischen Dialektausdruck einmal heißt.

Da liegt nun aber auch die Crux. Es ist Gertrudes, nicht Helenes Schürze, die in der Gosse landet. Man kann trotzdem noch versuchen, alles auf Helene hin zu bündeln: Sie gibt sich den reichen Männern hin, lebt ihre Triebe aus, läßt die wilden Rosse laufen, und eine Zeitlang segelt sie groß im Wind wie der Schleier am Portal, aber sie wird auch ein böses Ende nehmen und im Rinnstein verkommen... Das stimmt von der Handlung her, und wieso sollen die Zeichen es nicht andeuten? Vertrackt ist nur die Tatsache, daß diesem erotischen Code um Helene nicht ein konträrer Code um Gertrude gegenüber steht. Den Schleier, das Zeichen der Braut, der Nonne, der Witwe – der »Reinheit« und des Triebverzichts –, hätte man gern auf Gertrude bezogen; er flattert aber fröhlich neben der purpurnen Falte. Und die Schürze, die ja nun wirklich nur von Helene reden kann, wird der frommen Gertrude vom Leib gezerrt.

Und das ist immer noch nicht alles. Wie im ersten Teil die Charakterisierung der Augen die zwei Frauen durch ein identisches Wort – »starren« – nebeneinander rückte, wird hier wiederum ein Schlüsselbegriff für beide verwendet. Und erneut geschieht dies in einem Akt gleichzeitiger Kontrastierung. Es geht um das Wort »glühen/erglühen«. Zweimal wird es auf Gertrude bezogen, in der vierten und siebten Strophe (»Und dann ein plötzlich Erglühen« / »Erglühend streicht sie zurück ihr Haar«), genau dazwischen aber steht der Vers, der Helenes äußere und innere Person unter diesen Begriff stellt: »Eines Kleides Falte, die purpurn glüht.« Die beiden Frauen, die von der Textanlage her so archetypische Gegensätze sind wie Kain und Abel oder Goneril und Cordelia, werden also auf der Zeichenebene wieder übereinander geblendet. Der Text präsentiert sie einerseits als durch Abgründe getrennt – durch reale »Tobel« im ersten Teil –, und redet andererseits wieder so, als hätten die beiden insgeheim nur *ein* gemeinsames Kleid und *einen* gemeinsamen Leib, *ein einziges* Erglühen dieses Leibes.

Äußerlich, auf der handfesten Handlungsebene, geraten die Schwestern nur durch den kleinen, zottigen Hund in wirklichen Kontakt. Die letzten zwei Strophen des zweiten Teils wiederholen hier ein Moment des ersten Teils. Gertrude ist vor dem schönen Haus stehengeblieben, wo sie nur noch jene wehenden Tücher verschwinden sah, und glaubt an eine Täuschung ihres armen Kopfs:

»Ach« flüstert Gertrude, »was hab ich gemacht,
Ich bin wohl verrückt geworden!
Kein Trost bei Tag, keine Ruh bei Nacht,
Das kann die Sinne schon morden.«
Da poltert es schreiend die Stiegen hinab,
Ein Fußtritt aus dem Portale,
Und wimmernd rollt von der Rampe herab
Ihr Hund, der zottige, fahle.

»Ja« seufzt Gertrude, »nun ist es klar,
Ich bin eine Irre leider!«
Erglühend streicht sie zurück ihr Haar,
Und ordnet die staubigen Kleider.
»Wie sah ich so deutlich ihr liebes Gesicht,
So deutlich am Schlage doch ragen!
Allein in Ewigkeit hätte sie nicht
Den armen Fidel geschlagen.«[296]

Der Hund hat Helene erkannt, ist ihr nachgerannt und mit einem Fußtritt wieder aus dem Haus befördert worden. Er stellt also den Beweis dar für die Identität der Schwester. Dennoch wird er von Gertrude für ein Gegenzeugnis genommen: So schlecht kann sie nicht sein, daß sie das Tier treten würde. Überaus merkwürdig ist, wie dieser kleine Go-between bald das eine, bald das andere Leben darstellt: einmal das »Funkeln« und das »Wüste«, dann wieder die wimmernde, gequälte Opferschaft. Er erscheint als eine Art Seelentier, das beiden Frauen gemeinsam ist und wie verdammt hin- und herrennt. Die Doppelung spiegelt sich sogar im Namen. »Fidel« ist gewiß ein gebräuchlicher Hundename, kommt aus dem Französischen und bedeutet »treu«. Wenn der Akzent aber auf der zweiten Silbe liegt, heißt das Wort im Deutschen etwas anderes: lebenslustig, fröhlich, lauthals vergnügt. Vom Metrum der Verse her, in denen der Name fällt, sind beide Betonungen möglich, die zweite wäre bei skandierendem Lesen sogar die näherliegende. Wie spitzfindig immer sich eine solche Überlegung ausnehmen mag: die Doppelbedeutung im Namen des Seelentiers korrespondiert mit dem Doppelcharakter der zwei Frauen. Die Hunde stehen ja auch im allgemeinen Bewußtsein gleichzeitig für das Ehrlose und für das höchst Sittliche. Weil sie öffentlich kopulieren, geben sie das übelste Schimpfwort ab, weil sie dem Menschen anhangen wie kein anderes Tier, verkörpern sie die exemplarische Treue. Von der »Schamlosigkeit einer Hündin« spricht der verdammende Vater in der »Marquise von O ...«, aber auf den Braut- und Hochzeitsbildern der Renaissance sitzt das Hündlein ruhig im Vordergrund und ist ein Sinnbild der beständigen Liebe.

Die wahnwitzige Spannung, die sich in diesen Dingen äußert, scheint für die konzentrierte Lektüre zusammenzustimmen mit dem Verdacht der Verrücktheit, den Gertrude sich selbst gegenüber hegt. Die beiden letzten Strophen setzen je mit diesem Gedanken ein – und ergreifend unbeholfen berührt einen die Formulierung: »Ich bin eine Irre leider!« Es gibt hier aber kein ursächliches Verhältnis; denn im äußern Handlungszusammenhang ist alles klar, und der Zweifel am eigenen Kopf begründet sich bei Gertrude hinlänglich aus ihrer seelischen Belastung und aus dem Wunsch, es möge nicht wahr sein, was sie mit Augen gesehen hat. Erst im inneren Zusammenhang des Werks, seiner Geheimnisebene, wenn das Wort gewagt werden darf, finden sich jene Paradoxien, Verschiebungen und semantischen Quersprünge, welche an das psychische Phänomen in der äußeren Handlung denken lassen. Die Geheimnisebene erschließt sich allein über die Bildlichkeit, die unterschiedlichen rhetorischen Figuren, deren Definition vom Leser vorgenommen wird – und also der Kritik ausgesetzt bleibt. Was heißt das? Es heißt: Ich kann »eines Kleides Falte, die purpurn glüht« als Metonymie lesen. Dann besagt der Vers: Helene ist vornehm gekleidet; also lebt sie reich und prächtig. Das winzige Detail steht für den ganzen Luxus ihrer jetzigen Existenz. Oder aber: Ich kann den Vers als Metapher lesen, dann wird er zur sexuellen Aussage, und diese steht nun ihrerseits metonymisch für das Liebesleben der Frau. Ob ich das eine oder das andere tue, ist mein Entscheid und liegt im Umkreis meines Deutungsrechts. Da hat mir niemand dreinzureden, auch die Autorin nicht – die es hier, weiß Gott, tun würde. Aber ich kann auch niemand darauf verpflichten, mir diese Dinge abzunehmen.

Immerhin: der große Handlungsbogen ist deutlich genug. Helene ist aus dem Gebirge abgehauen und lebt in der Stadt und zwar prächtig, indem sie vom Kapital ihrer Reize zehrt. Gertrude quält sich ab unter der Last einer Verantwortung, die zur Schuld geworden ist. So deutlich setzt nun auch der dritte Teil ein, fast wie ein Stummfilm, wo der Satz eingeblendet wird: »Ten years later«.

XXX. Der Sturz in den Spiegel

Die Begegnung. Aufheulen und Verschwinden des Seelentiers. Gesicht über Gesicht. Plötzlich okkupiert ein Mann die Erzählposition. Die Hauptsache des Gedichts. Sturz und Einswerdung mit der zweiten Seele. Von Spiegeln und Doppelgängern in Aberglauben und Literatur. Der moralische Pakt als Täuschungsstrategie. Die Kiste des Gehorsams. Eine »Todesart«.

III

Zehn Jahre! – und Mancher der keck umher
Die funkelnden Blicke geschossen,
Der schlägt sie heute zu Boden schwer,
Und Mancher hat sie geschlossen.[297]

Das ist gutes Handwerk, und es ist braves bürgerliches Erzählen mit seinem charakteristischen Seitenblick auf Lebenswahrheiten, die ohnehin jeder kennt. Nur das Wort »funkelnd« läßt aufmerken. Das war doch schon mal da ... Und es streift einen flüchtig ein ominöser Anhauch.

Ähnlich wacker berichtet ist auch der Rest des Auftakts zum Geschehen dieses Teils. Wir sind wieder in der Stadt, diesmal am Hafen. Man wird an den Bodensee denken dürfen, wo das Gedicht ja auch entstanden ist; Bregenz vielleicht, mit dem Vorarlberger Hinterland. Gertrude, gealtert, kommt mit einem Gefäß Honig zum Schiff, dessen Besitzer und Handelsherr die Ware bestellt hat. Die Verse sind einigermaßen mühsam, wie vordem die Jahrmarktsbeschreibung, bis dann wieder das eigentliche Geschehen einsetzt und die plötzlichen Durchblicke auf die Geheimnisebene möglich werden.

Am Hafendamme geht eine Frau,
- Mich dünkt, wir müssen sie kennen,
Ihr Haar einst schwarz, nun schillerndes Grau,
Und hohl die Wangen ihr brennen.

Im Topfe trägt sie den Honigwab,
Zergehend in Julius-Hitze;
Die Trägerin trocknet den Schweiß sich ab,
Und ruft dem hinkenden Spitze.
Der sie bestellte, den Schiffspatron,
Sieht über die Planke sie kommen;
Wird er ihr kümmern den kargen Lohn?
Gertrude denkt es beklommen.[298]

Der Vorgang, der hier anhebt, erweist sich wiederum als eine Täuschung, eine der vielen winzigen Täuschungen, die es in diesem Werk gibt. Wie die beiden Scheinwunder im ersten Teil läuft hier die Begegnung mit dem

Patron ab. Gertrude meint, er komme auf sie zu wegen des Honiggeschäfts und macht sich auf ein kränkendes Feilschen gefaßt. Sie sieht sich also bereits mit dem Mann in einer Art Kommunikation auf Distanz. Dieser aber dreht ab und wendet sich zum Strand, zu einer Gruppe von Matrosen. Wie seinerzeit bei der Mühle, steht auch hier wieder ein reines Männerkollektiv, Patron und Seeleute, der Frau gegenüber – der Frauenwelt als ganzer? Und erneut wird der Hund zum Go-between:

Doch nein, – wo sich die Matrosen geschaart,
Zum Strande sieht sie ihn schreiten,
Er schüttelt das Haupt, er streicht den Bart,
Und scheint auf die Welle zu deuten.
Und schau den Spitz! er schnuppert am Grund –
»Was suchst du denn in den Gleisen?
Fidel, Fidel!« fort strauchelt der Hund,
Und heulet wie Wölfe im Eisen.

Barmherziger Himmel! ihr wird so bang,
Sie watet im brennenden Sande,
Und wieder erhebt sich so hohl und lang
Des Hundes Geheul vom Strande.
O Gott, eine triefende Leich' im Kies,
Eine Leich' mit dem Auge des Stieres!
Und drüber kreucht das zottige Vlies
Des lahmen wimmernden Thieres.[299]

Der Seelenhund! So wie er bisher schon immer gerannt ist zwischen den Schwestern, rennt er auch jetzt wieder los – sofern er in seinem hohen Hundealter überhaupt noch rennen kann, rennt und strauchelt und heult. Die schreckliche Wasserleiche am Ufer wird dadurch für den Leser sogleich als die tote Helene erkennbar. Sie ist in den erwarteten Niedergang geraten und hat sich umgebracht im See und wurde jetzt angeschwemmt.

Dies ist die erste Begegnung zwischen den zwei Schwestern im ganzen Text. Die fiebrige Erwartung des Anfangs und das apathische Suchen später, beides wird erst hier eingelöst. Denn jenes Gesicht im Kutschenfenster war ja mehr eine streifende Erscheinung, halb Wirklichkeit, halb Traumschock. Das Zusammenfinden der beiden Frauen wird vom Verhalten des Hundes nicht nur präludiert, sondern auch zeichenhaft erläutert. Er heult »wie Wölfe im Eisen«, das heißt, wie ein wildes Tier, welches in ein Tellereisen getreten ist, die brutale Falle, deren zwei gezackte Stahlbögen um das Bein zusammenschlagen. Die ersehnte Vereinigung bringt nicht Erlösung, sondern steht unter dem Zeichen einer endgültigen Gefangenschaft. Das Seelentier war gehetzt, aber doch auf eine Art frei. Jetzt ist es an einem Endpunkt. Das schauerliche Heulen ist seine dritte Verlautung nach dem freudigen Stöhnen zuerst und dem jämmerlichen Wimmern später, und dem akustischen Extrem entspricht nun auch das grausige Bild, wie das lahme Tier über die Leiche kriecht. Nach dem Wortlaut ist es nur noch das »zottige Vlies«, das »drüber kreucht«. Alles Hin und Her ist zu Ende, und so kann vom Seelenhund gesprochen werden, als beginne er sich aufzulösen. Tatsächlich verschwindet das Tier jetzt aus dem Text.

Die letzten drei Strophen des dritten Teils sind ganz und bis ins Minuziöse dem Zusammenfinden und Erkennen gewidmet – in den beiden Schlußstrophen mit fast kriminalistischen Elementen. Ein Muttermal an der Schulter und der Dirnenname »blonde Helene« ergeben die Erkennungszeichen. Viel wichtiger aber ist, wie sich der seelische Vorgang in Gertrude körperlich inszeniert:

Gertrude steht, sie starret herab,
Mit Blicken irrer und irrer,
Dann beugt sie über die Leiche hinab,
Mit Lächeln wirrer und wirrer,
Sie wiegt das Haupt bald so bald so,
Sie flüstert mit zuckendem Munde,
Und eh die zweite Minute entfloh,
Da liegt sie kniend am Grunde.

Sie faßt der Todten geschwollene Hand,
Ihr Haar voll Muscheln und Tange,
Sie faßt ihr triefend zerlumptes Gewand,
Und säubert von Kiese die Wange;
Dann sachte schiebt sie das Tuch zurück,
Recht wo die Schultern sich runden,
So stier und bohrend verweilt ihr Blick,
Als habe sie Etwas gefunden.

Nun zuckt sie auf, erhebt sich jach,
Und stößt ein wimmernd Gestöhne,
Grad eben als der Matrose sprach:
»Das ist die blonde Helene!
Noch jüngst juchheite sie dort vorbei
Mit trunknen Soldaten am Strande.«
Da that Gertrud einen hohlen Schrei,
Und sank zusammen im Sande.[300]

Ganz langsam geht die Frau aus der stehenden Stellung, der Haltung des aufrechten Gangs, nieder und blickt dabei, im Maße der Annäherung an die Ausgestreckte, »irrer und irrer«, lächelt »wirrer und wirrer« – lächelt, weil es ja doch das Wiedersehen ist. Gesicht hängt über Gesicht, Leib naht dem Leib. Das bildet sich ab in den Wortspiegelungen: »irrer und irrer« / »wirrer und wirrer«. Und auf dieses sehr langsame Neigen und Sinken folgt ein plötzlicher Sturz. Sie fährt nochmals hoch und bricht mit einem Schrei zusammen.

Und erneut tauchen hier jene winzigen Signale auf, die eine Identität der zwei so verschiedenen Frauen andeuten. Wie im ersten Teil geschieht es über die Deskription des Blicks, der Augen. »starr«, »Stier«, »stierend« sind die Wörter. Die Tote starrt »mit dem Auge des Stieres«; der Blick der Lebenden ist »stier und bohrend«. Die Beobachtung mag auch diesmal spitzfindig anmuten. Dennoch wird das Phänomen dieser Wortklammern durch die Wiederholung bestätigt.

Und jetzt? Was kann nun noch passieren? Was ist da weiter zu erwarten? Das Wesentliche, denkt man, ist geschehen. Die brave Frau stirbt hier, oder sie stirbt etwas später. Viel mehr steht nach aller literarischen Erfahrung wohl nicht in Aussicht.

Dennoch ist es der vierte Teil, der dem Ganzen erst sein volles Gewicht gibt und ein literarisches wie seelengeschichtliches Ereignis schafft. Hier erst entfaltet die Droste alle gestalterischen und erfindenden Kräfte. Hier stößt sie zu Szenen von jener singulären Art vor, um derentwillen ihr Werk immer ragender in ihrem Jahrhundert steht. Jetzt drängt das Geheimnis gefährlich an die Oberfläche und an die geschützten Zonen des Bewußtseins heran, das Geheimnis, das sich im Text von der ersten Zeile an regt und doch verdeckt und vergraben bleiben soll.

Wie schwer dies wird, wie riskant offenbar auch, zeigt sich daran, daß die Erzählung zunächst einmal massiv auf Distanz geht. Sie baut erzähltechnische Schranken auf und sucht schützenden Abstand von der Zone des unmittelbaren Grauens. Es geschieht auf eine Art, die man sich verblüffender kaum denken kann. Plötzlich nämlich, im ersten Vers des letzten Teils, taucht ein redendes Ich auf und präsentiert sich als die Instanz, die auch bisher schon alles erzählt hat. Mit einem Schlag kippt so der ganze Erzählbericht in die Perspektive einer ihrerseits darin auftretenden Figur. Bis dahin konnte man die Geschichte nicht anders lesen als aus dem Munde Annette von Drostes gesprochen, der einsamen Frau in Meersburg, und nun steht unversehens jemand vor ihr und ist, die zweite Strophe schafft schroffe Klarheit, ein Mann. In diese Frauentragödie aus der Feder einer Frau schiebt sich ein eleganter Herr und okkupiert den Ursprung des Erzählens.

Muß sich die Dichterin schützen? Könnte die Wahrheit, die immer wilder ans Licht drängt, zurückschlagen auf das Subjekt, das sie verlauten läßt?

Ganz unbekannt ist der Vorgang nicht für jene, die das Werk der Droste kennen. Es gibt andere Gedichte, und sie gehören zu den machtvollsten, wo sich ebenfalls gegen Ende des Textes die erzählende Instanz als Mann präsentiert – zur Verblüffung der Leserinnen und Leser, die sich bislang tief in der Erfahrungswelt eines weiblichen Subjekts glaubten. In der »Mergelgrube« ist es so und im »Hünenstein«. Beide Male erscheint der Kunstgriff unnötig. Er irritiert und ist peinlich. Hier wie dort ist es die Anrede »Herr« durch einen Untergebenen, was die Situation klärt – oder besser: eine neue schafft und sie rückwirkend über das Ganze stülpt. Im »Hünenstein« geschieht es in Vers 74 (von 78): »Und – ›Herr, es regnet‹ – sagte mein Lakai«;[301] in der »Mergelgrube« in Vers 114 (von 122): »Der lügt mal, Herr!«[302] In den »Schwestern« fällt die gleiche Anrede im dritten Vers der zweiten Strophe des vierten und letzten Teils.

IV

Jüngst stand ich unter den Föhren am See,
Meinen Büchsenspanner zur Seite.
Vom Hange schmählte das brünstige Reh,
Und strich durch des Aufschlags Breite;
Ich hörte es knistern so nah und klar,
Grad' wo die Lichtung verdämmert,
Daß mich gestöret der Holzwurm gar,
Der unter'm Fuße mir hämmert.

Dann sprang es ab, es mochte die Luft
Ihm unsre Witterung tragen:
»Herr,« sprach der Bursche: »links über die Kluft!
wir müssen zur Linken uns schlagen!
Hier naht kein Wild, wo sie eingescharrt
Die tolle Gertrud vom Gestade,
Ich höre genau wie der Holzwurm pocht
In ihrer zerfallenden Lade.«[303]

Da wird der Mann zum Patron des Frauengedichts. Einer aus der besseren Gesellschaft, der gerne mal jagt – die Jagd ist Adelsprivileg – und einen Diener bei sich hat, den »Büchsenspanner«, regiert nun die Erzählperspektive. Zwischen ihn und das Frauengeschehen tritt aber noch, wie ein weiterer Filter, dieser Begleiter. Der Herr erzählt in der Folge, was der Diener ihm erzählt hat. Nach den Müllerknechten und den Matrosen ist dies die dritte Männergruppe, vor der Gertrude und ihr Schicksal zum Beobachtungsobjekt wird.

Ausgelöst wird dieser Bericht eines Berichts durch ein unheimlich ausgefallenes, ein unheimlich präzises Phänomen, wie man es nur bei dieser Autorin findet. Der Jäger steht zu Beginn des vierten Teils in einem Wald, nahe beim See, und es ist totenstill. Er hört von fern die Rufe eines Rehs, das in der Aufgereiztheit der Brunst eine fremde Gegenwart wittert. »Schmälen« ist ein Fachausdruck der Jäger für die Laute des Rotwilds.[304] Das junge Hirschweibchen des ersten Teils findet hier eine Echogestalt in dem brünstigen Reh. Dies und die knisternden Schritte des Tiers sind das eine Geräusch in der Stille, das andere Geräusch kommt tief aus dem Boden unter dem Jäger. Ein Holzwurm pocht da irgendwo. Solche allerwinzigsten Geräusche, eine Art mikroskopische Akustik, durchziehen das ganze Schaffen der Dichterin. Sie hört das Schrillen der Fliege im Spinnennetz, sie hört das Nagen der Raupe an einem Blatt. Insofern rückt der Herrenjäger merkwürdig nah an die Figuren, die in ihrem Werk dämmernd, halb somnambul, mit extrem gereizten Nerven im Gras oder Moos, in Senkungen und Mergelgruben liegen oder schlaflos die Nacht durchwarten. Und kaum hat er das Pochen gehört, spricht auch der Bursche und erklärt, daß genau hier eine verrückte Selbstmörderin begraben sei; der Wurm poche in ihrem Sargholz. Eingescharrt habe man sie, das heißt ohne christliche Riten und fernab vom Kirchhof in die Erde getan, als eine, die sich durch ihren Suizid selbst verdammt hat. So pflegte es ja die christliche Kirche mit Selbstmördern bis in die neuere Zeit zu halten.

Man studiere dazu die Reime der zweiten Strophe. Da findet sich ein Bruch, ein nicht gereimtes Verspaar: »Hier naht kein Wild, wo sie eingesch*arrt* / Die tolle Gertrud vom Gestade, / Ich höre genau wie der Holzwurm p*ocht* / In ihrer zerfallenden Lade.« Es bedarf keiner besonderen Begabung, um zu erkennen, welches Wort da ausgemerzt wurde: »eingelocht«. Ob die Autorin selber darüber erschrak oder ob Levin Schücking ihr drein korrigierte, ist nicht auszumachen. Offenbar aber erschien das Wort zu drastisch. Die soziale Ächtung Gertrudes nach ihrem Tod – furchtbar wie die Ächtung des toten Antigone-Bruders durch Kreon –, das Gericht der Priester und Selbstgerechten über eine bis zur Raserei gute Frau, wird in seiner Brutalität verdeutlicht durch die schonungslose Direktheit des Redens. Daß die Autorin die Flickstelle so sichtbar beließ, erscheint wie ein Zeichen für die Bedeutung der Stelle im Ganzen.

Und nun rückt der Bursche mit der Sage heraus, die sich inzwischen um die tote Frau gebildet hat. Das Wild meide diesen Ort im Wald; hier sei deshalb schlecht zu jagen. Das abergläubische Gerücht verbindet sich seltsam mit dem klaren Faktum des Geräuschs aus der Tiefe. Und so, halb als Sage – »schaurige Märe« –, halb als Faktum berichtet er nun auch weiter, was er von der »tollen Gertrude« gehört hat. Der Zustand der Frau vor ihrem Tod aber ist die Hauptsache der ganzen Dichtung.

Zur Seite sprang ich, eisig durchgraut,
Mir war als hab ich gesündigt,
Indeß der Bursch mit flüsterndem Laut
Die schaurige Mähre verkündigt:
»Wie Jene gesucht, bei Tag und Nacht,
Nach dem fremden ertrunkenen Weibe,
Das ihr der tückische See gebracht,
Verloren an Seele und Leibe.

Ob ihres Blutes? man wußte es nicht!
Kein Fragen löste das Schweigen.
Doch schlief die Welle, dann sah ihr Gesicht
Man über den Spiegel sich beugen,
Und zeigte er ihr das eigene Bild,

Dann flüsterte sie beklommen:
»Wie alt sie sieht, wie irre und wild,
Und wie entsetzlich verkommen!«

Doch wenn der Sturm die Woge gerührt,
Dann war sie vom Bösen geschlagen,
Was sie für bedenkliche Reden geführt,
Das möge er lieber nicht sagen.
So war sie gerannt vor Jahresfrist,
- Man sah's vom lavirenden Schiffe –
Zur Brandung, wo sie am hohlsten ist,
Und kopfüber gefahren vom Riffe.[305]

Nicht der Suizid ist das Wesentliche, sondern was ihm vorausgeht und woraus er hervorgeht. Der Bursche selbst weiß offensichtlich nichts von der Vorgeschichte. Er weiß nur von einer stadtbekannten Wahnsinnigen, die am Hafen lebte. Da sie aus dem Gebirge stammte, war sie hier eine Hergelaufene, eine Fremde wie jenes »fremde ertrunkene Weib«, und war auch, genau wie dieses, »verloren an Seele und Leibe«. Sie treibt sich am Ufer herum, seit man dort die andere aufgelesen hat. Und wie treibt sie sich herum? Sie sucht. Immerzu sucht sie weiter, sucht die Ertrunkene, als gäbe es sie noch irgendwo, als wüßte sie genau: die ist da, und sie ist zu finden.

Das kann und muß man doppelt lesen. Einmal, auf der äußeren Handlungsebene, als klinischen Bericht über eine psychische Zerstörtheit; das andere Mal, auf der Geheimnisebene, als die symbolisch herausgerückte Wahrheit des Ganzen. In psychopathologischer Optik repetiert Gertrude immerzu und sinnlos ihre bisherige Existenz, wartet, wie sie auf die Lebendige gewartet hat, weiter auch auf die Tote. Das ist traurig und beklemmend, aber nicht mehr. Für die andere Lektüre indessen drängt sich hier alles zusammen, was bisher an Doppelsinn durch den Text flackerte. Wie sucht sie die Schwester? Sie hat ein Ritual des Wahns entwickelt, das immer dann möglich wird, wenn der See ganz ruhig ist. Dann beugt sie sich über das Wasser und sieht darin ihr Spiegelbild, und dieses ist die Schwester. Sich selbst erblickend, betrachtet und benennt sie deren Zustand: »Wie alt sie sieht, wie irre und wild, / Und wie entsetzlich verkommen!«

Dieses »Verkommen« am Strophenschluß muß man zusammensehen mit dem vorhergehenden Strophenende: »verloren an Seele und Leibe«, der Charakterisierung der toten Dirne. Ihr eigenes Gesicht zeigt ihr nun die Schwester. Sie selbst ist jene andere, und jene andere ist sie. Sie selbst ist, die sie immer gesucht hat und nun im tiefen Wasser findet. Was ihr entgegentaucht wie ein Wasserweib, ist die Gestalt des eigenen Leibes und der eigenen Seele – und nie war die Schwester etwas anderes. Das Spiegelbild will zu ihr kommen und sie zu ihm gelangen – eins werden endlich mit dem Wesen will sie, damit die Lebenssuche, die Lebensqual, die Qual der zerschnittenen Existenz ein Ende habe. Und tatsächlich vollzieht sie schließlich den Akt der Einswerdung. Sie wirft sich dem Spiegelbild im Wasser entgegen, »kopfüber«, Gesicht in Gesicht hinein, starrende Augen zu starrenden Augen. Im Sturm geschieht's, im Toben und Wüten des Sees, als das grundlose Wasser ihr alchymisch entgegenkocht zum Vollzug der schrecklichen Hochzeit, der weiblichen Selbstfindung. Im Suizid, wie die andern es nennen, im Mord an sich selbst, vollzieht sie rituell ihre Geburt und fährt in die verbotene Ganzheit. Der Hund, der zwischen beiden hin- und herraste, das Tier der Treue und der schamlosen Lust, Gesetzeswesen und Triebwesen in einem, elementar da wie dort, hat diese Bewegung zur Ganzheit immer schon dargestellt, und er hat das erreichte Ziel bereits vorgespielt, als er, das »zottige Vlies«, über die Leiche kroch.

Das Spiegelbild im See ist das Schlüsselzeichen des Gedichts. Aus ihm entspringt das doppelte Ritual der Einswerdung. Denn untrennbar verbunden mit dem Sprung vom Felsen ist nun auch Gertrudes Verwandlung in eine Frau, die – so sagen es die Leute – »vom Bösen geschlagen« ist. Nun redet sie, wie sie es nie tat und wagte, wild und wüst, nicht nachzusprechen jedenfalls selbst unter Männern. Eingebrochen also ist die Differenz der guten und der bösen Tochter, der in ihrem Gehorsam erstarrten und der in ihrem Lustwillen flatternden. Und da wird denn auch klar, warum die ewige Suche mit solchen Paroxysmen der Angst versetzt war. Es war die Angst, das Gesuchte zu finden, die Angst mit dem Gegen-Ich, der verbotenen Existenz, der zweiten Seele eins zu werden. Das Wort der sterbenden Mutter gewinnt jetzt, wie im antiken Orakel, einen schaurigen Doppelsinn: »Du armes Kind, das sterbend mir / Auf die Seele die Mutter gebunden!« Zusammengebunden hat sie die beiden Frauenwesen. War der Befehl der Alten insgeheim die Einswerdung? Gertrude jedenfalls vollzieht sie in einem letzten, ganz anderen Akt des Gehorsams, der für Kirche und Gesellschaft und alles Ordnungsdenken ein Akt der schwersten Versündigung ist.

Das Spiegelbild also ist das Schlüsselzeichen. Es wird hier, wie bei der Droste mehrfach noch, mit der fluktuierenden Masse von Bedeutungen und Bedrohlichkeiten angereichert, die dem Spiegel in den volkstümlichen Überlieferungen, im Glauben und Aberglauben, aber auch im Erzählen der Breiten- wie der Spitzenliteratur zukommt. Für das ältere Wissen ist das Wesen, das mir im Spiegel erscheint, meine sichtbar wirkliche Seele. Wer das Spiegelbild verliert, ist um seine Seele gekommen. Und ich bin in der Macht dessen, der mein Spiegelbild besitzt. Darin steht dieses parallel zum Schatten. Im Althochdeutschen heißt der Spiegel scucor, Schattenbehälter.[306] Von Grönland bis zu den Fidschi-Inseln ist die sprachliche Gleichsetzung von Spiegelbild und Schatten belegt. In der deutschen

Romantik findet sich als Pendant zu Chamissos Geschichte vom verlorenen Schatten, »Peter Schlemihl«, Hoffmanns »Abenteuer der Sylvesternacht«, die Geschichte vom verlorenen Spiegelbild. Das Spiegelbild ist das andere Ich, das bessere vielleicht oder das schlechtere, das unsterbliche auch gegenüber dem hinfälligen Körper-Ich – was dann rasch einmal den Teufel ins Spiel bringt. Dieser möchte es gerne stehlen oder kaufen. Wer das Spiegelbild in diesem fundamentalen Sinn thematisiert, rückt in der Regel auch mit dem Doppelgänger auf. Dieser ist nichts anderes als der aus dem Rahmen getretene, mir eigenwillig gegenübertretende Spiegelbewohner. Annette von Droste und E. T. A. Hoffmann sind mit Kleist zusammen die mächtigsten Doppelgänger-Dichter der deutschen Literatur. Wer den eigenen Doppelgänger sieht, muß nach altem Glauben demnächst sterben. Das taucht noch bei Hofmannsthal in der »Reitergeschichte« auf. Auch einer der hartnäckigsten unserer abergläubischen Reflexe hängt damit zusammen: ein zerbrochener Spiegel bringt Unheil. Ursprünglich hat er natürlich als Tod des Spiegel-Doppelgängers den eigenen Tod angekündigt.

Das romantische Erzählen beseitigt diesen alten Sinn vom Doppelgänger als dem Todesboten und ersetzt ihn durch einen breiten Fächer von Bedeutungen. Im Bereich der Metaphysik steht er für den Täuschungszusammenhang der erscheinenden Welt. Ich kann das Wesentliche nicht sehen. Was ich sehe, ist immer nur Hülle, Kulisse, Maske. Das Wesentliche steckt darin, dahinter, darunter – jenseits jedenfalls des unmittelbar Geschauten. Auch in der Natur beginnt, worauf es ankommt, hinter dem Horizont. Deshalb leuchtet es dort so erschütternd auf den Bildern von Caspar David Friedrich. Ein Hauptbeweis für diesen Täuschungszusammenhang der erscheinenden Welt ist mein Doppelgänger. Daß ich selbst, als Erscheinung, reduplizierbar bin, erweist stellvertretend die ganze Welt als Lügengewebe. So ist der schlafwandelnde Prinz von Homburg gewissermaßen der Doppelgänger des wachen, nur geraten die beiden nicht wild aneinander, wie die Amphitryons, sondern finden zuletzt zu wundersamer Vereinigung. Dies führt nun von der Metaphysik hinüber in die romantische Psychologie. In den Bildern und Szenen ihrer Doppelgänger reflektiert die Romantik erstmals mit System und Konsequenz die Realität des Unbewußten. Daß die doppelte Steuerung des menschlichen Handelns, die immer schon bekannt war, eine Art zweites Ich im ersten voraussetzt, wird jetzt wörtlich ernst genommen, und man kann daraus Geschichten und Szenen machen. Damit wird auch der Teufel endlich überflüssig. Die schlechte Tat des guten Menschen geschieht nicht mehr, weil ein geschwänzter Schatten ihn heimlich anfliegt. Sie folgt aus der doppelten Beschaffenheit des Menschen, die der romantischen Anthropologie innerhalb weniger Jahre tief vertraut geworden ist.

Kleist und Hoffmann machen die Verdopplung und das Spiegelbild zu Elementen der literarischen Bilderrede, mit denen die Dichtung nun die schwierigsten Dinge durchdenken kann, Dinge, für die eine wissenschaftlich schlüssige Theorie noch lange fehlt. In diese Denkarbeit mittels einer Grammatik des Spiegels tritt wenig später die Droste ein und, fern in Amerika, ihr unbekannter Bruder E. A. Poe.

Die ganze Geheimnisebene des Schwestern-Gedichts eröffnet sich von der Spiegelszene aus und dem Akt der Einswerdung mit dem Spiegelbild, der tödlichen Geburt der Frau in den Spiegel hinein. Man muss nur diese Erzählmomente in die Tradition des poetischen Redens von Spiegeln und Spiegelbildern stellen. Das heißt indessen nicht, daß der vordergründige Sinnzusammenhang, die Ebene der Geheimnislosigkeit, damit belanglos würde. Im Gegenteil. Erst die Interferenz der beiden, und wie sie zusammen stehen und wie wir zu ihnen stehen, ergibt das Ganze des Werks.

Als ein Ereignis der Geheimnislosigkeit ist das Gedicht der Bericht von einer wohlgeratenen und einer mißratenen Tochter. Er präsentiert sich als Lehrveranstaltung, die besagt: wenn ein Kind schlecht tut und verkommt, büßt nicht nur es selbst dafür, sondern es müssen auch Unschuldige dafür büßen. Die Schuld der »blonden Helene« verdoppelt sich über ihr Dirnenleben hinaus noch durch das Leid, das sie der guten Gertrude antut. Sie ist zuletzt verantwortlich für deren Wahn, deren Suizid, deren Verscharrtwerden in der Wildnis. Im Unterschied zu den Pfaffen und Selbstgerechten sieht das der erzählende Herrenjäger, und mit ihm sind die Leserinnen und Leser gerne einverstanden. In diesem offiziellen Sinne schließt die letzte Strophe das Ganze ab:

> Drum scharrte man sie in's Dickicht dort
> Wie eine verlorene Seele.«
> Ich schwieg, und sandte den Burschen fort,
> Brach mir vom Grab' eine Schmehle:
> »Du armes gehetztes Wild der Pein,
> Wie mögen die Menschen dich richten!«
> - Sacht pochte der Käfer im morschen Schrein,
> Der Mond stand über den Fichten. – [307]

Nicht zu bestreiten ist, daß der Text von Anfang an alles tut, um das Werk als Warn- und Abschreckungsgeschichte erscheinen zu lassen. Dazu entwirft er den moralischen Pakt mit sämtlichen Mitteln, die er beim Publikum als wirksam voraussetzen kann. Er soll frühzeitig geschlossen werden und die Lektüre auf der Ebene der Geheimnislosigkeit halten. Eine sterbende Mutter plus eine gute Tochter, die deren letzte Worte zu ihrer Lebenspflicht macht, plus eine schlechte Tochter, die gegen alles verstößt, was Mutter und Schwester heilig ist ... wie sollten wir uns nicht mitleidig in die arme Frau im Walde einfühlen und einfühlend übernehmen, was sie für richtig und falsch hält. Dazu tritt das wirksame Schema vom einfachen Volk auf dem Land und von der korrupten Stadt, treten die Signale der

Herzlosigkeit gegenüber dem kleinen Hund und den Passanten, treten die Andeutungen von freier Sexualität und Luxus, die sich mit der Stadt seit jeher leicht verknüpfen. Es ist die Opposition von »Tugend« und »Laster«, die einst in »Miss Sara Sampson« zu so vielfältigen Arien geführt hat, wohinein uns auch diese Geschichte mittels des moralischen Pakts holt und die sie uns als ihren angeblichen Sinn einhämmert.

Sobald ich nun aber, ausgehend von der Spiegelszene, den Text auf der Geheimnisebene als die Geschichte einer einzigen Frau lese, als die Sichtbarmachung einer weiblichen Existenz in Gestalt zweier auseinanderlaufender und wieder zusammenstrebender Leben, ist alles ganz anders. Jetzt erscheint der moralische Pakt als Schutzveranstaltung gegenüber einer Wahrheit, die das Publikum keinesfalls erkennen darf. Die aufdringliche Konventionalität des Pakts entspricht der aufdringlichen Konventionalität von Vers- und Strophenbau. Zum Gehorsamscharakter der literarischen Form fügt sich die Gehorsamshaltung Gertrudes, besser nun: des Gertrude-Ichs. Der Kasten, die hölzerne Kiste, in der sie zuletzt liegt, ist der Kasten, die Kiste ihrer Existenz, ist der Kasten, die Kiste der moralischen Normen, der Kasten, die Kiste der literarischen Form, in der uns das Gebilde – gezimmert weiß Gott! – begegnet. Das Gedicht ist selber so sehr ein starres Gehäus wie die Frau und ihr Glaube. Aber in dem Kasten pocht der Wurm, und so pocht er denn auch fort in allem, was ihm verwandt ist.

Davon reden seltsam die ersten und die letzten zwei Verse des Ganzen. »Sacht pochet der Käfer im morschen Schrein / Der Mond steht über den Fichten.« – »Sacht pochte der Käfer im morschen Schrein / Der Mond stand über den Fichten.« Wer sagt das am Anfang? Man kann es drehen und wenden, wie man will: erzähllogisch sind die ersten zwei Verse nicht in das Gedicht einzuholen. Redet hier schon der Herrenjäger vom Schluß? Warum dann das Präsens? Zu seinem Bericht gehört das Präteritum. Für die Leser sind die ersten zwei Verse notwendigerweise Teil der Waldbeschreibung. Der Mond, der da scheint, leuchtet selbstverständlich über der gehetzten Gertrude. Dennoch liegt diese unter eben diesem Mond tot im Kasten. Scheinbar in den Erzähltext verfugt, ist die Doppelzeile das von ihm abgesetzte Motto. Seine Wahrheit ist verborgen wie die innere Wahrheit des Werks selbst. Die Doppelzeile gilt somit für alles *im* Gedicht und für dieses als ein Ganzes. Als ein Stück Literatur ist das Gedicht ein morscher Schrein, in dem der Käfer pocht, ein versunkener Text, und nur wer sich in den Wald der altmodischen Poesie wagt, hört vielleicht unversehens einmal die leisen Töne aus der Tiefe.

Hinter dem starren Äußeren aber ist alles ganz anders. Eine Frau will leidenschaftlich zu sich selber kommen, sucht leidenschaftlich nach sich selbst und findet sich erst im Wahn, im Tod, in der Zerstörung. Die innen Kaputte wird heil, indem sie außen kaputtgeht. Eine »Todesart« ist das, nach dem genauen Sinn des Wortes bei Ingeborg Bachmann. So wie Helene und Gertrude sind auch das Ich und Malina in deren Roman eins und zwei zugleich. Im Sturz in den Spiegel fährt das befohlene Leben mit dem verbotenen zusammen. Zerschellend wird die Frau zum ersten Mal ganz. Es ist nicht etwa so, daß das andere Ich, Helene, das wahre und richtige wäre. Vielmehr ist dieses, abgespalten, ebenso halb und unheil. Wahr und richtig ist allein die Ganzheit, das Zusammenfinden der Hälften zu dem einzigen Wesen, das sie im Grunde sind.

Bis zum Schluß ist das Gedicht durchsetzt von winzigen Hinweisen auf die Einheit der Doppelfrau. Ein »gehetztes Wild« nennt der Herrenjäger Gertrude in seiner letzten Anrede. Das Wort fällt in Verbindung mit einem rituellen Akt der Ehrfurcht und des Gedenkens. Eine »Schmehle«, ein langes Einzelgras,[308] bricht er sich vom Grab. Die Verstoßung der Toten ins ort- und namenlose Vergessen wird andeutungsweise wettgemacht durch das Memento, das der Mann vom Grab nimmt und nach Hause trägt. Die »Schmehle« – das ist wiederum eines der von der Droste geliebten naturkundlichen Spezialwörter. Und jetzt fällt der Gleichklang ins Ohr mit dem Fachausdruck am Anfang dieses Gedichtteils. Als der Jäger zum ersten Mal auf dem Grab steht, zum ersten Mal den Holzwurm hört, vernimmt er das »Schmälen« des brünstigen Rehs. Die zwei Wörter sind homophon. Das ergibt erneut eine der in allen Teilen angetroffenen Wortklammern, welche die Einheit der Doppelfrau andeuten. Im Moment, wo er die »Schmehle« bricht, spricht der Jäger die Tote als »Wild« an und gibt mit dem botanischen Wort ein Echo auf das vorgängige Erscheinen jenes liebes- und empfängnisbereiten, die Böcke lockenden Wildtiers. Schon im ersten Teil stand das schöne Rotwild für die wilde Schwester; hier wird es energisch verdeutlicht zu einem Wesen, das seine naturhafte Geschlechtlichkeit lebt und ihr Ausdruck gibt. In dieser Apostrophierung beider Frauen als Wildtiere geht wiederum die Gleichsetzung zusammen mit einem Gegensatz: brünstiges Locken hier, qualvolles Gehetztwerden dort. So hatte in Teil II das gemeinsame »Erglühen« zugleich die Doppelbedeutung von erotisch-sinnlicher Bereitschaft und schamvoller Abwehr alles Erotisch-Sinnlichen.

Spitzfindigkeiten? Mag sein. Aber warum soll man nicht für einmal so überscharf in die Zeilen der Droste hineinhorchen, wie sie selbst in Moos und Gräser und in ihre schlaflosen Nächte hineinhorchte?

Das Gedicht inszeniert die Tragödie der verbotenen Ganzheit weiblicher Existenz. Daß es um Verbot geht, um sittliche Norm also, um das Gesetz im umfassenden Sinn des Wortes, zeigt die Wucht, mit der im Text sich die Moral aufbaut. Ihre Genealogie hat den Ursprungs- und Ankerort in der ersten Strophe mit der Beschwörung der sterbenden Mutter, die das Gesetz ist und ausspricht zugleich. Ist es ein Frauengesetz? Geht durch das Ganze ein matriarchaler Ton? Nur von Frauen ist ja die Rede, und die Männer stehen in kleinen Gruppen da und schauen zu, wie eine Frau herumirrt, wie eine Frau zugrundegeht, wie eine Frau verscharrt liegt – noch den Sprung »kopfüber« von der Klippe haben sie so beobachtet: »Man sah's vom lavierenden Schiffe.« Ein Frauenreich also aus der Feder der Frau Annette von Droste-Hülshoff? Selbst der Verführer tritt nicht auf, der doch sonst obligat zu allen diesen Geschichten gehört.[309] Und ebenso, demonstrativer noch, fehlt der Vater. – Aber fehlt er wirklich? Was nagelt denn Gertrude so furchtbar an ihre Pflicht? Daß das Gesetz nicht mehr außen ist, sondern in ihr selbst haust als die tote Mutter, ein steinerner Gast ihrer Seele. Und genauso hauste in dieser Mutter der tote Vater. Sein Gesetz hat sie ausgesprochen und im Tode noch verkörpert. Der Blick in diese Frauenwelt zeigt nicht eine matriarchale Gegenlandschaft, sondern die Hölle des verinnerlichten Vaterrechts. Da brauchen die Männer nichts zu tun; sie können ruhig dastehen und zuschauen. Wenn die Weitergabe des Gesetzes über die Mutter läuft, bleibt für die Tochter keine Möglichkeit, sich auf ihr Geschlecht zu berufen, auf ein anderes Recht, ein eigenes Recht der Frau. Es schallt ihr ja das Vatergesetz aus einem Frauenmund entgegen. – So bekommt auch die Marquise von O…, so bekommt Effi Briest den Verstoßungsbrief aus der Hand der Mutter.

Erst im Wahn kündigt die Frau den Gehorsam auf. Erst im Wahn endet das unablässige Horchen auf die Mutter im Innern, die in ihrem Innern den Vater trägt. Im Wahn bricht etwas durch von der autonomen Frau im weitgespannt geschichtlichen Sinn, der auf eine andere, auf ihre Weise Selbstbestimmten: dem Wesen mit eigenen Göttern. Was mit Antigone verschwindet, als Kreon, der schon fast römische Vater-König, sie in die Erde verbannt, hohnvoll zu ihren eigenen Göttern schickt und einmauert, das taucht im Wahn der Gertrude – die man auch in die Erde versenken wird – für Momente wieder auf. Denn jetzt, bevor sie die tödliche Geburt vor dem Spiegel vollzieht, führt sie »bedenkliche Reden«. Sie äußert Dinge von der Art, wie sie Kreon aus Antigones Mund so sehr in Wut versetzten. Diese »bedenklichen Reden« können nichts anderes sein als eine selbstgedachte, außerhalb des Gehorsams gefühlte und gesagte Wahrheit. Wo die Nonnenschwester mit der Hurenschwester zur Einheit zusammenfährt, wird sie nicht selbst zur Dirne, sondern zur neuen Person, die ausspricht, was andere nicht zu denken wagen, worüber man – im ursprünglichen Wortsinn von »bedenklich« – eigentlich nachdenken müßte. Sobald die Doppelfrau ganz wird, ist sie auch intellektuell autonom und also unberechenbar. Der Höhepunkt des Verkommens in der Optik des vorgeschobenen moralischen Pakts und der zuschauenden Männer, der Moment, als das Verkommen der Hurenschwester sich im Verkommen der Nonnenschwester zu potenzieren scheint, ist in Wahrheit der Augenblick der Erfüllung.

Das ist das letzte Geheimnis der Annette von Droste-Hülshoff, ein Geheimnis, das sie sich selbst vielleicht nie eingestand – worin man sich allerdings täuschen mag, wenn man so, in Grüppchen zusammenstehend, auf ihr Leben schaut –, ein Geheimnis, von dem ihr Werk in Zeichen und Chiffren immerfort verschlüsselte Kunde gibt. Im »Geistlichen Jahr«, dem grandiosen Zyklus, der fremd und magisch-unheimlich in der deutschen Literatur steht wie eine Mumie im Biedermeier-Salon, urteilt sie als Nonnenschwester mit dem Vater-Gesetz in der Brust schrecklich über die Hurenschwester, als die sie sich immerfort bezichtigt. Diese Gedichte, formgehorsam bis zum Gezimmerten und Genagelten, sind heute tot für alle, die nicht das Ohr haben, den Wurm in den Brettern pochen zu hören. Hat man ihn aber einmal vernommen, meint man, es dröhne.

XXXI. Eros und Arbeit

Zuviel behauptet? Die Bestätigungen im Gesamtwerk der Droste. Standbild der an die Ordnung gefesselten Frau. »Am Turme« liest sich nun anders. Der romantische Glücksmoment als Lesertäuschung. Zwei Frauen in einer, wiederum. Die Liebe und das Handeln. »Wär ich ein Mann doch mindestens nur«. Die Hinterhältigkeit eines ungelenken Verses. Nochmals der Todessprung als Geburt.

Wurde da insgesamt nicht etwas viel behauptet? Hingestellt, als wär's bewiesen? Ist das Hauptergebnis, daß die Ballade von den zwei Schwestern das seelische Trauerspiel eines einzigen Subjekts vorführt, wirklich ein Ergebnis, oder ist es eine Aussage ins Blaue hinaus? Hält das philologisch Stich?

Die Sache ist zu wichtig, für die Dichterin, ihr Werk und ihr Jahrhundert, als daß der Einwand in seinem zweifellosen Gewicht so stehenbleiben dürfte. Er läßt sich entschärfen aus der Perspektive anderer Arbeiten der Autorin. Sie werfen ein bestätigendes Licht auf die vorgestellte Deutung der »Schwestern«, und sie werden von diesem Gedicht her selbst wieder eigentümlich erhellt. Drei lyrische Setzungen, die sich bei der Beobachtung der »Schwestern« als prägend für das Ganze erwiesen, sind im Werk der Droste in unterschiedlicher Akzentuierung wiederzufinden:

Erstens: Die Schilderung der Panzerexistenz, eines Daseins als bloßer Körperhülle, des Auseinandertretens also des Subjekts in einen fortlebenden Leib und eine sich verflüchtigende Seele.

Zweitens: Die dramatische Begegnung mit dem Spiegelbild als einem konträr beschaffenen Wesen, das den schaudernd und bewundernd hinstarrenden Augen ein verbotenes Dasein vorrückt.

Drittens: Die standbildhafte Porträtierung der an die befohlene Ordnung geschlossenen, in der Ordnung verdorrenden, erstarrenden Frau, die heimgesucht wird von Visionen ihres Sturzes in die tobenden Wasser, einer neuen Geburt im Brechen und Schlagen der Wellen, einer ganzheitlichen Existenz im ekstatischen Jagen durch die Wasserschlünde.

Das Dritte zuerst. Das berühmte Droste-Gedicht »Am Turme«, berühmt im gleichen Grade, wie »Die Schwestern« unbeachtet sind, und im gleichen Winter 1841/42 entstanden, liest sich nun auf ganz eigene und bedrohlich eindeutige Weise. Jetzt erscheint es nicht mehr als kleines biographisches Dokument über den Tageslauf und das Gefühlsleben des Fräuleins von Droste in Meersburg am Bodensee, sondern baut sich zur überpersönlichen Situation der Frau vis-à-vis ihrer untersagten ganzheitlichen Existenz auf – »ganzheitlich« nicht in einem diffus emotionalen Sinn, sondern als Verbindung von eigenmächtiger Liebe und eigenmächtiger Tat. In der Schwestern-Ballade stürzt Gertrude in die wilden Wogen, nachdem sie bedenkliche Reden geführt hat. Hier verharrt die Frau im Blick auf die wilden Wogen, aber dieses Verharren ist wie durchfressen vom Wunsch nach dem Sturz als einer radikalen Aktion.

Das muß genau angeschaut werden, weil der Text einmal mehr mit Täuschungen operiert. Er setzt mit einer zeichenhaften Situation ein, die sich schrittweise in ihr Gegenteil verkehrt.

Am Thurme

Ich steh' auf hohem Balkone am Thurm,
Umstrichen vom schreienden Staare,
Und laß' gleich einer Mänade den Sturm
Mir wühlen im flatternden Haare;
O wilder Geselle, o toller Fant,
Ich möchte dich kräftig umschlingen,
Und, Sehne an Sehne, zwei Schritte vom Rand
Auf Tod und Leben dann ringen![310]

Das sieht aus wie die Wiederkehr des hohen romantischen Glücksmoments einer endlichen Einswerdung mit der Natur. Mit jedem der vier Elemente kann sich ja das entzückte romantische Subjekt vereinigen: mit dem Wasser, dem strömenden Zuhause der Undinen, Melusinen, Loreleis; mit dem Feuer wie Hölderlins Empedokles, Mörikes Feuerreiter und die Salamanderwesen Hoffmanns; mit der Erde wie die vielen von tiefen Bergwerken verlockten Jünglinge; mit der Luft wie Eichendorffs Ich in der »Mondnacht« und Mörikes windverliebte, mit dem Winde Hochzeit haltende Frauen:

Da kam der Wind, da nahm der Wind
Als Buhle sie gefangen:
Von dem hat sie ein lustig Kind
In ihren Schoß empfangen.[311]

In diesen naturlyrischen, welterotischen Diskurs, der die deutsche Literatur der ersten Jahrhunderthälfte so eminent prägt, tritt die Droste mit der ersten Strophe unverkennbar ein. Alles deutet zunächst auf den erreichten Glücksmoment, das »ja, ja, jetzt!« der Heimfindung in den verflüssigten Kosmos. Sie steht hoch oben, mitten unter den schreienden Vögeln, ist mänadisch befreit aus den Zwängen der Schicklichkeit, darf die Haare lösen wie die Frauen im Raum der Liebe[312] und gibt sie dem Wind, dem wilden »Gesellen«, zum wühlenden Liebesspiel hin. Und handgreiflich verkörperlicht sie diesen Wind, nicht anders als Mörike, zum Leibesfreund im ringenden Liebeshandwerk, »Sehne an Sehne«. Was soviel heißt wie Leib an Leib und herznah und mundnah.

Alle Zeichen rücken zusammen zum Bild der wilden Hochzeit, wie Eichendorffs hingerissen Fahrende sie mit den Waldfrauen und Sirenen feiern.

Nur ist da der Konjunktiv in der sechsten Zeile, den man kaum beachtet, der sich aber in den folgenden Strophen zweimal wiederholt und jedesmal verzweifelter durch den äußeren Tumult ruft: »O, springen möcht' ich …«, »O, sitzen möcht' ich im kämpfenden Schiff …« Je weiter das Gedicht vorrückt, umso mehr verwandelt sich der hohe Moment der mänadischen Freiheit und Liebeswillkür in sein Gegenteil. Einer mächtigen Hieroglyphe des poetischen Redens wird der Sinn grausam umgedreht. Die letzten vier Zeilen des ganzen Gedichts benennen den gleichen Augenblick wie die ersten vier und unterscheiden sich doch von diesem wie Tag und Nacht:

Ich steh' auf hohem Balkone am Thurm,
Umstrichen vom schreienden Staare,
Und laß' gleich einer Mänade den Sturm
Mir wühlen im flatternden Haare.
– –
Nun muß ich sitzen so fein und klar,
Gleich einem artigen Kinde,
Und darf nur heimlich lösen mein Haar,
Und lassen es flattern im Winde!

Das ist die Identität der Gegensätze von braver und wilder Schwester, vom aufgerissenen Augenpaar im und vor dem Spiegel. Das Gedicht operiert innerhalb des romantischen Diskurses gegen diesen. Während es dem triumphalen Narzißmus der singenden Männer gelingt, die ganze Natur zur

Geliebten zu machen, in der sie gegebenenfalls freudezuckend ersaufen oder verbrennen oder verschüttet werden oder in alle Winde verweht, scheitert Annette Droste bei der geschlechterverkehrten Operation. So prächtig der Wind sein mag, es wird doch kein tauglicher Mann draus! Der »tolle Fant« bleibt Fantasie und »Sehne an Sehne« ein bloßes Sehnen.

Dennoch kann sie aus dieser Form des Redens nicht hinaus. Dennoch sagt sich das Entscheidende nur in dieser Sprache. So ist die zweite und dritte Strophe zu lesen. Ein einziger Vers bricht später durch seine demonstrative Unbeholfenheit den lyrischen Schliff. Es ist der dritte in der letzten Strophe. Ganz auffällig aber knüpfen die zweite und die dritte Strophe über ihr Anfangs-»Und« an die erste an und tun so, als führten sie die Begeisterung des Auftakts ungebrochen fort.

Und drunten seh' ich am Strand, so frisch
Wie spielende Doggen, die Wellen
Sich tummeln rings mit Geklaff und Gezisch,
Und glänzende Flocken schnellen.
O, springen möcht' ich hinein alsbald,
Recht in die tobende Meute,
Und jagen durch den korallenen Wald
Das Wallroß, die lustige Beute!

Und drüben seh' ich ein Wimpel wehn
So keck wie eine Standarte,
Seh auf und nieder den Kiel sich drehn
Von meiner luftigen Warte;
O, sitzen möcht' ich im kämpfenden Schiff,
Das Steuerruder ergreifen,
Und zischend über das brandende Riff
Wie eine Seemöve streifen.

Wär ich ein Jäger auf freier Flur,
Ein Stück nur von einem Soldaten,
Wär ich ein Mann doch mindestens nur,
So würde der Himmel mir rathen;
Nun muß ich sitzen so fein und klar,
Gleich einem artigen Kinde,
Und darf nur heimlich lösen mein Haar,
Und lassen es flattern im Winde![313]

»Nun muß ich ... und darf nur ...« heißt es zuletzt. Das andere alles ist verboten. Was aber ist das Wesen der verbotenen Existenz? Es ist die Freiheit zur köperlichen Liebe und die Freiheit zur eigenen Tat. Die Freiheit als solche versinnlicht sich in den Tierbildern, den Doggen vor allem, die zunächst metaphorisch für die Wellen gesetzt werden, dann aber sich wandeln zum Bild für die eigene Wunschexistenz. Ein kurios aufblitzender

Exotismus holt die Vorstellung einer Walroßjagd aus südlichen Meeren in die Bodenseelandschaft. Das mag, wie gelegentlich bei der Droste, ein Echo von Freiligrathschem Überseekitsch sein, wichtiger ist, daß es einen Zustand von Freiheit markiert, die gleichzeitig Handeln ist, Tat und energische Arbeit. Denn von diesem Signal – Jagd und Beute – an wird es immer deutlicher, daß das Dasein im wilden Wasser nicht für erotische Erfüllung steht, wie die Wind-Vision des Anfangs, sondern neben diese tritt als Erfüllung in der vita activa. Wenn das Gedicht mit einer Klage endet, einer Frauenklage wie die zarte Rede der Prinzessin in Goethes »Tasso«[314] oder die grimmige Rede der Witwe Pittelkow in Fontanes »Stine«[315], zielt diese unwiderlegbar auf die doppelte Versagung: in der Liebe und in der Arbeit. Und je weiter sich das Gedicht vom täuschenden Topos der Naturhochzeit am Anfang entfernt, umso leidenschaftlicher spricht es von der verbotenen Tat, der versagten autonomen Arbeit. Daß es keine selbstbestimmte Liebe gibt ohne selbstbestimmte Arbeit, keine Erfüllung im einen ohne die Erfüllung im andern, das ist ein großes, wenn auch oft unterschwelliges Thema der deutschen Literatur seit dem rebellischen 18. Jahrhundert. Insofern gehört das Bild vom jungen Mann in den Armen der Frau auf dem Balkon so sehr zur Sache wie die Vision von der Frau, die die Männerarbeit des Steuermanns im »kämpfenden Schiff« übernimmt. Lieben möchte sie und handeln und beides auf Leben und Tod.

Das zeigt nun auch, wie man den Beginn der Schlußstrophe zu lesen hat: »Wär ich ein Jäger auf freier (!) Flur, / Ein Stück nur von einem Soldaten, / Wär ich ein Mann doch mindestens nur, / So würde der Himmel mir rathen.« Der erste Eindruck täuscht auch hier. Eine Frau, könnte man denken, möchte ein Mann sein, ist irgendwie androgyn organisiert … Genau das steht aber nicht da. Der auffällig spröde, seltsam unbeholfene Vers, der durch seinen Prosa-Gestus aus dem Ganzen herausfällt, ist die Schlüsselzeile: »Wär ich ein Mann doch mindestens nur …« Das heißt nicht: Ein Mann sein, das wär's!, sondern heißt nach allen Regeln der deutschen Sprache: Wenigstens das, dieses Bißchen zum mindesten, so kläglich es sein mag, dieses Minimum hätte mir zuteil werden dürfen. In dem hinterhältigen »doch mindestens nur« steckt also gerade nicht die Aussage: Die Männer sind, was ich sein möchte, sondern: Als Mann hätte ich die Möglichkeit, das zu *werden*, was ich sein möchte. Ich könnte ein Leben führen, wo Wahlen zu treffen, Entscheidungen zu fällen sind. Darauf nämlich zielt der merkwürdige Satz: »Der Himmel würde mir raten«. Eine Eingesperrte, Versteinernde braucht keinen Rat; über sie ist längst alles entschieden. In einem schaffenden Leben aber muß entschieden werden – und das könnte ich, meint das Ich, da hätte ich den Himmel auf meiner Seite.

Jenes »doch mindestens nur« enthält also eine durchaus illusionslose Einschätzung der Männer. Sie sind fast so weit weg von der ganzheitlichen Existenz wie die Frauen, aber sie hätten die Chancen dazu. Türen stehen ihnen offen, Brücken sind ihnen geschlagen – sie könnten, wenn sie wären, was die Turmbewohnerin wäre, wenn sie könnte.

Von da aus muß man nun auf das »Schwestern«-Gedicht zurückschauen. Der Aspekt der frei sich erfüllenden vita activa ist dort nur latent vorhanden, läßt sich jetzt aber finden. Die »schlechte« Schwester macht gesellschaftliche Karriere, auf die einzige ihr mögliche Art. Sie muß dafür büßen, und die berufstätigen Männer – Kapitäne, Matrosen, Müller, Jäger – schauen zu. Als Mann wäre sie, einmal in der Karosse, nicht so leicht wieder herunter und in die Gosse gefallen.

Und umgekehrt zeigt das »Schwestern«-Gedicht nun an den »Turm«-Strophen, was man sonst kaum beachtet: daß auch hier der Sturz aus der Höhe, die tödliche Geburt ins wilde Wasser, dem Text wie ein Mal eingebrannt ist. Das wird gleich am Anfang deutlich: »zwei Schritte vom Rand auf Tod und Leben ...« und in der zweiten Strophe explizit: »O, springen möcht ich ...« Aber was der Traumwunsch wirklich meint, eröffnet sich erst über das Finale des »Schwestern«-Gedichts.[316]

XXXII. Golem und Magnificat

Rachegesang auf einen jungen Geliebten. Der Winter 1841: Schreiben und Liebe, Eros und Arbeit. Das Ende aller Illusionen. Gedicht als Gericht. Die Golem-Sage in der Tradition. Umgestaltung durch die Droste. Eine Männerkapsel vor der bewegten Frau. Das Vampirsignal und Drostes Magnificat. In der Optik des Schwestern-Gedichts. »Das öde Haus« als Darstellung der golemisierten Frau.

Auf wieder andere Weise belegt Drostes Gedicht über die Golems die Deutung der Ballade. Und auch dieser Text gewinnt aus der Perspektive jenes andern einen besonderen und drängenden Gehalt. Wenn »Am Thurme« die an die Ordnung gefesselte, zum Gehorsam verdammte Frau standbildhaft vorführt, deren erotische wie ökonomische vita activa so weit abliegt wie bei einem »artigen Kinde« – aber nicht aus Alters-, sondern aus Geschlechtsgründen –, begegnen wir im Golem-Gedicht einer Existenz, die nur noch hohle Hülle ist. Wie in der Kisten-Metapher der Ballade erscheint hier eine Vorstellung vom Menschen als einem leeren Gebilde, aus dem die lebendige Seele geflohen ist oder gestohlen wurde. Auch dieser Text führt zunächst in die Irre. Er gibt sich konventioneller, als er ist, beginnt erst in der Mitte zu glühen, da wird er dann aber unvergleichlich.

Das Golem-Gedicht ist in der Art, wie es sich präsentiert, keine Selbstdarstellung des redenden Ich und also mehr oder weniger auch der schreibenden Autorin. Im Gegenteil, es ist eine kämpferische Aktion, ein Rachegesang auf den jungen Mann, Levin Schücking, den die fast zwanzig Jahre ältere Annette von Droste geliebt hat, ohne »Erfüllung« zwar, aber aus welcher Liebe heraus sie eine Zeitlang schöpferisch wurde wie nie sonst in ihrem Leben. Er wohnte von Oktober 1841 bis April 1842 als Bibliothekar auf der Meersburg, da schrieb sie und schrieb, für ihn, daß er es lese und kommentiere. Schreibend liebte sie ihn und lebte mit ihm. Dann zog er weg, heiratete ein Jahr darauf und kam bald einmal mit seiner jungen Gattin auf höflichen Besuch. Das war Ende Mai 1844; im August entstand das Golem-Gedicht. Auch »Am Thurme« und »Die Schwestern« sind in jenem Winter 41/42 entstanden. Von dem Schub der Vereinsamung erholte sich Annette Droste nie mehr. Vier Jahre später war sie tot.

Kern des Gedichts ist die furchtbare Bezichtigung des Geliebten als eines innerlich Toten. Schön kommt er daher wie je, aber er birgt die Wüste. Und wer ihm begegnet auf die herzlich gewohnte Art, erlebt ein Grauen wie gegenüber einem Verwesenden. Die ersten drei Strophen versuchen, diese private Wahrheit des Textes zu verstecken hinter einer allgemeinen, ziemlich konventionellen Spießbürgerkritik. Es gebe immer wieder Leute, Frauen wie Männer, die in ihrer Jugend strahlende Wesen sind und plötzlich erlöschen und auf triste Weise verbürgerlichen. Da ist sie dann nur noch »eine hübsche, brave Frau«, er »ein braver Bürger«, und hin ist alle »Glut, die Felsen wollte spalten.«[317] Das braucht hier nicht zitiert zu werden. Es ist tüchtig gebaut und gefertigt, aber nicht zu vergleichen mit dem, was dichterisch geschieht, als die Droste in der vierten Strophe dazu ansetzt, dem Erlebnis des erkalteten Geliebten eine mythische Form zu geben. Sie greift die Golem-Sage auf und formt sie auf knappstem Raum kühn nach ihrer eigenen verzweifelten Erfahrung um: »'s gibt eine Sage aus dem Orient ...« – So hebt sie an, und schon damit verändert sie die Überlieferung.

Tatsächlich stammt die Legende in der zur Droste-Zeit bekannten Gestalt aus dem Ostjudentum, ist im allgemeinen Bewußtsein mit Prag verbunden und dem legendären Rabbi Löw aus der Zeit Rudolfs II.[318] Eine Rettungs- und Erlösungsphantasie der ewig verfolgten Juden ist die Geschichte eigentlich, eine Erzählung aus ihrer endlosen Not im christlichen Nächstenhaß. In Zeiten der Bedrängnis, so der alte Bericht, kann ein großer Rabbi aus einem Lehmhaufen eine menschliche Gestalt formen, ein ungefüges Gebilde über Menschengröße, und wenn es dann so daliegt auf einem versteckten Dachboden, ritzt er ihm in hebräischer Schrift den Namen Gottes in die Stirn. Da regt es sich und wird lebendig und muß dem Rabbi dienen und heißt »der Golem«. Der gehorcht seinem Herrn auf's Wort, ist stark wie ein Stier, greift ein, schleppt und rettet, ganz nach des Rabbis Ermessen und Befehlen. Wie es weitergeht, das läßt sich ausspinnen und abwandeln nach Lust und Laune. Der Golem kann gefährlich werden und sich gegen seinen Herrn kehren, oder er kann sich verlieben und zum fühlenden Menschen hin entwickeln. Die Sage tritt bald einmal in das vielfältige Erzählfeld um Figuren wie Prosperos Ariel und Caliban, um den Zauberlehrling, um Frankensteins Monster oder sogar King Kong. In der deutschen Literatur hat Achim von Arnim die ausführlichste Darstellung gegeben, in seiner Erzählung »Isabella von Ägypten«; aus neuster Zeit stammt die schöne Nachgestaltung durch Isaac Bashevis Singer: »Der Golem. Eine Legende«.[319] Dramatischer Höhepunkt ist in der Regel der Moment, wo das der Zucht entlaufene Wesen im letzten Moment überwältigt wird, indem der Rabbi mit einem Daumenstrich den Namen Gottes auf seiner Stirn löscht – worauf es zusammenstürzt und wieder ein Lehmhaufen ist am Boden.

Annette Droste versetzt nun die Sage aus dem spezifisch jüdischen Bereich in einen märchenhaften Orient, der Rabbi wird zum Magier, und der Sinn des künstlichen Menschen ist ein ganz anderer. Kein Helfer in großen Nöten wird mit ihm geschaffen, sondern ein Wesen, das die Gestalt eines geliebten Menschen annimmt und als dieser auftritt. »Geliebte Formen, die die Sehnsucht kennt,« werden vom Zauberer nachgebildet und lernen laufen. Das ist ganz und gar Drostes eigene Erfindung. Mythenschaffend greift sie zum alten Mythos als Material und macht ein Neues daraus. Ein Bild kehrt wieder und lebt, als wär's das erste und einzige Mal:

's gibt eine Sage aus dem Orient
Von Weisen, todter Masse Formen gebend,
Geliebte Formen, die die Sehnsucht kennt,
Und mit dem Zauberworte sie belebend;
Der Golem wandelt mit bekanntem Schritte,
Er spricht, er lächelt mit bekanntem Hauch,
Allein es ist kein Strahl in seinem Aug',
Es schlägt kein Herz in seines Busens Mitte.

Und wie sich alte Lieb' ihm unterjocht,
Er haucht sie an mit der Verwesung Schrecken;
Wie angstvoll die Erinn'rung ruft und pocht,
Es ist in ihm kein Schlafender zu wecken;
Und tiefgebrochen sieht die Treue schwinden,
Was sie so lang' und heilig hat bewahrt,
Was nicht des Lebens, nicht des Todes Art,
Nicht hier und nicht im Himmel ist zu finden.

O, kniee still an deiner Todten Gruft,
Dort magst du milde, fromme Thränen weinen,
Mit ihrem Odem säuselt dir die Luft,
Mit ihrem Antlitz wird der Mond dir scheinen;
Dein sind sie, dein, wie mit gebrochnen Augen,

Wie dein sie waren mit dem letzten Blick;
Doch fliehe, vor den Golems flieh zurück,
Die deine Thränen kalt wie Gletscher saugen![320]

Der Mensch, den man liebte und immer noch liebt, tritt einem entgegen. Ein Mann begegnet wieder der Frau, ganz wie er war, und alles ist da, was schön war an ihm und wonach es sie so oft verlangt hat in der Zwischenzeit. Er lächelt sogar, wie er immer gelächelt hat. Aber der Augenblick des Zusammentreffens wird grauenhaft. Der Blick des Golem-Geliebten ist tot. In dem Leib ist kein schlagendes Herz. Außen ist alles richtig und ganz, und innen ist nichts, einfach nichts, nicht einmal etwas, das schlafen würde und sich mit Andringen und Schmerz und Zorn und Tränen aufwecken ließe. Eine perfekt gestylte Männerkapsel steht vor der bewegten Frau. Was in der zweitletzten Strophe »die Treue« genannt wird, ist wohl zugleich als rhetorische Personifizierung einer Tugend zu lesen wie als direkte Bezeichnung der Frau, die das erlebt. Und »schwinden« meint ebenfalls zweierlei. Es bezeichnet einerseits den innern Vorgang. Das geliebte Bild in der Seele der Frau löst sich auf; ein herzlich gehegter Besitz verflüchtigt sich. Andererseits meint das Wort ganz konkret den Abschied, den der Besuch wieder nimmt. Aus den Augen der Frau verschwindet ein Wesen, das »nicht des Lebens, nicht des Todes Art« hat, das es weder auf der Erde noch im Himmel gibt. Das heißt: der lebt nicht, und tot ist er auch nicht. Alle andern sind hier, irdisch, oder gestorben im Himmel. Der aber ist grausig keins von beiden und steht mir doch sichtbar vor Augen.

Und ist gefährlich! Im letzten Wort des Gedichts taucht schattenhaft das Vampirmotiv auf. Schon in der hohen Romantik überlagern sich die Figuren des Doppelgängers, des Golems und des Maschinenmenschen an ihren Rändern mit der Vampirgestalt. Alle Künstlichen und Untoten wollen den Lebendigen den Funken aus der Seele holen. Bei Hoffmann zum Beispiel, im »Sandmann«, sind die lebendigen Augen das Beuteobjekt. Solcher Vampirismus flackert auch durch den letzten Vers des Droste-Gedichts. Der Golem, der gletscherkalte Kapselmann, »saugt« die warmen Tränen der Frau, als käme er so, auf Kosten ihres Lebens, zu seinem eigenen.

Wieviel besser, meinen die vorgängigen Verse der letzten Strophe, steht man da mit den wirklich Toten. Man bleibt ihnen liebevoll nah, so verstorben und begraben sie auch sind, weil noch ihr letzter Blick aus einer wahrhaftigen Seele gekommen ist und in Erinnerung bleibt wie ein Besitz und nie mehr genommen werden kann.

Auf diese Art läßt sich also das Gedicht biographisch lesen, als Versuch der 47jährigen Frau, die höflich distanzierte Visite des Geliebten, des 17 Jahre jüngeren Mannes mit seiner hübschen jungen Gattin, sich vom Leib zu schreiben und den tödlichen Würgegriff durch Kunstarbeit zu lockern. So hat sie schon am Tag, als die beiden abreisten, ein Gedicht geschrieben, »Lebt wohl«,[321] ein Gedicht wie ein Schrei, heiser und gellend zugleich. Darin stellt sie die leidenschaftliche Behauptung auf, daß das Dichten die zermalmende Versagung wettzumachen vermöge. »Laßt mich in meinem Schloß allein, / Im öden geisterhaften Haus«, heißt es da, »erschüttert« sei sie, »aber nicht zerdrückt« – dieses Wort muß man spüren: »zerdrückt« –, solange wenigstens – was denn?

So lange noch der Arm sich frei
Und waltend mir zum Aether streckt,
Und jedes wilden Geiers Schrei
In mir die wilde Muse weckt.

Das ist herrlich und großgeartet, ist das weltliche Magnifikat einer Frau, die sich ihrer dichterischen Sendung bewußt ist – und auf eine Art stimmt es ja auch. »Deposuit potentes de sede«, ruft Maria mit dem Gotteskind im Bauch im Magnifikat, und: »fecit mihi magna«. – »ER STÖSSET DIE GEWALTIGEN VOM STUEL«, heißt das in Luthers Majuskeln, und: »ER HAT GROSSE DING AN MIR GETHAN.«[322] So stieß die Droste, die zu Lebzeiten eine von so vielen war, nach ihrem Tod eine Größe nach der andern vom hohen Stuhl, gefeierte Sänger zuhauf, und ist heute eine der wenigen unersetzlichen Stimmen ihres Jahrhunderts.

Und doch war die »waltende« Geste illusionär. Der »wilde Geier« gehört zu jenen heraldischen Lebenstieren, in deren Gemeinschaft nur der Sturz von der Klippe führen würde. Und auch das Golem-Gedicht ist bloß in einer Hinsicht eine Männerbezichtigung. Aus der Perspektive der Schwestern-Ballade nimmt sich die Vision ganz anders aus. Da wird sie zum Emblem alles halben Daseins. Sie besagt ganz grundsätzlich, daß ein Mensch, daß eine Frau leben kann und doch kein ganzer Mensch, keine ganze Frau sein, keine rundum erfüllte, sich selbst gefallende Person. Der Golem, den das Ich von sich weist, ist auch ein Abbild eben dieses Ich. Die Auftrennung des Daseins in eine mechanoide Körperexistenz und ein Seelisch-Lebendiges, das sich verflüchtigt hat und irgendwo im Verlorenen schweift, diese augenfällige Zerscheitung des ganzheitlichen Menschenwesens, rückt das Gedicht eng an die Schwestern-Ballade. Psychologisch gesehen, projiziert die Droste den Schrecken ihres eigenen Käfig-Lebens unter dem Liebesverbot, ihre Existenz als Gertrude, die mit verglasenden Augen nach der verworfenen Schwester starrt, auf den Mann und macht so den harmlosen Jüngling zu dem dämonischen Wesen, das sie selbst ist. Das »öde geisterhafte Haus«, in dem sie, nach den Worten im »Lebt wohl«-Gedicht zurückbleibt, ist auch eine Metapher für sie selbst, und es gibt nicht viele Deutungs-Abenteuer in der deutschen Literatur, die so schauerlich spannend sind wie das Unternehmen, ihr Gedicht »Das öde Haus« – die scheinbar schlicht realistische Beschreibung eines zerfallenden Hauses in einer vergessenen Schlucht – auf ihr sinnlich-körperhaftes, ihr Leibes-Leben hin zu lesen. Dann erscheint das verwitterte Bauwerk als schlimme Darstellung einer golemisierten Frau: sinnlos die bewahrte Jungfräulichkeit, sinnlos der unbegattete Schoß:

Und eine Spinne hat ihr Zelt
Im Fensterloche aufgeschlagen;
Da hängt, ein Blatt von zartem Flor,
Der schillernden Libelle Flügel,
Und ihres Panzers goldner Spiegel
Ragt kopflos am Gesims hervor.
– – –
Und auf dem Heerde, wo der Schnee
Seit Jahren durch den Schlot geflogen,
Liegt Aschenmoder feucht und zäh,
Von Pilzes Glocken überzogen ...[323]

XXXIII. Antigone in der Maske der Ismene

Das Wesen, das im Spiegel erscheint. Ein drittes Verbot neben Arbeit und Liebe: Denken. Die Identität des Spiegelgesichts. Der souveräne weibliche Intellekt: verurteilt und verherrlicht. Vollkommen werden heißt verkommen.

Dies alles wird nochmals gestützt durch das Gedicht, das nun tatsächlich und unverblümt dem Wesen im Spiegel gilt, »Das Spiegelbild«, entstanden zur gleichen Zeit wie »Die Schwestern«. Der Text ist nahezu unerschöpflich. Hier steht er nur als dritter Beleg für die Deutung der Ballade und für das Phänomen der befohlenen Halbheit, der Golemisierung der Frau bei Annette von Droste – der Golemisierung und deren gleichzeitiger Verschleierung.

Mit den Begriffen unserer Analyse gesprochen, läuft alles auf das Paradox hinaus, das wie ein dunkles Orakel über dem Werk der Droste steht: Ganz werden heißt mißraten. Die vollendete Frau ist die verkommene Tochter. Die erotisch, intellektuell und lebenspraktisch Selbstbestimmte, die im Fühlen, Denken und Handeln Unabhängige, ist das mißratene und verkommene Kind.

Deshalb graut der einen Hälfte des gespaltenen Wesens immer vor der andern.

In der Schwestern-Ballade ist das verbotene andere Leben die autonome Sexualität; im Turm-Gedicht ist es die autonome Arbeit; im Gedicht vom Spiegelbild ist es das autonome Denken.

Da ist ein lyrischer Text, und er ist eine einzige lange Anrede an das Wesen, das im Spiegel erscheint. Man kann sich denken, worauf das hinausläuft. Auf die Frage: Wer bin ich? Auf die Antwort: Das bin ich, so bin ich offenbar. Kafka in dieser Situation: »Im Spiegel sah ich mich vorhin genau an und kam mir im Gesicht – allerdings nur bei Abendbeleuchtung und der Lichtquelle hinter mir, so daß eigentlich nur der Flaum an den Rändern der Ohren beleuchtet war – auch bei genauer Untersuchung besser vor, als ich nach eigener Kenntnis bin. Ein klares, übersichtlich gebildetes, fast schön begrenztes Gesicht ...«[324] Und Bertolt Brecht: »Als ich heut vor dem Spiegel Kirschen fraß, sah ich mein idiotisches Gesicht. Gegen die geschlossenen, schwarzen Kugeln, die im Mund versanken, wirkte es noch ungebundener, lasziver und widerspruchsvoller ...«[325] Beide sind ihrer Person und Erscheinung gegenüber nicht ganz sicher, gewinnen aber im Akt der Betrachtung eine gewisse Entschiedenheit. Bei der Droste nun steht der ganze Text unter der Erklärung: Das bin ich nicht, das bin nicht ich! Was vor mir erscheint, ist ein anderes Wesen. Ein Trugbild schaut mich an: »Phantom, du bist nicht meinesgleichen!« – »Es ist gewiß, du bist nicht ich.«[326] Das erinnert beängstigend an die Szene, wo Gertrude keinen Moment lang daran denkt, das Bild im Wasser könnte sie selbst sein. Diese Aussage – »du bist nicht meinesgleichen« – wird bis zum Schluß durchgehalten. Die letzte Strophe steht noch so deutlich unter diesem Satz wie die erste, und die wiederholte Vorstellung, daß das Wesen aus dem gläsernen Raum tritt und dasteht, ist erst recht nicht die erwartete Aufhebung der Differenz, erst recht nicht das erwartete Bekenntnis zum ungeteilten Ich. So, von insgesamt sechs, die ersten zwei und die letzte Strophe:

Schaust du mich an aus dem Kristall,
Mit deiner Augen Nebelball,
Kometen gleich die im Verbleichen;
Mit Zügen, worin wunderlich
Zwei Seelen wie Spione sich
Umschleichen, ja, dann flüstre ich:
Phantom, du bist nicht meines Gleichen!

Bist nur entschlüpft der Träume Hut,
Zu eisen mir das warme Blut,
Die dunkle Locke mir zu blassen;
Und dennoch, dämmerndes Gesicht,
Drin seltsam spielt ein Doppellicht,
Trätest du vor, ich weiß es nicht,
Würd' ich dich lieben oder hassen?
– – –
Und dennoch fühl ich, wie verwandt,
Zu deinen Schauern mich gebannt,
Und Liebe muß der Furcht sich einen.

Ja, trätest aus Kristalles Rund,
Phantom, du lebend auf den Grund,
Nur leise zittern würd ich, und
Mich dünkt – ich würde um dich weinen![327]

Diese drei Strophen bilden eine Art Rahmen um die mittleren drei, in denen das eigentliche Porträt aufgebaut wird. Deutlich antworten die allerletzten vier Zeilen auf den Schluß der zweiten Strophe. Hier wie dort steht der Satz: »Trätest du vor, ich würde ...« Beim ersten Mal entwirft dieser Konjunktiv eine Doppelmöglichkeit: ich würde dich lieben oder hassen. Beim zweiten Mal löst er sie auf in der merkwürdigen Synthese: »ich würde um dich weinen.« Was impliziert die Wendung? Um wen weint man? Man weint um einen Menschen, den man verloren hat, weil er gestorben oder fortgegangen ist, weil er mich verlassen mußte oder wollte. Und man weint um einen Menschen, der auf andere Weise verloren ging, der schlecht geworden ist, böse, moralisch verkommen. In diesem Sinne »verloren« ist der Verlorene Sohn der Bibel. Da nun das Spiegel-Ich seiner schlichten Natur nach nicht verschwinden kann – es sei denn in einer phantastischen Novelle –, muß hier der Grund zum Weinen in der zweiten Möglichkeit liegen. Und die drei mittleren Strophen machen dazu denn auch sehr deutliche Angaben.

Auffällig ist – und dies gehört zum eminenten Raffinement des Textes –, wie in den drei Rahmenstrophen der Akt der Unterscheidung zwischen dem Rede- und dem Spiegel-Ich zusammengeht mit feinsten Signalen der Identität, entfernt verwandt jenen Wortklammern in der Schwestern-Ballade. Wenn es heißt, daß in den Gesichtszügen »zwei Seelen wie Spione sich umschleichen«, dann bricht sich darin die Tatsache, daß die erregte Konzentration des beobachtenden Ich im beobachteten Gesicht selber wieder sichtbar wird. Der eigentümliche Vergleich mit den zwei Spionen, die einander umschleichen – meist umschleicht ja ein Spion nicht den andern, sondern bewegt sich verstohlen durch Feindesland –, erinnert erneut an die zwei Schwestern, die sich umkreisen und lebend nie zusammentreffen. Das wiederholt sich im Wort vom »Doppellicht« in der zweiten Strophe. Ob damit die Augen gemeint sind? Es gibt Argumente für diese Deutung. Daß die Augen selber ein »Licht« seien, daß sie auch so genannt werden, ist jedenfalls ältestes Sprachgut. Bei Tieren spricht man heute noch von den »Lichtern«. Dann wäre das »seltsam spielende Doppellicht« ein Wink in die Richtung eines doppelten Augenpaars, der Erscheinung einer doppelten Person innerhalb des Spiegel-Doppelgängers selbst. Man darf davon eingehender reden, weil eine der frappierendsten Leistungen des Gedichts die Augenbeschreibung der ersten drei Zeilen ist. Da findet die Autorin einen einzigartigen Licht- und Farbenvergleich. Die Augen sehen aus wie verblassende Kometen. Als der berühmte Komet von 1811 wochenlang am deutschen Himmel stand, war die Droste 15jährig. Das vieldiskutierte Phänomen, mit dem man damals einen sehr heißen Sommer und den besten Weinjahrgang seit Menschengedenken in ursächliche Verbindung brachte, aber auch, abergläubisch, Napoleon und das europäische Kriegsgeschehen, wurde von dem intellektuell wachen und naturkundlich interessierten Mädchen zweifellos genau beobachtet. Bei seiner allmählichen Entfernung aus der Erdnähe kann ein Komet tatsächlich erscheinen wie ein aus Nebel gesponnener Wollknäuel.[328] So kostbar der Vergleich literarisch ist, so unheimlich mutet er doch auch an – als wollte das Bild zugleich vom Hinziehen und Schwinden einer Person reden.

Die Frage, die die Rahmenstrophen überlaut stellen, zielt auf den Grund der heftigen Distanzierung des redenden Ich vom gespiegelten. Warum will es damit nicht eins sein? Warum fürchtet es sich so? Warum glaubt es, Gründe sogar zum Haß zu haben? Warum erklärt es das Gegenüber zum verlorenen, wenn nicht verdorbenen Wesen? Die dritte und vierte Strophe holt alles Schlimme, Verwerfliche, Angsterregende ans Licht. Vom Schwestern-Gedicht her wäre ein Zusammenhang mit der Erotik, der Sinnlichkeit eines lebenslustigen Leibes zu erwarten. Das bleibt gänzlich aus. Nur in der geheimnisvollen fünften Strophe wird wie nebenhin der Begriff der »fremden Lust« fallen, sorgsam versteckt hinter dem Schutzwort des »fremden Leides«. So die Strophen drei und vier:

Zu deiner Stirne Herrscherthron,
Wo die Gedanken leisten Frohn
Wie Knechte, würd ich schüchtern blicken;
Doch von des Auges kaltem Glast,
Voll todten Lichts, gebrochen fast,
Gespenstig, würd, ein scheuer Gast,
Weit, weit ich meinen Schemel rücken.

Und was den Mund umspielt so lind,
So weich und hülflos wie ein Kind,
Das möcht in treue Hut ich bergen;
Und wieder, wenn er höhnend spielt,
Wie von gespanntem Bogen zielt,
Wenn leis' es durch die Züge wühlt,
Dann möcht ich fliehen wie vor Schergen.

Wenn dies das Porträt einer Frau ist – welcher Art und Beschaffenheit ist sie? Man darf nicht gleich charakterpsychologisch werten, wie das redende Ich es tut. Dieses ist ja Partei. Ganz sachlich läßt sich feststellen, die Person, die hier im Spiegel erscheint, widerspricht konsequent dem normativen Umriß der domestizierten, bescheiden dienenden, gebärfrommen Frau, die alle ihrem Geschlecht gesetzten Grenzen anerkennt und sie richtig und natürlich findet – »von der Natur selbst vorgezeichnet«, wie Mommsen sagen würde.[329] Um ein uraltes Muster zu beschwören: hier taucht vor den Augen Ismenes das Antlitz ihrer Schwester Antigone auf. Ismene, die Fügsame, hat die Differenz der Geschlechter längst begriffen als eine zwischen Macht und Gehorsam. Herrschaft und Tat sind männlich:

– sieh doch nur,
Wie grausig wir zugrund gehn, wenn wir, dem Gesetz
Zum Trotz, mißachten eines Herrschers Spruch und Macht.
Vor allem laß uns einsehn, daß wir Frauen sind
Und nicht geschaffen, gegen Männer vorzugehn.[330]

So Ismene zu Antigone. Und während sie um ihre Schwester fürchtet: »Wie verzehrt mich Angst um dich!«[331] –, antwortet diese mit Härte und Haß. Ismene wirft ihr denn auch Kälte im Handeln vor, bei »heißem Herzen« allerdings, wirft ihr im Grunde den Willen zur Tat vor, und der Dialog zeigt die Unvereinbarkeit der beiden Haltungen:

Ismene: Zu schauerkalten Taten drängt dein heißes Herz!
Antigone: Weil ich gefalle so, wem ich gefallen muß!
Ismene: Wenn du's nur könntest! Du begehrst Unmögliches.
Antigone: Nun, wenn ich's wirklich nicht vermag – wird Ruhe sein.
Ismene: Unmögliches Erstreben taugt von Anfang nicht.
Antigone: Wenn du so redest, wirst du nur gehässger mir.[332]

Auch hier ist das Verhältnis, in dem die beiden zueinander stehen, heftig emotionalisiert, und die Gefühle scheinen, wie in Drostes »Spiegelbild«, über Anlaß und Situation hinauszuwachsen.

Was in der dritten Strophe des Gedichts sichtbar wird, ist das Gesicht einer Frau, die sich selbst als denkfähig und herrschaftsfähig versteht. Das scheinbar mühsame Bild, daß die Stirne ein Herrscherthron sei, wo die Gedanken wie Knechte Frondienst leisten, will ernst und genau genommen sein. Es besagt: dieses Ich regiert sein eigenes Denken, es beherrscht die Verfahren der intellektuellen Arbeit und setzt sie ein zu gesteckten Zielen. Da ist ein Wille, der über seinen Verstand gebietet; da sind Gedanken, die auf einen Willen, auf Handeln also, bezogen sind. Und dieses Denken läßt sich nicht durch Gefühle aus der Bahn werfen. Es kann unterscheiden zwischen den Verfahren der Reflexion und den Bewegtheiten der Seele und kann unklare Vermischungen verhindern. Das geht aus der zweiten Hälfte der dritten Strophe hervor, wo dem Spiegel-Ich das kalte Auge zugeschrieben wird. Der Vorwurf, der sich daraus ergibt, bestätigt das Gesagte. Ein »totes Licht« wohne in dem Organ, fühllos also sei es und seelenlos – nach den Kategorien des redenden Ich so weit ab von herzlicher Wärme, daß Todesbilder heranrücken: »gebrochen fast«.

Wenn man von dieser zweiten Strophenhälfte die moralische Bewertung abzieht, erscheint die intellektuelle Qualität des Spiegel-Ichs hier noch gesteigert. Eine dämonische Intelligenz eignet ihm offenbar, eine rücksichtslose, die zu denken wagt, was nicht gedacht werden soll – die »bedenklichen Reden« Gertrudes tauchen im Hintergrund auf. Davon distanziert sich das sprechende Ich, aber dieser Akt der Distanzierung ist gleichzeitig einer der hohen Reverenz. Die Strophe operiert mit dem uralten Unterschied von Thron und Schemel.[333] Der Schemel ist das Zeichen des Niedrigen und Dienenden. Auf ihm sitzt man zu Füßen eines andern, kniet man zum Beten hin; auf ihn setzt der Regierende, setzt die Regierende die Füße. Hier schreibt die Frau vor dem Spiegel sich selbst den Schemel, der Frau im Spiegel aber den Thron zu.

Man könnte nun sagen, das alles laufe auf die konventionelle Typologie von Gefühls- und Verstandeswesen hinaus und also auch in die Richtung eines Frauen-Männer-Klischees. Interessanterweise hat nun aber das Spiegel-Ich sein eigenes, komplexes Gefühlsleben. Die vierte Strophe redet davon. Und diese spezifische Sensibilität widerspricht nun kraß einem zur »Fraulichkeit« normierten Frauenmuster, fällt aber gleichwohl nicht mit den geläufigen Männerstereotypen zusammen. Was im Innern des Spiegel-Ichs abläuft, geht von kindlicher Unmittelbarkeit und plötzlicher Not bis zu offenem Hohn und verletzendem Zynismus. Und der zweitletzte Vers: »Wenn leis' es durch die Züge wühlt ...« kann nichts anderes meinen als den physiognomischen Ausdruck von moralisch riskanten Impulsen. Was dieses Wesen fühlt, ist gefährlich, grausam, verwerflich, – aber auch kühn und großartig.

Hier rückt ganz unverkennbar das Denkbild vom kalten Genie nahe, das Modell des großen, aber eisig distanzierten Geistes, wie es die Zeitgenossen Goethes in der Begegnung mit diesem ausbildeten und einander weiterreichten. Als exemplarisches Zeugnis kann Jean Pauls Brief an Christian Otto vom 18. 6. 1796 gelten. Darin steht unter anderem:

Gleichwohl kam ich mit Scheu zu Göthe. Die Ostheim und jeder malte ihn ganz kalt für alle Menschen und Sachen auf der Erde – Ostheim sagte, er bewundert nichts mehr, nicht einmal sich – jedes Wort sei Eis, zumal gegen Fremde, die er selten vorlasse – er habe etwas steifes reichstädtisches Stolzes – bloß Kunstsachen wärmen noch seine Herznerven an (...) Ich ging, ohne Wärme, bloß aus Neugierde. Sein Haus (Palast) frappiert, es ist das einzige in Weimar in italienischem Geschmack, mit solchen Treppen, ein Pantheon voll Bilder und Statuen, eine Kühle der Angst presset die Brust – endlich tritt der Gott her, kalt, einsilbig, ohne Akzent. Sagt Knebel z.B., die Franzosen ziehen in Rom ein. »Hm!« sagt der Gott. Seine Gestalt ist markig und feurig, sein Auge ein Licht (aber ohne eine angenehme Farbe). Aber endlich schürete ihn nicht bloß der Champagner sondern die Gespräche über Kunst, Publikum etc. sofort an, und – man war bei Göthe. Er spricht nicht so blühend und strömend wie Herder, aber scharf-bestimmt und ruhig. Zuletzt las er uns – d.h. spielte er uns – ein ungedrucktes herrliches Gedicht vor, wodurch sein Herz durch die Eiskruste die Flammen trieb.[334]

Der Text baut sich durchweg auf der Opposition von Kälte und Wärme auf, wobei das Eisige sich verbindet mit einer Absolutsetzung des Genies: »der Gott, kalt, einsilbig, ohne Akzent«. Selbst die Art, wie die Augen beschrieben werden, findet im Droste-Gedicht eine Parallele. Ob bei ihr tatsächlich eine bewußte oder ahnungslose Anspielung auf die Berichte aus Weimar vorliegt, ist nicht auszumachen. Immerhin hat Börnes Attacke gegen Goethe in der berühmten Grabrede auf Jean Paul 1825 genau dieses Denkbild wieder verstärkt und unter der jungen Generation popularisiert.

Dies alles steigert sich grandios und mysteriös in der fünften Strophe. Wo eben noch von Schergen die Rede war und also von der Grausamkeit des Spiegel-Wesens, seiner Verworfenheit, da taucht nun plötzlich eine der heiligsten Visionen überhaupt auf: der brennende Dornbusch in der Wüste, aus dem Gott selber spricht. Dort muß Moses, der das Feuer sieht, die Schuhe ausziehen, wenn er herantreten will: »Da (...) rief ihm Gott aus dem Pusch und sprach: Mose, Mose. Er antwortet: hie bin ich. Er sprach: Tritt nicht herzu, zeuch deine Schuch aus von deinen Füssen, denn der Ort, da du aufstehest, ist ein heilig Land. (...) Und Mose verhüllet sein Angesicht, denn er furchte sich, Gott an zu schauen.«[335] Diese Szene wird von der Strophe beschworen:

Es ist gewiß, du bist nicht Ich,
Ein fremdes Daseyn, dem ich mich
Wie Moses nahe, unbeschuhet,
Voll Kräfte die mir nicht bewust,
Voll fremden Leides, fremder Lust;
Gnade mir Gott, wenn in der Brust
Mir schlummernd deine Seele ruhet!

Mit der Anspielung auf den brennenden Dornbusch, in dem der Allerhöchste redend gegenwärtig ist, wächst das Spiegel-Ich dramatisch über die Kategorien von Intelligenz und Machtwillen hinaus. Dieses Signal droht das ganze Gedicht zu sprengen. Die Strophe muß deshalb selber Vorsichtsmaßnahmen treffen gegen die Brisanz der Vision. Im ersten Vers lehnt sie nochmals dezidiert jede Identität zwischen den beiden Figuren ab: »Es ist gewiß, du bist nicht Ich.« Und am Ende dämonisiert sie die Erscheinung wieder. »Gnade mir Gott!« ist ein Ausruf, den man in der Begegnung mit dem Bösen tut (weshalb der Teufel ja auch den Übernamen »Gottseibeiuns« trägt). Und »Gott steh mir bei!« ruft Eichendorffs Reiter im Wald, als ihm die »Hexe Loreley« begegnet.[336]

Dennoch schafft dies den Mittelteil der Strophe nicht aus der Welt. Er ist nach allem Vorhergegangenen völlig überraschend. Er sprengt alle Klischees. Die anvisierten Charaktermuster, Geschlechtermuster, Herrschermuster, Geniemuster fallen zurück hinter solcher Sakralisierung des Frauenhaupts im Spiegel. Die unbedingte Ablehnung der Identität ermöglicht die Steigerung des Gegenübers zum Göttlichen, göttlich Vollkommenen, Vollendeten. Für einen Moment ist das Gegenwesen nicht mehr die andere Hälfte, das Abgespaltene, der uneingestandene »Schatten« der eigenen Person im Sinne C. G. Jungs, sondern wird zur Epiphanie der Ganzheit. Das ist schwierig zu beweisen; Einwände drängen sich auf. Dennoch ist die Unvorhersehbarkeit dieser Überblendung des Spiegelhaupts mit dem redenden, befehlenden, prophezeienden Gott im brennenden Dornbusch ein Argument, das zählt. Die vier Verse: »Ein fremdes Dasein dem ich mich, / Wie Moses nahe, unbeschuhet, / Voll Kräfte die mir nicht bewußt, / Voll fremden Leides, fremder Lust«, diese vier Verse liegen nicht in der Konsequenz des Vorangegangenen, sondern brechen sie auf. Aus der Beschreibung der verbotenen Hälfte fährt wie ein Feuerstrahl die hieroglyphische Benennung gottähnlicher Ganzheit. Diese wird als rundum erfüllte Existenz – zweimal nacheinander fällt anaphorisch das Wort »voll« – dem ersten Schöpfungsgedanken gerecht, wonach der Mensch, Frau und Mann, nach dem Bilde Gottes angefertigt sei und diesen Gott, gemäß Meister Eckarts Auslegung, in sich trage wie ein Stück Glut. Auch die Wendung: »Voll fremden Leides, fremder Lust« deutet auf Totalität. Sie gibt ein fernes Echo auf den Goetheschen Existenzjubel: »Alle Freuden, die unendlichen, / Alle Schmerzen, die unendlichen, ganz.«[337]

Und dann doch das »Gnade mir Gott!« – Natürlich dann das »Gnade mir Gott!« Denn solche Ganzheit ist, wie die Dinge liegen, für die Frau vor dem Spiegel identisch mit dem Verstoß gegen alle Ordnung. Sie ist der luziferische Akt im patriarchalen Gefüge. Gertrude hat sie im Ritual des Todessturzes gewonnen und wurde dafür in der Wildnis verscharrt. Auch die Frau auf dem Turm weiß von dieser einzigen Lösung. Das Paradox ist überdeutlich: Vollkommen werden heißt verkommen. Nur als Verkommene und Geächtete könnte die Frau jene Vollendung gewinnen, die ihr vorkommt wie der erscheinende Gott in der Wüste. Dies ist, in der Mitte des 19. Jahrhunderts, die tragischste Gestalt, in der das »Mißraten und Verkommen« einer Tochter überhaupt gedacht werden kann. Eine dreifache Freiheit wäre mit der Vollendung verbunden: die Freiheit der Liebe – »ich gelige bî sîner sîten«, sagt Gotelint sechshundert Jahre vor Annette; die Freiheit des Denkens – »Wo stickt dann nun das Heilige?«, sagt Franz Moor; die Freiheit der Arbeit – »ich wil dem phluoge widersagen«, sagt der junge Helmbrecht. Von diesen drei Freiheiten redet auch Annette von Droste, und doch kann sie davon immer nur reden, indem sie davor warnt als vor dem Bösen und Schlechten, indem sie tragisch doppelzüngig dichtet und eine eigentliche Kunst der doppelzüngigen Gesänge entwickelt. Dazu hilft ihr getreulich der moralische Pakt, den sie augenfällig in Szene setzt und der den naiven Leser zum Glauben führt, hier werde so pädagogisch gedichtet, wie das zeitgenössische Publikum der Morgenblätter und Musenalmanache es erwartete und gewohnt war. In den »Schwestern« hat sich dies sehr klar nachweisen lassen, am »Spiegelbild« kann man es gleicherweise studieren. Seht her, lautet hier die vordergründige Pointe, welche schlimmen Dinge als Möglichkeit in mir wohnen, und seht, wie ich mich dagegen wehre und verwahre!

Das heißt, daß die Genealogie der Moral in diesen Texten in dem Maße komplex ist, als die Texte selbst die poetischen Regeln und Wünsche ihrer Zeit erfüllen und brechen zugleich. Und was von der Genealogie der Moral gilt, gilt auch von der Konstruktion der Geschlechter. Hier schreibt Antigone in der Maske der Ismene, und auch in den Texten selbst scheint uns überall die gezähmte Ismene zu begegnen, bis wir an den funkelnden Augen merken, daß dies ebenfalls die maskierte Antigone ist.

Fünfter Teil: Von Müttern

XXXIV. Das Mutter-Porträt

Keine überlegenen Frauen im 19. Jahrhundert? Annette von Droste beobachtet und beschreibt ihre Mutter. Die Strategien der Herrschaft über den Mann. Machtwille und Demutskultur. Die Tochter im Dilemma. Das Selbstporträt. Das Paradox der Mutter als Riß durch die Tochter. Frauenstrategie verbietet Frauensolidarität: die Mutter schweigt.

»Ganzheitlichkeit«, »rundum erfüllte Existenz« – ist sie denn wirklich den Frauen verboten und verstellt in diesem Jahrhundert? Dürfen sie alle nur »sitzen so frei und klar, gleich einem artigen Kinde«? Die Frage wird auch hier an die Literatur gestellt, nicht an die allgemeine Sozial- und Geschlechtergeschichte. Wenn die Tochter nur über das Mißraten gelingen kann, wenn sie nur werden kann, wozu sie sich geschaffen weiß, indem sie wird, was sie als Sünde und Schuld verwirft, wie steht es denn da mit der Mutter? Ist die gespenstisch verkümmerte Nonnenschwester Gertrude, die von der Mutter zur Mutter über die erotische Schwester gesetzt wird, die Reproduktion dieser Mutter? Wenn wir im Werk der Droste nach dem Porträt einer gelassen souveränen, ihr Leben unverbogen lebenden Frau suchen, finden wir es in einem Prosatext, der ein halbes Jahr vor den »Schwestern« entstand, im Sommer 1841. Er blieb Fragment, so energisch und witzig die erhaltenden 25 Seiten sich auch präsentieren. Wie mit dem Erzählbruchstück »Ledwina« – Drostes »Lenz« – rennt sie als Prosaschreiberin offenbar auch hier an unsichtbare Grenzen, schreibt sie sich in eine Zone hinein, wo ihr die Familie oder ein anderes soziales Verbotssystem die Hand lähmt. Das hängt damit zusammen, daß sie in Prosa unverstellter von sich selber schreibt und bedrohlich nah an Bekenntnisse streift, die der Familie, der Mutter nicht zuletzt, unsympathisch sind. Gerade diese Mutter aber erscheint nun in dem Prosatext von 1841 – »Bei uns zu Lande auf dem Lande« – als Inbegriff einer überlegenen Frau. Obwohl sich die Autorin einmal mehr hinter einer doppelten Männermaske versteckt – ein Westfale entdeckt und ediert das Manuskript eines Lausitzers, der vor einem halben Jahrhundert eine westfälische Familie besucht und beschrieben hat –, ist die autobiographische Prägung des Ganzen unverkennbar. Und spannend ist vor allem, wie diese Mutter die Überlegenheit über ihren Mann lebt und versteckt zugleich, wie sie regiert, ohne sich die Zeichen der Herrschaft anzueignen. Das Porträt ist weit weniger harmlos als es sich in seiner lockeren Intonation gibt:

Eine kluge, rasche, tüchtige Hausregentin, die dem Kühnsten wohl zu imponiren versteht und was ihr zur Ehre gereicht eine so warme, bis zur Begeistrung anerkennende Freundin des Mannes, der eigentlich keinen Willen hat als den ihrigen, daß alle Frauen, die Hosen tragen sich wohl daran spiegeln möchten, – es ist höchst angenehm dieses Verhältniß zu beobachten; ohne Frage steht diese Frau geistig höher, als ihr Mann, aber selten ist das Gemüth so vom Verstande hochgeachtet worden; sie verbirgt ihre Obergewalt nicht wie schlaue Frauen wohl thun, sondern sie ehrt den Herrn wirklich aus Herzensgrunde, weiß jede klarere Seite seines Verstandes, jede festere seines Charakters mit dem Scharfsinn der Liebe aufzufassen und hält die Zügel nur, weil der Herr eben zu gut sei, um mit der schlimmen Welt auszukommen. Nie habe ich bemerkt, daß ein Mangel an Welterfahrung seinerseits sie verlegen gemacht hätte, dagegen strahlten ihre schwarzen Augen wie Sterne, wenn er seine guten Kenntnisse entwickelt, Latein spricht wie Deutsch, und sich in alten Tröstern bewandert zeigt, wie ein Cicerone – (...) sie ist heftig, ich habe sie sogar schon sehr heftig gesehen, wenn sie bösen Willen voraussetzt, aber sie faßt sich schnell und trägt nie nach. Sehr stattlich und vornehm sieht sie aus, muß sehr schön gewesen sein und wäre dies vielleicht noch, wenn ihre bewegten Gefühle sie etwas mehr EMBONPOINT ansetzen ließen, denn das innere Feuer verzehrt alles sonst Ueberfließende, so sieht sie aus wie ein edles, arabisches Pferd.[338]

Das ist eine Studie weiblicher Lebenslist, wie sie subtiler kaum zu denken ist. Die Frau wird deutlich abgehoben von jenen berüchtigten Gattinnen, welche die geltende Ordnung umkehren und sich vor aller Augen über den gottgewollten Herrn im Hause setzen. Von denen pflegt man zu sagen, sie hätten die Hosen an. Die Droste greift den Ausdruck auf, in einer Weise, die sich zu studieren lohnt. Einerseits distanziert sie sich von dem Verhalten, anderseits spricht sie es der Mutter auch wieder zu. »Alle Frauen, die Hosen tragen«, sollen sich bei ihr ein Beispiel nehmen. Das kann nur heißen: lernen, wie man so was richtig macht. Sie entwirft in dem kurzen Text insgesamt drei Modelle: Es gibt Frauen, die regieren ihren Mann demonstrativ und unverfroren; er ist nicht ihr Herr, und so ehren sie ihn auch nicht als solchen. Das ist, läßt der Text durchblicken, verwerflich. Dann gibt es Frauen, die regieren durch List und Schauspielerei (»wie schlaue Frauen wohl tun«). Sie üben die Macht aus und respektieren in praxi den Hausvater sowenig wie die erste Gruppe; sie können aber die erwartete Untertänigkeit virtuos spielen, wo immer es nötig ist. Die dritte Variante hat die Mutter entwickelt, und die Droste kann sich dazu den Ausruf nicht verkneifen: »es ist höchst angenehm dieses Verhältniß zu beobachten«. Auch hier hat die Frau die Macht im Haus und übt sie durchweg aus. Der Wille des Mannes ist bis zu dem Grade ausgeschaltet, daß er »eigentlich keinen Willen hat als den ihrigen«. Wie es dazu kommen konnte, bleibt ungesagt. Es muß aber mit dem seelischen Hauptereignis dieses Herrschaftswesens zu tun haben: daß nämlich die regierende Frau dem ihr in Tat und Wahrheit gänzlich untergebenen Mann ohne alle Heuchelei den vollen Respekt entgegenbringt, der von der untergebenen Frau dem regierenden Mann gegenüber erwartet wird. »Sie ehrt den Herrn wirklich aus Herzensgrunde«, heißt es.

Wenn man die versteckte Nachricht über den Mann aus dem Text holt, wird man sagen müssen: er ist nicht eben der Hellste und ziemlich willensschwach, verfügt höchstens über allerlei antiquarisches Bildungswissen. Seine Frau aber ist ehrlich begeistert über jede Regung von Intelligenz und Entschiedenheit, die sich trotzdem noch zeigt. Man achte auf die zweideutigen Komparative: sie »weiß jede klarere Seite seines Verstandes, jede festere seines Charakters mit dem Scharfsinn der Liebe aufzufassen«. Sogar Scharfsinn braucht es also, um die Qualitäten überhaupt zu erkennen. Und wenn es mit dem Mann zu gesellschaftlichen Peinlichkeiten kommt – etwas anderes kann der »Mangel an Welterfahrung« schwerlich meinen –, macht das der Frau nicht das Geringste aus, weil ihre ungebrochene Hochachtung jede Möglichkeit ausschließt, sich seiner je zu schämen.

Was ist das nun: Selbstbetrug oder ein Äußerstes an Raffinesse? Demütigt sich hier eine Frau ganz naiv vor dem ihr unterlegenen Mann, aus schlichtem Glauben an das, was Mommsen die »von der Natur vorgezeichneten Verhältnisse« nennt? Oder entwickelt sie die genialste weibliche Strategie, die unter dem geltenden Vaterrecht möglich ist? Der Text favorisiert ohne Zweifel die erste Deutung. Nur einmal, mit einem einzigen Wort, einem winzigen Konjunktiv, über den man spielend hinwegliest, sieht man sie in Zweifel: Die Mutter »hält die Zügel nur, weil der Herr eben zu gut sei, um mit der schlimmen Welt auszukommen.« Er »sei« zu gut – wie leicht hätte hier »ist« stehen können, und wie wäre dann alles eindeutig gewesen. Jetzt aber deutet der Konjunktiv auf eine praktizierte Mystifikation. Das Hauptargument dafür, daß die »Zügel« in der Frauenhand liegen, erscheint als Vortäuschung.

In einer unglaublichen Mimikry an die Männerherrschaft, einer Mimikry bis in die Seelenmitte hinein, gelingt es also hier einer Frau, in den Vollbesitz der Macht und aller Handlungskompetenz zu gelangen. Sie regiert als Dienende, ist Herrin in Ergebenheit. Das Paradox muß Folgen haben. Die Spannung, die sich daraus ergibt, wird von der Droste denn auch angesprochen, als sie vom Körper der Mutter redet. Stattlich-füllig müßte die Frau eigentlich sein, wohlgestalt ausladend. So wünscht und liebt man die echte Hausmutter, so bleibt sie schön gemäß den geltenden Begriffen. Nun zehrt aber etwas an ihr, ein »inneres Feuer«, und das kann nichts anderes sein als die erlebte Diskrepanz zwischen ihrem seelischen Dienen und der praktischen Herrschaft. Daß dies auf Kosten der Schönheit geht, wird erstaunlich unverblümt gesagt. Die Macht der Frau muß bezahlt werden mit dem, was eine Frau in der Regel zuletzt in den Kauf gibt. Diese Feststellung wird auch vom unerwarteten Bild des »edlen, arabischen Pferdes« nicht mehr wettgemacht.

Rätselhaft bleibt bis zuletzt, wie weit die Mutter sich der ganzen Sache bewußt ist. Könnte sie das alles leben und es gleichzeitig durchschauen? Es ist nicht einmal sicher, daß die Autorin alles weiß, was sie sagt und andeutet. Das bedarf hier keiner weiteren Abklärung. Viel wichtiger ist die Tatsache, daß sich der Blick in ein hochkomplexes Gemisch von Frömmigkeit, Verdrängung, Machtwille, Herrschaftslust und Demutskultur eröffnet. Dieses Gemisch als solches ist von weit größerer Bedeutung als die – psychologisch an sich schon naive – Frage nach dem Bewußtseinsgrad. Wir wissen ja ohnehin immer nur, was wir wissen dürfen.

Nun aber! Wenn nun aber eine Tochter sich diese Mutter zum Vorbild und zum Lebensmuster nimmt – was geschieht da? Worauf legt sie ihr eigenes Leben an – auf Dienen oder Herrschen? Wie begreift sie auf die Dauer ihr eigenes Geschlecht – als das lenkende oder das gelenkte? Wäre die Mutter eine Schauspielerin, die ihre Macht genießt und die Ehrfurcht vor dem Hausvater bloß simuliert, die Tochter könnte sich dafür oder dagegen entscheiden. Das Paradox der demütigen Herrschaft aber ist nicht ohne Konsequenzen abzulehnen und nicht ohne Konsequenzen zu übernehmen. Welches sind die expliziten Forderungen dieser Mutter an die Tochter? Zweifellos: diene! Und welches sind die Forderungen, die sie durch ihre Lebenspraxis verkörpert? Zweifellos: herrsche!

Das spiegelt sich auf dramatische Weise sogar im Schicksal des Textes selbst. Nach den ersten zwei Kapiteln kommen der braven Tochter Annette – einer 44jährigen Frau immerhin – einige Bedenken. Worin sie bestehen und was sie zur Folge haben, ist in einem Brief an August von Haxthausen vom 20. Juli 1841 dokumentiert:

> Ich habe mein Buch über Westfalen bereits angefangen und ein ziemlich Stück hineingearbeitet; es scheint mir ganz gut, und doch verlor ich den Mut, da ich meine lieben Eltern so deutlich darin erkannte, daß man mit Fingern darauf zeigen konnte. Das war eigentlich nicht meine Absicht (...) nun fürchte ich, jedermann wird es für ein Porträt nehmen (...). Eben jetzt, heute bin ich zu dem Entschluß gekommen, es meiner Mutter vorzulesen, und ist sie es zufrieden, so schreibe ich weiter; wo nicht, so gebe ich es auf.[339]

Sie hat nicht weitergeschrieben, sie hat es aufgegeben. Die Mutter, muß man schließen, war es nicht zufrieden. Mit 70 Jahren noch regierte sie ihr Kind und sabotierte ein Werk, das sich in der Geschichte der deutschen Prosa so energisch behauptet hätte wie in der Geschichte des Frauenschreibens.

Die Schwestern-Ballade, die Dichtung von den Schrecken des Gehorsams, entstand ein halbes Jahr später.

Und nun findet sich in dem Prosa-Fragment auch ein Porträt der Tochter selbst. Das besagt, daß sich die Möglichkeit bietet, empirisch zu überprüfen, wie eine junge Frau sich innerlich ausformt, die das Paradox dieser Mutter als Vorbild vor Augen hat. Die Tochter heißt hier Fräulein Sophie und ist 18 Jahre alt: Portrait of the Artist as a Young Woman. Zu beachten ist, daß der fiktive männliche Erzähler sich in diesem Text stärker mit Kommentaren bemerkbar macht als im Mutterbildnis. Das hat seinen guten Grund. Auf diese Weise können Dinge gesagt werden, die sich in einer unmittelbaren Selbstdarstellung wohl verbieten würden.

Fräulein Sophie gleicht ihrem Bruder auf's Haar, ist aber mit ihren achtzehn Jahren bedeutend ausgebildeter und könnte interessant sein, wenn sie den Entschluß dazu faßte – ob ich sie hübsch nenne? sie ist es zwanzig Mal im Tage und eben so oft wieder fast das Gegentheil, ihre schlanke, immer etwas gebückte Gestalt gleicht einer überschossenen Pflanze, die im Winde schwankt, ihre nicht regelmäßigen aber scharf geschnittenen Züge haben allerdings etwas höchst Adliges und können sich, wenn sie meinen Erzählungen von blauen Wundern lauscht bis zum Ausdruck einer Seherin steigern, aber das geht vorüber und dann bleibt nur etwas Gutmüthiges und fast peinlich Sittsames zurück; einen eignen Reiz und gelegentlichen Nichtreiz giebt ihr die Art ihres TEINTS, was für gewöhnlich bleich bis zur Entfärbung der Lippen, ganz vergessen macht, daß man ein junges Mädchen vor sich hat – aber bei der kleinsten Erregung geistiger, sowie körperlicher, fliegt eine leichte Röthe über ihr ganzes Gesicht, die unglaublich schnell kömmt, geht und wiederkehrt wie das Aufzücken eines Nordlichts über den Winterhimmel; dies ist vorzüglich der Fall, wenn sie singt, was jeden Nachmittag während des Verdauungspfeifchens zur Ergötzung des Papas geschieht. Ich bin kein natürlicher Verehrer der Musik, sondern ein künstlicher – mein Geschmack ist, ich gestehe es, ein im Opernhause mühsam eingelernter, dennoch meine ich, das Fräulein singt schön – über ihre Stimme bin ich sicher, daß sie voll, biegsam aber von geringem Umfange ist, da läßt sich ein Maßstab anlegen, – aber dieses seltsame Modulieren, diese kleinen, nach der Schule verbotenen, Vorschläge, dieser tief traurige Ton, der eher heiser als klar, eher matt als kräftig, schwerlich Gnade auswärts fände, können vielleicht nur einem geborenen Laien wie mir den Eindruck von gewaltsam Bewegenden machen; die Stimme ist schwach, aber schwach wie ein fernes Gewitter, dessen verhaltene Kraft man fühlt – tief, zitternd wie eine sterbende Löwin: es liegt etwas Außernatürliches in diesem Ton, sonderlich im Verhältniß zu dem zarten Körper – ich bin kein Arzt, aber wäre ich der Vetter, ich ließe das Fräulein nicht singen; unter jeder Pause stößt ein leiser Husten sie an und ihre Farbe wechselt, bis sie sich in rothen, kleinen Fleckchen festsetzt, die bis in die Halskrause laufen – mir wird todtangst dabei und ich suche dem Gesange oft vorzubeugen.[340]

Die Frage wurde gestellt nach dem Verhältnis von Herrschaft und Gehorsam, Autonomie und Demut. Beides taucht im Text auf, wobei »Herrschaft« nun allerdings keine soziale Bedeutung hat wie bei der regierenden Mutter, sondern beschränkt bleibt oder sich verdichtet auf den Bereich der Kunst. Hier leuchten mehrfach Signale der Autonomie und Größe auf, nicht zuletzt in den Vergleichen. Sie sind schroff gepaart mit Signalen und Symptomen der Schwäche. Das Verhältnis der Gegensätze aber hat nicht den Charakter einer großen Strategie wie bei der Mutter, sondern zeigt die junge Frau als Opfer solcher Polarität. Während die Mutter über dem Paradox der demütigen Herrschaft nur die Leibesfülle verlor, dafür aber die

Qualität eines energisch-nervösen »arabischen Pferdes« gewann, eines kostbaren und kühnen Wesens, wird die Tochter von der existentiellen Spannung am Leben bedroht. Wenn sie auslebt, was in ihr ist, wird es sie umbringen. Nichts anderes meint der Satz: »ich bin kein Arzt, aber wäre ich der Vetter (i.e. im Kontext der Vater. P.v.M.), ich ließe das Fräulein nicht singen.« Das Motiv hat seine literarische Herkunft. Die exemplarische Ausbildung einer solchen Existenz ist die Tochter des Rates Krespel in E.T.A. Hoffmanns gleichnamiger Erzählung. Sie stirbt, wenn sie singt, wie Heines Asra stirbt, wenn er liebt. Der intertextuelle Bezug zu einer Schlüsselerzählung der tragischen Romantik relativiert den autobiographischen Aussagewert des Abschnitts nicht. Er verdeutlicht nur das Verfahren der Selbstaussage. Indem die Autorin dieses kleine, sehr deutsche Mythologem – die Sängerin stirbt, wenn sie singt – aufgreift, kann sie ihre Situation um vieles prägnanter verdeutlichen.

Allerdings stellt sich die Frage, warum dem so ist und ob das so sein muß. Bei Hoffmann steht dahinter eine radikale Metaphysik der Kunst. Die Musik als das Transzendente schlechthin ist mit dem Irdischen, Körperlichen, Sozialen nicht vereinbar. Wo sie sich ganz verwirklicht, sprengt sie ihr eigenes Medium: das Instrument, den Künstler, das gesellschaftliche Arrangement der Zuhörenden. So demoliert Hoffmanns Kapellmeister Kreisler jeden gesellschaftlichen Rahmen, in dem er auftaucht mit seiner Kunst, aber diese Kunst demoliert auch ihn selbst. Sie ist der innere Brand, der keine Harmonie kennt mit dem gelebten Tag und dem lebendigen Leib.

Im Text der Droste ist es nicht die Kunst als Numinosum, was die Frau zerstören wird, sondern das Fehlen einer angemessenen gesellschaftlichen Aufnahme. Sophie singt »jeden Nachmittag während des Verdauungspfeifchens zur Ergötzung des Papas«. Zu mehr wird sie nicht gebraucht. Die Mutter hört nicht zu. Sie hat anderes zu tun. Der Gesang ergänzt die verdauungsfördernde Funktion des »Pfeifchens«, ist sogar da noch Zutat. Das muß zusammengesehen werden mit den Aussagen von der versteckten Gewalt, der unbegriffenen Größe dieser Kunst, genauer und richtiger: dieser Künstlerin. Die Vergleiche aus der Natur zielen unverstellt auf Grandeur: »das Aufzucken eines Nordlichts über den Winterhimmel« – »ein fernes Gewitter, dessen verhaltene Kraft man fühlt« – und schließlich, erschütternd als Aussage über eine 18jährige: »eine sterbende Löwin«. Während die Demutspraxis der Mutter ihre Herrschaft nicht beeinträchtigt, sondern legitimiert und lebbar macht, Genuß und Erfüllung erst ermöglicht, macht die Demutspraxis der »Seherin«, der »sterbenden Löwin« zu Füßen dieses Papas, der eine gutmütig verspießerte Spitzweg-Figur ist,[341] jede Erfüllung unmöglich. Nur der Erzähler ahnt, was in der jungen Frau angelegt ist und sich verwirklichen möchte, und nur er spürt, wie zerstörerisch die gestaute Schöpferkraft auf ihren Körper zurückwirkt. Die tragischnervösen Frauen des Jahrhundertendes, die sich unruhig und unerlöst durch die Romane Fontanes und Keyserlings bewegen und die als Hystericae die neue Psychologie heftig interessieren, sie sind hier vorgebildet. Die körperlichen Symptome, die an die klinische Präzision Thomas Manns gemahnen, verweisen hier nicht auf den kranken Leib als das primär Gegebene, aus dem als schillerndes Zerfallsprodukt die Kunst steigt. Primär gegeben ist vielmehr die elementare Schöpferkraft, deren Vollzug autonomes Handeln wäre, Tat im fundamentalen Sinn – analog zur Herrschaft der Mutter und herangewachsen aus der Identifikation mit ihr. Aber es gibt keine Strategie, diese Kraft zu leben und doch die geltende Ordnung intakt zu lassen. Die Mutter hätte ihr wohl helfen können. Sie tat es nicht, sondern integrierte die Tochter, strategisch konsequent, in die eigene Demutskultur. Und dies, obwohl die Tochter um eine Anerkennung ihrer Kunst aus dem Mund der Mutter warb, wie nur noch Kafka es seinem Vater gegenüber getan hat.

Der Vergleich ist weniger gesucht, als er anmuten mag. Es ist bekannt, daß Kafkas Vater, wenn der Sohn mit einem neuen Buch erschien, zu sagen pflegte: »leg's auf den Nachttisch!«[342] Und da blieb es dann liegen. So verhielt sich auch Drostes Mutter in dem Schicksalsjahr 1820,[343] als Annette ihr den fertiggestellten ersten Teil des »Geistlichen Jahrs« mit einer langen Widmung überreichte. In einem Brief berichtet sie:

> Ich habe diesen Winter ein ganzes Buch geistlicher Lieder geschrieben (...) Du hast recht, sie sind für mich selber gemacht, und du wirst nicht denken, für wen noch mehr? – für meine Mutter. – (...) Der Zustand meines ganzen Gemüthes, mein zerrissenes schuldbeladenes Bewußtsein liegt offen darin dargelegt – ich wollte geradezu versuchen, wie viel ein mütterliches Herz verzeihen kann, oder vielmehr, mir meine Strafe holen; ich hatte es mit einer Vorrede versehen, die auf all' dies vorbereitete. Mama las dieselbe sehr aufmerksam und bewegt durch, legte dann das Buch in ihren Schrank, ohne es weiter anzurühren, wo ich es acht Tage liegen ließ, und dann wieder fortnahm – sie hat auch nie wieder danach gefragt.[344]

Von da an schrieb Annette von Droste zehn Jahre lang nicht mehr. Neunzehn Jahre dauerte es, bis sie das »Geistliche Jahr« wieder aufgriff. Es wurde zu ihren Lebzeiten nicht veröffentlicht. Der Erstdruck der Sammlung erschien 1851, drei Jahre nach ihrem Tod. Die Mutter, die ihre Tochter überlebte wie Hermann Kafka seinen Sohn, hielt das Buch als 80jährige in Händen.

Vor diesem Hintergrund wird die Sittsamkeits-Stelle im zitierten Text unheimlich sprechend: »Ihre scharf geschnittenen Züge können sich bis zum Ausdruck einer Seherin steigern, aber das geht vorüber und dann bleibt nur etwas Gutmüthiges und fast peinlich Sittsames zurück.« Da klingt ein Ton von Verachtung mit. Und doch kommt sie aus dem Hin und Her zwischen Erhebung und Bravheit nicht heraus. Der Text zeigt als Erlösungsperspektive einzig den Tod. Sie weiß, daß sie die Prägung einer Prophetin hat, einer Sibylle von antikem Umriß, und daß sie von der für sie entscheidenden Instanz doch nur Anerkennung findet, solange sie dem schläfrigen Papa die Verdauungsstunde erheitert. Es ist das Schweigen der Mutter, was die Löwin gefangen hält und dahinsiechen läßt. Deren Frauenstrategie schließt die Solidarität mit der Tochter aus. Was die eine im Vaterrecht gewinnt, muß die andere bezahlen helfen. Reden können die beiden nicht darüber. Es gibt ein Gedicht an die Mutter, welches dies fast schreiend ausspricht – wenn man das Sittsamkeits-Klischee durchbricht, das auch hier die Wahrheit kaschieren muß. Dieses Klischee besteht in der Aussage: Ich liebe dich so sehr, daß ich es gar nicht in Worte zu bringen vermag. Ich kann nicht reden aus übergroßer Zuneigung. Das ist, bei dieser Autorin, Unsinn. Und genau besehen, wird dieses Klischee vom Gedicht ja auch weit mehr nur insinuiert als deutlich ausgesprochen. Die Mutter muß es so verstehen, aber tatsächlich sprechen die Zeilen weniger von Liebe als von den zerstörenden Fluten des Herzens – die schließlich auch etwas anderes als Kindesliebe sein können –, sprechen von Extremen des Fühlens und von bedingungsloser Unterwerfung. Es ist ein Gedicht über seine eigene Unmöglichkeit – ein Paradox mehr. Das Schweigen, das es zum Thema hat, ist das traurige Echo auf das Schweigen der Mutter.

So gern hätt' ich ein schönes Lied gemacht,
Von deiner Liebe, deiner treuen Weise,
Die Gabe, die für andre immer wacht,
Hätt' ich so gern geweckt zu deinem Preise.

Doch wie ich auch gesonnen, mehr und mehr,
Und wie ich auch die Reime mochte stellen,
Des Herzens Fluten rollten drüber her,
Zerstörten mir des Liedes zarte Wellen.

So nimm die einfach schlichte Gabe hin,
Vom einfach ungeschmückten Wort getragen,
Und meine ganze Seele nimm darin;
Wo man am meisten fühlt, weiß man nicht viel zu sagen.[345]

XXXV. Die dumme Mutter

Mit den Vätern ist alles einfacher. Drei Mutter-Klischees in der Literatur: die Hilflose, die Dumme, die Einverstandene. Die dumme Mutter exemplarisch. Wie sie die Väter moralisch entlastet, und wie sie zur Kuppelei neigt. Die offizielle Unvereinbarkeit von Mutterrolle und Sexualität. Begehren nach dem Gebären? Ein chronischer Verdacht. Hinter der dummen Mutter die erotische.

Mit den Vätern ist alles einfacher, mindestens was die Literatur betrifft. Sie stehen für das Gesetz, verkörpern das Gesetz, sei es das geltende oder das überholte. Die Richtergebärde fällt ihnen leicht, weil sie jedermann einleuchtet, und das Verzeihen ebenfalls, weil es jedermann rührt. Eisern oder verflüssigt, verkörpern sie die gleiche Autorität. Denn die Verflüssigung, die schluchzende Versöhnung, gewinnt ihre bewegende Kraft stets aus der Tatsache, daß es auch anders sein könnte. Desgleichen bleibt im Prozeß des Auseinandertretens der Autorität in die Elemente von Reichtum, Stärke und Heiligkeit, ihres Übergangs in Armut, Schwäche und Entwürdigung, der Blick auf die einstige Kompaktheit bewahrt. Die Mütter hingegen nehmen, wo immer die Kinder mißraten, wo immer es zum Gericht kommt über sie, eine Stellung ein, die auf breitem Band fluktuiert. Die Diskussion von Drostes Mutterporträt hatte den Zweck, solche Komplexheit exemplarisch vorzuführen. Die entsetzlichen Beschuldigungen, mit denen die junge Annette vom Sommer 1820 an über sich selbst herfällt, sind nicht zu verstehen ohne die verweigerte Absolution durch die Mutter, das versagte Verzeihen, die vorenthaltene rituelle Versöhnung. Das Kalb, das der Vater im Neuen Testament dem heimgekehrten Verlorenen Sohn schlachten läßt, hier wäre es das eine ersehnte Wort aus dem Munde der Mutter gewesen: Du bist eine große Dichterin. Das heißt, daß es auch da im Grunde um Gericht und Urteil ging, und die Verstoßung – welch ein Paradox einmal mehr! – bestand darin, daß die Tochter nicht in die Freiheit entlassen wurde.

Wenn die Mütter im Prozeß des Verkommens der Kinder und im Vollzug des familialen Gerichts eine Stellung einnehmen, die auf breitem Band fluktuiert, heißt das nicht, daß sie im einzelnen Erzähltext, im einzelnen Theaterstück komplexer angelegt wären als die Väter, in denen das Gesetz auftritt. Es sind nur mehr Positionen möglich, und gelegentlich gibt es ein subtiles Gleiten zwischen ihnen. Die Konstruktion der Geschlechter im literarischen Text – und damit verbunden die Genealogie der Moral – läuft stets auch über die Stellung, die der Mutter gegeben wird, über die Rolle, die sie zu spielen hat. Die sittliche und ästhetische Qualität des Werks läßt sich unter anderem daran bemessen, wie weit die Mutter reine Funktion auf dem Grundriß eines geläufigen Frauenklischees bleibt oder aber ein eigenes Gesicht gewinnt im Geschehen, eine eigene Seele und ein eigenes, das heißt unvorhersehbares Handeln.

Im Bereich der reinen Klischees gibt es eine kleine Gruppe eindeutiger Möglichkeiten. Die Mutter ist entweder die Hilflose, die stumm oder leise jammernd danebensteht und zuschaut und nichts tut, weil dies ja Hybris wäre. Oder sie ist die Dumme, die zum Unheil beiträgt, indem sie freudiglüstern dem Sohn, der Tochter auf die schiefe Bahn hilft. Zum Dritten endlich ist sie die mit Mann und Vater und Gesetz bedingungslos Einverstandene, die das eiserne Amt notfalls selbst übernimmt und sogar fähig ist, es unerbittlicher auszuüben. Damit ist die Bandbreite der Variationen einigermaßen abgesteckt. Nur eine Spielart blieb noch unerwähnt. Literarisch gedacht gehört sie dazu, obwohl sie ein Widerspruch in sich zu sein scheint: das gänzliche Fehlen der Mutter. Dies ist insofern eine Position wie die drei andern, als es Fragen aufwirft, deren Beantwortung zum zentralen Sinngehalt des Ganzen gehört. Im »König Lear« fehlt die Mutter wie in den »Räubern« und auch in den »Brüdern Karamasow«, die zu beiden Vorgängern in mehrfacher Beziehung stehen. Sie fehlt desgleichen im »Père Goriot«, spielt allerdings in der Vorgeschichte zu dieser Roman-Tragödie – »cette obscure, mais effroyable tragédie parisienne«[346] – eine Rolle.[347] Daß in der Parabel vom Verlorenen Sohn bei Lukas von der Mutter nie die Rede ist, muß ebenfalls erwähnt werden. Das dürfte sich nämlich schweigend ausgewirkt haben, zum Beispiel in »Miss Sara Sampson«. Und schließlich ist auch in der mächtigsten modernen Parabel vom Vatergericht, Kafkas »Urteil«, die Mutter seit zwei Jahren tot und anwesend höchstens noch als Objekt der Verehrung beim Vater sowie als unberechenbares Argument in dessen Rhetorik.

Drei Klischees also – wie denn zum Beispiel? So zum Beispiel: 1784 veröffentlicht Friederike Helene Unger in Berlin den Roman »Julchen Grünthal. Eine Pensionsgeschichte«. Da wird vorgeführt, wie ein lieblichländliches Geschöpf, aus treuer Vaterhut unvermittelt in ein französisches Pensionat in Berlin versetzt, langsam und unaufhaltsam verkommt. Das städtisch frivole, undeutsch sittenlose Milieu zersetzt die junge Frau und treibt sie schrittweise durch Luxus ins Elend. Sie wird zur verlorenen Tochter, als welche sie am Ende des Romans mit unverkennbaren Anspielungen an die Lukas-Parabel spricht: »Ich bin ja nicht mehr werth, von Vateraugen gesehen zu werden. Schande, Elend und Gewissenspein werden die Beleidigung aussöhnen; für mich ist auf ewig alles, alles verloren!«[348] Soweit gekommen aber ist es allein durch die Verblendung der Mutter, ihre Dummheit, muß man sagen, die sie einfach nicht sehen und begreifen läßt, was für den Mann und Vater doch so offen auf der Hand liegt. Dieser hat, was die Ausbildung der Frauen betrifft, seine klaren Vorstellungen:

Vielleicht irre ich in meiner Überzeugung; allein der systematische Unterricht in Wissenschaften bei dem andern und schwächern Geschlecht hat mir nie zu Sinne gewollt; der anmaßende Ton der von ihrer Überlegenheit träumenden Weiber ekelt jeden, der Gefühl für prunklose weibliche Würde hat, von Herzen an.[349]

Zuerst scheint noch alles auf guten Wegen. Der Vater erzählt der Tochter allerlei über Geschichte und Geographie, und die Mutter bildet sie auf ihre Weise:

In den übrigen Stunden beschäftigte die Mutter sie mit kleinen häuslichen (...) Geschäften. (...) Diese uns Männern so gesegnete Gabe der lieben Weiber, in Kleinigkeiten zu leben und zu weben, (...) lernen Töchter nur von guten Müttern.[350]

Dann aber bemächtigt sich der Mutter eine Art sozialer Unruhe. Es ist ihr »ein Dorn im Herzen«, daß ihre Tochter »nur ländlich erzogen würde«.[351] Tanzen soll sie lernen und die geläufige Musik und vor allem Französisch, in Sprache wie Lebensart. Und die Mutter nimmt einen Moment erhöhten Elternglücks zum Anlaß, ihren Plan voranzutreiben:

Mein Weib stand an meine Schulter gelehnt, auch sie war sanft gerührt. O mein Weib, sagt' ich, und drückte sie innigst an mein Herz, sieh unsre Kinder! (...) ›Ja, bester Mann, sagte sie, mich küssend, ist es nicht Jammer, – ja, nun muß es heraus, – ist es nicht Jammer und Schade, daß dieser Engel von Tochter hier auf dem Dorfe vergraben bleiben soll?‹ – Wasser dämpft nicht schneller Glut, als jetzt meine Freude durch die unvorsichtige Äußerung meiner Frau gedämpft wurde. Warum Jammer und Schade? sagte ich wehmütig, und ließ kalt mein Weib aus meinen Armen gleiten.[352]

Da wäre ein Konflikt angelegt, und welche Möglichkeiten, ihn auszutragen! Wenn nur die Autorin danach wäre. Aber sie kann nicht entwickeln, keine seelischen Prozesse in Bewegung bringen und glaubhaft machen. Die Mutter bleibt die starrsinnig Verblendete, und der Vater bleibt der Mann, der das Unheil sieht und doch widerstandslos passieren läßt. Er stößt höchstens gelegentlich Ausrufe wie den folgenden aus: »O die Weiber! die Weiber! – Sie hat mich gegen meine bessre Überzeugung von meinem Vorhaben abzulenken gewußt.«[353]

Was bei Lenz ein paar Jahre früher zu den sensationellsten dramatischen Leistungen gehörte: die wilde, groteske, so rührend wie empörende Verliebtheit der Tyrannenväter in ihre Töchter, ihr Brutalisieren und Hätscheln in einem Atemzug, ihr Verdammen und Verzärteln wider alle Vernunft, ihr stampfendes Verzeihen und schluchzendes Verfluchen, was dort zum Ereignis einer neuen psychologischen Wahrheit auf den deutschen Brettern wurde – parallel zu den Seelenwirbeln der Liebesverräter in den Goethe-Stücken –, das bleibt hier nichts als ein unbewältigter Widerspruch, ein Motivationsfehler. Dieser Vater kommt vom klischeehaften Umriß des ersten Entwurfs nicht weg, und die Mutter erst recht nicht. Mag es immer da und dort erzählerisch reizvolle Passagen geben, ästhetisch zu retten ist der Roman nicht.[354] Historisch kostbar bleibt er dennoch, denn er bringt die stereotype Silhouette der dummen, von unklaren Impulsen gesteuerten Mutter[355] randscharf vor Augen.

Dies ist beides, ein Frauen-Konzept und also von sozial- und mentalitätsgeschichtlicher Bedeutung, und ein Werkzeug des Erzählens, das zur Verfügung steht und je nach Begabung des Autors, der Autorin größeren oder geringeren Sinn macht. Vor allem dramaturgisch scheint die dumme, von unklaren Impulsen gesteuerte Mutter eminent nützlich zu sein. Sie setzt etwas in Bewegung, was bald einmal nicht mehr aufzuhalten ist, und damit bleibt der Vater, das Gesetz auf zwei Beinen, frei von Schuld. Ein Hauch von Kuppelei umgibt diese Mütter; ihre unklaren Impulse sind untergründig verbunden mit der jungen Erotik der Söhne und Töchter. Unter diesem Aspekt eröffnet die Mutter Julchen Grünthals den Blick weit zurück zur Mutter des jungen Helmbrecht. Die Silhouette der beiden ist überraschend ähnlich. Dort wurde der schöne Sohn ausstaffiert über alle Regeln des Standes hinaus, hier geschieht es mit der reizenden Tochter. In Schillers drittem Stück, »Kabale und Liebe«, erschienen im gleichen Jahr 1784 wie Friederike Ungers »Julchen Grünthal«, definiert der Musikus Miller seine Frau genau nach diesem Muster und gibt in seiner drastischen Ausdrucksweise ein Psychogramm und eine Karikatur des Typus zugleich. Das klingt, aus der Übersicht zusammengestellt, so:

> Schier dich zum Satan, infame Kupplerin! (...) Stell den vermaledeiten Kaffee ein, und das Tobakschnupfen, so brauchst du deiner Tochter Gesicht nicht zu Markt zu treiben. (...) Das Weib ist eine alberne Gans. (...) Was für ein Esel streckt sein Langohr aus diesem Geschwätze? (...) Marsch du in deine Küche – (...) Willst du Arm und Bein entzwei haben, Wettermaul? (...) Bist doch nie dummer, als wenn du um Gottes willen gescheit sein solltest. (...) Jetzt sorg auch für deinen Kuppelpelz. Friß aus, was du einbrocktest. (...) Fluch über den Verführer! – Fluch über das Weib, das ihm kuppelte![356]

Gäbe es eine Geschichte des deutschen Ehe-Diskurses, das intime Idiom des Musikus Miller fände darin zweifellos seinen Platz. Die Grobheit ist allerdings nicht nur die eines hemdsärmligen Charakters, sondern steht im Stückgefüge zeichenhaft als Kontrast zur Sprache des Adels, zum Ehe- und Mätressen-Diskurs der Nobilität. Das verschärft und pointiert sich gegenseitig. Ein Gewinn daraus ist die Eindeutigkeit, mit der jetzt die erotische Dimension der dummen Mutter zum Vorschein kommt. Der rekurrente Vorwurf der Kuppelei macht deutlich, daß das alte Schema der Frau als Verführerin, als der mythischen Einbruchstelle des Unheils, hier wiederkehrt, aber verschoben von der gefährlichen Liebespartnerin zur gefährlichen Alten, die, statt von aller Erotik Abschied zu nehmen, wie es ihr als Pflicht unterstellt wird, ihre Erotik stellvertretend lebt, indem sie eine unselige Liebeswahl fördert. Es ist die intellektuelle Defizienz dieser Frauen, was ihren unbegriffenen Trieben freie Bahn läßt. Wäre die dumme Mutter gescheiter, es käme nie soweit. Dies mindestens ist der Refrain der Männer und Väter. »O Claudia! eitle, törichte Mutter!«[357] sagt auch Odoardo Galotti.

Dabei stehen diese Mütter aber auch im Gegensatz zu den raffinierten Intrigantinnen am Hof, den alternden Mätressen, die in den Bürgermädchen auf unverhoffte Konkurrenz stoßen: Intellektuelle Kompetenz kann man ja den Marwoods, Orsinas und Milfords nun wirklich nicht absprechen.[358] Und doch ist auch bei diesen entschlossen handelnden Frauen, Täterinnen von Rang, das Hauptphänomen, daß die Erotik sie zeitweise überwältigt und tun läßt, was der Verstand allein nie gestatten würde. Trotz des Kontrasts zu den beschränkten Bürgerfrauen prägt sich also auch in ihnen ein Bild der Frau aus als des Wesens, das dem eigenen Begehren intellektuell nicht gewachsen ist und darüber die Katastrophe befördert. So werden sie zuletzt doch einem übergreifenden Geschlechtscharakter zugeschlagen und rücken auf ihre Art an die Seite der unklar triebgelenkten Mütter, die das Mißraten der Kinder befördern.

Die Norm, die dahinter sichtbar wird, ist eindeutig: Mutterrolle und Sexualität sind unvereinbar. Hat sie einmal geboren, soll die Frau nicht weiter begehren. Diese Absurdität ist eine unübersehbare literarische Wirklichkeit, als Regel vermittelt über den moralischen Pakt – dort etwa, wo sich die Leser über solche Mütter ärgern und empören. Schiller, der mit seinem »Lied von der Glocke« das wirkungsvollste und weitestverbreitete Manifest bürgerlicher Sittlichkeit geschrieben hat, zieht darin den Schnitt zwischen der Frau als Geliebter und als Mutter so tief wie eindeutig:

> Mit dem Gürtel, mit dem Schleier
> Reißt der schöne Wahn entzwei.
> Die Leidenschaft flieht!
> Die Liebe muß bleiben,
> Die Blume verblüht,
> Die Frucht muß treiben.[359]

Nach der dritten Zeile setzt Schiller ein Ausrufungszeichen, als wär's ein Befehl. Wobei die »Liebe«, die bleiben muß, durch den Kontext eindeutig in den Gefühlsbereich von Haushalt und Kindererziehung verwiesen wird. Die Mutterschaft löst die Sexualität ab und ersetzt sie ohne Rest. Wo das nicht geschieht, lauert Gefahr. Die erotische Mutter ist ein unberechenbares Risiko, dem alles mögliche Unheil entspringen kann.

Damit läßt sich nun auch jenes Verdikt der Dummheit spezifizieren. Es ist nicht die intellektuelle Defizienz an sich, was zum kollektiv konstruierten

Geschlechtscharakter der Frau gehört, sondern der nie ganz auszuräumende Verdacht, daß die Frau im Zweifelsfall das Begehren über die praktische Vernunft stellt, daß sie heftiger liebt, unberechenbarer, rücksichtsloser, auf eine ihr selbst nicht mehr durchschaubare Weise. Es ist die erotische Mutter, von der die Gefahr droht für das Schicksal und Fortkommen der Kinder, und die dumme ist sie nur insofern, als sie eben ihre plötzlichen Impulse nicht begreift und nicht verstandesmäßig kontrolliert.

Solch kontrollierenden Verstand aber, dies der nächste Schritt, muß der Mann beischießen, und so wird er zur kontrollierenden Instanz überhaupt.

Es sei denn, die Frau tritt voll in die Rolle des Mannes, regiert ihre Liebe, verbannt sie in die Tiefe wie den Geist im Glas, und tritt notfalls so eisern ins Richteramt wie nur je ein römischer Konsul zwischen seinen ausgerüsteten Liktoren.

XXXVI. Die erotische Mutter

Frau Briest verkuppelt und verstößt ihre Tochter. Fast eine Bordellszene. Dummheit auch hier? Fontanes Zeichenspiele. Eine Geheimklausel im moralischen Pakt. Die erotische Mutter des Hanno Buddenbrook.

In einer merkwürdigen Weise beides zugleich findet sich in Fontanes »Effi Briest«. Da ist es die Mutter, die der mißratenen Tochter, der Ehebrecherin, den Verstoßungsbrief schreibt, wobei das uralte Signal des »krachenden Herzens« einmal mehr dem harten Akt eingebrannt ist. Diese Verstoßung tötet die junge Frau. Daß man ihr das Kind nimmt und es gegen sie indoktriniert, ist ja ein Teil des gleichen sozialen Ächtungsgeschehens. Wohl wird Effi von den Eltern materiell unterstützt, und schließlich darf sie auch wieder nach Hause – um dort zu sterben. Aber das Gericht wird vollzogen, mit römischem Beiklang, und zwar von der Mutter, wobei der alte Briest mit seinem »weiten Feld«, seiner Lebensausrede, es wie so vieles andere geschehen läßt. So der Verstoßungsbrief:

(...) Die Welt, in der Du gelebt hast, wird Dir verschlossen bleiben. Und was das Traurigste für uns und für Dich ist (auch für Dich, wie wir Dich zu kennen vermeinen) – auch das elterliche Haus wird Dir verschlossen sein (...). Nicht weil wir zu sehr an der Welt hingen (...) nein, *nicht* deshalb, sondern einfach, weil wir Farbe bekennen und vor aller Welt, ich kann Dir das Wort nicht ersparen, unsere Verurteilung Deines Tuns, des Tuns unseres einzigen und von uns so sehr geliebten Kindes aussprechen wollen.[360]

Hier kann Effi nicht mehr weiterlesen. Das unerbittliche Urteil mit dem paradoxen Liebesbekenntnis reißt ihr nicht nur durchs Herz, sondern muß ihr jedes eindeutige Gefühl, jeden ordnenden Gedanken unmöglich machen.

Und diese eiserne Mutter ist nun in Wahrheit selber die Quelle des Unheils, ist es als erotische Mutter, uneingestanden – nicht dumm, weiß Gott nicht, aber doch im entscheidenden Moment zur Kontrolle des aufflackernden alten Begehrens nicht fähig. Sie läßt zu, daß der Mann, den sie einst liebte, wie er sie, der Mann, den sie unglücklich machte durch den Entschluß, einen Arrivierten zu heiraten, der Mann, der jetzt die Tochter will, als ließe sich der alte Verlust so wettmachen, läßt zu, daß dieser Mann die Tochter tatsächlich heiratet – als ließe sich auch ihr eigener alter Verlust so wettmachen. Der Roman holt in den ersten zwei Kapiteln die alte Liebesgeschichte mit allem Nachdruck ans Licht, und er benennt den Mann, der der Mutter einst näher war, als er der Tochter je sein wird, unübersehbar nach dieser seiner Ersatzfunktion: Innstetten heißt er. Dahinter hört sich beim anglophilen Fontane leicht genug das englische »instead«, zusammen mit dem »anstatt« – als wären die zwei Wörter übereinandergeblendet. Und damit, wer aufmerksam liest, es auch wirklich nicht übersieht, fügt der Autor das Wort (»statt ihrer«) in eine Überlegung der Mutter beim Verlobungsmahl explizit ein: »*sie* hatte es nicht sein können, nun war es statt ihrer die Tochter – alles in allem ebensogut oder vielleicht noch besser.«[361]

Die Ehe mit Briest wurde nach jenem Leidenschaftsverzicht gesellschaftlich und ökonomisch so angenehm, wie die Strategie es anpeilte. Den nächtlichen Pflichten unterzog sich die Frau korrekt. Daß da nicht mehr war und also Wünsche offen blieben, deutet die winzige Stelle im 4. Kapitel an, als Effi sich in die Aussteuer eine »rote Ampel« fürs Schlafzimmer wünscht – »ich hatte es mir so schön und poetisch gedacht, alles in einem roten Schimmer zu sehen«. Darauf die Mutter: »Schön und poetisch. Das sind so Vorstellungen. Die Wirklichkeit ist anders, und oft ist es gut, daß es statt Licht und Schimmer ein Dunkel gibt.«[362] Damit sagt sie Effi die sexuelle Öde der eigenen Ehe voraus – mit dem Unterschied, daß sie selbst diese Wahl einst wohlüberlegt getroffen hat, während die Tochter kindlich ahnungslos dorthin gesteuert wird.

»Kupplerin!« hätte der Musikus Miller dazu gesagt. Ein hartes Wort, und für viele Leser sicher ein schockierendes. Aber die Stelle, wo diese Mutter ihr Kind dem ehemaligen Liebhaber erstmals präsentiert, hat etwas unheimlich Doppeldeutiges. Sie ist von einer schleiernden Lüsternheit, die mit Effis Arglosigkeit hart kontrastiert. Diese erfährt hier überhaupt zum ersten Mal von Instettens Werbung. Der Mann ist früher als angekündigt erschienen, und Effi trägt noch ein leichtes, vom Spiel zerknittertes Matrosenkleid – nicht mehr ganz ihrem Alter gemäß. »Warum steckst du mich in diesen Hänger, in diesen Jungenskittel?« hat sie kurz vorher zur Mutter gesagt.[363] Sie will sich rasch umziehen und zur jungen Dame machen. Dann heißt es:

Frau von Briest aber, die unter Umständen auch unkonventionell sein konnte, hielt plötzlich die schon forteilende Effi zurück, warf einen Blick auf das reizende Geschöpf, das, noch erhitzt von der Aufregung des Spiels, wie ein Bild frischesten Lebens vor ihr stand, und sagte beinahe vertraulich: »Es ist am Ende das beste, du bleibst wie du bist. Ja, bleibe so. Du siehst gerade sehr gut aus. Und wenn es auch nicht wäre, du siehst so unvorbereitet aus, so gar nicht zurechtgemacht, und darauf kommt es in diesem Augenblick an. (...)«[364]

Das zielt auf Verführung. Die Mutter wittert die erotische Attraktivität des vom Spiel erhitzten Mädchens im zerknitterten Kinder-, wenn nicht Knabenkleid und legt den Köder aus, den ihr einstiger Galan schlucken soll. Fast eine Bordellszene ist das. Was hat die Frau davon? Das ist nicht Gegenstand ihrer Überlegung. Es tritt einfach der Moment ein, wo das alte Begehren aufflackert und die erregende Effi sie selbst erregt durch die Vorstellung vom erregten Mann, und da treten die rationalen Kontrollen zurück. Für die Beurteilung des ganzen Romans ist es von entscheidender Bedeutung, daß diese Frau, die später aus Gründen gesellschaftlicher Rücksicht den Tod der Tochter mitverursacht, hier die gesellschaftliche Form offen bricht. Denn ihr Kind so zu präsentieren, verstößt gegen alle Dezenz und die geläufigen Usancen.

Zugegeben, dies macht nur einen Faktor aus im moralischen Gefüge des Werks. Am Schuldzusammenhang, der in die dunkle Katastrophe führt, hat Effi ihren Anteil und auch der Vater Briest und insbesondere der Mann, die Anstatt-Figur Instetten. Um die Frage nach der Hauptschuld geht es hier indessen nicht, nur um den Nachweis, daß die Gestalt der erotischen Mutter mit ihrem zeitweiligen Rationalitätsverlust im Werkganzen deutlich aufscheint und wirksam wird. So sehr es sich verbietet, ihr gegenüber von »Dummheit« zu reden, so deutlich bleibt doch etwas von Verblendung um sie bis zum letzten Satz des Romans. Das Buch endet mit einem schauerlichen Idyll. Die Eheleute Briest sitzen bei schönstem Septemberwetter zum Kaffee im Garten, kurz bevor sie ein bißchen über Land fahren. Neben ihnen ist Effis Grab, und da liegt deren Hund Rollo und ist nicht wegzubringen und frißt nicht mehr. Für solche Tiertreue gab es im 19. Jahrhundert ein Vorbild. Heine schrieb darüber in seinem umstrittenen Börne-Buch, das Fontane zweifellos gekannt hat. Es handelte sich um Medor, den Hund eines Barrikadenkämpfers der Pariser 30er Revolution. Heine:

O könnte ich nur den Hund Medor sehen (...) Der Hund Medor apportierte seinem Herrn Flinte und Patronentasche, und als sein Herr fiel und samt seinen Mithelden auf dem Hofe des Louvre begraben wurde, da blieb der arme Hund wie ein

Steinbild der Treue regungslos auf dem Grabe sitzen, Tag und Nacht, von den Speisen die man ihm bot, nur wenig genießend, den größten Teil derselben in die Erde verscharrend, vielleicht als Atzung für seinen begrabenen Herrn![365]

Bei Fontane wird das Verhalten des Tiers zum Anlaß einer letzten Überlegung zu Schuld und Unschuld in Effis Tragödie – zwischen Kaffee und Spazierfahrt. Dem Vater dämmert etwas angesichts dieser radikalen Trauer, und er versucht es zu formulieren: »Ja, Luise, die Kreatur. Das ist ja, was ich immer sage. Es ist nicht so viel mit uns, wie wir glauben. Da reden wir immer von Instinkt. Am Ende ist es doch das Beste.«[366] Die Frau verbittet sich solches Philosophieren: » … nimm es mir nicht übel, Briest, dazu reicht es bei dir nicht aus.« Und sie stellt selber, im Bewußtsein offenbar einer klareren Intelligenz, die entscheidende Frage: »Ob *wir* nicht doch vielleicht schuld sind?« Das ist ein aufregender Moment. Jetzt, denkt man, muß es kommen, die Sache mit dem Anstatt-Bräutigam und mit der alten Liebe und ihrer irrlichternden Wiederkehr. Die Frau aber präzisiert: »Ob wir sie nicht anders in Zucht hätten nehmen müssen. Gerade wir. (…) und zuletzt, womit ich mich selbst anklage, denn ich will nicht schuldlos ausgehen in dieser Sache, ob sie nicht doch vielleicht zu jung war?« Da wird die halbe Wahrheit benannt und die ganze auf den Kopf gestellt. Zu jung mag sie wohl gewesen sein, aber den Begriff der »Zucht«, des »In-Zucht-Nehmens«, müßte die Mutter zunächst einmal auf sich selbst beziehen. Das kann sie nicht, das sieht sie nicht, das weiß sie nicht. Zur erotischen Mutter gehört, daß sie den einen Punkt nicht begreift. »Bist doch nie dummer, als wenn du um Gottes willen gescheit sein solltest«, hat der Musikus Miller gesagt. Fontane selbst gibt keinen auktorialen Kommentar zu der Stelle. Das wäre zu heikel. Aber er setzt ein vertracktes Zeichen. Nach der zitierten Frage der Mutter heißt es nur noch: »Rollo, der bei diesen Worten aufwachte, schüttelte den Kopf langsam hin und her, und Briest sagte ruhig: ›Ach, Luise laß … das ist ein *zu* weites Feld!«[367] Briests Refrain kann man beiseite lassen. Er gibt dem Romanschluß die Fontanesche Eleganz, aber wichtiger ist, was vom Hund gesagt wird. Daß er den Kopf »langsam hin und her schüttelt«, signalisiert ein Nein zur gesamten Äußerung der Mutter, nur braucht der Leser dieses Nein nicht für voll zu nehmen. Was der Text hier offeriert, ist ein moralischer Pakt mit Geheimklausel. Dem alten Briest zustimmend, darf jeder sagen: Ja, ja, es ist halt alles viel zu kompliziert, und: Fontanes versöhnliche Weisheit tut doch immer wieder gut. Wenn man aber, auf die Gefahr hin, sich lächerlich zu machen, das Verneinungszeichen des Hundes ernst nimmt und die Geheimklausel öffnet, wird der Romanschluß zum Gericht über das Elternpaar, die Mutter insbesondere, und von Fontanes »heiterem Darüberstehen« kann keine Rede mehr sein.

Diese doppelte Deutungsofferte charakterisiert den historischen Ort des

Romans. Er steht auf der genauen Schneide zwischen der literarischen Spielregel des 19. Jahrhunderts, wo das mißratene Kind von den Eltern erkannt und definiert und beurteilt wird, im Namen des gesamt-gesellschaftlich Gültigen, und der literarischen Regel der Moderne, welche es konsequent mit den Kindern gegen das Urteil der Eltern hält. Fontanes Modernität, die sich erst im Verlauf des 20. Jahrhunderts langsam entdeckt hat, hängt mit der komplexen Anlage solcher doppelter Sinnspiele zusammen. Solange man nicht erkannte, wie bei ihm eine Aussageform, ein Dialog zum Beispiel, durch eine andere, ein symbolisches Zeichen zum Beispiel, unterlaufen und sabotiert wird, wie hinter dem vordergründig Versöhnlichen plötzlich ein hartes Urteil zu hören ist und welche Grausamkeit durch die Milde dieses Autors flackert, solange blieb er der altersweise, angenehm dämoniefreie Causeur.

Nur sieben Jahre trennen Fontanes »Effi Briest« von Thomas Manns »Buddenbrooks«, aber welcher Unterschied besteht zwischen der erotischen Mutter beim debütierenden Lübecker Romancier und jener beim 75jährigen Berliner, der dabei ist, sein Lebenswerk abzuschließen! Bei Fontane ist die Frau lesbar im gesellschaftlichen Regelsystem der preußisch-wilhelminischen Oberschicht, wo der Spielraum für eine gelebte Leidenschaft so winzig ist, daß er nur unter eigener und fremder Lebensgefahr überhaupt betreten werden kann. Ächtung, Ausstoßung, sozialer Tod grenzen stets gleich an. Nur über Verdrängungsakte und selbstverfertigte Unwissenheit, über Nichtsehenwollen des Erstrebten und Gefühlten kann dem Begehren ein kurzer Lauf gelassen werden. Die Rigidität des winzigen Spielraums hat indessen zum Gegenstück die Stabilität der sozialen Ordnung und damit die Sicherheit am einmal gewonnenen ökonomischen Ort. Die Einrichtung ist starr, aber sie steht.

Bei Thomas Mann ist die Einrichtung selber in Bewegung geraten. Die gelebte oder zeitweilig zugelassene Leidenschaft läßt nicht nur den einzelnen Mann, die einzelne Frau über die Klinge springen, sondern durchdringt das ganze soziale Feld. Thomas Mann setzt für dieses die Familie, als Organismus über Generationen hin. Daran partizipieren die einzelnen dergestalt, daß die herkömmlichen Grenzen des Subjekts, besser: die fiktiven Grenzen des herkömmlichen Subjektbegriffs, sich auflösen und der einzelne ebensosehr bloßer Teil einer kollektiven Individualität ist wie autonomes Individuum. Sein Schicksal ist als ein partielles determiniert durch das übergreifende der – in diesem Falle langsam sterbenden – Familie. Mann und Frau als freie Subjekte, die sich für einander entscheiden, vollziehen ahnungslos einen höheren Willen, der ihnen, bestenfalls, eines Tages dunkel dämmert. So holt sich der vorletzte Buddenbrook, Thomas, die Frau ins Haus, die Mutter des letzten, des rauschhaft versagenden, gequält verendenden Jungen Hanno. Der hat seinem Mißraten und Verkommen gegenüber wahrhaft keine Chance. Da wäre jede Moral nur noch lächerlich. Als Thomas Buddenbrook den Sohn verwirft, ihn aufgibt und endgültig darauf verzichtet, in ihm den lebenstüchtigen, arbeitslustigen, vergnügt in einem kräftigen Leibe wohnenden Erben zu sehen, da steht dieses Urteil sowohl auf der uralten Linie des familialen Gerichts, der Väter, die über die Jungen den Stab brechen, als auch wieder ganz außerhalb davon. Außerhalb insofern nämlich, als dieser Vater im Sohn das eigene Wesen wittert und die Zweifelhaftigkeit der Grenzen zwischen ihm und sich selber spürt. Dennoch ist der Verwerfungsakt im 5. Kapitel des 10. Teils schrecklich in seiner fast biblischen Einfachheit: »Und Thomas Buddenbrook wandte sich enttäuscht und hoffnungslos von seinem einzigen Sohne ab, in dem er stark und verjüngt fortzuleben gehofft hatte.«[368]

Dieses Urteil, ein getätigter Vollzug durchaus, ist zugleich der Auftakt zum künstlerischen wie geistigen Höhepunkt des Romans, der ekstatisch-flüchtigen Begegnung Thomas Buddenbrooks mit der Metaphysik Schopenhauers. Einen Moment lang wird er es da wissen: daß alle Individualität bloßes Gefängnis ist, nicht höchste Freiheit und personale Souveränität, sondern »peinvolle Haft« und Illusion:

> Durch die Gitterfenster seiner Individualität starrt der Mensch hoffnungslos auf die Ringmauern der äußeren Umstände, bis der Tod kommt und ihn zu Heimkehr und Freiheit ruft.[369]

Und darüber löst sich ihm nun auch alle Eindeutigkeit von Vaterschaft und Kindeswesen auf:

> In meinem Sohne habe ich fortzuleben gehofft? (...) Was soll mir ein Sohn? Ich brauche keinen Sohn! ... Wo ich sein werde, wenn ich tot bin? Aber es ist so leuchtend klar, so überwältigend einfach! In allen denen werde ich sein, die je und je Ich gesagt haben, sagen und sagen werden. (...) Irgendwo in der Welt wächst ein Knabe auf, gut ausgerüstet und wohlgelungen, begabt, seine Fähigkeiten zu entwickeln, gerade gewachsen und ungetrübt, rein, grausam und munter (...) – Das ist mein Sohn. Das bin ich, bald ... bald ... sobald der Tod mich von dem armseligen Wahn befreit, ich sei nicht sowohl er wie ich.[370]

Was geht da vor? Ungeheuerliches geht da vor. Zum einen wird nochmals Gericht gehalten über den Sohn. Des Vaters Vision eines »wohlgelungenen« Knaben ist Wort für Wort eine Verdammung seines leibhaftigen Kindes. Thomas Buddenbrook zählt litaneihaft auf, was Hanno Buddenbrook *nicht* ist. Dann aber erfaßt ihn die Erkenntnis der Belanglosigkeit solchen Urteils. Alle Individualität ist ein Auftauchen aus dem großen Einen, das man Nirwana nennen mag oder wie auch immer. Und Täuschung, Illusion, lächerliche Verblendung ist die Vorstellung, daß ich als Ich eine einmalige und dauernde Prägung, eine unverwechselbare, fortlebende Substanz sein könnte. Über das große Eine, in das ich mich gleich wieder auflösen werde, partizipiere ich an jedem andern Ich – an diesem unglücklichen Sohn hier so gut wie an seiner grausam-tüchtigen Gegengestalt. Der Akt des Gerichts ist illusionär wie die Vorstellung von der Person als – um Goethe zu zitieren – »geprägte Form, die lebend sich entwickelt«. Nicht die Gestalt ist das Glück, sondern die Auflösung. Was sie befördert, ist gut. Ob sich das kollektive Individuum einer Familie auflöst oder deren einzelnes Mitglied, es ist zuletzt eins.

Urteilend über den Sohn, ihn vor sich selbst verwerfend, hatte der Vater die Normen nochmals gesetzt, die den definitiven Spruch ermöglichen. Sie waren alle bezogen auf den Begriff der »Lebenstüchtigkeit«.[371] Für die Vorfahren Thomas Buddenbrooks und für sein eigenes Tagesbewußtsein war dieser Begriff verknüpft mit sittlicher Selbstverantwortung. Sie ist das höchste Moralische im Denken und Erleben jenes Bürgertums, das der Roman insgesamt zur Diskussion stellen will. Die Destruktion dieser Moral fällt nun zusammen mit der Epiphanie einer andern. Wenn, wie gesagt wurde, jedem literarischen Werk seine eigene Genealogie der Moral immanent ist, besteht sie im Falle des Buddenbrook-Romans also in dieser Gegenbewegung, in der Dynamik beider Systeme. Im Akt des familialen Gerichts wird sie zum dramatischen Ereignis. Noch einmal stellt sich hier der Vater als geschlossene Person seinem Sohn gegenüber, prüft und bemißt ihn nach dem höchsten Wert, der »Lebenstüchtigkeit«, und verwirft ihn. Gleich darauf aber entdeckt sich dieser Urteilsakt selbst als Täuschung. Er ist Teil des großen Verblendungszusammenhangs, in dem die kategoriale Differenz zwischen dem »Vater« und dem »Sohn« eine zentrale Illusion ausmacht, jenen »armseligen Wahn« nämlich, »ich sei nicht sowohl er wie ich ...«

Was hat das nun mit der erotischen Mutter zu tun? Für die flutende Seligkeit seiner indischen Weltvision, das duftende, alles lösende Gift dieser Erkenntnis, hat es tief in Thomas Buddenbrook ein Organ gegeben, das, ihm selber unbekannt, nach solcher Erfahrung drängte. Es steuerte den Mann, ließ ihn Entscheidungen treffen, die gegen alles gerichtet waren, was er wissentlich wollte. So wählte er die Frau und mit ihr das Element der Zersetzung, wählte die Mutter, die den flüchtigen, schmerzlichen Sohn gebären sollte, den kleinen Heiland der Auflösung.

»Diese oder keine«[372] – da gab es dieses plötzliche Wissen in Thomas Buddenbrook, als er die junge Frau traf, Gerda, und aus einer unbedingten Sicherheit heraus warb er um sie und gewann sie sofort. Jenes Wissen stand an Stelle aller Gefühle, die man üblicherweise bei solchen Ereignissen erwartet. Der Ehe geht hier keine Liebesgeschichte voraus, noch ist die Ehe selbst je eine solche. Auch die Frau hat so rasch ja gesagt, wie der Mann um sie anhielt – obwohl sie vorher jahrelang alle Werber abwies. Es mußte so sein. Der oder keiner. Nicht Liebe, sondern dieser Imperativ.

Die Leute merken, daß da etwas nicht stimmt, oder daß es auf eine gänzliche andere Weise stimmt, als man es gewohnt ist. »Von dem, was man unter Liebe verstand,« so die geläufige Meinung, »war zwischen den beiden von Anbeginn höchst wenig zu spüren gewesen«; hingegen gab es da »eine zwischen Gatten ganz außerordentliche (...) Höflichkeit, die aber unverständlicherweise nicht aus innerer Fernheit und Fremdheit, sondern aus einer sehr eigenartigen, stummen und tiefen gegenseitigen Vertrautheit (...) hervorzugehen schien«.[373] Das ist weniger psychologisch zu verstehen als allegorisch. Die Frau ist kalt und weiß wie Marmor, und sie bringt die Musik in die Familie, die radikale Musik als die sinnliche Erscheinungsform von Auflösung und Untergang. Sie selbst bleibt von der Vergänglichkeit wie unberührt, während rings um sie der Zerfall einsetzt. »Sie erschien gleichsam konserviert in der nervösen Kälte, in der sie lebte und die sie ausstrahlte.«[374] Unzerstörbar, setzt sie Zerstörung frei. Der Schwester Tony gegenüber macht Thomas Buddenbrook kein Hehl aus Gerdas Frigidität.[375] Aber das stört ihn nicht. Er weiß, daß sie allein in Frage kam, daß sie die einzige war, die richtige, weiß mehr nicht, dies aber weiß er unerschütterlich. Um die Wahl vor Tony zu begründen, greift er nach Floskeln: »Sie ist eine Künstlernatur, ein eigenartiges, rätselhaftes, entzückendes Geschöpf.«[376] Bruder und Schwester sprechen in dieser Szene, bis es eindunkelt. Dann heißt es – und dies ist nun die Belegstelle für die allegorische Prägung der Figur:

> Da öffnete sich die Korridortür, und von der Dämmerung umgeben stand vor den beiden, in einem faltig hinabfallenden Hauskleide aus schneeweißem Piqué, eine aufrechte Gestalt. Das schwere, dunkelrote Haar umrahmte das weiße Gesicht, und in den Winkeln der nahe beieinanderliegenden braunen Augen lagerten bläuliche Schatten.
> Es war Gerda, die Mutter zukünftiger Buddenbrooks.[377]

Der letzte Satz ist von schwerer Ironie. Denn »zukünftige« Buddenbrooks wird es – von Hannos kurzem Leben abgesehen – keine mehr geben. In der Tür steht der Tod, schön und weiß und weiblich. So wie hier Gerda, erscheinen in der romantischen Erzähltradition die Gespenster und Ahnfrauen.

Aber zu dieser Gestalt gehört nun auch die Musik, und damit tritt neben die Allegorie doch auch wieder das Psychologische. Die Kälte der Frau verschwindet, wenn sie die Geige spielt. Alles was Eros ist in ihrer Existenz, fällt zusammen mit der Musik, die sie macht und genießt. Insofern hat ihr Spielen sogar etwas von Betrug und Ehebruch. Der Mann spürt das und begreift es doch nicht.[378] Er selber bleibt von den magischen Klängen unberührt. Was in ihm danach strebt, ist zutiefst vergraben. Nur in dem plötzlichen Wissen: »diese oder keine« hat es sich geäußert.

Anders allerdings geht es dem Sohn. Er wird von der Musik angesteckt, verführt, vergiftet. Wörtlich einmal: »Und dort sitzt das Kind auf seinem Stuhle! Es ist leise hereingekommen, um Musik zu hören! Wollen sie seinen Geist denn ganz und gar vergiften?«[379] Erst in Hannos Musikerlebnis wird die erotische Dimension dieser Kunst ganz sichtbar und auch deutlich ausgesprochen. Das kleine Konzert, das der Knabe an seinem 8. Geburtstag mit der Mutter zusammen gibt, wird in Thomas Manns Beschreibung zu einem Ereignis von eindeutiger Obszönität.[380] Über die erzählerische Innenperspektive gerät die Deskription eines Musikstücks von nur zwei Minuten zu einem Erotikon, das sich auf der genauen Grenze zwischen Kunst und Pornographie bewegt.

Merkwürdig aber ist, daß gerade diese Innenperspektive bei der Mutter vermieden wird. Der Erzähler selbst geht um sie herum wie um eine Fremde, nie ganz Begreifliche. Sie tritt in die Familie ein, und langsam beginnt der Untergang, und als er geschehen ist, als alle Männer tot sind, zieht die Frau wieder weg, unverändert, schön und weiß, wie sie gekommen ist. Sie wirkt so anders, so unzugänglich, so seltsam für die Bürger der Stadt, daß etliche Damen der besseren Gesellschaft sie »ganz einfach *›albern‹*«[381] finden, während ein erfahrener Kaufmann sie in kommerzielle Kategorien zu übersetzen versucht: »›Sie hat ein bißchen was Gewisses ...‹ und dabei wand er sich und machte ein krauses Gesicht, wie wenn ihm an der Börse eine faule Offerte gemacht wurde.«[382]

Würde der Autor die Mutter so radikal psychologisieren, wie er es mit dem kleinen Hanno tut, er könnte ihr den allegorischen Zug nicht belassen. An die Stelle der überpersönlich zeichenhaften Züge von Schönheit und Tod, Musik und Auflösung, träte das pure Laster. Das ist der Grund für den erzählerischen Kunstgriff, die Mutter immer nur von außen zu zeigen. Dennoch bleibt sie die Frau, die ihr Begehren ausgrenzt aus ihren sozialen Rollen, es einerseits von der Gattenliebe trennt und anderseits in die Liebe zum Kind dramatisch einbringt. In die Ehe eingetreten und vaterrechtlich verfugt, beansprucht sie eine Autonomie der Lust, die mit den sozialen Regeln unverträglich ist. Daß man sie in Frauenkreisen »albern« findet, widerspricht zwar ihrem intellektuellen Profil und charakterisiert gewiß mehr ihre Gegnerinnen als sie selbst, andererseits aber gehört dieses Signal der »Dummheit« durchaus zur Tradition der erotischen Mütter. Sie alle widersetzen sich ja so oder anders der offiziellen Rationalität und umfassenden Gefühlskontrolle. Und sie alle erscheinen deshalb als die Einbruchsstellen des Unheils. Der monumentalisierende Zug, den die erotische Mutter in den »Buddenbrooks« gewinnt, rückt sie von solcher Fatalität nicht ab, so wenig wie er den Verdacht gegenüber dem ganzen Geschlecht ausräumt: den Verdacht nämlich, die Ordnung zu gefährden durch ein zügelloses Lieben.

XXXVII. Die eiserne Mutter

Wenn die Mutter der Versuchung widersteht. Das Beispiel der Frau Regula. Eine weltliche Legende. Das Söhnlein rettet die Mutter aus ihrer akuten Leidenschaft. Im eisernen Amt. Kellers Medea. Zerstückelung des Kindes – psychologisch gelesen, mythisch gelesen. Warum die Wiederkehr des Bildes scheitern muß.

Gelegentlich geschieht es, daß die erotische Mutter der Versuchung widersteht. Dann wird sie zum Vorbild. Eine eigentümliche Weihe wächst ihr zu. Als Gottfried Keller seine Erzählung von der vollkommenen Mutter und der richtigen Männererziehung schrieb, »Frau Regel Amrain und ihr Jüngster«, machte er die Versuchung der erotischen Mutter und deren Sieg über die drohende Gefahr zu einer großen Szene.

Der Vorgang ist nicht zuletzt deshalb bemerkenswert, weil er auf spezielle Art das Prinzip bestätigt – oder soll man es ein Geschlechtermythologem nennen? –, daß die erotische Mutter eine fundamentale Gefahr für das Glück und Glücken der Kinder darstellt. Die bestandene Versuchung der Frau Regula wird zur Grundlage für die erfolgreiche Bildung und Formung ihres Sohnes. Weil dieser, als kleiner Kerl, der Mutter im heikelsten Moment, als sie eben schwach werden möchte, beispringt, verspricht sie ihm in einem lautlosen Schwur alle erzieherische Hingabe. Und die ganze lange Versuchungspassage endet denn auch schon mit der Vorwegnahme des Ergebnisses: »Seine Mutter hielt ihr Wort und erzog ihn so, daß er ein braver Mann wurde in Seldwyl und zu den wenigen gehörte, die aufrecht blieben, solange sie lebten.«[383]

Vertrackt ist nur, daß die Frau es aus sich selbst heraus wohl nicht geschafft hätte. Sie lebt allein mit ihren drei Jungen; der Mann, ein Lump, ist in die weite Welt verschwunden. Sie führt das Geschäft als alleinige Meisterin und wird nun von ihrem ersten Mitarbeiter bedrängt. Einerseits will er ans Geld, andererseits ist er verliebt, wobei Kellers hintergründige Psychologie auch die waschechte Verliebtheit ohne Schwierigkeiten aus den ökonomischen Interessen herzuleiten vermag: » ... als derselbe ihren Widerstand und ihren festen Charakter ersah, verliebte er sich förmlich in sie und gedachte erst recht seine Wünsche zu erreichen.«[384] Frau Regula aber »war kaum dreißig Jahre alt und schon seit einigen Jahren von ihrem Manne verlassen und ihr Blut floß so rasch und warm wie eines«.[385] Es kommt zu einer großen nächtlichen Werbung, im Zimmer neben den drei schlafenden Jungen, wobei der stürmende Mann und die abwehrende Frau – eine kostbare komische Erfindung! – immerzu nur flüstern, um die Kleinen nicht zu wecken. Der Mann, heißt es, »suchte die hübsche Frau an sich zu ziehen, indem er zugleich in demselben halblauten Tone, in welchem sie der schlafenden Kinder wegen die ganze Verhandlung geführt hatten, so heftig und feurig anfing zu schmeicheln und zuzureden, ihr Leben doch nicht so öde und unbenutzt entfliehen zu lassen (...). Sie wagte keine rasche Bewegung und kein lautes Wort (...); doch flüsterte sie voll Zorn, er solle ihre Hände freilassen und augenblicklich hinausgehen.«[386] Der Kampf wogt hin und her, und unzertrennbar ist die Liebe beim Mann mit dem Wunsch zum finanziellen Coup verbunden, bei der Frau aber mit dem Bewußtsein, die Freiheit zu verlieren: »Sie durchschaute ihren Feind wohl, dessen Augen ebenso stark von Schlauheit als von Lebenslust glänzten, und merkte, daß er auf diesem leidenschaftlich-sinnlichen Wege nur beabsichtigte, sie sich zu unterwerfen und dienstbar zu machen, also daß ihre Selbständigkeit ein schlimmes Ende nähme.«[387] Dennoch gibt die Frau mit der Zeit Zeichen der Unsicherheit, und der Mann verdoppelt sofort seine Anstrengungen. Da bricht, als Retter, der jüngste Sohn ins Zimmer. Er hat, »ohne etwas davon zu verstehen, doch etwas Gefährliches (...) geahnt«,[388] und wird nun in einer witzigen Legendenparodie zum Heiligen Georg, der die Mutter aus den Gefahren ihrer eigenen Leidenschaft rettet, wie einst jener Ritter die Jungfrau aus den Fängen des Drachen. Denn daß es weniger um den zudringlichen Mann geht als um das »rasche und warme Blut« der erotischen Mutter, ist leicht zu erkennen. Er »glich vollständig einem kleinen Sankt Georg«, heißt es von dem Jungen. »Seine goldenen Ringellocken flogen um das vom Schlafe gerötete Gesicht; feurig blickten aber die blauen Augen in lieblichem Zorn (...) Das kurze schneeige Hemdchen flatterte wie die Tunika eines Kreuzfahrers, und in den nackten Ärmchen schwang der kleine Rittersmann eine lange Gardinenstange mit dickem vergoldetem Knopf.« Die setzt er auch gleich sinnvoll ein und haut zu, und die Mutter gewinnt jenen Moment der Überlegung, der sie wieder ihrer selbst mächtig macht. Der Mann muß sich trollen.

Daß die Szene psychologisch mehrdeutig ist, liegt auf der Hand. Die »lange Stange mit dem glänzenden Knopf«[389] erscheint als Werkzeug der Rettung vor drohender Sexualität höchst ironisch. In der Miniaturgestalt des schönen Ritters und Retters versteckt sich deutlich genug ein zweiter Werber, der *seinen* Anspruch anmeldet: nicht gerade auf den körperlichen Besitz der Mutter – davon reden höchstens die Symbole –, sondern auf die Summe ihrer Liebes- und Gefühlskraft. Die will er ungeteilt, und zugleich will er, daß sie unbedingt kontrolliert sei, das heißt zur Mütterlichkeit sublimiert. Der Eros der Frau steht im Dienst der Familie – oder er zerstört diese. Daß die Zerstörung der Familie in genau diesem Wirkungszusammenhang eines Tages ihrerseits als Wert erscheinen könnte, als Übergang in ein Reich anderer Schönheit und anderer Wahrheit, ist für Gottfried Keller, den Bürger in einem strengen und sittlich kompromißlosen Sinn, undenkbar. »Im Dienst der Familie« aber heißt: unter dem Gesetz des Vaters, und wo dieser Vater ein Lump ist, wie im Fall der vorliegenden Geschichte, tritt die Frau in sein Amt und erzieht den Jungen zu dem, was der

Alte hätte sein sollen. Sie tut es mit ungeteilter Gefühlskraft und gezügeltem Eros, und notfalls ist sie bereit, in die alte römische Pflicht des eisernen Gerichts zu treten – gefühlskontrolliert dann auch da.

Es gibt ein Erzählprojekt Kellers, das die Verwandlung der bürgerlichen Mutter in die antikisch eiserne Gestalt auf unerhörte Weise vorstellt. Daß der Plan nie zur Ausführung gelangte, ist einleuchtend. Er hätte Skandal gemacht, denn die konventionellen Begriffe von Mutter und Mütterlichkeit, Mutterliebe und Mutterstrenge wären da in einer Weise aufgerissen und zerfetzt worden, wie es erst die Literatur der Moderne wagen konnte. Ein barbarischer Mythos taucht schrecklich und erschütternd auf, mitten in einer Erzählkultur, die ganz auf Vernunft und Maß, auf Lebenstüchtigkeit in überschaubaren Verhältnissen ausgerichtet ist. Die Ausgestaltung hätte das poetische System des bürgerlichen Realismus gesprengt und den Dichter der schärfsten Ablehnung durch sein Publikum ausgesetzt. Walter Benjamin hat in seinem Keller-Aufsatz darauf hingewiesen, mit welcher Behutsamkeit, wie reduziert nur und humoristisch gedämpft sich der Mythos in Kellers Erzählen überhaupt noch zeigen darf.[390] Solche Minderung, solches Verstecken der alten Gewalt im Idyll oder im Komischen, wie Keller es sonst überall zuwege bringt, wäre bei dieser Geschichte nicht möglich gewesen. Der Text verweist an einer Stelle selbst auf den Mythos: »die Teile zerstreuen wie Medea«. Keller verbindet bei dieser Bemerkung zwei Elemente des vielschichtigen Medea-Mythos: einerseits Medea als Mutter, die die eigenen Kinder tötet, anderseits Medea als die Frau, die den Halbbruder Apsyrtos zerstückelt und die Teile nacheinander in den Fluß wirft, um sich und den Geliebten vor dem verfolgenden Vater zu schützen.[391] Medea arbeitet aber auch mit dem Kessel der Verjüngung: sie läßt den alten Pelias zerstückeln mit dem Versprechen, ihn durch Kochen im Kessel wieder zum Jüngling zu machen.[392] Es mag gesucht scheinen, Kellers Novellenentwurf nur wegen einer kleinen eingefügten Bemerkung in diese mythischen Zusammenhänge zu rücken und in dieser Mutter die Wiederkehr eines der unheimlich-großartigsten Frauenbilder überhaupt, Medeas eben, zu sehen. Aber die Alternative wäre, das Ganze streng als realistisch-psychologische Studie aus dem Kleinbürgertum zu betrachten, und da wäre die Sache nur noch gräßlich. Man müßte dann bald einmal dazu kommen, aus dem Plan auf irgendwelche üble Winkel in Kellers Seele zu schließen. Schon Jakob Baechtold, der den Text überliefert hat, konnte sich eine entsprechende Bemerkung nicht versagen. Ihm gilt er nur als Zeugnis für Kellers »ausgesprochenen Hang für das Bizarre und das Schauerliche«, der ihn »namentlich während der trüben Zeiten völliger Vereinsamung« gepackt habe.[393] Richtiger wäre wohl, daß erst diese »völlige Vereinsamung« die dichterischen Visionen ermöglichte, die sich der gängigen und vergänglichen Erzählfolklore jener Jahre gegenüber als widerstandsfähig erweisen sollten. Immerhin hat Keller in den Berliner Jahren, in denen auch dieser Entwurf entstand, fast sein ganzes Lebenswerk entweder geschrieben oder im Kopf entworfen.[394]

Die Skizze beginnt wie die Aufzeichnung einer Zeitungsmeldung und verwandelt sich dann schrittweise in die Vorform einer Erzählung. Der Übergang wird sichtbar im Wechsel vom Präteritum ins Präsens, markiert durch die Zwischenphase zweier Sätze ohne Prädikat: »Der Mann als Kutscher abwesend. Die Mutter allein mit dem Scheusal...« In der Folge verspürt man immer stärker die gestalterischen Bewegungen des Autors und erkennt die Signale der geplanten, bald sprachlich-dichterischen, bald psychologischen Vertiefung. Die Abwehrreflexe, die der Text auch bei einem heutigen Leser noch hervorruft, zeigen, wie weit sich Keller hier von den literarischen Gepflogenheiten fortbewegte. So traf einst Kleists »Penthesilea«, so traf Goethes »Braut von Korinth« die Zeitgenossen.

In Wien wurde eine Frau verurteilt, welche ihren dreizehnjährigen Sohn ermordet hat. Die Frau und ihr Mann unbescholtene ehrliche Leute, die sich durch ihrer Hände Arbeit gewissenhaft ernährten und darauf sahen, sich mit Ehren durchzubringen. Der Knabe aber wurde von frühster Jugend an bösartig und mußte vielfach wegen schlechter Streiche gerichtlich und elterlich abgestraft werden. Er entwich oftmals und ward trotz seiner Jugend von allen Nachbarn gefürchtet. Er war wieder entwichen und zurückgebracht, auch von den Eltern in übergroßem Kummer und Verzweiflung hart gezüchtigt. Der Mann als Kutscher abwesend. Die Mutter allein mit dem Scheusal, dasselbe hütend. Sie sucht ihn fortwährend durch Arbeit zu beschäftigen und vom Bösen abzuhalten. Sie weiß nicht, wo sie ihn hinthun soll, damit er den Nachbarn nicht schade. Sie schämt sich in ihrem Rechtlichkeitsgefühl, mit dem jungen unnatürlichen Schelmen auf der Straße zu gehen, überwindet sich aber doch, um ihn irgendwo außerhalb auf die Arbeit zu führen. Eines Morgens, als er lange schläft, weckt sie ihn und muntert ihn mit kummervollen Worten zur Arbeit auf, dieselbe als seine Rettung vom Verderben anpreisend. Er gibt ihr eine freche harte Antwort und sagt geradezu, er brauche nicht zu arbeiten, er könne stehlen, was er bedürfe etc. Da bemächtigt sich eine grimme Wut und Verzweiflung der Frau, und als der Bursche unbekümmert sich auf seinem Lotterbette dehnt und wieder einschläft, faßt sie den Entschluß, sich von dem Dämon zu befreien und ihn zu töten. Sie holt ein Beil und schlägt den bösen Schläfer in zwei wohlgeführten Streichen tot (Mutterliebe oder Kummer in äußerster Potenz). Sie trifft Vorkehrungen, hackt die Glieder vom Leibe etc. Dann holt sie ihr Brot, Milch etc. zum Frühstück und kocht dasselbe. Während dreier Tage trägt sie nach und nach den zerstückelten Leichnam aus dem Hause, die Teile zerstreuend wie Medea. Sie sorgt aber, daß dieselben nicht von wilden Tieren oder Hunden gefressen würden und legt sie daher überall an offenkundige Orte, wo sie gleich gefunden werden: so den Kopf auf den Rand eines Brunnens (echt weiblich, weil da Weiber hinkommen). Manchmal hat sie ein Stück des Toten im Korb bei sich, wo sie in Arbeit steht, wäscht u.s.f. und trägt dasselbe nach vollbrachter saurer Arbeit erst ins Feld (saurer Gang). Dem Mann, der nach dem Knaben fragt, sagt sie, er sei wieder geflohen. Als alles vollbracht war, bricht sie zusammen und geht krank ins Krankenhaus, von wo sie zum Erkennen des inzwischen zusammengefundenen Leichnams geholt wird. Sie wird zum Tode verurteilt. Moral.[395]

Für eine Ästhetik des literarischen Entwurfs, die noch nicht geschrieben ist, bildet der Text ein beachtliches Beispiel. Er zeigt sehr schön, wie der Bericht über das, was später einmal entstehen soll, – der Sachtext über einen künftigen ästhetischen Text – seinerseits ästhetische Züge gewinnt. Dies allerdings nicht als durchgehende Struktur, sondern nur punktuell aufleuchtend. Wendungen von erhöhter Prägnanz (»Die Mutter allein mit dem Scheusal, dasselbe hütend«; »... schlägt den bösen Schläfer in zwei wohlgeführten Streichen tot«) treten neben visuelle Konzepte, in denen die große Erzählszene bereits lebt: »Sie schämt sich (...) mit dem jungen unnatürlichen Schelmen auf der Straße zu gehen ...«; »als der Bursche unbekümmert sich auf seinem Lotterbette dehnt und wieder einschläft ...« Die eigentliche Steigerung und damit auch der Übergang ins geheimnisvoll andere Reden und Erzählen beginnt mit der Zerstückelung. Das wird, obwohl es die novellistische Hauptsache ist, zunächst wie nebenhin erwähnt. Dann tauchen flüchtig, wie streifend bloß, die mythischen Visionen auf. Das Nebeneinander der »Vorkehrungen« und des Kochens in den zwei Sätzen: »Sie trifft Vorkehrungen, hackt die Glieder vom Leibe etc. Dann holt sie ihr Brot, Milch etc. zum Frühstück und kocht dasselbe«, dieses Nebeneinander assoziiert den Kessel der Wiedergeburt, in dem in der keltischen wie griechischen Überlieferung die Glieder zu neuem Leben gekocht werden[396] und der auch noch im Märchen vom Machandelbaum in Umrissen auftaucht. Hier tötet die böse Stiefmutter den Sohn, zerteilt ihn und kocht ihn neben der weinenden Schwester:

Daar nam de Moder den lüttjen Jungen, un hackt em in Stücken, ded de in den Pott, un kaakt em in Suur; Marleenken averst stund daarbi und weend und weend, un de traanen feelen all in den Pott, un si bruukten gar keen Salt.[397]

Dann gibt sie das Gericht dem Vater zu essen, die Schwester aber, Marleeneken, sammelt die Gebeine in einem seidenen Tuch, legt sie unter den Machandelbaum, und es wird ein schöner Vogel daraus, dessen magischem Lied alle verfallen:

miin Moder de mi slach't,
miin Vader de mi att,
miin Swester, de Marleeniken,
socht alle miine Beeniken
un bindt si in een siiden Dook,
legts unner den Machandelboom;
kiwitt, kiwitt, ach watt een schön Vagel bin ick![398]

Der Vogel schenkt dem Vater eine goldene Kette und der Schwester rote Schuhe, die böse Mutter aber zerschmeißt er mit einem Mühlstein. Dann gibt's Rauch und Feuer – »een damp un Flam un Füür« –, und der Bruder steht heil und ganz wieder da: »da stund de lüttje broder, un he namm sünen Vader un Marleenken bi de Hand, un weeren alle dree so recht vergnögt, un gingen in dat Huus bi Disch, un eeten.«[399]

Auch durch dieses Märchen geistert, entstellt und moralisch verzerrt vom Stiefmutterhaß, die alte Medea, die Zauberin und Betrügerin in einem. In Kellers Text gibt es eine Stelle, die ihrerseits den Bezug zum Märchen vom Machandelbaum schlägt: »Dem Mann, der nach dem Knaben fragt, sagt sie, er sei wieder geflohen«. Ganz ähnlich täuscht »de Moder« den »Vader«: »Da sedd de Vader wedder ›wo is denn miin Sön?‹ ›Ach‹, sed de Moder, ›he is över Land gaan ...‹«[400] Auch ein Moment des Antigone-Mythos scheint in Kellers Text kurz auf. Dort entwickelt sich die ganze Tragödie aus Antigones Entschluß, den toten Bruder nicht den wilden Tieren und Hunden zu überlassen. Ganz ähnlich ist hier die Mutter besorgt um die Glieder ihres Sohnes, was dann auch zu dem außerordentlichsten visuellen Konzept des Textes führt: dem Kopf auf dem Brunnenrand. Frauen sollen ihn da finden, sollen ihn betreuen und bestatten, wie man annehmen darf.

Denn das ist ja der Kern des Ganzen: diese äußerste Spannung zwischen der Tat der Mutter und ihrer Zärtlichkeit zu den Gliedern des Kindes. Sie hat es geboren, und es wurde ein böser Mensch, und da hat sie es gerichtet und getötet – so die psychologisch-moralische Lektüre. Die mythische Lektüre aber sieht, daß sie das mißratene Kind, das »Scheusal«, das sie nicht länger »hüten« kann, einer rituellen Wiedergeburt zuführen möchte, es umschaffen, neu schaffen zum geglückten Wesen. Sie vollzieht den Ritus, ohne ihn zu begreifen, und steht am Ende hilflos vor dem »inzwischen zusammengefundenen Leichnam«. Vereinigt ist damit das Zerstückelte wieder – aber da geschieht nicht »een Damp un Flam un Füür«, keine Auferstehung und Verwandlung, sondern da sind Polizei und Richter, und ein Kriminalfall kommt zu seinem Abschluß.

»Moral.« schreibt Keller am Schluß des Entwurfs. Wie hätte sie wohl gelautet, diese sittliche Nutzanwendung zuhanden des Publikums? »Man sieht daran ...« – was denn? Die Frage deckt als solche schon die Unmöglichkeit auf, das Geschehen ins Moralsystem der Epoche einzuholen und ihm darin jenen Beispielcharakter zu geben, der den ausgeführten Text im Sinne der Poetik des bürgerlichen Realismus als erzieherisch wertvoll erwiesen hätte. Wenn das alte Bild wiederkehre, wurde gesagt, verbinde es sich je neu und je anders mit den Werten und Normen der Epoche. Das Gesetz ist immer geschichtlich, das Bild ist älter und jünger zugleich, war schon, wie es jetzt ist, und wird so wieder einmal sein. Aus der Verbindung von Bild und Gesetz entsteht das Kunstwerk, das mit der Wucht des Traumbilds von der ganz konkreten Gegenwart redet und diese sachlich vor Augen stellt. So erscheint Lear, der in die Wüste getriebene König, im Pariser Mehlhändler Goriot wieder, und jetzt kann man an ihm die ökonomische Entwicklung Frankreichs von den Revolutionsjahren bis in die Julimonarchie hinein studieren, zusammen mit den Verschiebungen in der öffentlichen und privaten Sittlichkeit und den sozialen Bewegungen, die der Aufstieg der Bankiers und die Dynamik der Börse auslösten.

Kellers Novellenentwurf zeigt nun, daß solche Wiederkehr des Bildes auch scheitern kann. Die visionäre Glut ist im Regelsystem der Epoche nicht aufzufangen. Der Kopf des Sohnes auf dem Brunnenrand, sorglich hingesetzt von der Mutter – er findet in den anerkannten Symbolsystemen der Zeit schlechthin keinen Ort. Nicht weil die literarische Öffentlichkeit so zimperlich, so allen blutigen Scheußlichkeiten fern gewesen wäre. In den Balladen etwa, insbesondere bei Freiligrath, der gern und viel gelesen wurde, kommt es zu weit krasseren Dingen. Aber dies wird durchweg exotisch verbrämt und vordergründig gerechtfertigt. Goldbehängte »Mohrenfürsten« springen da aus des Dichters Büroseele unmittelbar in die lyrischen Hausbücher und treiben es gräßlich. Das barbarische Benehmen afrikanischer Stämme bestätigt als das schlechthin Andere die eigene höhere Sittlichkeit. Kellers Geschichte aber hätte ein wildes Geschehen mitten in die vertraute Umgebung geholt. Das ging nicht. Dieses Geschehen konnte nicht zu einer Geschichte aus den 1850er Jahren werden. Wenn die Geschichte immer auch das Gericht über das Geschehen ist, wie oben einmal gesagt wurde, dann scheitert hier das Gericht. Die Urteilskraft der Epoche versagt vor dem Geschehen, und die Geschichte kommt nicht zustande.

XXXVIII. Medea grotesk

»Du taugst nichts, aber du bist ein lieber Kerl.« Ein Dilemma der offiziellen Gefühlskultur. Jedes intime Gericht meint die Ordnung des Ganzen. Elfriede Jelineks Medea. Sprachtextur und Räderwerk. Die Tat eine Tat? Der Mord als Panne, die Frau als Störfaktor. Die andere Zeitlichkeit. Die unerträglichsten Seiten eines unerträglichen Buches.

Wenn die Mutter dem Sohn, der Tochter gegenüber das Richteramt übernimmt – bis hin zum eisernen Akt –, muß sie den Rollenkonflikt überspielen, der sich aus dem offiziellen Gebot der »Mütterlichkeit«, der angeblich unbegrenzten »Mutterliebe« ergibt. Im Verstoßungsbrief der Frau Briest an ihre Tochter Effi geschieht dies einerseits über die »wir«-Form. Die Mutter spricht auch im Namen des Vaters – »unsere Verurteilung Deines Tuns« – und entwischt so ihrer spezifischen Rolle, der Erwartung zum Beispiel, verstehender, verzeihender zu sein als der Mann. Andererseits verbindet es sich nach dem Grundmuster des »krachenden Herzens« mit der Erklärung einer fortdauernden unbegrenzten Liebe wiederum beider

Eltern zusammen – »des Tuns unseres einzigen und von uns so sehr geliebten Kindes«.

Ein Höhepunkt solcher Einbindung des endgültigen Urteils der Mutter über das Kind in die Gefühlskultur der Familie findet sich in einer winzigen Szene in Fontanes Roman »Die Poggenpuhls«. Das kleine, leichthin erzählte Werk ist bis heute unterschätzt – wohl wegen seiner eigentlichen Leistung: daß in einem Roman gar nichts passiert. Ganz nah an Tschechow heran kommt Fontane in dieser Arbeit. Die verarmte Familie aus dem preußischen Kleinadel, die Poggenpuhls eben, besteht aus der Mutter und drei Töchtern, die zusammen in Berlin wohnen; die zwei Söhne sind beim Militär, irgendwo in fernen Garnisonen. Der eine von diesen, Leo, ist ein charmanter Taugenichts. Er stellt eine der letzten und zugleich liebenswürdigsten Ausprägungen des adligen Filous dar, des Roué, der in der bürgerlichen Literatur immer wieder auftaucht – in allen Abstufungen vom dämonischen Schuft und schönen Teufel bis zum bezaubernden Leichtfuß, der einfach nicht imstande ist, ein Pflichtbewußtsein zu entwickeln und Genußverzicht zu leisten. So einer ist dieser Leo, und die Mutter, die mit ihren drei unverheirateten Töchtern in einer raffiniert organisierten Frauenwirtschaft zusammenlebt, sollte von ihm eigentlich Unterstützung erwarten können, tatkräftige Hilfe und einen Zuschuß in die karge Kasse. Stattdessen ist es umgekehrt. Er bettelt und schmeichelt den Frauen immer noch was ab. Daß er eines Tages im sozialen Niemandsland enden könnte, wird angedeutet durch die ominöse Parallele zu einem adligen Freund, der sich als Schauspieler in den lächerlichsten Nebenrollen durchschlägt.[401] Die Mutter macht sich keine Illusionen über den jungen Mann und nimmt in der Sache auch kein Blatt vor den Mund. Als er nach einem kurzen Besuch zur Garnison zurückreist, kommt es zu einer Abschiedsszene am Bett der Mama. Da spricht sie in wenigen Sätzen alles aus, was von ihm zu halten ist, und wie dies zugleich ihre eigene Einstellung als Mutter bestimme. Man sollte über dem liebevollen Grundton das eindeutige Urteil nicht überhören:

> So sind alle alten Mütter; die Tunichtgute sind ihnen immer die liebsten, wenn sie nebenher nur das Herz auf dem rechten Fleck haben. Und das hast du. Du taugst nichts, aber du bist ein lieber Kerl. Und nun gute Nacht, mein Junge.[402]

Interessant ist, wie die Frau den eigenen Urteilsspruch relativiert. Sie macht deutlich, daß er zu milde sei, aber daß die »alten Mütter« eben nicht anders könnten. Wäre da eine andere Instanz, heißt das, würden andere Sätze fallen. Ausschlaggebend ist die Art, in der die Frau im Schlüsselsatz die zwei Aussagen ordnet, die vor und nach dem »aber« stehen: »Du taugst nichts, aber du bist ein lieber Kerl.« Die umgekehrte Folge wäre unvergleichlich schlimmer: »Du bist ein lieber Kerl, aber du taugst nichts.« Was nach dem »aber« steht, ist der höhere Wert – der höhere Wert für sie, nicht für jeden. Das gibt sie klar zu verstehen. Sie will die Rolle nicht spielen, von der sie weiß, daß es sie gibt und daß andere sie wohl am Platze fänden. Chancen gibt sie dem Sohn keine. Gerade die naheliegende Schlußfolgerung: solang du nur das Herz auf dem rechten Fleck hast, kann dir nichts passieren, unterbleibt. Die Frau macht sich nichts vor. Der Junge taugt auf immer nichts. Aber mein Recht und mein Glück, denkt sie, ihn zu lieben, laß ich mir nicht nehmen. Ändern kann ich ihn nicht, also will ich ihn wenigstens gernhaben. So human das ist und herzlich wohltuend, so unheimlich muß einen doch der resignative Zug darin berühren.

Auch wenn man sich dagegen sträuben sollte, diese kleine Szene in diesem kleinen Roman als eine Gestalt des familialen Gerichts anzuerkennen, eines wird man gelten lassen müssen: über den moralischen Pakt treten hier die Leser an die Seite der Elterninstanz und verurteilen unweigerlich auch ihrerseits den sympathischen Taugenichts. Zugleich aber erkennen sie das symbolisch-repräsentative Potential, das in der Figur steckt. Für die Mutter *im* Text ist der Sohn nichts als eben ihr einmaliger Leo, für die Leser *vor dem* Text ist er ein Element des literarischen Regelsystems und also Bedeutungsträger auf allen Aussageebenen des Werks. Die schlimme Zukunft, die ihm die Mutter unterschwellig voraussagt – daß die Szene am Bett spielt, erinnert von fern an die vielen prophetisch sterbenden Väter und Mütter –, diese schlimme Zukunft ist die einer ganzen sozialen Schicht. Wäre der Adel, zu dem Leo gehört, ökonomisch gesichert, das Charakterdefizit könnte als Qualität erscheinen, als eine Form vornehm-generöser Lebenskunst. So aber wird Leo zum Prototyp jener, die die Basis der alten Noblesse zerstören und eines Tages deren ganze reiche Lebenskultur zum Einsturz bringen.

Das nämlich darf man nie vergessen: wo das Gericht pathetisch, zu Furcht und Zittern vollzogen wird, geschieht es um der Ordnung willen und ihres Fortbestehens. Es gilt, etwas zu retten durch den bitteren Akt. Selbst wenn das Werk als Ganzes die Meinung nahelegt, diese Ordnung verdiene ihre Rettung nicht – wie beispielsweise im »Don Carlos« –, ist die Intention des Gerichts doch auf die Zukunft ausgerichtet und also auf ein Allgemeines. So handelt auch die Mutter in Kellers schrecklicher Vision im Dienste eines sittlichen Ganzen, einer moralisch intakten Welt, die ihr das furchtbarste Opfer abverlangt. Die Milde der Frau von Poggenpuhl, könnte man daraus schließen, bedeutet auch ein Preisgeben des Ganzen.

Unter diesem Aspekt wird nun ein Roman förmlich zur Provokation, der, 1989 erschienen, wegen seiner maßlosen Obszönität und Schamlosigkeit lauten Skandal machte, gerade so allerdings auch die ernsthafte Auseinandersetzung verzögerte. In diesem Buch, Elfriede Jelineks »Lust«, tötet am Ende die Mutter ihren schlafenden Sohn, dem Geschehen bei Keller nicht unähnlich, schleppt ihn ins Freie und versenkt ihn in einem Fluß.

Was weiter geschieht, was insbesondere mit der Frau geschieht, bleibt offen. Der Roman endet mit dieser Tat.

Ist es überhaupt ein Akt des Gerichts? Die Frau handelt sehr plötzlich, sehr unerwartet. Das schließt den Gerichtscharakter nicht aus. Aber die Herleitung des Urteils, was an Reflexion, Erwägung, Argumentation und Gegenrede zu ihm gehört, verschiebt sich dadurch aus dem Bewußtsein der Frau in andere Bereiche. Literarisch gesprochen: diese Herleitung ist nur über die Deutung des Ganzen und die Entzifferung der Symbolreihen auszumachen. Von der Frau selbst erfahren wir dazu nichts, weder durch einen inneren Monolog noch durch erlebte oder direkte Rede.

Das Buch steht in der surrealistischen Tradition. Dies meint nicht eine diffuse Stilform, sondern eine nachweisbare historische Verknüpfung. Elfriede Jelinek schließt in ihrer schriftstellerischen Arbeit an die Experimente und Schreibverfahren der Wiener Gruppe an – so problematisch und wenig eindeutig der Begriff auch ist[403] –, und diese hat sich in ihren ersten Aktivitäten schon und später immer wieder auf die Texte und Praktiken der klassischen Surrealisten bezogen.[404] Die Collagen von Max Ernst beispielsweise tauchen in den poetischen Texten Konrad Bayers wiederholt auf.[405] Wie Max Ernst aus zerschnittenen altmodischen Stahlstichen neue Bilder zusammenklebte, in denen die soziale und ideologische Aura der Gründerzeit sich durchdrang mit der Absurdität der dadaistischen und nachdadaistischen Kunstspiele – Max Ernst hatte als »Dadamax« noch zu den authentischen, also vorsurrealistischen Dadaisten gehört –, so operierten die Wiener Kunstradikalen mit der gewissermaßen zerschnittenen Bildungs- und Trivialsprache ihrer eigenen Zeit und setzten sie, bald spontan-intuitiv, bald nach Regeln und algorithmischen Mustern, zu neuen Sprachgebilden zusammen. Diese konnten Wörterarrangements ohne »Sinn« und »Bedeutung« im herkömmlichen Verstande sein, oder sie ließen merkwürdige Szenenumrisse und fiktionale Räume mit allerlei Figuren entstehen. Das war dann gleichzeitig unwirklich und doch zusammenhängend lesbar. So lesbar eben wie eine Max-Ernst-Collage, auf der ein Mann mit Löwenhaupt in einem Makart-Salon einer eleganten, hochfrisierten Dame mit Fledermausflügeln begegnet.

Elfriede Jelineks Roman ist nur zu verstehen vor dem Hintergrund solcher ästhetischer Operationen. Kein Wort darin ist das Wort eines personalen Subjekts, aus einer einmaligen Seele in einem bestimmten Lebensmoment geäußert und also Ausdruck eines unverwechselbaren Menschen in unverwechselbarer Situation – wie beispielsweise bei Fontane der Satz: »Du taugst nichts, aber du bist ein lieber Kerl«. Das Ganze ist dicht gewirkt aus Sprachteilen der unterschiedlichsten Idiome heutiger Zivilisation. Das geht von Hölderlin direkt in die obszöne Rede besoffener Männer über, geht von den Klischees der kommerziellen Pornographie über in den seifigen Slang der Fernsehpfarrer und von den Naturbeschreibungen der Reiseprospekte in den schicken Zynismus der Zeitgeist-Magazine. Oft wechselt der Ton im gleichen Satz dreimal. Ein immenser Sprachteppich, flirrend und im einzelnen oft völlig unverständlich, dann wieder ekelhaft allzudeutlich, rollt sich langsam aus. Und darin wird nun auch so etwas wie eine Handlung erkennbar. Ein paar Figuren bewegen sich durchs Ganze: ein Fabrikdirektor, seine Frau, das Kind der beiden, der Geliebte der Frau. Es wäre falsch, das Geschehen um diese Gestalten als die Hauptsache zu nehmen und die sprachliche Textur nur als eine Art Dekor zu betrachten. Die öffentliche Diskussion um den Roman hat es allerdings so gemacht, und darin ist sie bald einmal festgefahren. Eine »Handlung« im verläßlichen Sinn des Wortes ist das nämlich nicht, wenn ein Fabrikdirektor seine Frau unablässig wie ein Hengst bespringt, vergewaltigt, malträtiert, als groteske Genitalmaschine über sie hinfährt, endlos und nicht abzuschalten; wenn die Frau irgendwann aus dem Haus rennt und sich dem nächstbesten Jüngling an den Hals wirft, der mit ihr umgehend nach Art des Gatten verfährt; wenn der Mann die Frau ohne weitere Aufregung wieder zurückholt, als wär's ein entlaufener Hund, um gleich die Maschine wieder anzuwerfen. Nichts in diesem Geschehnisablauf gehorcht den Regeln der Wahrscheinlichkeit und psychologischen Motivierung. Der sprachlichen Verdichtung der Sätze und Abschnitte, einer Mikroartistik, zu der es heute wenig Vergleichbares gibt, steht dissonant die plumpe Ungestalt des äußeren Geschehens gegenüber.

Dennoch zerreißt die Tat der Frau einen Zusammenhang. Alles, was sonst geschieht in seiner langsamen Monstrosität, ist wiederholbar, geschieht unausweichlich, weil es dem Wesen dieser Welt entspricht. Die Frau, die ihren Körper hergibt, als wär's etwas Fremdes, und doch alle Schmerzen erlebt; die Flucht dieser Frau, unüberlegt, und ihr hilfloses Sich-Hinwerfen an einen, der ist wie der andere; das Heimgeholtwerden und das erneute Hergeben des Körpers ... – dies alles hat den Charakter einer endlosen Wiederholung. Es ist eine Repetition des Schreckens, wie man sie aus den Geschichten von den Hadesbewohnern kennt, Tantalos, Sisyphos, die Danaiden. Die Arbeiter der Papierfabrik des Direktors, ihre Frauen in den Warenhäusern, die Sportler an den Schneehängen und Skiliften – auch sie bewegen sich alle in zirkulärer Repetition. Und selbst der Tod macht keine Ausnahme, weil immer schon die Neuen heranwachsen und sich in den Kreisen drehen, aus denen die Alten gleichmäßig ins Grab fallen. Das wie in einer Sprachsäure aufgelöste Hölderlin-Zitat am Anfang der folgenden Passage verweist auf das, was einst »Schicksal« war und jetzt nur noch eine in Rädern laufende Maschine ist:

Im Umkreis fallen die bedrückten Menschen, Wasserfluten, über die Treppen und verzierten Vorbauten ins Ungewissen ihrer Beherrscher hinab. Übers Ziel schießen sie nicht hinaus in ihren zahmen Fellen. Vorlaut schreit das Radio am Morgen, daß man aufwachen soll. Und gleich wird ihnen der Liebe warmer Boden, ihr durchgeschwitztes Leintuch entzogen. Nun tappen sie um ihre Frauen herum und machen die sorgsam gewarteten Hab Seligkeiten dreckig. Sanft weht die Zeit. Die Menschen müssen sich rentieren, bis sie ihre Rente erreicht haben. Bis sie endlich ausbezahlt sind und abbezahlt ist, was sie ihr Leben lang, geschlossenen Auges, zu besitzen glaubten.[406]

Wo die einen in Rente gehen, treten die andern ins Lohnverhältnis ein. Immer stößt das gleiche nach und verläuft nicht anders. Der Versuch, den Zirkel zu sprengen, ist seinerseits ein geläufiger Zirkel. Die Frau flieht, ein Ausbruch scheinbar, ein singulärer Akt, flieht unter der Männermaschine weg, die über sie hin und her rädert, und ist über kurzem wieder, wo sie war, und flieht wieder und ist wieder, wo sie war. Und so wächst auch in ihrem Sohn das gleiche heran, was jetzt sein Vater ist, die Männermaschine über der Frau, und alles wird sein, wie es jetzt ist:

Sie strotzen in ihren zweckmäßigen Hosen, die Herren, auch der Sohn trägt schon dazu bei. Dieses Kind, dem allzu scharfes Wachstum von der Mutter nicht vorzuwerfen ist, hat sie sich ihm doch selbst als karges Futter vorgeworfen. Dieses Kind, dem frischen Geschlecht zugehörig, ist von der Mutter aufgezogen worden, und jetzt kann's nicht mehr zum Stillstand gebracht werden, es läuft und läuft![407]

Zwar stört das Kind den Vater. Es beobachtet sein Kopulieren und will immerzu Geld und Geschenke, so wie der Mann immerzu die Frau will und den Gewinn aus seiner Fabrik. Deshalb wirft der Vater von Zeit zu Zeit Schlaftabletten in den Fruchtsaft des Kindes.[408] Dieses »läuft und läuft« eben und kann deshalb als Apparat die andern Apparate stören und muß zeitweilig abgestellt werden durch die »Chemie Linz AG«.[409] Im übrigen aber heißt es von ihm: »Schon glänzt es wie ein ganzer Mann, der andre beugt und sich vor andren verbeugt. (...) Ja, dieses Kind ist noch klein, aber es ist speziell als Mann geplant, glaube ich.«[410]

Das umfassende Räderwerk, wo eine Maschine parallel zu andern läuft und die stupide Libido alles in Gang hält, dieses unselig geschlossene Ganze wird nun durch die Tat der Mutter, den Mord am Kind, zuletzt doch gesprengt. Dieser Tod gehört nicht ins Schema der allgemeinen Rekurrenz, sondern ist einmalig. Insofern entspricht er äußerlich dem idealistischen Mythos von der großen Tat, die die Welt verändert. Nur würde dazu auch der große Gedanke gehören, der freie Entschluß eines autonomen Subjekts, das sich seinem höchsten Gesetz verantwortlich weiß. Das alles fehlt hier. Was Tat sein könnte, geschieht einfach. Auch die Erzählsprache, dieses Konglomerat von Diskurs-Partikeln, hinter denen kein Erzählergesicht erscheint, weiß nichts von einem verbindlichen Sinn des Vorgangs. Die Rede strickt und flicht sich fort in ihrer peinvollen Ironie, die aus dem Kontrast unterschiedlicher Intonationen entsteht – komisch und doch nie zum Lachen. Die Klangfülle dieser Erzählsprache hat die

Öde eines überfüllten Warenhauses, ihre Buntheit ist die Monotonie der kommerziellen TV-Kanäle. Und doch geschieht hier das einmalig Schreckliche, das archaisch Schreckliche der Medea-Tat:

Unbequem liegt das Kind unter dem Auge der Mutter, die an sein Bett tritt und es geraderückt. Welk ist das Kind und dennoch ihre ganze Welt: es schweigt wie diese. Es freut sich gewiß aufs Wachsen, ähnlich dem Glied seines Vaters. Zärtlich küßt die Mutter ihr kleines Boot, das die Welt umschifft. Dann ergreift sie eine Plastiktüte, legt sie dem Kind über den Kopf und hält sie unten ganz fest zu, damit der Atem des Kindes darin in Ruhe zerbrechen kann. Üppig entfalten sich unter dem Zelt des Sackes, auf dem die Adresse einer Boutique aufgedruckt ist, noch einmal die Lebenskräfte des Kindes, dem vor nicht allzu langer Zeit Wachstum und Sportgeräte versprochen wurden.
(...)
Die Mutter trägt das Kind, dann, als sie müd wird, schleift sie es hinter sich her. Hinter zarter Kleidung der Mond. Jetzt ist die Frau beim Bach, und zufrieden sinkt im nächsten Augenblick der Sohn hinein. Schöne Ruhe winkt, und auch die Sportler winken einander ja bei jeder Gelegenheit zu, wenn ein Publikum dafür da ist.
(...)
Das Wasser hat das Kind umfangen und reißt es mit sich fort, lang noch wird viel von ihm übrig sein, bei dieser Kälte. Die Mutter lebt, und bekränzt ist ihre Zeit, in deren Fesseln sie sich windet. Frauen altern früh, und ihr Fehler ist: Sie wissen nicht, wo sie all die Zeit hinter sich verstecken können, damit keiner sie sieht. Sollen sie sie etwa verschlingen wie die Nabelschnüre ihrer Kinder? Mord und Tod!

Aber nun rastet eine Weile![411]

Mit diesen Sätzen und diesem seltsamen Imperativ endet das Buch. Der Imperativ hat etwas Absurdes, und er ist gleichzeitig überraschend genau. In seiner betulichen Aufforderung zum Ausruhen stellt er eine Floskel dar, die sich am Ende eines Romans wie ein mißlicher Witz ausnimmt. Vor dem Hintergrund des heillosen Maschinencharakters des Ganzen aber entwickelt sich darin auch ein Doppelsinn. Für eine Weile, besagt der Satz dann, ist der universale Apparat nun unterbrochen. Die Räder stehen, weil das Unvorhergesehene passiert ist. An einer Stelle hat sich eine Panne ereignet, und weil alles ineinandergreift, steht jetzt alles eine Zeitlang still. Man darf hier durchaus an den umfassenden und metaphysisch verstrebten Begriff der »Panne« erinnern, den Friedrich Dürrenmatt in der Vorrede zu seiner gleichnamigen Erzählung entwickelt hat. Die »Panne« ist in der modernen Zivilisation das banale Äquivalent zu dem, was einst »Schicksal« war. Sie ist eine Schrumpfgestalt von Schicksal und steht doch, als solche, zu diesem noch in einer letzten Entsprechung. Als Versagen einer Apparatur liegt die Panne außerhalb aller Schuld, ist nicht Tat, sondern Zufall, bloßes Geschehen. Die Panne passiert. Hinter ihr steht kein sittliches Subjekt, sondern vielleicht ein verschmutzter Ölfilter oder ein Materialfehler. Wie hinter der Erzählsprache Elfriede Jelineks kein Erzählergesicht sichtbar wird, wie da nicht der Mund einer Person zu vernehmen ist, sondern das Stimmengewirr der elektronischen Zivilisation, steht hinter der Panne kein Täter, kein böser oder guter oder gar unschuldiger. Nicht ein Verbrechen ist die Panne, sondern ein Störfall. Wer sie verursacht, ist nichts weiter als ein Störfaktor. Und dies ist denn auch die einzig zutreffende Bezeichnung für die Frau in Jelineks Text. Als Störfaktor verursacht sie eine Panne, wenn sie ihren Sohn erstickt, und nun »rastet« alles »eine Weile«.

Wie aber in Dürrenmatts Essay die Kategorie der »Panne« nur aufgestellt werden konnte über den Bezug zu »Tat« und »Schicksal« im erhabenen Sinn, steht auch die Frau als Störfaktor bei Elfriede Jelinek noch in einer wie auch immer rudimentären Analogie zum tragischen Handeln. Sekundenlang taucht trotz allem Medeas dunkles Antlitz auf. So blitzen auch durch den zitierten Erzähltext, der vom Mord berichtet, Momente alter Erfahrung. Das »Verschlingen der Nabelschnur« lenkt die Gedanken auf vorzivilisatorische Praktiken der Geburt, und der Satz: »Frauen altern früh« ist, mitten in dem Simulationsgerede, von einer kahlen, kalten Wahrheit, die alle Gespinste zerreißt. Anschließend an diesen Satz nämlich thematisiert der Schluß des Buches, was den Frauen in der modernen Zivilisation hauptsächlich angetan wird, brutal bei allgemeinstem Einverständnis: daß die biologische Veränderung in die personale Definition hinein verlängert wird. Die Stufen des Alters sind nicht Übergänge in neue, anerkannte und auf ihre Art gefeierte Rollen, sondern eine phasenweise Vertreibung aus der Einheitsrolle des erotischen Attraktionswesens nach geltendem Beauty-Standard. Auch dies ist eine Form, in der die lebendige Person in unpersönliche, letztlich mechanische Abläufe der Wertung und Entwertung eingespeist wird.

Dennoch darf man aus dem Abschnitt, selbst wenn er mit dem Ausruf »Mord und Tod!« endet, nicht den Schluß ziehen, die Frau töte ihr Kind aus dem erlebten Schrecken über ihr Altern und die zu erwartende soziale Entmündigung heraus. Das Ganze ist kein psychologischer Roman nach Art von »Anna Karenina« oder »Madame Bovary«, wo eine bürgerliche Frau sich zuletzt zum Äußersten entschließt und es wissend, sehend, empfindend vollzieht. Ein Roman ist das Ganze überhaupt nicht, eher ein großes Sprachstück, eine Rhapsodie, durchsetzt mit Strukturen, die dumpf an herkömmliche Romangeschehnisse erinnern. Wenn zuletzt das Thema der Frauenzeit angeschlagen wird mit ihrer ganz anderen verschärften Vergänglichkeitsstruktur – falls sie ein Produkt des männlichen Blicks ist: was nützt die Erkenntnis? –, dann dient dies nicht zur individualpsychologischen Motivierung eines Verbrechens, sondern ist ein letzter, scharf präzisierender Verweis auf die Zeitlichkeit der gegenwärtigen Welt. Alles dreht sich, alles kehrt wieder wie im Hades. Dahinter steht, als Antrieb, eine universale Sexualität von der amorphen Gewalt der blubbernden Lava. Der

Text, als Sprachstück, vermittelt sie in der Sprache der Pornographie und der Männerzote. Dadurch wird er zu einem der ekelhaftesten Ereignisse der deutschen Literatur. Gleichzeitig aber führt er so vor Augen, was Schopenhauer mit seinem »Willen« in Wahrheit, in voller scheußlicher Wahrheit, einst gemeint hat. Während aber die männliche Sexualität mit dem sozialen Räderwerk voll synchronisiert ist – das membrum virile als Metronom der modernen Zivilisation –, ist die weibliche deren Teil und zugleich deren Rohstoff, Verbrauchsmaterial. Die Frau fällt vor der Zeit aus der offiziellen Zeit, wird vom »Willen« als unbrauchbar erklärt für seine Spiele, ist also nach dem Taktschlag der geltenden Zeitlichkeit tot, obwohl sie noch lebt. Deshalb »windet sie sich in den Fesseln der Zeit«, wie der Text sagt, selbst als »ihre Zeit« noch »bekränzt« ist. Könnte sie »die Zeit hinter sich« auffressen, »verschlingen«, wie die Weibchen, nachdem sie geworfen haben, es mit der Nabelschnur der Welpen tun, sie könnte ihre Lebenszeit mit der offiziellen Zeit synchronisieren. So aber steht sie da und hat nur eins den Männern voraus – diese Erfahrung. Ein klares Wissen braucht das nicht zu werden, es lebt doch furchtbar im sich verändernden Leib. Und die Frau selbst gebiert, was jung und kräftig und schön nachdrängt und sie vorzeitig aus der Ordnung werfen wird. Nicht nur die Nabelschnüre wären zu verschlingen, sondern die geworfene Brut selbst. Das flackert in dem Satz auf und begründet insgeheim die anschließende Parole »Mord und Tod!«

Diese Frauenerfahrung ist kein individuelles Geschehnis, sondern von allgemeinster Art. Individualität gibt es in Jelineks Text ja überhaupt nicht, und die Frau Gerti, Gattin des Papierfabrikdirektors, ist, als was sie auch meistens kurzerhand bezeichnet wird, »die Frau«. Dadurch wird ihr Mann zu »dem Mann«, ihr Sohn zu »dem Sohn«. Man könnte das erläutern aus der Perspektive der Subjektivitäts- und Diskurstheorien Lacans und Foucaults, oder aber, in weit älterer Sicht, aus dem barocken Konzept der zugeteilten Rolle auf der Weltbühne, die der einzelne spielt und über deren heiliger Stereotypie seine Individualität belanglos wird. Jelineks Buch ist österreichischen Ursprungs auch in dieser Hinsicht.

Der Mord am Sohn wird so zum Gericht über die Ordnung des Ganzen, die universale Hades-Maschinerie mit ihrer libidinösen Hydraulik. Wenn es denn ein Gericht ist, was die Mutter veranstaltet, dann ist der mißratene Sohn hier nicht das Wesen, das einem intakten Ganzen gegenüber tritt und es luziferisch gefährdet, ist nicht der Entropie-Faktor in der Vater-Welt, sondern verkörpert durchaus eben dieses bestehende Ganze. Nicht weil er anders will als der Vater, wird er von der Mutter gerichtet, sondern weil er nicht anders kann als dieser. Sein »Wachsen« ist »ähnlich dem Glied seines Vaters«. Wenn das familiale Gericht in der Literatur der Jahrhunderte und Jahrtausende unübersehbar ausgelöst wird dadurch, daß die Kinder in Arbeit, Liebe und Philosophie anders wollen als die Eltern – sich dem verbotenen Liebespartner anschließen, ihre Kraft einem unerwünschten Lebenswerk widmen, mit ihrem Kopf das Neue denken –, dann geschieht hier die Exekution gerade deshalb, weil das Kind wollen wird, was der Vater will, es halten und treiben wird wie der Vater.

Eine Revolution ergibt sich aus der Hinrichtung nicht. Da bricht keine neue Zeit an. Kein weiblicher Messias tritt in dieser Tiroler Medea auf, sondern »die Frau« entpuppt sich als der latente Störfaktor der Ordnung, der zu zeitweiligen Pannen führen kann. Das dauert dann, je nach Schadenbestand und Reparatureffizienz, »eine Weile«. Anschließend laufen die Räder wieder leicht und schnell.

Von der dummen Mutter war die Rede, die sich als die erotische entpuppt. Von der eisernen, die das Gesetz des Vaters übernimmt wie Jeanne d'Arc die Fahne des Königs. Die hilflose wurde erwähnt, die einfach danebensteht und nichts tun kann.[412] Es hat sich gezeigt, daß diese typologischen Ausprägungen als triviale Schemata erscheinen können, daß sie aber auch, bei entsprechender Beschaffenheit der gestaltenden Hand, rasch komplexer und hintergründiger werden. Überdies kommt es oft zu einer Überlagerung der Typen in der einzelnen Gestalt. Die Arbeit Elfriede Jelineks ist unter diesem Aspekt besonders aufschlußreich. Die Frau lebt hier alle Rollen durcheinander. Sie steht hilflos neben dem Heranwachsen des Kindes zu einer Reproduktion des Vaters, und sie vollzieht zuletzt doch den archaischen Akt der Medea-Tat, tritt also für die Lesenden in den Umriß der eisernen Mutter. Und ebenso ist sie die erotische Mutter, beträchtlich, und zwar nicht als der unentwegt durchpflügte Acker ihres Mannes (um die Metapher des Königs Kreon aufzunehmen), dieses geschieht ihr ja wie einem Ding, sondern in ihren plötzlichen Eskapaden. Die hilflose Suche nach einem Mann, dem sie nicht nur ein Ding wäre, bringt sie zugleich in einen Zustand von stumpfer Stupidität, der das alte Verdikt der Dummheit auf neue Art beschwört. Nur läßt sich das jetzt nicht mehr so glatt in ein funktionales Muster integrieren wie einst bei den beschränkten Müttern im bürgerlichen Trauerspiel. Diese Stupidität ist viel eher ein reflexhafter Widerstand gegen das universale Räderwerk und wird zur Dummheit zuletzt nur wegen der Aussichtslosigkeit jedes solchen Unterfangens. So kommen dann in den Liebesversuchen dieser Frau die unerträglichsten Seiten eines erschütternd unerträglichen Buches zustande.

Damit hat sich erneut die Wiederkehr eines Bildes als semantische Veränderung bei gleichem Umriß erwiesen. Die Dummheit der erotischen Mutter auf dem bürgerlichen Theater des 18. Jahrhunderts warnt grundsätzlich vor der Frau als der möglichen Einbruchstelle fremder Normen in die geltende Sittlichkeit, der Einbruchstelle des Unheils insbesondere in den Lebensweg der Tochter, die ja als virgo intacta einem ökonomisch gesicherten Bürger übergeben werden muß. In Heinrich Leopold Wagners »Kindermörderin« von 1776 führt die Mutter ihre Tochter eigenhändig ins Bordell und dem schönen Verführer in die Arme – töricht-ahnungslos und lüstern-eingeweiht zugleich. Gertis Dummheit in Jelineks »Lust« hingegen ist nicht eine verächtliche Aussage über das Wesen der Frau und ihre angebliche Verführbarkeit, sondern konterkariert zunächst einmal das trivialfeministische Klischee von der Frau als dem guten und weisen Wesen in den Klauen der Männer. Vor allem aber offenbart sie die Genese psychischer Verstörung aus der mechanoiden Funktionalisierung des Lebens, nicht zuletzt des Frauenlebens mit seiner anderen Zeit und Zeitlichkeit.

Sechster Teil: Der mißratene Sohn am Familienrand, endlos

XXXIX. Eine Nacht verändert die Weltliteratur

Kafka. Vom 22. zum 23. September 1912. »Das Urteil« als literaturwissenschaftliches Experiment. Falls Georg Bendemann überlebt… Eine kriminalistische Lesesituation. Noch einmal der alte Brutus. »Ließ sich hinabfallen«: keine Metonymie? Signale eines großen Spiels. Der »Freund« als Änigma. Der zerfallende Vater und seine Auferstehung. Lügentest als Lesertäuschung. Der Vater stiehlt dem Sohn das Lebensspiel. »Komödiant« gegen »Spaßmacher«. An der Stelle der Bedeutung der Spielverdacht.

Zwei Daten kennt die Weltliteratur der frühen Moderne, die mit ihren Ziffern, Jahr und Tag – und darin Stunde für Stunde –, die Epoche zeichnen. Das eine ist Bloomsday, der 16. Juni 1904, der Tag, an dem ein Inseratenakquisiteur in Dublin zum Odysseus wird und die Irrfahrten des listenreichen Helden noch einmal durchmacht. Das andere ist die Nacht vom 22. auf den 23. September 1912. Da schreibt in Prag der Jurist Dr. Franz Kafka seine Erzählung »Das Urteil«, von 10 Uhr Abends bis 6 Uhr früh, in einer einzigen, ununterbrochenen Ekstase des Hervorbringens. Am Morgen weiß er, was von nun an sein Beruf als Autor ist und wie von nun an sein Werk auszusehen hat in Klang- und Lichtgestalt. Und er weiß, wie seine eigene Verfassung sein muß von nun an, wenn er schreibt, wenn er in dieser einzig richtigen Art die Sätze fügt. »Nur so kann geschrieben werden«, notiert er sich am anderen Tag, »nur in einem solchen Zusammenhang, mit solcher vollständigen Öffnung des Leibes und der Seele.«[413] Das meint eine personale Vollkommenheit im Vollzug des Schreibens, der die Vollkommenheit des entstehenden Textes entspricht. »Die Zweifellosigkeit der Geschichte bestätigte sich«,[414] heißt es zwei Tage später im Tagebuch. Leib und Sprache stehen in diesen Zeugnissätzen in einem Rapport. Das eine partizipiert an der Transfiguration des andern. Die Wendung: »nur in einem solchen Zusammenhang«, kann nämlich ebensogut auf die Beschaffenheit des Textes bezogen werden wie auf die körperliche Verfassung des Schreibenden. In dieser Nacht hat sich die Gestalt der Weltliteratur verändert und der neuzeitliche Begriff von Literatur überhaupt.

Was in der Erzählung geschieht, ist eine der krassesten und gleichzeitig geheimnisvollsten Gestalten des familialen Gerichts. Der Vater, eisern durchaus, ein Brutus, ein Manlius – wenn auch im Nachthemd und, statt auf der sella curulis sitzend, auf seinem Bette stehend – erklärt den Sohn als mißraten im Extrem: »ein teuflischer Mensch!« und spricht feierlich das Todesurteil über ihn: »Und darum wisse, ich verurteile Dich jetzt zum Tode des Ertrinkens!«[415] Spricht's, und der Sohn führt es aus. Er rast die Treppe hinunter und über die Fahrbahn und stürzt sich in den Fluß. Alles ist da, was zum archaischen Auftritt gehört. Die Diagnose der Verkommenheit; die Signale alter Zärtlichkeit;[416] die Verwerfung der Liebeswahl des Sohnes (»Weil sie die Röcke gehoben hat (...), die widerliche Gans (...), hast Du Dich an sie herangemacht.«[417]); die demonstrative Kompaktheit der Autorität und der zeitweise Sprachverlust, das Stammeln des Angeklagten. Der da auf dem Bett steht und laut das Urteil spricht, ist der eiserne Vater in reiner Ausprägung. Dazu tritt – als wäre das kein Widerspruch – das dramatische Spektrum auch des zerfallenden Vaters. Körperlich schwach, geistig beeinträchtigt und im Ökonomischen aufs Altenteil versetzt, infantilisiert sogar in einer peinlichen Weise und vom Sohn auch so behandelt, verwandelt sich der Alte im Gang des Geschehens unverhofft wieder zurück in die verschweißte Einheit des starken, reichen und heiligen Vaters. Dieses psychologisch wie literarisch gleicherweise merkwürdige Mythologem von der plötzlichen Restitution der alten Körperkraft beim vergreisten Mann schlägt eine Beziehung zu Turgenjews »König Lear der Steppe« und Jung-Stillings Großvatergeschichte, ohne daß dabei aber von Intertextualität im strengen Sinne gesprochen werden könnte. Es scheint sich da viel eher um ein jederzeit aktivierbares Phantasma im Erlebnisfeld des Alterungsprozesses beider Generationen zu handeln.

Einer der unbestrittensten Modell- und Durchbruchstexte der Moderne inszeniert also noch einmal das familiale Gericht in seiner – kann man es anders sagen? – klassischen Grausamkeit. Unangefochten von der immensen Sentimentalitätsproduktion, zu der es im Raum der bürgerlichen Familie seit mindestens 150 Jahren gekommen war, dröhnt hier das römische Verdikt aus dem Vatermund ins Ohr des Sohnes, und dieser führt es eigenhändig aus.

Führt er es wirklich aus? Niemand bezweifelt, daß Georg Bendemann das Urteil seines Vaters an sich selbst vollstreckt – in jenem Gestus des Einverstandenseins, der so signifikant zur Rezeption und Wiederbelebung der römischen Virtus-Geschichten gehört, bei Lessing wie bei Kleist und Brecht und Heiner Müller. Dennoch muß jetzt einmal gesagt sein, daß nur der Sprung von der Brücke, nicht aber Georgs Tod im Text explizit festgehalten wird. Anstelle dieser Aussage steht der berühmte Satz: »In diesem Augenblick gieng über die Brücke ein geradezu unendlicher Verkehr.«[418]

Und wie geht er denn ins Wasser? Er faßt das Geländer und »schwang sich über, wie der ausgezeichnete Turner, der er in seinen Jugendjahren zum Stolz seiner Eltern gewesen war«.[419] Auch wenn er »mit schwächer werdenden Händen« noch einige Zeit hängt, bis der Sturz schließlich geschieht, darf doch aus dem Verweis auf den »ausgezeichneten Turner« die Möglichkeit hypothetisch abgeleitet werden, daß er sich schwimmend wieder ans Ufer rettet.

Merkwürdig ist jedenfalls, daß das entscheidende Wort, das den Sturz benennt, in drei Fassungen überliefert ist, und daß Kafka sich noch ein Jahr später damit beschäftigte. »... und ließ sich herabfallen«, steht im Tagebuch.[420] Die erste Druckfassung lautete: »ließ sich hinfallen«, und so stand es hernach in allen geläufigen Ausgaben bis in die jüngste Zeit.[421] Am 2. Juni 1913 aber schrieb Kafka an Felice Bauer: »Noch etwas Wichtiges: Das letzte Wort des vorletzten Satzes soll ›hinabfallen‹, nicht ›hinfallen‹ sein.«[422] Das besagt zwar nichts zur Frage eines eventuellen Überlebens des zur Selbstexekution verurteilten Sohnes, aber es gibt der entscheidenden Stelle doch etwas philologisch Schillerndes, das aufmerken läßt.

Wissenschaftlich ist die Sachlage klar. Der Satz lautet im Tagebuch vollständig so: »Noch hielt er sich mit schwächer werdenden Händen fest, erspähte zwischen den Geländerstangen ein Autoomnibus, das mit Leichtigkeit seinen Fall übertönen würde, rief leise, ›liebe Eltern ich habe Euch doch immer geliebt‹ und ließ sich herabfallen.« Nun kann »ließ sich herabfallen« nur auf zwei Arten gelesen werden: als Metonymie, das heißt als eine Form des uneigentlichen Redens, oder als Sachinformation, das heißt ohne jeden Doppelsinn. Nach aller literarischen Schulung und Erfahrung vollzieht man spontan die erste Deutungsweise: »ließ sich herabfallen« ist eine pars pro toto-Aussage für die eigentliche Mitteilung: »ließ sich herabfallen und ertrank.« So versteht es alle Welt. Dennoch läßt der Text die andere Lesart ebenfalls zu. Und nach den Axiomen der Dekonstruktion, die Paul de Man aufgestellt hat, darf mindestens soviel gelten: Es gibt dem literarischen Text gegenüber keine Instanz – weder den Autor selbst noch seine Freunde noch alle Philologen zusammen –, welche eine rhetorisch unterschiedlich definierbare Stelle endgültig festlegen darf. Wenn ein Ausdruck sowohl als Metonymie wie auch wörtlich gelesen werden kann, gehört diese Doppelung zum Wesen des Textes. Und damit gehört zu ihm auch das nie zu beendende Deutungsspiel auf beiden Ebenen. Dieses besteht also nicht darin, daß einer kommt und erklärt: »Georg Bendemann ist nach seinem Sturz in die Moldau wieder ans Ufer geschwommen und triefend die Treppe hochgestiegen, die er vorher hinuntergestürmt war. Die Germanisten haben das nur nie gemerkt.« Das wäre eine Behauptung, die das Wesen des Textes ihrerseits reduzierend fixiert. Die Feststellung, daß »hinabfallen« sowohl als Metonymie wie als Sachaussage ohne weitere Implikation gelesen werden kann, eröffnet vielmehr eine Art Interpretationstreiben, wo eine Verstehensart, statt die andere zu liquidieren, stets zu dieser hinüberschaut und, gleich zwei Trapezkünstlern im Zirkuszelt, die eigenen Bewegungen mit ihr koordiniert.

Zu fragen ist also nicht: Stirbt er oder überlebt er? sondern: Wenn ich ihn beim Lesen überleben lasse, was ändert sich am Ganzen? Es ändert sich alles, und es ändert sich gar nichts. Jedes Wort bleibt bestehen, und an keiner Aussage wird auch nur ein Buchstabe bewegt. Aber der Lichteinfall kommt plötzlich von neuer Seite, einer Landschaft ähnlich, die in der Morgensonne andere Konturen und Flächen zeigt als bei Sonnenuntergang. Wenn ich Georg Bendemann beim Lesen überleben lasse, gewinnt alles, was vorher war, den Charakter eines Spiels, eines Spiels ernstester Art, rituell, eines Geschehens um Tod und Leben, aber Spiel im letzten eben doch. Und sobald ich dies festgestellt habe, zeigen sich in der Erzählung plötzlich zahlreiche Dinge, die ebenfalls auf Spiel und Spielelemente verweisen. So wirft jeder der beiden Kontrahenten dem andern vor, ein Komödiant zu sein, und immer nur dergleichen zu tun und getan zu haben. Der Vater bestreitet, daß der Sohn in Petersburg einen Freund habe, mit den Worten: »Du hast keinen Freund in Petersburg. Du bist immer ein Spaßmacher gewesen und hast Dich leider auch mir gegenüber nicht zurückgehalten.«[423] Und der Sohn gibt dem Vater den »Spaßmacher« wenig später mit einem verwandten Wort zurück: »›Komödiant!‹ konnte sich Georg zu rufen nicht enthalten«,[424] worauf der Vater die Bezeichnung sofort bestätigt, begeistert sogar: »Ja freilich habe ich Komödie gespielt. Komödie, ein gutes Wort.«[425]

Insbesondere das Haupt- und Kronrätsel des Textes, die Figur des »Freundes in Petersburg«, die in die Erzählung eingepflanzt ist wie die berühmte Black box der Kybernetiker und der kein literaturwissenschaftliches Verfahren je ganz beikommen wird, hat eminent mit allem zu tun, was »Spiel« ist im Ganzen. Dieser Freund, der als recht harmloses Motiv eingeführt wird, entwickelt sich im Verlauf der Arbeit zu einem Faktor, der den Leser in eine kriminalistische Haltung drängt. Gibt es ihn, oder gibt es ihn nicht? Zu Beginn der Erzählung schreibt Georg einen Brief an ihn – »Er hatte gerade einen Brief an einen sich jetzt im Ausland befindenden Jugendfreund beendet, verschloß ihn in spielerischer Langsamkeit und sah dann den Elbogen (sic) auf den Schreibtisch gestützt aus dem Fenster auf den Fluß, die Brücke (...).«[426] Georg hat auch schon, wird berichtet, mit seiner Verlobten über den Freund gesprochen, weil er es lange Zeit nicht über sich brachte, diesem von seiner Verlobung Nachricht zu geben, was die Freundin wiederum nicht verstehen konnte – »wenn Du solche Freunde hast, Georg hättest Du überhaupt nicht heiraten sollen.«[427] Im neuen Brief macht Georg nun diese Mitteilung, geht allerdings, bevor er das Schreiben einwirft, noch zum Vater, um ihn darüber zu informieren. Das ist alles gleichzeitig banal und seltsam schief neben jeder psychologischen Plausibilität. Beim konventionell realistischen Erzählen, in dessen Art der Text demonstrativ anhebt, läge hier ein eindeutiger Fall von Motivationsschwäche und narrativer Unbeholfenheit vor. Erst die Konsequenz, mit der dieser scheinbare erzählerische Mangel durchgehalten wird, entdeckt ihn als Element einer andern Ästhetik. Was im herkömmlichen Diskurs ein Versagen wäre, erscheint als Teil eines seltsamen neuen Diskurses.

Die kalkulierte Unwahrscheinlichkeit und mangelnde Plausibilität gipfelt in einer Frage des Vaters, und diese Frage setzt alles in Bewegung, was schließlich zur Selbstexekution des Sohnes führt: »Aber weil wir gerade bei dieser Sache halten, bei diesem Briefe, so bitte ich Dich Georg täusche mich nicht. Es ist eine Kleinigkeit, es ist nicht des Athems wert, also täusche mich nicht. Hast Du wirklich diesen Freund in Petersburg?« Das ist der Moment, wo der vorgespiegelte erzählerische Dilettantismus sowohl kulminiert wie auch ins Kriminalistische umschlägt. Als Leser rettet man sich zunächst in die althergebrachte Psychologie: dem Vater rappelt's wohl ein bißchen. Dann aber kommt Georgs Reaktion, und die vernimmt man mit Befremden: »Georg stand verlegen auf. Lassen wir meine Freunde sein. Tausend Freunde ersetzen mir nicht meinen Vater. Weißt Du was ich glaube? Du schonst Dich nicht genug.«[428] Diese Antwort mit ihren nonverbalen Zutaten setzt unbezweifelbar die Möglichkeit, daß es den Freund tatsächlich nicht gibt. Daß Georg lügt, daß der Freund eine ausgewachsene Fiktion ist – zu welchem Zweck aber? Nach den üblichen Erzähl- und Lesegewohnheiten entlarvt sich Georg durch seine Reaktion als Lügner mit schlechtem Gewissen. Daß ich aber, ebenfalls nach den üblichen Erzähl- und Lesegewohnheiten, an diesem Freund zehn Seiten lang so wenig Grund zu zweifeln habe wie an Georg selbst, steht gleichermaßen fest.

Nun wird die Geschichte sogar auf neue Art kohärent. Bis zur Peripetie, wo alles umschlägt und senkrecht in die Katastrophe mündet, verfolgt der Sohn eine klare Strategie. Er will vom Vater das Zugeständnis erzwingen, daß der »Freund in Petersburg« tatsächlich existiere, und parallel zu dieser Überzeugungsarbeit drängt er den Alten redend und handelnd in die Rolle des zerfallenden Greises. Er erklärt ihn für bettbedürftig und zieht ihn langsam aus, während er gleichzeitig die Existenz des Freundes zu beweisen sucht. Der sei doch hier auf Besuch gewesen. Mit dem habe sich der Vater doch damals unterhalten. Der habe doch diese interessanten Geschichten aus der russischen Revolution erzählt. Und die habe der Vater doch selbst gelegentlich weiterberichtet – zum Beispiel den Bericht vom »armenischen Geistlichen auf einem Balkon« in Kiew, »der sich ein breites Blutkreuz in die flache Hand schnitt, diese Hand erhob und die Menge anrief«.[429] Diese Geste einer höchsten, magisch-rituellen Beschwörung spiegelt als Teil von Georgs Überzeugungsrede deren leidenschaftliche Dringlichkeit. Der Vater scheint die Wirkung zu spüren. Er wird immer kindischer und kindlicher – bis hin zu dem einzigartigen Moment, wo der Sohn ihn wie eine Amme auf den Armen ins Bett trägt. Das ist als urbildliche Szene, ganz unabhängig jetzt von Kafka, die Sekunde der großen Lebenswende, die Rollenumkehr – der Vater wird zum Kind seines Kindes, das Kind wird zum Vater seines Vaters. Es ist die Sekunde, wo sich in der

Literatur immer wieder die Frage nach dem Heiligen stellt: wo steckt es denn in solchem Zerfall? Es ist die Sekunde, wo der Machtwechsel zwischen den Generationen besiegelt wird und damit auch die Jugend der Kinder endet und ihr eigenes Altern beginnt. Diese Sekunde wird bei Kafka zu einem der unvergeßlichsten in deutscher Sprache je erzählten Auftritte:

Auf seinen Armen trug er den Vater ins Bett. Ein schreckliches Gefühl hatte er, als er während der paar Schritte zum Bett hin merkte, daß der Vater mit seiner Uhrkette spiele. Er konnte ihn nicht gleich ins Bett legen, so fest hielt er sich an dieser Uhrkette.[430]

Da fährt alles durcheinander: die äußerste Infantilisierung des Vaters (denn so spielen ja nur Babies mit Schmuck und Ketten der Eltern, so greifen nur Babies zu mit ihrem frühkindlichen Klammergriff) und ein ominöses Gegensignal von Bedrohung und Gewalt (denn dieser Griff nach dem Gehänge am Bauch zielt auf die körperliche Männlichkeit, besagt: Ich hab' Dich in der Hand, wörtlich, und wie!).

Trotzdem scheint der Sohn an sein Ziel zu gelangen. Tief ins Bett hat er den Vater gesteckt, und dieser hilft ihm dabei und deckt sich eigenhändig zu, »weit über die Schulter hinauf«. Und »nicht unfreundlich« blickt er zu Georg empor. Also kann dieser zum entscheidenden Akt ansetzen. Jetzt wird, jetzt muß der Vater die Existenz des Freundes anerkennen: »Nicht wahr du erinnerst Dich schon an ihn fragte Georg und nickte ihm aufmunternd zu.«[431]

Da aber geschieht, wiederum außerhalb aller realistisch-psychologischen Erzählregeln, die Peripetie, ereignet sich der Umschlag, dröhnend wie nur je in einem Schiller-Stück. Nicht nur fährt der Vater aus Decken und Linnen hoch wie der Resurrectus – die Beschreibung travestiert tatsächlich die Bilder vom auferstehenden Christus –, sondern er pariert auch die Strategie des Sohnes, den »Freund in Petersburg« betreffend, auf die unvorhersehbarste Weise.

Zu erwarten wäre von diesem plötzlich wieder in alter Majestas zum Himmel ragenden Vater ein lautes Nein, ein hohnvoll endgültiges Nein: Nie gab es Deinen Freund in Petersburg! Und zu erwarten wäre ebenfalls der Zusammenbruch des Sohnes. Da bliebe man durchweg auf dem festen Boden erzählerischer Plausibilität. Das Motiv vom Freund wäre zwar immer noch einigermaßen seltsam, würde sich hier aber doch endlich legitimieren als die Inszenierung einer sittlichen Entscheidung: Lüge oder Wahrheit angesichts des zum Richter bestallten Vaters. In dieser Perspektive hat die Erzählung sogar Vorbereitungen getroffen, planvoll wie in einer Erzählanlage C. F. Meyers oder Paul Heyses. Ganz früh schon hat der Vater einmal gesagt: »Du bist wegen dieser Sache (d. h. der Benachrichtigung des Freundes über die Verlobung, P. v. M.) zu mir gekommen, um

Dich mit mir zu beraten. Das ehrt Dich ohne Zweifel. Aber es ist nichts, es ist ärger als nichts, wenn Du mir jetzt nicht die volle Wahrheit sagst.«[432] Da hätten wir das vertraute Muster vom Kind im Prüfstand und vom Vater oder der Mutter als der inkarnierten sittlichen Norm, des Gesetzes mit zwei Beinen und einem tönenden Mund, und das Kind wird gewogen und gemessen nach diesem Gesetz und, wenn es mißraten ist, zu leicht befunden.

In Gerhart Hauptmanns »Michael Kramer«, einem für die Thematik dieser Studie bedeutenden Stück, zwölf Jahre vor dem »Urteil« entstanden, gipfelt das Gericht über den Sohn genau in diesem Sachverhalt, einem Lügentest, der vom Vater zur endgültigen Klärung der sittlichen Integrität oder aber Verkommenheit des Jungen durchgeführt wird. Der alte Kramer weiß, daß sein Sohn am Vorabend in einer üblen Kneipe war, und benützt dies, um Arnold zum letzten Mal zu prüfen.

KRAMER. (...) Arnold, hier hast du meine Hand. Hörst Du? vertraue mir dieses Mal. (...) Mir liegt nichts daran, wo du gestern warst; aber sag es mir. Hörst du? um deinetwillen. (...) Nun also: Wo warst du gestern nacht?

ARNOLD, *nach einer Pause, mit tiefer Blässe, nach sichtlichem Kampf.* – Vater, ich hab's dir ja schon gesagt.

KRAMER. Ich habe vergessen, was du gesagt hast. Wo warst du also? (...) Ich frage dich nicht, um dich deshalb zu strafen. Nur um der Wahrhaftigkeit (sic) frag' ich dich. Erweise dich wahrhaft und weiter nichts.

ARNOLD, *mit Stirn, trotzig.* Ich war doch bei Alfred Fränkel.

KRAMER. So!

ARNOLD, *wieder unsicherer.* Wo soll ich denn sonst gewesen sein? –

KRAMER. – Du bist nicht mein Sohn! – Du kannst nicht mein Sohn sein! Geh! Geh! Mich ekelt's! Du ekelst mich an!!

Arnold drückt sich sogleich hinaus.[433]

In der folgenden Nacht bringt sich Arnold Kramer um. Wenn auch kaum von einem »Einfluß« dieses Stücks auf Kafka gesprochen werden kann – gekannt hat er es sicher –, ist eine Analogie doch vorhanden, eine Analogie jener Art, die Kafkas Kunst immer wieder braucht, um sich abzusetzen, um sich wie mit einem ungeheuren Fußtritt abzustoßen von der alten Literatur in den neuen Raum seines Schreibens hinein.

»Michael Kramer« bringt das Familiengericht in der für das 19. Jahrhundert grundtypischen Ausprägung nochmals auf die Bühne, nicht epigonal, sondern grandios epochengerecht insofern, als dieser eiserne Vater sich nur als Fassade noch hält – was dem Sohn allerdings wenig nützt –, als Fassade, hinter der alle Stützen und Verstrebungen wie von Termiten zerfressen sind. Gerade deshalb aber erscheint das Muster des bürgerlichen Familientribunals noch einmal so unzweideutig: Hier das Gesamtsystem der geltenden Sittlichkeit – die Basis ist Fleiß, die Krönung Wahrhaftigkeit, und alle Gefahr kommt von den niederen Trieben –, und dieses Gesamtsystem ist verkörpert in der Elterninstanz; dem steht all das gegenüber, was diesem moralischen Tempelbau gefährlich werden könnte, und es ist seinerseits verkörpert im mißratenen Kind. Vater und Sohn werden zu Allegorien des Richtigen und Falschen. Das Ganze gipfelt im Lügentest.

Hinter Kafkas Erzählung »Das Urteil« ist dieses alte solide Modell dichterisch-moralischer Gestaltung, das durch seine Erziehungsfunktion die Literatur des 19. Jahrhunderts über alle Zweifel legitimierte und gesellschaftlich verankerte, als große Folie immerzu sichtbar. Und es gehört zur List seines Schaffens, daß er von Zeit zu Zeit eine Bewegung dahin zurückmacht – um sich gleich nur um so schroffer wieder wegzuschwingen in ein Erzählen, dem Lebenskunde und sittliches Geleit so fern sind wie dem Marquis de Sade oder Baudelaire oder Samuel Beckett.

Wenn die Peripetie im »Urteil« mit der Auferstehung des Vaters aus seiner vielfachen Bettwäsche heraus einsetzt, sieht alles so aus, als ginge es einmal mehr um jenen feierlichen Lügentest. Die Deklaration des Sohnes zum Lügner und Erfinder absurder »Freunde in Petersburg« scheint, wie in Hauptmanns Stück, zu seiner endgültigen sittlichen Entlarvung und Verdammung zu führen. Und weil genau parallel zum Versuch, dem Vater die Anerkennung der Existenz des Freundes abzupressen, auch das Unternehmen des Sohnes ging, ihn endgültig zu infantilisieren, müßte ja wohl, nach aller geläufigen Logik, mit der Wiederkehr der alten Gewalt – »und er stand vollkommen frei und warf die Beine. Er strahlte vor Einsicht.«[434] – auch die endgültige Widerlegung der Existenz dieses Freundes erfolgen.

Nicht dies aber geschieht. Das Gegenteil geschieht. Plötzlich kennt der Vater den Freund, kennt ihn nicht nur ebenfalls und ein bißchen, sondern viel besser, ja engstens und vertrautestens: »Wohl kenn ich Deinen Freund. Er wäre ein Sohn nach meinem Herzen«, ruft er dem bis zum Entsetzen verblüfften Georg zu. Und später schildert er eine von ihm angeblich längst praktizierte Strategie, die alles in den Schatten stellt, was Georg selbst ihm gegenüber planvoll durchgeführt hat:

> Wie hast Du mich doch heute unterhalten, als Du kamst und fragtest, ob Du Deinem Freund von der Verlobung schreiben sollst. Er weiß doch alles, dummer Junge, er weiß doch alles. Ich schreib ihm doch, weil Du vergessen hast, mir das Schreibzeug wegzunehmen. Darum kommt er schon seit Jahren nicht, er weiß ja alles hundertmal besser als Du selbst, Deine Briefe zerknüllt er ungelesen in der linken Hand, während er in der Rechten meine Briefe zum Lesen sich vorhält.[435]

Das fegt für den Leser die Inszenierung eines Lügentests und also die herkömmliche Beschaffenheit des Familiengerichts vom Tisch. Und damit löst sich auch die erzählerische Plausibilität des nachfolgenden Urteils auf! Das ist das Schwerstwiegende an der Sache. Immerhin zeichnete sich in der Möglichkeit einer großen Lüge auch eine entsprechende Schuld des Sohnes ab – wie hausbacken auch immer, wie sehr auch immer hausbacken nach Art des pädagogischen Erzählens der Familienliteratur. Jetzt aber – wo bleibt da Schuld? Was steht da noch als schwere Schuld im Gegengewicht zum schweren Urteil? Es sind lauter Fetzen von altmodischer Moral und Versündigung, womit der Vater um sich wirft – nichts, was nur annähernd jenes substantielle Gewicht gewinnen könnte. Daß Georg sich verlobt hat, weiß der Vater längst. Jetzt aber ist dies plötzlich das große Ärgernis: »Häng Dich nur in Deine Braut ein und komm mir entgegen. Ich fege sie Dir von der Seite weg, Du weißt nicht wie.«[436] Begründet wird dieser Brutalismus nicht, vielmehr in einen Zusammenhang gerückt, der jeder Logik, Lebenserfahrung und Nachfühlbarkeit zuwiderläuft:

Weil sie die Röcke gehoben hat, fieng der Vater zu flöten an weil sie die Röcke so gehoben hat, die widerliche Gans und er hob um das darzustellen, sein Hemd so hoch, daß man auf seinem Oberschenkel die Narbe aus seinen Kriegsjahren sah weil sie die Röcke so und so und so gehoben hat, hast Du Dich an sie herangemacht und damit Du an ihr ohne Störung Dich befriedigen kannst, hast Du unserer Mutter Andenken geschändet, den Freund verraten und deinen Vater ins Bett gesteckt, damit er sich nicht rühren kann. Aber kann er sich rühren oder nicht?
Und er stand vollkommen frei und warf die Beine. Er strahlte vor Einsicht.[437]

Einsicht ist gut! Als ob hier eine Wahrheit ans Licht käme!

Diese Stelle, wo der Vater tanzend die Braut des Sohnes als Hure vorstellt, »flötend«, ist neben der Passage über seine Bettlegung mit dem Griff nach der Uhrkette und neben dem Schlußgeschehen auf der Brücke die sinnlich unabweisbarste Passage der Erzählung. Sie wird dem Leser eingebrannt, und man bringt sie nicht mehr aus der Erinnerung. Beide Vaterszenen – da er als Kind zu Bette (zu Grabe?[438]) getragen wird und da er als Resurrectus an die Decke hüpft – haben gemeinsam, daß der Alte *spielt*, daß er komödiantisch etwas aufführt. In der Brautszene geschieht es demonstrativ und also durchschaubar; in der Bettszene ist es raffinierte Verstellung, durchgeformt und lange durchgehalten. Und wo denn endlich spielt er nicht? Wer gibt mir, dem perplexen Leser, den philologischen Prüfstein, mit dem ich irgendwo das Spiel vom Ernst trennen könnte? Das erste Ereignis, in dem die Erzählung aus der Truggestalt einer unbeholfenen Konventionalität heraus in die blendend verwirrende Erscheinung einer neuen Kunst tritt, ist die Erweckung des Verdachts, daß Georg den Freund erfunden haben könnte und sein Verhältnis zu ihm nur spiele. Dieser Verdacht wird von der triumphalen Erklärung des Vaters, mit dem Freund schon seit Jahren zu konspirieren, nicht aus der Welt geschafft. Denn wenn der Freund eine Spielfigur Georgs ist, wenn dieser also gewissermaßen als Teil seines Lebensinhalts das »Freund-in-Petersburg-Spiel« spielt[439] – dessen Höhepunkt die Anerkennung durch den Vater wäre –, und wenn der Vater, ähnlich wie die Braut, darin eine Bedrohung wittert, ja ein eigentliches

Abdriften des Sohnes aus dem richtigen Leben und Verhalten, ein Mißraten mithin, dann entspricht es einer grandiosen Konsequenz, daß der Vater ein Gegenspiel inszeniert. Diabolischer kann er ja das »Freund-in-Petersburg-Spiel« nicht subvertieren, als indem er mitspielend die Spielleitung in die Hand nimmt, sich selbst zum engsten Freund des Freundes erklärt und den Sohn zur hilflosen Nebenfigur macht, zu einem Bauern auf dem Schachbrett, der in der neuen Spielanlage überflüssig geworden ist und irgendwo am Rand steht.

Für ein solches Gegenspiel des Vaters spricht auch die Tatsache, daß er vor seiner Auferstehung eine Zeitlang Georgs eigenes Spiel mitspielte und durch seine vorgetäuschte Infantilität dessen Strategie so lange unterstützte, bis er mit der größtmöglichen Wirkung des Gegenspiels rechnen konnte. Tatsächlich macht er dort schon, wo er sich von Georg als Kind behandeln läßt und »mit seiner Uhrkette spielt« – der Akt bekommt jetzt eine erweiterte Bedeutung –, den ahnungslosen Sohn zu seinem Mitspieler, macht den, der die Fäden in der Hand zu halten glaubt, zur Marionette, die an *seinen* Fingern baumelt.

Es gibt Momente in der Erzählung, welche dies alles frappierend bestätigen – und andere, zugegeben, die man als Gegenargument gebrauchen kann. Einer der wichtigsten Belege findet sich im Anschluß an das Hurenspiel des Vaters – ein Spiel innerhalb des usurpierten »Freund-in-Petersburg-Spiels« –, als sich Georg immer mehr in sich verkriecht vor dem strahlenden, dröhnenden Dämon im Nachthemd. Der Alte beginnt, seine Konspiration mit dem Freund auszumalen und auszugestalten; darauf folgt eine aufschlußreiche Reaktion Georgs:

Aber der Freund ist nun doch nicht verraten rief der Vater und sein hin und her bewegter Zeigefinger bekräftigte es. Ich war sein Vertreter hier am Ort.
»Komödiant!« konnte sich Georg zu rufen nicht enthalten, erkannte sofort den Schaden und biß nur zu spät die Augen erstarrt in seine Zunge, daß er vor Schmerz einknickte.[440]

Die blitzartige Reaktion des Sohnes zeigt, daß er das Gegenspiel des Vaters durchschaut. Er begreift vollkommen klar, was passiert. Wie in der alten Komödie der Pantalone die Hand auf die junge Braut des Sohnes legt und sie für sich will, ihre blanke Schönheit für seinen schrumpelnden Leib in Anspruch nimmt – was zu vielen Intrigen und einem fröhlichen Ende mit einem ausgetricksten Alten führt –, so legt hier dieser letzte große Pantalone der deutschen Literatur seine Hand auf das Lebensspiel des Sohnes, das als dessen zweiter Lebensinhalt parallel zur Brautschaft steht, und beansprucht den »Freund in Petersburg« lautstark für sich. Der Ausruf »Komödiant!« deckt dies auf, aber er droht gleichzeitig, das Spiel des Sohnes zu ruinieren. Denn dieses wiederum lebt davon, daß alle es für wahr halten. Im Wort »Komödiant« definiert Georg auch sich selbst – so wie diese Stelle ja überhaupt in einem Spiegelverhältnis steht zu jener früheren, wo der Vater sagte: »Du hast keinen Freund in Petersburg. Du bist immer ein Spaßmacher gewesen und hast Dich leider auch mir gegenüber nicht zurückgehalten.«[441] Der »Schaden«, den Georg »sofort erkannte«, ist also die drohende Zerstörung seines eigenen Spiels, und die Art, wie er sich in die Zunge beißt, sie beinahe abbeißt – sonst würde er nicht vor Schmerz »einknicken« –, zeigt, daß es für ihn um das Ganze geht.

Lieber die Zunge verlieren, als das Lebensspiel, das Lebensglück gefährden. Hier blitzt flüchtig einer der bekanntesten Prager Mythen auf: die Legende vom böhmischen Nationalheiligen Nepomuk, der in Prag und anderswo auf vielen Brücken steht, weil er zu Prag von einer Brücke in die Moldau geworfen und ertränkt wurde. Vorher hatte man ihm, da er sich weigerte, das Beichtgeheimnis zu lüften, die Zunge abgeschnitten. Georg Bendemann wird diesen Prager Brückensturz auf seine Weise nachvollziehen – so wie er hier beinahe jenes vorgängige Martyrium wiederholt.

Was immer man vom »Freund-in-Petersburg-Spiel« halten mag, die furchtbare Wirkung, die seine Usurpation durch den Vater für Georg hat, läßt sich aus der Analogie zum Pantalone der Commedia dell'arte verdeutlichen. Der Satz: » . . .mit Deinem Freund habe ich mich herrlich verbunden«,[442] hat für Georg jenes zermalmende Gewicht, das für den jungen Liebhaber auf dem Theater die Aussage seines Vaters haben müßte: »Deine Braut ist schon längst meine Geliebte!«

Dadurch wird nun auch das Phantasiebild verständlicher, das Georg nach dem ersten Annexionsakt durch den Vater richtiggehend überfällt. Er sieht den Freund plötzlich in einem Zustand letzter Verlorenheit und Zerstörung. Das ist in Wahrheit die Beschaffenheit seines ganzen »Freund-in-Petersburg-Spiels«, mit dem es ja jetzt zu Ende ist: »Georg sah zum Schreckbild seines Vaters auf. Der Petersburger Freund, den der Vater plötzlich so gut kannte, ergriff ihn wie noch nie. Verloren im weiten Rußland sah er ihn. An der Türe des leeren ausgeraubten Geschäftes sah er ihn. Zwischen den Trümmern der Regale, den zerfetzten Waren, den fallenden Gasarmen stand er gerade noch. Warum hatte er so weit wegfahren müssen.«[443] – » . . . stand er gerade noch«: das heißt, er wird gleich fallen, und es wird mit ihm zu Ende sein.

Dies alles soll nicht der Versuch sein, Kafkas Text auf einem Umweg wieder in die herkömmliche Erzähllogik und psychologische Plausibilität zurückzulotsen. In einem solchen Fall müßte ja das »Freund-in-Petersburg-Spiel« für den Leser einfühlbar werden und seelisch nachvollziehbar. Es müßte in seiner existentiellen Bedeutung für Georg so selbstverständlich einleuchten, wie etwa in der romantischen Künstlernovelle, wo sich ein junger Enthusiast gegen alle Welt für die Malerei oder die Musik entscheidet, diese Künste dem Leser als einzige Lebenserfüllung unmittelbar sinnfällig werden. Dem gegenüber bleibt der »Freund in Petersburg« ein

Element der Erzählung, das sowohl der gutmütigen Empathie beim Lesen (»kann ich mir vorstellen ...«, »ging mir auch schon so ...«) unzugänglich bleibt, wie es sich jeder rhetorischen Definition als Symbol, Metapher oder Allegorie entzieht. Auch in die Filiation der literarischen Figurenpaarung von Held und Freund – Hamlet und Horatio, Orest und Pylades, Leander und Naukleros ... – ist dieses Duo in keiner Weise sinnvoll einzureihen. Einfühlung, Rhetorik und Intertextualität markieren die Deutungsverfahren, die diesem Text gegenüber unweigerlich eingeleitet werden und unweigerlich scheitern.

Was nicht scheitert, ist der allgemeine Spielverdacht. Er ergibt zwar keinen »Sinn« des Ganzen im Verstande der geläufigen Hermeneutik, wohl aber wirft er über die fortlaufende Dekonstruktion traditionellen Erzählens, die der Text in seinem Verlauf vollzieht, Andeutungen einer übergreifenden Gegenordnung und einer möglichen Kohärenz trotz allem. Dies setzt, zugegeben, ein riskantes Interpretieren voraus. Es kulminiert in der These von Georgs Überleben nach dem Brückensturz. Das ist ein Deutungsakt, der nicht einen »eigentlichen und letzten Sinn« der Geschichte meint, sondern eine Lektüre-Provokation darstellt, welche ein anderes Licht auf das Ganze wirft. Denn wenn der Vater, der »Komödiant«, mit Georg, dem »Spaßmacher«, immerzu spielt, warum sollten schließlich nicht auch der Akt des Urteils und seine Vollstreckung gespielt sein? Wenn dem so wäre, dann schössen alle die vertrackten Einzelspiele zu einem Ganzen zusammen. Dieses müßte allerdings einen Namen haben.

XL. Initiation

Die Konstanten des Konfliktfelds im »Urteil«. Verworfene Liebe, verworfene Arbeit. Das »Freund-in-Petersburg-Spiel« als Arbeit? Seitenblick auf Michael und Arnold Kramer. Spiel und Hinrichtung: wie geht das zusammen? Die Elemente der Initiation. Die Initiation im Text und der Text als Initiation. Der Schwellencharakter des »Urteils«. Gebären als Geburt. Tod und Auferstehung im Schreiben.

Das ist der Moment, wo die Perspektive auf die Leitfragen dieser Studie insgesamt ausgeweitet werden muß. Kafkas Werk erscheint ja in der vorliegenden Arbeit nur und weil und insofern es unabweisbar auf deren Problemstellungen antwortet. Die Problemstellungen aber sind zentriert im einen und dauernden Konfliktfeld des familialen Gerichts mit dem richtenden Vater, dem das Herz reißt – »O Absalom, Absalom!« – und dem mißratenen Sohn, der am schönen Haar baumelt oder in die Nacht vertrieben oder unters Beil geschickt oder, wie eben im Prag des heiligen Nepomuk, »zum Tode des Ertrinkens« verurteilt wird. Wie immer sich dieses Szenarium auch verändert, indem es zum Beispiel von weiblichen Protagonistinnen übernommen oder konterkariert und sabotiert wird, indem es aus der drakonischen Härte in Vergebung und Verzeihung umschlägt, indem es den Richter selbst dem Zerfall aussetzt, die Variationen sind alle lesbar und benennbar vor dem lapidaren Muster des archaischen Auftritts. Dieser erscheint dämmerhaft noch in den zivilisiertesten Szenen und hinter den feinsten Gespinsten neuzeitlicher Psychologie. Selbst von dem liebenswürdigen Satz: »Du taugst nichts, aber du bist ein lieber Kerl«, führt eine Linie zurück zu den römischen Verdikten. Deshalb operiert gerade die Erzählkultur des 19. Jahrhunderts, die mit Kafkas »Urteil« zu ihrem Ende, *einem* Ende mindestens, kommt, auffällig mit der Doppelung von kraß archaischen und subtil psychologisierten und sentimentalisierten Varianten. Die kahle Schrecklichkeit, in der der archaische Auftritt in Balzacs »Un drame au bord de la mer« und Mérimées »Mateo Falcone« erscheint, begründet erst, so möchte man denken, die Möglichkeit der Subtilisierung und Verhüllung im bürgerlich-intimen Familienzeremoniell. Der Meßpunkt ist gesetzt und bleibt gewahrt – so wie Keller mit seinem Entwurf von der Medea-Mutter für sich und ganz versteckt den Meßpunkt setzt, der ihm die Mutter-Sohn-Geschichte »Regel Amrain«, die Geschichte von der gegenseitigen Erlösung von Sohn und Mutter erst ermöglicht.

Auch in Kafkas »Urteil« ereignet sich der archaische Auftritt in der kahlen Schrecklichkeit jener Balzac-, Mérimée- und Keller-Texte. Auch hier rollt sich das alte Konfliktfeld aus, geschieht die Wiederkehr des Bildes, des ragenden Richters wie des baumelnden Gerichteten. Hängt denn der Sohn nicht eine Zeitlang außen an der Brücke wie Absalom an seiner Eiche? Und auch hier tauchen die alten Faktoren auf, aus denen sich die Diagnose der Verkommenheit bildet: die falsche Arbeit und die falsche Liebe. Eindeutig ist zwar nur das letztere. Der Vater diffamiert die Braut des Sohnes in der klassischen Weise, indem er sie zur Hure erklärt. Und er stellt Maßnahmen in Aussicht, die ihn vollgültig neben Kreon stellen, der wider seines Sohnes Braut Antigone tobte. »Häng Dich nur in Deine Braut ein und komm mir entgegen. Ich fege sie Dir von der Seite weg, Du weißt nicht wie.«[444] Das ist die Verwerfung der autonomen Liebeswahl in einer bis zum Parodistischen verschärften Eindeutigkeit. In diesem Satz, vom Bett heruntergeschrien, bewegt sich der Text auf der genauen Schneide zwischen Commedia dell'Arte und Tragödie. So toben die Pantalones – aber tobt ein Lear wirklich anders? Was hier vom literarhistorisch aufmerksamen Leser als ein Kipp-Phänomen zwischen zwei großen Diskursen (dem des Gelächters und dem der Erschütterung) erfahren wird, kann mit einigen Gründen auf den ganzen Text ausgeweitet werden. Diese Gründe liegen im Spielverdacht.

Schwieriger verhält es sich bei den Konstanten im Konfliktfeld mit der Verwerfung der autonomen Arbeit. Wohl äußert sich der Vater mit einigem Hohn über die Tätigkeit des Sohnes im Geschäft, das dieser jetzt als »Chef«[445] leitet, und es gibt Andeutungen, daß der Alte auch hier wieder nach seinen einstigen Funktionen greifen will, aber im Überblick macht das noch keine Entsprechung aus zur Verwerfung der Braut. Wenn wir die Strukturen des Konfliktfelds als ein einfaches Schema der Erzählung unterschieben und diese ohne Rücksicht auf sofortige Plausibilität daraufhin durchsichtig machen, dann steht an der üblichen Stelle der autonomen Lebensarbeit und parallel zur autonomen Liebeswahl unübersehbar jener Freund in Petersburg, das »Freund-in-Petersburg-Spiel«. Das ist nicht evident zu machen. Das leuchtet nicht ein im Sinne des hermeneutischen »Begreifens«. Aber es ist dennoch eine begründete Feststellung, und wenn sie etwas taugt, muß sie früher oder später mit anderen Gegebenheiten korrespondieren.

In Kafkas historischer Nähe ist das herausragende Beispiel für die Grundstruktur der doppelten Verwerfung im familialen Gericht, Verwerfung der autonomen Liebe und Verwerfung der autonomen Arbeit, wiederum Gerhart Hauptmanns »Michael Kramer«. Der angeblich mißratene und verkommene Sohn Arnold ist ein genialer Künstler, ein brillanter Zeichner, der sich wie ein Toulouse-Lautrec am Rand der Gesellschaft herumtreibt und beobachtet und skizziert, während der Vater, mehr Handwerker als Maler, ächzend seiner Idee des erhabenen Kunstwerks nachhängt, in Öl gemalt und goldgerahmt. Diese Idee verbindet er mit den Tugenden von Zucht und Fleiß und Pflicht und Sauberkeit, mit Männlichkeit und Ehe und Vaterschaft – und in dem allem erscheint ihm der Sohn als das destruktive Prinzip. Obwohl seine eigene Ordnung Risse hat bis ins Fundament, seine Ehe tot ist und seine Kunst akademische Mühsal, glaubt er diese Ordnung zu retten, indem er die Arbeitsweise des Sohnes verdammt und dessen Liebe als Gang in die Gosse hinstellt. Wie das im einzelnen abläuft, ist ohne Belang. Wichtig ist allein die Deutlichkeit, mit der Arbeit und Liebe als die konstitutiven Faktoren der Lebensordnung begriffen werden. In falscher Arbeit und falscher Liebe ereignet sich das Mißraten des Sohnes. Anders gesagt: in der eigenen Arbeit, der eigenen Liebe entdeckt sich dieser Sohn als Mann einer andern Ordnung, die derjenigen des Vaters den Garaus macht. Einmal mehr spiegelt in Hauptmanns Stück das Familiengericht einen epochalen Umbruch, – wobei der »neue Typ« als der im Moment noch Schwächere auf der Strecke bleibt.

Vor allem aber verdeutlicht »Michael Kramer« die Konstanz und zwingende Verbindung der Kategorien von eigener Liebe und eigener Arbeit im familialen Gericht – so drastisch, daß der postulierte Bezug zwischen der Kategorie Arbeit und der Gestalt des Freundes in Petersburg im »Urteil« doch wohl einigermassen berechtigt erscheint.

Dies räumt allerdings den Spielverdacht gegenüber allem Geschehen in der Erzählung nicht aus. Es zeigt nur, daß Gericht und Urteil, auch wenn sie ein Spiel sein sollten zwischen »Komödiant« und »Spaßmacher«, alles enthalten, was zum Kernbestand des Familiengerichts in der Literatur gehört. Wie aber soll denn Spiel mit Hinrichtung zusammengehen? Wie soll die reale Panik des Sohnes, der reale Machtjubel des Vaters als Spiel zu begreifen sein? Wo es um Tod und Leben geht, hört bekanntlich der Spaß auf. Es gibt nur eine Möglichkeit, dieses Spielgefüge als Ganzes auf den Begriff zu bringen: unter dem Aspekt der Initiation. Schon die allgemeinsten und knappsten Bestimmungen der Initiation, ihrer anthropologischen Basis und ihrer Ritual- und Symbolfelder, zeigen auffällige Bezüge zum Geschehen im »Urteil«. »Der Grundgedanke der Initiation« besteht nach W. E. Mühlmann darin, »daß der Übergang des Menschen in eine neue Lebensphase nicht (wie in unserer Auffassung) ein natürlicher physiologischer Vorgang ist, sondern eine schwierige ›Passage‹, die durch künstliche Praktiken unterstützt, ja eigentlich sogar ›gemacht‹ werden muß; der Übergang wird überhaupt als diskontinuierlich, als ›Sprung‹ aufgefaßt.«[446] Dies wirft ein Licht auf die Zeitstruktur der Erzählung, deren Abruptheiten und plötzliche Umschwünge sich offenkundig absetzen von der kontinuierlichen Zeit des herkömmlichen Erzählens, wo es zwar das Plötzliche auch gibt, aber stets als vorbereitet oder aufgefangen im Rahmen eines tragenden Zeit- und Erzählflusses. Die Plötzlichkeiten im »Urteil« korrespondieren mit einer älteren Zeiterfahrung, die nicht eine kontinuierliche »Entwicklung« kannte, sondern nur die Dauer und den Sprung. In diesem Zusammenhang bekommen die Worte des Vaters unmittelbar vor dem Todesurteil einen deutlichen, bekommen sie vielleicht überhaupt erst einen Sinn: »Wie lange hast Du gezögert, ehe Du reif geworden bist. (...) Jetzt weißt Du also was es noch außer Dir gab, bisher wußtest Du nur von Dir! Ein unschuldiges Kind warst Du ja eigentlich, aber noch eigentlicher warst Du ein teuflischer Mensch!«[447] Das »Jetzt« verweist auf das Augenblickliche im »rite de passage«, das nicht den Höhepunkt eines Reifungsprozesses darstellt, sondern das abrupte Ende eines Zustandes des Nichtreifseins, die jähe Verwandlung eines bisher unverändert »unschuldigen Kindes«. Mit dem Umschlag in den »teuflischen Menschen« – da flackert etwas auf vom Mythos des Engelsturzes, Luzifers plötzlicher Umdrehung – setzt das Ritual des Todes ein. Der nächste Satz lautet bereits: »Und darum wisse, ich verurteile Dich jetzt zum Tode des Ertrinkens.«[448]

In der Initiation geschieht auf kurze Zeit eine agonale Verschärfung des Verhältnisses zwischen den Generationen: »Sozialpsychologisch wichtig ist die in den Bräuchen der Initiation zutage tretende Spannung zwischen den Generationen. Nicht selten müssen die Initianden vor ihrer vollgültigen Aufnahme Mutproben ablegen (besonders in militanten Gesellschaften) oder körperliche Peinigungen erdulden, wobei die alten Männer die jungen Leute noch einmal ihre ganze Macht fühlen lassen.«[449] Das nimmt sich aus wie eine Formel für das Treiben des Vaters im »Urteil«. Das »noch einmal« impliziert die Inszenierung einer auslaufenden Autorität, als wäre sie noch auf ihrem Höhepunkt, einer Wiederkehr also ihrer einstigen Vollgewalt. Diese »Macht« bekunden die »alten Männer« nicht nur durch irgendwelches Imponiergehabe, sondern durch die Einleitung eines rituellen Todes und der anschließenden Wiedergeburt. »Die Initiation geht in rituellen und zeremoniellen Formen vor sich, die einen kritischen Übergang in eine neue Existenzform versinnbildlichen. Oft wird ›Tod und Wiedergeburt‹ symbolisiert (z.B. durch Hindurchkriechen durch ein ›Ungeheuer‹, von dem die Knaben ›verschlungen‹ werden). Bei vielen Naturvölkern ist mit der Initiation auch eine körperliche Deformation der Initianden verbunden (Beschneidung als Zirkumzision oder Inzision, Zahnausschlagen, Tatauierung).«[450] Mircea Eliade hat gezeigt, wie zentral in den Initiationsriten die Symbolkette von Wasser und Brücke, vom Gang über die »Schwelle«[451] des Hauses, dem Betreten der »gefährlichen Brücke«[452] und dem »Initiationstod«[453] im Wasser ist. Der »Symbolismus des Wassers« umfaßt »sowohl den Tod als auch die Wiedergeburt.«[454] Dabei wird diese »zweite Geburt«, die so oder anders einen »regressus ad uterum«[455] darstellt, zu einem Übergang in eine höhere Geistigkeit: »Der Entbindungssymbolismus (ist) sowohl im alten Indien als auch in Griechenland mit dem Erwachen des höchsten Bewußtseins verknüpft.«[456]

»Entbindungssymbolismus«: das meint die verschiedenen Praktiken und sinnbildlichen Gesten, Reden, Zeichen einer realen Geburt, in die, durch die die Initianden geschickt werden. Und hier nun spätestens muß von der Korrespondenz gesprochen werden, die zwischen dem Initiationsspiel in der Erzählung und der Initiationserfahrung des Autors beim Schreiben der Erzählung selbst besteht. Dies ist kein Abbildungsverhältnis im landläufigen Sinn. Die Erzählung setzt nicht ein Erlebnis literarisch um. Sondern im Schreiben dieser Geschichte erfährt sich der Autor als durchbrechend zur einzig richtigen Arbeit, durchstoßend, erstmals, in einen höchsten Sinnzustand der Existenz – den Vollzug des Schreibens vollkommener Sätze –, der ihm von nun an als absolutes Maß gesetzt bleibt. Die Erzählung gebärend, wird er selbst neu geschaffen: »die Geschichte ist wie eine regelrechte Geburt mit Schmutz und Schleim bedeckt aus mir herausgekommen«, notiert er sich später in sein Tagebuch.[457] Den Zustand während dieser Geburt aber hält die Eintragung am Tag nach der Niederschrift fest:

Diese Geschichte »das Urteil« habe ich in der Nacht vom 22 zum 23 von 10 Uhr abends bis 6 Uhr früh in einem Zug geschrieben. Die vom Sitzen steif gewordenen Beine konnte ich kaum unter dem Schreibtisch hervorziehn. Die fürchterliche Anstrengung und Freude, wie sich die Geschichte vor mir entwickelte wie ich in einem Gewässer vorwärtskam. Mehrmals in dieser Nacht trug ich mein Gewicht auf dem Rücken. Wie alles gewagt werden kann, wie für alle, für die fremdesten Einfälle ein großes Feuer bereitet ist, in dem sie vergehn und auferstehn. (...) Nur so kann geschrieben werden, nur in einem solchen Zusammenhang, mit solcher vollständigen Öffnung des Leibes und der Seele. Vormittag im Bett. Die immer klaren Augen. (...)[458]

Daß mit dem »Urteil« eine neue und andere Phase in Kafkas Schreiben anhob, ist ein Topos der Kafka-Forschung. Gerhard Kurz, der das Buch »Der junge Kafka« herausgegeben hat, wobei »jung« gleichbedeutend ist mit »bis zum ›Urteil‹«, schreibt in seiner Einleitung: »In der doch so kontroversen Kafka-Forschung gibt es eine Übereinkunft, sogar in der Terminologie: mit dem ›Urteil‹ von 1912 sei Kafka der ›Durchbruch‹ gelungen.«[459] Auch wenn Kurz anschließend diese Mutation des Dichters in Frage stellt und auf Kontinuitäten zwischen dem Frühwerk und dem späteren Schaffen verweist, bestätigt und fixiert das Buch selbst doch diese Grenze. So wie man von Goethe vor dem »Götz« und von Grass vor der »Blechtrommel« spricht, wie die Kriminalroman-Kenner sich über Raymond Chandler vor Philip Marlowe und über Friedrich Glauser vor Jakob Studer unterhalten, bleibt für die Kafka-Rezeption der Grenz- und Schwellencharakter des »Urteils« bestehen. Was immer die Einwände sind, nach dem 23. September 1912 war der Autor nicht mehr der »junge Kafka«. Und was immer der philologische Vergleich der Schaffensphasen zutage fördert: unbestreitbar bleibt die dokumentierte Erfahrung dieser Nacht. Noch zwei Tage später weint Kafka beim Vorlesen der Geschichte, weint ebensosehr über deren Vollkommenheit wie über das, was in ihr passiert: »Gegen Schluß fuhr meine Hand unregiert und wahrhaftig vor dem Gesicht herum. Ich hatte Tränen in den Augen. Die Zweifellosigkeit der Geschichte bestätigte sich.«[460]

Das alles heißt und besagt: Die Geschichte vom mißratenen Sohn Georg Bendemann, der vom eisernen Vater zum Tode des Ertrinkens verurteilt wird und dieses Urteil selbst vollstreckt – mit der Sofortigkeit der Manlius-Fabel –, diese Geschichte ist gleichzeitig im Leben dessen, der sie schreibt, ein Vorgang der Selbstwerdung, eines höchsten Selbst- und Bewußtseinsgewinns, ist ein Kunst-Gebären als Geburt des Künstlers selbst in die richtige Lebensarbeit hinein. Indem er beschreibt, wie die Ordnung des briefeschreibenden Sohnes vom Vater verworfen und ausgelöscht wird, gewinnt er die eigene Ordnung als schreibender Autor. Indem er beschreibt, wie der Sohn über die Schwelle des Hauses zur Brücke stürzt und sich ins Wasser wirft, überschreitet er selbst die Schwelle in jenen Raum hinein, von dem er weiß: Das ist mein Ort. Hier muß ich sein. Wenn ich hier bin, bin ich richtig. Wenn ich es so treibe, treibe ich es richtig. Vom Selbstverlust schreibend, gewinnt der Schreibende sich selbst.

Das ist die großartige Paradoxie der Erzählung, großartig deshalb, weil sie nicht einfach aus dem Widerspruch zwischen Schreiberfahrung und

Textgeschehen besteht, sondern diesen Widerspruch im Text selbst aufscheinen läßt: über die Spielsignale, den Spielverdacht, die Symbolketten der Initiation.

Diese Initiations-Symbolik erscheint auch im zitierten Bericht vom 23. September. Die Metaphorik von Wasser und Feuer bestimmt den Text durchaus. Es wird geredet vom Im-Wasser-Sein, Durchs-Wasser-Gehen, vom Im-Feuer-Vergehen und Im-Feuer-Auferstehen – wörtlich: »auferstehn«. Der Gang durch Wasser und Feuer ist auch im berühmtesten Initiationsmärchen, der »Zauberflöte«, der krönende »rite de passage«. Kafkas Ausdrucksweise ist hier genau zu betrachten. Er sagt nicht, wie man beim flüchtigen Lesen meint, er sei »wie in einem Gewässer« vorwärtsgekommen, sondern konkret: »Die fürchterliche Anstrengung und Freude (...) wie ich in einem Gewässer vorwärtskam.« Das zielt auf eine leibhaftige Erfahrung des großen Wassers, der mythischen Flut.

Der Satz: »Mehrmals in dieser Nacht trug ich mein Gewicht auf dem Rücken«, verweist auf die in Ekstasen wie bei Initiationen häufige Erfahrung eines Austritts aus dem eigenen Körper. Insbesondere bei den Schamanen ist die Initiation mit solchen Vorgängen verbunden. Oft gehört zum Austritt aus dem Körper dessen Zerstückelung und das Kochen im Kessel.[461] Ziel ist dabei, zum Verlassen des Körpers überhaupt fähig zu werden: »Wenn aber die Seele in der Ekstase den Körper verläßt, so kommt das einem vorübergehenden Tod gleich. Der Schamane ist also ein Mensch, der fähig ist, viele Male zu ›sterben‹ und ›wieder aufzuerstehen‹. (...) Durch seine Initiation lernt der Schamane nicht nur die Technik des ›Sterbens‹ und des ›Auferstehens‹, sondern er lernt auch, was er tun muß, wenn seine Seele den Körper verläßt.«[462] Wenn man das weiß, trifft einen die Stelle im Brief an Felice vom 26. Juni 1913 fast wie ein Schreck: »Mein Verhältnis zum Schreiben (...) ist unwandelbar und in meinem Wesen (...) begründet. Ich brauche zu meinem Schreiben Abgeschiedenheit, nicht ›wie ein Einsiedler‹, das wäre nicht genug, sondern wie ein Toter. Schreiben in diesem Sinne ist ein tieferer Schlaf, also Tod, und so wie man einen Toten nicht aus seinem Grabe ziehen wird und kann, so auch mich nicht vom Schreibtisch in der Nacht.« Daneben zu halten ist die etwas frühere Mitteilung (vom 24. November 1912) über die erotische Dimension des Schreibens: » (...) die Nächte können gar nicht lang genug sein für dieses äußerst wollüstige Geschäft.« Von dieser Bemerkung aus erscheint jener schamanistische »Tod« gleichzeitig als das, was die Franzosen »la petite mort« nennen.

XLI. Der kriechende Sohn und der ragende Autor

Das reziproke Verhältnis von Sprachgewinn und Sprachverlust. Verstummen im Familiengericht. Die psychologische Version bei Hauptmann. Stürzen und Stehen. Der stammelnde Sohn im Text, der dröhnende Autor außerhalb. Das in die Hand geschnittene Kreuz. Die erste und letzte Frage, K. betreffend. Nur das Klebenbleiben ermöglicht den Flug. Das Schicksal hat Spielcharakter. Der richtende Vater als Produkt des Sohnes. Der alte Mann hat keine Chance.

Die reziproke Struktur von Textgenese und Textgeschehen kehrt wieder auf der Ebene von Reden und Schweigen, Sprachgewinn und Sprachverlust. Dem Stammeln und Verstummen des Sohnes *im* Text, bis hin zum fürchterlichen Biß in die Zunge, korrespondiert die triumphale Eloquenz des Schreibenden im Akt der Niederschrift, bis hin zur strahlenden Omnipotenz: »Wie alles gewagt werden kann ...« Der stammelnde Sohn im familialen Gericht ist aus vielen Texten bekannt; die verstummende Tochter wurde urbildlich im ersten Akt des »King Lear«. In Hauptmanns »Michael Kramer« erscheint auch dieses Phänomen in großartiger psychologischer Genauigkeit. Redend und vom Sohn die Rede fordernd, verschließt der Vater diesem gleichzeitig den Mund. Er läßt ihm keinen Raum für die eigene Wahrheit und vollzieht so ahnungslos, aber mit sicherem Instinkt einen Akt der Kastration am Organ der Rede. Der folgende Ausschnitt aus der Gerichtszene, die mit der früher zitierten Verstoßung endet – »Du bist nicht mein Sohn! (. . .) Geh! (. . .) Du ekelst mich an!!« –, zeigt, wie der Junge vom Alten durch absolute Definitionen in die Enge einer Sprachlosigkeit getrieben wird, aus der er sich nur noch stumm wegzustehlen vermag, während alles, was nicht Wort werden kann, konvulsivisch durch sein Gesicht zuckt.

Kramer: Du bist ein verlorner Mensch!
Du bist verdorben bis in den Grund.
Arnold: Das hast du schon mehr wie einmal gesagt.
Kramer: Ja, ja, ich hab' es dir sagen müssen. Ich hab' es dir hundertmal sagen müssen, und schlimmer als alles, ich hab' es gefühlt. Arnold, beweise mir, daß ich lüge! beweise mir, daß ich dir unrecht tue! die Füße will ich dir küssen dafür.
Arnold: Ich kann eben sagen, was ich will, ich glaube . . .
Kramer: Was? Daß du verdorben bist?
Arnold: *sehr blaß, zuckt mit den Achseln.*

Dieser Moment in der Mitte des Dialogabschnitts ist von der Kommunikationsstruktur her bedeutend. In dem Augenblick, wo der Sohn zu einer Metakommunikation ansetzt, der einzigen Möglichkeit, über die eine erstarrte Situation zwischen Menschen gelöst werden kann, wo er mit dem

Vater über sein Reden mit dem Vater reden will, unterbricht ihn dieser und merzt die Äußerung mitsamt ihrem Wahrheitspotential gewaltsam aus. Die Dialogpassage als ganze endet denn auch in reiner Nonverbalität:

KRAMER: Und was soll werden, wenn es so ist?
ARNOLD: *kalt und feindlich.* Ja, Vater, das weiß ich selber nicht.
KRAMER: Ich aber weiß es, du gehst zugrunde!!! *Er geht heftig umher, bleibt am Fenster stehn, die Hände auf dem Rücken, nervös mit der Fußsohle klappend.*
ARNOLD: *mit aschfahlem, böse verzerrtem Gesicht, greift nach seinem Hut und bewegt sich auf die Türe zu.*[463]

Das nimmt die letzte Bühnenanweisung nach dem Urteil vorweg: »Arnold drückt sich sogleich hinaus.«[464]

In Kafkas Erzählung fällt die Sprachlähmung zugleich mit dem tobenden Vatergericht über den Sohn. Er kann noch einzelne Ausrufe tun. Gelegentlich meint er zu reden, bleibt aber unhörbar, und wie bei Arnold Kramer führt die blockierte Rede zu hilflosen Gesichtsverzerrungen: »Georg machte Grimassen, als glaube er das nicht.«[465]

Im Überblick über die Geschichte des Konfliktfelds gehört zum Stammeln und Verstummen die körperliche Gestik des Einknickens, gehört, kraß gesagt, der kriechende Sohn. Diesem nähert sich im ikonographischen Topos der Heimkehrer in der Bibel beim Ausruf »pater peccavi!« an. Auch von Georg heißt es, daß er »einknickte« beim Zungenbiß, also zugleich mit der Sprachlähmung. Dieser kurzen Bewegung nach unten entspricht dann, mächtig gesteigert, das Die-Treppe-Niederfahren, das Sich-in-die-Tiefe-Werfen. Alle diese Gestalten körperlichen Verhaltens aber – Einknicken, Knien, Kriechen, Stürzen – stehen gleicherweise im direkten Gegensatz zum aufrechten Gang, zum ragenden Dastehn.[466]

Dieses ragende Dastehn vollzieht *im* Text der Vater auf dem Bett, als komplementären Gestus zum langen Sturz des Sohnes. Wie steht es nun damit außerhalb des Textes? Wenn die These stimmt von einem genau umgekehrten Geschehen innerhalb und außerhalb der Geschichte, vom Stammler drin und dem Rhetor draußen, dann müßte man daraus auch auf Entsprechungen im Körperlichen schließen können. Dem niederbrechenden oder kriechenden Sohn in der Geschichte müßte ein herrlich ragender oder auffahrender Autor außerhalb ihrer entsprechen. Die Vorstellung steht zweifellos quer zu dem melodramatischen Bild, das sich in der Öffentlichkeit vom historischen Dr. Franz Kafka gebildet und verfestigt hat. Und doch ist in der Tat im Zusammenhang mit eben dieser Erzählung der mächtig dröhnende, herrschaftlich erhobene und kommandierende Rhetor Franz Kafka historisch bezeugt. In der Nacht vom 4. auf den 5. Dezember schreibt er der Freundin Felice, wie er am Abend »Das Urteil« im Vortragssaal des Hotel Stephan öffentlich vorgelesen habe. Der Vergleich seines Verhaltens und Erlebens mit demjenigen des Vaters in der Erzählung liegt unheimlich nahe:

Liebste, ich lese nämlich höllisch gerne vor, in vorbereitete und aufmerksame Ohren der Zuhörer zu brüllen, tut dem armen Herzen so wohl. Ich habe sie aber auch tüchtig angebrüllt und die Musik, die von den Nebentischen her mir die Mühe des Vorlesens abnehmen wollte, habe ich einfach fortgeblasen. Weißt Du, Menschen kommandieren oder wenigstens an sein Kommando zu glauben – es gibt kein größeres Wohlbehagen für den Körper.

Und er schreibt von seinem alten Traum, Flauberts »Éducation sentimentale« öffentlich vorzulesen, »in einem großen mit Menschen angefüllten Saal«, und zwar »ohne Unterbrechung so viel Tage und Nächte lang, als es sich für notwendig ergeben würde«. Welche Vorstellung er mit dem großartigen Satz abschließt: »und die Wände sollten widerhallen.«

Aus diesem Zustand des herrlich tönenden, innerlich und äußerlich erhobenen[467] Sprechers der eigenen Dichtung ist natürlich nicht auf Kafkas Alltagsverhalten zu schließen. Die Verfassung ist eine Verlängerung und szenisch prachtvolle Übersetzung seiner Erfahrung im Akt des vollkommenen Schreibens. Der kommandierende Mann, der »einfach fortbläst«, was ihn stört, ist, gegen alle zirkulierenden Klischeebilder vom armen F. K., eine Wirklichkeit – die Wirklichkeit des Dichters »in action«.[468]

Damit ergibt sich sowohl dem historischen Autor wie seinen Texten gegenüber eine ganz andere Beobachtungssituation als die im naiven Biographismus gewohnte und eingebürgerte. Ich kann nicht länger sagen: Kafka, der arme, unterworfene Sohn, bildet sein Verhältnis zum Vater und zur patriarchalen Familie in seinen Erzählungen ab und also ist aus diesen auf jenes zu schließen, aus den Käfern und Georgs auf den tatsächlichen Franz, und hier wie dort ist alles einfach schrecklich.

Dieses allergeläufigste Muster der weltweiten Kafka-Lektüre ist falsch, weil es das Wesentlichste unterschlägt: die erlangte Autonomie im Akt des Schreibens, das herrliche Dastehen dessen, der die herrliche Sprache gewonnen hat und über sie regiert und das Regieren genießt als höchsten Sinn seines Daseins – ein allnächtliches ekstatisches Sterben und Auferstehen. Diese dritte Position fehlt in dem geläufigen Lektüremuster, das in naiver Abbildästhetik davon ausgeht, daß, wo abgebildet wird, *alles* Wesentliche abgebildet wird und also das Nichtabgebildete nicht existiert oder unwesentlich ist. Tatsache aber ist, daß Freiheit und Glorie erst möglich werden, wenn der Schreiber nicht von Freiheit und Glorie schreibt, sondern in Freiheit und Glorie vom jammervollen, einknickenden, kriechenden Sohn schreibt. Wohl durchziehen Signale des Triumphs immer wieder die Texte Kafkas, als ob der sonnenhafte Schreibzustand plötzlich in einer Glasscherbe am Straßenrand aufblitzte – man erkennt das sehr oft am Wort »herrlich«, einem Schibboleth innerhalb von Kafkas Sprache –, aber diese Signale sind in ihrer Bedeutung nicht unmittelbar evident. Sie dürfen es nicht sein, weil sonst das Ganze gefährdet wäre, das Lebensspiel, das schauerlich großartige Lebenslabor.

Deshalb muß auch im »Urteil« das Lebensspiel Georgs, das »Freund-in-Petersburg-Spiel«, so angelegt sein, daß es nichts von der Freiheit und Glorie verrät, mit der es insgeheim verbunden ist. Der Freund erscheint als krank und einsam und langsam zugrunde gehend, in jener Verfassung eines unaufhaltsamen Niedergangs also, die die Söhne im Werk Kafkas kennzeichnet. Wenn wir die geheimnisvolle Kommunikation studieren, die sich zwischen dem Geschehen am Schreibtisch und dem Geschehen in der auf diesem Schreibtisch entstehenden Geschichte »Das Urteil« abspielt, dann muß dem Schreiben am Schreibtisch als einem Lebenselement Kafkas das »Freund-in-Petersburg-Spiel« als ein Lebenselement Georg Bendemanns entsprechen. Nur so läßt sich der Stellenwert der autonomen Arbeit erklären, den dieses Spiel in der Erzählung gewinnt, sobald man sie durch den Raster des Konfliktfelds um das Familiengericht betrachtet. Nur so erhellt sich auch das Konkurrenzverhältnis von Freund und Braut in der Erzählung: »Wenn Du solche Freunde hast, Georg, hättest Du überhaupt nicht heiraten sollen.« Aber auch hier, innerhalb der Geschichte, unterschlägt dieser Bezug die ekstatisch-grandiose Dimension des Schreibens. Nur einmal blitzt sie, wie in den erwähnten Spiegelscherben, auf: in der kurz referierten Erzählung des Freundes selbst, wonach dieser »auf einer Geschäftsreise in Kiew bei einem Tumult einen armenischen Geistlichen auf einem Balkon gesehen hatte, der sich ein breites Blutkreuz in die flache Hand schnitt, diese Hand erhob und die Menge anrief.«[469] Das ist eine Sekunde der Grandeur, des hohen Pathos und des ragenden Stehens. Und es ist eine Verzifferung gleichzeitig des Schreibens als einer existentiellen Grundverfassung und der jetzt sich ereignenden Initiation in dieses Lebenszentrum hinein. Die Inzision, der zeichnende Schnitt in den Leib, ist ein klassisches Initiationsritual, das auch in den heutigen Tätowierungspraktiken sozialer Randgruppen weiterlebt. Zugleich aber erscheint hier der Dichter als Priester, der für sein Werk nichts hat als die eigene Hand und den eigenen Leib, dessen Schreiben ein Treiben ist allein mit diesem Leib und in diesen Leib hinein wie mit Messern. Das Blutkreuz in der flachen Hand zeigt sowohl, was die Hand tut, wie auch, was ihr geschieht. Und so »bedeutet« das Zeichen denn auch nichts anderes als eben dieses Geschehen selbst, und die Menge kann es sehen und wird davon erfaßt jenseits allen »Verstehens«. Nicht anders verhält es sich auch mit Kafkas Werk im 20. Jahrhundert.

Damit steht nun aber auch die Frage da, unübersehbar, unausweichlich, die aus allem bisher Dargelegten längst mit Gewalt herandrängte: Wenn dieser Autor also eingetreten ist in die hohe Autonomie seiner Lebensarbeit, in die Herrlichkeit der nächtlichen Ekstasen, die den Sinn seiner Existenz ausmachen, warum setzt er sich nicht ab von Vater und Mutter und lebt aus gewonnener Freiheit diese Freiheit, diesen Zusammenfall von Freiheit und Arbeit, aus? Warum bleibt er Jahr um Jahr um Jahr an diese

Vater-und-Mutter-Familie, an der er leidet und leidet und leidet, wie angenäht? Was heißt da »Initiation«, wenn der Mann mit dem Blutkreuz in der Hand, der Erhöhte vor der Menge, gleichzeitig so kläglich-peinlich am Familienrand kleben bleibt und weg will und nicht weg kommt, unerlöst, wie – was soll man heranziehn zum Vergleich? – wie eine Fliege, die an der Leimrute klebt und surrt und rüttelt. Ist das Bild ungerecht, ist es höhnisch? Es ist Kafkas eigenes. Im Brief an Milena vom 31. Juli 1920 – acht Jahre nach dem »Urteil«, vier Jahre vor dem Tod und als 37jähriger Sohn eines bald 70jährigen Vaters – definiert er sein »Wohnen bei den Eltern« als »das Rütteln der Fliege an der Leimrute«.[470] Ein peinvolles Bild, das sich zum blanken Grauen steigern kann, wenn man entdeckt, daß es im Schlußkapitel des Prozeß-Romans wiederkehrt, als K. zur Hinrichtung abgeholt wird und hilflos zwischen den zwei schwarzen Herren hängt: »ihm fielen die Fliegen ein, die mit zerreißenden Beinchen von der Leimrute wegstrebten.«[471]

Warum also, wenn er doch den Rite de passage hinter sich hat, warum schüttelt er bloß und schüttelt nicht ab? Woher kommt der Leim, der die Fliege so gnadenlos hält? Der Leim stammt aus jener Glorie selbst, aus den Ekstasen der Nacht, von denen er der Freundin schreibt, sie seien das einzige, was er wirklich wolle: »Nur die Nächte mit Schreiben durchrasen, das will ich.«[472] Und zwar fällt dieser Satz nach einer utopischen Vision vom Zusammenleben mit Felice: »Der beste Plan wäre doch wahrscheinlich (...) mit Dir für immer nach Süden zu fahren auf eine Insel oder an einen See. (...) Dort abgeschlossen leben und von Gras (sic!) und Früchten sich nähren.«[473] Und kaum hat er dieses Paradies entworfen, sagt er auch schon, daß er es in Wahrheit nicht wolle, und schreibt jenen Satz vom nächtlichen Rasen hin. Dafür nimmt er den Tod in Kauf; in seinem vollständigen Zusammenhang lautet der Satz nämlich so: »Nur die Nächte mit Schreiben durchrasen, das will ich. Und daran zugrundegehen oder irrsinnig werden, das will ich auch, weil es die notwendige längst vorausgefühlte Folge dessen ist.« Die Ekstase also um den Preis des Lebens, denn sonst ist es mit diesem Leben noch rascher zu Ende: »Ich fühle, wie ich mit unnachgiebiger Hand aus dem Leben gedrängt werde, wenn ich nicht schreibe.«[474]

Voraussetzung dieses Schreibens aber ist nun eben die peinvolle Situation, aus der er immer neu abhebt, hinein in die Raserei der Nacht. Mit dem »Urteil«, der Geschichte eines Initiationsspiels, hat Kafka nicht nur seine eigene Initiation in die autonome Lebensarbeit vollzogen, sondern auch die Situation begriffen, die diese Lebensarbeit erst ermöglicht, hat die Bedingung erkannt, die fortdauernde, für den hohen Zustand.[475] Der unerhörte Flug setzt das Kleben an der Leimrute voraus. Jene Herrlichkeit entspringt aus dieser Misere. Deshalb muß er sie bewahren, künstlich und doch in aller Pein und Qual. Der mißratene Sohn am Familienrand, endlos – so muß er sich einrichten, weil nur daraus die nächtliche Auffahrt geschieht und geschehen kann. Damit aber bekommt das schwere Schicksal Spielcharakter, ohne aufzuhören, schweres Schicksal zu sein. So wie der Fall von der Brücke ein Initiationsspiel ist, ohne aufzuhören, ein schrecklicher Tod zu sein.

Einzufühlen gibt es da nichts, nachzuempfinden ist da weder das eine noch das andere, weder die Erhebung noch das Darniederliegen. *Und auch auf psychologische Modelle zu bringen wäre das alles nur, wenn es für die Singularität dieser durchrasten Nächte und die welthistorische Unvergleichkeit ihrer Ergebnisse allgemeine Muster gäbe.* Das aber ist ein Widerspruch in sich. Von allen großen deutschen Dichtern gibt es nur zwei, die jeder Empathie unzugänglich bleiben und vor denen sich der Gestus einer erkennenden Einfühlung lächerlich macht: Kafka und Kleist.

Dennoch kann man beschreiben, was vorliegt, und zu belegen suchen, was behauptet wurde. Die Behauptung hat gelautet: Künstlich, als eine Art Spielanlage, baut und bewahrt sich Kafka die Lebenssituation des mißratenen Sohnes vis-à-vis eines richtenden Vaters von endlos kompakter Autorität. In einem todernsten Rollenspiel weigert er sich, die Auflösung der Autorität zu statuieren, – weigert er sich zu anerkennen, daß er dem Vater gegenüber je etwas anderes sein könnte als der mißratene Sohn. Anderthalb Jahre vor dem Tod, ein beinahe 40jähriger, bereits pensioniert, reagiert er schroff und mit merkwürdigen Gründen auf die Mitteilung, sein Vater habe »mit Stolz und leuchtenden Augen«[476] von ihm gesprochen. Der »alte Herr Weltsch« hatte dies Max Brod gesagt, und dieser erwähnte es in einem Brief an Kafka. Zu erwarten gewesen wäre da, nach landläufigem Menschenverständnis, ein Zeichen der Freude, des Trostes vielleicht auch in der Krankheit. Kafka aber insistiert heftig darauf, daß diese Haltung des Vaters unmöglich sei und er für ihn unbedingt und ohne Zweifel den mißratenen Sohn darstelle. Dabei ist die Logik seiner Argumentation genau zu studieren. Der Abschnitt beginnt folgendermaßen:

> Die Mitteilung des Herrn Weltsch dagegen ist wenig zwingend, er ist eben a priori überzeugt, daß man den eigenen Sohn nicht anders als loben und lieben kann. In diesem Fall aber: –

Und was folgt jetzt, was muß jetzt nach den Regeln und Gebräuchen des Argumentierens folgen? Doch wohl ungefähr: »In diesem Fall aber ist alles anders. Dieser Vater ist eben nicht wie andere Väter. Der liebt nicht und lobt nicht etc.« In Wahrheit aber fällt jetzt keine Aussage über den Vater, sondern eine über sich selbst. Kafka zählt sämtliche Faktoren seiner Mißratenheit auf und schließt daraus, mit grausigem Hohn gegenüber der eigenen Person, daß der Vater so einen niemals lieben und loben könne. Dies also die Fortsetzung:

In diesem Fall aber: was wären hier für Begründungen des Augenleuchtens. Ein heiratsunfähiger, keine Träger des Namens beibringender Sohn; pensioniert mit 39 Jahren; nur mit dem exzentrischen, auf nichts anderes als das eigene Seelenheil oder Unheil abzielenden Schreiben beschäftigt; lieblos; fremd dem Glauben, nicht einmal das Gebet für das Seelenheil ist von ihm zu erwarten; lungenkrank, hat sich die Krankheit überdies nach des Vaters äußerlich ganz richtiger Ansicht geholt, als er zum erstenmal für einige Zeit aus der Kinderstube entlassen, sich, zu jeder Selbständigkeit unfähig, das ungesunde Schönbornzimmer ausgesucht hatte. Das ist ein Sohn zum Schwärmen.[477]

Nicht also sagt er: »Schön, offenbar dämmert es dem Manne doch langsam ...«, und er sagt nicht: »Was schert mich in meinem vierzigsten Jahr die Meinung des alten Herrn ...«, nein, er beharrt darauf, vom Vater verworfen werden zu *müssen*, weil er dessen Gesetze alle, Paragraph für Paragraph, gebrochen habe.

Das heißt, Kafka definiert sich selbst bis zu seinem Tod entschieden und kompromißlos als mißratenen Sohn vor dem verurteilenden Vater, mißraten gar – und auch dies noch schuldhaft – in seiner körperlichen Beschaffenheit. Und der Vater hat keine Chance zu anderer Meinung. Die römische Unerbittlichkeit, mit der die Väter einst in langen Reihen den Söhnen keine Chance ließen, nicht mißraten zu sein vor ihrem richtenden Auge, diese Unerbittlichkeit ist hier die des Sohnes, die dem Vater keine Chance läßt, ihn nicht für mißraten zu erklären und das Auge anders als verwerfend auf ihn zu richten.

Warum läßt er dem Vater keine Chance? Um dessentwillen, was er im Brief einmal mehr in eine radikale Formel faßt: das »auf das eigene Seelenheil oder Unheil abzielende Schreiben«. Die Wendung hat hier deshalb besonderes Gewicht, weil der Ausdruck Seelenheil gleich nochmals fällt, diesmal in Bezug auf den Vater. Selbst dessen Seelenheil, impliziert der Text, opfert der Sohn. Und sein eigenes, sagt er, ist ja womöglich »Unheil«, also das Gegenteil, also ewiger Verlust und Verdammnis. Im religiösen Kontext, der hier halb ernsthaft, halb sprichwörtlich angesprochen wird, besagt dies: er würde die eigene Seele auch dem Teufel verkaufen um des Schreibens willen. Diese Aussagen, die denn zusammen doch ein furchtbares Gewicht haben, werden alle nur deshalb vorgebracht, um die schiere *Möglichkeit* aus der Welt zu schaffen, daß der Vater an seinem Sohn ein Wohlgefallen haben könnte.

XLII. Der Schmetterling als Wurm

Plan eines Buches über mißratene Söhne. Der Austritt aus der Familie als Grundgeschehen. Das Paradox: der Moment wird zur Dauer. Die Variante Roßmann. Endlos dehnt sich die Schwellensekunde. Ihre Verräumlichung in den Treppen des Schiffsbauchs. Der Zyklop im Gegenraum. Arbeit und Liebe in der Schwellenzeit. Die Identität von Gefängnis und Lustschloß. Der »Brief an den Vater« als Regieanweisung. Ein Pirandello-Effekt als Beweis.

Diese Ausführungen unterstellen nun ziemlich unbekümmert, was im »Urteil« geschieht, gelte auch für das übrige Werk des Autors. Das kann tatsächlich nachgewiesen werden. Wohl bleibt das »Urteil«, wie Kafka einmal sagt, »die mir liebste Arbeit«,[478] aber die gleich anschließenden Texte, »Der Heizer« und »Die Verwandlung«, decken sich damit in ihrer zentralsten Dynamik. Alle drei gehören in den Herbst und Spätherbst 1912 und sind dadurch ausgezeichnet, daß Kafka fast durchweg dezidiert zu ihnen gestanden hat. Schon im Frühjahr 1913 wollte er sie zusammen in Druck bringen, unter dem Gesamttitel »Die Söhne«. Man kann also durchaus von einem »Söhne-Projekt« sprechen, wenn man will sogar von einem »Projekt mißratene Söhne«. Denn in der Tat sind alle drei jungen Männer, von denen in den drei Geschichten die Rede ist, exemplarisch Mißratende.

Als Kafka dem Verleger Kurt Wolff das Buch »Die Söhne« beliebt machen will, insistiert er auf der »offenbaren« und mehr noch »geheimen Verbindung« der Texte und erklärt: »Mir liegt eben an der Einheit der drei Geschichten nicht weniger als an der Einheit einer von ihnen.«[479]

Diese Aussage bestätigt also die These, daß, was hier über das »Urteil« geäußert wurde, in wesentlichen Punkten auch von den andern zwei Texten gilt. Wie denn aber? Und wie steht es da mit der Lebensinszenierung, dem Lebenslabor?

Eine Grundbedingung ist allen drei Geschichten gemeinsam: *der Sohn tritt aus der Familie aus*. Wo dies geschieht, besagt der Vorgang nach allgemeinem Sprachgebrauch: Er wird selbständig. Er wird Herr über sein eigenes Leben. Auf die drei Kafka-Texte angewandt hingegen, bedeutet der Satz etwas fremdartig anderes.

Im einen Text tritt der Sohn aus der Familie aus, indem er sich nach dem Todesurteil durch den Vater von der Brücke stürzt. Im andern Text tritt der Sohn aus der Familie aus, indem er, nach der Verstoßung durch die Eltern, nach Amerika fährt. Im dritten Text tritt der Sohn aus der Familie aus, indem er sich verwandelt.

»Verwandelt«, »Verwandlung« – wenn man das so hört und in einem allgemeineren Sinne versteht, paßt es wunderbar zum Prozeß des Autonomiegewinns: Verwandlung ist Neugeburt; aus der Raupe, der Puppe tritt der Schmetterling, das Sinnbild der Seele seit Jahrtausenden. Es gibt kaum eine schönere Metapher für das, was in Pubertät und Adoleszenz geschieht, was in den Initiationsriten der Völker vollzogen wird. Die dunkle Verpuppung entspricht der Einkehr in den Mutterleib, dem regressus ad uterum, der in den Zeremonien als Aufenthalt in Erdgrotten, im Bauch großer Tiere oder Meeresungeheuer, in der Initiationshütte, im Sarg, im Ei, im großen Topf feierlich durchgespielt wird.[480] Daß die Raupe über den Durchgang durch die Puppe zum Schmetterling wird mit seinem freien Flug, ist die eine Verbildlichung; daß der Schmetterling in die Flamme fliegt und verbrennt, die andere. Auch dieser Flammentod ist ein Initiationsritual. Goethe hat ihn in einem seiner berühmtesten Gedichte urbildlich gesetzt für den wiederholten Prozeß von Sterben und Wiedergeburt im Lebensgang. Und er hat gleichzeitig wie nebenhin auch gesagt, was geschieht, wenn einer diese zweite, dritte, vierte Geburt, diesen ersten, zweiten, dritten Tod nicht durchlebt: er bleibe dann »ein trüber Gast auf der dunklen Erde«.[481]

Kafkas Titel, »Die Verwandlung«, und das Hauptphänomen der Erzählung, das Insekt, der Käfer, das »ungeheuere Ungeziefer«, beschwört durchaus diesen symbolisch-mythologischen Zusammenhang. Der Volksglaube sieht den Käfer oft als Erscheinungsform der Seele, und zwar aufgrund seiner Verwandtschaft mit dem Schmetterling, der »wie kein anderes Tier«[482] die Seele verkörpert. Im Griechischen bedeutet das Wort psyché sowohl Seele wie Schmetterling. Die altnordische Überlieferung kennt Berichte von Riesenkäfern. Geister, Elbe und Mare können so erscheinen.[483] Daß der Seelenschmetterling zum »garst'gen Wurm« wird, wenn man ihm die Flügel ausrupft, weiß auch Mephisto im zweiten Faust.[484] Kafkas »ungeheueres Ungeziefer« erinnert an diesen »garst'gen Wurm«, der doch eigentlich das Lieblichste wäre. Verwandlung geschieht, aber sie führt nicht zum großen Flug, sondern zum langsamen Verenden im Zwischenzustand. Der Käfer fliegt nicht, kann nicht fliegen. Die Existenz von Flügeln wird nicht erwähnt, auch nicht bestritten, obwohl die Panzerung (wie übrigens auch eine andere, sehr frühe Gestaltung des Motivs)[485] auf Flügel deutet. Die Frage nach den Flügeln ist so etwas wie ein textimmanentes Tabu. Wie sehr diese Verwandlung ein Steckenbleiben im symbolischen Rite de passage ist, zeigt der oft bemängelte Schluß der Erzählung, der einen gewiß stören kann, weil er plötzlich in die auktoriale Erzählperspektive umschlägt, der aber eminent wichtig ist durch den kontrastierenden Vorgang einer Verwandlung der Schwester aus dem Kind in die heiratsfähige Frau. Diese vollzieht im letzten Satz des Ganzen den körperlichen Gestus der erlösten Erhebung, die Gegenbewegung zum Kriechen des Bruders.

Während sie sich so unterhielten, fiel es Herrn und Frau Samsa im Anblick ihrer immer lebhafter werdenden Tochter fast gleichzeitig ein, wie sie in der letzten Zeit trotz aller Plage, die ihre Wangen bleich gemacht hatte, zu einem schönen und üppigen Mädchen aufgeblüht war. Stiller werdend und fast unbewußt durch Blicke sich verständigend, dachten sie daran, daß es nun Zeit sein werde, auch einen braven Mann für sie zu suchen. Und es war ihnen wie eine Bestätigung ihrer neuen Träume und guten Absichten, als am Ziele ihrer Fahrt die Tochter als erste sich erhob und ihren jungen Körper dehnte.[486]

Das skizziert den regulären Austritt aus der Familie, wobei die Tochter, wie es der Brauch ist, den Mann und Partner aus der Hand der Eltern bekommen wird und, so sehr sie sich ihres schönen, liebesbereiten Frauenkörpers freut, nie daran denkt, in der Liebeswahl den Vaterwillen zu durchkreuzen.

Wenn also Georg Bendemann im »Urteil« aus der Familie austritt und nicht austritt zugleich, in einem durchaus paradoxen Akt, tut Gregor Samsa das gleiche auf eine nicht minder paradoxe Art. Und noch einmal geschieht dies in der dritten Geschichte, dem »Heizer«, die zwar den Anfang des Romans »Der Verschollene« bildet, von Kafka aber als eigenständige Arbeit betrachtet wurde. Auch da tritt der Sohn aus der Familie aus. Er fährt nach Amerika. Im großen Meerschiff. Dies ist wiederum eine Chiffre des existentiellen Aufbruchs, der existentiellen Passage. Sie entspricht dem Verschluckt- und Ausgespucktwerden durch den großen Wal. So inszeniert auch der Held von Max Frischs »Stiller« seine versuchte Neugeburt, indem er sich für lange dunkle Wochen im Schiffsbauch verkriecht und dann eintritt in die Neue Welt. Und so hat nun eben auch Karl Roßmann in Kafkas »Heizer« alle Verbindungen gekappt und ist von seinen Eltern weggefahren. Aber wie bei der Verwandlung in den Käfer, der nicht fliegt, ist dieser Aufbruch statt eines Akts der Freiheit einer der Hörigkeit. Roßmann wird von den Eltern verstoßen, in einem Vorgang, der an die archaische Gebärde von Georgs Todesurteil erinnert. Er gilt also für mißraten wie einer. Und die souveräne Tat der großen Fahrt ist in Wahrheit durch und durch ein Akt des Gehorsams. Aber immerhin, einmal kommt er drüben an, einmal tritt er aus dem Schiffsbauch, einmal muß er also trotz allem frei werden.

Unter genau dieser Voraussetzung ist nun der genaue Moment zu studieren, wo der mythische Fisch den Verschluckten ausspuckt. Denkbar wäre ein Vorgang wie in dem zitierten Ende der »Verwandlung« bei der Schwester: ein erlöstes Sich-Recken, und der junge Körper dehnt sich, und dann wird der Fuß gesetzt, zukunftslustig, auf den neuen Kontinent.

Tatsächlich kommt es im entscheidenden Moment zu einer Gebärde dieser Art, als müßte die Erzählung sie erst beschwören, um sich von ihr wieder absetzen zu können. Das Schiff ist in den Hafen eingelaufen. Die Passagiere drängen von Bord. Unter ihnen steht Karl Roßmann mit seinem Koffer. Er zögert noch ein bißchen, wird aber vorwärts geschoben »bis an das Bordgeländer«.[487] Ob er denn keine Lust habe auszusteigen, fragt ihn ein Bekannter. Und dann heißt es: »›Ich bin doch fertig‹ sagte Karl ihn anlachend und hob, aus Übermut und weil er ein starker Junge war, den Koffer auf die Achsel.«[488] Das ist prächtig, überlegen, von fröhlicher Freiheit. Aber da passierts auch schon, in dieser Sekunde des Schwellen-Übertritts ins zweite Leben – passiert was? Man muß es aus dem Überblick heraus benennen. Die Sekunde dehnt sich aus. Der Moment der Passage bleibt, was er ist, und expandiert doch enorm, wird zu einer maßlos gestreckten Zeit. Es ist also nicht so, und davon hängt alles Verstehen ab, daß Roßmann sich weigert, die Schwelle zu passieren, und einfach drin bleibt, wo er nach draußen zu gehen hätte. Vielmehr vollzieht er diesen Schritt, und bleibt dabei genau dort in der Schwebe, wo man sich eigentlich nur für die Dauer eines Augenschlags befindet. Ein Zeit-Raum tut sich im Innern einer Sekunde auf, und Roßmann betritt ihn und bewohnt ihn und stößt sogar auf weitere Bewohner.

Wie geht das zu? Kaum hat er lachend den Koffer auf die Achsel gehoben, »merkte er, daß er seinen Regenschirm unten im Schiff vergessen hatte«.[489] Und schon gibt er den Koffer einem Bekannten zur Bewachung für »einen Augenblick« und steigt in die Tiefe zurück. Dieser Koffer fixiert den Schwellenmoment. Daß Roßmann ihn am Bordrand stehen läßt für diesen »Augenblick«, markiert die Differenz zu einem gewöhnlichen Zurückweichen vor dem Übertritt. Was jetzt geschieht, ist nichts anderes als die Entfaltung der Innendimension des Schwellenmoments. Dieser Zeit-Raum ist gekennzeichnet durch ein Gewirr von Treppen und Räumen, in denen sich Roßmann verirrt. Denn sowohl räumlich wie zeitlich sind hier die Grenzen grundsätzlich bewegt, können sie sich fortwährend weiter verschieben. Da es eine Zeit in der Zeit, ein Raum innerhalb des Raums ist, sind deren übliche Gesetze und Strukturen schon dadurch außer Kraft gesetzt, daß es diesen andern Zeit-Raum überhaupt gibt. Man kann darin unendlich weit und zugleich überhaupt nicht vorankommen, jahrelang innert kürzester Frist. Es ist die Weltlogik, die in vielen Texten Kafkas wieder erscheint, etwa dem winzigen Prosastück »Das nächste Dorf«:

Mein Großvater pflegte zu sagen: »Das Leben ist erstaunlich kurz. Jetzt in der Erinnerung drängt es sich mir so zusammen, daß ich zum Beispiel kaum begreife, wie ein junger Mensch sich entschließen kann ins nächste Dorf zu reiten, ohne zu fürchten, daß – von unglücklichen Zufällen ganz abgesehen – schon die Zeit des gewöhnlichen, glücklich ablaufenden Lebens für einen solchen Ritt bei weitem nicht hinreicht.«[490]

Und näher noch zum Geschehen im »Heizer« führen die zwei Sätze am Ende des Stücks »Fürsprecher«:

Findest du also nichts hier auf den Gängen, öffne die Türen, findest du nichts hinter diesen Türen, gibt es neue Stockwerke, findest du oben nichts, es ist keine Not, schwinge dich neue Treppen hinauf. Solange du nicht zu steigen aufhörst, hören die Stufen nicht auf, unter deinen steigenden Füßen wachsen sie aufwärts.[491]

Das verdeutlicht sehr schön, was mit Roßmann nun in Wahrheit passiert, als er sich von seinem Koffer wegdreht. Der scheinbare Realismus der »Heizer«-Prosa wird von den zitierten Texten her durchsichtig auf seine tatsächliche Beschaffenheit hin:

Unten fand er zu seinem Bedauern einen Gang, der seinen Weg sehr verkürzt hätte, zum erstenmal versperrt, was wahrscheinlich mit der Ausschiffung sämtlicher Passagiere zusammenhieng, und mußte sich seinen Weg durch eine Unzahl kleiner Räume, fortwährend abbiegende Korridore, kurze Treppen, die einander aber immer wieder folgten ein leeres Zimmer mit einem verlassenen Schreibtisch mühselig suchen, bis er sich tatsächlich, da er diesen Weg nur ein oder zweimal und immer in größerer Gesellschaft gegangen war, ganz und gar verirrt hatte.[492]

Und nun trifft er in diesem Raum oder Gegen-Raum, dieser Zeit oder Gegen-Zeit einen, der da haust. Es ist der Heizer:

In seiner Ratlosigkeit und da er keinen Menschen traf (...), fieng er ohne zu überlegen, an eine beliebige kleine Türe zu schlagen an, bei der er in seinem Herumirren stockte. »Es ist ja offen« rief es von innen und Karl öffnete mit ehrlichem Aufatmen die Tür. »Warum schlagen sie so verrückt auf die Tür?« fragte ein riesiger Mann, kaum daß er nach Karl hinsah. Durch irgendeine Oberlichtluke fiel ein trübes oben im Schiff längst abgebrauchtes Licht in die klägliche Kabine, in welcher ein Bett, ein Schrank, ein Sessel und der Mann knapp neben einander wie eingelagert standen.[493]

Dieser Heizer ist ein Zyklop des Gegen-Raums, und was sich zwischen ihm und Karl Roßmann abspielt, ist eine höchst seltsame Liebesgeschichte. Auch sie ist nur zu erkennen, wenn man durch das vordergründig realistische Erzählen hindurch die langsamen Hauptbewegungen des Geschehens sieht. Obwohl unentwegt im Bewußtsein seines verlassenen Koffers, im Bewußtsein also, nur auf einen Augenblick weg zu sein, gerät Karl in dieser engen, dunklen, stickigen Zelle in seltsame Glückszustände. Der Riese holt ihn fast mit Gewalt zu sich herein und drängt ihn, sich aufs Bett zu legen, hält ihn auch geradezu rauh dort zurück, wenn ihm der Koffer wieder durch den Kopf schießt. Und obwohl der Heizer nun über all die Ungerechtigkeiten zu klagen beginnt, die man ihm antue, fühlt sich Karl unverhofft heimisch und geborgen: »Er hatte«, heißt es, »fast das Gefühl davon verloren, daß er auf dem unsichern Boden eines Schiffes an der Küste eines unbekannten Erdteils war, so heimisch war ihm hier auf dem Bett des Heizers zumute.«[494] Und wenig später wird gesagt, er sei »nahe daran gewesen, sich im Bett zu einem von allen Sorgen um Koffer und Slowacken befreiten Schlafe auszustrecken«.[495] Es ist ein merkwürdiges Glück im Dazwischen, was Karl hier erfährt: nicht mehr zu Hause und noch nicht in Amerika, nicht mehr im alten Familiensystem (das er allerdings mit dem Koffer und dessen Bestand an Andenken symbolisch weiterschleppt) und noch nicht konfrontiert mit dem Vater-Duplikat, das ihn in Gestalt des Onkels und Senators oben im Schiff erwartet. Eine unverhoffte Wohligkeit des stehenden Nun zwischen Nicht-Mehr und Noch-Nicht durchströmt ihn, und nur so ist die Verzweiflung zu begreifen, die Karl am Ende erfaßt, als er dann tatsächlich die Schwelle, den Bord des Schiffes überschreitet und die Treppe hinuntersteigt:

Der Senator gab Karl gerade eine Ermahnung zu vorsichtigem Hinuntersteigen, als Karl noch auf der obersten Stufe in heftiges Weinen ausbrach. Der Senator legte die rechte Hand unter Karls Kinn, hielt ihn fest an sich gepreßt und streichelte ihn mit der linken Hand. So giengen sie langsam Stufe für Stufe hinab und traten engverbunden ins Boot.[496]

Unheimlich an der Stelle ist, wie sie die Zeichen der Schwelle betont – »auf der obersten Stufe« –, aber gleichzeitig diesen Übergang nun als Zwang, als mit Zärtlichkeit versetzte Gewalt darstellt. Freiheit, merkt man, war nur im Dazwischen, beim Heizer eben in seinem Loch, und so heißt es denn auch ganz zum Schluß noch: »Karl faßt den Onkel (...) genauer ins Auge und es kamen ihm Zweifel, ob dieser Mann ihm jemals den Heizer werde ersetzen können.«[497]

Karl ist mit dem ungefügen Zyklopen doppelt verbunden. Ein erotisches Fluidum scheint ihn anzuziehen und zu ihm hinzubannen. Gleichzeitig ist er über dessen Arbeit begeistert, sobald er, im dunklen Verschlag auf dem Bett liegend, davon erfährt: »Ich bin doch Schiffsheizer sagte der Mann. Sie sind Schiffsheizer rief Karl freudig, als überstiege das alle Erwartungen.«[498] Und kurz darauf heißt es:

»Jetzt könnte ich auch Heizer werden« sagte Karl »meinen Eltern ist es jetzt ganz gleichgiltig was ich werde.« »Meine Stelle wird frei«, sagte der Heizer, steckte im Vollbewußtsein dessen die Hände in die Hosentaschen und warf die Beine, die in faltigen, lederartigen, eisengrauen Hosen steckten, aufs Bett hin, um sie zu strecken.[499]

Dieses Entzücken über die Arbeit des Mannes in der Tiefe muß zusammengesehen werden mit dem winzigen Signal, das in der Beschreibung des expandierenden Raums voller Treppen und Kammern – »eine Unzahl kleiner Räume« – aufblitzt. Einmal nämlich findet sich in all dem Gewirr und den »fortwährend abbiegenden Korridoren« unverhofft »ein leeres Zimmer mit einem verlassenen Schreibtisch«. Das steht so isoliert im Text wie im »Urteil« die Erscheinung des Priesters mit dem Kreuz in der Handfläche. Und während diese im Konnotationsfeld des ragenden Dastehens zu lokalisieren war, wird der Schreibtisch, und das ist wichtiger, als man denken möchte, im Konnotationsfeld der Treppen, des Treppenlaufs, der Treppenexpansion angesiedelt. In der mysteriösen Chemie, die stets zwischen dem Geschehen *in* den Geschichten Kafkas und dem Geschehen draußen, am tatsächlichen Schreibtisch, während ihrer Entstehung spielt, hat dieses Signal die Bedeutung eines plötzlichen Kurzschlusses.

Die Liebe aber, die Karl mit dem Heizer verbindet, das echte und heftige Gefühl, wird umso deutlicher, je mehr die Macht des Senators ihn wieder von dem Zyklopen der Tiefe trennt. Bei der gerichtsähnlichen Szene im Kontor des Kapitäns, in der sich der Heizer wie ein stupides Ungetüm, ein glotzender Tiefseefisch ausnimmt, praktiziert Karl verträumte Zärtlichkeiten, die das Einschreiten des Onkels nötig machen:

> Und er gieng langsam in solchen Gedanken zum Heizer, zog dessen rechte Hand aus dem Gürtel und hielt sie spielend in der seinen. »Warum sagst Du denn nichts?« fragte er »Warum läßt Du Dir alles gefallen?«
> Der Heizer legte nur die Stirn in Falten, als suche er den Ausdruck für das was er zu sagen habe. Im übrigen sah er auf seine und Karls Hand hinab.
> »Dir ist ja Unrecht geschehn wie keinem auf dem Schiff, das weiß ich ganz genau.« Und Karl zog seine Finger hin und her zwischen den Fingern des Heizers, der mit glänzenden Augen ringsumher schaute, als widerfahre ihm eine Wonne, die ihm aber niemand verübeln möge.
> »Du mußt Dich aber zur Wehr setzen, ja und nein sagen, sonst haben ja die Leute keine Ahnung von der Wahrheit. Du muß mir versprechen, daß Du mir folgen wirst, denn ich selbst, das fürchte ich mit vielem Grund, werde Dir gar nicht mehr helfen können.« Und nun weinte Karl, während er die Hand des Heizers küßte und nahm die rissige, fast leblose Hand und drückte sie an seine Wangen, wie einen Schatz auf den man verzichten muß. – Da war aber auch schon der Onkel Senator an seiner Seite und zog ihn, wenn auch nur mit dem leichtesten Zwange, fort.[500]

Wichtig daran sind weniger die sexuellen Implikationen des Spiels mit den Fingern, auch nicht die homosexuellen oder irgendwie sexualpathologischen Einschläge, wichtig ist Karls Gefühls- und Liebesfähigkeit als solche. Die Szene steht darin in scharfem Kontrast zu dem schrecklichen Verführungs- und Kopulationsbericht.[501] Dort erscheint er als gänzlich gefühlstoter Mensch. Er zeugt zwar ein Kind, aber sein eigener Körper ist ihm dabei so fremd wie ein Stück Holz. Jetzt aber, dem Heizer gegenüber, wird er zum ganzheitlichen Gegenüber, fühlend und denkend und körperlich anfassend. Der Weinkrampf, der ihn zuletzt schüttelt auf der obersten Stufe der Schiffstreppe, markiert auch eine Trennung von dieser gelebten Ganzheit, dieser Bewegtheit auf einmal in allen Dimensionen der Person.

Und da muß man nun festhalten, daß diese Erfahrung unbestreitbar verknüpft ist mit dem Zeit-Raum, der sich auftat über der Schwelle, im Augenblick der Passage aus dem Schiff ins zweite Leben. Der Heizer bewohnt den Gegenort in der Gegenzeit, der in die Schwellensekunde wie hineingesprengt wird und sich da ausdehnt, gegebenenfalls ohne Ende. Es ist eine analoge Paradoxie zur Verwandlung in das Insekt, das doch nicht fliegt, in den Käfer, der Mephistos gerupftem Schmetterling, dem »garst'gen Wurm« gleicht. Und auch dieser Käfer wohnt ja auf der Schwelle, am Familienrand, nicht drinnen und nicht draußen, an einem Ort, den es eigentlich nicht gibt: »Gregor drängte sich – geschehe was wolle – in die Tür. Die eine Seite seines Körpers hob sich, er lag schief in der Türöffnung, seine eine Flanke war ganz wundgerieben, an der weißen Tür blieben häßliche Flecken, bald steckte er fest und hätte sich allein nicht mehr rühren können.«[502] Das Entsetzliche, das die Schwellensituation hier hat, ist mit dem Glück, das sie anderswo vermittelt, vereinbar. Glück und Grauen sind da komplementär. Das eine bedingt ja das andere. Das Lebenslabor besteht im qualvollen Eingeklemmtsein auf der Schwelle zwischen den Türrahmen, aber genau so wird es auch zur Voraussetzung der ungeheuren Aufschwünge im Gegenraum. Das ist keine Mischung von Glück und Qual, sondern ein Zugleich der beiden aufs je Maßlose. Es ist so, wie wenn einer gefangen wäre, und er hätte nicht nur die Absicht zu fliehen, was vielleicht erreichbar wäre, sondern auch noch, und zwar gleichzeitig, die Absicht, das Gefängnis in ein Lustschloß für sich umzubauen. Wenn er aber flieht, kann er nicht umbauen, und wenn er umbaut, kann er nicht fliehen. Dieser Vergleich mag konstruiert anmuten, aber er hat den Vorteil, daß er wörtlich von Kafka selbst stammt. Die zwei Sätze nach »Es ist so, wie ...« stehen im »Brief an den Vater«,[503] und es wäre an der Zeit, die Dimension des »Lustschlosses« in Kafkas Lebenslabor endlich so wichtig zu nehmen wie die Dimension des Gefängnisses. Das »Gefängnis« ist die Existenz am Familienrand, endlos, als mißratener Sohn, wie er ihn im Kontext des Zitats selbst auf den Begriff bringt: »Immerhin muß ich sagen, daß mir ein solcher stummer, dumpfer, trockener, verfallener Sohn unerträglich wäre.«[504] Und diese traurige Bestimmung konfrontiert er eine Seite vorher mit dem Idealzustand eines wohlgeratenen Sohnes, den er nie erreichen werde, weil er, um seines Schreibens, des Lustschlosses willen, nicht heiraten könne: »Ich denke mir diese Ebenbürtigkeit, die dann (d.h. bei einer Heirat, P.v.M.) zwischen uns entstehen würde (...) eben deshalb so schön, weil ich dann ein freier, dankbarer, schuldloser, aufrechter Sohn sein, Du ein unbedrückter, untyrannischer, mitfühlender, zufriedener Vater sein könntest.«[505] Diese Wörter hallen nach beim Lesen: »frei«, »aufrecht«, »schuldlos«. Das ist der genaue Gegenzustand zur Erscheinung des Sohnes im Akt des Gerichts, im »Urteil« beispielsweise, und zugleich ist »frei«, »aufrecht«, »schuldlos« der Zustand dessen, der schreibt und dabei vom schuldigen Sohn im Akt des Gerichts erzählt.

An der Inszenierung des mißratenen Sohnes hängt alles. Ohne sie würde sich die ganze Lebensanlage auflösen in lächerliche Belanglosigkeit. Soweit die Anlage Spiel ist, Spielcharakter hat – obwohl man daran real stirbt und real die höchsten Entzückungen erfährt –, ist auch das Mißratensein Spiel und Rolle, und die Tyrannis des urteilenden Vaters ist es ebenso, ist diesem vom Sohn diktatorisch zugeteilt und aufgegeben. Der »Brief an den Vater« ist nichts anderes als das imperative Sendschreiben des Sohnes, in dem er Spielanlage und Rollen für immer festlegt – und so sein Lebenslabor und die »durchrasten Nächte« sicherstellt. Es gibt eine Stelle in diesem so berühmten wie hartnäckig melodramatisch gelesenen Text, wo der Spielcharakter sekundenschnell sichtbar wird. Gegen Schluß nämlich läßt der Sohn seinen Vater, wie in der klassischen Rhetorik, Gegenargumente vortragen: »Du könntest, wenn Du meine Begründung der Furcht, die ich vor Dir habe, überblickst, antworten ...«[506] Und es folgt eine Reihe von fiktiven Bezichtigungen aus dem Munde des Vaters. Sie sind insgesamt von einer sophistischen Brillanz, die dem alten, so rauhen wie herzlichen Hermann Kafka weiß Gott fernlag, sie gipfeln im Vorwurf der »Unaufrichtigkeit, der Liebedienerei, des Schmarotzertums«, und es heißt zuletzt tatsächlich: »Wenn ich nicht sehr irre, schmarotzest Du an mir auch noch mit diesem Brief als solchem.«[507] Was, richtig verstanden, etwas für sich hat. Aber wie widerlegt nun der Sohn diese gedachten Einwände des Vaters? Indem er sie mit den Regeln der Rhetorik Punkt für Punkt diskutiert? Keineswegs. Sondern so: »Darauf antworte ich, daß zunächst dieser ganze Einwurf, der sich zum Teil auch gegen Dich kehren läßt, nicht von Dir stammt, sondern eben von mir.«[508] Das ist, auf dem Höhepunkt eines mit dem Herzblut geschriebenen Dokuments, ein Pirandello-Effekt, ein artistischer Salto ersten Ranges. Der Lebensaugenblick entdeckt sich als Bühnenmoment. Textbuch und Regie stammen vom Sohn, der die Hauptrolle spielt und alle andern Rollen festlegt und es sich nicht versagen kann, blitzschnell diese seine Herrschaft über alles sichtbar werden zu lassen. »Sag, was Du willst, es stammt ohnehin von mir!«, meint die Stelle. »Du bist mit allen Deinen Sätzen mein Produkt.« Das ist, im Zusammenhang der fürchterlichen Lebensnot, von der der Brief handelt, ein unermeßlicher Witz. Der Vater im Text hat damit nicht nur keine Chance mit seinen Argumenten, er hat, und dies ist die wichtigste Implikation der Stelle, auch gar keine Chance, ein anderer zu sein für den Sohn, als dieser will. Er muß mitspielen, im Brief wie draußen im Leben, um der Nächte und ihrer Ekstasen willen, jener »Nächte«, die »gar nicht lang genug sein« können für »dieses äußerst wollüstige Geschäft«.[509]

XLIII. Das Labor für das Gold des 20. Jahrhunderts

Der mißratene Sohn am Familienrand als Laborbedingung für das Schreiben. Die Reflexe im Text. Nicht drinnen und nicht draußen, reglos in Bewegung. Treppen und Treppenexistenz. Mythisierungen einer Metapher. Die ewige Sekunde des Jägers Gracchus. Die Treppe und das Ehebett. Sterben als Metapher der Schwellenexistenz. Wie erzählt Kafka den Sündenfall? Die Kenntnis des Lebenslabors erschließt keinen Sinn. Spiritueller Vampirismus der Dichtung.

Was bedeutet das nun für Kafkas Schreiben insgesamt? Sicher nicht, daß damit ein fester »Sinn«, eine »Bedeutung« seiner Texte ausgemacht wäre. Ausgemacht ist nur das Labor, in dem sie entstehen, wobei der Alchimist, der hier das Gold des Zwanzigsten Jahrhunderts schafft, sich selbst verfeuert unter dem Kolben. Allerdings, wenn man die Dynamik und die Dramaturgie der Schwellenexistenz kennt, der Expansion des Augenblicks im Übertritt über die Grenze, der stehenden Initiationssekunde, wo der Schmetterling schlüpft und doch nicht zu Flügeln kommt – dann erlebt man überall in Kafkas Werk Momente des Wiedererkennens. Wessen? Einer Bewegung. Welcher Art? Einer Bewegung hinaus, die doch nicht hinausgelangt, sondern an einen Ort zwischen Draußen und Drinnen, in einen Zustand des Nichtdrinnen und Nichtdraußen. Das ergibt ein radikales Paradox: die Bewegung ist Stillstand, aber der Stillstand ist nur als Bewegung zu begreifen. Der Übergang, der eingeleitet wird, weil er ein Ziel hat, wird selbst zum Ziel – ohne daß jenes andere, ursprüngliche Ziel beseitigt würde. Seine Fortdauer allein bewahrt den Übergangscharakter der ewigen Sekunde. Dieser Ort, dem Nunc stans der Mystiker unmittelbar verwandt, ist in seiner Räumlichkeit dadurch charakterisiert, daß alle Bewegungen innerhalb seiner umkehrbar sind. Hinein ist auch Hinaus, Hinauf ist auch Hinunter. Am sinnlichsten, fast naiv direkt, und wohl auch am häufigsten verkörpert sich dies in den Treppen und der Treppenexistenz. Der mißratene Sohn am Familienrand als Laborbedingung der Texte, er erscheint in den Texten selbst, wie hineingespiegelt, als Treppenwesen, mittels Treppenbildern und Treppenmomenten. Das kann unendlich lang dauern oder ganz kurz sein. Im »Urteil« rast Georg am Ende die Treppe hinunter, und dieses Hinunterrasen wird eins mit dem Lauf zur Brücke, dem Schwung über die Brücke, dem Sichfallenlassen von der Brücke. Es ist eine einzige Bewegung, ein Treppensturm, ein Treppengenuß in Treppenverzweiflung. Nach Max Brods Bericht hat sich Kafka beim Schreiben des Schlußsatzes die Vorstellung einer »starken Ejakulation« aufgedrängt.[510] Das ergibt keine »Deutung« der Erzählung, aber es ist ein wichtiger Verweis auf die Doppelung von Genuß und Verzweiflung, die mit dem Schwellenmoment verbunden ist. Übrigens hatte Kafka selbst, was als Kuriosum hier angemerkt werden darf, einen merkwürdigen Treppentrieb, frönte einem eigentümlichen Treppentreiben. Er berichtet darüber nicht ohne Ironie an Felice: »Ich würde dir zuliebe sogar meinen Lauf über die Treppen mäßigen. Ich habe nämlich die Gewohnheit – es ist der einzige übrigens selbsterfundene Sport den ich treibe – die Treppen als ein Schrecken aller Hinaufsteigenden hinunterzurasen.«[511] Dieses lustvolle kleine Ritual ist als inszeniertes Ereignis untergründig verknüpft mit den Treppenbildern und -szenen der Texte. Dort entspricht, wie die Grundparadoxie es nicht anders erwarten läßt, dem kurzen Treppenrasen das endlose Treppenbewohnen. Am reinsten wohl erscheint das in der Gestalt Odradeks, des so berühmten wie undefinierbaren kleinen Wesens aus der Erzählung »Die Sorge des Hausvaters«.[512] Von Odradek heißt es: »Er hält sich abwechselnd auf dem Dachboden, im Treppenhaus, auf den Gängen, im Flur auf.«[513] Das meint sehr genau: nicht in der Wohnung, aber auch nicht draußen, nicht richtig im Haus und nicht richtig außer Hauses – der Familienrand als Biotop. »Manchmal, wenn man aus der Tür tritt und er lehnt gerade unten am Treppengeländer, hat man Lust ihn anzusprechen«, sagt der »Hausvater«, der, wie man gegen Schluß des Prosastücks etwas verblüfft feststellt, das Ganze erzählt. Und weiter – womit er nun auch von der Raumordnung der Treppenwelt zu deren Zeitordnung gelangt – : »Vergeblich frage ich mich, was mit ihm geschehen wird. Kann er denn sterben? Alles, was stirbt, hat vorher eine Art Ziel, eine Art Tätigkeit gehabt und daran hat es sich zerrieben; das trifft bei Odradek nicht zu. Sollte er also einstmals etwa noch vor den Füßen meiner Kinder und Kindeskinder mit nachschleifendem Zwirnsfaden die Treppe hinunter kollern?«[514] Da wird das Wohnen auf der Treppe, auf der erweiterten, vervielfachten Schwelle (was ist eine Treppe anderes?), endlos. Wie sich unter den Füßen Roßmanns die Schiffstreppen räumlich zu verlängern schienen, verlängert sich hier die Zeit.

Innerhalb einer Erzählung kann die Treppe als beides vorkommen: die unmittelbare Erscheinung des Schwellenorts und die Metapher für ihn. Es brauchen hier nicht alle Belegstellen aufgezählt zu werden. Wie weitgehend etwa der »Process«-Roman auf Treppen und Dachböden, also im Odradek-Biotop, spielt, ist allgemein bekannt. Besonders frappierend allerdings erscheint in diesem Zusammenhang die Geschichte vom Jäger Gracchus. In ihr nämlich wird nun tatsächlich die Treppe zur ausgeführten Metapher für den Aufenthalt im Nunc stans der Initiationssekunde. Diese selber erscheint grandios versinnlicht in einer rituellen Flußüberquerung nach dem Tod, der doch kein Tod ist, wobei der Kahn in der Mitte des Gewässers, wo man sich eigentlich nicht länger als für die Dauer eines Ruderschlags aufhält, abdreht und endlos durch die Welt fährt. Endlos also wird die Sekunde des Übergangs ausgedehnt, zur ganzen Welt wird die winzige Stelle in der Flußmitte erweitert. »Seit Jahrhunderten«[515] existiert der Jäger so, und »durch alle Länder der Erde«[516] reist er. Als er starb, starb er so glücklich, wie man nur in ein neues Leben übertritt – wörtlich: »in das Totenhemd schlüpfte ich wie ein Mädchen ins Hochzeitskleid.«[517] Die Bemerkung allein verknüpft diesen Tod mit dem Grundereignis der Initiation. Weit deutlicher aber noch wird der Zusammenhang im Gespräch, das der lebendige Tote (ein Paradox wie der ewige Augenblick und der weltweite Punkt) mit dem Bürgermeister der Hafenstadt Riva führt, wo er eben gelandet ist.

»Sind Sie tot?«
»Ja«, sagte der Jäger, »wie Sie sehen. Vor vielen Jahren, es müssen aber ungemein viel Jahre sein, stürzte ich im Schwarzwald – das ist in Deutschland – von einem Felsen, als ich eine Gemse verfolgte. Seitdem bin ich tot.«
»Aber Sie leben doch auch«, sagte der Bürgermeister.
»Gewissermaßen«, sagte der Jäger, »gewissermaßen lebe ich auch. Mein Todeskahn verfehlte die Fahrt, eine falsche Drehung des Steuers, ein Augenblick der Unaufmerksamkeit des Führers, eine Ablenkung durch meine wunderschöne Heimat, ich weiß nicht, was es war, nur das weiß ich, daß ich auf der Erde blieb und daß mein Kahn seither die irdischen Gewässer befährt. So reise ich, der nur in seinen Bergen leben wollte, nach meinem Tode durch alle Länder der Erde.«
»Und Sie haben keinen Teil am Jenseits?« fragte der Bürgermeister mit gerunzelter Stirne.
»Ich bin«, antwortete der Jäger, »immer auf der großen Treppe, die hinaufführt. Auf dieser unendlich weiten Freitreppe treibe ich mich herum, bald oben, bald unten, bald rechts, bald links, immer in Bewegung. Aus dem Jäger ist ein Schmetterling geworden. Lachen Sie nicht.«
»Ich lache nicht«, verwahrte sich der Bürgermeister.[518]

Da ist sie also wieder, die »große Treppe«, aber jetzt nicht als Ort der Handlung im fiktionalen Raum, sondern als Metapher im Mund des Helden, mit deren Hilfe er das Paradox seiner Existenz zu formulieren versucht. Die Treppe wird dabei mythisiert. Aus dem architektonischen Bestandteil des Bürgerhauses wird sie zu einem gewaltigen Ereignis im Freien, wo »oben das Tor leuchtet«, wie es zwei Zeilen später heißt, das Tor zum Jenseits, das große Ziel, angesichts dessen der Jäger verharrt. Vor sich dieses Tor, hinter sich den Austritt aus dem Leben, so treibt er sich »immer« herum, und die Treppe ist »unendlich weit«. Die Bewegung aber ist diejenige Odradeks: »bald oben, bald unten, bald rechts, bald links«. So wie die Treppe hier als Bild steht für das Dasein im abgedrehten Kahn, könnte in Odradek der abgedrehte Kahn als Bild erscheinen für das Dasein auf der Treppe. Fast den Atem aber will es einem verschlagen, wenn man nun auch noch den dritten Vergleich liest, mit dem das Treppenleben seinerseits wieder versinnlicht wird: »Aus dem Jäger ist ein Schmetterling geworden.« Das ist die alte ewige Chiffre der Seelenwandlung. Wie kommt die Vorstellung in diesen Text? Und meint sie jetzt wirklich einmal die geglückte, die vollendete Verwandlung? Die Logik des Bildes entwickelt sich aus der ziellos gaukelnden und kreisenden Bewegung auf der Treppe. Dies ist das primäre tertium comparationis, das es möglich macht, vom Schmetterling überhaupt zu reden. Und zugleich ist der Schmetterling, der sonst das erreichte Ziel bedeutet, hier der ewig vor dem Tore Flatternde, der nie hinauf und hinein gelangt. Er spricht also seinerseits von beidem, vom Aufbruch in die große Verwandlung und vom Verharren mitten in der Passage. So bleibt der Jäger denn an keinem und allen Orten, in keiner und aller Zeit, lebendig tief im Tode. Seine letzten Worte in der Erzählung: »Ich bin hier, mehr weiß ich nicht, mehr kann ich nicht tun. Mein Kahn ist ohne Steuer, er fährt mit dem Wind, der in den untersten Regionen des Todes bläst.«[519]

Aber auch »Tod« muß man hier anders lesen, als man es üblicherweise tut. Statt seiner könnte man auch »Leben« sagen oder keines von beiden oder etwas Namenloses dazwischen. »Tod« ist das berechtigte Wort, insofern wirklich Abschied genommen wird vom bisherigen Leben; »Leben« wäre das berechtigte Wort, insofern es um eine Bewegung auf die höchste Zielexistenz hin geht. Also ist dieser Tod immer noch mehr Leben als das vorherige Leben. Und wenn der »Wind« aus den »untersten Regionen des Todes« bläst, heißt das zunächst einmal nichts als das radikale Wegdrehen von aller üblichen Lebensordnung. In der christlichen Vorstellungswelt entspräche das in etwa dem Zustand, wo die Toten zwar bereits gestorben, aber noch nicht auferstanden sind, jener auch für die Frommen recht ungeklärten Zeit zwischen dem Sterben und dem Jüngsten Tag. Es gibt eine Stelle in den Briefen an Milena, wo Kafka selbst genau diesen Vergleich bringt, überdies auch noch im Zusammenhang mit seinem Dahinfahren in einem Kahn, allein und ausgestreckt unter den Brücken der Stadt Prag durch:

> Vor einigen Jahren war ich viel im Seelentränker (manas) auf der Moldau, ich ruderte hinauf und fuhr dann ganz ausgestreckt mit der Strömung hinunter, unter den Brücken durch. Wegen meiner Magerkeit mag das von der Brücke aus sehr komisch ausgesehn haben. Jener Beamte, der mich eben so einmal von der Brücke sah, faßte seinen Eindruck, nachdem er das Komische genügend hervorgehoben hatte, so zusammen: Es hätte so ausgesehn, wie vor dem Jüngsten Gericht. Es wäre wie jener Augenblick gewesen, da die Sargdeckel schon abgehoben waren, die Toten aber noch stillagen.[520]

Die Stelle ist nicht nur wegen des Bildes von Bedeutung, das Kafka offenbar schlagend eingeleuchtet hat, wenn es nicht überhaupt von ihm selbst stammt, sondern auch wegen dieses weiteren »Sports«, den er für sich erfunden hat und praktizierte. Sein Treppenrasen ist offensichtlich nicht das einzige Alltagsritual, das auf geheimnisvolle Art mit den Geschehnissen in seiner erzählten Welt korrespondiert.

Auch in den Briefen drängt sich Kafka das Bild von der Treppe, von einer Existenz als Treppenbewohner wiederholt auf. Und immer verbindet es sich mit der Expansion der Zeit oder des Raums oder beider zusammen. Auch ist es deutlich so, daß die Treppe in den Selbstzeugnissen stärker ins Mythische gesteigert wird als in den Erzähltexten, wo ja der Ursprung des Bildes, Schwelle und Treppe im Bürgerhaus, häufig genug unmittelbar vor Augen rückt. In einem Brief an Max Brod vom September 1917 erscheint die Treppe ähnlich wie im »Gracchus« als der Lebensort mit dem unerhörten, aber unerreichbaren Ziel hoch oben an ihrem Ende. Nur ist dieses Ziel jetzt nicht das leuchtende Tor zum Jenseits, sondern das Ehebett. Und man beachte, wie auch hier die Treppenmetapher ihrerseits durch eine weitere, die Napoleon-Metapher, erläutert wird:

Erkenntnis der ersten Stufe. Der ersten Stufe jener Treppe auf deren Höhe mir als Lohn und Sinn meines menschlichen (dann allerdings nahezu napoleonischen) Daseins das Ehebett ruhig aufgeschlagen wird. Es wird nicht aufgeschlagen werden und ich komme, so ist es bestimmt, nicht über Korsika hinaus.[521]

Die Stelle ist für die zentrale Behauptung, die in dieser Studie über Kafka aufgestellt wird, von höchster Bedeutung. Sie definiert die Treppe, den Ort des mißratenen Sohnes am Familienrand, unabweisbar von dem Ziel her, das draußen wartet und den Sohn über die Grenze zieht. Es ist das Ehebett, ist Frauenliebe und Hochzeit und Gattenleben. *Dahin* bricht er auf, und im Aufbruch *dahin* schwebt er ewig über der Schwelle, wurzelt er ewig unter dem Torbogen, steht er ewig auf der ersten Stufe. Die ganze Treppe hinaufzulaufen wäre eine Leistung, sagt er, analog zur Weltkarriere Napoleons – man beachte, daß diese Größenvision nicht ironisiert wird! –, und da er auf der ersten Stufe verharrt, bleibt er ein Napoleon, der nie von Korsika wegkommt. Der Familienrand ist also stets zweierlei: das räumliche Nichtdraußen und Nichtdrinnen und das lebensgeschichtliche Nichtmehrkindsein und Nochnichtverheiratetsein. Daß es dabei kein Drittes gibt, daß dies ein fürchterliches Entweder-Oder darstellt, ist die Grundregel des Lebenslabors.

Auch im Brief an den Vater operiert Kafka mit dem Verharren auf der ersten Treppenstufe; auch hier steht deutlich genug das Ehebett am Treppenende. Die Mythisierung aber läuft diesmal über die Vision einer Übergröße dieser Stufe oder auch eines Anwachsens dieser Stufe unter den Füßen des Steigenden. Wie er als Napoleon nicht von Korsika weggelangt, gelangt er hier als Treppengänger nicht über den ersten Tritt hinaus.

Es ist so wie wenn einer fünf niedrige Treppenstufen hinaufzusteigen hat und ein zweiter nur eine Treppenstufe, die aber so hoch ist wie jene fünf zusammen; der Erste wird nicht nur die fünf bewältigen, sondern noch hunderte und tausende wei-

tere, er wird ein großes und sehr anstrengendes Leben geführt haben, aber keine der Stufen, die er erstiegen hat, wird für ihn eine solche Bedeutung gehabt haben, wie für den Zweiten jene eine, erste, hohe, für alle seine Kräfte unmöglich zu ersteigende Stufe, zu der er nicht hinauf und über die er natürlich auch nicht hinauskommt.
Heiraten, eine Familie gründen, alle Kinder, welche kommen wollen, hinnehmen, in dieser unsichern Welt erhalten und gar noch ein wenig führen ist meiner Überzeugung nach das Äußerste, das einem Menschen überhaupt gelingen kann.[522]

Der letzte Satz benennt ganz klar das Ziel, dessentwegen einer überhaupt auf die Treppe, auch auf deren erste Stufe gelangt. Warum aber diese Stufe so ungeheuer hoch ist, unübersteigbar für den einen Mann, während alle andern leicht über »hunderte und tausende« klettern, davon ist hier nicht die Rede. Die Wahrheit schlägt nur unterschwellig durch in der mythenbildenden, also poetischen Gewalt, die spürbar wird, sobald das Stichwort der Treppe fällt. Das eigentümliche Reden *von* dem Ort deutet auf das, was *an* diesem Ort geschieht und nur hier geschehen kann: die ekstatische Erhebung. Die Vorstellung von der einen Stufe, die unter dem Fuß immer um soviel wächst, daß sie nicht betreten werden kann[523] - wie das Wasser vom Mund des dürstenden Tantalos wegsinkt, sobald die Lippen sich nähern –, kann umkippen in die riesigste denkbare Treppenvision überhaupt, das Stiegengefüge im Innern des babylonischen Turms, das in jeder Richtung unendlich ist. Damit wird die Frage nach oben und unten belanglos – wie für den Schmetterling im »Gracchus«. Ein Brief an Brod läßt dieses babylonische Phantasma kurz und unvergeßlich aufblitzen:

... das, was ich gestern zeigte (...) ist natürlich nur der Vorgang in einem Stockwerk des innern babylonischen Turmes, und was oben und unten ist, weiß man in Babel gar nicht.[524]

Daß sich die Schwellenexistenz bald von der Hochzeit, dem wartenden Ehebett, bald vom Sterben, dem gleißenden Himmelstor, her definiert, ist unter dem übergreifenden Aspekt der Initiation und ihrer Rituale leicht einzusehen. Für den klassischen Rite de passage ist der Gang ins Ehebett ein Sterben und Auferstehen. Kafka beschäftigt sich denn auch mehrfach mit dem Zustand auf dem Totenbett, wobei er, wie zu erwarten ist, die Situation sogleich auf die paradoxe Struktur hin verwandelt. Aus den letzten Lebensminuten wird ein Dasein ohne Ende, und dieses ist schöpferisch. Der Sterbende singt. Schon Gracchus spricht davon:

Hier liege ich seit damals (...) Ich (...) war tot und diese Barke sollte mich ins Jenseits tragen. Ich erinnere mich noch, wie fröhlich ich mich hier auf der Pritsche ausstreckte zum erstenmal. Niemals haben die Berge solchen Gesang von mir gehört wie diese vier damals noch dämmerigen Wände.[525]

Das korrespondiert direkt mit der großartigen Stelle in einem Brief an Milena, wo Kafka sich von den geläufigen Witzen über die Opernsänger distanziert, die, auf den Tod verletzt, immer weiter ihre Arien singen. Genau dies, meint er, sei die wahre Befindlichkeit: »... es ist unrecht über den Helden zu lächeln, der mit der Todeswunde auf der Bühne liegt und eine Arie singt. Wir liegen und singen jahrelang.«[526]

Im Sterben liegen – jede Vorstellung davon wird für Kafka sogleich zu einer neuen Inszenierung der Schwellenexistenz, und wenn er selbst einmal sagt, »das Beste was (er) geschrieben habe«[527], seien Szenen des langsamen Sterbens, verweist er damit selbst auf den geheimnisvollen Umschlag der Schreibsituation in die beschriebene Situation, der sein Werk durchwühlt und durchwaltet. Und er macht zugleich deutlich, welches Glück für ihn darin liegt, solche Sterbende zu beschreiben: »Für mich (...) sind solche Schilderungen im geheimen ein Spiel, ich freue mich ja in den Sterbenden zu sterben (...) und meine Klage ist daher möglichst vollkommen, bricht auch nicht etwa plötzlich ab wie wirkliche Klage, sondern verläuft schön und rein.«[528] »Vollkommen« ist Kafkas Schlüsselwort für seine Kunst, für alle Kunst. Was immer seine Kunst für uns sein mag, was alles sie dem Jahrhundert und der ganzen Welt bedeuten kann, – für ihn selbst war sie »vollkommen«, oder sie verdiente nicht zu sein. In der endlos gedehnten Schwellensekunde allein kann solche Vollkommenheit entstehen, und da das Sterben eine der zentralen Verzifferungen dieser Schwellensekunde ist, rückt es immer neu ins Textgeschehen selbst. So ist ja auch die »Verwandlung« ein langes, langes Sterben, wie der »Hungerkünstler« eines ist und die »Strafkolonie« und so viele andere Geschichten auch. Aber nie bedeutet »Sterben« das, was es sonst überall bedeutet, ein Ende, einen Schluß, den Schluß schlechthin, sondern es meint einen Zustand, der verwandt ist mit einem ganzen Spektrum anderer Zustände, mit der Menschwerdung eines Affen zum Beispiel wie im »Bericht an eine Akademie«, oder mit der langsamen Befreiung vom eigenen Körper, einem Dasein entgegen, wo man endlich nicht mehr Fleisch wäre, sondern nur noch Sprache oder Gesang: »et caro verbum facta est«. So, unter anderem, bei der singenden Josephine. Nicht der Tod ist das Entscheidende bei den vielfältigen Sterbeberichten Kafkas, sondern der Moment des absoluten Dazwischen: zwischen Leben und Tod, zwischen Familie und Hochzeitsbett, zwischen Haus und Straße, zwischen Brücke und Schloß, zwischen Verhaftung und Urteil, zwischen alter und neuer Welt, zwischen Leib und Gesang, zwischen – mit der jüdisch-christlichen Mythologie gesprochen – Paradies und Sündenfall.

Wie, so könnte man jetzt als eigentliche Testfrage formulieren, wie erscheint die Geschichte vom Sündenfall bei Kafka? So erscheint sie: »Es ist so wie wenn Eva den Apfel (manchmal glaube ich, ich verstehe den Sündenfall wie kein Mensch sonst) zwar abgerissen hätte, aber nur um ihn

Adam zu zeigen, weil er ihr gefallen hat. Das Hineinbeißen war das Entscheidende, das Mit-ihm-spielen war zwar nicht erlaubt, aber auch nicht verboten.«[529]

Abgerissen, aber nicht hineingebissen, und an die Stelle der mythischen Tat, jenes Bisses, der für die Vereinigung mit der Frau steht, für das neue Wissen und den Anfang des neuen Lebens, tritt das Spiel mit dem Apfel, das »Mit-ihm-spielen« – die wahrste und schwierigste Formel vielleicht für Kafkas Kunst überhaupt. Wie lange spielt man so? Die unerhörte Konsequenz von Kafkas Bilderrede, wenn es um die Schwellenexistenz geht, findet auch hier die genaue Antwort: bis der Apfel verfault ist. Dies geschieht wörtlich in der »Verwandlung«, wo das Corpus delicti des Sündenfalls, des berühmtesten aller Initiationsmythen, dem kriechenden Sohn vom Vater genau an der Schwelle so in den Rücken geworfen wird, daß er eindringt und steckenbleibt und da langsam verfault. Dieses Verfaulen geht zusammen mit dem langsamen Sterben. Als der Apfel gänzlich verfault ist, stirbt auch Gregor. Daß die Frucht in der »Verwandlung« nicht als prächtiges Spielzeug erscheint, sondern als grausige Wunde im Leib, entspricht der Identität von Herrlichkeit und Misere in der Schwellenexistenz. Wie in der Briefstelle wird auch in der »Verwandlung« der Apfel des Paradieses zum Besitz, wie dort unterbleibt der Biß ins Fruchtfleisch. Für den mythischen Bericht sind Pflücken und Beißen eine einzige Handlung – »von dem Baum der Erkenntnis essen«, heißt es am Schluß von Kleists »Marionettentheater«. Bei Kafka wird aus dieser Sekunde eine Lebensdauer. Wie die Metamorphose geschieht und der Schmetterling doch ohne Flügel bleibt, gerät Gregor in den Besitz des Apfels und berührt ihn doch nicht. Mit einer Sicherheit, die nur aus dem Trancezustand des Schreibens zu erklären ist, greift Kafka die unterschiedlichsten Initiationsgeschichten und -symbole auf und verbindet und überblendet sie spielerisch – »für mich sind solche Schilderungen im geheimen ein Spiel.«[530]

So also ist entstanden, was man mit einigem Grund die Bibel des 20. Jahrhunderts nennen darf. Kein anderes Werk wird in der westlichen Welt mit solchem Ernst, solcher Hingebung gelesen, kein anderes wird so wild, so tausendfältig anders ausgelegt. Gleich der heiligen Schrift und den alten Orakeln transportiert es für die Leser den Sinn, auf den es einzig ankommt, die Wahrheit des Zeitalters, ohne daß je einer diesen Sinn anders als nur für sich selbst verbindlich hätte ausmachen können. Auch das Wissen um das Lebenslabor erschließt nicht die Bedeutung der Texte. Mag noch so viel von seiner Einrichtung, seiner Raum- und Zeitstruktur in den Texten selbst sichtbar werden – ihre Wahrheit erscheint erst, wenn ich das alles wieder vergesse und die Zeichen rein, klar, »vollkommen« eben dastehen – ohne Sinn und doch so hundertsinnig wie die hundert Namen Allahs. Die Bedeutung des vollkommenen Zeichens ist allein das, was dieses mir, dem augenblicklichen Leser, aus der Brust holt. Es waltet hier eine Art von spirituellem Vampirismus. Kafkas Geschichten saugen, was sie bedeuten, dem, der sie liest, aus dem lebendigen Leib.

Damit steht das nun offen gegeneinander: einerseits die Vollkommenheit des Geschriebenen mit seinem Sinn, der so lebenswichtig und zugleich zweideutig ist, als käme er aus dem klaffenden Mund der Sibylle – und andererseits die Banalität eines Prager Familienneurotikers, der immerzu heiraten möchte, aber keinesfalls heiraten will; der das Nichtheiraten als Schuld erfährt gemäß der Ordnung und Erwartung seiner jüdischen Familie und sich um diese ganze Ordnung und Erwartung doch weniger kümmert als um eine Minute nächtlichen Schreibens; der sich bis zum Tod in einem Zustand der artifiziellen Adoleszenz hält und zu diesem Zweck den Vater zu einem riesenhaft wankenden Goliath umbaut, einem gleichermaßen alterslosen Lebensmonster; der in diesem Käfig lebt als dem einzigen Ort schrankenloser Freiheit, in diesem »Jardin des supplices« als einem unbegrenzten Garten der Lüste.[531] Wenn die lebensgeschichtliche Banalität dessen, der von sich selber sagt, daß er »umherirre wie ein Kind in den Wäldern des Mannesalters«,[532] und der fanatisch den mißratenen Sohn spielt, wenn diese lebensgeschichtliche Banalität einer chronischen Adoleszenzklemme in den Texten als deren Hauptsache gesehen und gesucht wird, erlöschen sie auf der Stelle. Sie werden, wie das Gold im Märchen, zu stumpfer Kohle. Wer lebt denn schon ohne Klemmen irgendwelcher Art? Wer ist nicht überzeugt, die Eltern seien sein Lebensunglück? Einer mehr oder weniger von der Sorte, was fällt das ins Gewicht? Und doch ist es zuletzt wieder die lebensgeschichtliche Banalität, was die Unwiderstehlichkeit der Szenen und Bilder Kafkas erst ermöglicht. Aus der banalen Einfachheit der Lebenssituation ergibt sich die magische Einfachheit der Texte. Die Orakelzeichen gewinnen ihre Gewalt aus der Simplizität des Ursprungs. Der mißratene Sohn am Familienrand, endlos – sei es nun Schicksal, sei es Inszenierung –, diese konkrete räumliche und zeitliche Gegebenheit zeugt fortwährend Bilder ihrer selbst, die dem Leser begegnen als Hieroglyphen seiner eigenen Existenz. Die Riten und Symbole der Initiation, die aus der innersten Beschaffenheit der Schwellenexistenz einschießen in die Erzählungen und Romane, verbinden sich in der Erfahrung der Leserinnen und Leser mit allem, was sie selbst an dramatischen Abläufen von Hinsterben und Neugeburt hinter sich haben oder als auf sie zukommend ahnen.

Der Mensch – über diese anthropologische Tatsache führt keine Theorie hinaus – ist als einziges Lebewesen geschlagen mit dem Gedanken des Paradieses und also einer Erlösung. Daß es den Begriff hat vom absoluten Glück, macht das Entsetzliche dieses Geschöpfs aus. Der Mensch hat nicht zu denken begonnen, als er aus dem Paradies vertrieben wurde, sondern als er zu denken begann, schuf er sich auf der Stelle die furchtbare Idee des Paradieses, mit der er fortan lebt wie mit einem faulenden Apfel im Chitinpanzer. Jeder trägt das anders aus, aber keiner kann einen Tag verbringen oder eine Nacht durchträumen, ohne daß die Idee der Erlösung in irgendeiner Form über ihn kommt und ihn sein Harren und Warten spüren läßt auf den großen Übertritt. In jeder Religion, in jedem politischen Programm, in der Gleichheitsparole der Verfassungspräambeln und im Ungleichheitsgeschrei der Nationalisten und Fundamentalisten, steckt das Gift dieser Idee. Sie ist das endogene Opium des homo sapiens. Ob der einzelne an ein absolutes Glück glaubt oder nicht, ändert nichts daran, daß ihm der Gedanke aufsitzt wie ein Kobold. Das wohnt in mir, bebt in mir immerzu und magnetisch ausgerichtet wie die Nadel, die zum Nordpol weist. Belanglos ist, ob ich die Erlösung hinter mir oder vor mir sehe, das Paradies als verlorenes oder kommendes begreife. Das ist ein Unterschied nicht einmal wie zwei Paar Stiefel. Der Weg ist umkehrbar. Die Richtung ist immer auch die Gegenrichtung. So verhält sich der Mutterschoß zum Himmel: Anfang und Ende des babylonischen Turms, »und was oben und unten ist, weiß man in Babel gar nicht.«

Wenn die überragende Konstante in Kafkas Werk die Schwellenexistenz ist, die endlose Sekunde des Sprungs in die Vita nuova, das lebenslange Verharren im Torbogen (mit oder ohne Türhüter), dann erwecken alle Bilder, die sich von da herleiten, ein lautes, ein durch alle Nerven klingendes Echo in der Seele des Lesers – eben weil dieser auf je seine Weise von Erlösung weiß. Und wie immer ich mich mit dem ätzenden Traum arrangiert habe – politisch oder religiös oder psychologisch, als Wohltäter oder als Verbrecher, als Fixer oder Asket, als Künstler oder Killer –, welche Wahrheit immer ich mir zur Betäubung der schwärenden Wunde zubereitet habe: angesichts von Kafkas Geschichten fällt alle Anästhesie aus, und mein ältestes Wissen trifft mich wie zum ersten Mal.

Siebter Teil: Der langsame Sturz und die neue Macht

XLIV. Die große Koalition

Gottes Auge auf dem Vater. Johann Christian Günther muß es erfahren. Die Abraham-Isaak-Geschichte als Provokation der Vernunft. Goethes Schock bei der Nacherzählung. Rettung in eine historische Lektüre. Das Gottesbild geschichtlich. Die Krise der großen Koalition.

Still und unverwandt blickte Gottes Auge auf den Vater. Darüber wurde dieser unanfechtbar und unerschütterlich. Ihm war ein Amt gegeben, und Gottes unbewegter Blick, den er auf sich ruhen fühlte, bestätigte täglich das Amt. Aufgetragen war ihm, seinerseits mit solchem Auge auf seine Kinder zu blicken. Für sie war der eine Strahl vom andern nicht zu unterscheiden. Es gab Geschichten, die wie brennende Zeichen die Einheit bestätigten. Zuoberst, grausig und geheimnisvoll, stand die Geschichte von Abraham, dem aufgetragen wurde, seinen Sohn zu opfern, und der auf der Stelle auszog, dies zu tun, wobei der ahnungslose Sohn das Holz zum Feuer tragen mußte, das Messer war beim Vater. Im letzten Moment verhütete der Allerhöchste die Gräßlichkeit. Der Sohn lag bereits gefesselt auf dem Holzstoß, und das Messer schwebte über ihm in der Luft. Eine einfache und eindeutige Geschichte war das, zu lesen im 22. Kapitel der Genesis. Es erschien darin eine doppelte Spiegelung: Abrahams Gehorsam wiederholte sich im Kind, das die Scheiter ruhig zum Steinhaufen trug, und Gottes Herrschaft wiederholte sich in Abraham, der ohne Zögern – darin den Römern verwandt, den Brutus und Manlius und Verginius – dem Gebot folgte. Als Prüfung für Abraham verstanden, war die Geschichte noch einigermaßen harmlos, ein Test auf seinen Gehorsam. Als Beschreibung seines Amtes hingegen und seiner Kompetenzen und Gewalten war sie für alle Söhne, für alle Kinder ominös. Wenn schon dem unschuldigen Isaak solches um ein Haar hätte zustoßen können, wie selbstverständlich mußte das erst geschehen, sobald ein Sohn mißriet, verdarb und verkam! Und wie selbstverständlich war dann das Urteil des Vaters zugleich das Urteil Gottes! Durfte man je einen Unterschied machen zwischen dem Vater im Himmel und dem Vater auf Erden? Wenn zum Beispiel der auf Erden noch unerbittlicher schien als der im Himmel – konnte man gegen jenen an diesen appellieren? Oder galt auf jeden Fall das strengere Urteil?

Mit dem im Himmel wär es gut,
Ach, wer versöhnt mir den auf Erden?[533]

stößt Johann Christian Günther, die leidenschaftlichste lyrische Stimme des frühen 18. Jahrhunderts, hervor, schreit er förmlich heraus, der Verzweifelte, in dem Gedicht »Nach der Beichte an seinen Vater«. Und in einem riesigen Poem, das vollgültig neben Kafkas »Brief an den Vater« stehen darf, taucht diese Gleichsetzung von neuem auf, wiederholt sich das Flehen an beide Gewalthaber zugleich:

Doch, ihr Väter, du im Himmel und auch du auf dieser Welt,
Schont doch endlich ...[534]

Es nützt ihm nichts. Der im Himmel schweigt, und der auf Erden weist ihn von der Tür. Nichts bewirkt die grandiose Epistel, und ein Jahr später, 1723, stirbt Günther in Not und Elend, stirbt an der Verstoßung durch »den auf Erden«, 28 Jahre alt.[535]

Er hat beide Väter bestürmt, flehend und in den beweglichsten Versen seiner Zeit. Bald rief er den im Himmel an, bald den auf Erden, und der Unterschied der Adressaten ist oft gar nicht auszumachen. So richtet er sich »An Gott«:

Nun, lieber Gott, du bleibst ja lange,
Ich weiß nicht, was ich denken soll.
Der Zweifel macht der Hoffnung bange,
Ich weine Bett und Bibel voll;
Ach, soll denn ich, nur ich allein
Ein Greuel meines Schöpfers sein?[536]

So an den leiblichen Vater:

Vater, willst Du noch an mir deines Alters Stab zerbrechen?
Vater, ach, bedenk es doch! Ach was wird die Langmut sprechen?
Vater, denkt denn deine Liebe gar an keine Wiederkehr?
Ach, ich bitte deinetwegen, mach uns nicht das Sterben schwer![537]

Und wahrhaft schrecklich – schrecklich nach den Begriffen der frühen Aufklärung, deren tapferer Vorstreiter Günther war; schrecklich in der Optik der heutigen Psychologie, die solche Umdrehungen kennt – ist der Fluch gegen sich selbst, den Günther unter dieser Doppelverstoßung durch den Doppelvater ausstößt. Das alte: »Wärst du nur nie geboren!« – »Hätt' ich dich nur nie gezeugt!« nimmt er auf und richtet es in einer der dunkelsten Strophen der ganzen deutschen Literatur gegen die eigene Person:

Was wird mir nun davor? Ein Leben voller Not.
O daß doch nicht mein Zeug aus Rabenfleisch entsprossen,
O daß doch dort kein Fluch des Vaters Lust verbot,
O wär doch seine Kraft auf kaltes Tuch geflossen!
O daß doch nicht das Ei, in dem mein Bildnüs hing,
Durch Fäulung oder Brand der Mutter Schoß entging,
Bevor mein armer Geist dies Angsthaus eingenommen!
Jetzt läg ich in der Ruh bei denen, die nicht sind,
Ich dürft, ich ärmster Mensch und größtes Elendskind,
Nicht stets bei jeder Not vor größrer Furcht umkommen.[538]

»O daß doch nicht«, diese heute verschwundene Ausdrucksweise bedeutet: »O wäre doch ...« O wäre ich doch von Raben ausgebrütet worden! Selbst die sprichwörtlich schlechten Eltern, die Raben, von denen es heißt, daß sie ihre Jungen aus dem Nest werfen, können zu ihren Kindern nicht so hart sein wie dieser Vater zu mir. O hätte doch in der Stunde meiner Zeugung ein Zauberspruch den Vater impotent gemacht! O wäre doch das befruchtete Ei in einem Abortus aus meiner Mutter abgegangen! Diese Verdammung der eigenen Zeugung, unheimlich in der genauen Vorstellung des Ehebetts und des Liebeshandwerks der Eltern,[539] korrespondiert in trauriger Verkehrung mit den Zeugungs- und Geburtsverdammungen der eisernen Väter im Urteilsakt über ihre Kinder: »Hätte Gott mir doch versagt, Einst das Dasein dir zu geben!«[540], so Calderóns Basilius zu Sigismund. Und Racines Thésée zu Hippolyte:

C'est bien assez pour moi de l'opprobre éternel
D'avoir pu mettre au jour un fils si criminel.[541]

Günthers Verzweiflungsgedichte aber, in denen er sich hilflos unter dem Vater- und Gottesfluch windet, sind wie ein Echo auf den Verzweiflungsgesang des Hippolytos in der Phädra-Tragödie des Euripides aus dem fünften Jahrhundert vor Christus:

Wehe, wehe!
Ich Allerärmster,
Von frevelndem Vater mit frevelnden Flüchen geschändet.
Verloren bin ich!
Oh! Oh!
Es zuckt der Schmerz
Mir durch das Haupt,
Es tobt im Hirn
Der kalte Brand.[542]

Auch bei Günther geht es bis zur Körperqual: »Der Kummer wühlt in Mark und Beinen, / Die schon von Krankheit mürbe sind.«[543] Aber während der Grieche wenigstens das Verhalten seines Vaters eindeutig bewerten kann, als »frevelnd« zu benennen und zu bezichtigen wagt, bleibt für den gottgezeichneten Deutschen »der auf Erden« unverbrüchlich mit »dem im Himmel« verbündet. Ist doch zu glauben befohlen, daß »Gott auch im Schlagen liebt«.[544] Günther hat Leibniz studiert und dessen Theodizee mit seiner Vernunft nachvollzogen. Er hat die Lehre freudig übernommen, daß alles Übel der Welt nur ein notwendiger Teil des guten Ganzen sei, des besten aller möglichen Ganzen. Er bekennt sich lautstark zu dieser Metaphysik, obwohl ihm genügend Gegenargumente »in Mark und Beinen wühlen«. 40 Jahre vor Voltaires Roman lebt und stirbt er als ein leibhaftiger, ein erschütternder Candide. Noch im Elend stammelt er Leibnizens Grundaxiom nach: »Daß der Mangel in den Teilen zu dem Ganzen nötig sei.«[545] Darin liegt wohl die bewegendste Erfahrung, die man mit Johann Christian Günther macht: daß da einer stolz ist auf seine Vernunft, daß er sich ausgestattet weiß mit der Vernunft zum Zweck der Einsicht in den höheren Sinn aller Leiden, aber daß er dann mit Plagen geschlagen wird, vor denen diese Vernunft hilflos versagt. Er vermag die hochgemute Einsicht in die Vollkommenheit der Welt nicht länger zu leisten und weiß plötzlich nicht mehr, wozu ihm denn die Vernunft überhaupt noch taugen soll. Ähnlich dürfte es dem Knaben Isaak gegangen sein, als er begriff, daß er selbst das Opfertier war, für das er die Scheiter neben einem schweigenden Vater auf den Berg Morija getragen hatte.

Tatsächlich wurde die Geschichte von Abrahams selbstverständlichem Griff zum Messer für die aufgeklärten Frommen zu einem harten Stück Theologie. Hebel, der eminente Erzähler, der die Qualitäten einer Story gewiß zu beurteilen und zu schätzen wußte, hat in seinen Biblischen Geschichten die Abraham-Isaak-Legende auf die reine Idee reduziert. Um eines vernunftkompatiblen Gottes willen hat er auf die erzählerischen Chancen des Stoffs verzichtet, insbesondere auf das Moment der Ahnungslosigkeit Isaaks und auf dessen abgründiges Gespräch mit dem Vater: »Da sprach Isaak zu seinem Vater Abraham: Mein Vater! Abraham antwortete: Hier bin ich, mein Sohn. Und er sprach: Siehe, hier ist Feuer und Holz; wo ist aber das Schaf zum Brandopfer? Abraham antwortete: Mein Sohn, Gott wird sich ersehen ein Schaf zum Brandopfer. Und gingen die beiden miteinander.«[546] Das scheint Hebel, dem Mann, der das moderne Erzählen in deutscher Sprache mitbegründete, unerträglich gewesen zu sein. In seiner Nacherzählung heißt es bloß:

> Wieder einmal wollte Gott das Vertrauen und den Gehorsam des Abrahams auf die Probe stellen, menschlicher Weise zu reden, ob er imstande sey, sein Liebstes und Bestes, und Einziges, seinen Sohn Isaak, Gott wieder zu geben. Ja das war Abrahams Gehorsam und Vertrauen im Stande. Er hätte es gethan, er hätte ihn geopfert, ohne Murren, und ohne Widerrede. Diese fromme Ergebenheit gefiel Gott wohl (...).[547]

Wenig später hat Kierkegaard in »Furcht und Zittern« die gleiche Geschichte zum Anlaß genommen, um genau jene Unverträglichkeit von Glauben und Vernunft, die Hebel so gern beseitigt hätte, mit rücksichtsloser Wucht wieder herzustellen und den zuversichtlichen Philosophen seiner Zeit vor Augen zu rücken.

Man darf ohne weiteres sagen: Mit der Geltung oder Relativierung dieser Geschichte steht oder fällt die unbedingte Herrschaft des Vaters und seines Gottes. Johann Christian Günther stirbt, weil er die Herrschaft mittels seiner Vernunft nicht außer Kraft setzen kann, sondern bis zuletzt glaubt, sie müsse dieser Vernunft entsprechen und also auch seinen vernünftigen Argumenten am Ende zugänglich sein. »Wir wollen durch Vernunft und Fleiß / Die Schlüsse böser Schickung brechen«,[548] versucht er sich einzureden und berennt Vater und Gott unentwegt mit scharfsinnigen Gründen und Schlußfolgerungen. Jener Abraham indessen, der das Messer über seinem kleinen Sohn hochzieht, ist nur deshalb Vorbild, Muster und, nach dem Wort der Bibel, gesegnet in allen seinen Nachkommen, weil er wider alle Vernunft, wider alles Verstehen und Begreifen dem Befehl gehorcht. Nicht weil er als Vater dem Vatergott die Greueltat nicht zutraut, wird er zur wegweisenden Gestalt, sondern umgekehrt: weil ihm das Wesen Gottes in solcher Willkür und schrecklicher Setzung besteht und er auch seine eigene Vaterschaft danach bemißt.

Das Skandalon der Abraham-Geschichte für alles Denken in den Kategorien von »Vernunft« und »Natur« spiegelt sich weit deutlicher noch als bei Hebel in Goethes Nacherzählung der ersten Bücher Mosis aus dem Ersten Teil von »Dichtung und Wahrheit«. In einer Prosa von leuchtender Lapidarität und kühner Raffung berichtet er die biblischen Urvätergeschichten nach, bis er zu der Stelle kommt, wo er vom Opferbefehl an Abraham und dessen Gehorsam reden sollte. Genau hier hält Goethe inne. Genau hier kann er nicht fortfahren. Bisher war ihm alles vereinbar mit seinen Vorstellungen von einer »natürlichen allgemeinen Religion«, beruhend auf der »Überzeugung einer allgemeinen Vorsehung, welche die Weltordnung im ganzen leite«.[549] Damit ist es angesichts dieses schauerlich-heiligen Diktats vorbei. Goethe setzt zur Nacherzählung an und fällt sich sogleich ins Wort: »Die Himmlischen bereiten dem Erzvater noch die schwerste Prüfung. Doch von dieser können wir nicht reden, ohne vorher noch mancherlei Betrachtungen anzustellen.«[550] Hinter diesen Betrachtungen versteckt sich nichts anderes als eine Theorie von der Differenz zwischen Naturreligion und Offenbarungsreligion. Den Übergang markiert für Goethe genau dieses Isaak-Opfer. Es ist, obwohl sich der Autor vorsichtiger ausdrückt, so etwas wie ein zweiter Sündenfall: aus einer naturhaften Gläubigkeit in die kämpferische Konfessionalität, aus einem heiteren Vertrauen auf die allgemeine Vorsehung in den blinden Gehorsam gegenüber dem eigenen Gott. Über zwei Seiten hin stellt Goethe die Voraussetzungen dar, die in seiner Sicht den Befehl und Gehorsam des Isaak-Opfers überhaupt erst möglich machten. Er berichtet von der Ausfächerung der frühen Menschen in Jäger, Ackerbauern und Hirten, und wie sie gegenseitig zu Feinden wurden und die Vorstellung entwickelten, sie hätten je eigene Götter, die den Göttern der andern überlegen seien. Er berichtet von den Opferbräuchen, die sich in den frühen Kriegen entwickelt hätten und zu denen insbesondere gehörte, daß »die geopferten Tiere jeder Art (...) in zwei Hälften zerhauen, an zwei Seiten gelegt werden (mußten), und in der Straße dazwischen befanden sich diejenigen, die mit der Gottheit einen Bund schließen wollten«.[551] Und weiter berichtet er, daß – »auch ein auf den Frieden übertragener Kriegsgebrauch« – jede Weihe an die Gottheit identisch wurde mit einer rituellen Tötung. Alles Gelöbnis wurde ein Schlachten, »und so kommen (...) sogar die Nächsten, die eigenen Kinder, in den Fall, als Sühnopfer eines solchen Wahnsinns zu bluten.«[552]

In einem dreifachen Theoriestoß also versucht Goethe, das Skandalon des Isaak-Opfers aufzufangen und mit historisch-genetischen Überlegungen zu entschärfen. Erst jetzt kann er die Geschichte nacherzählen, aber nun erzählt er sie auch weit drastischer nach, als sie in der Bibel steht. Er reißt den frommen Schleier von der Szene und schafft Klarheit darüber, wozu dieser Vater in seinem Gehorsam, in seiner eigenen Vater-Allmacht bereit gewesen ist:

In dem sanften, wahrhaft urväterlichen Charakter Abrahams konnte eine so barbarische Anbetungsweise nicht entspringen; aber die Götter, welche manchmal, um uns zu versuchen, jene Eigenschaften hervorzukehren scheinen, die der Mensch ihnen anzudichten geneigt ist, befehlen ihm das Ungeheure. Er soll seinen Sohn opfern, als Pfand des neuen Bundes, und, wenn es nach dem Hergebrachten geht, ihn nicht etwa nur schlachten und verbrennen, sondern ihn in zwei Stücke teilen, und zwischen seinen rauchenden Eingeweiden sich von den gütigen Göttern eine neue Verheißung erwarten. Ohne Zaudern und blindlings schickt Abraham sich an, den Befehl zu vollziehen: den Göttern ist der Wille hinreichend.[553]

Großartig an der Stelle ist, wie Goethe, dem alle eisernen Väter abscheulich sind, so abscheulich wie ein einzelner, von der Natur abgetrennter und in der Weltgeschichte herumregierender Gott, den Menschen Abraham doch noch zu retten sucht. Indem er in einer dramatischen Sekunde das Unerbittliche des alttestamentlichen Gottes zum Produkt menschlicher »Andichtung« erklärt, kann er am »sanften, wahrhaft urväterlichen Charakter« Abrahams festhalten. Das geht nicht so ganz auf, geht vor allem mit der schrecklichen Vision des geforderten Opfers nicht zusammen, aber es zeigt sehr schön den Grundakt einer kritischen Auflösung jener mythischen Liaison zwischen »dem im Himmel« und »dem auf Erden«, an der Johann Christian Günther kaputtgehen mußte. Für Goethe – und darin prägte er nicht nur seine Zeit, sondern auch das ganze kommende Jahrhundert – wohnte die Gottheit in der allverbreiteten Natur; sie lebte und atmete in jedem Wesen, sei's ein Käfer, sei's ein König. Die theologisch-heilsgeschichtliche Weltdeutung, die ihren Fluchtpunkt im Richter des Jüngsten Tages hatte, löste sich bei ihm auf zu einem immanenten Weltsinn. Gleichzeitig trat für Goethes jüngere Zeitgenossen an die Stelle des Vorsehungsglaubens die Geschichtsphilosophie, trat an die Stelle der Lenkung aller Geschicke durch den Vatergott die Teleologie. Aus sich selbst heraus bewegte sich die Weltgeschichte nun auf ihr Ziel zu. Und so sehr dann auch noch die bürgerliche Welt des 19. Jahrhunderts, die bürgerliche Familie insbesondere, an der Jurisdiktion des Vaters festhält, mit der irreparablen Krise der theologischen Sinnstiftung in allen Bereichen des öffentlichen Lebens – Politik, Wissenschaft, Kunst – mußte auch in den ganz konkreten Vätern das Bewußtsein schwinden, daß auf ihrer Person still und unverwandt das Auge Gottes ruhe, daß der göttliche Blick sich in dem ihren verlängere, daß das Amt ihnen gegeben sei mit der Einrichtung der Welt überhaupt. Seit man Könige absetzen und sogar köpfen durfte, seit ein korsischer Korporal sich eigenhändig und ohne Salböl zum Kaiser krönen konnte, gab es mit der metaphysischen Fundierung aller Vaterherrschaft chronische Probleme. Wohl bleibt das Amt, aber seine Legitimation gerät in eine Dauerkrise. Es ist wie mit den Königen. Die regieren noch hundert Jahre lang den Kontinent – um 1850 ist die kleine Schweiz die einzige Republik in Europa –, aber die intellektuelle Reflexion hat den Sockel der Throne unreparierbar angefressen. In der Katastrophe des Ersten Weltkriegs erscheinen die zwei pathetisch verbündeten Kaiser, Wilhelm II. und Franz Joseph, mit ihrer privaten Schwäche und peinlichen Komik wie die Allegorien einer Macht, die sich nur noch über die äußeren Zeichen, die Folklore der Helmbüsche und Uniformen, aufrecht hält.

XLV. Der gemischte König

Die erstarkenden Mütter in der Vaterordnung. Ein Signal im 20. Jahrhundert: der Vater als Drohnenkollektiv. Männerdurcheinander bei den Damen Courage und Zachanassian. Die wachsende Schwäche der eisernen Väter. Abraham als Don Quijote. Die Machtverschiebung im Spiegel der Trivialliteratur. Ernst Zahn: »Die Mutter«. Das Zusammensinken des »gemischten Königs«. Vom ominösen Konditional in einem Vaterhymnus des 18. Jahrhunderts zu W. H. Audens Abgesang auf die Abraham-Connection.

Im Kontinuum der Literatur ist dieser Vorgang abzulesen an dem auffälligen Phänomen der erstarkenden Mütter innerhalb der Vaterordnung. Das ist nicht Matriarchat, auch wenn gelegentlich einiges in diese Richtung zu spielen scheint. Vielmehr wird die Macht der Mütter vom Verdämmern des Vatergottes weniger angefochten als die Väter selbst. Die Mütter waren ja, was das Amt betrifft, stets Delegierte des Vaters und hatten in seinem Namen die Ordnung mitgetragen. Das bleiben sie, auch wenn der Vater jetzt in Legitimationsnöte gerät. Es ist, als hätten die Mütter sich darum nicht zu kümmern. Die Kraft scheint ihnen – woher nur? – in dem Maße zuzuwachsen, wie sie den Vätern abhanden kommt. Das Vater- und Mutter-Porträt in Annette Drostes Erzählfragment muß auch in dieser Perspektive gesehen werden. Da nimmt die souveräne Mutter-Figur vorweg, was etwas später die Frau Regel Amrain bei Keller darstellt, was Gotthelf in mehreren Frauenfiguren zeigt – am mächtigsten in der Titelgestalt des »Jowäger«-Romans –, was in der Machtverteilung bei manchen Ehepaaren Fontanes aufscheint, den Briests und den Treibels zum Beispiel, und was schließlich um die Jahrhundertwende zu einem eigentlichen weltliterarischen Epochentopos wird. Die weiblichen Hauptfiguren in Strindbergs »Pelikan«, Gorkis »Wassa Shelesnowa«[554] und Hauptmanns »Biberpelz« scheinen die ganze Macht und Kraft an sich gezogen zu haben, die einst so selbstverständlich den eisernen Vätern eignete. Und wie sehr Bertolt Brecht auf diese literarisch-szenische Prägung der Jahrhundertwende immer wieder zurückgriff, zeigt sich im Überblick über seine wichtigsten Theaterarbeiten rasch genug.

Während die starken Mütter in der Literatur des 19. Jahrhunderts verunsicherte und tatgehemmte Männer neben sich haben, die ihre Schwäche gern hinter allerlei Philosophie verstecken, werden im Weiterlaufen der Figur im 20. Jahrhundert da und dort tatsächlich Signale matriarchaler Ordnung sichtbar. So erscheint der schwache Vater in der »Mutter Courage« als ein drohnenartig durcheinanderkrabbelndes Kollektiv kurz gebrauchter und wieder verabschiedeter Männer. Die Vaterschaft und vaterbestimmte Identität der Kinder wird dadurch verwischt, ganz wie in Bachofens

Theorie von der ältesten Stufe des Mutterrechts, wo die Kinder keinen offiziellen Vater, nur eine Mutter hatten. Die Frauen waren dort »keinem einzelnen Manne ausschließlich verbunden« und lebten in einer »regellosen Geschlechtsverbindung«.[555] In der Zufallswahl der Amazonen, aus der Kleist die Penthesilea-Tragödie entwickelte, lebt dieses Prinzip fort. Als Komödienszene verkleidet, taucht es in Brechts Strück umrißhaft auf. Erkennbar wird es weniger an der beträchtlichen Zahl von Männern, mit denen Anna Fierling, die Mutter Courage, Umgang hat, als an der Namensdiffusion bei den Kindern. Sie heißen zwar nach Männern, aber die Mutter und die Kinder selbst haben darüber weder die gleichen, noch überhaupt klare Vorstellungen:

DER FELDWEBEL Also dann heißt ihr alle Fierling?
MUTTER COURAGE Wieso? Ich heiß Fierling. Die nicht.
DER FELDWEBEL Ich denk, das sind alles Kinder von dir?
MUTTER COURAGE Sind auch, aber heißen sie deshalb alle gleich? Auf den älteren Sohn deutend: Der zum Beispiel heißt Eilif Nojocki, warum, sein Vater hat immer behauptet, er heißt Kojocki oder Mojocki. Der Junge hat ihn noch gut im Gedächtnis, nur, das war ein anderer, den er im Gedächtnis hat, ein Franzos mit einem Spitzbart. Aber sonst hat er vom Vater die Intelligenz geerbt; der konnt einem Bauern die Hos vom Hintern wegziehen, ohne daß der was gemerkt hat. Und so hat eben jedes von uns seinen Namen.
DER FELDWEBEL Was, jedes einen anderen?
MUTTER COURAGE Sie tun grad, als ob Sie das nicht kennten.
DER FELDWEBEL Dann ist der wohl ein Chineser? *Auf den Jüngeren deutend.*
MUTTER COURAGE Falsch geraten. Ein Schweizer.
DER FELDWEBEL Nach dem Franzosen?
MUTTER COURAGE Nach was für einem Franzosen? Ich weiß von keinem Franzosen. Bringen Sies nicht durcheinander, sonst stehn wir am Abend noch da. Ein Schweizer, heißt aber Fejos, ein Name, der nix mit seinem Vater zu tun hat. Der hieß ganz anders und war Festungsbaumeister, nur versoffen. (...)
DER FELDWEBEL Wie kann er da Fejos heißen?
MUTTER COURAGE Ich will Sie nicht beleidigen, aber Phantasie haben Sie nicht viel. Er heißt natürlich Fejos, weil, als er kam, war ich mit einem Ungarn, dem wars gleich, er hatte schon den Nierenschwund, obwohl er nie einen Tropfen angerührt hat, ein sehr redlicher Mensch. Der Junge ist nach ihm geraten.
DER FELDWEBEL Aber er war doch gar nicht der Vater?
MUTTER COURAGE Aber nach ihm ist er geraten.[556]

Die erste Courage auf einer Bühne war Therese Giehse, in Zürich, 1941. Für sie schrieb Friedrich Dürrenmatt 1955 seinen »Besuch der alten Dame«, ein Werk, das, zusammen mit Brechts »Courage«, zu den wenigen Arbeiten des deutschen Theaters in diesem Jahrhundert gehört, in denen sich taghelle Analyse mit archaischer Vision, das Soziologische und Psychologische mit dem Mythos ohne Zwang verbindet. Und hier taucht erneut jenes matriarchale Signal der Männerfülle und Männerverwirrung auf, noch grotesker verpackt allerdings. Die Chiffre des Vollmonds verstärkt dabei die symbolische Inszenierung weiblicher Macht. Ein Vergleich mit früheren Fassungen zeigt übrigens, daß Dürrenmatt die dreifache Erwähnung des Vollmonds erst nachträglich, also überlegt eingefügt hat. Es macht dies einerseits die Szene noch komischer, bei genauerer Betrachtung fügt es sich aber auch mit Gewicht in die Kette mythischer Zeichen, die durch das ganze Stück läuft:

CLAIRE ZACHANASSIAN *liest einen Brief* Er kommt, der Modeschöpfer. Mein fünfter Mann, mein schönster Mann. Entwarf noch jedes meiner Hochzeitskleider.
GATTE VIII Aber dein fünfter war doch Chirurg.
CLAIRE ZACHANASSIAN Mein sechster. *Sie öffnet einen weiteren Brief.* Vom Western-Railway-Besitzer.
GATTE VIII Von dem weiß ich gar nichts.
CLAIRE ZACHANASSIAN Mein vierter. Verarmt. Seine Aktien gehören mir. Verführte ihn im Buckingham-Palast. Beim Lichte des Vollmonds.
GATTE VIII Das war doch Lord Ismael.
CLAIRE ZACHANASSIAN Tatsächlich. Du hast recht, Hoby. Vergaß ihn ganz mit seinem Schloß in Yorkshire. Dann ist es mein zweiter, der schreibt. Lernte ihn in Kairo kennen. Küßten uns unter der Sphinx. War ein eindrucksvoller Abend. Auch Vollmond. Kurios: immer schien der Vollmond.[557]

Es wäre sicher falsch, von der Courage und der alten Dame aus eine kontinuierliche Entwicklung zu konstruieren. Die beiden Szenen markieren nur die zeitweilige Zuspitzung und Steigerung einer Tendenz zur Muttermacht, die in der Literatur seit dem frühen 19. Jahrhundert festzustellen ist. Auch wo die eisernen Väter noch richten und das Todesurteil sprechen, geschieht es nun nie ohne ein fast verzweifeltes Sich-Hochrecken ins alte, heilige Amt. Die Gelassenheit, mit der einst Helmbrecht auf seiner Schwelle stand und den blinden Sohn in den Untergang schickte, ist im bürgerlichen Jahrhundert bei den Müttern weit eher zu finden als bei den Vätern. Diese walten zwar gegebenenfalls ihres Amtes, aber sie brechen dabei gleichzeitig selber ein. Sie tun, was sie als ihre hohe Pflicht erachten, wie die Römer vor dem Gesetz, wie Abraham unter dem Befehl seines Gottes, aber die unerschütterliche Ruhe noch des Kurfürsten im »Homburg« ist einer auch körperlichen Erschütterung gewichen. Bei Storm trifft sowohl in »Carsten Curator« wie in »Hans und Heinz Kirch« den Vater angesichts der tödlichen Konsequenz seines Urteils der Schlag. In beiden Erzählungen leben diese Männer nur noch mühsam fort, schadhaft, als Schattenfiguren. Auch auf das Todesurteil Rudolfs II. über seinen natürlichen Sohn Don Cäsar in Grillparzers »Bruderzwist« folgt in der anschließenden Szene schon der Tod des Kaisers. Die Differenz zum 18. Jahrhundert ist gerade hier aufschlußreich. Wenn man nämlich den intertextuellen Bezug des »Bruderzwists« zu Schillers »Don Carlos« studiert, fällt ins Auge, wie ungebrochen der spanische Herrscher fortlebt und wie sehr das Geschehen auf der Prager Burg nur noch das letzte Aufbäumen eines Vaterkönigs ist.

Dabei darf die Schwäche der Storm- und Grillparzer-Figuren nicht verwechselt werden mit der ganz anders beschaffenen Hohlheit eines Michael Kramer. Bei diesem ist das Vateramt eine Lebensillusion, eine Form von Verblendung wie seine Kunst. Seinem Vateramt und seiner Malerei fehlt gleichermaßen die Legitimation, während sie eine Generation früher zwar krisenhaft, aber entschieden noch da ist. Genau diese Differenz rückt die Ausprägung des Konfliktfelds im Hauptmann-Stück an die Moderne heran, rückt die Werke des redlichen Husumers und des schwierigen Wieners von der Moderne ab.

Vor solchem Hintergrund wird endgültig klar, wie sehr Kafkas Vater im »Urteil« und dessen Richtertreiben die rituelle Inszenierung einer vergangenen Ordnung ist, ein Spiel nur noch mit der Welteinrichtung Abrahams, erhaben und zum Lachen zugleich. Tatsächlich hat Kafka diese Doppelung von Erhabenheit und Lächerlichkeit in einer weiteren Variante der Abraham-Geschichte – neben der bereits zitierten – durchgespielt:

> Aber ein anderer Abraham. Einer, der durchaus richtig opfern will und überhaupt die richtige Witterung für die ganze Sache hat, aber nicht glauben kann, daß er gemeint ist, er, der widerliche alte Mann und sein Kind, der schmutzige Junge. Ihm fehlt nicht der wahre Glaube, diesen Glauben hat er, er würde in der richtigen Verfassung opfern, wenn er nur glauben könnte, daß er gemeint ist. Er fürchtet, er werde zwar als Abraham mit dem Sohne ausreiten, aber auf dem Weg sich in Don Quixote verwandeln. Über Abraham wäre die Welt damals entsetzt gewesen, wenn sie zugesehen hätte, dieser aber fürchtet, die Welt werde sich bei dem Anblick totlachen. Es ist aber nicht die Lächerlichkeit an sich, die er fürchtet – allerdings fürchtet er auch sie, vor allem sein Mitlachen – hauptsächlich aber fürchtet er, daß diese Lächerlichkeit ihn noch älter und widerlicher, seinen Sohn noch schmutziger machen wird, noch unwürdiger, wirklich gerufen zu werden. Ein Abraham, der ungerufen kommt! Es ist so wie wenn der beste Schüler feierlich am Schluß des Jahres eine Prämie bekommen soll und in der erwartungsvollen Stille der schlechteste Schüler infolge eines Hörfehlers aus seiner schmutzigen letzten Bank hervorkommt und die ganze Klasse losplatzt. Und es ist vielleicht gar kein Hörfehler, sein Name wurde wirklich genannt, die Belohnung des Besten soll nach der Absicht des Lehrers gleichzeitig eine Bestrafung des Schlechtesten sein.[558]

Das Stichwort, das den schwierigen Text erschließt, ist »Don Quixote«. Abraham als Don Quijote: das hieße, daß der furchtbare Gott und sein furchtbarer Befehl ein Phantasma wären, welches einer in die leere Welt hineinprojiziert, so wie der Ritter von der traurigen Gestalt seine Phantasien von Riesen und Ungeheuern auf die berühmten Windmühlen projiziert hat. Dadurch tritt, nach Kafkas eigenen Worten, an die Stelle des »Entsetzens« das »Totlachen«, das »Losplatzen« der ganzen Welt. Der Text ist aber noch raffinierter. Genau gesehen ersetzt er den Glauben an Gott und den Zweifel an Gott durch den Glauben, den Zweifel am »Gemeintsein« durch Gott. Dadurch läßt er sich nicht mehr glatt in das Schema vom Zerfallsprozess der Vater-Legitimität aufgrund des Verdämmerns Gottes einfügen. Er durchkreuzt die rein theologische Parabel mit Psychologie, die zuletzt – »und es ist vielleicht gar kein Hörfehler« – doch wieder auf eine verschleierte Transzendenz hin geöffnet wird.

Auch in die Produktion der erfolgreichen Trivialliteratur hat die Machtverschiebung vom Vater auf die Mutter durchgeschlagen – Machtverschiebung, nochmals sei es betont, innerhalb des Väterregimes, nicht aus diesem hinaus in ein Mutterreich. Ein bei aller Schablonenhaftigkeit, allem Klischeetreiben eindrückliches Beispiel findet sich bei einem der meistgelesenen Autoren aus dem ersten Jahrzehnt des 20. Jahrhunderts. Es ist der heute fast vergessene Ernst Zahn. Berühmt und beliebt schon durch seine Bücher, wurde er noch auf andere Art mit halb Europa bekannt. In Göschenen nämlich, im Kanton Uri, am nördlichen Eingang des Gotthard-Tunnels, wo alle internationalen Züge halten mußten, wirkte Zahn als Wirt des Bahnhof-Restaurants. Täglich schenkte er, die große Schüssel im Arm, an der Table d'hôte einer vielsprachigen Gästeschar die Suppe aus. Später, reich geworden durch sein Schreiben, lebte er in Villen. Es war die Zeit der ersten Hochblüte der Heimatromane, und wie mit dem Italientourismus verstand Zahn auch mit der städtischen Sehnsucht nach Bergwelt, Bergbewohnern, Berggefühlen und Bergschicksalen sein Geschäft zu machen. Der größere Teil seines weitläufigen Werks spielt im steilen Kanton Uri, dessen Bewohner genau so erscheinen, wie die stadtbürgerliche Leserschaft sie sich gerne dachte. 1905 entstand die längere Erzählung »Die Mutter«. Sie ist ein wundersames Beispiel klarer, durchaus klassischer Trivialität. So exemplarisch und auf begrenztem Raum verdichtet lassen sich die Symptome trivialen Schreibens – nach welcher der diversen Trivialitätstheorien auch immer – selten finden und studieren. Mit diesem Text kann man jeden widerlegen, der die Kategorie des Trivialen für eine Erfindung blasierter Germanisten hält, kann man aber auch jeden belehren, der nicht weiß, daß der literarische Erfolg auch in dieser Sparte einen tüchtigen Handwerker erfordert.

Der verkommene Sohn aus dem Bilderbuch, dem illustrierten Hausschatz gutbürgerlicher Erziehungsgeschichten, hier ist er noch einmal unverfälscht zu finden. Ein Prachtexemplar von Tunichtgut ist das, so unzweideutig und beispielhaft wie der röhrende Hirsch, der sich aus der Malerei des 19. Jahrhunderts in die Straßenmärkte des Zwanzigsten hinüberretten konnte und hier späte Kunde gibt von einer verschollenen Ästhetik. Dieser Sohn ist der spektakulär verdorbene Lumpenkerl, dessen historisch legitimer Ort irgendwo im Umfeld der »Moralischen Erzählung« des 18. Jahrhunderts zu suchen wäre.[559] Der untergründige Bezug zur Moralischen Erzählung ist in der Literatur immer daran erkennbar, daß der verkommene Sohn als eine gegebene Größe gehandelt wird, daß er so selbstverständlich und unzweideutig vorkommt wie eine Tierart. Da braucht es dann in der Regel auch keine langen Begründungen mehr, keine umständlichen Analysen, wie es zu solcher Verderbtheit kommen konnte. Ein einziger Verweis auf den Ursprung des Übels genügt.

So auch bei Zahn. Bei ihm verdirbt der Sohn, weil er nach Amerika gereist ist. In Amerika wird man nämlich so. In Uri könnte es nie so weit kommen. Das Bergdorf ist der Ort sittlicher Gesundheit; wer sich davon absetzt, muß mit allem rechnen. Man sieht es daher dem jungen Mann bei seiner Heimkehr ins Vaterhaus sofort an, daß er auf die schiefe Bahn geraten ist: seine Haare haben in Amerika einen Stich ins Rötliche erhalten. Auch hat er jetzt einen Blick, »der in den Bergen nie vorkommt«.[560] Und überdies nennt er sich »Tschortsch« statt Georg.

Die Begründung für den moralischen Niedergang des Sohnes stammt also direkt aus dem ideologischen Hauptdogma der Heimatliteratur: alles Böse wohnt in der Stadt. »Amerika« ist eine Steigerung dieses Stadtbegriffs. Wenn einer in Amerika war und dort rote Haare bekommen hat, bedarf es keiner weiteren Gründe für seinen verdorbenen Zustand. Zahns Geschichte besteht weitgehend in der schrittweisen Darstellung von Georgs Verkommenheit, als Vorbereitung für den schließlichen Gegenzug der Mutter.

Daß ein solcher Sohn den Eltern schon beim ersten Wiedersehen frech kommt, kann nicht überraschen. Er tut aber noch mehr. Er zwingt den alten Vater gleich zu einem Kräftemessen – mit verhakten Fingern über den Tisch hinweg – und besiegt ihn natürlich: »Mit einer langsamen rohen Wucht überwindet die Kraft des Jungen die des Vaters.« Die Mutter aber, Balbina heißt sie, steht daneben und »spricht nicht, sieht keinen der Männer an, blickt mit vorgeneigtem Kopf vor sich nieder, als ob sie sänne, und ihr wachsbleiches Gesicht ist sonderbar starr«.[561] Die Szene signalisiert das alte Vergehen: daß der Junge nicht bereit ist, den »heiligen Vater« noch gelten zu lassen, wenn der »starke Vater« schwach geworden ist.

Dieser Vorgang wiederholt sich nun, massiv gesteigert, im Finale. Georg hat sich wochenlang untätig im Bergdorf herumgetrieben, hat nebenbei ein armes Mädchen geschwängert, er trinkt und stellt vor allem unentwegt der eigenen Nichte nach. Sie, ein unschuldiges, früh verwaistes Geschöpf, wohnt im gleichen Haus bei Georgs Eltern. Um sie zu schützen, bringt man sie ins Nachbardorf, aber jede Schwierigkeit steigert den Triebdruck des Tunichtguts. In einer Sturmnacht flüchtet sich das Mädchen wieder nach Hause. Der hechelnde Verfolger ist ihr auf den Fersen. Da bei Zahn das Wetter immer eins zu eins den moralischen Vorgängen entspricht, ist mit dem Schlimmsten zu rechnen. Schon wenn ein Kapitel mit meteorologischer Schwüle beginnt, steht sicheres Unheil ins Haus. Ganz bös aber muß es enden, wenn, wie in diesem Fall, der Wind »zischend an den Fenstern vorbei gefahren« kommt, »talan« springt, »daß es sich anhört, als verschwinde ein heulender Wolf zwischen den Wänden der Berge«.[562] Rasch wird das unschuldige Kind in der Kammer versteckt, aber schon steht Georg in der Tür. »Was willst du von dem Mädchen?« stammelt der Vater. »Haben will ich sie«, keucht der Sohn. Die Mutter aber »hat die Hände rückwärts an den Türpfosten gelegt und sieht dem Sohn ins Gesicht. (...) Es ist, als ob die hagere, grobknochige Frau an ihrem Türpfosten emporwüchse, wie sie so dasteht.«[563] Und nun hebt ein schreckliches Ringen an zwischen Vater und Sohn. Dieser, man weiß es ja, ist stärker: »Mit einer fürchterlichen Gewalt schleudert er den alten Vater an den schweren Tisch hinüber. Dumpf schlägt der Körper auf. Der Tobias ächzt. Am Tisch bleibt er halb betäubt liegen, vermag sich nicht zu erheben, so heftig schlug er auf. Der Georg lästert.«[564] Worauf die Stelle folgt, um derentwillen diese Erzählung trotz allem bemerkenswert bleibt. Genau in die Lücke, die der zusammenbrechende Vater geschaffen hat, tritt jetzt die Mutter. Dieser Vorgang hat einen symbolischen Zug, von dem Zahn keine Ahnung hatte. Es lohnt sich, auf die Signale zu achten, in denen die Frau ins Männliche stilisiert erscheint, von der Physiognomie bis zur phallischen Waffe. Das Gewehr ist das Gerät des Vaters. Als dieser am Boden liegt, greift die Mutter danach, um die Ordnung zu erhalten, die Vaterordnung durchaus: »Meister«, heißt es, »Meister ist sie gewesen über das Kind, Meister will sie auch jetzt werden.« Die Szene, die in der Literaturgeschichte des Kindermords ihren Stellenwert hat, muß integral vorgestellt werden:

Da lehnt die Mutter an der Tür! Er hat sie nicht hinübergehen sehen nach der Ecke, wo das Jagdgewehr immer steht. Aber sie hält es in Händen, jetzt – das Gewehr! Und – was die groß ist, die Mutter! Über den Scheitel hinaus geht sie ihm selber. Das alles fährt ihm blitzähnlich durch den Kopf. Dann lacht er. »Ich erschrecke nicht so gerade«, lacht er. »Tut das Schießding fort, Ihr!« Plötzlich fuchtelt er mit den Armen, winkt wieder, daß sie das Gewehr wegtue, lacht noch immer dazu, tut aber einen Schritt rückwärts. Sie hebt das Gewehr, die Alte! legt es an die Wange! Was – was! Georg wird auf einmal nüchtern. Etwas wie Schreck springt ihm in die heißen Züge. Wieder fuchtelt er mit den Armen. Da fällt ein Schuß. Die Wände zittern. Der Tobias fährt aus seiner Betäubung auf, richtet sich mühsam am Tisch empor.

Georg ist ins Knie gesunken, hebt den Arm abwehrend gegen die Mutter. Aber die Balbina tritt gegen ihn vor. Ihr Gesicht ist seltsam anzusehen, der Mund, die Nase, kein Zucken daran, alles wie plötzlich steinhart gefroren. Die Züge sind weiß, daß die Brauen und die Augen davon abstechen wie Kohle vom Schnee. Nur das schlichte Haar ist noch weißer.

»Was – was – was!« stößt der am Boden liegende Mensch wieder heraus.

Da redet die Balbina: »Von mir hast das Leben, du, dein unnützes! So will ich dir's auch wieder nehmen!«

Und sie zielt wieder, ganz ruhig, ganz niedrig jetzt, auf die Brust Georgs, der mit zerschossener Schulter stöhnt und sich umsonst abzuwenden sucht. Eine fürchterliche Übermacht ist an der alten hageren Frau. Meister ist sie gewesen über das

Kind, Meister will sie auch jetzt werden. Der Gedanke ist in ihr, wächst plötzlich in ihr auf zu einer Wucht ohnegleichen. Dann fällt der zweite Schuß. Der Georg, der schwere Mensch, sinkt in sich zusammen.[565]

Das ist entschieden entsetzlich. Das Grausen packt einen, obwohl Zahn der Motivierungsarbeit nicht gewachsen ist, die eine solche Tat vom Autor verlangt. Die Stilisierung der Frau ins marmorweiß Versteinerte, Ragende reicht hier nicht aus. Es wird dadurch kein mythischer Umriß sichtbar – wie etwa Keller ihn in seinem Projekt andeutete.[566] Auch die Möglichkeit, das Geschehen in einer archaischen Welt zu lokalisieren und also gewissermaßen ethnologisch zu begründen, verdirbt sich Zahn selbst. Er zeigt ja die Bergbewohner nicht in einer realen Fremdheit – wie Balzac es mit seinem bretonischen,[567] Mérimée mit seinem korsischen Brutus macht –, sondern unterhält mit den Leuten eine Art vertrauter Kumpanei. Es ist nicht das andersartige Sittengesetz von Eingeborenen, dem hier vor den erschrockenen Augen einer bürgerlich-städtischen Leserschaft Genüge getan wird, sondern deren eigene Psychologie und Moral erfährt eine Steigerung bis ins Unsinnige. Das zeigt sich an der schiefen Logik, mit der die Mutter ihre Tat begründet: »Von mir hast das Leben du, dein unnützes! So will ich dir's auch wieder nehmen!« Wohl versteckt sich darin der alte Topos: Hätt' ich dich nie geboren!,[568] aber er ertönt nicht unter der Last eines höheren Gesetzes, eines übergeordneten Willens, die einen Vater, eine Mutter plötzlich zur extremen Handlung zwingen, ist nicht der Befehl, der in den Ohren Abrahams dröhnt, sondern argumentiert mit einem Besitzdenken, für das es keine hinreichende Begründung gibt. Vor allem aber: es wird argumentiert, wo rationale Argumente gerade nicht mehr ausreichen können. Denn solange diese gelten, wäre die einzig mögliche Schlußfolgerung: Ich rufe die Polizei, nicht aber: Ich erschieße dich sorgfältig und von ganz nah.

Eine zweite Möglichkeit der Motivation, die für Zahn allerdings unerreichbar bleiben mußte, hätte sich aus dem genauen Gegenteil zum archaischen Denken ergeben: der komplexen Psychologie. Wie auf diese Weise das extreme Handeln einer Frau hergeleitet werden kann, läßt sich an Strindbergs Stück »Der Vater« studieren. Da bringt die Mutter zwar nicht ihr Kind, wohl aber den eigenen Mann um, in einem schrittweisen Prozess gnadenloser Liquidation. Auch dieses Werk gehört in die Filiation jener Literatur, in der der Mutter die Gewalt zuwächst in dem Maße, in dem die metaphysische Legitimierung der Vatermacht sich verflüchtigt. Das geht bei Strindberg zusammen mit einer rasenden Attacke auf die Frau überhaupt, aber diese private Tendenz des Stücks ist von geringerem Gewicht als der zeichenhafte Vorgang der Vaterschwäche. Aus seinem Frauenhaß gewinnt Strindberg die diabolische Psychologie, mit welcher er die extreme Tat dann tatsächlich zu motivieren vermag. Die tückische, halb reflektierte, halb instinktgesteuerte Haltung der Mutter gegenüber dem Vater, ihrem Mann, ist identisch mit der Haltung des Autors ihr selbst als einer Frau, als einer Verkörperung des modernen Weiblichen gegenüber. Und so sehr sein Stück ein Protest ist gegen den Sturz des Großen Vaters, so sehr dokumentiert es nichts anderes als gerade diesen Vorgang. Wenn das Auge Gottes erlischt, das jahrhundertelang still und unverwandt auf dem Vater ruhte und sich in dessen Blick auf Weib und Kind verlängerte, dann entdeckt sich das Fundament, auf dem der Familienregent steht, entdeckt sich dessen eigenste Beschaffenheit als brüchig.

Wie mit dem »gemischten König« in Goethes »Märchen« geht das zu. Dieser meint, die Welt zu beherrschen, und bricht aufs kläglichste ein. Er ist zusammengesetzt aus Gold, Silber und Erz, in einem fein verschlungenen Geäder. Nun werden ihm die goldenen Adern aus dem Leib gesogen. Und es heißt:

Die unregelmäßigen leeren Räume, die dadurch entstanden waren, erhielten sich eine Zeitlang offen, und die Figur blieb in ihrer vorigen Gestalt. Als aber auch zuletzt die zartesten Äderchen aufgezehrt waren, brach auf einmal das Bild zusammen und leider gerade an den Stellen, die ganz bleiben, wenn der Mensch sich setzt; dagegen blieben die Gelenke, die sich hätten biegen sollen, steif. Wer nicht lachen konnte, mußte seine Augen wegwenden; das Mittelding zwischen Form und Klumpen war widerwärtig anzusehn.[569]

Daß Goethes geheimnisvoller Text nicht auf einen einzigen Sinn hin auszulegen ist, darf als ausgemacht gelten. Daß es hier aber um das Ende einer alten Autorität geht, das langsame, klägliche, ja peinvoll lächerliche Ende einer alten Herrschaft, ist bei aller Vieldeutigkeit nicht zu bestreiten. Auch eine politische Lektüre des Textes müßte zuletzt den Bezug zum Schicksal des Großen Vaters schlagen. Und wenn Strindbergs Vater in dem Stück, das so grimmig demonstrativ »Der Vater« heißt, am Ende jammervoll dasitzt in der Zwangsjacke, in der er in die Irrenanstalt verfrachtet werden soll, dasitzt, bis sein Herz aussetzt, dann erinnert das gespenstisch an die böse Beschreibung des zusammengesunkenen Königs im »Märchen«:

Wer ihn sah, konnte sich ungeachtet des feierlichen Augenblicks kaum des Lachens enthalten; denn er saß nicht, er lag nicht, er lehnte sich nicht an, sondern er war unförmlich zusammengesunken.[570]

Wie Goethes Märchenkönig das Gold entzogen wird, das ihn gestützt und gehalten hat, wird dem Großen Vater im Nachzug zur Aufklärung die theologisch-metaphysische Armierung entzogen. »Die Figur« bleibt eine Zeitlang noch »in ihrer vorigen Gestalt«, dann beginnt der Niedergang ins »Unförmliche«.

Man kann diesen Zusammenhang indirekt belegen durch den Vater-

Hymnus, den Heinrich Pestalozzi in seiner »Abendstunde des Einsiedlers« anstimmt. Das nimmt sich scheinbar ganz herkömmlich aus, als eine Repetition der alten Lehre von der Stufenordnung der Welt. Bis man dann merkt, wie sehr dieser Text aus dem Jahre 1780, aus der vorrevolutionär bewegten Aufklärung, dem Jahr der »Räuber« und also des Franz Moor, wie sehr er konditional arbeitet, nicht eine Tatsache, sondern eine Bedingung herausstellt. Nur wenn der Glaube an Gott da ist – so die innig wiederholte Bedingung –, kann sich die Vatermacht in Haus und Staat erhalten. Und so heftig wird auf dieser Bedingung insistiert, daß man lesend gezwungen wird, sich die Weltverwandlung auszumalen, die eintreten muß, sobald der Glaube an Gott als gesamtgesellschaftliche Selbstverständlichkeit schwindet:

Vatersinn und Kindersinn, dieser Segen deines Hauses, Mensch, ist Folge des Glaubens.
Der Genuß deiner Rechte, Hausvater, die wonnevolle Ergebung deines Weibes, und das innige seelerhebende Dankgefühl deiner Kinder ist Folge deines Glaubens an Gott.
Glauben an meinen Vater, der Gottes Kind ist, ist Bildung meines Glaubens an Gott.
Mein Glaube an Gott ist Sicherstellung meines Glaubens an meinen Vater und an jede Pflicht meines Hauses.
(...)
Der Fürst, der Kind seines Gottes ist, ist Kind seines Vaters.
Der Fürst, der Kind seines Vaters ist, ist Vater seines Volks.
Der Untertan, der Kind seines Gottes ist, ist Kind seines Vaters.
Der Untertan, der Kind seines Vaters ist, ist Kind seines Fürsten.
Stand des Fürsten, Bild der Gottheit, Vater einer Nation.
Stand des Untertans, Kind des Fürsten, der mit ihm Kind Gottes ist. Wie sanft und stark und fein ist dieses Gewebe der Naturverhältnisse der Menschheit!
O Menschheit in deiner Hoheit![571]

Wie prekär das System untergründig schon geworden ist, zeigt sich daran, daß Pestalozzi die Vatermacht – »Der Genuß deiner Rechte, Hausvater, die wonnevolle Ergebung deines Weibes« – einerseits gut christlich aus dem reinen Glauben herleitet, andererseits aber auch gut aufklärerisch als »Naturverhältnisse der Menschheit« hinstellt. Diese doppelte Begründung wird sich bald einmal als Widerspruch und wechselseitige Neutralisierung herausstellen. Sobald die reine Menschennatur, das vernunftbestimmte Gattungswesen und nicht mehr das Geschöpf und Kind Gottes, zum Maßstab der Welteinrichtung wird, tritt die Kategorie der Gleichheit an die Stelle der Hierarchie. Hierarchie gibt es dann grundsätzlich nur noch als zeitweilige Delegation der Macht an einzelne, und zwar durch den Gesamtwillen der Gleichen. Nicht Gott setzt den König ein, falls es diesen überhaupt noch braucht, sondern die Mehrheit im demokratischen Wahlverfahren. Diese Entwicklung von der sakral legitimierten Hierarchie zur Machtdelegation durch das Volk läuft in der politischen Praxis fort bis zum heutigen Tag, und in ihren dramatisch verschärften Phasen wird jedesmal unweigerlich und dringend die Frage nach den »Naturverhältnissen der Menschheit« als der verbindlichen Norm gestellt. Das ist nicht anders, ob um die Gleichheit der »Stände« gefochten wird, der »Klassen« oder der Geschlechter. Wobei es sich jedesmal zeigt, daß die Bestimmung dessen, was im normativen Sinn die Naturverhältnisse der Menschheit sein sollen, zuletzt auch wieder auf einen säkularisierten Glaubensakt hinausläuft. So wie die Idee der Gleichheit aller Menschen ursprünglich ein Theologumenon war – Gleichheit vor Gott als dem Weltenrichter – bleibt auch das Prinzip der Gleichheit als Basis der Menschenrechte und als weltpolitisches Universale an einen immanenten, in der Öffentlichkeit allerdings tabuisierten Glaubensakt geknüpft. Die Gleichheit läßt sich nämlich durchaus nicht so einfach beweisen wie die Tatsache, daß alle Menschen zwei Beine und ein Herz haben. Das sieht man am weltweiten Frauenkampf, der um die Gleichheit der gebärfähigen mit den samentragenden Menschen geführt wird. Biologisch betrachtet, braucht es die letzteren für nicht mehr als ein paar Minuten, die ersteren jedoch für lange Jahre. Nach den Regeln der Vernunft wäre daraus also weniger auf die Gleichheit der Geschlechter als auf den Vorrang der gebärfähigen Hälfte der Menschheit zu schließen. Die Mantis, ein Stück Natur ganz ohne Zweifel, hat ihr Leben lange vor dem Auftauchen der Primaten schon entsprechend eingerichtet.

Wenn die Literatur seit der Aufklärung und nicht zuletzt im eminent vaterfreudigen 19. Jahrhundert die Risse aufzeigt, die durch die Imago des Großen Vaters laufen, wenn sie zeigt, wie er seine Härte gern – und listig? – an die Frau delegiert, wenn sie zeigt, wie er zwar noch das Urteil sprechen kann, dann aber zusammenbricht und stirbt (so bei Grillparzer) oder senil wird (so bei Storm), dann dokumentieren die Dichter damit gewiß nicht die statistisch gesicherten Familienstrukturen ihrer Zeit. Die Literatur ist nur unter großem Vorbehalt als unmittelbare sozialgeschichtliche Quelle zu gebrauchen. Sie schildert nicht, wie es ist, sondern arbeitet an der Deutung dessen, was ist, und an der Vorbereitung dessen, was sein wird. Dem auffälligen Aufkommen der starken Mütter in der Literatur, die um die Jahrhundertwende sogar zur wohlgeplanten Machtübernahme ansetzen, entspricht keine gesicherte sozialgeschichtliche Realität des späten 19. Jahrhunderts. Wohl aber reflektiert sich darin das Bewußtsein, die Ahnung vielleicht nur der kommenden Änderungen in allen Bereichen der sozialen Hierarchie – weniger zunächst im familialen Bezirk als in der Politik. Vom zweiten Jahrzehnt des 20. Jahrhunderts an kollabieren die Kaiser und Zaren und Könige weltweit und unaufhaltsam, und im nächsten Jahrhundert werden wohl auch im Buckingham Palast nur noch ein paar schläfrige Museumswärter siedeln.

Um die Jahrhundertmitte, 1946, im Blick auf die zertrümmerten Städte, stimmte W. H. Auden den Abschiedsgesang an auf den Großen Vater:

Our lost dad,
Our colossal father.[572]

»The Dirge«, Trauer- oder Grabgesang, heißt der vierte Teil der großen Dichtung »The Age of Anxiety«. Er ist dem Verschwinden dessen gewidmet, der – »a great one« – längst oder erst kürzlich gestorben ist oder verschwand: »And for such a great one who, long or lately, has always (sic!) died or disappeared, they now lamented thus ...«[573] Und am Schluß, zur Krönung dieses Cantos, kommt Auden auf den Riß zu sprechen, der nun klaffe zwischen den zeitlosen Göttern und der Welt, weil der Mittler, eben der »verlorene Dad, der riesenmäßige Vater«, weg sei. Jetzt krache und ächze die Weltmaschine:

In the high heavens,
The ageless places,
The gods are wringing their great worn hands
For their watchman ist away, their world-engine
Creaking and cracking. Conjured no more
By his master music to wed
Their truths to times, the Eternal Objects
Drift about in a daze:
O the lepers are loose in Lombard Street,
The rents are rising in the river basins,
The insects are angry. Who will dust
The cobwebbed kingdoms now?
For our lawgiver lies below his people,
Bigger bones of a better kind,
Unwarped by their weight, as white limestone
Under green grass,
The grass that fades.[574]

Wichtig an der Stelle ist die Vision von den metaphysisch-theologischen Verstrebung des »colossal father« und »lost dad«. Der Vater ist bei Auden nicht, wie in Pestalozzis Hymnus, auf den hohen Gott und den Glauben aller an diesen angewiesen, sondern umgekehrt: die Götter brauchen ihn, um die Welt in einem guten Gang zu halten. Er war, als es ihn noch gab, der Mittler, ohne den die Götter nicht mehr an die zerfahrenen Menschendinge herankamen. Sie bedurften seiner Kunst – denn Künstler, Musiker scheint er gewesen zu sein so sehr wie Gesetzgeber: seine Musik vermittelte die Gesetze des Universums, in seinen Gesetzen war die Harmonie der Musik. Nun ist er tot, das leuchtende Auge erloschen: »shot is that shining eye«, wie es in der ersten Strophe heißt, und die Welt soll jammern, der schwere Globus schluchzen, während er sich dreht:

Sob, heavy world
Sob as you spin.[575]

Die riesigen Knochen des Toten aber leuchten weiß wie Kalkstein unter dem faulenden Gras hervor.

Das alles erscheint innerhalb des Textganzen nicht als feierliches Programm des Dichters, nicht als jene Führersehnsucht, der der andere Schöpfer großer Cantos, Ezra Pound, verfallen war, sondern wird, durchaus ironisierend auch, aus dem Bewußtsein zweier einsamer Leute im nächtlichen Manhattan herausphantasiert. Sie haben sich zufällig in einer Bar getroffen; nun sitzen sie im Taxi, schweigend, und was ihnen durch den Kopf geht, verdichtet sich in dem Gesang. Im Prosaauftakt heisst es, was ihnen dabei vorschwebe, sei »some Gilgamesh or Napoleon, some Solon or Sherlock Holmes«.[576]

Im Kontext der vorliegenden Ausführungen markiert diese Hymne, die dem Pestalozzi-Text über zwei Jahrhunderte hin vis-à-vis steht, das Bewußtsein – wiederum: das in der Literatur entwickelte Bewußtsein – vom gänzlichen Verschwinden jenes Großen Vaters, den die Dichtung des 19. und frühen 20. Jahrhunderts noch als eine ragende, wenn auch unterhöhlte Gestalt erscheinen ließ. Dabei knüpft Auden tollkühn ein letztes Mal jenen Götterbezug, das Einverständnis zwischen »dem im Himmel« und »dem auf Erden«, die alte, heilige, verheerende Abraham-Connection.

XLVI. Eine Szene in der Literatur des 20. Jahrhunderts

Der stürzende Vater als wiederkehrendes Ereignis. »Der Kaiser fiel sofort um«. Süße Fäulnis des Verkommens bei Joseph Roth. Die Szene bei Marieluise Fleißer. Die Funktion der Mutter und die Unschlüssigkeit der Kinder. Seitenblick auf Wedekind. Die neuen Spiele der Macht. Foucaults Macht-Theorie und das Geschehen im Vakuum um den gestürzten Vater.

In der Literatur des 20. Jahrhunderts ist das Konfliktfeld um die mißratenen Kinder, ist die Familie als Ort des Gerichts gezeichnet von der sichtbaren, szenisch herausgearbeiteten Gegebenheit des stürzenden Vaters. Das taucht wie ein heraldisches Zeichen immer wieder aus der wuchernden Fülle der Geschichten hervor. Selbst in Kafkas »Urteil«, wo die beiden Kontrahenten ihr Gerichtsspiel mit dem Sieg des Vaters und der eigenhändigen Urteilsvollstreckung durch den Sohn enden lassen, stürzt der Vater in der letzten Sekunde – der Sohn ist schon auf der Schwelle – dröhnend zusammen: »Georg fühlte sich aus dem Zimmer gejagt, den Schlag, mit dem der Vater hinter ihm aufs Bett stürzte, trug er noch in den Ohren davon.«[577]

Ob das zeichenhafte Ereignis im Vollzug des Gerichts über die Kinder geschieht oder des Gegengerichts über die Eltern oder außerhalb dieser beiden dramatischen Zuspitzungen, ist von nebensächlicher Bedeutung. In einem der frühen, psychologisch hinreißenden, von allem philosophischen Brimborium noch freien Stücke Gerhart Hauptmanns – im »Friedensfest« von 1890 – wird der Vorgang zum Höhepunkt am Schluß des zweiten Aktes. Dabei verzahnt sich in grotesker Vorwegnahme dessen, was im 20. Jahrhundert zu einer literarischen Regel werden soll, das Gericht über die Söhne – »Banditen und Tagediebe! – Taugenichtse!«[578] – mit einer peinlich wimmernden Furcht vor dem Gegengericht. So sehr das alles als Studie einer paranoiden Hysterie und eines pathologischen Familiengefüges angelegt, auch mit stupendem Verismus durchgeführt ist, so deutlich zeichnet sich hinter dem schrillen Geschehen doch der elementare Vorgang des Sturzes nicht durch fremde Gewalt, sondern aus innerer Notwendigkeit ab.

DR. SCHOLZ, *sich wehrend, wie ein kleines Kind flehend.* Ach, schlag mich nicht! Ach, straf mich nicht!
WILHELM. Aber um Gottes Himmels ...
DR. SCHOLZ. Nicht schlagen! Nicht – wieder – schlagen!
Er macht krampfhafte Anstrengungen, sich aus Wilhelms Umarmung zu befreien.
WILHELM. Abfaulen soll mir die Hand – Väterchen, glaub doch nicht ... Väterchen, denk doch nicht ...
DR. SCHOLZ *hat sich befreit, flieht hilferufend, von Wilhelm gefolgt.*
WILHELM. Schlag mich du ! schlag du mich!
DR. SCHOLZ. Bitte, bitte, bitte ... Hilfe!
(...)
WILHELM *ereilt den Vater, umarmt ihn aufs neue.*
Schlag du mich ...
DR. SCHOLZ *unter Wilhelms Umarmung auf einen Stuhl zusammenbrechend.* Ich ... a ... ah! a – ah! ich – glaube – es – geht – zu Ende – mit – mir.
WILHELM. Vater!!![579]

Oft sind es kleine, aber präzis benennbare Signale, die das Zeichenhafte des Vorgangs vor Augen rücken und im realistischen Bericht die mythische Kontur sekundenlang aufscheinen lassen. Zu diesen Signalen gehört zum Beispiel die kalkulierte Motivationslücke. Der Sturz wird im Handlungszusammenhang nicht vollständig begründet. Er geschieht überraschend, nicht ganz ohne Ursache zwar, aber doch so, daß die Voraussetzungen kein derart spektakuläres Ereignis erwarten ließen. Der scheinbare Kunstfehler einer mangelhaften Motivation wird zum Fingerzeig für den symbolischen Gehalt der Szene. So geschieht es etwa im Auftakt zu Joseph Roths Roman »Radetzkymarsch«, diesem melancholisch klagenden Vaterbuch, das sowenig wie sein dramatisches Pendant, Hofmannsthals »Turm«, imstande ist, den Untergang der Kaiserwelt als republikanische Chance und die Republik als eine Ordnung eigener Würde zu begreifen. In der Schlacht von Solferino rettet der junge Leutnant Trotta seinem Kaiser das Leben. Dieser taucht während einer Feuerpause plötzlich an der Front auf, von einigen Offizieren begleitet, und im sich lichtenden Nebel hebt er den Feldstecher an die Augen.

Trotta wußte, was das bedeutete: selbst wenn man annahm, daß der Feind auf dem Rückzug begriffen war, so stand seine Nachhut gewiß gegen die Österreicher gewendet, und wer einen Feldstecher hob, gab ihr zu erkennen, daß er ein Ziel sei, würdig, getroffen zu werden. Und es war der junge Kaiser. Trotta fühlte sein Herz im Halse. Die Angst vor der unausdenkbaren, der grenzenlosen Katastrophe, die ihn selbst, das Regiment, die Armee, den Staat, die ganze Welt vernichten würde, jagte glühende Fröste durch seinen Körper. Seine Knie zitterten.(...) Er griff mit beiden Händen nach den Schultern des Monarchen, um ihn niederzudrücken. Der Leutnant hatte wohl zu stark angefaßt. Der Kaiser fiel sofort um. Die Begleiter stürzten auf den Fallenden. In diesem Augenblick durchbohrte ein Schuß die linke Schulter des Leutnants, jener Schuß eben, der dem Herzen des Kaisers gegolten hatte. Während er sich erhob, sank der Leutnant nieder.[580]

Nur um einen Satz geht es hier: »Der Kaiser fiel sofort um.« Man liest ihn verblüfft und spürt daran einen Stich ins Groteske. Die erzählerische Motivation: »Der Leutnant hatte wohl zu stark angefaßt«, reicht nicht aus, um dieses sofortige Umfallen realistisch abzustützen. Zu sehr kontrastiert der Vorgang mit dem Satz, der kurz vorher das Bild des Kaisers im Innern des treuen Trotta beleuchtet: der Herrscher ist die Mitte seiner Person, und so wie den Leutnant, trägt und hält er auch »das Regiment, die Armee, den Staat, die ganze Welt«. Die Gebärde der Aufzählung erinnert an die alte Stufenreihe der Vaterordnung. Und in diesem Sturz, der so leicht passiert, als wäre der Kaiser im labilen Gleichgewicht, ist denn auch der große Untergang vorweggenommen: das Ende der Monarchie und aller Kaiser- und Zarenwelt. Dieses Ende wird vom Roman gespiegelt im langsamen inneren Verkommen des Enkels dieses Leutnants. Während der Sohn des »Helden von Solferino« noch zu einem Vater-Panzer erstarrt, der den Niedergang verzögert, aber nichts dagegen tun kann, wird der Enkel, der dritte Trotta, der Held des Romans, ein Wesen mit weicher, wolkiger Seele, ein schwermütiger Säufer. Ihm fehlt das Lebensziel, weil die Instanz, die dieses setzen sollte, die Kaiser-Vater-Einheit,[581] seit jenem symbolischen Sturz zu Solferino selbst nur noch äußerlich befestigt, mehr von der Uniform als vom eigenen Knochenbau und Willen aufrecht gehalten wird.

Die winzige kalkulierte Motivationslücke auf der zweiten Seite des Romans führt zur Überraschung über den Sturz des k. und k. Weltvaters, und aus dieser Überraschung entspringt die Erkenntnis des symbolischen Gehalts. Von da an lebt auch der Leser mit dem metaphysischen Widerspruch, daß eine Weltachse kippen kann. Er liest voran im Bewußtsein der scheinhaften Solidität des Ganzen und versteht nun ohne zusätzliche Begründungen die schwebende Haltlosigkeit Carl Joseph von Trottas, dieses in süßer Fäulnis verkommenden Sohnes seines leiblichen wie seines politischen Vaters.

In ähnlicher Weise operiert zu Joseph Roths Lebzeiten auch eine Dramatikerin mit dem Signal des stürzenden Vaters. Marieluise Fleißers erstes und imponierend merkwürdiges Stück, »Fegefeuer in Ingolstadt«, handelt von Jugendlichen, die sich wechselseitig quälen und suchen, unterdrücken und lieben, fertigmachen und retten, ohne daß der zirkuläre Ablauf je ein Ende finden könnte. Einander quälend wie sich selbst, suchen sie sich aus ihrer quälenden Jugend hinauszuquälen. Ihre Hilflosigkeit flieht zu Machtritualen, die lächerlich und grausam zugleich sind. Von Zeit zu Zeit taucht auch ein Vater auf. Er sollte und möchte seinen Kindern gegenüber die ordnende, klärende, richtende Instanz spielen. Schon das erste Bild des Stücks handelt davon. Da die Dialoge dieser Autorin aus bruchstückhaften, seltsam fluktuierenden Äußerungen bestehen, über die sich das tatsächliche Geschehen dem Leser nur langsam erschließt, muß jedem Wort nachgedacht werden. Und wenn auch die Hauptsache stets einigermaßen klar wird, bleibt doch eine Dunkelzone bestehen, in der man sich die Dinge bloß irgendwie und fast aufs Geratewohl zurechtlegt. Das ist kein kokettes Spiel der Autorin mit der Leserschaft, ist auch nicht Unverständlichkeit als artistische Berechnung, sondern in solchem Dunkel gehen diese Jugendlichen selbst durch ihre Tage.

Die Szene, wo der Vater unter den streitenden Kindern sein Amt wahrnehmen möchte, zeigt ebenso exemplarisch die Eigentümlichkeit der Fleißer-Dialoge wie das Ereignis des stürzenden Vaters. Zu wissen ist dabei: Die Tochter Olga ist schwanger. Der Vater ahnt nichts davon. Schwester und Bruder kennen den Sachverhalt, wissen auch, daß Olga erfolglos abzutreiben versucht hat. Sie streiten mit ihr vor dem Vater, durchaus gehässig, aber doch auch wieder soweit auf unklare Art solidarisch, daß sie die Hauptsache verschweigen. Dafür erklären sie, Olga sei in eine Tierquälerei verwickelt gewesen, wobei einem kleinen Hund Nadeln in die Augen gestochen wurden. Darüber will der Vater sie zur Rede stellen.

Die Tatsache der Schwangerschaft der halbwüchsigen Olga rückt die Szene in die Nähe des klassischen Topos der mißratenen Tochter im Familiengericht. Die Schwangerschaft ohne ehewilligen Mann, der Verlust der Virginität als eines nicht nur moralischen, sondern auch ökonomischen Kapitals, das macht in der literarischen Tradition bei den Töchtern jenes Hauptvergehen aus, das bei den Söhnen die falsche Arbeit, das Vertun von Geld als einem nicht nur ökonomischen, sondern auch moralischen Kapital darstellt. Es entspricht nun dem halb kalkulierten, halb wie in Trance betriebenen Szenenbau dieses Stücks, daß die eigentliche Schuld, Schwangerschaft und Abtreibungsversuch, verschoben wird in den Bericht von jener Tierquälerei: »Der kleine Braune wars mit den weichen Ohren.« – »Es hat ihm einer Stecknadeln in die Augen getan.« – »Er ist immer von der einen Seite auf die andere gefallen. Du hast zugeschaut.«[582] Diese Verschiebung ist kein intentionaler Akt der handelnden Figuren, sondern wird nur dem Leser erkennbar. Sie ist keine Setzung der sprechenden Geschwister, sondern eine Setzung der Autorin, die diese sprechen läßt. Ins Gewicht fällt das deshalb, weil sich daraus nun die Szene mit dem Vater entwickelt. Nur über die Kenntnis dieser Verschiebung wird deutlich, wie sehr der Auftritt mit der langen Tradition der Gerichtsszenen um die »verlorene Unschuld« und die unzeitige Schwangerschaft der Töchter verbunden ist. Olga tritt neben eine Wendla in »Frühlings Erwachen«, eine Klara in »Maria Magdalene« tritt neben die vielen Kindsmörderinnen im deutschen 18. Jahrhundert. So verläuft der Auftritt:

BEROTTER Wie war das mit dem Hund? Hast du zugeschaut? Alles dein – was? (...)
OLGA Willst du mich schlagen?
BEROTTER Wann habe ich dich zuletzt geschlagen?
OLGA Das ist ewig her. Und ich weiß, für dich ist es die Erlösung.
BEROTTER Strafe mich nicht an meiner seligen Anna.
OLGA Schlag zu, und meine Mutter schlägst du in mir.
BEROTTER Ich kann es nicht. Hört auf mich, wenn ich rede, Fleisch von meiner Anna. *Er stürzt.* Betrachtet mich, wie ich hier liege. Dieser ist es, der mit seiner Anna so hart war. Die Kinder müssen es wissen.
Die Kinder stehen unschlüssig neben dem Vater.
Alle heben ihn auf.[583]

Daß die Mutter, Anna, tot ist, wurde früher im Stück schon deutlich. Alles andere, was diese Stelle seltsam erscheinen läßt, muß aus ihr selbst erschlossen werden. Offensichtlich taucht in der Szene hinter diesem Vater Berotter ein anderer Vater Berotter auf. Es ist der rücksichtslos regierende Hausherr, der herrscht, indem er zuschlägt. Reflexhaft scheint der Mann zunächst in die alte Rolle einzurasten. Aber allein schon die Frage: »Willst du mich schlagen?«, die von ihm verlangt, sich offen zu dem rabiaten Amt zu bekennen, bringt ihn um alle Sicherheit. Er antwortet nicht mit einem Nein, sondern mit einer Gegenfrage, die verdeutlichen soll, wie weit er von der einstigen Praxis entfernt sei: »Wann habe ich dich zuletzt geschlagen?« Die Tochter merkt sofort, daß sie jetzt in die überlegene Position rückt, und doppelt nach: »Das ist ewig her. Und ich weiß, für dich ist es die Erlösung.« Seltsam! Das Pathos ist seltsam, und das Wort ist seltsam. In der Situation des Familiengerichts vor dem ragenden Vater pocht die mißratene Tochter auf ein Wissen, das einerseits faktisch biographisch ist – der Vater hat einst mit Fäusten über Frau und Kinder regiert –, andererseits die Vaterordnung ganz allgemein und die Identität des Rollenträgers betrifft.

Könntest du nur wieder, heißt das, so wärst du erlöst! Erlöst wovon? Wer unerlöst ist, lebt in Nöten. Welche Nöte aber wären das? Der Sturz gibt die Antwort. Der Vater hat den Halt und die Selbstgewißheit verloren, weil er jener andere, jener alte, rauhe Regent nicht mehr sein kann. Und er kann jener alte Regent nicht mehr sein, weil die Mutter tot ist. Selbst als Geschlagene und Unterdrückte hat diese ihm den Dienst geleistet, seine Ordnung zu halten und zu garantieren. Ihr Erdulden hat ihn stark gemacht, aufrecht und fest im rabiaten Amt. Durch ihr Ertragen hat sie ihn bestätigt. Man darf sich von der psychologischen Oberfläche der Szene nicht täuschen lassen. Diese suggeriert die wehleidige Reue eines Grobians nach dem Tod seiner kujonierten Gattin. Das gehört wohl zur Sache, ist aber nicht das Wesentliche. Das Wesentliche spricht sich aus durch den überraschenden Vatersturz. Nicht weil er sentimental geworden ist und sich einredet, es tue ihm leid, fällt der Vater zusammen, sondern weil die Frau fehlt, die seine Ordnung anerkannte und trug und leidend stützte. In ihr, dem Opfer, wohnte die Stärke. Olga spürt das, sonst käme sie nicht zu den Sätzen: »Schlag zu, und meine Mutter schlägst du in mir. – Ich weiß, für dich ist es die Erlösung.« Der Gestürzte aber versucht, bei den Kindern Mitleid zu erwecken dadurch, daß er sich selbst jammernd beschuldigt. Würden sie das Mitleid aufbringen, wäre es wie ein Anfang der Wiederherstellung seiner Macht. Sie bleiben indessen wortlos und innerlich unbewegt. Der Satz der Bühnenanweisung, einer der seltenen Bühnenanweisungen in diesem Stück, hat seine eigene Resonanz: »Die Kinder stehen unschlüssig neben dem Vater.« Wenn sie ihn anschließend aufheben, geschieht es nicht, um den symbolischen Sturz symbolisch wettzumachen, sondern einfach, weil die Situation so peinlich ist.

Die Kinder werden ja nicht befreit durch das Geschehen. Vielmehr stürzt sie der Sturz des Richters in eine andere, vielleicht sogar größere Unfreiheit. Was soll jetzt noch alles Mißraten, wenn das Gesetz verschwindet, nach dem es sich bemißt? Was soll das Pathos des Verkommens, wenn die richtende, zürnende, tragisch strafende Instanz am Boden liegt wie – um einen Ausdruck Kafkas zu gebrauchen – »ein weicher Wurm auf der Erde«?[584]

Unter diesem Aspekt ist die Differenz zwischen »Fegefeuer in Ingolstadt« und Wedekinds »Frühlings Erwachen« aussagekräftig. Dort sind die Vaterinstanzen hohle Popanze, aber gefährlich immer noch, nicht unähnlich dem alten Michael Kramer. Was sie reden, ist grotesk, aber die Jungen gehen dennoch daran zugrunde. Die Verurteilungsorgie von Vater und Lehrern am offenen Grab des jungen Selbstmörders Moritz ist wie ein kabarettistischer Abgesang auf die eisernen Römer, aber Abgesang eben doch angesichts eines toten Sohnes. Während die Herren jeder eine Schaufel Erde in die Grube werfen, lassen sie ihr letztes Verdikt ertönen. Der Vater sagt: »Der Junge war nicht von mir! Der Junge hat mir von klein auf nicht gefallen!« Der Professor bringt lapidar die ganze Skala der einschlägigen Kategorien vor: »Verbummelt – versumpft – verhurt – verlumpt – und verludert!« Der Onkel spielt auf das obligate Vierte Gebot an: »Meiner eigenen Mutter hätte ich's nicht geglaubt, daß ein Kind so niederträchtig an seinen Eltern zu handeln vermöchte!« Der Rektor liefert die sachliche Ergänzung: »Wir hätten ihn ja wahrscheinlich doch nicht promovieren können!« Und der Vater schließt den Reigen mit seinem Refrain: »Der Junge war nicht von mir ... der Junge war nicht von mir ...«[585]

In der Folge will sich der zweite zum Tunichtgut erklärte Junge ebenfalls umbringen. Da taucht im letzten Moment der berühmte »vermummte Herr« auf und bietet sich dem Verlorenen als Führer und Leiter in ein freies Leben an. »Komm, Kind!«,[586] sagt er, seinen Arm nehmend, und markiert mit diesem Ausdruck unverkennbar die Rolle eines neuen Vaters, eines andern Vaters.

Die Allegorie dieses »vermummten Herrn« ist gewiß etwas einfach, etwas sentimental wohl auch, aber an ihr läßt sich handgreiflich studieren, was den Halbwüchsigen in Marieluise Fleißers Stück so gänzlich abgeht, als der Vater jammernd und jämmerlich am Boden liegt. Bei ihnen tritt keiner in die Lücke. Deshalb beginnen nun ihre stets verzweifelteren Versuche, das Vakuum selbst zu füllen. Was immer in dem geheimnisvollen und schwierigen Stück geschieht, es hängt zusammen mit der Lücke, die der stürzende Vater offenließ.[587] Alle suchen sie nun nichts als Macht zu gewinnen übereinander, lügend, heuchelnd, simulierend, verachtend, bedrohend und einander brutalisierend. Aber das läuft im Leeren. Es bildet sich keine Ordnung, keine dauerhafte gesellschaftliche Struktur. Die Machtspiele laufen einfach und laufen ab und heben wieder neu an. Bald siegt dieser, bald jene. Ein Ende gibt es nur – auch das läßt an Wedekind denken – im Suizid. Beide Hauptfiguren, Olga und ihr Verfolger Roelle (die komplexeste Gestalt des Stücks, eine Jahrhundert-Gestalt des deutschen Theaters), geraten in die Nähe des Selbstmords. Olga geht ins Wasser und wird von Roelle gerettet. Dieser hängt sich in der Erzählfassung des Stoffs am Schluß auf,[588] und die Berliner Inszenierung unter Peter Stein hat auch das Stück so enden lassen. Aber selbst die suizidalen Gesten sind noch Funktion im verzweifelten Machtspiel der Kinder, sind Versuche, mit letzten Tricks die Oberhand zu gewinnen.

Sogar die Liebe verwandelt sich ihnen in peinigende Rituale der Unterwerfung. Einfühlung und Verstehen, diese aufblühende Erkenntnis unter Verliebten, richten sich allein auf das Erspüren von Schwachstellen im andern. Das Stück ist voll von Momenten der Ausstoßung aus der Gemeinschaft und der Erniedrigung in der Liebe, von Versuchen, sich alle andern untertan zu machen. In dem jungen Mann Roelle hat Marieluise Fleißer den Typus dessen, der im Vakuum des gestürzten Vaters sich selber finden will, am radikalsten gestaltet. Er erlebt und gibt sich bald als Mörder, bald als Heiliger, will einmal ein Engel, dann wieder der Teufel sein, möchte verehrt werden und gehaßt durcheinander. Er ist zwar nicht der faschistische Führer im kleinen, dazu fehlt ihm der Erfolg und ist die Kläglichkeit zu sichtbar an ihm, aber die Impulse, die ihn treiben, die Tücke, die List und das innere Elend, die Witterung für die Schwächen der andern, die parareligiösen Inszenierungen und der verworrene Glaube daran – dies alles sind doch Elemente, die sieben Jahre nach der Entstehung des Stücks in der telepathischen Massensteuerung der Nationalsozialisten zu breiter Entfaltung kamen.

Doch so unerwartet es tönen mag: wenn ich die Figur Roelle als Präfiguration faschistischen Führerstrebens betrachte, ist sie harmloser, als wenn ich sie allein innerhalb ihrer zirkulären Machtspiele sehe. Der Faschismus setzt ja Ordnung und Hierarchie. Nach dem Sturz der Throne, den Zarenerschießungen und Kaiservertreibungen, schaffen die Duce-, Caudillo- und Führer-Regimes mit Gewalt starre Gerüste der Macht und der gesellschaftlichen Stufung. Sie fangen die bürgerlichen Gleichheitsforderungen auf mit einem biologischen Volksbegriff und führen zugleich das feudale Adelskonzept weiter in den Elite-Kadern der Partei. Dem gegenüber gelangen Roelle und Olga, gelangen all die Jugendlichen um sie herum gerade nicht zu Ordnung und Hierarchie, gelangen zu keiner gemeinsamen Einrichtung ihrer Welt. Die Autorität der Kirche und der vaterregierten Familie ist in Teile und Partikel zerfallen, die von den Kindern unbegriffen verinnerlicht wurden. Sie reproduzieren sie als bruchstückhafte Rituale, die nur zum wechselseitigen Quälen dienen und nichts bereinigen. Die alte Macht lebt in Trümmern fort – wie der Vater am Boden liegt und winselt; wie den Kindern die Kirchensprache noch im Wortschatz haust –, und statt in einer neuen festen Gestalt, erscheint die Macht nun als ein ungreifbares Ineinander und Durcheinander von Beziehungen und Gegenwirkungen. Wer Oberhand gewinnt, kippt im nächsten Moment schon wieder in Untertänigkeit. Es bilden sich Koalitionen zur Ächtung einzelner, und sie zerfallen, kaum ist der grausame Akt vollzogen. So etwa in der berühmten Szene am Schluß des 5. Bildes, wo der wasserscheue Roelle von den Mädchen ausgezogen und in einen Bottich getaucht wird. Oder in dem Auftritt am Ende des 4. Bildes, wo Roelle sich seiner Anhänger durch ein Wunder, die öffentliche Erscheinung eines Engels, versichern will und von den Enttäuschten gesteinigt wird. Aber keine Exkommunikation und keine Gruppenbildung ist definitiv. Es geht überall um Macht, aber Macht erscheint wie ein allgegenwärtiges Fluidum, das sich zu stets wechselnden Gestalten formt und nie feste Institution wird, wie die Kirche es war oder jener ältere, frühere Vater Berotter.

Was hier im Vakuum des gestürzten Vaters geschieht, erinnert frappant an den Machtbegriff, den Michel Foucault in der Schrift »Sexualität und Wahrheit« skizziert hat: Macht nicht als Institution, nicht als eingesetzte

Herrschaft einzelner, sondern als eine »Vielfältigkeit von Kraftverhältnissen«, ein »Spiel, das in unaufhörlichen Kämpfen und Auseinandersetzungen diese Kraftverhältnisse verwandelt, verstärkt, verkehrt«.[589] Foucault will den Versuch unternehmen, »die Macht ohne den König zu denken«[590] – er könnte auch sagen: »nach dem Sturz des Vaters«. Wieweit diese »andere Theorie der Macht«,[591] das Konzept einer in lauter Funktionen aufgelösten, nicht mehr substantiell an den Machthaber oder das Gesetz gebundenen Macht, sich halten läßt innerhalb einer allgemeinen Lehre von den Herrschaftsstrukturen in der Gesellschaft, steht hier nicht zur Diskussion. Eminent erhellend ist der Entwurf auf jeden Fall für das, was unter den Kindern um den gestürzten Vater abläuft. Fleißers Stück, fast genau in der zeitlichen Mitte zwischen dem Ende der Kaiserreiche und dem Machtantritt Hitlers entstanden, spielt vor den imaginären Trümmern der alten Kirche, der alten Monarchie und der alten Familie. Hier gilt im ganz besonderen, was Foucault generell meint: »Die Macht ist nicht eine Institution, ist nicht eine Struktur, ist nicht eine Mächtigkeit einiger Mächtiger. Die Macht ist der Name, den man einer komplexen strategischen Situation in einer Gesellschaft gibt.«[592] Und: »Die Macht ist nicht etwas, was man erwirbt, wegnimmt, teilt, was man bewahrt oder verliert; die Macht ist etwas, was sich von unzähligen Punkten aus und im Spiel ungleicher und beweglicher Beziehungen vollzieht.«[593] Und wie es in diesem Konzept die Herrschaft als substantielle Wesenheit nicht gibt, gibt es auch deren Gegenspiel, den Aufstand, die Revolte, den Widerstand nicht als feste Größe, sondern als ein Funktionenbündel, das sich mit demjenigen der Herrschaft untrennbar vernetzt: »Darum gibt es im Verhältnis zur Macht nicht den einen Ort der großen Weigerung – die Seele der Revolte, den Brennpunkt aller Rebellionen, das reine Gesetz des Revolutionärs. Sondern es gibt einzelne Widerstände: mögliche, notwendige, unwahrscheinliche, spontane, wilde, einsame, abgestimmte, kriecherische, gewalttätige, unversöhnliche, kompromißbereite, interessierte oder opferbereite Widerstände, die nur im strategischen Feld der Machtbeziehungen existieren können.«[594]

Dies liquidiert und soll liquidieren den Mythos vom großen Revolutionär, liquidiert Che Guevara als Ikone einer Generation. Aber es greift auch die Rolle an, die sich der mißratene Sohn einst zuschreiben konnte im historischen Prozeß. Foucaults Dekonstruktion des Revolutionärs, die für die Geschichte wahrscheinlich so pauschal nicht gelten kann, beschreibt genau das diffuse Widerstandsprofil der Kinder um den gestürzten Vater.

XLVII. In der Wüste der Freiheit

Die Macht durchfrißt die Liebe: der Höhepunkt von Fleißers Stück. Gericht im Trümmerfeld der Institutionen. Keine neue Ordnung. Jelineks »Ausgesperrte« als Pendant zu Fleißers »Fegefeuer«. Die Szene wiederholt sich. Der Schuft. Warum er nicht liegenbleibt. Die Kinder in der Wüste der Freiheit.

Der innere Höhepunkt von Fleißers Stück ist die Szene, wo Olga und Roelle, die sich in Haß und Liebe, Verachtung und Verehrung immerzu umkreist haben, einander so nahe kommen wie nie zuvor. Aber es wird kein Liebesaugenblick daraus, sondern ein äußerstes, ein schrecklich hin- und herzuckendes Machtspiel, auf Tod und Leben tatsächlich (»Die Tötung«, hat Marieluise Fleißer später bemerkt, »ist nämlich der einzige Liebesakt, den es für Roelle und Olga gibt.«[595]):

ROELLE Nicht weggehn, ich schreie.
OLGA Schreien Sie.
ROELLE Hier halte ich mich fest. Da – habe ich ein Messer.
Gibt es ihr. Stoßen Sie zu, daß es mir die Augäpfel endgültig nach oben dreht.
OLGA Vernichtung.
ROELLE Erlösung.
Olga schwankt, wirft aber das Messer weg.
OLGA Auf einem Berg von Ekel haben wir uns zwei Gesichter aufgerichtet, daß sie einander ansehn müssen in Ewigkeit.
ROELLE Können Sie mir denn kein einziges Mal eine Erleichterung verschaffen?
OLGA Nehmen Sie Ihre bösen Wünsche weg von meinem Gesicht, worein sie verbissen sind.
ROELLE Hinknien!
OLGA Nein.
ROELLE Wart, dir geh ich an die Drossel. Jetzt schreist du mir.
OLGA Nein.
ROELLE Einmal eine Anerkennung, tus. Ein schöner lieber Roelle gewesen, nachsagen. Bloß nicken mit dem Kopf. Nicht einmal nicken, nichts tut sie. Roelle, was willst?
OLGA In meinen Augen ist die einzige Entschuldigung für Sie, daß ich mich auf der gleichen Stufe des Fegefeuers befinde.
(...)
ROELLE (...) *Er holt sich das Messer zurück.* Für dich kann ich tun, was ich will, für dich bin ich der letzte Dreck. Aber ich werde dich mir schon holen, ich hole dich. (...) Jetzt werde ich über dich kommen in einer bösen Gestalt. Das kannst du ruhig merken, die Engel mögen mich nicht mehr, die Engel sind mir schon lang nicht erschienen. Jetzt kommt ganz ein anderer. Das wirst du gleich merken, wer in mir wohnt. Ich bin der Teufel. *Er setzt ihr das Messer an.*
OLGA Vieh! *Schlägt ihn.*[596]

Die Rettung aus der dramatischen Situation bringt Roelles Mutter. Aber sie tritt nicht als das Prinzip des Richtigen auf, nicht als eine Gestalt, die ruhig das geltende Maß wieder setzt,[597] sondern sie ist selbst festgefahren in einer Glucken-Haltung. Mit diesem gefährlichen Sohn, einem tückischen, diebischen, von religiösem Wahn besetzten Wesen, das zu Mord und Hingabe gleicherweise fähig ist, geht sie um wie mit einem kleinen Kind und füttert ihn – in einer gespenstischen Szene – öffentlich mit der kalten Suppe, die er zuhause stehen gelassen hat. Diese Mutter verkörpert in ihrer Fixierung auf das kleine Kind, das der Sohn längst nicht mehr ist, genau die zerstückte, funktionslos gewordene Familienordnung, zwischen deren Trümmern das Machttreiben der Jungen einsetzt, das, mit Foucaults Worten, »wilde, einsame, kriecherische, gewalttätige« Machttreiben.

Jene Liebesszene aber zeigt, wie die unbefestigte, gestaltlos allgegenwärtige Macht auch das intimste Fühlen und Verhalten der jungen Leute durchdringt. Sie besetzt den Eros und zwingt das körperliche Zueinanderfinden in die metonymische Gestalt von Morden und Stechen. So besteht auch das Reden dieses Paars zum großen Teil aus Imperativen: »Nicht weggehn«, »Schreien Sie«, »Stoßen Sie zu«, »Nehmen Sie Ihre bösen Wünsche weg«, »Hinknien«, »Jetzt schreist du mir«, »Tus«. Auf diese Imperative antwortet die ebenso schroffe Weigerung des Gegenübers, die zu neuen Befehlen und Drohungen führt. Daß im irritierendsten Moment der Dialogpassage die Begriffe »Vernichtung« und »Erlösung« fallen, nacheinander, elliptisch, deutet auf einen tatsächlich tragischen Zustand: Erlösung gibt es nur durch Unterdrückung oder Unterwerfung; Freiheit ist allein die ausgeübte oder erlittene Macht.

Olga und Roelle sind »mißratene Kinder« nach allen herkömmlichen Kategorien. Dies wird evident, wenn man ihren Umriß versuchsweise in die Welt von Wedekinds »Frühlings Erwachen« zurückblendet. Aber im Unterschied zu jenem älteren Stück leben und treiben sie es hier in einem Raum ohne Gericht. Da sich die Macht nicht mehr zur Institution fügt, spielen sie selbst die Institutionen der Macht. Sie können kaum mehr verkehren miteinander, ohne Gericht zu halten übereinander. Aber dieses Gericht besitzt kein Gesetz und legt keines fest. Es kippt deshalb nach jedem erregenden Höhepunkt gleich in Ernüchterung und Katzenjammer.[598]

Man kann nicht sagen: die Halbwüchsigen sehnen sich nach dem Gericht, auch nicht: das wäre gut für sie, noch weniger: das würde sie verwandeln. Man kann sich nur das Bild vor Augen rücken, in dem dieses außerordentliche, schwer ausdeutbare Stück zum epochalen Zeichen gerinnt: der gestürzte Vater am Boden, kläglich, und um ihn herum die Kinder, nicht gerührt und nicht erschüttert, nur unschlüssig, was mit dem da jetzt zu machen sei.

Vielleicht die größte Leistung von Fleißers Stück ist eine Offenheit auch noch am Schluß. Man weiß zuletzt nicht, ob überhaupt etwas anders geworden ist in der ganzen Zeit, ob nicht alles genau so wieder anheben könnte. Das Vakuum wird nicht beseitigt. Die Machtspiele gehen in keine Ordnung über. Der Zustand, der die Exposition ausmachte, stellt am Ende auch das Ergebnis dar. Das mündet weder in einen Himmel noch in eine Hölle, sondern bleibt durchweg, wie das Stück eben heißt, »Fegefeuer«. Wenigstens soviel gibt der fragmentierte Kirchenglaube den Jungen noch her: daß sie einen Namen finden für das, worin sie stecken. Aber es gilt auch: weil sie keinen andern Namen finden als dieses Wort aus ihrer abgestorbenen Religion, bleiben sie weiterhin in der Misere stecken. Die »Erlösung«, von der die arme, böse, falsche, sehnsüchtige Olga mehr als einmal spricht, bleibt aus. Die junge Frau ist die Wissendste von allen, aber ihr Wissen fährt in ihren toten Wörtern fest, und was soll sie allein, dazu mit dem Kind in ihrem Leib, wohin soll sie, wenn keiner da ist, kein Mann und keine Frau, die wie Wedekinds »vermummter Herr« ruhig ihren Arm nähme und sagte: »Komm, Kind!«

XLVIII. Die fixe Idee von der moralischen Überlegenheit der Jugend

Jelinek tritt an gegen ein Axiom. Differenz der »Ausgesperrten« zu den Vaterromanen der 70er Jahre. Der Trugschluß: mit den Machthabern verschwindet die Macht. Ein alter Text über die Entstehung der Macht im Naturraum. Zwei Adams sind schon Herr und Knecht.

1980, mehr als fünfzig Jahre nach Marieluise Fleißers Stück, rollt Elfriede Jelinek im Roman »Die Ausgesperrten« die nahezu gleiche Situation breit und ins Wüste, Häßliche verschärft wieder aus. Auf ähnliche Weise treibt sich da eine Gruppe halbwüchsiger Frauen und Männer herum und treibt es übel. Sie spielen andern Leuten mit bis zum Kriminellen und spielen unter sich die verzweifelten Spiele der Macht. Auch hier zersetzt die fluktuierende Macht den Eros und verwandelt alle Zärtlichkeit in Tücke. Auch hier entwickeln sich die Rituale der Unterwerfung nicht im Schatten einer festen Institution als deren versuchsweise Nachahmung, sondern im Vakuum zerfallener Institutionen. Und auch hier erscheint in der Mitte des Ganzen das Bild der stürzenden Vaters – aber nicht wie von Kubin gezeichnet (was man sich beim Fleißer-Stück denken könnte), sondern wie von Otto Dix in seinen grausamsten Zeiten gemalt.

Dieser Vater ist ein Schuft. So eindeutig muß man es sagen. Er malträtiert seine Frau, vergewaltigt sie, erniedrigt sie zu Pornospielen, die er laufend fotografiert. Und er war einst ein praktizierender Nazi. Er fühlt, denkt, redet heute noch wie damals, als er in den KZs seine Dienste leistete, ein zuverlässiger Durchschnittsmörder. Der Roman spielt in den 50er Jahren und dokumentiert detailgetreu die damalige Lebenswelt. So wie im Fleißer-Stück die Nazi-Zeit am Horizont der Zukunft aufdämmert, steht sie im Jelinek-Roman scheußlich am Horizont der Vergangenheit.

Der Vater ist ein Schuft, und er hat ein Bein ab. Im Krieg mußte er dieses lassen, dort, wo es ihm sonst so behagt hat. Jetzt ist er nur noch Hotelportier. Vom sadistischen Glamour der SS-Uniform ist er auf den Hund einer servilen Lakaientracht gekommen. Vom gewichsten Pathos des faschistischen Killers blieb noch die Rohheit des Kriechers, der zuhause prügelt. Die gewalttätige Ordnung des Nationalsozialismus ist in ihm fragmentarisch erstarrt. Ein stumpfes Petrefakt des Terrors, markiert er eine familiale Jurisdiktion, die sich allein mit den Fäusten legitimieren kann – solange diese noch einen Schwächern finden. Die Szene mit seinem Sturz erscheint deshalb so zeichenhaft wie beim alten Berotter. Was hinzutritt, ist die Eigentümlichkeit von Elfriede Jelineks Schreiben: der Schock einer Indezenz, die sich nicht aus der privaten Unverfrorenheit der Autorin herleitet, sondern aus dem Kunst-Akt einer Reproduktion des Bewußtseins der handelnden Figuren in der Erzählsprache selbst. Über alle denkbaren Spielarten des style indirect libre, der Erlebten Rede, erscheint im erzählenden Wort die Innenseite derjenigen, von denen erzählt wird. Illusionslos ruht das Auge der Erzählerin auf den Figuren, aber indem deren Denken sich kurzschließt mit dem narrativen Bericht, indem es ihn verätzt mit seiner Scheusäligkeit, verbindet sich mit der Distanz des analytischen Blicks eine peinigende, ekelhafte Nähe zu dem Erblickten. Das muß man wissen, um diesen stürzenden Vater überhaupt zu ertragen:

Der Exoffizier geht, einem jähen Entschluß folgend (was man als Offizier können muß: Entschlußfreudigkeit!), in die Küche, um seine Frau zu vergewaltigen, worauf er plötzlich Lust hat, aber als die Kuh wie immer eine ungeschickte Bewegung macht, rutscht er auf den Fliesen aus und kracht zu Boden. Dort schnellt er sich hin und her und macht mit dem noch verbliebenen Bein Wippbewegungen. Er kommt aber nicht hoch, so sehr er es auch möchte. Auch sonst kriegt er kaum mehr einen hoch, diesmal hätte er ihn sicher zum Stehen gebracht, weil er solche Lust hat. Jetzt ist es wieder Essig damit. Er glaubt, es liegt daran, daß die starken Reize, die ihn als jungen Mann in den besetzten Ostgebieten überfluteten, in den letzten Jahren nur sehr abgeschwächt stattfinden. Wer einmal Leichenberge aus nackten Personen, auch Frauen, besichtigte, den reizt die heimische Hausfrau nur noch wenig. Wer einmal am Drücker der Macht war, der läßt rapide nach, wenn das Äußerste an Gewalt das Drücken von fremden Händen im Hotel ist. (...)
Noch immer rudert er hilflos im Kreis herum, der Papa, weil er irrtümlich ständig nur nach einer Seite paddelt und nicht auch nach der anderen. In letzter Zeit plagen ihn auch Ischias und Rheuma zu allem Überfluß, wo ihm das Fehlen des Beins genug zu schaffen macht und kein Überfluß ansonsten vorhanden. Er rotiert um

seine Achse und versucht, auf den Fuß zu kommen, was nur mit Margarethes patentiertem Hochziehgriff gelingen will, hauruck, hammers. Nun steht er wieder, und gleich die Krücken unter die Achseln geklemmt, er hat geglaubt, bei der Notzüchtigung Gretls auf die Krücken verzichten zu können, früher hat es solcher Hilfsmittel nicht bedurft.[599]

Und wie Berotter in Fleißers »Fegefeuer« am Boden liegend zur moralisch jämmerlichen, laut jammernden Figur wurde, wird es auch dieser an Leib und Seele amputierte Vaterschuft. Seine Wehleidigkeit bricht aus, kaum hat ihn die Frau – »hauruck, hammers« – wieder auf den einen Fuß gestellt.

Ohne diese Frau nämlich, so spricht es die Szene drastisch aus, bliebe er liegen. Genau wie Berotter mächtig war, solange die Frau ihm Untertanendienste leistete und demütig die Hand leckte, die sie schlug, hält sich der Vaterschuft in den »Ausgesperrten« nur aufrecht, solange die Frau ihm mit ihrem »patentierten Hochziehgriff« zur Seite steht, so lange sie sich ihm – obwohl die Stärkere – unterwirft und demütig seine Hand leckt. So gesehen wird die Fortsetzung der Szene, als der Vater nach dem Sturz zu greinen anfängt, weniger zu einer Demonstration seiner Schwäche als zum bedrohlichen Test für die Frau. Schon der jammernde Berotter forderte Mitleid von seinen Kindern. Die bezeugte Kinderliebe hätte ihn wieder bestätigt und befestigt. Sie taten ihm allerdings den Dienst nicht. Sie schauten ihn nur so an. In gleicher Weise fordert nun dieser Papa Exoffizier die patriarchale Restitutio ad integrum von den Gefühlsbekundungen seiner Frau. Und er erhält sie, und wie! Und ihre Dummheit überstrahlt noch seine Niedertracht:

Verschiedenes am Körper Ottos schmerzt schlimm, als er sich in den Krücken hochstemmt und das verbliebene Bein schleudert, vor und zurück, vor und zurück, er läßt sich aber nichts anmerken. Seine frühere Ausstrahlung von Autorität zieht seine Frau auch heute wieder hinter ihm her. Ich bin jetzt immer so müd, ich muß mich mal untersuchen lassen. Du Armer, ja, mach das! Und statt daß er die Gretl jetzt tüchtig hernimmt, wo er sie direkt neben sich hat, verbirgt er den grau gewordenen Kopf an ihrer Brust und muß weinen. Das rührt sie sehr, weil sie nicht weiß warum und irrigerweise meint, es ist wegen ihr. Armes Manndi, es wird schon werden, tröstet sie leise, was ihn nicht tröstet. Es schluchzt der schwere Mann, mit so vielem ist er fertig geworden, so viele hat er fertiggemacht, und jetzt wird er selbst mit vielem nicht fertig. So ein Pech.
Ich muß jetzt so weinen und hoffe, die Kinder sehen mich nicht in diesem Zustand. Die kommen nicht so bald nach Haus, in letzter Zeit sind die dauernd weg, und ich weiß nicht wo. Sie benötigen eine starke Hand, diese habe ich, sogar doppelt, wenn auch mein Bein nur in einfacher Ausfertigung zur Verfügung steht.
Mein armer armer Otti. Streichel streichel tätschel patsch.
Is ja schon gut, schschschsch.[600]

Wenn je die Blinde den Lahmen trug, hier geschieht es. Künstlich und kläglich halten die beiden die gemeinsame Fiktion einer familialen Ordnung und elterlichen Vollzugsgewalt aufrecht, für sich allein, zur Selbsttäuschung, und versuchen, das Vakuum der Macht zu verschleiern, in dem ihre Kinder ziellos streunen.

Es gibt keinen Grund zur Annahme, daß von Fleißers Stück eine direkte Wirkung auf Jelineks Roman ausgegangen wäre. Gerade deshalb aber ist es auffällig, wie sehr sich Figurenzeichnung und Konstellationen bei der Österreicherin und der Frau aus Ingolstadt gleichen. Anna und Rainer, die Kinder des einbeinigen Vaters, sind pathologische Studien weiblicher und männlicher Jugendnot und Jugendverderbtheit, wie jener Roelle eine ist und in etwas minderem Grade auch Olga. Der Begriff der »Verkommenheit« fällt im Auftakt von Jelineks Romans explizit.[601] Auch wenn diese Jugendlichen, eine Viererbande insgesamt, gezielter operieren als die Halbwüchsigen aus Ingolstadt, dreht sich doch auch hier alles um Macht und Gewalt untereinander und gegen außen: in Überfällen, Sprengstoffanschlägen, ganz zuletzt im Mord Rainers an der Mutter, am Vater und sogar an der Komplizin, der Schwester.

Gerade diese letztere Tatsache verbietet es nun, das blutrünstige Finale, eine Mischung von Tragödie und Grand Guignol, in den Kontext der pathetischen Vater-Attacken zu rücken, die im deutschen Expressionismus und in den sogenannten Vater-Romanen der 70er und 80er Jahre geritten wurden. Zu den Leistungen des Jelinek-Romans gehört gerade die Brechung jenes idealistischen Schemas vom Sohn, der edel und glanzäugig, ein Mann der Zukunft, gegen den väterlichen Machtklumpen, die Verkörperung alles schlechten Gestrigen, antritt. Dieser Rainer, der am Ende seine Familie liquidiert, wie sein Vater als SS-Mann einst Juden und Polen liquidiert hat, ist kein Don Carlos vor dem steilen Vater-König. Den bösartigen Trottel zu beseitigen, ist keine Befreiungstat von säkularer Dimension, sondern ein sinnloser Akt, ein Orgasmus der sexualisierten Macht. Deshalb macht der Mörder zwischen den Eltern und der Schwester, die ja seine Generation vertritt, keinen Unterschied.

Dieser Zusammenhang aber bliebe undeutlich ohne die große, symbolisch akzentuierte Szene mit dem stürzenden Vater. Von da an nämlich ist klar: diesen wegzuschaffen, kann kein Akt der Befreiung, keine Inszenierung einer neuen Wahrheit gegen das alte Gesetz sein. Eher wohl steht es umgekehrt: der Mord ist die Rache für die Wüste der Freiheit, die »bleierne Öde«,[602] die sich im Vakuum des gestürzten Vaters ausbreitet. Wie bei Fleißer fehlt auch bei Jelinek alles, was auch nur entfernt an den erlösenden »vermummten Herrn« bei Wedekind erinnerte. Und wenn sich die verlorenen Söhne und Töchter von Ingolstadt an den Sprachfloskeln einer verwitterten Kirchenreligion zu halten suchten, tut den verlorenen Töchtern und Söhnen von Wien ein halbbegriffener Existentialismus den Dienst. Camus und der Marquis de Sade geistern ihnen durchs Gehirn. »De Sade sagt, man muß Verbrechen begehen«, heißt es da, und: »Wir sind die Kinder von Bürgern, bleiben dort aber nicht stehen. Wir sind innen zerfressen von bösen Taten, außen sind wir Gymnasiasten.«[603] Solche Sätze sind nicht als Akte souveräner Selbstreflexion zu verstehen, sondern als fragmentierte Ideologie. Man behängt sich mit Theoriefetzen, um die grausamen Machtspiele zu bemänteln. Das kühne Denken Camus', das den Schmerz als Wagnis annimmt wie die Schuld und den leeren Himmel, könnte den jungen Leuten durchaus den Retterdienst des vermummten Herrn leisten, wenn es mit Tapferkeit begrüßt würde. Doch dieser Art geschieht nichts. Die Autorin verbannt aus der tristen Landschaft ihres Romans jede Möglichkeit einer Lichtgestalt. Damit verweigert sie sich demonstrativ dem Klischee von den Jungen als den guten Opfern einer schlechten Gesellschaft – Opfern selbst dort noch, wo sie bös und herzlos und verbrecherisch handeln. Hier spinnt keine Katharina Blum den rousseauistischen Mythos fort von der Unschuld aller Kinder, einer Unschuld, die sich verlängert weit in die Adoleszenz hinein – solange die Jungen nur mit Älteren und also Schlechteren konfrontiert bleiben.

Elfriede Jelineks Roman entgeht dem Dilemma, das die Vater-Romane der 70er Jahre wie auch schon die berühmten Vaterattacken des Expressionismus[604] nie ganz vermeiden konnten: daß nämlich die herkömmliche Situation des Familiengerichts einfach umgekehrt wird. Statt der Alten treten dann die Jungen als Ankläger und Richter auf; vor den pathetischen Schranken der Söhne und Töchter stehen kurzerhand die Väter. Die neue Autorität aber ist zuletzt doch nur die unbegriffene Reproduktion der verworfenen Vatermacht. Damit geraten sie ihrerseits in Rechtfertigungsnöte. Denn es war das schleichende Legitimationsdefizit der Väter nach dem Erlöschen von Gottes Augenstrahl, was den Söhnen und Töchtern den Rollentausch ermöglichte. Woher gewinnen sie nun die Basis, die Verstrebung ihrer Position? Zunächst tatsächlich aus einem Fehlschluß: Legitimation ist das Lebensalter; sie haben Recht, weil sie jung sind.

Genau besehen, heißt das, daß auch sie eines Tages wieder unrecht bekommen müssen, sobald sie nur Haare verlieren, Fett ansetzen und selber Kinder haben. Ironischerweise läßt sich dies tatsächlich nachweisen. Aus jenen expressionistischen Jahrgängen, welche die dröhnenden Vaterattacken hervorbrachten, wurde genau die Vätergeneration, die in den autobiographischen Romanen der 70er Jahre vor den Richterstuhl der eigenen Töchter und Söhne zu treten hatte. Obwohl es jedem einigermaßen intelligenten Menschen einleuchten müßte, daß das Lebensalter als solches keine sittliche und intellektuelle Qualität darstellt und jede Altersgruppe die ungefähr gleiche Mischung von Dummköpfen und Weisen, Schurken und Anständigen aufweist – bei differentem Hormonausstoß und bedeutenden Unterschieden in der körperlichen Kapazität –, zieht sich die Überzeugung von der moralischen Überlegenheit der Jüngeren gegenüber den Älteren als Idée fixe durch die Literatur des 20. Jahrhunderts. Die programmatische Solidarisierung der Autoren mit den Kindern gegen die Väter und Mütter darf als eine Signatur der Moderne betrachtet werden. Das tritt phasenweise etwas zurück und gelangt phasenweise wieder zu neuer Kulmination.

Dabei sind die Kulminationszeiten in der Regel auch die Zeiten eines ausgeprägten geschichtsphilosophischen Optimismus. Denn wo ein geschlossenes Fortschrittsmodell das Denken regiert, ist nach schlichter Logik der Jüngere stets ein Stück weiter als der Ältere. Und wenn die Wahrheit und das Gute nur zunehmen können, muß, wer weiter in die Zukunft reicht, auch besser sein und Recht haben. Das Familiengericht wird damit zum Urteil der Söhne und Töchter über die verkommenen Väter und mißratenen Mütter. Und tatsächlich taucht selbst das »krachende Herz«, das menschliche Mitleid bei eiserner Konsequenz im Grundsätzlichen, in den expressionistischen Szenen wie in den Vaterromanen immer wieder auf.[605]

Angesichts der scharfäugigen Analyse, der die Kinder des stürzenden Vaters bei Marieluise Fleißer und Elfriede Jelinek unterzogen werden, erscheinen die parriciden Söhne aus der expressionistischen Jubelphase mehr naiv als heroisch. Ihre Naivität besteht nicht so sehr im Angriff auf die existierende Macht, auf die breit in ihren Chefsesseln thronenden Väter, als vielmehr im Glauben, die Frage der Macht in der Gesellschaft sei mit der Beseitigung der Machthaber von selbst und dauerhaft gelöst. Daß die Menschen mit der Macht leben müssen wie mit ihrer Sexualität und dem täglich mehrmals hungrigen Bauch, daß die Macht eine so urtümliche Lust beschert wie das Essen und die Liebe, daß ihretwegen so leicht und wohlüberlegt getötet wird wie um der beiden andern willen, das scheint immer dort unbekannt zu bleiben, wo man die Macht identisch setzt mit den Machthabern, wo man sie für so liquidierbar hält wie diese.

Dabei kann nicht einmal Robinson mit Freitag leben, ohne daß Macht installiert wird. Als der Schiffbrüchige nach zwanzig Jahren einsamen Insellebens von Ferne den Eingeborenen sieht, dem er das Leben retten kann, wenn er will, schreitet er unter folgender Überlegung zur Tat:

> It came now very warmly upon my Thoughts, and indeed irresistibly, that now was my Time to get me a Servant, and perhaps a Companion, or Assistant.[606]

Nicht der Bruder ist die Sehnsucht des Inselmenschen aus dem aufgeklärten Jahrhundert, sondern der Diener. Wobei die Idee vom gleichgestellten Gefährten zwar irgendwie einsickert in diese Vorstellung: »and perhaps a Companion«, aber sie reicht nicht einmal bis zum Wort »Freund«, sondern wird auf der Stelle wieder gedämpft zum »Gehilfen«: »or Assistant«.

Und als Robinson den Mann dann wirklich gerettet und bei sich hat, geschieht zuerst das äußerste denkbare Unterwerfungsritual:

... he came close to me, and then he kneel'd down again, kiss'd the Ground, and laid his Head upon the Ground, and taking me by the Foot, set my Foot upon his Head; this it seems was in token of swearing to be my Slave for ever.[607]

Dann bestimmt Robinson auf unzweideutige Art das Verhältnis zwischen den beiden Männern, die möglicherweise bis ans Ende ihrer Tage zusammen auf der Insel leben werden. Er fragt den Gefährten nicht, wie er heiße, sondern gibt ihm selbst einen Namen, als wäre er sein Geschöpf:

... and first I made him know his Name should be Friday, which was the Day I sav'd his Life.

Seinen eigenen Namen aber, Robinson, nennt er ihm gar nicht. Er will anders genannt werden:

... I likewise taught him to say Master, and then let him know, that was to be my Name.[608]

Im berühmtesten weltliterarischen Phantasiespiel von der Rückversetzung des Menschen in den Urzustand begegnen sich also die zwei Adams in ihrer paradiesischen Freiheit nicht als Brüder, sondern ganz selbstverständlich als Herr und Knecht. Man mag das dem Geist der Zeit zuschreiben und darauf hinweisen, daß Rousseau 1719 schließlich erst siebenjährig war, richtiger ist wohl, hier das urbildliche Ereignis der Macht zu erkennen, der Macht als eines Geschehens zwischen allen Menschen, jederzeit, wo immer auch nur zwei oder drei zusammenkommen und zusammenbleiben.

XLIX. Inszenierungen des Gegengerichts

Die mißratenen Väter und Mütter vor den Schranken der Kinder. Das phallische Requisit in der Ausstattung der Väter und im Ablauf von Gericht und Gegengericht. Die Beispiele Hasenclever, Bronnen, Werfel. Am Ende immer der Sturz. Das Requisit sagt mehr als der Dialog: Macht gegen Macht, nicht Freiheit gegen Herrschaft. Nochmals alle römischen Elemente. Der eiserne Sohn, moralgeschwellt. Der Mantel.

Auf die Szenen und Chiffren vom stürzenden Vater in der Literatur des 20. Jahrhunderts bezogen, kritisiert der berühmte Auftritt im voraus schon die Vorstellung, daß die Welt der freigelassenen Söhne und Töchter je herrschaftsfrei werden und aus lauter Geschwistern bestehen könnte, daß Macht als solche sich irgendwann verflüchtigen werde. Der große Sturz beseitigt nicht die Macht aus der Gesellschaft, sondern setzt bloß die Macht aus ihrer Anbindung an tradierte Institutionen frei. Er stellt nicht die Aufgabe, die Welt ohne die Macht zu denken, sondern, wie Foucault sagt, »die Macht ohne den König«,[609] die Herrschaft ohne die »Sonne der Souveränität«[610] in irgendeiner Ausprägung. Auf der Stelle nämlich konfrontiert der Sturz die Umstehenden mit der Wirklichkeit einer neuen »Allgegenwart der Macht«, die sich »in jedem Augenblick und an jedem Punkt erzeugt«.[611] Diesem Dilemma entgehen nur jene Texte, die mit dem Gericht der Söhne über die mißratenen Väter kurzerhand aufhören. Dann steht zuletzt einfach der Jubelruf »Freiheit«, und dieser unterstellt, daß nun alles gut und jede Macht beseitigt sei, auf immer. Es ist dies genau das illusionäre Happy End vieler Zeugnisse des parriciden Expressionismus. In solcher Gloriole verlassen die Heldenjünglinge zwischen 1910 und 1920 allzugern den Schauplatz und lassen den zusammengestürzten Vater hinter sich wie Herakles das Aas des Nemeischen Löwen.

Oft geht dabei das eine Gericht unmittelbar in das andere über. Das zeigt sich plastisch an einem kleinen, aber wirkungsvollen Detail, dem phallischen Requisit. Die symbolische Entmannung war ja immer schon ein Element des Familiengerichts: »Nehmt ihm den Degen ab! Er ist gefangen.« Auch der Schlüssel, den Kaiser Rudolf in den Brunnen der Prager Burg wirft, steht in diesem Zeichenfeld, die Entwaffnung Arnold Kramers in der Spelunke und der Griff des Alten nach der Uhrkette des Sohnes im »Urteil«. Dem korrespondiert präzis die phallische Ausstattung der Väter selbst, das gereckte Zeichen ihrer unveräußerlichen Macht. Wie man die neue Veräußerlichkeit dieser Macht, das nur noch Akzidentelle, nun auch an den Zeichen selbst verfolgen kann, das macht vielleicht das Hauptspektakel im triumphalen Expressionismus aus.

In Walter Hasenclevers Stück »Der Sohn« ließe sich das Gegenspiel der phallischen Insignien in den Händen von Vater und Sohn am Ende des Stücks notfalls auch ohne die gewechselten Worte, als reine Pantomime, zur Aufführung bringen. Und so, wie diese Zentralelemente aller Männerträume, Männerängste, Männerillusionen hier gegeneinander auffahren, so verzahnt sich auch das Gericht des Vaters über den mißratenen Sohn unmittelbar mit dem Gericht des Sohnes über den mißratenen Vater. Was in der Hand des einen die Hundepeitsche, ist in der Hand des andern der Revolver. Der Sohn, ein Wesen von flügelschlagendem Idealismus, ein morgenroter Welterlöser, hat sich heimlich zu seinen revolutionären Freunden begeben, der Vater läßt ihn polizeilich einfangen wie einen streunenden Hund. Jetzt stehen sich die beiden zuhause Aug' in Auge gegenüber. Unmittelbar bevor das Spiel mit den doppeldeutigen Dingen beginnt, definiert sich jeder schroff und unzweideutig als Richter über den andern.

Der Vater: Ich wünsche eine Antwort auf meine Frage: wo warst du die Nacht?
Der Sohn: Du hast, unter dem Deckmantel der Erziehung, ein *Verbrechen* an mir begangen. Dafür wirst du Vergeltung finden.[612]

Erziehung als Verbrechen – das ist eine Schlüsselparole des 20. Jahrhunderts, die in dessen diversen Aufbruchsphasen immer neu auf immer neue Fahnen geschrieben wurde. Und während der Sohn jetzt zu einer eigentlichen Gerichtsrede anhebt – »Ich bin hier, Rechenschaft von dir zu fordern – und Sühne: Auge um Auge« –, beginnt der Vater, *seiner* Rolle bewußt, zu handeln: Er »zieht hinter dem Schreibtisch eine Hundepeitsche hervor und beugt sie, wie um sie zu prüfen, übers Knie.« Ein festes Ding ist das also, ein strammes Ding, und stramm hält es sich und bricht nicht leicht. Der Sohn aber »fährt auf die Geste mit der Peitsche schnell in seine Tasche und läßt die Hand dort«. Aha, muß das Publikum denken, denkt im Publikum sicher jeder Mann, aha, der trägt auch was Rechtes mit sich herum! Und so ist es dann auch. »Hüte dich, die Peitsche zu berühren!« sagt der Sohn und »hebt, vom Vater unbemerkt, den Revolver halb aus der Tasche«. Nur das Publikum sieht das Gegenspiel der Zeichen, kann verfolgen, wie diese sich nun genau synchron bewegen: Der Vater »läßt momentan die Peitsche sinken, gleichzeitig verschwindet der Revolver in der Tasche des Sohnes«.

Allmählich aber beginnt das Gleichgewicht zu schwanken. Um den vorzeitigen Abbruch des Gerichtsaktes zu verhindern, verriegelt der Sohn die Tür und nimmt demonstrativ den Schlüssel zu sich. Nun hat er ein Insignum mehr, und er hält es dem Vater auf der Stelle unter die Nase: »Er nimmt den Schlüssel an sich und streckt drohend den Arm aus.« Konsequenterweise versucht der Alte den Gegenzug: »Der Vater erhebt die Peitsche, als wollte er zuschlagen ...« Aber es reicht nicht mehr zur vollen Parade, und in einer ersten, noch vorläufigen Gestalt ereignet sich, was wenig später zum endgültigen, finalen und letalen Geschehnis wird: »... von plötzlichem Schwindel ergriffen, fällt er rückwärts in den Sessel.« Das ist der Sturz. Das Signal, das er setzt, ist nicht mehr rückgängig zu machen. Wohl rafft der Mann sich nochmals auf, wohl kommt es noch zu einer zweiten Runde von Gericht und Gegengericht, von Rede und Gegenrede, Urteil und Gegenurteil: »Ihr Tyrannen, ihr Väter, ihr Verächter alles Großen (...) Jetzt kämpft ein Volk von Söhnen.« – »Du hast keinen Vater mehr. (...) Der Fluch komme über Dich. Ich verstoße Dich.« Aber das ist nur noch ein letztes böses Aufbäumen. Es läßt sich wiederum am Zeichenspiel ablesen. Der Vater versteht seine eigene symbolische Geste, die dem endgültigen Sturz vorausgeht, nicht. Was ihn um Macht und Rang bringt, ihn in einem umfassenden Sinne entmannt, versucht er nämlich als Überlegenheit hinzustellen: »Hier nehme ich meine Peitsche und werfe sie dir vor die Füße. Du bist nicht wert, daß meine Hand dich berührt. (Er tut es.)« Trotzdem will er dem Sohn noch weitere Befehle erteilen, will sich mit der öffentlichen Gewalt, dem Polizeiamt, verständigen. Da greift der Sohn gelassen zu seiner Armatur. Er zieht den Revolver wieder hervor, »unbemerkt« zuerst, und unbemerkt »hebt« er ihn auch »in die Höhe«.

Dann schafft er Klarheit. Und es ist das Zeichen ganz allein, das schimmernde Ding der Männermacht, was, in den Raum ragend, den großen, den definitiven Sturz auslöst:

DER VATER *(am Telefon)*: Bitte das Polizeiamt.
DER SOHN: Sieh hierher! *(Er zielt auf ihn und sagt mit klarer Stimme:)* Noch ein Wort – und du lebst nicht mehr.
DER VATER *(macht unwillkürlich eine Bewegung, sich zu schützen. Er hebt den Arm, das Telephon entfällt ihm. Er läßt den gehobenen Arm sinken. Sie sehen sich in die Augen. Die Mündung der Waffe bleibt unbeweglich auf die Brust des Vaters gerichtet – Da löst sich der Zusammengesunkene, ein Zucken geht durch seinen Körper. Die Augen verdrehen sich und werden starr. Er bäumt sich kurz auf, dann stürzt das Gewicht langsam über den Stuhl zu Boden. Der Schlag hat ihn gerührt.*
Der Sohn, mit unverändertem Gesicht, nimmt diese Stellung wahr. Sein Arm fällt herunter, dumpf schlägt der Revolver auf. Dann sinkt er automatisch, als setze sein Bewußtsein aus, in einen Stuhl nahe am Tisch.)

Daß der Sohn selbst niedersinkt, ist eine letzte Parallele im symbolischen Spiel. Es bedeutet aber nicht die Rücknahme seines Triumphs. Es verhindert nur, daß dieser allzu billig erscheint. Die Bühnenanweisung charakterisiert die Bewegung des Sohnes denn auch nicht als Sturz wie beim Vater, nicht als Machtverlust, sondern als eine vorübergehende Reaktion auf das Übermaß heroischer Anstrengung. Denn gleich darauf, im feierlichen Finale, erklärt sich der Sohn als herrlich befreit und auf die Bahn zur Erlösung aller andern gesetzt:

Jetzt höchste Kraft in Menschen zu verkünden,
zur höchsten Freiheit, ist mein Herz erneut![613]

Diese Vorgänge in Hasenclevers Programmstück finden ihre Entsprechung – bei einigen deutlichen Differenzen – im Stück »Vatermord« des genialischen, wegen seiner Nazi-Mitläuferschaft bis heute in seiner historischen Bedeutung unterschätzten Arnolt Bronnen.[614] Bei Bronnen geht alles wilder und grausiger zu. Manches erinnert an die Kühnheiten Elfriede Jelineks. Das Spiel der phallischen Zeichen, der Sturz des Vaters, sein anschließender Tod und der ekstatische Sohnesjubel am Ende finden sich auch hier. Allerdings nimmt dem Sohn diesmal kein Herzinfarkt das tödliche Geschäft ab.[615] Hier geschieht der Mord tatsächlich mit dem Messer. Wichtiger aber ist das vorgängige Geschehen, wo der Vater »mit einem Fleischschlegel«[616] [sic!] und einem Revolver dazu gegen seinen völlig nackten Sohn vorgeht. Dabei wird er im aggressiven Akt selbst schwach (»greift sich ans Herz und kann keinen Laut ausstoßen«), kommt um seine Insignien (»verliert den Schlegel«) und stürzt (»fällt zu Boden«). Nach der Tat hebt der Sohn zu einem Freiheitsgesang an, in dem nun sogar die Metaphorik phallisch-sexuell bestimmt ist:

Ich bin frei /
Niemand vor mir niemand neben mir niemand über mir der Vater tot /
Himmel ich spring dir auf ich flieg /
Es drängt zittert stöhnt klagt muß auf schwillt quillt sprengt fliegt
muß auf muß auf
Ich
Ich blühe.

Das Ineinander, Durcheinander des Gerichts über den mißratenen Sohn *und* über den mißratenen Vater erscheint bei Bronnen als Ineinander und Durcheinander weniger des Urteilsspruchs als des Urteilsvollzugs. Was da obszön gegeneinander rennt, sind eher zwei Henker als zwei Richter. Angesichts der jahrtausendealten Tradition der Brutus-Geschichten, in denen der Mord am Sohn feierlich gerechtfertigt wird, erscheint es nur folgerichtig, daß das exemplarische Gegengericht ebenfalls bis zum äußersten Akt durchgeführt wird. Wobei sich an der Leserreaktion zugleich die unvergleichlich höhere Tabuisierung des Vatermords gegenüber der Kindertötung in unserer Zivilisation zu erkennen geben dürfte.

Historisch wären die Stücke Bronnens wie Hasenclevers kaum möglich gewesen ohne die allgemeine Lockerung der Denkverbote diesem Tabu gegenüber, die von den Theorien Sigmund Freuds ausging. Dessen Gedanken sickern seit der Jahrhundertwende überall ins intellektuelle Bewußtsein. Aus dem Undenkbaren wurde ein literarisches Thema. Dabei ist weniger von einem »Einfluß« im Sinne der traditionellen Literaturwissenschaft zu reden (»Was hat der Dichter wann gelesen?«), als von einer dramatischen Erweiterung des Spielraums der kollektiven literarischen Phantasie. Und ebenso nachdrücklich muß angemerkt werden, daß Freuds Theoriegebäude selbst, insbesondere die Ödipus-Lehre, ohne den Prozeß der schleichenden Vaterschwächung, den die Literatur des 19. Jahrhunderts dokumentiert, niemals so monumental zustande und zur Wirkung gekommen wäre. Wo die literarische Phantasie nicht vorgearbeitet hat, kann keine wissenschaftliche Theorie entstehen.

Das dritte Beispiel für die Übersetzung von Gericht und Gegengericht zwischen den Vätern und Söhnen in ein Spiel der phallischen Zeichen ist Franz Werfels Novelle »Nicht der Mörder, der Ermordete ist schuldig«. Auch hier bildet der Vorgang das Präludium für den Sturz. Auch hier stellt der stürzende Vater die Pointe des Ganzen dar. Und auch hier spricht die phallische Pantomime symbolisch aus, was die explizite Rede all dieser Söhne weit weniger zugibt: daß nicht Herrschaft gegen Herrschaftslosigkeit steht, sondern Macht gegen Macht. Der Phallus will regieren. Wo er als Insignum erscheint, bedeutet er den Anspruch auf das höchste Gut und die Vertreibung der Konkurrenten. Was mit solcher Macht bei den befreiten Söhnen geschieht, in jenem ominösen »Volk der Söhne«, das von Hasenclever beschworen wird, bleibt in den parriciden Jubelstücken des Expressionismus wohlweislich offen. Sie enden mit dem Freiheitsruf wie die alten Komödien mit der Umarmung der Verliebten. Daß diese eine Ehe und jene eine Gesellschaft einzurichten haben, wird beidenorts behutsam verschwiegen.

Zwischen 1914 und 1918 stürzten die Kaiser und Zaren und Könige, und es ist kein Zufall, daß sowohl Bronnens »Vatermord« wie Hasenclevers »Sohn« die ganze Spanne vom Beginn des Krieges bis in die tumultuarischen Nachkriegsjahre als Entstehungs- und Publikationszeit aufweisen. »Der Sohn« entstand 1913/14, wurde 1914 in den »Weißen Blättern« und von Kurt Wolff publiziert, zu ersten Aufführungen kam es, teilweise nur in geschlossenem Kreis,[617] 1916 in Prag und Dresden, als eigentliches Theaterereignis entfaltete sich das Stück erst 1918 am Deutschen Theater in Berlin. »Vatermord« entsteht in der Urfassung Anfang 1915, wird 1919 überarbeitet und 1920 erstmals gedruckt; die von Skandal umtobten Aufführungen in Frankfurt und Berlin fallen ins Frühjahr 1922.[618] Franz Werfels Erzählung nun, die 1920 erschien und im Grundmuster jenen beiden Dramen analog ist, thematisiert explizit die Parallele zwischen dem familialen Vorgang und dem Kaisersturz, zwischen der parriciden und regiciden Aktion. Der Held plant nämlich zunächst ein Attentat auf den Zaren, der inkognito zu einem Gipfeltreffen anreisen soll. Das ist als erzählerische Erfindung eher unbeholfen, im Gesamtgeschehen der Konstruktion des stürzenden Vaters aber hat es seine Funktion und Aussagekraft.[619]

Während man im Finale der beiden Dramen das Spiel mit den phallischen Insignien als ein ergänzendes Element ansehen kann, wird die stumme Aktion am Schluß von Werfels Erzählung zum spektakulären Hauptereignis. Gericht und Gegengericht folgen einander auch diesmal fast unmittelbar. Das eine, Verhör und Brandmarkung des mißratenen Sohnes durch den ragenden Vater, geht dem gegenläufigen Geschehen nur um einige Stunden voraus. Dabei ist das Wahrzeichen der angestammten Macht wiederum die Reitpeitsche. Der Vater ist General, der Sohn Offizier. Der Vater redet diesen mit »Leutnant« an; er antwortet trotzig mit »Vater«. Da es um schwere Reglementsverstöße geht, beharrt der General auf der Dienstsprache, und er gewinnt in dieser Berufung auf das Gesetz seine volle Sicherheit: »Auf einmal war der General kalt und ruhig. Die Gerte zitterte nicht mehr. (...) Jetzt hatte er sich wieder in seine Rolle gefunden. Jetzt war er wieder der starre Römer und Spartaner (...).«[620] In die dergestalt aufgebaute Autorität hinein aber schreit der Sohn »mit aller Kraft«: »Ich scheiße auf deinen allerhöchsten Dienst!«

Und jetzt schlägt der Vater zu, mit der Reitpeitsche ins Gesicht des Sohnes. Der Akt der Urteils ist auch schon dessen Vollstreckung. Der Verurteilte wird nicht nach den Regeln des militärischen Reglements gerichtet, sondern in einer archaischen Handlung gezeichnet, stigmatisiert quer über sein Antlitz wie ein Galeerensträfling aus alten Zeiten. Die Art der Beschreibung aber zeigt, daß »der starre Römer und Spartaner« nur noch eine angestrengt gespielte Rolle ist. Das Monument ist unterspült. Die krampfartige Schwäche, die diesen Gerichtsakt begleitet, weist schon voraus auf den Verlauf des Gegengerichts, auf das Ende im Sturz. Im einzelnen verläuft die Szene nach dem Schimpfwort des Jungen so:

> Der General taumelte zurück. Die beiden Majore stützten ihn. Er fand keinen Atem, stieß einen unsagbaren Laut aus. Plötzlich stürzt er sich auf mich. Ich sehe nicht mehr das Gesicht eines kaltsinnig beherrschten Truppenführers, ich sehe das schmerzverzerrte Gesicht eines geschlagenen Vaters, ich sehe mehr noch, jetzt ...
> In diesem Augenblick traf mich breit über die Backe, dicht unterm Auge, der Hieb seiner Reitpeitsche![621]

Und gleich darauf ereignet sich als ein rein körperliches Geschehen, was die Berichte von den eisernen Vätern so häufig als seelisches Symptom begleitet: das »Krachen« des Herzens:

> Der General hatte die Gerte fallen lassen. Er keuchte und bohrte beide Fäuste gegen das Herz. Es schien ihn ein Krampf gepackt zu haben.

Das uralte Motiv aus den Brutus- und Helmbrecht-Geschichten, ja, weiter zurück noch, aus dem Bericht über den schreienden König David, wird hier verwandelt in ein Signal der verlorenen Legitimität und des bevorstehenden Zusammenbruchs.

Und während im radikalen Modell römischer Herkunft die Zustimmung des Sohnes zum Urteil des Vaters als sittliche Quintessenz den Ablauf krönt – wie noch in Lessings »Emilia«, in Kleists »Homburg«, in Brechts »Maßnahme«, in Müllers »Mauser« –, bricht hier aus dem Gebrandmarkten kein Einverständnis, sondern »grenzenlos die Wut«.[622] Schon mit der ersten Besinnung nach dem Schock ist der Entschluß zum Gegengericht da, zur vatermörderischen Aktion. Dazu bedarf es nun aber auch eines Gegen-Dings zum väterlichen Machtsymbol. Es findet sich auf fast wundersame Weise, als der Sohn am Abend die Villa des Generals betritt, um auf diesen zu warten. Ein gewichtiger Gegenstand ist es, und von sehr aussagekräftiger Gestalt: eine eiserne Hantel. Einst mußte der Heranwachsende damit Übungen machen; jetzt kommt das Ding ihm vor wie ein vergessener Teil seiner selbst:

> Wie schwer sie ist! (...) Nach so vielen Jahren mußte ich sie hier finden! Das war kein Zufall. So lange war sie verborgen geblieben. Jetzt aber, in dieser Stunde, kommt diese alte Hantel mir entgegen, sucht mich gleichsam, lockt mich heran, mir jenen Gedanken einzugeben – einzugeben – nein zu sagen, zuzurufen, den ich sogleich verstehe. (...) Ich prüfte die Festigkeit der beiden Köpfe, ob sie gut auf dem Stiel säßen. Das Ding war wie aus einem Guß – da steckte ich es in meine Tasche.[623]

So hat er es wieder, so trägt er es wieder mit sich, so wartet denn also der mit der Hantel auf den mit der Peitsche. Aber es wird kein großer Showdown daraus – oder mindestens nicht in der zu erwartenden Art. Was die Tierforscher und Ethologen als Kampf um die Führung des Rudels kennen, als das mähnenflatternde Schauspiel der Entscheidung, wer von nun an die Weibchen begattet und oben auf dem Felsen in der Sonne schläft, das wird hier zu einem Geschehen zwischen peinlich ungleichen Kontrahenten. Nicht daß das Ritual ausbliebe, im Gegenteil, es kommt zu der vielleicht ausgreifendsten szenisch-pantomimischen Durchführung des Gegengerichts in der ganzen deutschen Literatur. Aber alles ist entschieden von Anfang an. Der körperliche Sturz geschieht zwar erst im Anschluß an einen langen, stummen, zeremoniellen Tanz, und doch ist er beim ersten Blick der beiden aufeinander schon wie passiert. Wie bei Bronnen und Hasenclever löst die bloße Tatbereitschaft, das Hochschleudern des phallischen Zeichens, den Zusammenbruch aus.

Der Sohn versteckt sich mit seiner Hantel und wartet, bis der General nach Hause kommt und zu Bett gegangen ist. Um zehn Uhr soll die Entscheidung fallen. Die Uhr schlägt, er tritt zur Tür: »Meine Rechte hielt die Hantel fest umfaßt. Ich zählte bis drei, gewillt, beim Dritten das Zeichen zum Weltuntergang zu geben.«[624] Und schon klopft er mit dem Eisen »mächtig an den dumpfschallenden Türpfosten«. Aber da geschieht nichts, was dem Pathos der Handlung entspräche. Seltsame Geräusche, ein fragendes Gemurmel, Stille. »Zum zweitenmal drei furchtbare Schläge an den Pfosten.« Dieses dröhnende Pochen setzt die Szene in gezielten Bezug zum nächtlichen Geschehen am Schloßtor im »Macbeth«, zu den hallenden Tritten des Komturs im »Don Giovanni«. So wie dort ein eherner Vater, kommt hier ein eiserner Sohn daher, moralgeschwellt, gerechtigkeitsgebläht, zum Verdikt entschlossen. Endlich geht das Licht an, und es nähern sich Schritte:

> Und jetzt!
> Hoch erhob ich die Hantel . . .
> Wer aber trat mir entgegen?
> Die Füße in schlurfenden Pantoffeln, einen langen, grauen Schlafrock umgehängt, die Gürtelschnur vorne nicht zugebunden, weiße Haare zerzaust, der Schnurrbart ungestutzt, ungefärbt, grau, hart hinabstechend, schwere Tränensäcke unter kleinen sterbenserschrockenen Augen, todgezeichnete Backenknochen, blaue Lippen, die der Zähne häßliches Gold angstklaffend nicht mehr verbargen, der also aus der Türe schwankte, der alte Mensch – war mein Vater.

Was ist das, wenn nicht ein Gestürzter? Der Sohn erwartet, die Hantel in der erhobenen Hand, einen Machthaber, erwartet die Gestalt, die ihn eben noch gebrandmarkt hat. Jetzt steht vor ihm die wankende Kläglichkeit. Das also steckt tagsüber in der blinkenden Uniform! Nimm den straffen Glanz weg, und alles sackt ein.

Der Schlafrock ist die letzte Erinnerung an die repräsentative Tracht, an die Skala herrschaftlicher Zeichen. Der Mantel gehört zum König wie die Krone und das Szepter. In der Traumsprache ist der weite Mantel Symbol der Männlichkeit, und zwar im genitalen Sinn wie auch im Sinne des patriarchalen Besitzrechts.[625] »Unter dem Mantel« des Mächtigen ist man symbolisch geborgen, in gleichem Maße aber auch untertan. Deshalb schleppen die Könige und Königinnen gern so viel Stoff hinter sich her. Auch in Kafkas »Urteil« verbindet sich der wehende Schlafrock sogleich mit der Vision von Macht und Autorität: »Ah Georg sagte der Vater und gieng ihm gleich entgegen. Sein schwerer Schlafrock öffnete sich im Gehn, die Enden umflatterten ihn, mein Vater ist immer noch ein Riese sagte sich Georg.«[626] Und Georgs scheinhafter Triumph beginnt denn auch damit, daß es ihm gelingt, dem Vater den Schlafrock auszuziehen. In ganz ähnlicher Weise bezeichnet bei Werfel im nun folgenden Ritualtanz der Verlust des Mantels das Ende aller Vatermacht.[627]

L. Fast ein Bruder

Der Rausch des Sohnes. Ein ritueller Tanz. Das »Reich der Söhne« als erotisierte Herrschaft. Marsch und Rhythmus in der politischen Krankheit des 20. Jahrhunderts. Walter Benjamins Faschismusbegriff. Wahnsinn der triumphierenden Söhne. Das Erwachen. Trauer und Mitleid. Von der Glanzlosigkeit der Demokratie und dem Fehlen der phallischen Armaturen. Die Krankheit eines politischen Diagnosenstellers. Am Ende fast ein Bruder.

Obwohl man nun eigentlich erwarten würde, daß das Jammerbild in der Schlafzimmertür dem Sohn alles Pathos aus der Seele blasen würde, setzt dieser jetzt zu einer Aktion an, die aus ihm hervorbricht, als wäre sie von anderswem gesteuert. »Mein ganzes Wesen erschütterte göttlicher Rausch«, heißt es, und: »Die Hand mit der Hantel straffte sich immer höher, höher!«

Das ist, wenn man genau liest, der Moment der Tat, jener absoluten Tat, die von der Menschheit über Jahrtausende hin als die schlimmste dargestellt wurde – weil sie eben immer wieder so nahelag. Und tatsächlich geht hier der Herrschaftsgestus mit dem phallischen Insignum für einen Moment in den Akt des Vatermords über: »Ich bog den Arm ausholend zurück«. Dann aber passiert, zur Überraschung des Sohnes selbst, die Verwandlung dieses Vorgangs in ein seltsames Zeremoniell:

In meine Beine fuhr ein Rhythmus, über den ich nichts vermochte. Gebieterisch streckte ich die unbewaffnete Hand aus. Der Vater duckte sich noch tiefer, schützte mit den beiden Händen sein Hinterhaupt, und ich, ich verfolgte ihn gleichmäßig stampfenden Schrittes, Runde auf Runde um den Billardtisch. Er keuchte vor mir her, und ich, die Beine im Tempo dieses unheimlichen Triumphmarsches strekkend, Abstand niemals verringernd, niemals erweiternd, schritt hinterher, die Hand mit der Waffe erhoben, den Kopf zurückwerfend in bewußtloser Begeisterung.

Ginge es nicht um Macht, man könnte das für einen Balztanz halten. So treiben es, sagt man, die Auerhähne auf einsamen Waldlichtungen. Die innige Verbindung von Macht und Sexus, an die man sich in unserer Zivilisation bei den phallischen Insignien so sehr gewöhnt hat, daß man überhaupt nicht mehr weiter darüber nachdenkt, wird in diesem »Triumphmarsch« wieder zum erschreckenden Ereignis. Das Zeremoniell des Machtwechsels gerät – ahnungslos? – in den Assoziationsbereich einer homosexuellen Vergewaltigung. Damit deckt dieses Gegengericht auch eine Dimension des alten Tribunals über die mißratenen Söhne auf, die dort fast gänzlich versteckt war, genauer: die nur in den inzestuösen Signalen des Vater-Tochter-Spiels – sei's im Urteil, sei's in der Versöhnung – aufblitzte.[628]

Schließlich fällt der Schlafrock, und es kommt zur gänzlichen, zur entwürdigenden Nacktheit:

Immer asthmatischer wurden die Atemzüge des Gejagten. Sein Schlafrock, aufgebunden, weitärmelig, rutschte über die Schulter, immer weiter, fiel endlich ganz von ihm!
Das war kein Offizier mehr.
Ein nackter Greis mit mager tiefdurchfurchtem Rücken schwankte vor mir her.
»Die Wahrheit«, dachte ich, »die Wahrheit.«
Das Triumphgeheimnis des unverständlichen Rhythmus genießend, immer mit hocherhobener Hantel, stampfte ich weiter.
Wie lange der Marsch, die gemessene Jagd um den Tisch währte – ich weiß es nicht.
Der andere verlor erst den einen Pantoffel, dann den zweiten, schließlich torkelte er splitternackt vor mir.

Zu beachten ist das Stichwort »genießend«, und wie es sich verbindet mit der zweifach benannten Rätselhaftigkeit dieses Treibens für den Akteur selbst: »das Triumphgeheimnis des unverständlichen Rhythmus genießend«.

Beide Männer, will es scheinen, vollziehen die Handlung nach dem Willen einer höheren Macht. Sie sind gleichzeitig zwei verknüpfte Neurotiker, ein privates, ein individuelles Phänomen also, und die beispielhaften Exponenten der Epoche, also ein öffentliches, ein historisches Phänomen. Und beides hat seine unbewußte Seite. Unbewußt nämlich ist hier wie dort die Verknüpfung von Macht und Sexualität.

Das Reich der Söhne, das jetzt ausbrechen soll, entdeckt sich hier im voraus schon als erotisierte Herrschaft, auch wenn getan wird, als wäre es nichts als die endlich erreichte Herrschaftslosigkeit. Dieser »Rhythmus« als die Erscheinung einer höheren Gewalt, dieser »Triumphmarsch« mit erhobener Waffe, diese ganze »bewußtlose Begeisterung«: es weist alles voraus auf die politische Krankheit, die nach dem Sturz der Kaiser und Zaren europaweit ausbricht, auf die Erotisierung und Ästhetisierung der Macht im faschistischen »Marsch« – sei's »auf Rom«, sei's auf Madrid, sei's am Führer vorbei und über die Grenzen hinaus in friedliche Nachbarländer hinein. Erst in Stalingrad, in den »Kesseln« des neuen Schlachtentyps, war es dann mit dem »Immerweiterstampfen«, mit dem »Triumphgeheimnis« dieses »Rhythmus« plötzlich vorbei. Die »Ästhetisierung des politischen Lebens«, als welche Walter Benjamin im Nachwort zum »Kunstwerk«-Aufsatz den Faschismus bestimmt hat, wäre also unter der Kategorie eines kollektiven Rhythmus, des »Marsches« in jedem Wortsinn, noch genauer zu fassen. Dann wird erst völlig evident, was Benjamin schon damals, 1936, als die unausweichliche Konsequenz bezeichnete: »Alle Bemühungen um die Ästhetisierung der Politik gipfeln in einem Punkt. Dieser eine Punkt ist der Krieg.«[629]

Ein großer Sprung, gewiß, und als Behauptung eine gewagte Sache. Aber Werfels Erzählung rechtfertigt diese historische Perspektive dadurch, daß sie das verzückte Gegengericht einerseits weltpolitisch einordnet, in einen universalen Kampf gegen »die Herrschaft des Vaters in jedem Sinn«[630] – »unser Krieg gilt der patriarchalischen Weltordnung«[631] –, daß sie es andererseits aber am Ende selbst kritisiert und verwirft. Diese Kritik verweist auf die zentrale Illusion der triumphierenden Söhne. Wohl treten sie gegen die Väter an als ein Epochenprinzip gegen das andere, aber indem sie die Welt ohne den Vater, ohne den König, ohne den thronenden Gott zu denken wagen, übersehen sie, daß damit nicht auch schon die Macht aus der Welt geschafft ist. Wer sich hier täuscht, dem kommt die Herrschaft von hinten über den eigenen Hals. Der droht selbst zum Werkzeug dessen zu werden, was er beseitigt zu haben glaubt. So kommt dem Sohn in Werfels Geschichte jener »Rhythmus« über den Hals: »Und da geschah etwas Wahnsinniges. – In meine Beine fuhr ein Rhythmus, über den ich nichts vermochte.« Das ist die Ekstase der »Macht ohne den König«, der Herrschaftsrausch der Söhne unter sich, die eben auch weiterhin Männer unter sich sind.

Werfels Text endet nicht in diesem taumelnden Crescendo. Er führt darüber hinaus zur Krise und zum Umschlag in den Verzicht. Zuvor allerdings geschieht, was von Anbeginn im Visier schwebte, der Sturz des Vaters:

> Plötzlich blieb der alte, nackte Mann stehen, drehte sich zu mir um und fiel keuchend auf die Knie. – In seinen flehend erhobenen Händen lag die Bitte: »Tu es schnell!«

Dabei erfaßt den Sohn ein letztes Mal die Verzückung der Macht: »Noch einmal Wahnsinn, unerträglicher Triumph!«

Dann geschieht das Erwachen. Die klägliche Wirklichkeit dieses Sturzes verwandelt den Vorgang aus der strahlenden Magie eines Traumbilds in eine nüchterne Banalität. Was eben noch »göttlicher Rausch« war, weicht den einfachen Gefühlen von »Leid« und »Mitleid«.

Ich hob den General auf und warf ihm seinen Schlafrock um die Schultern.
»Geh schlafen!«
Das war der einzige Satz, der in dieser Nachtstunde gesprochen worden war.

Nochmals also der Mantel. In der Geste des Sohnes entdeckt sich das Pathos seines vorgängigen Zustands, entdeckt sich der Balztanz um die Macht als ein verlogenes Ereignis.

Jener Rausch und diese Ernüchterung verhalten sich in der historischen Extrapolation zueinander wie der »unheimliche Triumphmarsch« des Faschismus zur Glanzlosigkeit der Demokratie. Der Mensch, der Mann – er insbesondere, aber nicht nur – ist biologisch auf Sieg und Niederlage eingerichtet. Daraus nähren sich seine Träume, die wiederkehrenden Halluzinationen von Glanz und Größe, daraus bezieht auch noch die Niederlage oft genug einen triumphalen Widerschein, den Kitsch des schönen Sterbens. Die Demokratie aber hat im Arsenal der großen Träume keinen Platz. Ihr Wesen ist der Kompromiß, das Beigeben, sind die immer nur halben Siege als immer auch halbe Schlappen. Die politische Krankheit des 20. Jahrhunderts aber, die nach dem Sturz der Kaiser, Könige und Zaren ausbrach, wollte die Glanzlosigkeit nicht ertragen. Sie versuchte verbissen, die Demokratie mit dem ekstatischen Traum zu vereinen, und mußte sie dabei liquidieren. Denn die Demokratie ist unansehnlich von Natur aus. Es mangelt ihr, um es gradaus zu sagen, an phallischen Armaturen. Ihre Größe ist die Durchschnittlichkeit. Ihre Radikalität besteht darin, in jeden Wein Wasser zu gießen. Ihr Pathos ist das Palaver, ihre größte Tat das Kochen auf kleinem Feuer. Sie widerspricht dem biogenetischen Programm des Homo sapiens, das in der Kunst weiterlebt, in den tragisch umwaberten Heldengeschichten, und von dort aus immer wieder versucht, auf die Politik zurückzuschlagen.

Ernst Jünger, der amtsälteste Verächter der Demokratie in Deutschland, der Mann, der bei den Käfern sucht, was ihm die Politik nicht mehr bieten will: die schimmernde Panzerung, den metallisierten Leib als die somatische Erscheinungsform des rhythmisierten Kollektivs, er begründet noch 1977 seine Verachtung der liberalen Republik unverblümt mit deren Mangel an phallischen Zeichen. Der unermüdliche Diagnosensteller des Jahrhunderts war dessen politischer Krankheit verfallen von Anfang an – auf seine Weise, gewiß, auf elegante Weise, schnittig wie seine vielen Uniformen –, aber verfallen durchaus. Im Roman »Eumeswil« blickt er aus einer Science-fiction-Zukunft auf die Bundesrepublik Deutschland zurück und bestimmt ihre angebliche Kläglichkeit von der Tatsache her, daß der deutsche Adler an der Wand des Bundestags die alten Insignien nicht mehr in seinen Krallen trage:

> Da war immer noch der Adler, ein trauriger Vogel, die leeren Krallen spreizend, des Szepters und der Krone beraubt. Darunter tagten sie, halb Cato und halb Brutus, einmütig und zerstritten lösten sie sich in ihrer Ohnmacht ab. Das fiel zusammen wie ein Kartenhaus (...)[632]

Der Abschnitt, dessen Ende sich als Prophetie versteht, steht nicht zufällig in der Nähe von Sätzen wie: »Die Freiheit beginnt, wo die Pressefreiheit endet«,[633] in der Nähe einer so erlesen scheußlichen Aussage wie: »Die großen Städte werden in den Flammen transzendent.«[634] Gerade der letztere Satz ist, über seine marode Philosophie hinaus, ein eminentes Symptom für die Ästhetisierung der Politik im Zeichen des »Rhythmus« und des »Marsches«, für die Gutheißung aller Dinge im Staat, solange sie nur »Glanz« haben und »Größe« – sei's zuletzt noch im Verbrennen.

Das scheinbar kuriose Detail, daß Gericht und Gegengericht der Väter über die mißratenen Söhne, der Söhne über die mißratenen Väter im pathetischen Expressionismus nie ohne das Spiel der phallischen Zeichen ablaufen, verknüpft die Literaturgeschichte der Familienkatastrophe im 20. Jahrhundert unmittelbar mit der politischen Geschichte. Wo Dolch und Peitsche nur die Hand wechseln, muß neu beginnen, was angeblich zu einem Ende kommt. Wenn in der familialen Intimität den Vätern mit der Peitsche die Söhne mit der Hantel folgen, folgen in der historischen Öffentlichkeit den Königen mit dem Szepter die Diktatoren mit dem erigierten Arm, die das »Volk« als »Reich der Söhne« und sich selbst als deren Exponenten begreifen.

Unter diesem Aspekt sind die zwei letzten Handlungen des Sohnes in Werfels Erzählung so bedeutend. Er legt dem General den Schlafrock wieder um, und er wirft das eigene Machtding weg: »Später, auf der Straße, schleuderte ich die Hantel und mit ihr die Krankheit der Kindheit von mir.«

Den Mantel, den der Vater als stürzender Herrscher verloren hat, bekommt er als armer frierender Mensch, als Gleicher aus der Hand eines Gleichen wieder zurück. Fast wäre man versucht zu sagen: von einem Bruder.

Anhang

Anmerkungen

Erstes Buch: Die Konfliktfelder

Erster Teil: Das Bild und das Gesetz
Seite 21–50

1 Vgl. Kinderlieder aus der Deutschen Schweiz. Nach mündlicher Überlieferung gesammelt und herausgegeben von Gertrud Züricher. Schriften der Schweizerischen Gesellschaft für Volkskunde 17. Basel 1926. S. 303.
2 Stefan Heym hat daraus in neuerer Zeit tatsächlich einen Roman gemacht: Stefan Heym: Der König David Bericht, Roman. München 1972. Das Original ist bedeutend besser.
3 Samuel, II., 14. 25-28.
Die Bibelstellen werden zitiert nach der Luther-Bibel: Die gantze Heilige Schrifft Deudsch. Wittenberg 1545. Hg. von Hans Volz, München 1972. – Die Stellen wurden zum Zweck leichterer Lesbarkeit vom Verf. der heutigen Orthographie angeglichen; Wortwahl und grammatische Form sind jedoch unverändert.
4 Gottfried August Bürger: Wunderbare Reisen zu Wasser und zu Lande, Feldzüge und lustige Abenteuer des Freiherrn von Münchhausen. Nach der Ausgabe von 1788. Mit einem Nachwort von Max Lüthi. Zürich 1978. S. 67.
5 Samuel, II. 18. 32,33 und 19.4.
6 Ebd., 19.3.
7 Ebd., 11.27.
8 Ebd., 12. 10-12.
9 Ebd., 18.5.
10 Vgl. dazu etwa die Pläne Grillparzers zu einem Stück »Die Nazaräer« und Hebbels zu einem »Christus«-Drama. – Franz Grillparzer: Sämtliche Werke. Hrsg. von Peter Frank und Karl Pörnbacher. 2. Bd. München 1970 (2). S. 1177f. – Friedrich Hebbel: Werke. Hrsg. von Gerhard Fricke u.a. 2. Bd. München 1964. S. 644. Hebbel überlegte sich auch ein David-Absalom-Stück (a.a.O., S. 664). Von Otto Ludwig und Richard Wagner sind ebenfalls Bemühungen um den Christus-Judas-Stoff bekannt.
11 Samuel, II.13.11.
12 Ebd., 13.15.
13 Ebd., 13.20. Zu »leidig« merkt Luther an: »Das ist, sie hielt sich innen, ging nicht mehr wie eine Jungfrau im Kranz unter die Leute etc.«
14 Ebd., 13.21.
15 Ebd., 14.24.
16 Ebd., 14.27.
17 Biblisch-Historisches Handwörterbuch. Hrsg. von Bo Reicke und Leonhard Rost. Erster Band. Göttingen 1962. S.17f.
18 Vgl. dazu den Essay von Iso Camartin in der neuen Ausgabe des Manesse-Verlags: Johann Peter Hebel: Biblische Geschichten. Zürich 1992. S. 325-359.
19 Johann Peter Hebel: Sämtliche Schriften. Kritisch hrsg. von Adrian Braunbehrens, Gustav Adolf Benrath und Peter Pfaff. Band V: Biblische Geschichten. Karlsruhe 1991. S. 85ff.

20 Vgl. Gertrud Züricher, a. a. O.
Dazu auch: Kinder- und Volkslieder, Reime und Sprüche aus Stadt und Kanton Schaffhausen. Gesammelt von Elise Stoll. Hrsg. von Dr. Paul Fink. Zürich 1907.

21 Vgl. dazu die Ausführungen S. 146–149

22 II. Akt, 2. Szene:
»Wenn der Gedrückte nirgends Recht kann finden,
Wenn unerträglich wird die Last – greift er
Hinauf getrosten Mutes in den Himmel
Und holt herunter seine ewgen Rechte,
Die droben hangen unveräußerlich
Und unzerbrechlich wie die Sterne selbst-«

23 Es ist aufschlußreich zu verfolgen, wie dieses Skandalon jeder Rechtsordnung im offiziellen Diskurs über den Begriff der »Dunkelziffer« neutralisiert wird.

24 Gottfried Keller: Sämtliche Werke und ausgewählte Briefe. Hrsg. von Clemens Heselhaus. Erster Band. München 1978 (4). S. 77.

25 Ebd., S. 77.

26 Ebd., S. 77.

27 Ebd., S. 80.

28 Ebd., S. 80f.

29 Vgl. dazu Peter von Matt: Der irrende Leib. Die Momente des Unwissens in Eichendorffs Lyrik. In: Aurora, Jahrbuch der Eichendorff-Gesellschaft Nr. 49., Sigmaringen 1989.

30 Keller, a. a. O., S. 83.

31 Ebd., S. 84.

32 William Faulkner: Absalom, Absalom! Roman. New York 1936. Erste deutsche Übersetzung 1938. – Bei Faulkner liegt das Hauptgewicht der in den amerikanischen Südstaaten spielenden Handlung auf dem Komplex des Brudermordes, zu dem sich das Inzestproblem gesellt, und dem dadurch bedingten Scheitern der grandiosen Pläne des Vaters.

33 In der deutschen Übersetzung: »Die Locken Absalons«. Schauspiele von Don Pedro Calderón de la Barca. Übersetzt von J. D. Gries. 2. Ausgabe. Siebenter Band. Berlin 1840. – Calderón folgt in der Handlung grundsätzlich der Bibel, fügt allerdings Figuren hinzu und macht Thamar zu einer großen Rächerin. Absalom ist ein schöner Narziß – »Israels Narciss« –, der planvoll seinen politischen Aufstieg betreibt. Sein Tod, auf der Bühne als aufregendes Ereignis sichtbar, ist durchaus moralisch bedingt. Von den drei Speeren, die ihn durchbohren, ist
»Einer für den Brudermord,
Einer für der Unzucht Frevel,
Einer für den Ungehorsam
Gegen Vaterwort.« (A. a. O., S. 164).

34 Dr. Heinrich Hoffmann: Der Struwwelpeter oder lustige und drollige Bilder. Münster 1986. S. 21.

35 Es ist aufschlußreich, daß der Struwwelpeter innerhalb von Hoffmanns Bilderbuch selbst eine eigentliche Laufbahn durchmachte. Ganz zu Anfang erschien er erst am Schluß des Bandes, »als eine Art Füllsel« (Könneker S. 209). Seine Wirkung begann dann aber, das Ganze, das noch nicht nach ihm benannt war, immer stärker zu prägen. 1846 wurde der Name zum Buchtitel,

1847 rückte das Bild auf die erste Seite, später und bis heute findet es sich stets sowohl auf dem Buchdeckel wie allem andern voran im Buchinnern. Hoffmann wurde offensichtlich von der immensen Wirkung seiner Erfindung überrascht, nützte den Vorgang aber bald zielbewußt aus. Vgl. die reichhaltige Darstellung bei Marie-Luise Könneker: Untersuchungen zum Entstehungs- und Funktionszusammenhang von Dr. Heinrich Hoffmanns »Struwwelpeter«. Stuttgart 1977.

36 Hoffmann, a.a.O., S.7.

37 Maurice Sendak: Wo die wilden Kerle wohnen. New York 1963. Deutsch Zürich 1967.

38 Dieser Zusammenhang muß im Blick auf die Entstehungsgeschichte des »Struwwelpeter« noch etwas differenziert werden. Die erste Ausgabe von 1845, die sich von der heute verbreiteten in vielem unterscheidet, zeigt noch ein weit weniger triumphales Bild des Jungen. Der Denkmalsockel fehlt, und die Haare bilden noch nicht den sonnenähnlichen Kreis um den Kopf. Über das Gesicht aber laufen senkrechte Haarfäden wie Blutspuren. Die flüchtigere, aber auch spontanere Zeichnung hat etwas Erschreckendes und Verstörtes. Vgl. dazu die Reproduktion bei Könneker, a.a.O., S. 334.

39 Vgl. Utz Jeggle: Der Kopf des Körpers. Eine volkskundliche Anatomie. Weinheim und Berlin 1986. – Jeggle stellt S. 55 fest, daß sowohl die oppositionelle Turnerbewegung im frühen 19. Jahrhundert wie die radikalen 48er demonstrativ die langen Haare pflegten. Marie-Luise Könneker kann nachweisen, daß die frühen Kommunisten im deutschen Vormärz von ihren Gegnern stereotyp als am ganzen Leib verwilderte, struppige Kerle dargestellt wurden. Hoffmann selbst benützte seinen Struwwelpeter und dessen junge Berühmtheit 1848 in diesem Sinn zur politischen Polemik. Könneker, a.a.O., S. 209ff.

40 Handwörterbuch des deutschen Aberglaubens. Hrsg. von Hanns Bächtold-Stäubli. Band III. Berlin und Leipzig 1930/31. Spalte 1259: »Es lassen sich leicht zwei Hauptanschauungen herausschälen:
A. Das Haar darf nicht geschnitten werden, weil man sonst die Kraft (das Leben) verliert.
B: Indem man das Haar abschneidet, gerät man in die Gewalt (Obhut) desjenigen, der in den Besitz des Haares gelangt.«

41 Ebd., Spalte 1262.

42 Ebd., Spalte 1260.

43 Ebd., Spalte 1261.

44 Erst im April 1992 ordnete der Bundesrat eine Lockerung der Bestimmungen an, nachdem noch »Ende März 1992 14 Soldaten des Basler Infanterieregimentes 21 zu fünf Tagen scharfem Arrest verurteilt wurden, weil sie sich geweigert hatten, dem Haarbefehl Reverenz zu erweisen«. (Tages-Anzeiger, Zürich, vom 7.4.1992, S.7.)

45 Die moderne weibliche Haartracht, die mit dem Emanzipationsprozeß unmittelbar verknüpft ist, hat dieses Zeichen verblassen lassen.

46 Vgl. dazu die Ausführungen S. 44.

47 In Grillparzers »Bruderzwist in Habsburg« sagt der Kaiser, als er die Stadt Prag verflucht:
»Die Häupter deiner Edlen werden fallen,
Und deine Jungfraun, losgebundnen Haars,
Mit Schande zahlen ihrer Väter Schande,

Das sei dein Los, und also – fluch ich dir!-«
Franz Grillparzer: Sämtliche Werke. A. a. O., II. Band. S. 427.

48 Vgl. Robert von Ranke-Graves: Griechische Mythologie. Quellen und Deutung. Reinbek 1984. Kapitel 27 und 28.

49 Enzyklopädie des Märchens. Hrsg. von Rolf Wilhelm Brednich. Band 6. Berlin/New York 1990. Spalte 340.

50 Vgl. Annie-Paule Quinsac: Die Mutter, der Tod und die katholische Tradition im Werk von Giovanni Segantini. In: Katalog Giovanni Segantini. Kunsthaus Zürich 1990. S. 47-48.

Zweiter Teil: Vor dem eisernen Vater
Seite 51–123

51 Zitiert wird durchweg nach der Ausgabe: Wernher der Gärtner: Helmbrecht. Mittelhochdeutsch/Neuhochdeutsch. Hrsg., übersetzt und erläutert von Fritz Tschirch. Stuttgart 1974. Diese Ausgabe stützt sich auf die Edition von Kurt Ruh, Tübingen 1968. Hingewiesen sei des weiteren auf die Ausgabe von Klaus Speckenbach, Darmstadt 1974, die eine Nacherzählung und Begriffserläuterungen enthält.

52 Max Wehrli: Geschichte der deutschen Literatur vom frühen Mittelalter bis zum Ende des 16. Jahrhunderts. Stuttgart 1980. S. 540.

53 Im Thorwaldsen-Museum in Kopenhagen finden sich viele kleine Zeichnungen, die der berühmte Klassizist nebenhin verfertigte: als Vögelchen flatternde männliche Genitalien.

54 Ranke-Graves: Griechische Mythologie. A. a. O., S. 41.

55 Vgl. dazu Peter von Matt: Papagenos Sehnsucht. In: Mozarts Opernfiguren. Hrsg. von Dieter Borchmeyer. Reihe: Facetten deutscher Literatur. Bern 1992. S. 153-166.

56 Vgl. zu diesen Begriffen: Günter Endruweit und Gisela Trommsdorff: Wörterbuch der Soziologie. Stuttgart 1989. S. 194.

57 Die Übersetzung dieser zwei Passagen stammt aus der angeführten Ausgabe von Fritz Tschirch, a.a.O., S. 73 f. und S. 83.

58 Franz Kafka: Das Urteil. In: Sämtliche Erzählungen. Hrsg. von Paul Raabe. Frankfurt am Main 1976. S. 30.

59 Bernard-Marie Koltès: Roberto Zucco. Aus dem Französischen von Simon Werle. In: Theater heute, Heft 9. September 1990. S. 36-44; Zitat S. 37.

60 Elfriede Jelinek: Lust. Reinbek bei Hamburg 1989. S. 254 f.

61 Calderón de la Barca: Das Leben ist ein Traum. Nachdichtung und Nachwort von Eugen Gürster. Stuttgart 1991 (erstm. 1955). S. 44.

62 Ebd., S. 91.

63 Samuel Beckett: Endspiel. Fin de partie. Endgame. Deutsche Übertragung von Elmar Tophoven, französisches Original, englische Übertragung von Samuel Beckett. 28. – 33. Tausend. Frankfurt am Main 1981. S. 70 f.

64 Vgl. Genesis, XL. 16-22: »Mir hat auch geträumet, ich trüge drei weiße Körbe auf meinem Haupt und im obersten Korbe allerlei gebacken Speise dem Pharao. Und die Vögel aßen aus dem Korbe auf meinem Haupt. Joseph antwortet und sprach – das ist seine Deutung: Drei Körbe sind drei Tage. Und nach dreien Tagen wird dir Pharao dein Haupt erheben und dich an Galgen hängen, die Vögel werden dein Fleisch von dir essen.«

65 Ranke-Graves: Griechische Mythologie. A. a. O., S. 161.
66 Ludwig Christoph Heinrich Hölty: Der alte Landmann an seinen Sohn. (Um 1770).
67 Friedrich Schiller: Sämtliche Werke. Zweiter Band. München 1981. S. 998 f. – Die vermutlich letzte, dafür aber auch ausgreifendste, ja alle Grenzen sprengende Darstellung des sterbenden Vaters im Familienkreis, die die deutsche Literatur kennt, ist das Kapitel: »Die Sterbeversammlung« am Schluß des letzten Bandes von Thomas Manns Joseph-Tetralogie. Unauflösbar verbindet sich hier Mythos und Ironie, archaische Größe und das Gelächter des Aufklärers über solches Segnen, Fluchen, Prophezeien und feierliches Verröcheln. Thomas Mann: Joseph, der Ernährer. Stockholm 1943. S 602-623.
68 Schiller, a. a. O., S. 1000. Vgl. dazu auch Peter von Matt: »The tongues of dying men ...« Zur Dramaturgie der Todesszene. In: Das Subjekt der Dichtung. Festschrift für Gerhard Kaiser. Würzburg 1990. S. 567-578.
69 Vgl. dazu den Aufsatz von Hermann Bausinger: Helmbrecht. Eine Interpretationsskizze. In: Festschrift Hugo Moser, Berlin 1974. S. 200–215. Darin wird diese Diskussion referiert.
Am deutlichsten in der erwähnten Richtung geht das Nachwort von Helmut Brackert zur Helmbrecht-Ausgabe. Frankfurt am Main 1972.
70 Sigmund Freud: Der Familienroman der Neurotiker. In: Studienausgabe. Band IV. Frankfurt am Main 1970. S. 221-226.
71 Ebd., S. 223. Er fügt den weiter nicht erläuterten Satz bei: »Der Fortschritt der Gesellschaft beruht überhaupt auf dieser Gegensätzlichkeit der beiden Generationen.« Womit er auf seine Art Entwicklungspsychologie und Geschichtstheorie zusammenbringt.
72 Vgl. die Zusammenstellung bei Mircea Eliade: Das Heilige und das Profane. Vom Wesen des Religiösen. Frankfurt am Main 1990 (erstm. 1957). S. 163 ff. Ebenfalls: Mircea Eliade: Das Mysterium der Wiedergeburt. Versuch über einige Initiationstypen. Frankfurt am Main 1988 (erstm. 1958).
73 Eliade: Das Heilige und das Profane. A. a. O., S. 165.
74 Norbert Bischof: Das Rätsel Ödipus. Die biologischen Wurzeln des Urkonfliktes von Intimität und Autonomie. München 1985.
75 In der gleichnamigen, mehrfach übersetzten und aufgelegten Novelle.
76 Balzacs Erzählung aus den Études philosophiques heißt »Un drame au bord de la mer.« Bibliothèque de la Pléiade. Honoré de Balzac: La Comédie humaine. Band X. Paris 1986 (erstm. 1979).
77 Kafka: Das Urteil. A. a. O., S. 32.
78 Schiller: Sämtliche Werke. Zweiter Band. A. a. O., S. 219.
79 Hugo von Hofmannsthal: Der Turm. Zweite Fassung (1927). In: Dramen IV. Hrsg. von Herbert Steiner. Frankfurt am Main 1958. S. 408.
80 Dieses wie die folgenden Zitate nach Grimms Wörterbuch.
81 Vgl. dazu Bernhard Sowinski: Helmbrecht. München 1971. S. 47 f.
82 Nicht der Cäsar-Mörder, sondern der Begründer der römischen Republik.
83 Friedrich ist nicht der leibliche Sohn des Kurfürsten; das Verhältnis wird aber immer wieder mit Nachdruck als ein familiales charakterisiert: »Friedrich! Mein Fürst! Mein Vater!« ist des Prinzen erste Anrede im Stück. (V. 67; vgl. auch V. 1765 f. und 1784).
84 Im »Homburg« geschieht die Restitution symbolisch durch Kranz und Kette in der letzten Szene. Vgl. auch die Entwaffung Arnolds in »Michael Kramer«.

85 Heinrich von Kleist: Sämtliche Werke und Briefe. Hrsg. von Helmut Sembdner. München 1965. Erster Band. S. 666.

86 Ebd., Bd. 2. S. 14. Die Beschwörung eines konkreten Gemäldes durch den Prinzen materialisiert in verblüffender Weise das Grundgeschehen der »Wiederkehr des Bildes« – hier des eisernen Vaters.

87 Titus Livius: Römische Geschichte. Buch I-III. Lateinisch u. deutsch. Hrsg. von Hans-Jürgen Hillen. Zürich 1987. S. 165.

88 Vgl. die Reproduktion in der Frankfurter Allgemeinen Zeitung vom 28.4.1990, Nr. 99, S. 33.

89 Titus Livius, a. a. O., S. 169.

90 Ebd., S. 168.

91 Wie später zu zeigen ist, kann diese Erweiterung der Brutus-Geschichte durch den Prinzen auch als versteckter Hinweis Kleists auf das zweite und wichtigere römische Modell zu seinem Stück, die Manlius-Geschichte, gelesen werden.

92 Kleist: Sämtliche Werke und Briefe. A. a. O., S. 950.

93 Ebd., S. 952.

94 Alle lateinischen Zitate aus der lateinisch-englischen Ausgabe: Livy. IV. Books VIII-X. Cambridge und London 1982 (erstm. 1926). S. 16-29.

95 Vgl. Titus Livius: Römische Geschichte. Deutsch von F. D. Gerlach. Berlin und Stuttgart 1855-1914. Band 2. S. 148-163.

96 Kleist: Sämtliche Werke und Briefe. Zweiter Band. A. a. O., S. 376f.

97 Ebd., S. 360.

98 Ebd., S. 377.

99 Vgl. die Dokumente zur Rezeption in: Erläuterungen und Dokumente: Heinrich von Kleist: Prinz Friedrich von Homburg. Hrsg. von Fritz Hackert. Stuttgart 1979. – Bemerkenswert sind die negativen Urteile von Hegel, Fouqué, Julian Schmidt, Gustav Freytag, Theodor Fontane, Heinrich Laube, Bismarck und Wilhelm II. Von speziellem Reiz ist die Stellungnahme einer Frau, Elise von Hohenhausen, 1822: »Daß der Prinz später von seiner Heldenkraft wieder Besitz nimmt (...) versöhnt das Publikum so wenig mit ihm, als eine gefallene Jungfrau je durch den tugendhaftesten Lebenswandel ihre Schmach gänzlich löschen kann.« S. 119f.

100 Daß hinter der Gesetzesmaske des Kurfürsten eine fundamentale Gereiztheit wegen des Prinzen Werbung um Natalie steht, die vorgesehen ist für eine politische Heirat, wird schon am Ende von I.1 sichtbar. Das inadäquate Pathos von Vers 74f.: »Ins Nichts mit dir zurück, Herr Prinz von Homburg, / Ins Nichts, ins Nichts!« zeigt den Anflug eines Todeswunsches. Einmal mehr steht also der Spruch des Vaters in Verbindung mit der autonomen Liebeswahl des Sohnes!

101 Bertolt Brecht: Gesammelte Werke. Werkausgabe in 20 Bänden. Bd. 9: Gedichte 2. Frankfurt am Main 1967. S. 612f.

102 Das erinnert an Schillers Distichen gegen Kants Pflichtethik. Friedrich Schiller: Sämtliche Werke. A. a. O. Erster Band. S. 299f.:
Gewissensskrupel
Gerne dien ich den Freunden, doch tu ich es leider mit Neigung,
Und so wurmt es mir (sic!) oft, daß ich nicht tugendhaft bin.
Decisum
Da ist kein anderer Rat, du mußt suchen, sie zu verachten,
Und mit Abscheu alsdann tun, wie die Pflicht dir gebeut.

103 Bertolt Brecht: Die Maßnahme. Kritische Ausgabe mit einer Spielanleitung von Reiner Steinweg. Frankfurt am Main 1972. S. 424. – Diese Ausgabe, die vier verschiedene Fassungen enthält, legt auch umfangreiches Material zur Rezeptionsgeschichte vor.
104 Ebd., S. 133.
105 Ebd., S. 106 ff. (Zitat gekürzt).
106 Ebd., S. 109.
107 Ebd., S. 127.
108 Ebd., S. 127–129.
109 Ebd., S. 115.
110 Kleist: Sämtliche Werke und Briefe. Erster Band. A. a. O., S. 653.
111 Brecht: Die Maßnahme. A. a. O., S. 131.
112 Ebd., S. 133.
113 Kleist: Sämtliche Werke und Briefe. Erster Band. A. a. O., S. 704.
114 Brecht: Die Maßnahme. A. a. O., S. 262.
115 Ebd., S. 128 f.
116 Ebd., S. 399 f.
117 Fjodor M. Dostojewskij: Die Brüder Karamasow. Übers. von Hans Ruoff. München 1958. S. 348 f.
118 Heiner Müller: Mauser. Berlin 1978. S. 68.
119 Ebd., S. 60.
120 Ebd., S. 60.
121 Ebd., S. 63.
122 Ebd., S. 64.
123 Ebd., S. 64.
124 Ebd., S. 65.
125 Ebd., S. 68.
126 Ebd., S. 66.
127 Ebd., S. 66.
128 Der Satz steht im Text »Verabschiedung des Lehrstücks«, der als offener Brief an den Lehrstück-Forscher Reiner Steinweg präsentiert wird. A. a. O. S. 85.
129 Heiner Müller: Fatzer ± Keuner. In: Heiner Müller Material, Texte und Kommentare. Leipzig 1989. S. 36 (erstmals in: Brecht-Jahrbuch 1980. Frankfurt am Main 1981).
130 Ebd., S. 36.
131 1991 hat Heiner Müller »Mauser« am Deutschen Theater in Berlin inszeniert. Dabei hat er dem Programmheft einen neuen Text beigegeben, die Nachdichtung des Berichts vom wahnsinnigen Herakles aus Euripides' »Herakles«. – Den Chor in »Mauser« ließ er als zwei grau verstaubte, lemurenhafte Funktionäre erscheinen: ein Kommentar nach der Wende, der allerdings mit dem blanken Schliff der Argumente dieses Chors nicht so ganz übereinstimmen will. – Den Schlußsatz »Tod den Feinden der Revolution.« ließ er von Mauser selbst sprechen!
132 Heiner Müller: Mauser. A. a. O., S. 61.
133 Dies läßt sich am anschaulichsten betrachten an den Schriften Gottfried Benns aus dem Jahre 1933.
134 »Hoc te uno quo possum modo, filia, in libertatem vindico.« Livy II, Books III and IV, Cambridge und London 1984 (erstm. 1922). S. 158.

135 Gotthold Ephraim Lessing: Werke. Hrsg. von Herbert G. Göpfert et al. Zweiter Band. München 1971. S. 203.
136 Sophokles: Antigone. Eine Tragödie. Übertragen von Roman Woerner. Wiesbaden 1959. S. 30.
137 Ebd., S. 30.
138 Ebd., S. 38.
139 Ebd., S. 37.
140 Heiner Müller: Leben Gundlings Friedrich von Preußen Lessings Schlaf Traum Schrei. Ein Greuelmärchen. In: Theater heute. Heft 3. März 1979. S. 27f.
141 Schiller: Sämtliche Werke. A.a.O., Zweiter Band, S. 192f.
142 Sophokles: Antigone. A. a. O., S. 38.
143 Ebd., S. 38.
144 Vgl. den griechischen Text in: Antigone griechisch/deutsch. Übersetzt und herausgegeben von Norbert Zink. Stuttgart 1981. Die Szene wird dort, wie auch in anderen Übersetzungen, als »3. Auftritt« bezeichnet (Vers 631 - 780).
145 Sophokles: Antigone. A. a. O. S. 13.
146 Ebd., S. 15.
147 Ebd., S. 18.
148 Vgl. die Ausführungen S. 81 f.
149 Friedrich Hölderlin: Sämtliche Werke. Stuttgarter Ausgabe. Hrsg. v. Friedrich Beissner. 5. Band. 1952. S. 212.
Bei Woerner heißt es: »Auch wer des Vaterlandes Heil nicht höher stellt / Als eines Freundes Wohl, für nichts eracht ich den.« (A. a. O., S. 14)
Und bei Schadewaldt: »Und wem für höher als sein eigen Land / Der Freund gilt, diesen achte ich für nichts!« Sophokles: Antigone. Übertragen und hrsg. von Wolfgang Schadewaldt. Frankfurt 1974. S. 18.
150 Antigone. Übertragung von Woerner. A. a. O., S. 14.
151 Ebd., S. 14.
152 Ebd., S. 28.
153 Ebd., S. 29.
154 Ebd., S. 9.
155 Ebd., S. 8.
156 Ebd., S. 9.
157 Georg Wilhelm Friedrich Hegel: Sämtliche Werke. Jubiläumsausgabe. Hrsg. von Hermann Glockner. 4. Auflage. 14. Band. Stuttgart/Bad Cannstatt 1964. S. 551.
158 Ebd., S. 551.
159 Ebd., S. 551.
160 Ebd., S. 529.
161 Ebd., S. 556.
162 Sophokles: Antigone. Erläuterungen und Dokumente. Hrsg. von Marion Giebel. Stuttgart 1992. S. 73. – Vgl. dazu auch das Nachwort zu Schadewaldts Übersetzung, a. a. O.
163 Walter Jens: Antigone-Interpretationen. In: Hans Diller (Hrsg.): Sophokles. Darmstadt 1967. S. 308. Hier auch zahlreiche andere Deutungsansätze zur »Antigone«.
164 Kein Geringerer als Ulrich von Wilamowitz-Moellendorf hat von Antigone als einer »Märtyrerin« gesprochen. Vgl. dazu Erich Eberlein: Über die ver-

schiedenen Deutungen des tragischen Konflikts in der »Antigone« des Sophokles. In: Gymnasium 68 (1961), S. 23.

165 Einen souveränen Überblick über die klassischen Antigone-Deutungen und die Neugestaltungen der Figur in der Weltliteratur gibt George Steiner: Antigonen. Geschichte und Gegenwart eines Mythos. München 1988.

166 Antigone. Übertragung von Woerner. A.a.O., S. 33.

167 Ebd., S. 33.

168 Neben den erwähnten Übersetzungen von Woerner, Hölderlin, Schadewaldt und Zink wurde auch jene von Emil Staiger, Zürich 1943, beigezogen.

169 Antigone. Übertragung von Woerner. A.a.O., S. 33.

170 Antigone. Übertragung von Schadewaldt. A.a.O., S. 35.

171 Antigone. Übertragung von Woerner. A.a.O., S. 33.

172 Jeremias Gotthelf: Sämtliche Werke. Hrsg. von R. Hunziker und H. Bloesch. Band 15. Erlenbach-Zürich 1925. S. 301.

173 Antigone. Übertragung von Schadewaldt. A.a.O., S.35.

174 Vgl. die Ausführungen S. 99.

175 Antigone. Übertragung von Woerner. A.a.O., S. 34.

176 Antigone. Übertragung von Hölderlin. A.a.O., S. 233.

177 Antigone. Übertragung von Schadewaldt. A.a.O., S. 35.

178 Antigone. Übertragung von Woerner. A.a.O., S. 36.

179 Antigone. Übertragung von Schadewaldt. A.a.O., S. 37.

180 Ebd., S. 37.

181 Antigone. Übertragung von Woerner. A.a.O., S. 36.

182 Antigone. Übertragung von Schadewaldt. A.a.O., S. 37.

183 Antigone. Übertragung von Woerner. A.a.O., S. 37.

184 Ebd., S. 38.

185 Antigone. Übertragung von Schadewaldt. A.a.O., S. 38.

186 Ebd., S. 38 f.

187 Antigone. Übertragung von Woerner. A.a.O., S. 47.

188 Ebd., S. 48.

189 Faust I, Vers 2836 – 2838.

190 Schiller: Sämtliche Werke. Zweiter Band. A.a.O., S. 219.

191 Antigone. Übertragung von Hölderlin. A.a.O., S. 262.

192 Kreons Frauenbeschimpfung, seine Attacken gegen die Frau als Wesen und Prinzip, sind frappierend verwandt mit der Haltung Sarastros und seiner feierlichen Männerriege.

193 Ranke-Graves. Griechische Mythologie. A.a.O., S. 342.

194 Beiden wird im Stück in auffällig gleicher Art angedroht, daß sie durch ihren eisernen Starrsinn untergehen könnten. Übersetzung Woerner. A.a.O., S. 25 (Kreon zu Antigone) und S. 35 (Haimon zu Kreon). Dieser harte Charakter der Frau ist durch die Antigone-Rezeption und Nachdichtung in der Neuzeit fast systematisch verwischt worden. Antigone wurde zum »Mädchen« und »Mägdlein« verniedlicht, einem bevorzugten bürgerlichen Frauentyp angeglichen: das tragisch-kindliche Geschöpf à la Gretchen, Klärchen, Käthchen ...

195 J.J. Bachofen: Das Mutterrecht. Eine Auswahl hrsg. von Hans-Jürgen Heinrichs. Frankfurt am Main 1975. S. 237.

196 Ebd., S. 271. – In offenbarer Nachfolge zu Bachofen hat Ernst Bloch im »Prinzip Hoffnung« die Gestalt der Antigone kurzerhand mit dem Matriarchat überhaupt gleichgesetzt.

197 Walter Burkert: Wilder Ursprung. Opferritual und Mythos bei den Griechen. Berlin 1990. S. 71.

198 Antigone. Übertragung von Hölderlin. A. a. O., S. 780.

199 Lessing: Werke. Zweiter Band. A. a. O., S. 12.

200 Ebd., S. 45.

201 Ebd., S. 95 ff.

202 Ebd., S. 53.

203 Kleist: Sämtliche Werke und Briefe. A. a. O., Zweiter Band. S. 132.

204 Alle folgenden Zitate ebd., S. 137 ff.

205 Ebd., S. 214.

206 Ebd., S. 214 f.

207 Vgl. dazu Peter von Matt: Liebesverrat. Die Treulosen in der Literatur. München 1989. S. 24 - 30.

208 Lessing: Werke. Zweiter Band. A. a. O., S. 347.

209 Jakob Michael Reinhold Lenz: Werke und Briefe in drei Bänden. Hrsg. von Sigrid Damm. München 1987. Band I. S. 245.

Dritter Teil: Das Schauspiel der zerfallenden Autorität
Seite 124–173

210 Römische Geschichte von Theodor Mommsen. Erster Band. 5. Auflage. Berlin 1868. S. 57.

211 Ebd., S. 64.

212 Ebd., S. 57.

213 Ebd., S. 57.

214 Vgl. die Ausführungen auf S. 73.

215 Mommsen, a. a. O., S. 59.

215A Ebd., S. 57–60.

215B Ebd., S. 60.

216 Vgl. Enzyklopädie des Märchens. A. a. O., Band 6, Spalte 225 ff.

217 Johann Heinrich Jung-Stilling: Lebensgeschichte. Vollständige Ausgabe, mit Anmerkungen. Hrsg. von Gustav Adolf Benrath. Darmstadt 1976. S. 85 f. – »Schnur« ist die alte Bezeichnung für Schwiegertochter.

218 Heinz Rölleke betont die parallele Überlieferung als Predigtmärlein wie als volkstümliche Ballade. Die letztere geht auf einen Text von Hans Michael Moscherosch aus dem Jahr 1643 zurück. Heinz Rölleke: Der alte Großvater und der Enkel. In: Imprimatur. Neue Folge. Band XII. Frankfurt am Main 1987. S. 189 - 191.
Hervorragend ist die Edition von 15 verschiedenen Fassungen der Kerngeschichte bei Lutz Röhrich: Erzählungen des späten Mittelalters und ihr Weiterleben in Literatur und Volksdichtung bis zur Gegenwart. Band I. Bern und München 1962. S. 93 - 112. Röhrich verweist im Kommentar auf nachgewiesene Varianten u. a. aus Rußland, der Türkei, Indien und Japan.

219 Iwan Turgenjew: Erste Liebe und andere Novellen. Frankfurt am Main 1977. S. 241.

220 Vgl. dazu Joachim Bumke: Geschichte der deutschen Literatur im hohen Mittelalter. München 1990. S. 276 ff. Der Text ist abgedruckt bei Röhrich, a. a. O., S. 93 - 97. Es handelt sich um das sogenannte »Kotzenmaere«; kozze bedeutet im Mittelhochdeutschen Tuch oder Decke.

221 Röhrich, a.a.O., S. 109. Vgl. auch den Kommentar in der historisch-kritischen Ausgabe: Clemens Brentano: Sämtliche Werke und Briefe. Band 9.2. Hrsg. von Heinz Rölleke. Stuttgart 1977. S. 446-451.
222 William Shakespeare: The Tragedy of King Lear. Edited by G.B. Harrison. Harmondsworth 1958. S. 119.
223 Johann Peter Hebel: Sämtliche Schriften. Kritisch hrsg. von Adrian Braunbehrens, Gustav Adolf Benrath und Peter Pfaff. Band II: Erzählungen und Aufsätze – Erster Teil. Karlsruhe 1990. S. 19. Der Text bildet die zweite Hälfte der Doppelerzählung »Kindesdank und Undank«.
224 Nach der Luther-Übersetzung. A.a.O., Band II. S. 1756.
225 Philip Roth: Patrimony. A True Story. 1991 (Deutsch 1992).
Irene Dische: Der Doktor braucht ein Heim. 1990.
Martin Walser: Die Verteidigung der Kindheit. 1991.
Jane Smiley: A Thousand Acres. 1991. Siehe auch Anmerkung 269.
Die Mutter mit Alzheimer-Demenz aus der Sicht des Sohnes bei Michael Ignatieff: Die Lichter auf der Brücke eines sinkenden Schiffs. Frankfurt a.M. 1995 (erstmals London 1993); aus der Sicht der Tochter bei Mary Gordon: My Mother is Speaking from the Desert. In: The New York Times Magazine. March 19. 1995
226 The Tragedy of King Lear, a.a.O., S. 118. »Child-changed« heißt sowohl »kindisch geworden«, wie »durch die Kinder verändert«.
227 Vgl. Enzyklopädie des Märchens. A.a.O., Spalte 253–254.
228 Tages-Anzeiger. Zürich. 7. Jan. 1992. S. 60.
229 Samuel Beckett: Endgame. London 1969 (erstm. 1958). S. 22.
230 Vgl. dazu Joachim Bumke. A.a.O., S. 285. – Der Text ist im Wortlaut greifbar in: Mittelhochdeutsche Novellen II. Hrsg. von Ludwig Pfannmüller. Bonn 1912. S. 27-63.
231 Pfannmüller, a.a.O., S. 44.
232 Pred. Sal. XII. 1.
233 Pfannmüller, a.a.O., S. 61.
234 Schiller: Sämtliche Werke. A.a.O., Erster Band. S. 501 f.
235 Georg Christoph Lichtenberg: Schriften und Briefe. Hrsg. von Wolfgang Promies. Zweiter Band. München 1971. S. 453.
236 Akt V, Szene 3. Übersetzt nach: Beaumarchais: Théatre. Chronologie et préface par René Pomeau. Paris 1965. S. 224.
237 The Tragedy of King Lear, a.a.O., S. 39.
238 Ebd., S. 33.
239 Ebd., S. 33.
240 Shakespeares dramatische Werke. Übersetzt von August Wilhelm von Schlegel und Ludwig Tieck. Hrsg. und revidiert von Hans Matter. Zweiter Band. Basel 1943. S. 14f.
241 The Tragedy of King Lear, a.a.O., S. 34.
242 Akt II, Szene 2 – William Shakespeare: The Tragedy of Hamlet Prince of Denmark. Ed. by G.B. Harrison. Harmondsworth 1958. S. 66.
243 Ebd., S. 35.
244 Ebd., S. 36.
245 Mit einigen Änderungen nach der Übersetzung von Schlegel/Tieck, a.a.O. S. 17.
246 Ebd., mit einigen Änderungen, S. 18.

247 The Tragedy of King Lear, a. a. O., S. 81.
248 Ebd., S. 54ff.
249 Vgl. die Gesprächspartie über Gesellschaft und Moral in der Mitte von Diderots Dialog. Diderot: Le neveu de Rameau. Introduction, notes etc. par Jean-Claude Bonnet. Paris 1983. S. 75-80 und S. 91 f. findet sich dort auch die charakteristische Sprachreflexion: »Quand je dis vicieux, c'est pour parler votre langue; car si nous venions à nous expliquer, il pourrait arriver que vous appelassiez vice ce que j'appelle vertu, et vertu ce que j'appelle vice.«
250 The Tragedy of King Lear, a. a. O., S. 114.
251 Vgl. dazu Reproduktion und Kommentar bei Friedrich Ohly: Zur goldenen Kette Homers. In: G. Buhr, F.A. Kittler, H. Turk (Hrsg.): Das Subjekt der Dichtung. Festschrift für Gerhard Kaiser. Würzburg 1990. S. 492. – Die umfassendste Darstellung ist das Werk von Arthur O. Lovejoy: Die große Kette der Wesen. Geschichte eines Gedankens. Frankfurt am Main 1985.
252 Erster Akt, fünfte Szene. – Shakespeare: Hamlet, a. a. O., S. 54f.
253 The Tragedy of King Lear, a. a. O., S. 120.
254 Alexander Pope: Poetical Works. Edited by Herbert Davis, Oxford, New York 1983. S. 248.
255 Der Mensch. Gedicht in vier Gesängen von Alexander Pope. Übersetzt von Ch. Ch. Hohlfeldt. Dresden 1822. S. 26f.
256 Pope, a. a. O., S. 270.
257 Ebd., S. 246.
258 Ebd., S. 249.
259 The Tragedy of King Lear, a. a. O., S. 131.
260 Ebd., S. 131.
261 Ebd., S. 66.
262 Ebd., S. 84.
263 Ebd., S. 113.
264 Ebd., S. 113.
265 Ebd., S. 113.
266 Ebd., S. 71.
267 Vgl. die Stelle S. 113.
268 Ebd., S. 47.
269 Jane Smiley: A Thousand Acres. New York 1991. Deutsch: Tausend Morgen. Frankfurt am Main 1992. Der Roman erhielt den Pulitzer-Preis 1992.
270 Auch Alfred Döblin hat einen merkwürdigen Versuch der Lear-Umdichtung unternommen, auf einem mythischen Hintergrund des Geschlechterkampfs. Bei ihm fällt das Wort »Queen Lear«. – Alfred Döblin: Hamlet oder die lange Nacht nimmt ein Ende. München 1987. S. 218-275.
271 The Tragedy of King Lear, a. a. O., S. 84.
272 Ebd., S. 48f. Vom Verfasser übersetzt nach dem englischen Text.
273 Auch der Konflikt zwischen Shylock und seiner abtrünnigen Tochter Jessica in Shakespeares »Kaufmann von Venedig« spielt sich in einer mutterlosen Familie ab. Allerdings ist dort die Erinnerung an die Mutter von Bedeutung, und die Schuld der Tochter erscheint wesentlich auch als ein Vergehen gegen diese Erinnerung: sie verkauft den mütterlichen Ring für einen Affen.
274 The Tragedy of King Lear, a. a. O., S. 71.
275 Interssanterweise ergänzt Robert Walser in seiner Nacherzählung der biblischen Parabel, »Die Geschichte vom verlorenen Sohn«, das karge Vorbild um

die volle Tränenkultur des 18. und frühen 19. Jahrhunderts – diese selbst in der ihm eigenen, geheimnisvoll spielerischen Art zitierend: »Der Heimgekehrte lag der Länge nach am Boden, von wo ihn der Vater aufgehoben haben würde, wenn er die Kraft dazu gehabt hätte. Der alte Mann weinte so sehr und war so schwach, daß man ihn stützen mußte. Selige Tränen. In allen Augen war ein Schimmer, in allen Stimmen ein Zittern. (...) Alles redete, lächelte, winkte hier und dort dicht durcheinander, derart, daß nur glückliche, zugleich aber auch nur feuchte Augen zu sehen (...) sein konnten.« Robert Walser: Das Gesamtwerk. Hrsg. von Jochen Greven. Band VI. Genf und Hamburg 1966. S. 260.

276 Hofmannsthal: Der Turm. A. a. O., S. 408 ff.

277 Ebd., S. 103 und S. 388.

278 The Tragedy of King Lear, a. a. O., S. 125.

279 Anders dort, wo die Parabel Anlaß gibt zu philosophischer Spekulation, bei Rilke im »Malte Laurids Brigge« oder bei André Gide in »Le retour de l'enfant prodigue«. Dieses letztere Werk aus dem Jahre 1909 bewegt sich weitgehend innerhalb der Parabelform selbst und entwickelt zuletzt aus der alten eine neue (Gegen-)Parabel. – Ähnlich operiert Robert Walser in der erwähnten »Geschichte vom verlorenen Sohn« (1917); auch er bleibt beim Nachbericht der Parabel, bricht diese allerdings zuletzt in einer an Pirandello gemahnenden Weise auf. Der brave Bruder des verlorenen Sohnes begegnet dem Erzähler leibhaftig und sagt, er wünsche »auf das Lebhafteste«, daß jene Geschichte »nie geschrieben worden wäre«. Robert Walser: Das Gesamtwerk. A. a. O., S. 261.

280 Schiller: Sämtliche Werke. Erster Band. A. a. O., S. 600 f.

281 Ebd., S. 601 f.

282 Diderot: Le neveu de Rameau. A. a. O., S. 77. – Goethes Übersetzung in: Denis Diderot: Rameaus Neffe. Nachwort von Günter Metken. Stuttgart 1984. S. 37. – »Sein Erstgeborner« meint den erstgeborenen Bruder, im französischen Original: »son aîné«.

283 Ebd.; in Goethes Übersetzung: »Indessen sehe ich unendlich viel rechtschaffene Leute, die nicht glücklich sind, und unendlich viel Leute, die glücklich sind, ohne rechtschaffen zu sein.« A. a. O., S. 38.

284 Vgl. dazu die magistrale Darstellung aus der Sicht eines Verfassungs-Juristen bei Peter Häberle: Die Menschenwürde als Grundlage der staatlichen Gemeinschaft. In: Isensee/Kirchhof (Hrsg.): Handbuch des Staatsrechts. Bd. I. 1987. S. 815–859.

285 Honoré de Balzac: Le père Goriot. Préface de Félicien Marceau, Paris 1971. S. 118.

Zweites Buch: Die Geschichten in der Geschichte

Vierter Teil: Mündig werden heißt mißraten: Eine Frau aus dem 19. Jahrhundert

Seite 177–224

286 Annette von Droste-Hülshoff: Historisch-kritische Ausgabe. Hrsg. von Winfried Woesler. Band I.1. Tübingen 1985. S. 269.

287 Anfang von Kaput X.

288 Henri Bergson: Das Lachen. Ein Essay über die Bedeutung des Komischen. Darmstadt 1988. S. 67ff. Die französische Originalausgabe erschien 1900.

289 Wilhelm Busch: Die frome Helene. Festausgabe zum 75. Geburtstag des Verfassers. 176stes bis 181stes Tausend. München 1907. S. 12f.

290 Droste-Hülshoff, a.a.O., S. 269f.

291 Ebd., S. 270.

292 Ebd., S. 270.

293 Ranke-Graves: Griechische Mythologie. A.a.O., S. 260.

294 Droste-Hülshoff, a.a.O., S. 270f.

295 Ebd., S. 271.

296 Ebd., S. 271f.

297 Ebd., S. 272.

298 Ebd., S. 272.

299 Ebd., S. 272f.

300 Ebd., S. 273.

301 Ebd., S. 48.

302 Ebd., S. 53.

303 Ebd., S. 272.

304 Jacob und Wilhelm Grimm: Deutsches Wörterbuch. 9. Band. Leipzig 1899. Spalte 919.

305 Droste-Hülshoff, a.a.O., S. 274f.

306 Vgl. dazu Handwörterbuch des deutschen Aberglaubens. A.a.O., Bd. 9. Spalte 547ff.

307 Droste-Hülshoff, a.a.O., S. 275.

308 Vgl. Grimm: Deutsches Wörterbuch. A.a.O., Spalte 1075ff.

309 Vgl. dazu etwa Eichendorffs Novelle »Schloß Dürande« (erschienen 1837, fünf Jahre vor der Entstehung der »Schwestern«), wo ein ähnlicher Handlungsgrundriß vorliegt um einen Bruder und seine Schwester. Da lauert der Bruder zu Beginn mit dem Gewehr in der Hand dem Liebhaber der Schwester auf: »Denn der Vater hatte sterbend ihm das Mädchen auf die Seele gebunden, er hätte sein Herzblut gegeben für sie.« Auch hier verschwindet die Schwester heimlich in die Stadt, und der Bruder sucht sie dort vergebens. Im Zentrum aber steht dann doch der schöne Verführer, ganz nach dem Muster des adligen Don Juan gearbeitet. Er repräsentiert für Eichendorff das vorrevolutionäre Feudalwesen und provoziert auch tatsächlich die Revolution. Zuletzt wird er vom konservativen Dichter mit etlichen halsbrecherischen Erzähltricks moralisch gerechtfertigt – und also die Revolution desavouiert. Ich verdanke den Hinweis auf die zitierte, auffällig ähnliche Stelle Herrn Dr. Freddy Nadler. – Joseph Freiherr von Eichendorff: Neue Gesamtausgabe der Werke und Schriften in vier Bänden. Zweiter Band. Hrsg. von Gerhard Baumann. Stuttgart 1978. S. 811.

310 Droste-Hülshoff, a. a. O., S. 78.

311 Eduard Mörike: Sämtliche Werke. Textredaktion Jost Perfahl. Bd. I. München 1985. S. 700. Die ältesten Schöpfungsmythen kennen die Hochzeit mit dem Wind: »Am Anfang war Eurynome, die Göttin aller Dinge. Nackt erhob sie sich aus dem Chaos. Aber sie fand nichts Festes, darauf sie ihre Füße setzen konnte. Sie trennte daher das Meer vom Himmel und tanzte einsam auf seinen Wellen. Sie tanzte gen Süden; und der Wind, der sich hinter ihr erhob, schien etwas Neues und Eigenes zu sein, mit dem das Werk der Schöpfung beginnen konnte. Sie wandte sich um und erfaßte diesen Nordwind und rieb ihn zwischen ihren Händen. Und, siehe da! es war Ophion, die große Schlange. Eurynome tanzte, um sich zu erwärmen, wild und immer wilder, bis Ophion, lüstern geworden, sich um ihre göttlichen Glieder schlang und sich mit ihr paarte. So ward Eurynome vom Nordwind, der auch Boreas genannt wird, schwanger. Dies ist der Grund, warum Stuten oft ihr Hinterteil dem Winde entgegenhalten und trächtig werden ohne Hilfe eines Hengstes.«-Ranke-Graves: Griechische Mythologie. A. a. O., S. 22.

312 Vgl. die Ausführungen auf S. 49f.

313 Droste-Hülshoff, a. a. O., S. 78.

314 Goethes Werke. Hamburger Ausgabe. Band V. 1958. S. 101 (2. Aufzug, 1. Auftritt).

315 Theodor Fontane: Sämtliche Romane, Erzählungen, Gedichte, Nachgelassenes. Hrsg. von Walter Keitel und Helmuth Nürnberger. Band 13: Stine. Frankfurt am Main 1982 (erstmals München 1971). S. 50f. (10. Kapitel).

316 Nur erwähnt sei hier, daß die Sappho-Legende durch Grillparzers Erfolgsstück bei Annette Droste als bekannt vorausgesetzt werden kann. Über sie würde der Todessprung auch noch mit dem Thema Dichtung und Dichterinnen-Existenz verknüpft.

317 Annette von Droste-Hülshoff: Die Golems. A. a. O., S. 329.

318 Zu den Einzelheiten der Überlieferungen und den altjüdischen Ursprüngen vgl.: Enzyklopädie des Märchens, a. a. O., Bd. 5., Spalte 1387ff. – Vgl. auch Brentanos »Erklärung der sogenannten Golem in der Rabbinischen Kabbala«. In: Clemens Brentano: Werke. Hrsg. von Friedhelm Kemp. Band 2. München 1963. S. 1122.

319 Isaac B. Singer: Der Golem. Eine Legende. München 1988.

320 Droste-Hülshoff, a. a. O., S. 329f.

321 Ebd., S. 325.

322 Lukas I. 46ff. Nach der Luther-Übersetzung, a. a. O., S. 2071 f.

323 Droste-Hülshoff, a. a. O., S. 79f. Entstanden ist dieses Gedicht zwischen »Die Schwestern« und »Die Golems«.

324 Vgl. Peter von Matt: ... fertig ist das Angesicht. Zur Literaturgeschichte des menschlichen Gesichts. Frankfurt am Main 1989. S. 50f.

325 Ebd., S. 192.

326 Droste-Hülshoff: Das Spiegelbild. A. a. O., S. 168f.

327 Ebd., S. 168f.

328 Vgl. dazu die Beschreibung des Halleyschen Kometen bei Ernst Jünger: Zwei Mal Halley. Stuttgart 1987. S. 23f. »Diesmal schien er mir etwas größer, doch ebenso wenig imponierend wie damals – schweiflos, diffus, etwa wie ein Garnknäuel.«

329 Vgl. die Ausführungen S. 125.

330 Antigone. Übertragung von Woerner. A. a. O., S. 9.
331 Ebd., S. 10.
332 Ebd., S. 10.
333 Vgl. Psalm 110.1; Matt. 5. 34-35.
334 Ernst-Peter Wieckenberg (Hrsg.): Einladung ins 18. Jahrhundert. München 1988. S. 128 f.
335 II. Buch Moses, II. 3 ff. Nach der Luther-Übersetzung, a. a. O., S. 126.
336 Eichendorff, a. a. O., Bd. I., S. 342.
337 Goethes Werke. Hamburger Ausgabe. 11. Auflage. München 1978. Bd. I., S. 142.

Fünfter Teil: Von Müttern
Seite 225–263

338 Droste-Hülshoff, a. a. O., Bd. V. 1. S. 137 f.
339 Zitiert in: Peter Berglar: Annette von Droste-Hülshoff. Reinbek 1967. S. 158.
340 Droste-Hülshoff, a. a. O., S. 142 f.
341 Das Vater-Porträt (Droste-Hülshoff, a. a. O., S. 144-147) kann sich mit jedem pittoresken Sonderling in der Malerei und Novellistik der Biedermeier-Kultur messen.
342 Franz Kafka: Brief an den Vater. Frankfurt am Main 1975. S. 51. Der Satz wird als »für uns berühmt gewordene Begrüßung meiner Bücher« bezeichnet.
343 In den Sommer 1820 fällt die schwere gesellschaftliche wie seelische Krise. Annette gibt zwei Männern, mit denen sie freundschaftlich-herzlichen Umgang hat, fast gleichzeitig Signale besonderer Zuneigung, worauf der eine es dem andern mitteilt und beide zusammen sich offiziell von ihr distanzieren. Das gab Skandal und stürzte die 23jährige in Schuldgefühle schwerster und andauernder Art. Diese Reaktion, die einen eigentlichen Bruch in der Vita Annette von Drostes markiert, ist schwer nachzuvollziehen und erscheint unangemessen. Der Vorgang stellt die Forschung vor eine der schwierigsten biographischen Deutungsaufgaben im Bereich der Literatur des 19. Jahrhunderts. Hauptzeugnis ist der Brief Drostes an Anna von Haxthausen im Dezember 1820. Als erstes aber hat sie den furchtbaren Schock in die Gedichte des »Geistlichen Jahrs« eingebracht und damit von der Mutter eine Absolution und die Anerkennung ihrer künstlerischen Leistung erhofft.
344 Droste-Hülshoff: An Anna von Haxthausen. März (?) 1821. A. a. O. Bd. VIII. 1. S. 53.
345 Annette von Droste-Hülshoff: Sämtliche Werke in zwei Bänden. Hrsg. von Günter Weydt und Winfried Woesler. Band 2. München 1978. S. 29 f.
346 Balzac: Le père Goriot. A. a. O., S. 130.
347 Ebd., S. 127 f.
348 Friederike Helene Unger: Julchen Grünthal. Eine Pensionsgeschichte. Hrsg. von Susanne Zantop. Erster Teil. Hildesheim, Zürich, New York 1991. S. 424 f. (Band 11,1 der Reihe: Frühe Frauenliteratur in Deutschland. Hrsg. von Anita Runge). Der Fortsetzungsband stammt von einem anderen Verfasser und kam nur wegen des großen Erfolgs des Originals zustande. Vgl. dazu das Nachwort der Herausgeberin im Zweiten Teil (Band 11, 2), S. 261 ff.
349 Unger, a. a. O. Erster Teil. S. 19 f.
350 Ebd., S. 23.

351 Ebd., S. 24.
352 Ebd., S. 27 f.
353 Ebd., S. 53.
354 Anderer Meinung ist Susanne Zantop in ihrem Nachwort, a. a. O., S. 370 ff.
355 Vgl. etwa die Stelle S. 72, wo die Tochter »sich der saubern einfachen Kleider« schämt und französische Stoffe nennt, »worin sie wohl gekleidet sein möchte«. Dazu der Vater: »Mir taten davon die Ohren wehe. Der Mutter aber funkelten die Augen, da sie den Brief las, bei dem ich in Wehmut hätte zerfließen mögen. So wie auch das *chère mère* ihr im Herzen wohl that, daß sie wie ein Kind dabei kicherte.«
356 Schiller: Sämtliche Werke. Erster Band. A. a. O., Seiten 759, 761 - 763, 791 f.
357 Lessing: Werke. 2. Band. A. a. O., S. 149.
358 Auch Adelheid in Goethes »Götz« und Diana im »Neuen Menoza« von Lenz gehören zur weiteren Verwandtschaft; als Nachzüglerin kann Kunigunde in Kleists »Käthchen von Heilbronn« gelten.
359 Schiller: Sämtliche Werke. Erster Band. A. a. O., S. 432.
360 Theodor Fontane: Effi Briest. In: Sämtliche Romane, Erzählungen, Gedichte, Nachgelassenes. Hrsg. von Walter Keitel und Helmuth Nürnberger. Band 17. Frankfurt am Main/Berlin 1991 (urspr. München 1974). S. 255.
361 Ebd., S. 19.
362 Ebd., S. 30 f.
363 Ebd., S. 9.
364 Ebd., S. 17.
365 Heinrich Heine: Sämtliche Schriften. Hrsg. von Klaus Briegleb. Band IV. München 1978. S. 54 f.
366 Fontane, a.a.O., S. 295.
367 Ebd., S. 295 f.
368 Thomas Mann: Buddenbrooks. Verfall einer Familie. Frankfurt am Main 1992. S. 653.
369 Ebd., S. 657.
370 Ebd., S. 657 f.
371 Ebd., S. 629.
372 Ebd., S. 288 und S. 643.
373 Ebd. S. 643.
374 Ebd., S. 643 f.
375 Ebd., S. 303.
376 Ebd., S. 303.
377 Ebd., S. 303.
378 Vgl. dazu S. 644 ff. Gerda spielt regelmäßig mit einem jungen Leutnant. Der Klatsch spricht von einer Affäre. Thomas Buddenbrook quält sich, weil er weiß, daß nichts geschieht außer der gemeinsamen Musik und dies doch mehr ist als nur gemeinsame Musik. Namen gibt es dafür nicht: »Während er (...) qualvoll horchte, wußte er allzu wohl, daß ›Betrug‹ und ›Ehebruch‹ nicht Laute waren, um die singenden und abgründig stillen Dinge bei Namen zu nennen, die sich dort oben begaben.« (S. 647).
379 Ebd., S. 499.
380 Ebd., S. 505 ff.
381 Ebd., S. 294.
382 Ebd., S. 294.

383 Gottfried Keller: Sämtliche Werke und ausgewählte Briefe. Hrsg. von Clemens Heselhaus. Zweiter Band. München 1979. S. 136.

384 Ebd., S. 132.

385 Ebd., S. 134.

386 Ebd., S. 133.

387 Ebd., S. 133.

388 Ebd., S. 135f.

389 Ebd., S. 135.

390 Walter Benjamin: Gottfried Keller. In: Angelus Novus. Ausgewählte Schriften 2. Frankfurt am Main 1966. S. 389f.

391 Ranke-Graves: Griechische Mythologie. A.a.O., S. 562.

392 Ebd., S. 572.

393 Jakob Baechtold: Gottfried Kellers Leben. Band 2. Berlin 1894. S. 75. Ich verdanke den Hinweis auf den Text Frau Dr. Ursula Amrein.

394 Keller lebte 1850-1855 in Berlin. Der Entwurf wird von Baechtold auf Dezember 1853 datiert.

395 Baechtold, a.a.O., S. 75ff.

396 Vgl. Ranke-Graves: Griechische Mythologie. A.a.O., S. 541 und 574.

397 Van den Machandelboom. In: Kinder- und Hausmärchen gesammelt durch die Brüder Grimm. Vollständige Ausgabe auf der Grundlage der dritten Auflage (1837). Hrsg. von Heinz Rölleke. Frankfurt am Main 1985. S. 211.

398 Ebd., S. 212.

399 Ebd., S. 217.

400 Ebd., S. 211.

401 Vgl. das 7. Kapitel. Theodor Fontane: Die Poggenpuhls. Roman. In: Sämtliche Romane, Erzählungen, Gedichte, Nachgelassenes. A.a.O., Band 18. 1976.

402 Ebd., S. 56.

403 Vgl. dazu Gerhard Rühm (Hrsg.): Die Wiener Gruppe. Texte, Gemeinschaftsarbeiten, Aktionen. Reinbek bei Hamburg 1967.

404 Ebd., S. 7ff.

405 Vgl. André Bucher: Die szenischen Texte der Wiener Gruppe. Bern/Berlin/Frankfurt am Main/Paris/Wien 1992 (= Zürcher germanistische Studien, Bd. 31). S. 143.

406 Elfriede Jelinek: Lust. Reinbek bei Hamburg 1989. S. 95. Die letzte Strophe von Hölderlins »Schicksalslied« lautet: »Doch uns ist gegeben, / Auf keiner Stätte zu ruhn, / Es schwinden, es fallen / Die leidenden Menschen / Blindlings von einer / Stunde zur andern, / Wie Wasser von Klippe / Zu Klippe geworfen, / Jahr lang ins Ungewisse hinab.«

407 Ebd., S. 218.

408 Vgl. S. 229.

409 Ebd., S. 252.

410 Ebd., S. 219.

411 Ebd., S. 254f.

412 Zwei wichtige Beispiele für diesen Typus: die Mutter in Hebbels »Maria Magdalene« und in Hauptmanns »Michael Kramer«. Vgl. auch die Mutter in Balzacs »Un drame au bord de la mer«.

Sechster Teil: Der mißratene Sohn am Familienrand, endlos Seite 264–307

413 Franz Kafka: Tagebücher in der Fassung der Handschrift. Hrsg. von Hans-Gerd Koch, Michael Müller und Malcolm Pasley, Frankfurt am Main 1990. Textband. S. 461 – Der Text der Erzählung wird im folgenden aus dem Tagebuch, d.h. aus dieser Ausgabe zitiert. Die Orthographie, insbesondere die Interpunktion weicht dabei von den Regeln ab.

414 Ebd., S. 463.

415 Ebd., S. 459.

416 »Glaubst Du ich hätte Dich nicht geliebt, ich, von dem du ausgiengst.« S. 457.

417 Ebd., S. 456.

418 Ebd., S. 460.

419 Ebd., S. 460.

420 Ebd., S. 460.

421 Vgl. etwa: Franz Kafka: Sämtliche Erzählungen. Hrsg. von Paul Raabe. Fischer Taschenbuch-Ausgabe, 258.-287. Tausend. Frankfurt am Main 1976. S. 32.

422 Franz Kafka: Briefe an Felice. Hrsg. von Erich Heller und Jürgen Born. Frankfurt am Main 1967. – Die Briefe werden im folgenden nur mit Datum, nicht mit Seitenangaben zitiert.

423 Kafka: Tagebücher in der Fassung der Handschrift. A. a. O., S. 452.

424 Ebd., S. 457.

425 Ebd., S. 457.

426 Ebd., S. 442.

427 Ebd., S. 447.

428 Ebd., S. 451.

429 Ebd., S. 453.

430 Ebd., S. 454.

431 Ebd., S. 454. – Die Inkonsequenzen in der Setzung der Anführungszeichen und das weitgehende Fehlen der Interpunktion in der Tagebuch-Fassung verweisen in aufschlußreicher Art auf den Schreibzustand des Autors.

432 Ebd., S. 451.

433 Gerhart Hauptmann: Sämtliche Werke. Hrsg. von Hans-Egon Hass. Band I. Dramen. Frankfurt am Main/Berlin 1966. S. 1142 f.

434 Kafka: Tagebücher in der Fassung der Handschrift. A. a. O., S. 456.

435 Ebd., S. 458.

436 Ebd., S. 458.

437 Ebd., S. 456.

438 Der Vater definiert die Bettlegung eindeutig als versuchtes, besser wohl: gespieltes Begräbnis: »Du wolltest mich zudecken, das weiß ich mein Früchtchen aber zugedeckt bin ich noch nicht.« S. 455. Dem entsprechen nicht nur die Signale einer Auferstehungs-Travestie, sondern auch die merkwürdige Anspielung an das verbreitete Sprichwort, wonach das Totenhemd keine Taschen hat. – Der Vater ruft aus: »(...) Mit Deinem Freund habe ich mich herrlich verbunden, Deine Kundschaft habe ich hier in der Tasche.« (Was, nebenbei bemerkt, Georgs ökonomische Selbständigkeit sabotiert.) Darauf Georgs Reaktion: »Sogar im Hemd hat er Taschen sagte sich Georg und glaubte, er könne ihn mit dieser Bemerkung in der ganzen Welt unmöglich machen.« S. 458.

439 Die Bemerkung der Verlobten: »Aber wirklich wenn Du solche Freunde hast,

Georg hättest Du überhaupt nicht heiraten sollen«, (S. 447) gewinnt vor diesem Hintergrund einen starken Sinn: *ein* Lebensinhalt, die Liebe, die Frau, steht gegen den andern.

440 Ebd., S. 456f.

441 Ebd., S. 452.

442 Ebd., S. 459f.

443 Ebd., S. 455.

444 Ebd., S. 458.

445 Ebd., S. 455.

446 In: Wörterbuch der Soziologie. Hrsg. von Wilhelm Bernsdorf. Stuttgart 1969. S. 463 f.

447 Kafka: Tagebücher in der Fassung der Handschrift. A. a. O., S. 459.

448 Ebd., S. 459.

449 Wörterbuch der Soziologie. A. a. O., S. 464.

450 Ebd., S. 463.

451 Eliade: Das Heilige und das Profane. A. a. O., S. 157.

452 Ebd., S. 157.

453 Ebd., S. 114.

454 Ebd., S. 114.

455 Ebd., S. 171.

456 Ebd., S. 172. Zur Geburts-Symbolik vgl. auch: Mircea Eliade: Das Mysterium der Wiedergeburt. Versuch über einige Initiationstypen. Frankfurt am Main 1988 (erstmals 1958). III. Kapitel.

457 Kafka: Tagebücher in der Fassung der Handschrift. A. a. O., S. 491 (2. Februar 1913).

458 Ebd., S. 460f.

459 Der junge Kafka. Herausgegeben von Gerhard Kurz. Frankfurt 1984. S. 7.

460 Kafka: Tagebücher in der Fassung der Handschrift. A. a. O., S. 463 (25. Sept. 1912).

461 Eliade: Das Mysterium der Wiedergeburt. A. a. O., S. 169 - 174. Vgl. dazu auch oben die Ausführungen zu Gottfried Kellers Erzählentwurf. S. 249f.

462 Ebd., S. 179.

463 Hauptmann: Michael Kramer. A. a. O., S. 1141.

464 Ebd., S. 1143.

465 Kafka: Tagebücher in der Fassung der Handschrift. A. a. O., S. 458.

466 Daß Sturz und Kriechen analoge Gebärden in dieser Situation sind, zeigt sich übrigens mit Macht in der »Verwandlung«, der Geschichte vom kriechenden Sohn katexochen – wobei jener Käfer ja ebenfalls und gleichzeitig der stammelnde Sohn ist, der immer weniger sprachfähige Sohn, der schließlich nur noch zischende Sohn.

467 Das Wort »Erhebung« fällt im gleichen Brief: »Wann immer ich gesprochen habe [d. h. öffentlich geredet, P. v. M.] (...) habe ich diese Erhebung gefühlt und auch heute habe ich es nicht bereut.«

468 »in action« im Sinne der zweiten Zeile von Shakespeares 129. Sonett.

469 Kafka: Tagebücher in der Fassung der Handschrift. A. a. O., S. 453; vgl. Jesaja 49.16.

470 Franz Kafka: Briefe an Milena. Erweiterte und neugeordnete Ausgabe. Hrsg. von Jürgen Born und Michael Müller. Frankfurt am Main 1986. S. 165.

471 Franz Kafka: Der Process. Hrsg. von Malcolm Pasley. New York 1990. S. 307.

472 An Felice. 13. Juli 1913.
473 Ebd.
474 An Felice. 20./21. Dezember 1912.
475 Mit »erkannt« und »begriffen« soll keine Aussage über den Bewußtheitsgrad des Vorgangs verbunden sein. Ich halte eine solche Aussage für unmöglich.
476 Franz Kafka: Briefe 1902-1924. Frankfurt am Main 1975. S. 516 (Anm. von Max Brod).
477 An Max Brod. Ende Juli 1922. Ebd., S. 401.
478 An den Verlag Kurt Wolff, 19. August 1916. Ebd., S. 149.
479 11. März 1913. Ebd., S. 116. Vgl. dazu das spätere Projekt »Strafen«, ebd. S. 147.
480 Mircea Eliade: Das Mysterium der Wiedergeburt. A.a.O., S. 97-106.
481 Goethes Werke. Hamburger Ausgabe. Band II. München (11. Aufl.) 1978. S. 18f.
482 Handwörterbuch des deutschen Aberglaubens. A.a.O., Stichwort »Schmetterling«, Spalte 1241.
483 Ebd., Stichwort »Käfer«, Spalte 907.
484 »Das ist das Seelchen, Psyche mit den Flügeln,
Die rupft ihr aus so ists ein garst'ger Wurm.«
Vers 11660f. Goethe: Faust. Hrsg. von Albrecht Schöne. Frankfurt am Main 1994. Band 1. Texte. S. 449.
485 Franz Kafka: Hochzeitsvorbereitungen auf dem Lande und andere Prosa aus dem Nachlaß. Hrsg. von Max Brod. Frankfurt am Main 1980 (erstmals 1953). S. 10: »Ich habe, wie ich im Bett liege, die Gestalt eines großen Käfers, eines Hirschkäfers oder eines Maikäfers, glaube ich.«
486 Kafka: Sämtliche Erzählungen. A.a.O., S. 99.
487 Kafka: Tagebücher in der Fassung der Handschrift. A.a.O., S. 464. – Da der Text hier ebenfalls nach der Tagebuch-Fassung zitiert wird, finden sich häufig irreguläre Interpunktionen.
488 Ebd., S. 464.
489 Ebd., S. 464.
490 Kafka: Sämtliche Erzählungen. A.a.O., S. 138.
491 Ebd., S. 323.
492 Kafka: Tagebücher in der Fassung der Handschrift. A.a.O., S. 464f.
493 Ebd., S. 465.
494 Ebd., S. 471.
495 Ebd., S. 474.
496 Ebd., S. 188.
497 Ebd., S. 189.
498 Ebd., S. 468.
499 Ebd., S. 469.
500 Ebd., S. 185f.
501 Ebd., S. 177ff.
502 Die Verwandlung. In: Sämtliche Erzählungen. A.a.O., S. 69f.
503 Franz Kafka: Nachgelassene Schriften und Fragmente II in der Fassung der Handschrift. Hrsg. von Jost Schillemeit. Frankfurt am Main 1992. S. 209.
504 Ebd., S. 211.
505 Ebd., S. 209f.
506 Ebd., S. 214.
507 Ebd., S. 216.

508 Ebd., S. 216.
509 An Felice. 24. Nov. 1912.
510 Hartmut Binder: Kafka-Kommentar zu sämtlichen Erzählungen. München 1975. S. 152.
511 An Felice. 5. Dezember 1912. Die bekannte Treppensymbolik der Traumsprache, die Freud schon früh festgestellt hat (z.B. in Kapitel VI.E der »Traumdeutung«), ist mit diesen Ausführungen kompatibel, solange sie nicht zum Schlüssel des Ganzen erklärt wird. Sie fügt sich in die Kategorie und das Phänomen des »Lustschlosses«.
512 Es gehört seit langem zur Folklore der Kafka-Forschung, daß fast alljährlich jemand eine neue etymologische Erklärung des Wortes Odradek vorlegt. Das ist nur zu vergleichen mit den regelmäßigen Neudeutungen der »Zauberflöte« und der Mona Lisa.
513 Kafka: Sämtliche Erzählungen. A. a. O., S. 159.
514 Ebd., S. 140.
515 Ebd., S. 288.
516 Ebd., S. 287.
517 Ebd., S. 288.
518 Ebd., S. 287.
519 Ebd., S. 288.
520 29. Mai 1920. Kafka: Briefe an Milena. A. a. O., S. 21. Die Geschichte vom Jäger Gracchus ist drei Jahre früher entstanden. – Das tschechische Wort, mit dem »Seelentränker« erklärt wird, meint einen kleinen Kahn.
521 Kafka: Briefe 1902 - 1924. A. a. O., S. 161.
522 Kafka: Nachgelassene Schriften und Fragmente II. A. a. O., S. 200.
523 Vgl. dazu das oben zitierte Ende des Prosastücks »Fürsprecher«: »Solange du nicht zu steigen aufhörst, hören die Stufen nicht auf, unter deinen steigenden Füßen wachsen sie aufwärts.« Kafka: Sämtliche Erzählungen. A. a. O., S. 323.
524 Kafka: Briefe 1902 - 1904. A. a. O., S. 119.
525 Kafka: Sämtliche Erzählungen. A. a. O., S. 287f.
526 Kafka: Briefe an Milena. A. a. O., S. 283.
527 Kafka: Tagebücher in der Fassung der Handschrift. 13. Dezember 1914. A. a. O., S. 708.
528 Ebd., S. 708f.
529 Um den 13. August 1920. Kafka: Briefe an Milena. A. a. O., S. 217.
530 An Robert Klopstock. Juni 1921. In: Kafka: Briefe 1902 - 1924. A. a. O., S. 333. In diesem Zusammenhang wäre auch die Umgestaltung der Geschichte von Abraham und Isaak näher zu betrachten, die sich in einem Brief an Robert Klopstock findet, als Reflex der Lektüre von Kierkegaards »Furcht und Zittern«. Der Text ist deshalb so faszinierend im hier gegebenen Zusammenhang, weil er zum Subjekt der Schwellenexistenz den Vater macht, der seinen Sohn umbringen soll. Daß diese Verschiebung möglich ist, könnte als Bestätigung gelesen werden für die These, wonach im »Urteil« Vater und Sohn zusammen das Initiationsspiel spielen. Zu beachten ist der unverstellte Komödiencharakter des Geschehens auch hier. Das Einfach-nicht-Wegkommen, weil immer noch was zu tun ist, erinnert an Arlecchino-Szenen in der Commedia dell'arte:

»Ich könnte mir einen andern Abraham denken, der – freilich würde er es nicht bis zum Erzvater bringen, nicht einmal bis zum Altkleiderhändler – der die Forderung des Opfers sofort, bereitwillig wie ein Kellner zu erfüllen bereit wäre, der das Opfer aber doch nicht zustandebrächte, weil er von zuhause nicht fort kann, er ist unentbehrlich, die Wirtschaft benötigt ihn, immerfort ist noch etwas anzuordnen, das Haus ist nicht fertig, aber ohne daß sein Haus fertig ist, ohne diesen Rückhalt kann er nicht fort, das sieht auch die Bibel ein, denn sie sagt: »er bestellte sein Haus« und Abraham hatte wirklich alles in Fülle schon vorher; wenn er nicht das Haus gehabt hätte, wo hätte er denn sonst den Sohn aufgezogen, in welchem Balken das Opfermesser stecken gehabt?«

531 Der Roman »Le jardin des supplices« von Octave Mirbeau, 1899 in Paris und zwei Jahre später schon auf deutsch erschienen, eine exzessive symbolistische Folterorgie, wurde zum wichtigsten Mustertext für Kafkas »Strafkolonie«.

532 An Brod, April 1921. Kafka: Briefe 1902-1924. A.a.O., S. 313.

Siebter Teil: Der langsame Sturz und die neue Macht
Seite 308–356

533 Johann Christian Günthers Werke in einem Band. Hrsg. von Hans Dahlke. Berlin (Ost) und Weimar 1977. S. 233.

534 Ebd., S. 325. Der Titel lautet: »Den Unwillen eines redlichen und getreuen Vaters suchte durch diese Vorstellungen bei dem Abschiede aus seinem Vaterlande zu besänftigen ein gehorsamer Sohn.«

535 Ein spätes Zeugnis noch aus dem 20. Jahrhundert für den ganz ungebrochen ernsten Vaterfluch findet sich in Elias Canettis Autobiographie »Die gerettete Zunge«. Canettis Vater wird von dessen Vater verflucht, in Gegenwart des kleinen Enkels: »Als er sah, daß er nichts ausrichten konnte, wenige Tage vor der Abreise, verfluchte er ihn feierlich im Gartenhof, seinen Sohn, vor den anwesenden Verwandten, die entsetzt zuhörten. Ich hörte sie, wie sie untereinander darüber sprachen: nichts gäbe es, sagten sie, das furchtbarer sei, als ein Vater, der seinen Sohn verfluche.« Canettis Vater stirbt kurz darauf in England, erst dreißig Jahre alt. Der Großvater reist an, und es heißt: »Er hatte den Vater feierlich verflucht, als er ihn und Bulgarien verließ, sehr selten geschieht es, daß ein gläubiger Jude seinen Sohn verflucht, kein Fluch ist gefährlicher und keiner mehr gefürchtet. Der Vater hatte sich dadurch nicht abhalten lassen und nicht viel über ein Jahr nach seiner Ankunft in England war er tot. Wohl erlebte ich, daß der Großvater bei seinen Gebeten laut schluchzte; er hörte zu weinen nicht auf, er konnte mich nicht sehen, ohne mich mit aller Kraft an sich zu drücken, er ließ mich kaum los und badete mich in Tränen. Ich nahm es für Trauer und erfuhr erst viel später, daß es mehr noch als Schmerz das Gefühl seiner Schuld war, er war davon überzeugt, daß er meinen Vater durch seinen Fluch getötet hatte.« Der Autor enthält sich in auffälliger Weise einer kritischen Stellungnahme zu dieser postulierten Kausalität.
Elias Canetti: Die gerettete Zunge. Geschichte einer Jugend. München 1977. S. 51 und S. 90.

536 Günther, a.a.O., S. 244.

537 Ebd., S. 331.

538 Ebd., S. 247.

539 Dahinter steht die Vorstellung der zeitgenössischen Medizin, wonach im Ei bereits der ganze Mensch vorgebildet sei und der männliche Samen, wie etwa Haller meint, das »schlafende Leben des Embryos« nur aufweckt. Vgl. Rita

Schär: Albrecht von Hallers neue anatomisch-physiologischen Befunde und ihre heutige Gültigkeit. Bern 1958. S. 35 f (Berner Beiträge zur Geschichte der Medizin und der Naturwissenschaften Nr. 16).

540 Pedro Calderón de la Barca: Das Leben ist ein Traum. Stuttgart 1991. S. 44.

541 Jean Racine: Phèdre. Acte IV, Scène II. Oeuvres dramatiques de J. Racine. Publiées par M. Aimé-Martin. Paris 1844. S. 360. In Schillers Übersetzung: »Schwer genug / Büß ich dafür mit ewger Schmach, daß ich / So frevelhaftem Sohn das Leben gab.« Schiller: Sämtliche Werke. A. a. O., Band III. S. 624.

542 Euripides: Hippolytos. Übersetzung und Nachwort von Ernst Buschor. Stuttgart 1981. S. 56 (Verse 1346–1354).

543 Günther, a. a. O., S. 244.

544 Ebd., S. 329.

545 Ebd., S. 330.

546 1. Mos. 22. 7 f. Die Bibel oder die ganze Heilige Schrift des Alten und Neuen Testaments nach der deutschen Übersetzung Martin Luthers. Stuttgart 1964. S. 31.

547 J. P. Hebel: Biblische Geschichten. A. a. O., S. 19.

548 Günther, a. a. O., S. 249.

549 Goethes Werke. Hamburger Ausgabe. Band IX. Dritte Auflage 1959. S. 134.

550 Ebd., S. 134.

551 Ebd., S. 136.

552 Ebd., S. 136.

553 Ebd., S. 136 f.

554 Gorkis Stück trug ursprünglich den Untertitel »Eine Mutter«, und der Name Shelesnowa bedeutet in der Übersetzung »die Eiserne«.

555 Johann Jakob Bachofen: Das Mutterrecht. A. a. O., S. 193 f.

556 Bertolt Brecht: Mutter Courage und ihre Kinder. Frankfurt am Main 1963. S. 11 f.

557 Friedrich Dürrenmatt: Der Besuch der alten Dame. Eine tragische Komödie. Zürich 1956. S. 50; und: Friedrich Dürrenmatt: Gesammelte Werke. Band I. Zürich 1988. S. 628 f.

558 Brief an Robert Klopstock, Juni 1921. In: Kafka: Briefe 1902 - 1924. A. a. O., S. 333 f.

559 Das 18. Jahrhundert kannte auch die malerische Umsetzung der Moralischen Erzählung, etwa in Hogarths Kupferstichfolgen »The Rake's Progress« und »The Harlot's Progress«, die Lichtenberg leidenschaftlich und detailsüchtig kommentiert hat, oder, monumentaler, in der Bildergruppe von Jean Baptiste Greuze, überschrieben »La malédiction paternelle«. Sie hängt im Louvre und besteht aus den zwei großen Tafeln: »Le fils ingrat« (1777) und »Le fils puni« (1778).

560 Ernst Zahn: Die Mutter. In: Firnwind. Neue Erzählungen. 39. bis 43. Tausend. Stuttgart, Berlin und Leipzig. o. J. S. 253. Die einzelnen Erzählungen sind datiert.

561 Ebd., S. 255.

562 Ebd., S. 287 f.

563 Ebd., S. 291.

564 Ebd., S. 292.

565 Ebd., S. 292 f.

566 Vgl. die Ausführungen S. 249–253.

567 Balzac arbeitet auch erzähltechnisch mit einer doppelten Brechung des Berichts. Ein Erzähler erzählt, was ihm ein zweiter Erzähler von jenem Dritten, dem Vater, der die Tat vollzog, erzählt hat.

568 »O my accused womb« – »O mein verfluchter Schoß«, sagt die Mutter Richards III. in der ersten Szene des vierten Akts.

569 Goethe: Das Märchen. In: Hamburger Ausgabe. Band VI. 1958 (3. Auflage). S. 237.

570 Ebd., S. 236.

571 Johann Heinrich Pestalozzi: Die Abendstunde eines Einsiedlers. In: Pestalozzi: Sämtliche Werke. Hrsg. von Artur Buchenau u. a. Band 1. Berlin und Leipzig 1927. S. 275 f.

572 W. H. Auden: The Age of Anxiety. A Baroque Eclogue. London 1948. S. 98 (erstmals New York 1947).

573 Ebd., S. 97.

574 Ebd., S. 99. In der (nicht unproblematischen) Übersetzung von Kurt Heinrich Hansen, Wiesbaden 1949, S. 95:

Hoch in den Himmeln,
Den zeitlosen Räumen
Ringen die Götter die riesigen Hände,
Denn ihr Wächter ist weg, ihre Welt-Maschine
Läuft kreischend und krachend. Von seiner Meistermusik
Nicht länger beschworen,
Ihre Wahrheit der Zeit zu vermählen, treiben die
Ewigen Dinge im Dunst:
Oh, es durchstreifen die Leprakranken die Straßen,
Die Mieten steigen im Stadtteil am Strand,
Die Insekten sind böse. Wer fegt jetzt den Staub
In den verlassenen Reichen?
Begraben unter dem Volk liegt, der uns Gesetze gab,
Größre Gebeine von bessrem Geschlecht,
Unverbogen von ihrem Gewicht, weiß
Unter dem grünen Gras,
Dem Gras, das verwelkt.

575 Ebd., S. 97.

576 Ebd., S. 97.

577 Kafka: Tagebücher in der Fassung der Handschrift. A. a. O., S. 459.

578 Gerhart Hauptmann: Das Friedensfest. Eine Familienkatastrophe. Centenar-Ausgabe. Band 1. Frankfurt am Main / Berlin-W. 1966. S. 148.

579 Ebd., S. 149.

580 Joseph Roth: Radetzkymarsch. Roman. Hrsg. von Fritz Hackert (= Werke 5. Romane und Erzählungen 1930 - 1936). Köln/Amsterdam 1990. S. 139 f.

581 Vgl. dazu im 11. Kapitel die überdeutliche Szene, wo der jüngste Trotta seinen Vater vor dem Kaiserbild sieht:

»Er saß (...) am langen, hufeisenförmigen Tisch der bunten Offiziere, dunkel und hager, unter dem Wandbildnis Franz Josephs des Ersten, dem bekannten, allseits verbreiteten Porträt des Allerhöchsten Kriegsherrn im blütenweißen Feldmarschallsrock mit blutroter Schärpe. Just unter des Kaisers weißem Backenbart und fast parallel zu ihm ragten, einen halben Meter tiefer, die schwarzen, leicht angesilberten Flügel des Trottaschen Backenbartes. Die jüngsten Offiziere, die an den Enden des Hufeisens untergebracht waren, konnten die Ähnlichkeit zwischen Seiner Apostolischen Majestät und deren Diener sehn. Auch der Leutnant Trotta konnte von seinem Platz aus das Angesicht des Kaisers mit dem seines Vaters vergleichen. Und ein paar Sekunden lang schien es dem Leutnant, daß oben an der Wand das Porträt seines gealterten Vaters hänge und unten am Tisch lebendig und ein wenig verjüngt der Kaiser in Zivil sitze. Und fern und fremd wurden ihm sein Kaiser wie sein Vater.« Ebd., S. 298 f.

582 Marieluise Fleißer: Gesammelte Werke. Hrsg. von Günther Rühle. Erster Band. Dramen. Frankfurt am Main 1972. S. 66.

583 Ebd., S. 66 f.

584 Brief an Felice vom 2. zum 3. März 1913: »schliesslich bist Du doch ein Mädchen und willst einen Mann und nicht einen weichen Wurm auf der Erde.« Kafka: Briefe an Felice. A. a. O., S. 322.

585 Frank Wedekind: Werke in zwei Bänden. Hrsg. von Erhard Weidl. München 1990. S. 524 f.

586 Ebd., S. 548.

587 Gegen Schluß, im 5. Bild, stürzt Berotter ein zweites Mal und wieder im Zusammenhang mit der Schwangerschaft der Tochter, wieder in dem Moment, wo einst das familiale Gericht anzulaufen pflegte:
»Olga: Vater, ich muß dir was sagen. Ich bekomme ein Kind.
Berotter: Mensch. *Stürzt.*« Fleißer, a. a. O., S. 112.

588 Die Dreizehnjährigen. In: Ein Pfund Orangen und neun andere Geschichten der Marieluise Fleißer aus Ingolstadt. Berlin 1929. Schlußszene, S. 67.

589 Michel Foucault: Sexualität und Wahrheit. Erster Band. Der Wille zum Wissen. Frankfurt am Main 1983. S. 113.

590 Ebd., S. 112.

591 Ebd., S. 112.

592 Ebd., S. 114.

593 Ebd., S. 115.

594 Ebd., S. 117.

595 Fleißer: Gesammelte Werke. A. a. O., S. 441.

596 Ebd., S. 118 f.

597 Ein Vergleich mit Gottfried Kellers Frau Regel Amrain macht dies unmittelbar einleuchtend. Dort ist die starke Mutter die lebendige Allegorie einer intakten Sittlichkeit, bis hin zum gelassen ausgeübten Richteramt, sobald der Sohn ins Abseits zu geraten droht. Sie ersetzt den schwachen, kläglich versagenden Vater nicht nur vollständig, in der Erziehung wie in der Arbeit als Unternehmerin, sondern demonstriert überdies exemplarisch, daß die Arbeitsteilung der Geschlechter (»der Mann muß hinaus ...« – die Frau »waltet drinnen«: Schillers »Glocke«) keine naturhafte Gegebenheit, sondern eine soziale Einrichtung ist.

598 Marieluise Fleißer gebrauchte in ihrem Kommentar zu den neueren Aufführungen selbst den Begriff »Katzenjammer« für den Gefühlsumschwung nach der Szene mit dem ausgezogenen, ins Wasser getauchten Roelle. Fleißer: Gesammelte Werke. A. a. O., S. 440.

599 Elriede Jelinek: Die Ausgesperrten. Roman. Reinbek bei Hamburg 1985 (erstmals 1980). S. 102 f.

600 Ebd., S. 103 f.

601 Ebd., S. 11.

602 Ebd., S. 184. – In den Neunziger Jahren schreibt Martin Walser einen Roman, in dem wiederum die Szene des stürzenden Vaters zentral ist: »Ohne einander«. Auffällig ist hier, daß die Hilflosigkeit der Kinder ebenfalls als »bleierne Öde« eindringlich thematisch wird, daß sich aber deren Aggressivität zum Teil gegen sie selbst richtet, etwa in der schweren Depression des Sohnes. Die Tochter allerdings, die den Sturz direkt erlebt und für die er wahrscheinlich inszeniert wird, bringt in der Folge einen Mann um, der zu ihrem Vater gleichermaßen in Kontrast wie in Parallele steht. In der Szene mit dem Sturz kommt es zu einem winzigen, zunächst kaum bemerkbaren, in der Folge aber wirkungsreichen Gericht der Tochter über den Vater in Gestalt eines einzigen, geflüsterten Satzes: »Der Vater tat ihr schon fast nicht mehr leid. So würdelos, so lächerlich war er ihr noch nie vorgekommen. Aber helfen konnte sie ihm jetzt nicht mehr. Noch bevor sie die Gartentür erreicht hatte (...), hörte sie einen Schmerzschrei. Die Stimme des Vaters. Sie rannte zurück. Er lag auf dem Plattenweg, konnte offensichtlich nicht mehr aufstehen. Wie ein Insekt, ein zu großes. Aber er jammerte, fluchte wie ein Mensch. (...) Und griff in Richtung Fuß und erreichte ihn nicht. Nur in die Luft strecken konnte er den Fuß, nur in die Luft strecken die Hände, die den Fuß bei weitem nicht erreichten. Gebrochen, Sylvchen, sagte er ein wenig sachlicher. Siehst du, Sylvchen, das habe ich davon, daß ich nicht betrunken bin. Der Betrunkene bricht sich nichts. Nur der Nüchterne fällt so dumm. (...)
Sylvi kniete jetzt neben dem Vater nieder, schon um ihn endlich zum Schweigen zu bringen. Sie sagte leise zu ihm, aber von ihr aus hätte es auch Herr Müller-Ernst hören können: Wenn du wüßtest, wie furchtbar du bist. Sie stand auf und sagte so teilnahmslos wie möglich: Ich rufe den Krankenwagen.« Martin Walser: Ohne einander. Frankfurt am Main 1993. S. 114 f.

603 Jelinek: Die Ausgesperrten. A. a. O., S. 54.

604 Zur Produktion der sogenannten Vaterromane vgl. Wolfgang Türkis: Beschädigtes Leben. Autobiographische Texte der Gegenwart. Stuttgart 1990. – Zum Gericht über die Väter im Expressionismus vgl. Walter H. Sokel: Der literarische Expressionismus. München 1970 (Erstausgabe: The Writer in Extremis. Stanford 1959), insbesondere Kapitel II.2: Die Revolte. – Zum Verhältnis der Töchter zu den Vätern vgl. Gisela Moffit: Bonds and Bondage. Daughter-Father-Relationships in the Father-Memoirs of German-Speaking Women-Writers in the 1970s. New York/Bern/Berlin/Frankfurt am Main/Paris/Wien 1993 (Studies in Modern German Literature. Vol. 53).

605 Vgl. etwa die Mitleidssignale in den letzten Teilen von Christoph Meckels unerbittlichem »Suchbild. Über meinen Vater.« Frankfurt am Main 1980.

606 Daniel Defoe: The Life and Strange Surprizing Adventures of Robinson Crusoe, of York, Mariner. Edited by J. Donald Crowley. Oxford, New York 1983. S. 202.

607 Ebd., S. 203 f.

608 Ebd., S. 206.

609 Foucault: Sexualität und Wahrheit. A. a. O., S. 112.

610 Ebd., S. 114.

611 Ebd., S. 114.

612 Walter Hasenclever: Gedichte Dramen Prosa. Hrsg. von Kurt Pinthus. Reinbek bei Hamburg 1963. S. 152 (»Der Sohn«, 5. Akt, 2. Szene). – Alle folgenden Zitate S. 152–155.

613 Ebd., S. 156.

614 Die biographischen Fakten, aus denen sich die faschistische Begeisterung und Aktivität des langjährigen Brecht-Compagnons Bronnen ebenso klar ergibt wie die Distanz zur Hitlerbewegung – er wurde von Goebbels protegiert und von Goebbels aus der Reichsschrifttumskammer ausgeschlossen –, finden sich zusammengstellt in: Arnolt Bronnen. Werke 1. Hrsg. von Friedbert Aspetsberger. Klagenfurt o.J. S. 7 - 16.

615 Der Schlaganfall als abschließende Reaktion auf das Gegengericht und als spezifische Gestalt des definitiven Sturzes findet sich auch auf der letzten Seite eines der meistgelesenen Romane der Zwischenkriegszeit, Jakob Wassermanns »Der Fall Maurizius«: »Dabei fiel Etzels Blick auf den Vater, etwas wie zögerndes Erstaunen malte sich in seinen Zügen als ob aus der gewohnten Gestalt, die einen überragt hat, eine andere geworden sei, die gleichsam ein paar Treppen tiefer stand als man selber, zu der man sich sogar ein wenig herabbeugen mußte, um sie zu erkennen. Nicht mehr rätselhaft, nicht mehr Regent dunkler Schicksale, nicht mehr Trismegistos, sondern niedergebrochener schuldiger Mensch. Herr von Andergast hatte den Mund halb geöffnet, man gewahrte seine großen Zähne, so, mit halbgeöffnetem Mund, ließ er sich auf den Stuhl nieder, die veilchenblauen Augen traten wie Knöpfe aus den Höhlen, jedes Ausdrucks bar. (Als er am Nachmittag, vom Arzt begleitet, in die Heilanstalt fuhr, sah er noch genau so aus, der Mund halb offen, die vorgequollenen Augen ohne Blick und Ausdruck.)« Die Stelle wäre zu vergleichen mit dem Vater-Porträt im ersten Kapitel des Romans.
Jakob Wassermann: Der Fall Maurizius. Berlin 1935 (erstmals 1928). S. 577.

616 Alle Zitate ebd., S. 270 f.

617 Hasenclever, a. a. O., S. 100.

618 Bronnen, a. a. O., S. 364 ff.

619 Vgl. dazu auch die früheren Ausführungen zum Anfang von Joseph Roths »Radetzkymarsch«. S. 328–330.

620 Franz Werfel: Nicht der Mörder, der Ermordete ist schuldig. Frankfurt am Main 1982 (erstmals 1920). S. 87.

621 Ebd., S. 88.

622 Ebd., S. 88.

623 Ebd., S. 94.

624 Ebd., S. 97. Alle weiteren Zitate S. 97 - 100.

625 Vgl. Sigmund Freud: Neue Folge der Vorlesungen zur Einführung in die Psychoanalyse. In: Studienausgabe Band I. Frankfurt am Main 1969. S. 466.

626 Kafka: Tagebücher in der Fassung der Handschrift. A. a. O., S. 449.

627 Die ausgesprochen komische, philiströse Konnotation des Schlafrocks im deutschen 19. Jahrhundert – man denke an Hoffmann, man denke an Eichendorff – widerspricht dieser Semantik nur scheinbar. In der Parodie des Königsmantels wird die fehlende öffentliche Macht des bürgerlichen Mannes verlacht. Das Zeichen verweist also auf das Defizit und die Sache zugleich. Diese Ambivalenz zeigt sich übrigens sehr schön in den verschiedenen Funktionen des Schlafrocks, den der Archivarius Lindhorst, ein bürgerlich verkleideter »Geisterfürst«, in Hoffmanns »Goldnem Topf« trägt. In der »Zehnten Vigilie« der Erzählung besiegt Lindhorst mit Hilfe des Schlafrocks die feindliche Hexe.

628 Man kann daraufhin, wie bereits erwähnt, die »Marquise von O ...« nachlesen, aber auch das Finale der »Emilia Galotti« mit der Dolch- und Rosen-Symbolik ist deutlich genug.

629 Walter Benjamin: Das Kunstwerk im Zeitalter seiner technischen Reproduzierbarkeit. Frankfurt am Main 1970. S. 48 f.
630 Ebd., S. 46.
631 Ebd., S. 46.
632 Ernst Jünger: Eumeswil. Stuttgart 1977. S. 208.
633 Ebd., S. 181.
634 Ebd., S. 162.

Register

Aimé, Martin, M. 382
Alighieri, Dante 121
Amrein, Ursula 376
Arndt, Ernst Moritz 86
Arnim, Achim von 137f., 213
Aspetsberger, Friedbert 386
Auden, W.H. 14, 315, 326f., 383

Bachmann, Ingeborg 203
Bachofen, Johann Jakob 116f., 315f., 367, 382
Bächtold-Stäubli, Hanns 361
Baechtold, Jakob 249, 376
Balzac, Honoré de 29, 30, 77, 128, 148, 153, 172, 234, 252, 276, 322, 363, 371, 374, 376
Baudelaire, Charles 271
Bauer, Felice 299, 377ff., 384
Baumann, Gerhard 372
Bausinger, Hermann 363
Bayer, Konrad 256
Beaumarchais, Caron de 148, 369
Beckett, Samuel 17, 64, 141, 271, 362, 369
Benjamin, Walter 17, 249, 352, 354, 376, 387
Benn, Gottfried 365
Benrath, Gustav Adolf 359, 369
Berglar, Peter 374
Bergson, Henri 180, 372
Bernsdorf, Wilhelm 378
Bibel 7, 14, 21, 24 passim, 33ff., 47, 49, 52, 65, 68, 70, 75, 78, 118, 121, 124, 128, 136f., 140, 167f., 190, 215, 218, 222, 233f., 275f., 283, 304ff., 308, 311–314, 317f., 350, 359, 362, 373f., 378, 380f.
Binder, Hartmut 380
Bischof, Norbert 75, 363
Bismarck, Otto von 364
Bloch, Ernst 367
Bloesch, Hans 367
Böll, Heinrich 342
Bonaparte, Napoleon 302, 327
Bonnet, Jean-Claude 370
Borchmeyer, Dieter 362
Born, Jürgen 377, 378
Börne, Ludwig 222, 240
Bosch, Hieronymus 68
Brackert, Helmut 362
Braunbehrens, Adrian 359, 369
Brecht, Bertolt 9, 14, 90, 91 passim, 101, 112, 217, 265, 315, 316, 350, 364f., 382, 386
Brednich, Rolf Wilhelm 362
Brentano, Clemens 137f., 369, 373
Breughel, Pieter 68
Briegleb, Klaus 375
Brod, Max 287, 298, 302, 303, 379, 381
Bronnen, Arnolt 15, 344, 347 passim, 386
Buchenau, Artur 383
Bucher, André 376
Büchner, Georg 30, 225
Buhr, Gerhard 370
Bumke, Joachim 368f.
Buonarroti, Michelangelo 66
Bürger, Gottfried August 27, 359
Burkert, Walter 117, 368
Busch, Wilhelm 11, 177, 179–182, 372
Buschor, Ernst 382

Calderón de la Barca, Pedro 8, 45, 46, 64, 112, 167, 310, 360, 362, 382
Callot, Jacques 71
Camartin, Iso 359
Camus, Albert 342
Canetti, Elias 381
Cäsar, Julius 363
Celan, Paul 21
Cervantes, Miguel de 14, 315, 318
Chamisso, Adalbert von 201
Chandler, Raymond 280
Crowley, J. Donald 385

Dahlke, Hans 381
Damm, Sigrid 368
Da Ponte, Lorenzo 72
Davis, Herbert 370
Defoe, Daniel 343, 385

Diderot, Denis 11, 153, 165, 170f., 371
Diller, Hans 366
Dische, Irene 140, 369
Dix, Otto 338
Döblin, Alfred 370
Dostojewskij, Fjodor 30, 95, 98, 148, 162, 234, 365
Doyle, Arthur Conan 327
Droste-Hülshoff, Annette von 11 f., 173, 177 passim, 315, 372, 373 f.
Dürrenmatt, Friedrich 14, 259f., 315, 316f., 382

Eberlein, Erich 366
Eichendorff, Joseph Freiherr von 44, 207, 222, 360, 372, 374, 386
Eisler, Hanns 93
Eliade, Mircea 279, 363, 378, 379
Endruweit, Günter 362
Ernst, Max 256
Euripides 365, 382

Faulkner, William 46, 360
Fink, Paul 360
Flaubert, Gustave 260, 284
Fleißer, Marieluise 14, 327, 330 passim, 384
Fontane, Theordor 12, 119, 121, 205, 210, 231, 238 passim, 253–256, 276, 315, 364, 375, 376
Foucault, Michel 14, 261, 327, 334f., 337, 345, 384f.
Fouqué, Friedrich de la Motte 364
Frank, Peter 359
Franz Joseph I. 314
Freiligrath, Ferdinand 210, 253
Freud, Sigmund 8, 45, 71, 73, 98, 348, 363, 380, 386
Freytag, Gustav 364
Fricke, Gerhard 359
Friedrich, Caspar David 201
Frisch, Max 73, 291

Gerlach, F.D. 364
Gide, André 371
Giehse, Therese 316
Glauser, Friedrich 280
Glockner, Hermann 366
Goethe, Johann Wolfgang 14, 78 ff., 82, 114, 170f., 187, 210, 213, 221–223, 235, 244, 250, 280, 290, 296, 308, 312–314, 323, 367, 371, 373, 379, 382f.
Gordon, Mary 369
Gorki, Maxim 315, 382
Gottfried von Strassburg 121
Gotthelf, Jeremias 111, 315, 367
Goya, Francisco José de 71
Grass, Günter 280
Greuze, Jean Baptiste 382
Greven, Jochen 371
Grillparzer, Franz 77, 112, 317f., 325, 359, 361, 373
Grimm, Jacob und Wilhelm 10, 131 f., 134f., 137, 139, 251 f., 363, 372, 376
Günther, Johann Christian 14, 70, 308 passim, 381 f.
Gürster, Eugen 362
Guevara, Che 335

Hackert, Fritz 364, 383
Häberle, Peter 371
Haller, Albrecht von 381 f.
Hansen, Kurt Heinrich 383
Harrison, G.B. 369
Hasenclever, Walter 15, 344, 345 passim, 385
Hass, Hans-Egon 377
Hauptmann, Gerhart 13, 270f., 275, 277, 282f., 315, 318, 328, 332, 345, 377f., 383
Haxthausen, Anna von 374
Haxthausen, August von 228
Hebbel, Friedrich 331, 359, 376
Hebel, Johann Peter 7, 25, 32 passim, 40, 42, 61, 139, 140, 311 f., 359, 369, 382
Hegel, Georg Wilhelm Friedrich 9, 105–109, 116, 125f., 364, 366
Heidegger, Martin 160
Heine, Heinrich 11, 177–179, 181, 230, 240f., 375
Heinrichs, Hans-Jürgen 367
Held, Kurt 40
Heller, Erich 377
Heselhaus, Clemens 360, 376
Heym, Stefan, 359
Heyse, Paul 269

Hillen, Hans-Jürgen 364
Hoffmann, E.T.A. 201, 207, 214, 230, 386
Hoffmann, Heinrich 8, 45 passim, 132, 360f.
Hofmannsthal, Hugo von 77, 96, 167, 201, 329, 363, 371
Hogarth, William 187, 382
Hohenhausen, Elise von 364
Hohlfeldt, Ch. Ch. 370
Hölderlin, Johann Christian Friedrich 106, 113, 116, 118, 207, 256f., 366, 376
Hölty, Ludwig Christoph Heinrich 66, 363
Homer 41, 55, 156, 370
Hunziker, Rudolf 367

Ignatieff, Michael 369

Jean Paul 221f.
Jeggle, Utz 361
Jelinek, Elfriede 13, 15, 64, 253, 255 passim, 336, 338 passim, 362, 376, 384
Jens, Walter 108, 366
Jesenká, Milena 301, 304, 378, 380
Joyce, James 264
Jung, C. G. 223
Jung-Stilling, Johann Heinrich 10, 131, 134 passim, 142, 143, 147, 265, 368
Jünger, Ernst 21, 355f., 373, 387

Kafka, Franz 13, 14, 51, 62, 70, 77, 98, 101, 137, 217, 231, 234, 264 passim, 318, 327, 345, 352, 362f., 374, 376–381, 384
Kaiser, Gerhard 363, 370
Kant, Immanuel 160, 364
Keitel, Walter 375
Keller, Gottfried 8, 13, 41 passim, 55f., 70, 158, 247 passim, 255, 276, 315, 322, 360, 376, 378, 384
Kemp, Friedhelm 373
Keyserling, Eduard von 231
Kierkegaard, Sören 312, 380
Kittler, Friedrich A. 370
Kleist, Heinrich von 8f., 35, 51, 55, 70, 79–83, 84, 93, 95, 96ff., 101f., 106, 110, 112, 117f., 120–122, 160, 191, 201f., 205, 250, 265, 287, 305, 316f., 350, 364f., 367f., 375, 386
Klopstock, Robert 382
Koch, Hans-Gerd 377
Koltès, Bernard-Marie 63, 362
Könneker, Marie-Luise 361
Kubin, Alfred 338
Kurz, Gerhard 280, 378

La Mettrie, Julien Offray de 153
Lacan, Jacques 261
Laube, Heinrich 364
Leibniz, Gottfried Wilhelm 311
Lenz, Jakob Michael Reinhold 57, 118, 122f., 235, 368, 375
Lessing, Gotthold Ephraim 10, 55, 57, 101, 115, 118–122, 203, 234, 237, 265, 350, 366, 368, 375, 386
Lichtenberg, Georg Christoph 146, 170, 369, 382
Livius, Titus 9, 79 passim, 91, 93, 101, 106, 112, 123, 264, 280, 308, 348, 350, 364f.
Logau, Friedrich Freiherr von 78
Lovejoy, Arthur O. 370
Ludwig, Otto 359
Luther, Martin 26, 359, 382
Lüthi, Max 359
Lüthy, Herbert 91

Man, Paul de 266
Mann, Thomas 12, 231, 238, 242 passim, 363, 375
Marceau, Félicien 371
Makart, Hans 256
von Matt, Peter 360, 362, 363, 368, 373
Matter, Hans 369
May, Karl 7, 36, 38
Meckel, Christoph 385
Meister Eckhart 223
Mérimée, Prosper 77, 128, 276, 322
Metken, Günter 371
Meyer, C.F. 269
Mirbeau, Octave 306, 381
Moffit, Gisela 385
Mommsen, Theodor 10, 124 passim, 156, 220, 227, 368
Mörike, Eduard 207f., 373
Moscherosch, Hans Michael 368

Mozart, Wolfgang Amadeus 54, 72, 116, 281, 351, 380
Mühlmann, W.E. 278
Müller, Heiner 9, 96 passim, 101, 104, 112, 265, 350, 365f.
Müller, Michael 377f.

Nadler, Freddy 372
Nietzsche, Friedrich Wilhelm 40, 150, 160, 180
Nürnberger, Helmuth 373, 375

Ohly, Friedrich 370

Pasley, Malcolm 377, 378
Perfahl, Jost 373
Pestalozzi, Johann Heinrich 324, 326f., 383
Pfaff, Peter 359, 369
Pfannmüller, Ludwig 369
Pinthus, Kurt 385
Pirandello, Luigi 14, 289, 297, 371
Poe, Edgar Allan 127, 202
Pomeau, René 369
Pope, Alexander 158–161, 370
Pörnbacher, Karl 359
Pound, Ezra 327
Promies, Wolfgang 369

Quinsac, Annie-Paule 362

Raabe, Paul 362, 377
Racine, Jean de 310, 382
Raimund, Ferdinand 88, 158
Ranke-Graves, Robert von 66, 116, 362f., 367, 372, 376
Reicke, Bo 359
Rilke, Rainer Maria 371
Röhrich, Lutz 368
Rölleke, Heinz 368, 376
Rost, Leonhard 359
Roth, Joseph 14, 327–330, 383, 386
Roth, Philip 140, 369
Rousseau, Jean Jacques 149, 342, 344
Rüdiger der Hunchover 142
Ruh, Kurt 362
Rühle, Günther 384
Rühm, Gerhard 376
Runge, Anita 374
Ruoff, Hans 365
Sade, Marquis de 153, 271, 341f.
Schadewaldt, Wolfgang 366f.
Schär, Rita 381f.
Scheffel, Joseph Viktor von 178
Schikaneder, Emanuel 54, 116, 281, 380
Schillemeit, Jost 379
Schiller, Friedrich 10f., 28, 30, 41, 57, 66, 68, 70, 77, 104, 112, 115f., 143, 146–149, 165, 169f., 171, 223, 234, 236, 237, 239, 241, 255, 317, 324, 341, 363f., 366f., 369, 371, 375, 382, 384
Schlegel, August Wilhelm von 149, 369
Schmid, Christoph von 25, 33
Schmidt, Julian 364
Schöne, Albrecht 379
Schopenhauer, Arthur 160, 243, 261
Schücking, Levin 198, 212
Schwab, Gustav 25
Segantini, Giovanni 50, 362
Sembdner, Helmut 364
Sendak, Maurice 48, 361
Shakespeare, William 7, 10f., 27, 30, 31, 32f, 55, 62, 63, 88, 121, 131, 134, 137f., 140ff., 143 passim, 154ff., 158, 167–172, 190, 213, 234, 252, 275, 276, 282, 351, 369ff., 378
Shelley, Mary W. 213
Singer, Isaac Bashevis 213
Smiley, Jane 140, 163, 173, 370
Sokel, Walter H. 385
Solon 327
Sophokles, 9f., 32, 59, 62, 63, 66, 100, 102 passim, 125, 151, 154, 164, 198, 205, 220, 224, 252, 262, 276, 366ff.
Sowinski, Bernhard 363
Speckenbach, Klaus 362
Staiger, Emil 367
Stein, Peter 91, 333
Steiner, George 367
Steiner, Herbert 363
Steinweg, Reiner 365
Stifter, Adalbert 156
Stoll, Elise 360
Storm, Theodor 128, 317f., 325
Strindberg, August 315, 322f.

Thorwaldsen, Bertel 362
Tieck, Ludwig 27, 149, 369

Tischbein, Johann Heinrich Wilhelm 82
Tolstoi, Leo 260
Tophoven, Elmar 362
Toulouse-Lautrec, Henri de 277
Trakl, Georg 21
Trommsdorff, Gisela 362
Tschechow, Anton 254
Tschirch, Fritz 362
Turgenjew, Iwan 136f., 142, 265, 368
Turk, Horst 370
Türkis, Wolfgang 385

Uhland, Ludwig 187
Unger, Friederike Helene 234ff., 374

Valades, Didacus 155f.
Vergil 54
Vinci, Leonardo da 380
Voltaire, François 311

Wagner, Heinrich Leopold 262
Wagner, Richard 359
Walser, Martin 140, 369, 385
Walser, Robert 370f.
Wassermann, Jakob 386
Wedekind, Frank 14, 327, 331ff., 337f., 341, 384
Wehrli, Max 362
Weidl, Erhard 384
Werfel, Franz 15, 344, 348 passim, 386
Wernher der Gartenaere (Wernher der Gärtner) 8, 51 passim, 83, 89, 94, 96, 105, 110, 112, 118, 123, 137, 157, 160, 236, 317, 350, 362
Weydt, Günter 374
Wieckenberg, Ernst-Peter 374
Wilamowitz-Moellendorf, Ulrich von 366
Wilhelm II. 314, 364
Woerner, Roman 366f., 374
Woesler, Winfried 372, 374
Wolf, Christa 66
Wolff, Kurt 289, 349, 379

Zahn, Ernst 14, 315, 319 passim, 382
Zantop, Susanne 374
Zink, Norbert 366f.
Zola, Emile 172
Züricher, Gertrud 359f.